Karin Lindberg

Das Mädchen im Nordwind

TINTE & FEDER

Das Buch

Nach einem Schicksalsschlag braucht die Tischlerin Sofie Berger Zeit für sich und übernimmt einen Job in Island: Drei Monate lang wird sie dort sein, um ein größeres Renovierungsprojekt zu übernehmen. Zu Sofies Überraschung muss sie sich das Holzhaus, das ihr zur Verfügung gestellt wird, mit dem Neffen der Vermieterin teilen. Die Wohngemeinschaft mit dem schweigsamen, aber attraktiven Björgvin bietet einiges an emotionalem Zündstoff. Auch als Sofie in einem antiken Schreibtisch ein auf Deutsch geschriebenes Notizbuch mit einem herzzerreißenden Brief darin findet, gibt Björgvin nichts preis, obwohl er etwas darüber zu wissen scheint. Doch Sofie lassen die Aufzeichnungen nicht mehr los. Tief bewegt taucht sie ein ins Deutschland der Dreißigerjahre und die dramatische Liebesgeschichte der jungen Luise Rosenberg mit dem charismatischen Isländer Jónas. Während sie weiter Möbel abbeizt und Wände streicht, sucht Sofie nach Antworten, was aus der ungewöhnlichen Liebe geworden ist …

Die Autorin

Karin Lindberg war zehn Jahre in den Chefetagen internationaler Konzerne tätig, doch sobald ihr erster Roman veröffentlicht war, reichte sie ihre Kündigung ein, um jede freie Minute zu schreiben. Sie erschafft mit Begeisterung starke Heldinnen und attraktive Helden, legt ihnen Steine in den Weg und lässt sie am Ende doch ihr Happy End erleben. Karin Lindberg lebt mit ihrer Familie vor den Toren Hamburgs. Inzwischen hat sie mehr als fünfzig Romane veröffentlicht, die weit über zwei Millionen Mal verkauft wurden.

K A R I N L I N D B E R G

schreibt als Karin Baldvinsson

Das Mädchen im Nordwind

ROMAN

TINTE & FEDER

Die Originalausgabe erschien 2021 unter dem Titel »Das Mädchen im Nordwind« bei Ullstein, Hamburg.

Veröffentlicht bei
Tinte & Feder, Amazon Media EU S.à r.l.
38, avenue John F. Kennedy, L-1855 Luxembourg
Juli 2024

Umschlaggestaltung: bürosüd° München, www.buerosued.de
Umschlagmotiv: © Marie Carr / ArcAngel; © StevanZZ © Jens Becker / Shutterstock
Korrektorat: Manuela Tiller
Gedruckt durch:
Amazon Distribution GmbH, Amazonstraße 1, 04347 Leipzig /
Canon Deutschland Business Services GmbH, Ferdinand-Jühlke-Straße 7, 99095 Erfurt /
CPI books GmbH, Birkstraße 10, 25917 Leck

ISBN 978-2-49671-689-4
e-ISBN: 978-2-49671-690-0

www.tinte-feder.de

Wirklich tot sind nur jene,
an die sich niemand mehr
erinnert.

Jüdisches Sprichwort

Für die Menschlichkeit und
gegen das Vergessen.

Prolog

2004

Den Sommer hatte sie stets am liebsten gemocht, wenn die ersten Sonnenstrahlen am Morgen den Tau von den Blättern küssten, die Vögel in den Baumwipfeln sangen und der Tag erwachte. Seitdem war viel passiert. Zu viel.

Sonnenlicht schimmerte durch die Vorhänge und warf einen sanften Schein auf das blank polierte Fischgrätparkett ihrer Wohnung in Hamburg Altona. Im Zimmer war es still. Nur ihr Herzschlag rauschte in ihren Ohren. Sie hatte Angst, große Angst, dass sie zu lange gewartet hatte, dass sie nicht mehr in der Lage sein würde, das zu tun, was sie sich seit Jahrzehnten jeden Tag aufs Neue vorgenommen und dann doch nicht begonnen hatte. Jetzt musste es sein, denn ihr lief die Zeit davon. Beinahe hätte sie gelacht – wenn sie eins genug gehabt hatte, dann Zeit. Zeit zum Nachdenken, Zeit zu hoffen, Zeit zu trauern, aber vor allem Zeit, die Entscheidungen der Vergangenheit zu bedauern. Darin war sie eine Meisterin, sie war fast so gut darin wie im Davonlaufen.

Sie nahm den Füller zur Hand, drehte die Kappe ab und setzte die Feder auf das Papier ihres Notizbuches. *Jungfräulich*, dachte sie und schloss die Augen. Wo fange ich nur an? *Am Anfang*, hätte er zu ihr gesagt und gelächelt. Der Gedanke an ihn gab ihr Zuversicht. Nicht mehr denken, einfach machen, trieb sie sich an. Sie straffte ihren Rücken und fing an zu schreiben. *Lieber Hannes, diese Worte sind für dich. Alles, was ich wollte, war, dass du glücklich wirst.*

Sie hatte auf Isländisch schreiben wollen, aber die Sprache war nach all den Jahren so weit weg. Wie in einem anderen Leben. Mit zitternden Fingern legte sie den Stift beiseite und rieb sich über die Stirn. Nach einigen schweren Atemzügen fuhr sie fort. Das Geräusch der kratzenden Füllerfeder durchbrach die Stille im Raum.

Es fällt mir nicht leicht, das zu Papier zu bringen, was ich zu sagen habe. Die mir verbleibende Zeit ist aller Voraussicht nach nur noch kurz, aber ich bin nicht traurig darüber. Im Gegenteil, der letzte Atemzug ist etwas, das ich nicht mehr mit Schrecken, sondern mit Freuden willkommen heiße. Vielleicht auch, weil ich mir wünsche, ich hätte nicht all die Jahre darauf warten müssen. Ich habe gelebt und war doch lange schon tot. Innerlich gestorben, nach außen lächelnd. Für die meisten Menschen ist das Ende etwas Schreckliches, für mich ist der Tod ein ewiger Wegbegleiter, der nun auch endlich mich abholt. Aber noch nicht sofort, denn ich möchte, dass du die ganze Wahrheit erfährst. Ich bin weder Isländerin noch Deutsche, obwohl ich beides gern gewesen wäre. Aber deutsch kann ich nicht mehr sein, und Isländerin konnte ich nie werden. Ich bin seit fünfundsechzig Jahren heimatlos, aber es ist mehr als nur das. In all diesen Jahren konnte ich die Frage »Wer will ich sein?« nicht beantworten. Wie soll man das wissen, wenn man nicht einmal auf »Wer bin ich?« die Antwort kennt?

Sie lächelte, während sie die nächsten Worte schrieb. Diesen Tag, der ihr Leben von Grund auf verändern sollte, hatte sie noch ganz genau in Erinnerung, während anderes im Laufe der Zeit verblasst war. Diesen Tag erlebte sie gerne noch einmal. Sie freute sich darauf, und sie spürte, wie Energie sie auf einmal durchströmte. Die Worte drängten an die Oberfläche, sie wusste, dass es ihr gelingen konnte, wenn sie sich immer wieder in Erinnerung rief, wie wunderbar alles angefangen hatte.

Es war an einem sonnigen Tag Anfang Juli, die Luft flirrte in der Mittagshitze …

Kapitel 1

Siglufjörður, Juni 2019

Sofie blinzelte gegen die tief stehende Sonne und atmete tief ein, die kühle Luft des isländischen Juniabends strömte in ihre Lungen. So rein und klar, dass ihr ein wenig schwindelig wurde. Die letzten Tage in Hamburg waren heiß und stickig gewesen. Bedrückend, aber nicht nur wegen des Wetters. Sie schloss für eine Sekunde die Augen und versuchte, die aufsteigenden Gedanken zurückzudrängen. Mit einem Schlag hatte sich alles verändert. Nicht, dass es davor nur rosig und wundervoll gewesen war, aber zumindest hatte ihr die Arbeit als Tischlerin in einem kleinen Betrieb Halt gegeben – und Sicherheit. Damit war jetzt allerdings Schluss, denn die Firma gab es nicht mehr, ebenso wenig einen Job, der auf sie wartete.

Nicht jetzt, dachte sie und schüttelte den Kopf, als ob das etwas nützen würde. Sie war hier, um sich zu erholen, und auch, um sich darüber klar zu werden, wie es weitergehen sollte. Auch mit ihrer Beziehung, in der es schon länger kriselte. Thomas war nicht begeistert gewesen, als sie den Vertrag für das Work & Travel Arrangement unterschrieben hatte, aber das war ihr egal gewesen. Sie brauchte Zeit ohne ihn, Zeit für sich und ihre Gedanken, um herauszufinden, welchen Weg sie einschlagen wollte.

Die Schreie hungriger Möwen hallten über den spiegelglatten Fjord, die Sonne stand hoch über den Bergen und warf lange Schatten ins Tal auf das kleine Fischerdorf, das jetzt für die kommenden drei Monate ihr Zuhause sein würde. Auf den Bergkuppen blitzten weiße Stellen hervor. Sofie war schon während der Fahrt aufgefallen, dass, je nördlicher sie mit dem Bus der Sommerlinie der SPA-Norðurleið gekommen war, immer häufiger Schneeflecken auf den Gipfeln zu sehen waren. Sie lächelte schwach, während sie den kühlen Lufthauch auf ihren Wangen spürte. Sie mochte es nordisch frisch, als Hamburgerin war sie einiges gewohnt. Trotz ihrer Vorliebe für das nordische Klima war sie noch nie auf die Idee gekommen, ihren Sommerurlaub fast am Polarkreis zu verbringen, wobei man es ja nicht wirklich als reinen Urlaub bezeichnen konnte. Sie hatte einen Alibi-Job angenommen, um die lange Abwesenheit aus Hamburg vor Thomas und ihrer Familie zu rechtfertigen. Im Grunde hatte sie eigentlich gar nicht lange darüber nachgedacht, als auf einer Website das Werbefenster zu Work & Travel aufgepoppt war. Sie hatte sich ruckzuck registriert, einige Angebote angesehen und mehr oder weniger direkt zugeschlagen. Dabei hatte sie ein spannendes Renovierungsprojekt in Andalusien und dieses hier in Siglufjörður in die engere Auswahl genommen. Der Gedanke an drei Monate Hitze und nächtliches Schwitzen, Moskitos und Sonnenbrand hatte sie schließlich schnell davon überzeugt, dass sie in Spanien schmelzen und nicht arbeiten würde. Außerdem hatte sie Island schon immer fasziniert, gerade in den letzten Jahren hatte sie einige Dokumentationen über die Vulkaninsel mit ihren sympathischen Einwohnern gesehen, die sie letzten Endes überzeugt hatten, dass sie hier hoffentlich innere Ruhe und ihren Frieden wiederfand, der in den letzten Monaten verloren gegangen war.

Jedem Ende wohnt auch ein Anfang inne, das hatte Sofie mal irgendwo gelesen. Ob es stimmte – sie wusste es nicht, würde es aber bald herausfinden. Sie hoffte, dass sie nach den drei Monaten in Island ein neues Kapitel in ihrem Leben aufschlagen konnte. Sofie schnappte sich ihren Reiserucksack und marschierte zu der Adresse, die sie sich notiert hatte. Der Schlüssel sollte in einem kleinen Schließfach liegen, für das sie eine PIN bekommen hatte, und sie spürte die gleiche freudige Anspannung wie früher, wenn sie am Nachmittag nach der Schule zu ihrer Oma gelaufen war – die den Hausschlüssel für sie unter der Hausmatte deponiert hatte. »Würde heute auch kein Mensch mehr machen«, murmelte sie und warf einen Blick in den dunkelblauen Sommerhimmel, dessen Farbe so rein war, dass sie sich erst einmal an den Anblick gewöhnen musste. In Deutschland war das Blau nie von so einer Intensität und Kraft, schon gar nicht im Sommer. Sie hatte zwar noch nicht viel von Island gesehen, trotzdem war ihr jetzt schon klar, dass sie es nicht bereuen würde, hergekommen zu sein. Jedenfalls brauchte sie sich keine Sorgen zu machen, vor Hitze zu zerfließen. Sie schmunzelte und ging weiter. Siglufjörður war nicht besonders groß, ein typisches altes Fischerdorf. Alle Häuser reihten sich dicht am Ufer des lang gezogenen Fjords. Schon wenige Hundert Meter hinter dem Fjord ragten hohe, grün bewachsene Berge in den Himmel. »Oh«, stieß sie hervor, als sie die Skilifte und Lawinenschutzbauten entdeckte. In Island gab es im Winter eine Menge Schnee, trotzdem dachte sie beim Skifahren eher an die Alpen oder die Rocky Mountains. Die Menschen mussten hier früher ziemlich isoliert gelebt haben, sie konnte sich nicht vorstellen, wie schwierig es ohne Strom und Allrad-Fahrzeuge gewesen sein musste. Zum Glück musste sie das auch nicht. Sofie war zwar nicht zimperlich – in ihrem

Job war das auch nicht möglich –, aber sie schätzte doch den Komfort einer guten Heizung und heißen Wassers aus der Leitung. Erneut atmete sie tief ein und fühlte, wie ein Teil der inneren Anspannung von ihr abfiel. Und dann entdeckte sie ein blassgrünes Haus, das vor sehr langer Zeit vermutlich richtig grün gestrahlt hatte. Jetzt war die Farbe an den meisten Stellen abgeblättert und verblichen. Ebenso an den ehemals weißen Fensterrahmen, die fast vernachlässigt wirkten. Sie las die Adresse auf ihrem Zettel: Hafnartún 32, dann blickte sie auf. Tatsächlich, neben der Tür prangte ein verrostetes Schild, auf dem 32 stand. Hier war es also, ihr Arbeitsplatz und die Bleibe für ein Vierteljahr.

Sie ging ums Haus herum, der Schlüsselkasten sollte sich neben der Garage befinden. Sofie gab die PIN ein, und er öffnete sich. Darin hingen drei einzelne Schlüssel, sie nahm einen heraus und schloss den Kasten wieder. Kurz darauf drehte sie den Schlüssel im Schloss und schob die Tür einen Spalt auf, ehe sie hineinging. Es roch nach Staub und abgestandener Luft. Hier war wohl schon länger niemand mehr gewesen, stellte sie fest und ließ ihren Rucksack von der Schulter gleiten. Die Holzwände im Flur waren in einem verblassten Gelb gestrichen, einige Schwarz-Weiß-Fotos hingen in Rahmen über einer alten Kommode, die ein gehäkeltes Deckchen und eine Vase mit Plastikblumen zierte. Sofie verdrehte die Augen, o Gott, das war so Achtziger, dass sie beinahe lachen musste. Andererseits, vermutlich war die Person, die hier zuletzt gewohnt hatte, schon älter gewesen, und über Geschmack ließ sich bekanntlich nicht streiten. Oder doch, je nachdem, wie man es sah. Nach den Spinnenweben in den Ecken zu schließen, kümmerte sich seit geraumer Zeit niemand mehr um das Haus. Vermutlich war der Vorbesitzer gestorben oder in ein Pflegeheim umgezogen. Sofie hatte das Alter ihrer Auftraggeber nicht überprüft, sie schätzte aber, dass es sich um die Nachkommen handeln musste, die offenbar das Haus ein wenig herrichten lassen wollten, ehe sie es verkauften – oder selbst einzogen, das hatte man ihr nicht gesagt. Ihr Job war es lediglich, die Liste abzuarbeiten: Böden erneuern, Wände streichen, Schränke abbeizen und neu lackieren. Sie hatte vor, eine gute Balance zu finden, denn sie liebte ihre Arbeit, die Renovierung würde ihr sicher Spaß machen und ihren Tagen einen gewissen Rhythmus auferlegen, den sie für ihren inneren Frieden gut gebrauchen konnte. Und in ihrer Freizeit wollte sie das Land kennenlernen.

Sofie gähnte unterdrückt, dann entschied sie, ihre Bestandsaufnahme am nächsten Tag fortzusetzen, jetzt wollte sie nur noch ein heißes Bad nehmen und ins Bett. Hoffentlich war das Badezimmer einigermaßen in Ordnung, schoss es ihr durch den Kopf, als sie mit ihren Sachen die enge Holztreppe nach oben stapfte. Der Fußboden war mit einem sehr hässlichen, uralten Teppichboden ausgelegt, der vor vierzig Jahren bestimmt einmal hübsch gewesen war. Jetzt konnte man nichts mehr tun, außer das Ding rauszureißen. Vorsichtig lugte sie in die vier Zimmer, eins war kleiner als das andere. In einem standen ein kleines Bett, ein Nachttisch mit einer grünen Stehlampe darauf und ein kleiner Schreibtisch an der Wand, über dem eine alte Weltkarte hing. Zu ihrer großen Erleichterung stellte sie fest, dass auf der Matratze gefaltete Bettwäsche, eine Daunendecke und ein sauberes Kopfkissen lagen. Daneben stapelten sich einige Handtücher. »Halleluja«, stieß sie hervor und grinste in sich hinein, dann warf sie einen Blick ins Badezimmer. Grüne Fliesen und eine ebenso grüne Einrichtung. Definitiv Achtziger, dachte Sofie und trat näher. Die Badewanne war zwar klein, sah aber sauber aus. Zum Glück. In der Dusche stand sogar noch eine Flasche Duschgel, daneben lag eine Zahnbürste. Sie machte sich keine großen Gedanken, sondern drehte direkt den Wasserhahn der Wanne auf und schob die Vorhänge etwas zurück, um aus dem Fenster zu schauen. Großartig, dachte sie, als sie direkt auf den Hafen blickte, in dem kleine Fischerboote sanft hin und her schaukelten. Eine Entenfamilie paddelte mitten hindurch und ließ sich von den über ihr kreisenden Möwen nicht beeindrucken. Die Sonne spiegelte sich im dunklen Wasser des Fjords, die Natur wirkte herrlich unberührt und ursprünglich. Die gegenüberliegende Seite war unbebaut, hier gab es nur Gras und schwarze Felsen. Bäume oder größere Büsche suchte man vergeblich. Ein Haus mit dieser Aussicht sollte nicht leer stehen, dachte sie, aber das würde sich nun zumindest für eine Weile ändern. Zufrieden zog sie den Vorhang wieder zu und kramte in ihrem Rucksack nach einem kleinen Fläschchen Badezusatz, von dem sie etwas ins Wasser kippte. Sofort verteilte sich ein zarter Hauch von Lavendel und Zitrone im Raum. Sie atmete tief ein, dann holte sie eine Flasche Rotwein aus der Tasche, die sie in Keflavík im Duty-free gekauft hatte, da sie in irgendeinem Reiseführer gelesen hatte, dass Alkohol in Island wahnsinnig teuer war. Skandinavien eben. Leise vor sich hin summend ging sie hinunter in die winzige Küche. Auf der Fensterbank stand eine vertrocknete Pflanze. Sie öffnete die Küchenschränke auf der Suche nach Gläsern. Sie nahm ein Weinglas heraus, das leicht angelaufen, aber sauber war und schraubte den Verschluss der Flasche auf, ehe sie sich etwas eingoss. »Prost«, murmelte sie und schaute hinaus. Ihr wurde seltsam leicht ums Herz. Statt sich einsam und fremd zu fühlen, kam es ihr eher wie ein Nachhausekommen vor. Sie wollte nicht analysieren, was das über ihr Leben in Hamburg aussagte, sondern ging wieder nach oben, um nicht den Moment zu verpassen, wenn die Wanne voll war. Mit einem Lied auf den Lippen stellte sie ihr Glas auf die Fensterbank und schlüpfte aus ihren Kleidern, ehe sie eine Fußspitze prüfend ins Wasser tauchte. Perfekt, stellte sie fest und stieg vorsichtig hinein. Mit einem wohligen Seufzen glitt sie bis zum Hals in ihr Lavendel-Zitronen-Bad und schloss die Augen. Herrlich. Erst mal entspannen, bevor sie am nächsten Tag mit der Bestandsaufnahme loslegen würde. Sie genoss das Bad, bis das Wasser kalt wurde und sie mehrfach eingenickt war. Das Glas Rotwein und die lange Reise forderten ihren Tribut, ihr Kopf fühlte sich leicht und unbeschwert an. Langsam stieg sie aus der Wanne, trocknete sich ab und schlüpfte in ihren Flanellpyjama. Ehe sie schlafen ging, lief sie rasch nach unten und goss sich ein Glas Leitungswasser ein. Auf dem Weg nach oben knipste sie das Licht an, da es im Flur kein Fenster gab, aber es tat sich nichts. Komisch. Sie hielt inne. Vielleicht war eine Sicherung herausgeflogen. Sofie stellte das Glas auf eine Stufe und suchte nach dem Sicherungskasten. Einen Keller hatte das Haus nicht, also öffnete sie eine Tür zu einer Abstellkammer unter der Treppe. Es roch muffig und war stockfinster. »Na toll«, brummte sie. Seufzend schüttelte sie den Kopf und holte ihr Handy. Sie wusste genau, dass sie kein Auge zumachen würde, wenn sie jetzt ins Bett ginge. Sie war noch nie gut im Warten gewesen. Sie stellte die Taschenlampenfunktion an und leuchtete in den Hohlraum unter der Treppe. Dort stapelten sich einige Kisten und Möbelstücke. Sofie war überrascht, wie viel Platz hier drin war. Nachdem sie sich einen Überblick verschafft hatte, entdeckte sie den Kasten an der Wand. Aber sie bekam die Tür dazu nicht auf, weil ein Schreibtisch davorstand. Saudoof, dachte sie verärgert, da musste man doch immer mal ran! Sie schnappte sich ein paar Kisten und räumte sie aus dem Kämmerchen, dann versuchte sie, den Schreibtisch wegzuschieben, aber sie hatte nicht richtig hingesehen und statt der Platte die Schublade gegriffen, die sie nun schwungvoll herauszog. Sie riss sie aus der Vorrichtung, und der Inhalt verteilte sich auf dem Boden. Ein verschnürtes Bündel landete auf ihrem großen Zeh. »Au«, schrie sie und sprang zur Seite. Sie schob noch ein paar derbe Flüche hinterher und hob das Paket auf. Jemand hatte etwas in braunes Packpapier gepackt und dick verschnürt. Sie kümmerte sich zunächst um die Sicherung, dann betrachtete sie das herausgefallene Bündel näher. Das Papier war brüchig und ausgeblichen, es war nicht beschriftet. Ihre Neugier war geweckt, sie drehte und wendete es und zog schließlich an der Schleife. Sofie schnappte sich ihr Telefon und ging mit ihrem Fundstück nach oben, vergessen war der Schmerz in ihrem Zeh. Beinahe hätte sie noch das Glas Wasser auf den Stufen umgeworfen, doch zum Glück hatte sie es rechtzeitig bemerkt. Sie setzte sich aufs Bett und entfernte das Packpapier. Darin befanden sich ein Brief und ein Notizbuch. Die Schrift war verschnörkelt und sah alt aus, sie hatte einige Mühe, sie zu entziffern. Sie war überrascht, als sie entdeckte, dass es sich um ein in Deutsch verfasstes Schriftstück handelte. Hatte hier eine deutsche Familie gelebt? Nein, die Frau hatte mit ihr auf Englisch kommuniziert, und ihr Name hatte auch nicht deutsch geklungen. Aus Neugier las sie den Brief zuerst.

Lieber Hannes, diese Worte sind für dich. Alles, was ich wollte, war, dass du glücklich wirst. Es fällt mir nicht leicht, das zu Papier zu bringen, was ich zu sagen habe. Die mir verbleibende Zeit ist aller Voraussicht nach nur noch kurz, aber ich bin nicht traurig darüber. Im Gegenteil, der letzte Atemzug ist etwas, das ich nicht mehr mit Schrecken, sondern mit Freuden willkommen heiße.

Sofie bekam eine Gänsehaut. Wo kam dieses Päckchen her, und wer war dieser Hannes? Und wieso war er nicht auf Isländisch geschrieben worden? »Wahnsinn«, murmelte sie, und gleichzeitig regte sich ihr schlechtes Gewissen. Das hier ging sie so was von gar nichts an. Sie musste ihre Auftraggeber informieren, aber nicht mehr heute. Leider konnte sie ihre Neugier nicht bezwingen, sie wollte nur einen ganz kleinen Blick hineinwerfen und las doch die halbe Nacht, bis ihr die Augen zufielen.

Kapitel 2

Lüneburg, Juli 1936

Es war an einem sonnigen Tag Anfang Juli, die Luft flirrte in der Mittagshitze, eine Biene summte neben Luises Ohr. Über den blassblauen Himmel schoben sich Schäfchenwolken, ein paar Spatzen pickten Krumen von der Straße. Auf dem Dach der St. Johanniskirche gurrten vereinzelte Tauben, doch Luise nahm kaum etwas davon wahr. Die Lippen zu einem schmalen Strich zusammengepresst, trottete sie über das Kopfsteinpflaster der schmalen Lüneburger Gassen. Sie wunderte sich selbst, dass sie sich von einem einzelnen Ärgernis so aus der Bahn werfen ließ. Normalerweise zeigte sie den Schwachköpfen, die sie anpöbelten, die kalte Schulter. Doch heute war etwas anders gewesen. Der Ton wurde schärfer, längst fühlte sie sich nicht mehr nur ausgeschlossen, sondern behandelt wie ein Parasit. Sie ärgerte sich darüber, dass sie nicht einfach mit einem verächtlichen Blick reagiert hatte, sondern dass die Sprüche ihrer ehemaligen Freundinnen sie tatsächlich mitten ins Herz getroffen hatten. Dabei war heute eigentlich ein freudiger Tag, der letzte Schultag vor den großen Ferien, sie hatte ein ordentliches – sehr ordentliches Zeugnis – erhalten, was keine Selbstverständlichkeit war, denn vielen Lehrern an ihrem Gymnasium war es ein Dorn im Auge, dass sie immer noch an der höheren Schule verkehrte. Ihre Eltern hatten ihr mehrfach angeboten, sie auf einer Schule in Hamburg anzumelden, aber Luise war zu stur. Sie würde sich nicht vertreiben lassen wie ein lästiges Insekt. Jetzt erst recht nicht mehr. Sie atmete tief durch und schob die Gedanken an die dummen Mitschüler beiseite.

»Luise, warte doch bitte einen Augenblick!«, rief jemand hinter ihr. Sie hielt inne und drehte sich um.

»Oh, guten Tag, Herr Rehr«, grüßte sie ihren Musiklehrer.

Der junge Mann trug sein Haar gescheitelt und hatte nicht, wie viele seiner Kollegen, das Parteiabzeichen am Revers befestigt. Sie mochte ihn, er war einer der wenigen, der sie nicht anders behandelte, weil sie Jüdin war.

»Kann ich dich einen Augenblick sprechen?« Er wirkte ein wenig bedrückt, was sich Luise nicht erklären konnte.

»Natürlich.«

Er trat vor sie und schluckte schwer. »Luise, ich wollte mit dir über die Gesangsstunden sprechen.«

Sie hatte eine schöne Stimme, und Herr Rehr hatte ihr über einige Jahre lang privaten Unterricht erteilt. Sie war stolz auf ihren klaren Sopran und sang gern und viel. »Über den Sommer machen wir Pause, ist es das? Das ist doch vollkommen in Ordnung, meine Eltern werden den monatlichen Beitrag natürlich trotzdem überweisen«, sagte sie.

Er blinzelte und atmete tief ein, sein Brustkorb hob sich mit seinen Schultern. »Das ist es nicht.«

Luise wurde innerlich ganz ruhig. Nicht er auch noch, dachte sie traurig. »Was dann?«

Er schüttelte den Kopf. »Es tut mir leid, aber ich kann dir keinen Gesangsunterricht mehr geben.«

»Wieso nicht?« Luise reckte ihr Kinn ein wenig nach vorn. Sie stellte die Frage, obwohl sie die Antwort bereits kannte. Es war immer das Gleiche. Zuerst hatten sie aus dem Sportverein austreten müssen, dann aus dem Schützenverein, und plötzlich war man als Jude nirgendwo mehr erwünscht.

»Ich habe eine Frau, eine Familie«, fing er an. »Ich wünschte, es wäre anders, aber … ich kann dich nicht mehr unterrichten.«

»Sagen Sie es ruhig, Herr Rehr. Weil ich Jüdin bin.«

Er nickte traurig. »Es tut mir leid.«

Sie wollte ihn anschreien, ihrem Unmut Luft machen, aber was würde es nutzen? »Verstehe«, sagte sie deshalb nur. Luise war klar, dass sich an der Schule und im Kollegium einiges ändern würde. So kurz, nachdem der alte Schulleiter in Pension gegangen war – so lautete zumindest die offizielle Version. Herrn Dr. Bader hatte sie immer gemocht, er hatte sie nicht behandelt, als hätte sie eine ansteckende Krankheit, wie viele ihrer anderen Lehrer. Aber auch hierfür hatten sich die Nazis ein hübsches neues Gesetz ausgedacht, das bei ihm zur Anwendung gekommen war. Luise hatte Herrn Dr. Bader bewundert, dass er sich dem politischen Leben und den Braunhemden entschieden entgegengestellt hatte, aber er war in einem monatelangen Verfahren unter entwürdigenden Bedingungen seines Amtes enthoben worden. Das *Gesetz zur Entfernung der Gegner des Nationalsozialismus* kam bei ihm zur Anwendung, sodass seine Entlassung von den Parteimitgliedern und Sympathisanten laut bejubelt wurde. Luise hatte es mit Entsetzen hingenommen, auch wenn es keine große Überraschung gewesen war. In den letzten drei Jahren, seit Hitler zum Reichskanzler ernannt worden war, war die jüdische Bevölkerung Stück für Stück ihrer Rechte beschnitten worden. Aber das war hoffentlich nur eine vorübergehende Erscheinung, niemand in ihrer Familie glaubte, dass das noch lange so weitergehen konnte. Irgendwann würden die Leute wieder zur Vernunft kommen.

Luise straffte sich. »Dann … schöne Ferien.«

Herr Rehr strich sich über das Haar. »Du verstehst das doch, oder?«

»Seien Sie nicht albern, natürlich verstehe ich. Auf Wiedersehen«, presste sie hervor und wandte sich ab. Er sollte nicht sehen, dass bittere Tränen in ihren Augen brannten. Nur noch ein Jahr, sagte sie sich, während sie ihren Weg in die Gartenstraße, wo die Familie Rosenberg lebte, fortsetzte. An der Ecke kam sie am Schuhladen Löwenthal vorbei, sie winkte Frau Löwenthal zu, die gerade mit einem Lehrmädchen ein Regal neu bestückte, und rang sich ein Lächeln ab. Aber sie konnte sie nicht täuschen, das sah sie an ihrem Blick, in dem Verständnis und Sorge lagen. Luise nickte ihr noch einmal freundlich zu, als ob sie sagen wollte: Kein Problem, ich komme schon zurecht. Dann war sie auch schon vorbei. Wie lange soll das noch so weitergehen, fragte sich Luise zum bestimmt tausendsten Mal. Sie hatte es so satt, schlecht behandelt zu werden, nur weil sie keine Arierin war. Es war lächerlich, denn ihre Familie war nicht einmal besonders gläubig. Sie hatten an Weihnachten sogar einen geschmückten Baum im Wohnzimmer stehen. Denk nicht daran, sagte sie sich und wischte die trüben Gedanken beiseite. Jetzt hatte sie sechs lange und wundervolle Wochen ihre Ruhe. Und das letzte Schuljahr würde sie auch noch irgendwie überstehen. Sie würde nicht klein beigeben, auf keinen Fall. Gedankenverloren setzte sie ihren Weg fort und bog um die Ecke, wo sie auf der Bardowicker Straße die Seite wechselte.

Ein scharfer Schmerz durchzuckte sie an der Hüfte, dann wurde sie zu Boden geworfen. Luise schrie auf und stützte sich mit den Händen ab, um sich zu schützen. Ihr Schulranzen flog auf die Straße, alle Luft entwich aus ihren Lungen. Es schepperte, jemand stieß einen Fluch in einer Sprache aus, die sie nicht verstand. Sie versuchte gerade herauszufinden, ob sie sich etwas gebrochen hatte, als jemand ihre Schultern umfing und vor ihr auftauchte. Es war ein junger Mann mit breitem, gebräuntem Gesicht und hellblauen, verwegenen Augen. Unter seiner Schiebermütze schaute eine Strähne seines dunkelblonden Haares hervor.

»Ist alles in Ordnung?«, fragte er sie, die Stimme klang dunkel, ein wenig rau, und sie hatte einen fremd klingenden Akzent, den sie nicht einordnen konnte.

»Was …?«, war alles, was sie hervorbrachte.

Der Mann half ihr auf die Beine. »Sind Sie verletzt?«, wollte er wissen und hielt Luise noch immer an den Schultern fest, während er sie von oben bis unten musterte. Sie befand sich in einem Tunnel, nahm nichts mehr außer ihm wahr, seinem herben Duft nach Kräutern und Mann, hörte seinen schnellen Atem, spürte ihn als warmen Hauch auf ihrem Gesicht. Dieser Augenblick war so intim, dass sie sich unwillkürlich fragte, ob dieser Mann die Regeln von Sitte und Anstand nicht kannte. Und dann wurde ihr klar, dass er nur prüfte, ob sie sich etwas getan hatte. Doch da war immer noch dieser Blick, der so eindringlich und bestimmt war, dass Hitze in ihren Wangen aufflammte. Ihr Herzschlag dröhnte in ihren Ohren, was sicher nur am Schock liegen konnte. Sie erinnerte sich endlich, dass sie einen Zusammenstoß gehabt haben mussten. Aber womit? Wohl kaum mit einem Auto, sonst wäre sie nicht unverletzt. Und dann sah sie es, sein Fahrrad lag neben ihrer Schultasche auf der Straße. Er musste in hohem Bogen über den Lenker geflogen sein. »I-ich glaube, ich bin in Ordnung«, stammelte sie endlich.

»Gott sei Dank!« Er stieß zischend die Luft aus. »Himmel, Mädchen, warum rennst du einfach über die Straße?«

Luise blinzelte, dann nahm sie endlich die Umgebung um sich herum wahr. Einige Passanten waren stehen geblieben und fingen an zu tuscheln. Manche kannte sie, viele davon nicht. Die Situation war ihr unangenehm. »Das könnte ich Sie fragen, haben Sie keine Augen im Kopf?« Sie wusste, dass es falsch war, ihn zu beschuldigen, aber ihr Tag war so furchtbar gewesen, dass dieser junge Mann mit den breiten Schultern und den kantigen, glatt rasierten Wangen nun das abbekam, was andere verursacht hatten. Im nächsten Moment warf sie einen Blick auf den Jackenaufschlag und suchte nach einem Parteiabzeichen. Mit denen durfte man sich nicht anlegen, aber da sie keins entdeckte, schimpfte sie weiter. »Ich hätte mich ernsthaft verletzen können!«

Zu ihrer Überraschung lächelte er und entblößte dabei eine ganze Reihe gerader weißer Zähne, lediglich ein Schneidezahn stand leicht schief, was seiner Ausstrahlung keinen Abbruch tat. »Scheint so, als wäre alles halb so wild«, meinte er schließlich und schien damit seine Bestandsaufnahme abgeschlossen zu haben.

»Halb so wild?« Sie starrte ihn an und verlor sich im Blau seiner Augen. Sie räusperte sich. »Na, Sie sind mir ja einer. Ich muss jetzt weiter.«

»Soll ich dich lieber nach Hause bringen? Nur für den Fall, dass du gleich ohnmächtig wirst.«

Luise sah das Funkeln in seinen Augen, noch dazu grinste er verschmitzt, als könnte ihn kein Wässerchen trüben. Erneut fragte sie sich, was das wohl für ein Akzent war, mit dem er sprach. Holländisch vielleicht? »Nein danke. Vielleicht passen Sie in Zukunft einfach besser auf.«

Er nickte und deutete eine Verbeugung an, dann ging er auf die Straße und holte ihre Schultasche. »Hier«, sagte er. »Und bitte schau in Zukunft, bevor du über die Straße rennst.«

Sie fühlte sich getadelt, als Schulmädchen behandelt. In diesem Moment wünschte sie sich, sie hätte die Haare heute Morgen nicht zu zwei Zöpfen geflochten, was sie jünger als siebzehn wirken ließ. Sie schätzte ihn auf Anfang zwanzig, aus seinen Zügen strahlte diese unverbrauchte Kraft eines jungen

Mannes ohne familiäre Verpflichtungen. Irgendetwas an ihm berührte sie. Hastig nahm sie ihre Tasche entgegen und murmelte etwas, das stark nach einem »Schönen Tag noch« klang, und hastete davon. Erst später fiel ihr auf, dass sie nicht einmal seinen Namen kannte.

Den restlichen Tag hatte sie auf ihrem Zimmer vor ihrer Frisierkommode verbracht und sich mit der Brennschere ihre blonden, schulterlangen Haare onduliert, bis sie in sanften Wellen herabfielen. Ab sofort würde sie keine geflochtenen Zöpfe mehr tragen.

Als es Zeit für das Abendessen wurde, zog sie sich um und warf noch einen prüfenden Blick in den Spiegel. Sie war zufrieden mit sich, ihr Haar glänzte, ihre Wangen waren vom konzentrierten Arbeiten gerötet. Der schmale Gürtel an ihrem Kleid betonte ihre schlanke Taille äußerst vorteilhaft. Luise drückte die Klinke hinunter und ging über den Flur zur Treppe. Bereits von oben vernahm sie Stimmen aus dem Esszimmer. Herrje, sie hatte mal wieder die Zeit vergessen. Vermutlich würde sie gleich einen Tadel ihrer Mutter zu hören bekommen, genau das, was sie nach diesem Tag nicht auch noch brauchte. Sie atmete tief ein und eilte nach unten. Tatsächlich, ihre Familie saß bereits am ovalen Esstisch. Über dem Buffet hing ein Gobelin mit dem Motiv einer Blumenvase. Das Hausmädchen Ilse hatte die Speisen schon aufgetragen, die es, seit die Köchin vor einigen Wochen gekündigt hatte, weil sie nicht mehr bei Juden arbeiten wollte, nun selbst zubereiten musste. Im feinen Meissner Porzellan dampften Kartoffeln, in der Mitte des Tisches eine Platte mit gedünstetem Fisch, daneben stand eine Sauciere mit einer weißen Kräutersoße und eine mit zerlassener Butter. Nicht koscher, aber darauf achtete Luises Familie schon seit ewigen Zeiten nicht mehr, sie hatten es vor langer Zeit aufgegeben, auch weil es nahezu unmöglich gewesen war, eine

Köchin zu finden, die diese strengen Regeln umsetzen konnte. Die Kaufmannsfamilie lebte einen modernen Pragmatismus, feierte zwar die großen jüdische Feste, wie Jom Kippur oder Chanukka, aber zelebrierte weder den Sabbat noch ging sie regelmäßig in die Synagoge. Das heutige Essen war es jedoch nicht, was Luise zu einer Säule erstarren ließ. Heute war nicht nur für ihre Eltern, ihren Bruder Heinrich und ihre Oma Ruth gedeckt, neben Heini saß noch jemand.

Es war *er*.

Der Fahrradfahrer vom Nachmittag musterte sie eindringlich. Seine blauen Augen funkelten so intensiv, dass ihr schwindelig wurde. Er erkannte sie wieder, das sah sie an seinen leicht hochgezogenen Mundwinkeln und der Art, wie er seinen Kopf neigte. Aber da war mehr als das bloße Wiedersehen. In seinem Blick lag noch etwas anderes: Neugier. Ihr Herz setzte eine Sekunde aus, um dann im doppelten Tempo weiterzuschlagen.

»Luise, da bist du ja endlich«, kam nun der erwartete Tadel ihrer Mutter. »Schau, wir haben Besuch, Heini hat einen Kommilitonen aus Berlin eingeladen.«

Mit dem Fahrrad aus Berlin? Luises Augenbrauen wanderten langsam nach oben.

»Entschuldigt bitte«, murmelte sie und löste ihren Blick nur widerwillig von ihm und ließ ihn zu ihrem Bruder gleiten, der ihr zuzwinkerte. Sie verstanden sich gut, er war vier Jahre älter und hatte sich nie wie ein Wächter oder Tyrann ihr gegenüber aufgeführt. Im Gegenteil, er war fürsorglich und ein guter Freund. Heini war schon immer anders gewesen als andere Jungen. Verständnisvoll und sanft, fast wie ein Mädchen. Er hatte nie Spaß daran gefunden, zu raufen oder mit einem Lederball durch die Gassen zu rennen. Leider hatte er auch kein allzu großes kaufmännisches Talent, sehr zum Leidwesen ihres Vaters, der in seinem Sohn so gerne den Nachfolger des gut gehenden Kaufhauses Rose gesehen hätte. Aber Heini studierte in Berlin Philosophie und Geschichte, mit Worten und sprachlichen Bildern hatte er schon immer ein größeres Geschick an den Tag gelegt als mit Zahlenreihen und geometrischen Figuren. Sie waren so unterschiedlich, äußerlich wie innerlich. Heinrich kam mehr nach der mütterlichen Seite, die sich durch pechschwarzes Haar und dunkle Augen sowie einen schmalen Knochenbau und zartgliedrige Hände auszeichnete, während Luise immer schon kräftiger gewesen war und besser anpacken konnte, wenn es um Praktisches ging.

Carl Rosenberg stand auf. Er war ein wenig untersetzt, stämmig wie eine Eiche, mit ausdrucksstarken hellen Augen, riesigen Händen und einem entschlossenen Gesichtsausdruck. »Luise, begrüß doch bitte unseren Gast. Jónas Guðmundsson«, bat er und bedeutete ihr, näher zu kommen.

Jónas hieß er also. Sie spürte, wie sich ihre Lippen zu einem Lächeln verzogen, während sie näher trat, ihrer Großmutter im Vorbeigehen einen Kuss auf die faltige Wange drückte und schließlich vor ihm stehen blieb, einen Knicks andeutete und ihre Hand zum Gruß reichte.

»Guten Tag«, sagte sie. »Freut mich sehr.«

Er nahm ihre Hand in seine und deutete einen Handkuss an. »Die Freude ist ganz meinerseits.« Er blickte auf, und Luises Magen zog sich erwartungsvoll zusammen. Viel zu früh ließ er ihre Hand los, dabei hatte er sie eine Sekunde länger, als der Anstand es erlaubte, in seiner gehalten. Jónas' Haut hatte sich trocken, warm und gleichzeitig seidig angefühlt. Ein Prickeln wanderte von ihren Fingerspitzen bis hinauf in ihren Brustkorb.

»Setz dich doch«, riss die Stimme ihrer Mutter sie aus ihren Gedanken.

Wie immer war Edith Rosenbergs kinnlanges, dunkles Haar perfekt frisiert, sie trug ein Ensemble aus Rock und Bluse, die an der Vorderseite mit kleinen runden Knöpfen versehen war, was der neuesten Pariser Mode entsprach. Um ihren Hals baumelte eine zweireihige Perlenkette, die passenden tropfenförmigen Ohrringe an ihren Ohren. Seit Luise denken konnte, umgab ihre Mutter der Duft von *L'Heure Bleue*. Die französische Kreation aus Anis und Bergamotte mit einer dezenten Note von Nelken, Neroli, Iris und Veilchen begleitete sie stets. »Wir haben nur auf dich gewartet«, fuhr ihre Mutter fort.

Luise verkniff sich einen Kommentar, glücklicherweise kam Ilse gerade wieder aus der Küche und begann, dem Gast und der Familie aufzutragen. Luise brannten tausend Fragen auf der Zunge, jedoch gebot ihre gute Erziehung, den Mund zu halten.

»Wie kommt es, dass ein junger Mann wie Sie aus Island nach Berlin geht, um zu studieren?«, hörte Luise ihren Vater fragen. Sie riss die Augen auf.

Island! Was für ein exotisches Land, wie es dort wohl sein mochte? Sie warf Jónas einen heimlichen Blick zu, er wirkte völlig entspannt, und obwohl sein Anzug an den Ärmeln bereits Abnutzungsspuren zeigte und die Krawatte ein wenig verknittert war, schien er sich keineswegs unwohl zu fühlen. Sie schloss daraus, dass er vermutlich aus einem Elternhaus stammte, das finanziell deutlich schlechter gestellt war als ihres. Glücklicherweise war ihre Familie vorurteilsfrei, und obwohl sie selbst schon allein aus geschäftlichen Gründen darauf achteten, stets korrekt und ordentlich gekleidet zu sein, machten sie sich nichts aus der besseren Gesellschaft.

»Viele meiner Freunde sind nach Kopenhagen gegangen, einige, vor allem aber die Musikstudenten nach Leipzig, wo es auch sehr schön sein soll. Berlin hat mich jedoch mehr gereizt, die Stadt hat mich tatsächlich fasziniert, seit ich als junger Bursche darüber gelesen habe«, gab er höflich zurück, und Luise versank im Klang seiner Stimme und seines Akzents. Wie hatte sie nur glauben können, er käme aus Holland!

»Wie interessant. War es schwer für Sie, die deutsche Sprache zu erlernen?«, fragte nun Großmutter Ruth, eine weißhaarige Frau, hoch aufgerichtet, sittsam, verschlossen und wortkarg. Sie beklagte sich nie, manchmal lächelte sie, obwohl ihre Augen trüb und fast teilnahmslos dabei wirkten. Sie hatte zu viel gesehen, zu viel erlebt. Zwei Söhne hatte sie verloren, einen im Februar 1916 beim Sturm auf Verdun, einen in einem eisigen Schützengraben im Steckrübenwinter des darauffolgenden Jahres.

Jónas nickte. »Nun ja, ganz einfach war es nicht, das muss ich zugeben. Aber die Grammatik ist unserer doch recht ähnlich, das hat es mir erleichtert. Aber im ersten Semester, da bin ich ganz offen, habe ich kaum ein Wort verstanden.«

Heinrich klopfte ihm auf die Schulter. »Er ist ein elender Tiefstapler«, wandte er lachend ein. »Jónas ist ein Sprachtalent, ich glaube, er beherrscht die deutsche Grammatik besser als mancher Deutsche.«

»Und Sie wollen also, wie unser Heini«, mischte sich die Großmutter nun ein, »ein großer Philosoph werden?«

Jónas überlegte einen Augenblick, was Luise beeindruckte. Viele andere hätten einfach drauflosgeplappert, um die Stille nach einer Frage nicht zu lang werden zu lassen. Aber der Isländer strotzte nur so vor Selbstvertrauen, sodass er den Mut hatte, seine Antwort mit Bedacht zu wählen. »Ich fürchte«, meinte er irgendwann mit einem spöttisch hochgezogenen Mundwinkel, »ich bin kein wankelmütiger Intellektueller. Ich würde mich eher als respektlosen, frechen Menschen beschreiben, denn ich stelle mit Vergnügen eherne Werte infrage und diskutiere gerne bis in die Morgenstunden darüber.«

»Also doch ein Philosoph«, sagte Luise. Ihr Herz pochte schnell, als sie seinen interessierten Blick auffing.

»Möglich. Mich beschäftigt einfach die Frage, ob es eine Wahrheit gibt, die bedeutender ist als die Meinung des einzelnen Menschen.«

Carl Rosenberg hob eine Braue. »Und Sie glauben ernsthaft, auf diese Frage in Berlin eine Antwort zu erhalten?«

Jónas überlegte wieder einen Augenblick, ehe er sprach. »Um ganz offen zu sein, ich denke nicht, dass mir irgendein Mensch diese Frage jemals zu meiner Zufriedenheit beantworten könnte. Allerdings, und das ist der wesentliche Punkt, weshalb ich nach Deutschland gekommen bin: Ich möchte mit meinen Texten Geld verdienen, in Island kann man vom Schreiben nicht leben. In Dänemark gibt es schon genügend Isländer, die dänisch schreiben. Wenn Sie es so wollen, bin ich durch und durch Kapitalist. Wir Isländer haben lange genug auf trockenen Fischen herumgekaut, und an Altersschwäche gestorbene Kühe schmecken auch nicht gut. Deren Fleisch ist jedenfalls sehr zäh.«

Luise bewunderte ihn für seine Wortfertigkeit, sie lauschte jeder Silbe mit Andacht. Was für ein interessanter Mensch, sie wollte ihn unbedingt näher kennenlernen.

»Ein kapitalistischer Philosoph. Darauf müssen wir trinken.« Carl lachte und erhob sein Glas. »Mein lieber Jónas, ich bin mir sicher, Ihnen steht eine große Karriere bevor!«

»Lasst uns die gute Forelle genießen. Was haben Sie im Sommer vor, werden Sie nach Island zu Ihrer Familie reisen?«

»Ich fürchte, meine finanziellen Mittel sind begrenzt. Aber in diesem Sommer reist die ganze Welt nach Berlin! Das ist mein Glück, ich habe eine befristete Stelle bei einer kleinen Zeitung bekommen und werde das Leben dort genießen. Bei diesem Tagblatt werde ich wohl eher niedere Tätigkeiten verrichten, aber es wird sich gut im Lebenslauf machen, und etwas Kleingeld kommt auch dabei in meinen Geldbeutel.«

»Das klingt hervorragend, ich wünschte, unser Heini wäre auch so geschäftstüchtig.«

Luise sah, wie ihr großer Bruder bei Vaters Kommentar leicht zusammengezuckt war. Dass Carl immer wieder den

Finger in die Wunde legen musste! Heini war einfach nicht gemacht fürs Geschäft, er schwebte mit seinen Gedanken ständig über den weltlichen Dingen.

»Papa«, sprang sie für ihren Bruder in die Bresche, der ganz blass geworden war. »Heinrich hat sicher viel zu lesen, und Hausarbeiten schreiben sich auch nicht von alleine.«

»Carl«, mischte sich nun auch die Mutter ein. »Lassen wir das doch jetzt. Schaut nur, wie spät es schon ist. Wir sind gleich noch bei Dr. Hirschfeld eingeladen.«

»Was? Wieso sagst du das denn nicht früher, meine Liebe?«

»Du hast mal wieder nur deine Firma im Kopf, mein lieber Carl. Ich habe dir bereits letzte Woche erzählt, dass die wundervolle Pianistin Lisa Edelstein zu Gast sein wird. Sie müssen wissen, dass wir mit dem jüdischen Kulturbund zusammen öfter Soiréen organisieren, seit unsere Künstler, nun ja, in großen Häusern nicht mehr auftreten dürfen – was eine Schande ist. Unser Arzt, Dr. Hirschfeld, ist so nett und lädt zu sich in die Kefersteinstraße ein. Sie begleiten uns doch?« Edith lächelte Jónas an.

»Es wäre mir ein Vergnügen«, erwiderte dieser höflich und trank einen Schluck Wasser.

»Leider werden auch wieder Gestapobeamte anwesend sein. Man kann als Jude heutzutage ja nicht einmal mehr im privaten Kreise ungestört zusammenkommen.«

»Edith«, ermahnte Carl seine Frau, und Luise war froh, dass gleich nicht wieder eine von Mutters bekannten Tiraden folgen würde. Sie verstand, dass die Situation für sie schrecklich war. Ihr hatte immer viel am gesellschaftlichen Leben gelegen.

Nach dem musikalischen Abendprogramm schlenderten Luise, Heini und Jónas am Lösegraben in der Schießgrabenstraße zwischen Lindenbäumen entlang. Man hatte ihn im letzten Jahrhundert angelegt, um Überschwemmungen zu vermeiden.

Die Linden waren in voller Blüte und dufteten herrlich. Es war eine laue Sommernacht, in der sie eine leichte Brise wie eine luftige Bluse umschmeichelte. »Es ist sehr schön hier«, meinte Jónas.

Luise lachte. »Es ist vor allem alles sehr alt. In Lüneburg hatte man nicht das Geld, die Innenstadt zu modernisieren wie in Berlin oder anderen Großstädten. Wir leben quasi in einem einzigen, großen Museum des siebzehnten Jahrhunderts, Teile des Rathauses sind sogar schon neunhundert Jahre alt. Die ganze Innenstadt wirkt so gedrungen und eng, ich träume ja von den großen Alleen und schönen Häusern, wie in Hamburg oder Berlin. Nach dem Abitur gehe ich auf jeden Fall weg, um in einer großen Stadt zu studieren.«

»Du kannst es dir wahrscheinlich nicht vorstellen, aber in Island steht kein Haus, das älter als hundert Jahre ist.« Jónas verwendete die vertrauliche Anrede, die für Isländer so typisch war, die Luise nur zu gern aufgriff.

»Wirklich?« Sie schaute ihn mit großen Augen an. »Ich habe ja gar keine Ahnung, wie es bei euch ist. Ich habe mal gehört, dass es sehr viele Vulkane gibt. Ist es nicht gefährlich, dort zu leben?«

»Nein, überhaupt nicht. Man bewegt sich mit der Natur im Einklang. Und manche der Bauern wohnen sogar noch heute in Torfhäusern mit ihrem Vieh zusammen – es ist alles ein wenig einfacher, wenn man Reykjavík erst einmal hinter sich gelassen hat.«

»Ach du meine Güte, das kann ich mir nun wirklich nicht vorstellen. In einem Haus aus Torf?«

»Du bist einfach eine verwöhnte Göre«, neckte Heini und zwickte seine Schwester in den Oberarm.

»Das musst du gerade sagen«, sie lachte. »Wer hat dich vorhin vor Papas Rede gerettet?«

»Schon gut.« Luise bemerkte, wie Heinis Aufmerksamkeit abdriftete. Er beobachtete einige junge Männer, die sichtlich angetrunken, aber gut gelaunt vor ihnen feixten und lachten. Heini verlangsamte seinen Schritt.

»Kannst du mal was auf Isländisch sagen?«, wandte sie sich an Jónas und lief weiter mit ihm.

»Natürlich, sehr gerne. *Mér líkar vel við þig.*«

Sie merkte, dass er sie anschaute. Ohne zu wissen, was es hieß, spürte sie doch, dass es nichts Belangloses war. »Was heißt das?«, hauchte sie und hoffte, dass er nicht mitbekam, wie zittrig sie sich auf einmal fühlte.

»Ich mag dich«, übersetzte er, und in ihrem Bauch rührte sich ein zartes Flattern.

»Es klingt so wunderbar. Ich mag dich auch. Ich wünschte, ich könnte ein wenig Isländisch.«

»Wir Isländer geben auch gerne Kosenamen«, sagte er.

»Ach ja? Welchen würdest du mir geben?«

Jónas betrachtete sie, und Luises Magen fuhr Achterbahn, dann murmelte er, seine Stimme klang ein wenig belegt: »Lilla. Lilla mín. Meine Kleine.«

Luise schluckte, dieser Moment war so intim und elektrisierend, als hätte er sie mit seinen Lippen berührt. Sie senkte den Blick, während sie weitergingen.

»Welche Sprachen sprichst du?«, kam er zum ursprünglichen Thema zurück, als die Stille zu lang wurde.

»Französisch, nicht besonders gut, aber ich quäle mich nun schon seit Jahren damit. Dann noch Latein und Altgriechisch natürlich und Englisch.«

»Ich bin beeindruckt.«

Luise kicherte verlegen. »Bitte nicht. Meine Eltern malträtieren mich seit Jahren mit zusätzlichem Sprachunterricht, weil sie finden, es gehöre zu einer fundierten Ausbildung, aber ich schlage mich eher schlecht als recht.«

»Du scheinst aber talentiert zu sein, sonst wärst du gar nicht in der Lage, mehrere Sprachen gleichzeitig zu lernen.«

Sie wusste nicht, was sie darauf erwidern sollte, also schlenderten sie einige Meter schweigend nebeneinanderher. Heini war deutlich hinter ihnen geblieben – Luise war es ganz recht. Er würde schon nachkommen. »Wie hast du Deutsch gelernt?«

»Etwas in der Schule – ansonsten einfach rein ins kalte Wasser. Wenn man muss, versteht man Dinge am schnellsten.«

Sie war fasziniert von ihm, hoffte aber, dass er nicht merkte, wie sehr. Vielleicht sah er in ihr ja nur ein Kind, die kleine Schwester seines Kommilitonen. Sie spürte, dass sie sich etwas anderes wünschte. »Das klingt, als wäre es kinderleicht.«

»Ich könnte dir etwas Isländisch beibringen«, schlug er vor.

Sie blinzelte und atmete tief ein. »Ehrlich?«

Jónas nahm ihre Hand. »Wenn du möchtest, ich würde mich freuen.«

»Wie soll das denn gehen? Du in Berlin – ich hier?«

»Erst einmal bleibe ich ja für ein paar Tage und dann … Es gibt immer Wege …«

Mehr sagte er nicht, und Luise schwebte auch so bereits im siebten Himmel. Die Herzen der Jungs waren ihr immer schon reihenweise zugeflogen, sie war hübsch, groß und schlank. Aber bisher waren die Burschen Grünschnäbel gewesen, keine echten Männer. Nicht so welterfahren und maskulin wie Jónas.

»He, ihr beiden, wartet mal«, rief Heini in dieser Sekunde, sie hörte seine Schritte hinter ihnen. Sie bedauerte, dass der intime Moment vorbei war, und hoffte, dass er sich bald wiederholen würde.

Hastig ließ sie Jónas' Hand los, ihr Bruder musste ja nicht alles wissen. »Wo hast du gesteckt?«, fragte sie und merkte, dass ihre Stimme ein wenig atemlos klang.

»Ach, nicht wichtig.«

»War das Fritz da in der Gruppe?«

»Ja«, erwiderte ihr Bruder ungewohnt einsilbig. Die beiden waren einmal sehr eng befreundet gewesen, aber je länger Heini in Berlin studierte, desto seltener hatte Luise die beiden zusammen gesehen, wenn ihr Bruder einmal zu Hause war. Heini war betrübt darüber gewesen, Fritz nicht mehr zu sehen, aber er hatte sich ihr nicht anvertraut, warum sie sich entzweit hatten.

»Lasst uns nach Hause gehen«, schlug er vor. »Ich bin müde. Jónas sicher auch, ihm steckt immerhin die Strecke von Berlin nach Lüneburg in den Schenkeln.«

»Du bist wirklich die ganze Strecke mit dem Fahrrad gefahren?«, wollte Luise wissen.

»Nun, nicht an einem Tag, aber ja, wenn man sich das Geld für die Holzklasse sparen möchte, tritt man eben in die Pedale.«

Luise würde es nie zugeben, aber sie bewunderte ihn für seine Sorglosigkeit. Wenn sie kein Geld für eine Fahrkarte hätte, würde sie vermutlich einfach zu Hause bleiben. Seine Herangehensweise war deutlich abenteuerlicher und spannender.

Kapitel 3

Siglufjörður, Juni 2019

Sofie schreckte auf. Müde rieb sie sich über das Gesicht und blinzelte, die Sonne stand hoch am Himmel und schien mitten ins Zimmer. Sie hatte keine Ahnung, ob sie fünf Minuten oder zehn Stunden geschlafen hatte. Sie erinnerte sich noch an die Mitternachtssonne, kurz bevor sie eingeschlafen war. Rot und strahlend hatte sie den Horizont und den Fjord eingefärbt, es war fantastisch gewesen.

Sie streckte sich und schaute dann auf ihrem Handy nach der Uhrzeit.

Es war erst kurz nach sechs. Sie hatte gedacht, dass es viel später sein musste. Zumindest erklärte das, warum sie so müde war, denn sie hatte noch lange in dem Notizbuch gelesen. Die Schrift war klein und sehr schnörkelig, anstrengend zu lesen. Trotzdem hatte sie es kaum aus der Hand legen können. Ihr war schon auf den ersten Seiten klar geworden, dass es sich um sehr persönliche Aufzeichnungen handelte. Sofies Gewissen meldete sich kurz, eigentlich stand es ihr nicht zu, diese Notizen anzusehen. Aber die Neugierde war stärker gewesen, und auch jetzt kribbelte es schon wieder in ihrem Bauch, weil sie unbedingt wissen wollte, wie es weiterging. Aber zuerst brauchte sie einen Kaffee. Dringend. Vorher konnte sie ohnehin nicht denken. Und etwas zu essen wäre auch nicht schlecht. Wann hier wohl die Geschäfte aufmachten? Sie hatte am Vortag ganz vergessen, Lebensmittel einzukaufen. Sofie schwang sich aus dem Bett, tapste ins Bad, und nach einer kurzen Morgentoilette ging sie in die Küche. In der Hoffnung, Kaffee zu finden, dessen Verfallsdatum noch nicht seit zwanzig Jahren abgelaufen war, öffnete sie die Schränke. Das war noch echte Wertarbeit, stellte sie fest, denn selbst nach Jahrzehnten funktionierten die Scharniere einwandfrei – über das Design konnte man sich streiten, aber rein funktionell war das Mobiliar tadellos. Zwischen Tellern, Gläsern, Schüsseln und Tassen fand sie zwar keine Lebensmittel, dafür aber eine Packung Instantkaffee. Sie prüfte das Verfallsdatum – Oktober 2017. Sofie verzog den Mund – konnte Kaffee schlecht werden? Davon hatte sie noch nie gehört. Sie schraubte den Deckel ab und schnupperte prüfend. »Puh«, stieß sie hervor. »Eklig, wie jeder andere Instantkaffee auch.« Sie würde ihr Glück wagen, vergiften konnte man sich damit bestimmt nicht, und das Bedürfnis nach Koffein war stärker als die Furcht vor einer Magenverstimmung. Einen Wasserkocher hatte sie nicht entdeckt, also würde sie einfach Wasser in einem Topf erhitzen. Es gab sogar einen Elektroherd – etwas altmodisch, aber immerhin. Sie füllte einen kleinen Topf und setzte ihn auf eine Platte. Während sie wartete, fuhr sie mit ihrer kleinen Bestandsaufnahme fort. Eine Spülmaschine gab es nicht, dafür aber einen Kühlschrank, an dem unzählige Magnete hingen, Comicfiguren, Erinnerungen an Reiseziele und sogar welche, die sehr stark nach Firmenlogos aussahen, die Sofie jedoch nicht kannte. Unter einem Magneten hing die Liste der Dinge, die sie in den drei Monaten, wenn es nach den Wünschen der Auftraggeber ging, abarbeiten sollte. Sofie überflog die Anweisungen, obwohl sie sie schon per Mail bekommen hatte. Die Böden sollten erneuert werden, das war nicht schwierig, allerdings erfuhr sie jetzt, dass sie das Material dafür noch besorgen musste. Dann waren sämtliche Einbauschränke abzubeizen und neu zu lackieren. Kein Problem für Sofie, als Tischlerin gehörte das sozusagen zu ihrem täglichen Handwerk. Und dann waren da noch die Wände, denen sie einen frischen Anstrich verpassen sollte. In welcher Farbe, stand dort nicht, das würde sie mit den Eigentümern noch einmal klären müssen. Später, nahm sie sich vor, erst einmal wollte sie ankommen. Sie warf einen Blick in den Kühlschrank, glücklicherweise war er leer und sauber, lief aber mit einem leisen Surren.

Mit dem Kaffee belebte sich auch ihr Geist. Sie fühlte sich bereit, das kleine Fischerdorf zu erkunden, um einen Supermarkt zu finden. Sofie erinnerte sich vage, an einem vorbeigekommen zu sein. Ob die um diese Uhrzeit schon geöffnet hatten? Sie schnappte sich ihre Jacke, zog Schuhe an und marschierte los. Sofort fiel ihr die frische, kühle Morgenluft auf, die ein wenig nach Meersalz und Seetang roch. Sonnenstrahlen wärmten ihr Gesicht, es war sehr angenehm, denn die Luft war viel kälter, als es von drinnen ausschaute. Die Fischerboote wiegten sich sanft im Rhythmus der kleinen Wellen. Der Wind war stärker als am Vorabend, und sie zog den Reißverschluss höher. Möwen kreisten in einiger Entfernung über dem Fjord und suchten vermutlich ebenso nach einem Frühstück wie sie. Ein leises Lächeln schlich sich auf ihre Lippen, während sie die Hände in ihren Jackentaschen vergrub und weiterging. Da sie keine Ahnung hatte, wo sie suchen sollte, ging sie einfach an der Hauptstraße entlang, sicher traf sie irgendwann auf jemanden, der ihr helfen konnte, oder sie fand den Laden selbst. Nach einigen Minuten kam sie an der Feuerwehr vorbei, was sie zwar nicht am Wort erkannte, das über dem Gebäude stand: slökkvilið, wohl aber an dem roten Oldtimer-Feuerwehrauto, das hübsch hergerichtet und blank poliert zur »Deko« auf einem geschotterten Platz stand. Gleich daneben befand sich eine alte Fabrik, die zu einem Museum hergerichtet worden war – natürlich war es noch geschlossen, aber das würde sie sich irgendwann sicher auch mal ansehen. In ihrem Reiseführer hatte sie gelesen, dass Siglufjörður früher für die Heringsproduktion bekannt gewesen war. Daneben hatte sie ein Bild gesehen, auf dem Frauen mit Kopftüchern, langen Röcken und weißen Schürzen vor Arbeitstischen standen, während sie die Heringe fürs Salzen vorbereiteten – sicher ein Knochenjob und bei den Temperaturen hier vermutlich kein Zuckerschlecken. Wenn es im Juni morgens schon so frostig war, wie mochte es dann erst im Winter sein? Sofie sog die frische Luft tief in ihre Lungen. Langweilig würde ihr hier also nicht werden, und dass sie niemanden kannte, störte sie nicht. Es war eher so, dass sie froh war, endlich mal ein wenig Zeit zu haben, um über sich und ihr Leben nachzudenken. Aber nicht mit leerem Bauch. Sie ging weiter und kam nach kurzer Zeit an einem hübschen Hotel vorbei, das ganz nah ans Wasser gebaut worden war und sogar über das Ufer hinausragte. Dicke Säulen stützten das Gebäude ab. Die Aussicht aus den Zimmern musste großartig sein. Weiter hinter dem Kai befanden sich einige im gleichen Stil errichtete Restaurants, ein Spielplatz und dahinter etwas, das nach einer Fabrik aussah. Vermutlich wurde hier Fisch verarbeitet, überlegte sie, als sie die großen Kisten und Gabelstapler auf dem Gelände entdeckte. Eine lustige Mischung: Gastronomie, Spielplatz und Industrie direkt nebeneinander. Alles zusammen vermittelte den Eindruck, dass die Menschen hier stolz darauf waren, wo man herkam, und dass der Fisch offenbar auch heute noch einen großen Teil der Arbeitsplätze an der Küste ausmachte.

Leider hatten die Restaurants noch geschlossen, sonst hätte sie sich vielleicht ein Frühstück außer Haus gegönnt. Egal, das würde sie nachholen. Während sie weiter in die Ortsmitte schlenderte, kam sie an einem Campingplatz vorbei, der nicht eingezäunt war. Auf der Wiese standen Wohnmobile, Zeltwagen und Zelte. Es sah so aus, als ob man sich einfach mit seinem Kram platzieren konnte, wo man wollte. Kein Vergleich zu den Campingplätzen, die sie aus Deutschland kannte, wo Dauercamper sich gerne mal einbetonierten und mit Satellitenschüsseln und tonnenschweren Gasgrills bestückten. Vielleicht war es ja auch gar kein offizieller Campingplatz, überlegte sie und ging weiter. Sie entdeckte ein paar kleine Läden, Souvenirs, Restaurants und ein Sportgeschäft. Anscheinend befand sie sich jetzt im Zentrum. Sie schirmte die Augen vor der Sonne ab und schaute sich genauer um, tatsächlich: An der nächsten Ecke war ein Supermarkt. Sie ging darauf zu und stellte glücklich fest, dass er seit sieben Uhr geöffnet hatte. Die Einkäufe erledigte sie zügig, wobei sie die lokalen Produkte bevorzugte. Eier, Butter, Brot. Vor allem bei dem geräucherten Fisch, der wie Lachs aussah, konnte sie nicht widerstehen. Außerdem kaufte sie an der Frischetheke Kabeljau und Fischfrikadellen, die laut Auszeichnung *Fiskibollur* hießen. Ihr Magen knurrte lautstark – in Deutschland war es immerhin schon fast zehn.

Mit zwei Tüten bepackt kam sie kurz darauf wieder in ihrem vorübergehenden Zuhause an. Während sie ein paar Spiegeleier in die Pfanne haute und zwei Scheiben Brot mit Butter bestrich, studierte sie den Arbeitsauftrag am Kühlschrank. Geld für die Einkäufe hatten ihr die Besitzer in einer Persil-Dose dagelassen, die bei der Waschmaschine stand. Sie würde nachher auf die Suche gehen, bei ihrem ersten Rundgang hatte sie nicht darauf geachtet. Erneut freute sich Sofie, dass die Besitzer ihr so viel Vertrauen schenkten. Die Isländer waren offenbar positive Menschen, die anderen vertrauten. Während sie ihr Frühstück verputzte und ein Glas Organgensaft trank, notierte sie sich ein paar Dinge, die sie einkaufen wollte – wo sich der nächste Baumarkt befand, musste sie noch herausfinden.

Den übrigen Tag verbrachte sie damit, sich in der Garage nach Werkzeug umzusehen, Chaos zu beseitigen und Ordnung zu schaffen. Den Jeep, den man ihr für Besorgungen dagelassen hatte, parkte sie auf die Straße um. Glücklicherweise schien der Vorbesitzer handwerklich etwas draufgehabt zu haben, denn in der Garage stand eine Werkbank – zwar abgenutzt, aber durchaus noch brauchbar – und auch einige funktionierende Werkzeuge waren vorhanden. Das eine oder andere Gerät wollte sie sich noch zulegen, aber noch nicht gleich heute. Immer wieder schweiften ihre Gedanken zu dem Notizbuch und dem aufwühlenden Brief. Obwohl es sie nichts anging, interessierte sie die Geschichte dahinter brennend. Sofie überlegte, ob sie die Eigentümer darauf ansprechen sollte. Sie kam zu keinem Ergebnis, denn sie wollte auch nicht als Schnüfflerin dastehen. Ehe sie sich's versah, war der Tag vorüber und sie von oben bis unten eingestaubt und hungrig. Müde, aber zufrieden marschierte sie zurück ins Haus, bereitete sich den Kabeljau mit Kartoffeln zu und las nebenbei in ihrem Reiseführer. Nach dem Abwasch ging sie mit einem Glas Rotwein nach oben und ließ Wasser in die Wanne ein – sie liebte es zu baden, und nachdem sie gelesen hatte, dass die Isländer den weltweit höchsten Wasserverbrauch pro Kopf hatten, hatte sie zur Abwechslung mal kein schlechtes Gewissen, wenn sie zwei Tage hintereinander ein Vollbad nahm. Sie hatte sich gerade ausgezogen, als ihr Telefon klingelte. Sofie stöhnte leise und sah, dass es Thomas war. Sie hatte ihm gestern nur eine kurze SMS geschickt, dass sie gut angekommen war, weil sie vereinbart hatten, dass sie nicht nur physische Distanz zwischen sich bringen wollten, sondern sich auch ein wenig Freiraum geben, was so viel hieß wie: einfach mal nicht jeden Tag telefonieren. Sofie verdrehte die Augen und schob das Handy beiseite – nicht jetzt. Sie wusste ohnehin, worauf das alles wieder hinauslaufen würde, und wenn sie eins jetzt nicht wollte, dann am Telefon streiten. Mit einem Seufzen ließ sie sich ins Wasser gleiten und nahm ihr Buch zur Hand. Hin und wieder trank sie einen Schluck Wein, bis sie alles über der spannenden Lektüre vergaß. Sie hörte ein Geräusch, nahm es aber nur am Rande wahr, richtete sich auf und nippte an ihrem Glas.

»Hvað er í gangi?«, polterte jemand auf Isländisch, gleichzeitig flog die Tür zum Badezimmer auf und schlug mit einem lauten Krachen gegen die Wand.

Sofie schrie vor Entsetzen auf und hätte um ein Haar das Weinglas fallen gelassen.

»O Gott!«, stieß sie hervor. Wer war der Typ mit den zerzausten Haaren und wütend blitzenden Augen? Er trug ein kariertes Holzfällerhemd und eine an den Knien zerrissene Jeans. Eine Rasierklinge hatten seine Wangen wohl auch schon länger nicht mehr zu spüren bekommen. »Wer bist du?«, fragte sie auf Englisch, während sie sich gleichzeitig vor Schreck nicht rühren konnte.

»Das wollte ich dich gerade fragen! Was machst du hier …«, er starrte sie verwundert und mit großen Augen an.

Sofie stellte das Weinglas ab und bedeckte ihre Brüste mit den Händen. Hektisch schaute sie sich nach einem Handtuch um, während ihr Gehirn fieberhaft arbeitete. Es wirkte ganz so, als ob der Kerl sich nicht im Haus geirrt hatte, was bedeuten musste, dass er einen Schlüssel oder den Code zur Box besaß.

Sie schüttelte ungläubig den Kopf. »Wärst du so nett, kurz rauszugehen, dann erkläre ich alles.«

Sein Mund klappte auf, als hätte er eben erst bemerkt, dass sie nackt war. »Natürlich, entschuldige«, gab er knapp zurück und verließ das Badezimmer so fluchtartig, dass sie beinahe gelacht hätte. Sofie verdrehte die Augen und angelte sich das Handtuch, das auf einem Halter an der Wand hing. Während sie sich rasch abtrocknete, hörte sie seine polternden Schritte auf der Treppe. Ihr Herz klopfte wild. Welche Art von Komplikation bedeutete die Anwesenheit dieses Mannes? So, wie er sich aufgeführt hatte, war klar, dass er keine Ahnung hatte, was sie hier machte. Ein Nachbar, der nach dem Rechten sehen wollte? Vielleicht hatten die Eigentümer vergessen, ihn zu informieren, dass für eine Weile jemand in diesem leer stehenden Haus leben und werkeln würde. Das ergab Sinn, ihr Bauchgefühl sagte ihr jedoch, dass mehr dahintersteckte als nur ein aufmerksamer Dorfbewohner. Sofie drehte ihre nassen Haare zu einem Dutt und wickelte ein Haarband darum, dann schlüpfte sie in Jeans und Pullover, ehe sie nach unten eilte. Sie hörte ihn schon auf der Treppe in der Küche hantieren. Als wäre das sein Haus!

Sofies Magen machte eine nervöse Umdrehung. Möglicherweise war sie ja diejenige, die jemandem auf den Leim gegangen war? Aber das war doch völlig unlogisch, die Liste, das Geld, die frische Bettwäsche. Nein, bestimmt hatte mit ihrem Arrangement alles seine Richtigkeit.

Sie stellte sich in den Türrahmen und sah, dass er Kaffeepulver in einen Filter löffelte. »Da bin ich«, sagte sie auf Englisch.

Er blickte nicht gleich auf, und so blieb ihr etwas Zeit, ihn genauer zu mustern. Auch nach dem ersten Schock und ihrer Bestandsaufnahme kam sie zu dem Schluss, dass das kein Mann war, der sich viel um die Angelegenheiten anderer scherte. Dafür war seine Erscheinung viel zu unprätentiös.

»Also, wer bist du und was machst du in diesem Haus?«, fragte er schließlich und lehnte sich an die Arbeitsfläche. Während die Kaffeemaschine blubberte und gurgelte, verschränkte er seine Arme vor der breiten Brust.

Sofie runzelte die Stirn. »Ist das dein Haus?«

Er hob eine Augenbraue, er wirkte beinahe schon belustigt. »Na, deins ist es jedenfalls nicht.«

Puh, der Kerl war ja ein ganz schön harter Brocken. Sofie atmete tief ein. »Ich bin hier wegen eines Work-and-Travel-Arrangements.«

Seine Augen wurden groß. »Wegen eines … was?«

»Work and Travel, das ist so eine Website, ich bin Tischlerin.«

»Ich habe noch nie gehört, dass ein Handwerker sich bei seinem Auftrag in die Badewanne legt.«

Sie konnte nicht anders und musste lachen. »Nein, das ist nicht Teil des Jobs. Aber jetzt habe ich Feierabend. Ich bin übrigens Sofie. Sofie Wagner. Und du?« Sie hielt ihm ihre Hand hin.

»Björgvin«, gab er knapp zurück und schüttelte ihre Hand.

Seine Haut fühlte sich weich und trocken an, keine Schwielen oder Risse – obwohl er ein breites Kreuz hatte, war es also eher unwahrscheinlich, dass er selbst handwerklich tätig war. Hastig zog sie ihre Finger zurück.

»Darf ich fragen, wie du hier reinkommst?«, wagte sie sich vor.

»Das Haus gehört meiner Tante und meinem Onkel.«

»Und was machst du hier? Einen Rundgang? Sind dir ungewöhnliche Bewegungen aufgefallen und du wolltest nach dem Rechten sehen?«, versuchte sie zu scherzen. »Keine Sorge, in meinem Vertrag ist festgehalten, dass ich hier umsonst wohnen kann, solange ich hier arbeite.«

Er verzog seinen Mund und wirkte ratlos. »So was habe ich befürchtet.«

Sofie wurde aus ihm nicht schlau. »Wieso?«

»Also, erst mal, ich bin keine Hauspolizei. Allerdings ist es so, dass ich hier unterkomme, wenn ich im Ort bin.«

Sie verstand nicht ganz und zog die Nase kraus. »Das bedeutet?«

»Ich arbeite in Reykjavík, bin aber auch oft hier. Und dann wohne ich in diesem Haus. Ich bin gerade aus Reykjavík gekommen und jetzt ein bisschen verwundert, dass meine Tante das organisiert hat, ohne mir Bescheid zu sagen.«

Sofie unterdrückte den Impuls, mit den Schultern zu zucken. Das war ja nicht ihr Problem. Allerdings ahnte sie, was als Nächstes kommen würde. »Ich geh nirgendwohin.« Sie trat einen Schritt nach vorn.

Er musterte sie mit nachdenklicher Miene. »Hast du den Vertrag dabei?«

»Also bitte«, sie straffte sich. »Natürlich! Du kannst deine Tante auch gerne anrufen und sie fragen, wenn du mir nicht glaubst.«

Björgvin rieb sich die Stirn, dann nahm er eine Tasse aus dem Schrank. »Kaffee?«, fragte er.

»Nein danke, ich habe vor, heute Nacht zu schlafen.«

Dieser Satz entlockte ihm ein spöttisches Grinsen. Er war verdammt attraktiv. Dennoch kam es ihr so vor, als ob er nicht häufig lachte. Ihn umgab eine melancholische Aura, und für eine Sekunde verlor sie sich in der Tiefe seiner ausdrucksstarken Augen.

»Ja, das werde ich tatsächlich mal machen«, murmelte er vor sich hin und goss Kaffee in einen Becher. Dann zog er ein Smartphone aus der Gesäßtasche seiner Jeans und ging ein paar Schritte hinüber ins Wohnzimmer, während er offenbar einen Kontakt in seinem Adressbuch suchte.

Sofie ließ sich ein Glas Wasser aus dem Hahn ein. Das isländische Wasser schmeckte wirklich ausgezeichnet. Sie hörte, wie Björgvin nebenan diskutierte, er schrie zwar nicht, aber er klang auch nicht gerade amüsiert. Sie konnte sich ja eigentlich zurücklehnen. Das hoffte sie jedenfalls. Was wollte er überhaupt hier? Zur Not musste er sich eben ein Hotel nehmen, sie hatte ja am Vormittag eins gesehen, und unzählige Pensionen gab es auch im Ort.

»So, habe mit ihr gesprochen.« Er trat in die Küche und seufzte. Seinem griesgrämigen Gesichtsausdruck konnte sie nicht entnehmen, was das Ergebnis war.

»Und?«

»Sie meint, das mit dir hätte schon seine Ordnung.«

Sofie schloss für eine Sekunde die Augen. »Ja?«, sie hoffte, dass man ihr die Verärgerung nicht ansah – sie wollte nicht so unhöflich wirken wie er. Gleichzeitig verstand sie, dass er nicht erfreut war; anscheinend hatte man ihn nicht darüber informiert, dass er das Haus derzeit nicht bewohnen konnte.

»Meine Tante meinte, dass das Haus groß genug sei für uns beide. Ich bleibe ja nur ein paar Tage.«

Sofies Mund klappte auf. Sie meinte, sich verhört zu haben. Dann begriff sie, dass er es ernst meinte. »Auf gar keinen Fall.«

Er zuckte mit den Achseln. »Habe ich ihr auch gesagt.«

»Und jetzt?«

»Ich schau mal, ob in einer Pension oder im Hotel was frei ist.«

Sie atmete erleichtert aus, er sprach weiter. »Wird dir ja wohl nichts ausmachen, oder?«

»Wie?«, stammelte sie. »*Ich* soll gehen?« Ihre Stimme klang auf einmal schrill, während ihr Puls schon wieder in die Höhe schnellte.

»Ja, klar. Ich wohne immer hier.«

Das war ja wohl die Höhe. »Kommt gar nicht infrage.« Sie hatte das Recht auf ihrer Seite. Obwohl sie seinen Ärger verstehen konnte, hatte sie schließlich eine Anstellung und einen gültigen Vertrag – in dem allerdings nicht stand, dass außer ihr niemand in dem Haus leben durfte, während sie dort war. Aber das würde sie ihm garantiert nicht auf die Nase binden.

Er war auf diesem Ohr wohl sowieso taub, denn er zückte erneut sein Handy und tippte darauf herum. Nach einigen Minuten fluchte er. Es klang zumindest so, verstanden hatte sie nicht, was er von sich gegeben hatte. »Alles voll. War ja klar, es ist Sommer!«, brummte er und ging in der Küche auf und ab. »Muss ich wohl doch bei meiner Mutter übernachten«, murmelte er geistesabwesend auf Englisch.

Sofie hob eine Augenbraue, sagte aber nichts. Gleichzeitig fragte sie sich, warum er es so schlimm fand, dort unterzukommen. Björgvin tippte eine Nachricht und setzte sich an den kleinen Esstisch, wo er seine Tasse scheppernd abstellte.

Er schaute zu ihr auf. »Wie lange wirst du hierbleiben?«

Sie ahnte, dass ihm ihre Antwort nicht gefallen würde. »Drei Monate.«

Kapitel 4

Lüneburg, Juli 1936

»Den oder keinen«, verkündete Luise mit einem verträumten Lächeln. Sie thronte vor ihrem Frisiertisch und bürstete sich die Haare, dabei schaute sie ihre Freundin Anneliese im Spiegel an. Anni war vor einem Jahr auf die jüdische Schule nach Hamburg gewechselt und stammte wie Luise aus einer Kaufmannsfamilie, die ein Manufakturwarengeschäft in der Großen Bäckerstraße betrieb.

Ihre Freundin saß auf Luises Bett und spielte mit einer ihrer dunklen Locken, während sie Luise genau beobachtete, die auf ihrer ausladenden, quietschgelben Sesselschale vor dem Frisiertisch saß. Die Hitze war drückend und unerträglich. »Du scheinst dir ja ganz schön sicher zu sein.«

Luise nickte und drehte sich zu ihr um. »Ich spüre es.« Sie legte sich eine Hand auf die Brust. »Hier drin. So schnell hat es noch nie geklopft. Jónas ist ein echter Mann.«

Ihre Freundin verzog den Mund. »Bist du dir sicher, dass du ihn nicht einfach nur erobern möchtest?«

»Wieso sollte ich das denn wollen?«

»Weil du immer gewinnen musst.«

Luise schnitt eine Grimasse. »Das ist aber nicht nett, und nein, so ist es nicht. Am ersten Abend hat er meine Hand genommen und auf Isländisch gesagt, dass er mich sehr gern hat.«

»Vielleicht ist er ein Casanova und hat es nur auf das eine abgesehen.«

»So ist er nicht.«

»Und woher willst du das wissen?« Anneliese setzte sich in den Schneidersitz. »Und sag jetzt nicht, dass du es dadrin spürst. Das könnte auch einfach zu viel Koffein gewesen sein.«

»Bitte, du weißt, dass ich gar keinen Kaffee trinke.«

»Du weißt, was ich meine.«

Luise verdrehte die Augen. »Ja, ist ja gut.«

»Und was war seitdem? Er ist doch nun schon eine ganze Woche zu Gast?«

»Heini nimmt ihn voll in Beschlag, sie stecken den ganzen Tag ihre Köpfe in Bücher, besichtigen Orte, an denen große Dichter verweilten. Wusstest du, dass Heinrich Heine auch Jude war und eine Weile in Lüneburg gelebt hat?«

Anneliese schnaubte. »Bitte, wer weiß das nicht? Ich sag dir auch was, der gute Heine hat 1821 schon in seiner Tragödie Almansor geschrieben: ›Das war ein Vorspiel nur, dort wo man Bücher verbrennt, verbrennt man auch am Ende Menschen.‹«

»Hilfe«, Luise hob ihre Hände. »Du bist und bleibst eine Streberin. Erspare mir das, mir reicht's, wenn Heini ständig große Dichter zitiert. Und von dem ganzen anderen Übel will ich erst recht nichts hören. Ich habe genug von der Schwarzmalerei, so schlimm wird's mit den Nazis schon nicht werden.« Natürlich war sie geknickt gewesen, als auch noch der Musiklehrer dazu übergegangen war, sie wegen ihres Glaubens nicht mehr zu unterrichten, aber sie hatte beschlossen, sich davon nicht unterkriegen zu lassen.

»Wenn du meinst. Dir ist aber schon klar, dass seit den Nürnberger Gesetzen eine Beziehung mit ihm ohnehin verboten wäre?«

Luise verdrehte die Augen. »Dieser Quatsch wieder. Rassenschande, dass ich nicht lache. Er ist Isländer, seit wann gelten für die deutsche Gesetze?«

Anni schwieg einen Augenblick, öffnete ihren Mund, schloss ihn dann aber wieder und seufzte. »Aber Literatur und Poesie solltest du schon mögen, oder? Immerhin studiert er Philosophie und Geschichte.«

»Das schon, aber er ist anders. Viel ... weltlicher als Heini. Das kann man gar nicht vergleichen«

Ihre Freundin schüttelte lachend den Kopf. »Na, der Knabe scheint dir ja ganz schön den Kopf verdreht zu haben. Meinst du nicht, deine Eltern hätten was dagegen? Er ist kein Jude ...«

Luise wollte davon nichts hören, sprang auf und lief zum Fenster. »So weit sind wir ja noch lange nicht, denn morgen setzt er sich wieder auf sein Fahrrad und radelt davon. Er muss seine Stelle bei der Zeitung antreten«, sie seufzte theatralisch. »Wir haben nur noch heute Abend. Ich habe Heini überredet, dass wir nach dem Essen noch in den Kurpark gehen, ein bisschen flanieren und im Schatten der Bäume im Gras liegen.«

»Weiß er eigentlich davon?«

»Wer und wovon? Sprich nicht so in Rätseln.«

»Na, dein Isländer. Weiß er schon, dass du ihn auserkoren hast?«

Luise spürte die Hitze in ihre Wangen aufsteigen. »Natürlich nicht! *Er* muss doch *mich* erobern.«

Anneliese lachte und sprang auf. »Du machst das schon, ich muss jetzt leider los. Mama hat mich heute dazu verdonnert, im Geschäft zu helfen. Es wird ja immer schwieriger mit dem Personal. Wir mussten letzte Woche zwei Lehrmädchen entlassen.«

»Hält sich dein Vater etwa daran, nur noch Juden zu beschäftigen?«

Sie zuckte die Schultern. »Was soll man denn tun? Warten, bis sie uns noch mal die Scheiben einschlagen?«

»Ist es nicht besser geworden? Ich finde ja, dass es sich seit dem Frühjahr sehr beruhigt hat. Die dämlichen Braunhemden verkaufen ihren Stürmer jetzt nicht mehr direkt vor unserem Geschäft, und Schmierereien hat's auch schon lange keine mehr an unseren Schaufenstern gegeben.«

»Das ist doch nur vorübergehend, du Dummchen. Bist du wirklich so naiv? Alle Welt schaut gerade auf Deutschland, Hitler will sich vor den anderen Nationen als weltoffen und liberal präsentieren. Danach geht's sicher weiter – vielleicht wird's noch schlimmer, wer weiß das schon.«

»Du bist viel zu pessimistisch, Anni. Ich glaube, die Nazis haben begriffen, dass es nicht richtig ist, was sie tun, es gab doch einige Verbesserungen in diesem Jahr. Hitler hat gemerkt, dass das Ausland jetzt so kurz vor den Olympischen Spielen auf uns schaut. Und unsere Kunden kommen nach wie vor zu uns, sogar aus Hamburg, weil sie die Qualität und den Service schätzen.«

»Ich hoffe, du hast recht. Also, tschüss, Luise.« Sie gab Luise einen Kuss auf die Wange, ehe sie ging.

Auch in den frühen Abendstunden hatte es kaum abgekühlt, die Sommerhitze lag wie eine Glocke über der Stadt, während sie zu dritt auf dem Weg zur Minigolfanlage im Kurpark waren. Obwohl Luise nur ein luftiges Sommerkleid trug, klebte der dünne Baumwollstoff an ihrem Rücken. Doch davon wollte sie sich nicht die Laune verderben lassen. Neben ihr gingen Jónas und ihr Bruder Heini, die beiden hatten sie in die Mitte genommen. Gerade schritten sie durch das gusseiserne Tor, der Kies knirschte unter ihren Füßen. Schon von Weitem hatte man das

Rauschen des Brunnens gehört. Es duftete nach Lindenblüten, Gras und Stockrosen, die überall am Wegesrand gepflanzt waren. Der nach englischem Landschaftsmuster angelegte Park lag im südlichen Teil der Stadt. Jónas zeigte nach vorne. »Was ist das denn?«

»Das ist ein Gradierwerk, hier kannst du die berühmte Lüneburger Sole einmal erschnuppern«, erklärte Heini ihm.

»Ah, ja. Ich erinnere mich, Lüneburg war einst eine reiche Stadt. Das weiße Gold …«, fuhr er fort.

»Es soll gut sein, wenn man es mit der Lunge hat«, mischte Luise sich ein. »Über Reisig läuft die Sole von oben nach unten, und so entsteht feiner Nebel, den man, wenn man dort entlangschlendert oder auf einer Bank sitzt, einatmet. Außerdem, und das ist bei dem Wetter wohl das Wichtigste, ist es angenehm kühl dort.«

»Das müssen wir unbedingt mal versuchen.« Jónas schien interessiert an allem, was neu war. Das mochte Luise sehr an ihm.

»Zuerst die Arbeit, dann das Vergnügen«, scherzte Heini.

»Jetzt spuckt mein Bruder noch große Töne, er ist ein ganz miserabler Minigolfspieler.«

Heini nahm sie in den Arm. »Nur weil du so eine schlechte Verliererin bist. Ich schlage lieber ein paarmal daneben, ehe du deine gute Laune verlierst. Oh – jetzt habe ich dein Geheimnis verraten.« Er zwinkerte, und Luise schnaubte empört.

»Das ist absolut nicht wahr!«, protestierte sie.

»Nicht streiten«, mischte Jónas sich ein. »Obwohl ich es herzig finde, wie ihr miteinander umgeht.«

»Hast du Geschwister?«, wollte Luise wissen, während sie weiter über den feinen Kies in Richtung Minigolfanlage schlenderten. Der weitläufige Kurpark mit seinen großzügigen, gepflegten Rasenflächen, den geschwungenen Wegen, kleinen Baumgruppen, üppigen Blumenbeeten und einem Teich, auf dem Enten schwammen, stand ganz in der Tradition der Englischen Gärten. Dabei kamen sie am Kurparkcafé, einem kleinen weißen Häuschen, vorbei, das aber um diese Uhrzeit bereits geschlossen hatte. Direkt daran grenzte der Wandelgang, der freien Blick auf die Parklandschaft gewährte und bei jedem Wetter trockene Füße gewährleistete. Im Sommer hingegen spendete er angenehmen Schatten.

»Ja, ich habe einen Bruder. Es ist wirklich sehr schön hier«, stellte Jónas noch einmal anerkennend fest.

»Der Park erstreckt sich über mehr als zwanzig Hektar, er wurde kurz vor dem großen Krieg angelegt«, erzählte Luise in leichtem Plauderton. Sie freute sich, auch endlich einmal etwas von ihrem Wissen anbringen zu können.

»Davon können wir Isländer nur träumen.«

»Aber Berlin hat ja auch ganz wundervolle Parks«, sagte Heini.

»Ja, das stimmt und das genieße ich sehr, wobei ich meine Heimat schon manchmal vermisse. Die raue See, die eisigen Stürme und die hohen Berge. Aber das ist vermutlich ganz normal. Einfach ist das Leben in Island nicht, vor allem für unsere Bauern.«

»Oh, das kann ich mir gut vorstellen, wie will man bei dem Klima überhaupt etwas anbauen?«

»Ich habe in Dänemark zum ersten Mal in meinem Leben einen Apfel probiert.«

Luises Augen wurden groß. »Es gibt nicht einmal Obstbäume?«

»Nicht einmal das.« Jónas schüttelte den Kopf, dabei hatten sich seine sinnlichen Lippen zu einem leisen Lächeln verzogen. »Auch Getreide wächst bei uns nicht, ich finde die Vielfalt an Brotsorten in Deutschland deshalb auch wirklich erstaunlich.«

»Kein Brot?« Luise stieß zischend die Luft aus.

»Doch, schon, aber wir müssen das Mehl importieren.«

»Wovon ernährt ihr euch dann?« Luise fand es wahnsinnig spannend, mehr über dieses ferne Land mit seinen Eigenarten zu hören.

»Fisch, Kartoffeln, Steckrüben, Lammfleisch, Milch, Butter, Eier, Haferbrei ...«

»Klingt nicht sehr abwechslungsreich – obwohl ich selbst nicht gerade ein großer Liebhaber von Kohl und Wurzelgemüse bin. Aber wenn ich mir vorstelle, es käme gar nicht mehr auf den Tisch?« Sie schüttelte den Kopf. »Das wäre schon eine Umstellung.«

»Wenn man es nicht anders kennt, fehlt einem nichts. Ich könnte nicht sagen, dass ich je das Gefühl hatte, mir würde was entgehen.«

»Natürlich«, beeilte sie sich zu sagen und fürchtete, dass sie ihn mit ihrer törichten Bemerkung womöglich verärgert haben könnte. Sie warf ihm einen verstohlenen Seitenblick zu und stellte erleichtert fest, dass auf seinen schönen, gebräunten Zügen keine Verstimmung oder Groll zu erkennen waren.

»Seht mal, da sind wir schon.« Sie zeigte auf die Rasenfläche, auf der achtzehn verschiedene Bahnen mit kleinen Hindernissen und Toren angelegt worden waren. Heini zahlte und kehrte mit drei Schlägern und Bällen zu ihnen zurück. In der Gesäßtasche seines weißen Leinenanzugs steckten Zettel und Bleistift, damit sie ihre Ergebnisse notieren konnten.

»Ihr kennt die Regeln?«, fragte Heini.

»Der Ball muss ins Loch?« Jónas grinste spitzbübisch.

»Genau, der mit den wenigsten Schlägen gewinnt.« Luises Bruder nickte. »Die Dame zuerst.«

Die folgende Stunde lachten sie, alberten herum und neckten sich gegenseitig. Es kam Luise so vor, als kannten sie sich seit Ewigkeiten. Gleichzeitig spürte sie, dass Jónas sie ganz genau beobachtete, immer wieder begegnete sie seinem intensiven

Blick, der ihr die Hitze in die Wangen trieb. Als sie das letzte Loch gespielt hatten, wurde Heini zum Sieger gekürt.

»Ihr Lieben, würdet ihr mich einen Augenblick entschuldigen? Luise, was hältst du davon, Jónas das Grenadierwerk zu zeigen?«

Sie blinzelte und folgte Heinis Blick. Als sie Fritz entdeckte, der mit einem Buch im Schatten einer alten Eiche saß, verstand sie. »Sehr gern.« Sie lächelte Jónas an, der ihr seinen Arm bot.

»Bringst du Luise dann nach Hause?«, bat Heini seinen Freund.

»Mit Vergnügen.«

Luises Herz schlug schneller, als sie Jónas' Wärme spürte und ein Hauch seines Rasierwassers in ihre Nase stieg. »Guten Abend«, verabschiedete sich Heini und schlenderte dann zu Fritz. Er setzte sich neben ihn auf die Bank, und Fritz ließ sein Buch überrascht sinken. Sein Gesichtsausdruck erhellte sich, und Luise sah echte Freude in Fritz' Augen aufblitzen. Sie hatte gar nicht mitbekommen, dass die beiden sich wieder nähergekommen waren. Heini hatte nie auch nur ein Wort über sein Verhältnis zu Fritz verloren, aber sie hatte schließlich Augen im Kopf. Ihre Freundschaft war etwas Besonderes, mehr als einmal hatte Luise vermutet, dass Heini und Fritz ein Paar waren, auch wenn es verboten war. Hinzu kam, dass Heini ein Jude und Fritz der Sohn eines Metzgermeisters war. Arier, Parteimitglied und noch dazu mit einigem Einfluss in der Stadt. Luise hatte geglaubt, dass das die beiden entzweit hatte – sie hatte es am eigenen Leib erfahren, wie langjährige Freundinnen sich nach und nach von ihr abgewendet hatten. Geblieben war ihr nur Anneliese – sie war die Einzige, die nachvollziehen konnte, wie es ihr ging, weil sie ein ähnliches Schicksal teilte. Umso schöner war es zu sehen, dass Fritz offenbar seine Meinung geändert hatte.

»Wollen wir?«, riss sie Jónas' sonore Stimme aus ihren Überlegungen.

»Sehr gern.« Sie lächelte und blickte zu ihm auf. Obwohl sie selbst eher groß für eine Frau war, überragte er sie noch um Haupteslänge. Die Dämmerung hatte eingesetzt, es wehte eine leichte, sommerliche Brise. Der Geruch von Salz und feuchtem Reisig stieg ihnen in die Nase, als sie sich dem Gradierwerk näherten. Eine Frau mit einem Kinderwagen kam an ihnen vorbei und grüßte mit einem Kopfnicken, sie wünschten ihr einen guten Abend. In der Ferne bellte ein Hund.

»Diese Woche war einfach wunderschön«, hörte sie ihn sagen und hoffte, dass sie dazu beigetragen hatte.

»Das fand ich auch«, erwiderte sie, weil ihr nichts Besseres einfiel.

Das Plätschern der kühlen Sole über den dünnen Zweigen vermischte sich mit dem Rauschen ihres Blutes. Sie umrundeten die Gradieranlage einmal und schlenderten den überdachten Gang auf der Rückseite entlang, als Jónas unvermittelt stehen blieb und sie sanft zu sich umdrehte. Luise hob ihren Blick und war überrascht, wie intensiv seine blauen Augen im schwachen Abendlicht schimmerten. Sie schluckte. Sein Blick wanderte zu ihren Lippen, und Luises Herz überschlug sich beinahe. »Was hast du nur mit mir angestellt?«, wisperte er. Er stand so dicht vor ihr, dass sie seinen Atem auf ihrer Haut fühlen konnte.

»Oder du mit mir«, hauchte sie.

In ihrem Kopf drehte sich alles. Sollte sie ihn warnen, sollte sie ihn von sich stoßen? Wenn er sich mit ihr einließ, konnte er in große Schwierigkeiten geraten. Wusste er all das nicht, oder war es ihm egal? Ihr war schwindelig, ihre Knie fühlten sich wackelig an. Erst jetzt bemerkte sie, dass er seine Arme um sie gelegt hatte. Sie war wie berauscht von seiner Nähe. Sie wollte es so sehr, und nun war Luise sich gewiss, dass die Anziehung auf Gegenseitigkeit beruhte.

»Du bist wunderbar, stark und schön«, murmelte er an ihren Lippen.

»Willst du das wirklich?«, erwiderte sie, sie hörte, dass ihre Stimme leicht zitterte. »Wenn wir diese Grenze überschreiten …«, ihre Stimme brach. Sie konnte nicht aussprechen, welche Konsequenzen ihnen drohen könnten.

Sie wünschte sich dennoch, dass er die Warnung ignorieren würde, auch wenn sie wusste, dass es nicht klug wäre. Aber die Stimme der Vernunft wurde immer schwächer, je länger sie alleine mit ihm im Schatten des Gradierwerks stand. Sie hoffte, dass alles irgendwie gut werden würde – wie, das wusste sie nicht. Seit dem letzten Jahr war es Juden verboten, sich mit Ariern einzulassen. Auch wenn sie zu Anni gesagt hatte, dass Jónas als Isländer sich nicht um deutsche Gesetze scheren musste. Er lebte hier, studierte hier – natürlich galten die Regeln auch für ihn und für sie erst recht. Leider.

Er legte seine Hände auf ihre Wangen und hielt ihr Gesicht fest, als sie sich abwenden wollte. Sanft und so zärtlich, dass sie beinahe laut geseufzt hätte. Sie genoss jede Berührung und wünschte sich mehr davon. Viel mehr.

»Du hast mein Herz gestohlen, Lilla mín. Schon am ersten Tag, als du mich auf der Straße beschimpft hast, wollte ich das tun.« Und dann wurde es still um sie. Die Umgebung verschwamm, und sie tauchte in eine andere Welt. Jónas' Liebkosung war sinnlich und fordernd zugleich. Es war nicht ihr erster Kuss, aber doch der erste, der ihr etwas bedeutete. Seine Lippen waren weich und fest zugleich, kühl, und doch ging eine Hitze von ihm aus, die sie bis ins Innerste versengte. Sie schmiegte sich an ihn, obwohl sie wusste, dass sie in Schwierigkeiten geraten konnte – es fühlte sich richtig an, und genau so sollte es sein. Wo sie weich und zart war, war er athletisch und stark. Seine Arme boten ihr Halt, und seine Küsse ließen sie im siebten Himmel schweben. Irgendwann lösten sie sich voneinander, sie atmeten schwer. Luise fürchtete, dass ihre Beine sie nicht mehr länger tragen würden, aber er war bei ihr, hielt sie umarmt.

»Wann sehe ich dich wieder?« Seine Stimme klang rau, seine Brust hob und senkte sich schnell.

»Ich weiß es nicht.« Sie wünschte, sie hätte etwas anderes erwidern können.

»Schreibst du mir?«

»Willst du das denn?« Sie hob ihren Blick und blinzelte schüchtern.

Jónas legte eine Hand an ihre Wange. »Ich wünsche mir, jeden Tag ein paar Zeilen von dir zu lesen. Und wenn das nicht geht, dann jeden zweiten.«

Sie lächelte, während sich ein warmes Gefühl um ihr viel zu schnell schlagendes Herz legte. In ihrem Bauch flatterten nicht mehr länger zarte Schmetterlinge, es war kaum zu ertragen, so sehr kribbelte es darin. »Vielleicht«, schlug sie vor, »könntest du mir ein bisschen Isländisch beibringen? Denkst du, das ginge?«

»Alles, was du dir wünschst.« Er lächelte versonnen. »Besuchst du mich in Berlin? Bald?«

Sie atmete scharf ein. Wie sollte sie das ihren Eltern erklären? Sie überlegte. »Ja, das werde ich. Ich lasse mir etwas einfallen.«

Mit einem Schlag kehrten all ihre Bedenken zurück. So schön der Kuss gewesen war, es wäre klug, sie würden es dabei belassen. Luise war sich sicher, dass ihre Eltern – so liberal sie auch waren – unter keinen Umständen dulden würden, dass sie sich oder andere in Gefahr brachte, indem sie die Gesetze der Nazis missachtete. Jeder wusste, dass die nicht zimperlich waren, Juden ins Zuchthaus zu werfen. Da half nicht einmal ihr Aussehen, das mit den blonden Locken, der schlanken, hochgewachsenen Figur und den klaren Zügen arischer war als das der meisten Deutschen.

»Schreib mir, Lilla«, bat er sie und küsste sie noch einmal.

Kapitel 5

Siglufjörður, Juni 2019

Sofie hatte gut geschlafen, war aber früh wach gewesen. Deshalb war sie mit einer Tasse Kaffee noch einmal unter die Bettdecke gekrochen und hatte ein wenig in den Aufzeichnungen gelesen. Es war mühsam, die Handschrift war nicht leicht zu entziffern. Außerdem meldete sich immer wieder ihr schlechtes Gewissen. Durfte sie diesen Text so einfach lesen? Es sah ganz nach einer romantischen Geschichte eines jungen Mädchens aus. Zu privat für ihre Augen, hatte Sofie dann entschieden und es wieder zugeklappt. Sie musste jemandem Bescheid sagen und um Erlaubnis bitten, es lesen zu dürfen. Björgvin kam nicht infrage, der Kerl war ihr bisher nicht sonderlich sympathisch und würde es ihr ganz sicher nicht gestatten. Aber von ihm könnte sie sicher erfahren, ob die jetzigen Eigentümer womöglich die Nachkommen von Luise und Jónas waren. Sofie seufzte leise und schaute zum Fenster. Einzelne Sonnenstrahlen bahnten sich ihren Weg durch dichte Wolken. Hier und da blitzte das Blau des isländischen Sommerhimmels durch. Einige Küstenseeschwalben flogen dicht an ihrem Fenster vorbei, und sie fragte sich, ob man hier das Gleiche sagte wie zu Hause: Wenn die Schwalben tief fliegen, gibt es Regen. Möglich wäre es, das Wetter sah weder besonders gut noch schlecht aus. Sofie nahm ihr Handy und schaute auf die Uhr, es war kurz nach acht. In ihrem Posteingang fand sie eine Mail der Hausbesitzerin. Sie richtete sich auf und merkte, dass ihr Puls in die Höhe schnellte. Hoffentlich waren es keine schlechten Nachrichten – immerhin war Björgvin gestern nicht begeistert gewesen, als er das Feld geräumt hatte. Vielleicht hatte er seiner Tante Tinna noch einmal auf den Zahn gefühlt, und die warf sie jetzt raus?

Sie öffnete die Mail und atmete erleichtert aus, als Sofie eine Entschuldigung vorfand, sie hätte nicht gewusst, dass ihr Neffe nach Siglufjörður reisen würde, sonst hätte sie Bescheid gesagt. Er sei ein »netter Junge«, schrieb sie.

Sofie verdrehte die Augen. »Ja, sehr nett«, murmelte sie und dachte an seine schroffe und verschlossene Art. Sie las weiter. Tinna wollte wissen, ob sie sich gut zurechtfand oder sie vielleicht noch etwas benötigte. Sie würde ihr nachher antworten und auch von dem Notizbuch erzählen und fragen, ob sie es lesen durfte. Allerdings fragte Sofie sich, wie sie es ausdrücken sollte, ohne dass es so klang, als hätte sie spioniert – immerhin war es in einer Schublade gewesen und mit Packpapier umwickelt, das sie zuerst entfernt hatte, um einen Blick hineinwerfen zu können. Und dass es auf Deutsch geschrieben war, machte sie natürlich stutzig. Sie wollte unbedingt wissen, was es damit auf sich hatte …

Nach dem Frühstück würde sie einen Renovierungsplan aufstellen. Ihre Arbeit durfte sie über diese Notizen natürlich nicht vernachlässigen.

Sofie tapste in Schlafanzughose und Shirt nach unten, setzte noch einmal frischen Kaffee auf und steckte zwei Scheiben Brot in den Toaster. Aus dem Augenwinkel nahm sie wahr, dass sich etwas auf der Veranda bewegte. Sie guckte aus dem Fenster und schrie entsetzt auf, als sie einen Fremden entdeckte. Und dann begriff sie, wer es war.

»Das glaube ich jetzt nicht«, stieß sie hervor und klopfte an die Scheibe.

Björgvin saß mit Laptop auf den Knien und einem Kaffeebecher vor dem Haus. Er drehte den Kopf und nickte ihr zu. Sofort fielen ihr seine geröteten Augen auf. Hatte er etwa geweint? War etwas passiert? Dann würde er sich wohl kaum vor ihrem Fenster platzieren und warten, dass die ihn tröstete. Dennoch, irgendwas war komisch an der Situation.

Sie runzelte die Stirn und trat durch die Terrassentür. Ein kalter Windstoß fuhr durch ihr dünnes Pyjamaoberteil, und sie fröstelte. »Hey, alles in Ordnung?«, fragte sie.

Er schniefte. »Ja, wie man es nimmt. Katzenallergie.«

Sie formte ein lautloses »Oh« mit ihrem Mund, als sie kapierte, dass seine Augen deswegen so verquollen aussahen und dass das also der Grund gewesen war, warum er partout hier hatte übernachten wollen. »Deswegen wolltest du nicht bei deiner Mutter …«

Björgvin trank einen Schluck Kaffee. »Yap, so ist es.«

Sofie fragte sich dennoch, warum er auf ihrer Veranda arbeitete, seine Mutter hatte wohl selbst eine. »Darf ich daraus schließen, dass du hier bist, um mich rauszuschmeißen?« Sie beäugte ihn argwöhnisch und verschränkte die Arme vor ihrer Brust.

»Nein. Hör zu, vielleicht ist das gestern irgendwie falsch rübergekommen.« Er atmete ein, und sie fragte sich, was jetzt wohl käme.

»Ich war einfach nur überrascht, als ich eine fremde Frau hier angetroffen habe. Es tut mir sehr leid, wenn ich dich erschreckt habe, sonst bin ich nicht so ein Trampel. Aber darauf war ich nicht vorbereitet. Normalerweise habe ich das Haus für mich allein, wenn ich mal ein paar Tage hier bin.«

Ja, sie hatte schon vermutet, dass er ein Einsiedlertyp war. Er strahlte eine gewisse Einsamkeit aus, das war ihr gestern schon aufgefallen und auch jetzt wieder. Seltsamerweise wollte sie wissen, warum, obwohl sie sonst eigentlich nicht der Typ war, der fremde Kerle ausfragte.

»Dann bist du öfter hier?«, hakte sie vorsichtig nach.

»Hin und wieder«, gab er zurück, und sie überlegte, ob er generell so sparsam mit Worten umging oder ob er einfach nur schlecht gelaunt war.

»Also, was machen wir jetzt? Ich geh nicht ins Hotel – ich muss hier anpacken. Das war der Deal – Arbeit gegen Kost und Logis und ein Taschengeld.«

Er hob beschwichtigend die Hand. »Ja, das habe ich ja verstanden, aber ganz ehrlich – ich habe eine echt schlimme Katzenallergie, und das halte ich nicht aus. Können wir uns vielleicht irgendwie arrangieren?«

»Kennst du hier sonst niemanden?«

Ein seltsamer Ausdruck huschte über sein Gesicht, aber in der nächsten Sekunde war er wieder verschwunden. Stattdessen erschien eine steile Falte zwischen seinen Augenbrauen. »Ich verspreche, du wirst kaum merken, dass ich da bin.«

Sie seufzte und versuchte, sich in seine Lage zu versetzen. Er hatte nicht gewusst, dass das Haus nicht frei war, und er schien wirklich nicht wie ein Typ, der einem ständig auf die Nerven ging. Vielleicht konnten sie doch eine gute Lösung finden. »Dir ist klar, dass es hier auch schmutzig und laut werden wird?«

Plötzlich grinste er, und ihr wurde die Zweideutigkeit ihrer Aussage bewusst. *Dirty and noisy.* Na super, jetzt wurde sie auch noch rot. Sofie merkte, wie die Hitze über ihren Hals langsam in ihre Wangen stieg, obwohl sie an schmutzigen Kommentaren einiges gewohnt war. Das gehörte dazu, wenn man in einem typischen Männerberuf arbeitete. Sie hatte sich bis jetzt nie was daraus gemacht, aber etwas an seinem unterdrückten Grinsen machte sie nervös.

Sofie räusperte sich. »Ich habe hier einen Auftrag und ich kann und werde keine Rücksicht auf dein Befinden nehmen – du musst dich darauf gefasst machen. Ich arbeite, wenn ich eben arbeite. Das kann mal früh und mal spät werden. Ich will ja auch was vom Land sehen.«

Er nickte, und sie bemerkte, dass seine Mundwinkel sich plötzlich zu einem freundlichen Lächeln verzogen, das offen und ehrlich wirkte. Hastig schaute sie an ihm vorbei auf den Fjord, um sich nicht in den Tiefen seiner grünen Augen zu verlieren. War ihr vorher gar nicht aufgefallen, dass sie schimmerten wie ein Waldsee? »Ist in Ordnung«, hörte sie ihn beinahe schüchtern sagen. »Danke.«

Sie schluckte, die unerwartete Zurückhaltung seinerseits berührte sie auf seltsame Weise. Eigenartig gefühlsduselig machte sie auf dem Absatz kehrt und stolperte zurück in die Küche.

Sie hatte sich gerade einen Toast mit Butter und Marmelade geschmiert, als sie hörte, wie die Haustür geöffnet wurde. Jemand stellte etwas in der Diele ab, dann näherten sich schwere Schritte. »Ich bringe dann mal meinen Kram nach oben«, brummte Björgvin, ohne in die Küche zu kommen.

»Ist gut«, rief sie, gleichzeitig fragte sie sich, wie viel er für ein paar Tage wohl mithatte, wenn er es extra erwähnte. Sollte ihr egal sein, überlegte sie und biss in ihr Marmeladenbrot. Sie würde heute anfangen, die Türen der Einbauschränke zu demontieren, und sie in die Garage bringen. Dort wurden sie abgebeizt und bekamen schließlich einen modernen Farbton verpasst. Das Holz war völlig in Ordnung, man hatte beim Bau der Möbel auf Qualität geachtet, das zahlte sich – sofern man das Design noch leiden mochte – jetzt aus. Sofie hatte die Idee, dem Ganzen etwas mehr Pep zu verleihen, indem sie die Griffe durch eine modernere Variante, wie sie sie zuvor im hiesigen Baumarkt gesehen hatte, ersetzte. Dort wollte sie in den kommenden Tagen vorbeischauen und ein paar Muster mitnehmen, die sie vor die Türen halten konnte, um dann Tinna einige Fotos per E-Mail zukommen zu lassen. In ihrem Bauch fing es an zu kribbeln, sie liebte es, alten Dingen einen neuen Anstrich zu verleihen, und verabscheute die derzeitige Pressspanplatten-Möbelkultur à la *Wohnst du noch oder zerstörst du schon?* zutiefst. Billige Möbel auf Kosten der Umwelt.

Am Nachmittag schlenderte Sofie durch das Dorf, sie hatte nach ihrem Arbeitstag lange geduscht und wollte ein wenig die Umgebung erkunden. Ihr Haar war noch leicht feucht, deswegen hatte sie eine dünne Wollmütze darübergezogen. Der Nordwind war kühl, und auf eine Erkältung konnte sie verzichten. Mittlerweile war der Himmel vollständig von grauen, dichten Wolken bedeckt. Es roch würzig nach Meersalz, Seetang und frischem Weidegras. In einem Vorgarten mähte jemand Rasen. Im Garten daneben spielten zwei kleine Mädchen mit einem Fußball, sie trugen Flechtfrisuren und das isländische Nationaltrikot. Sofie musste schmunzeln – auch wenn die deutschen Frauen jahrelang den Damenfußball dominiert hatten, hatte der Sport nie auch nur ansatzweise an die Popularität der Herrenmannschaft herangereicht. Offenbar war das auf Island anders, das gefiel ihr, obwohl sie mit Sport sonst nicht viel am Hut hatte. Sie ging weiter und kam an zwei jungen Frauen vorbei, die ihre riesigen schwedischen Kinderwagen mit Luftreifen und dicken Daunendecken an ihr vorbeischoben. Der Anblick der glücklichen Mütter, die sich angeregt auf Isländisch miteinander unterhielten und von ihr keine Notiz nahmen, versetzte ihr einen Stich. Sie schloss die Lider für eine Sekunde und verdrängte die aufkommenden Gefühle – aber es war zu spät. Sie kam nicht umhin, sich selbst mit einem Baby im Arm vorzustellen. Mit ihrem Baby. Sofie schluckte und blinzelte die in ihren Augen brennenden Tränen weg. Sie würde verdammt noch mal nicht hier und jetzt anfangen zu heulen. Ihr Schicksal war eines von vielen. Sie wusste, dass jede dritte Schwangerschaft mit einem ungewollten Abort endete. Allerdings nützte ihr die Statistik rein gar nichts. Obwohl es nicht geplant gewesen war, hatte sie sich riesig gefreut, als sie nach der ausbleibenden Regel einen Test gemacht hatte. Sie erinnerte sich sehr gut daran, wie sie das schnell puckernde Herz zum ersten Mal in der sechsten Woche beim Frauenarzt hatte schlagen sehen. Sie hatte sich sofort in das kleine Gummibärchen verliebt und vor Glück geweint. In den folgenden Wochen hatte sie auf Wolke sieben geschwebt, jeden Tag über ihren noch flachen Bauch gestrichen und sich gefragt, wie es wohl sein würde, die ersten Tritte zu spüren. Thomas war zwar erst nicht begeistert gewesen, hatte sich dann aber doch mit ihr gefreut. Sie liebten sich, waren seit fünf Jahren ein Paar, und die Schwangerschaft war zwar nicht geplant gewesen, aber der Zeitpunkt hätte nicht besser sein können. Er war gerade befördert worden, und Sofie hatte ihren vierunddreißigsten Geburtstag gefeiert und war bereit gewesen, eine Familie zu gründen.

Aber das Schicksal interessierte sich nicht für Zeitpläne. Sofie erschauderte, als sie sich an den Tag in der zwölften Woche erinnerte, als der erste große Ultraschall angestanden hatte. »Es tut mir leid, aber ich muss Ihnen sagen, dass das Herz nicht mehr schlägt, der Embryo hat sich seit der neunten Woche nicht mehr weiterentwickelt«, hatte die behandelnde Gynäkologin mitgeteilt.

Für Sofie war eine Welt zusammengebrochen, Thomas hatte sie aufgefangen, er war an ihrer Seite gewesen, als man sie zur Ausschabung in den OP gefahren hatte. Er war bei ihr gewesen, als sie die Augen wieder aufgeschlagen hatte. Sofie hatte geglaubt, dass sie gemeinsam trauern und es verarbeiten würden. Dass sie als Paar, das gerade ein Kind verloren hatte, ihre Liebe vertiefen würden. So schlimm all das auch war, hatte sie gedacht, dass selbst das größte Leid etwas Gutes bringen konnte.

Aber dann war alles anders gekommen.

Sofie wischte sich wütend über die Wangen, nun weinte sie doch. Heiße Tränen liefen über ihr Gesicht, als ob sie davon nicht schon genug vergossen hätte.

»Verflucht«, schimpfte sie, weil sie ihre Emotionen nicht zügeln konnte. Mit dem Ärmel ihrer Strickjacke wischte sie die feuchten Spuren ab, dann stapfte sie zum Café und bestellte sich ein großes Stück Kuchen und einen Milchkaffee. Der Möhrenkuchen schmeckte ausgezeichnet, er war saftig, mit kleinen Walnussstückchen und einem cremigen, weißen Frischkäsetopping, das einen Hauch Zitrone begleitete. Dazu blätterte sie in einem herumliegenden Islandprospekt. Danach fühlte sie sich besser und hatte auch schon etwas gefunden, das sie als Nächstes unternehmen wollte. Es gab eine Hikingstrecke auf den Berg *Strákur*, von der sie Bilder gesehen hatte. Die Aussicht von dort oben auf den Fjord und das Dorf wirkte schon auf den Fotos atemberaubend, wie fantastisch musste es dann sein, es mit eigenen Augen zu sehen. Am nächsten sonnigen Tag wollte sie diese Wanderung, für die laut Reiseführer neunzig Minuten bis zwei Stunden veranschlagt waren, in Angriff nehmen. Zufrieden mit ihrem Plan bezahlte sie und ging nach Hause. Sie war überrascht, als sie neben Björgvins Wagen – er war, nachdem er seine Sachen in sein Zimmer gebracht hatte, wieder weggefahren – noch ein weiteres Auto entdeckte. Die Tür ging auf, und eine Frau Mitte fünfzig stieg aus. Sie trug einen Pagenkopf und einen sehr kurz geschnittenen Pony. Sie war mit einer Fleecejacke und weißen Sneakers sportlich gekleidet. Als sie Sofie erblickte, hob sie die Hand und winkte fröhlich. »Hallo, du musst Sofie sein.«

Immerhin, ihr Gegenüber war informiert. »Hallo, ja, das bin ich.«

Sie streckte die Hand aus, die Sofie ergriff und schüttelte. »Ich bin Freydís, Tinnas Schwester und Björgvins Mama.«

»Freut mich«, sagte Sofie, um nicht unhöflich oder zu neugierig zu wirken. »Du willst sicher Björgvin besuchen?«

»Ja, wollte mal nach dem Rechten sehen, ob ihr was braucht.« Täuschte sie sich, oder bekamen die Wangen der Mama einen zarten Roséhauch?

»Ist er denn zu Hause? Ich war unterwegs«, erwiderte Sofie.

»Wie gefällt es dir denn in Island?«, wechselte Freydís abrupt das Thema.

»Bis jetzt sehr gut, muss ich sagen. Die Landschaft ist so anders als bei uns. Außerdem muss man nicht so schrecklich schwitzen im Sommer.«

Freydís lachte herzlich. »Es kann auch mal warm werden, im letzten Jahr hatten wir ein paar Tage, die waren sehr, sehr heiß.«

Sofie fragte sich, was für Freydís *sehr heiß* war, aber da sie sich nicht gut kannten, hakte sie nicht nach. »Möchtest du vielleicht mit reinkommen?«, bot sie an.

»Oh, ja, danke. Sehr gern.«

Sofie ging voraus, sie fühlte sich ein wenig seltsam, da ja eigentlich sie die Fremde war. Sofie schloss die Tür auf und trat zuerst ein, dann wandte sie sich zu Freydís. »Ja, äh, willst du vielleicht nachschauen, wo er ist?«

»Wie hast du dich denn eingelebt?«, erkundigte sich Björgvins Mutter, während sie die Schuhe auszog, was, das hatte Sofie gelernt, alle Isländer taten, wenn sie ein Haus betraten. Sofort bekam Sofie ein schlechtes Gewissen, weil sie Tinnas Mail noch gar nicht beantwortet hatte.

»Gut bis jetzt. Ich muss mich, um ehrlich zu sein, aber auch erst sortieren. Einen Plan machen und so weiter, aber ich habe ein paar Ideen und auch schon einiges vorbereitet.«

Freydís winkte ab. »Das wird schon. Einfach eins nach dem anderen.«

Sofie lächelte, sie mochte diese Art von Pragmatismus. In diesem Augenblick trat Björgvin aus dem Wohnzimmer in die Diele. Sein Blick glitt von ihr zu seiner Mutter und wieder zu ihr. Ein Stirnrunzeln verriet ihr, dass er auch nicht so ganz wusste, wie er die Situation einschätzen sollte. »Hallo«, sagte er, und wieder fiel Sofie auf, dass seine Stimme einen ganz angenehmen, fast rauchigen Unterton innehatte.

»Ich bin nur gekommen, um mal nach dir zu schauen. Du hast heute Morgen nicht gut ausgesehen«, fuhr sie auf Englisch fort, sodass Sofie dem Gespräch weiter folgen konnte. »Ich, äh, wollte trotzdem fragen, ob du vielleicht zum Essen kommen möchtest.«

Sofie verkniff sich ein Schmunzeln, als sie Björgvins Reaktion sah. Er hob eine Augenbraue, und seine Schultern verspannten sich, während er wohl überlegte, wie er aus der Nummer wieder herauskam. Freydís war sicher eine großartige Mutter, wirkte aber ein bisschen übermotiviert, ganz so, als ob ihr Sohn nur selten zu Besuch kam und sie ihn unbedingt so oft wie möglich sehen wollte, solange er hier war.

»Ich würde ja sehr gerne, aber ich, äh«, erwiderte er in diesem Moment, »ich habe Sofie versprochen, ihr gleich ein wenig zur Hand zu gehen.«

»Ach, tatsächlich? Wobei denn?«, wollte Freydís wissen.

Beinahe hätte Sofie laut gelacht, dennoch versuchte sie, sich nichts anmerken zu lassen. Sie erwog, ihn schmoren zu lassen, entschied sich dann aber dagegen. »Wir wollten die Abstellkammer leer räumen, dort wollte ich mit kleinen

Ausbesserungsarbeiten an der Treppe weitermachen – und der Schreibtisch darin ist irrsinnig schwer.«

»Genau«, pflichtete Björgvin ihr bei und vergrub seine Hände in den Hosentaschen.

»Da fällt mir ein, als ich vorgestern an den Sicherungskasten musste, ist mir aus Versehen eine Schublade heruntergefallen, dabei ist der Inhalt ausgekippt.«

»Ist was kaputtgegangen?«, wollte Freydís wissen.

»Nein, das nicht, aber – es war ein altes Notizbuch in der Schublade, die ist mir auf den Fuß gefallen, sonst hätte ich sie gar nicht bemerkt. Die Aufzeichnungen sind auf Deutsch geschrieben, und ich wollte fragen, was ich damit machen soll, vielleicht vermisst das jemand?«

»Bestimmt nicht. Du kannst das bestimmt einfach wegwerfen, Deutsch kann hier keiner«, sagte Björgvin.

Sofie bemerkte, wie Freydís' Lippen schmal wurden.

»Wegwerfen?«, wiederholte Sofie blinzelnd. Es kam ihr wie eine Sünde vor, solche Aufzeichnungen einfach ungelesen zu entsorgen. »Wisst ihr, von wem sie sind? Wem sie gehören? Es sieht nach einer Liebesgeschichte aus, ich habe mal ganz kurz reingeschaut.« Sofies Wangen brannten, jetzt wirkte sie doch wie eine Schnüfflerin. Unangenehm.

Freydís zuckte die Schultern, ehe sie knapp erklärte: »Leg es einfach wieder in den Schreibtisch zurück.«

Kam es Sofie nur so vor, oder wechselten seine Mutter und Björgvin einen bedeutungsvollen Blick? Es lag jedenfalls eine seltsame Spannung in der Luft, und offensichtlich wusste Freydís Bescheid, aber Sofie begriff auch, dass sie nicht weiterlesen sollte. Das war zu erwarten gewesen, wenn es sich wirklich um private Aufzeichnungen verstorbener Familienmitglieder handelte. Die beiden konnten unmöglich noch leben. Sofie rechnete nach. Nein, vermutlich nicht.

»Würde es euch stören, wenn ich noch mal reinschaue?«, wagte sie sich dennoch hervor, sie war einfach zu neugierig, wie es weiterging. Sofie hoffte, nicht zu forsch vorgegangen zu sein.

Freydís wirkte auf einmal locker. Fast schon zu lässig. »Ich kann dir nicht mehr dazu sagen, Sofie. Soll ich euch vielleicht was zum Essen vorbeibringen? Wo ihr doch noch arbeiten müsst?«, wechselte sie das Thema und kam damit auf ihr Ansinnen zurück, ihren Sohn zum Abendessen einzuladen.

Sofie war nicht auf den Kopf gefallen, sie begriff, wann man ein Thema ruhen lassen musste. Sie merkte, wie Björgvin von einem Fuß auf den anderen trat. Vermutlich wusste Björgvins Mutter, dass er gelogen hatte, um nicht zum Essen zu ihr gehen zu müssen. Freydís schien es ihrem Sohn nicht übel zu nehmen, was Sofie wiederum sehr sympathisch fand. Ihre eigene Mutter hätte mit Sicherheit ganz anders reagiert. Als sich ein seltsames Schweigen ausbreitete, verabschiedete sich Sofie mit der Ausrede, sich für die Arbeit umziehen zu müssen, wünschte noch einen schönen Tag und ging nach oben. Sie atmete tief durch, die Spannung war immer stärker geworden. Sie hörte, dass die beiden noch ein paar Worte auf Isländisch wechselten, und nach einigen Minuten rollte Freydís' Auto von der Auffahrt. Ohne die Kleidung gewechselt zu haben, stapfte Sofie wieder nach unten und fand Björgvin im Wohnzimmer sitzend, mit seinem Laptop auf den Beinen.

»Gibt es hier doch einen Internetzugang?«, fragte sie ihn mit großen Augen.

Er hob seinen Blick. »Hab eine Simkarte im Computer, wieso?«

»Ach, nur so.«

»Ich kann dir eine besorgen, wenn du eine brauchst.«

»Nö, schon gut. Ich bin ganz froh, etwas eingeschränkt erreichbar zu sein. Wenn ich WLAN brauche, kann ich ja ins Café gehen.«

»M-mh«, machte er.

»Was war das eben eigentlich?«

»Was meinst du?«

Dieser Mann war unglaublich. »Na, das Gespräch? Von wegen, du kannst nicht zum Abendessen zu deinen Eltern, weil du mir helfen musst?«

Er winkte ab. »Ach das, sorry. Hoffe, es war okay für dich.«

Sie lehnte sich an den Türrahmen. »Um ehrlich zu sein, möchte ich nicht noch mal für dich lügen müssen.«

Er schaute sie ausdruckslos an. »Du musst gar nichts.«

»Das kam mir eben aber so vor. Warum willst du eigentlich nicht bei deiner Mama essen?«

»Katzenallergie. Weißt du doch.« Er blickte nicht auf und Sofie spürte, dass sich ihr Magen zusammenzog. Sein Verhalten war unmöglich.

»Ja, ist klar«, brummte sie.

Er seufzte und stellte seinen Computer weg. »Wenn du es genau wissen willst: Sie kann einen ziemlich erdrücken mit ihrer Fürsorge.«

»Bist du nicht oft hier?«

»Wieso?« Seine Antwort klang beinahe schon resigniert, als hätte er begriffen, dass Sofie nicht lockerlassen würde.

»Weil sie echt nett ist und ich … Ach, vergiss es. Geht mich nichts an.« Sie winkte ab und ärgerte sich, dass sie sich neuerdings mehr für die Geschichten und Probleme anderer Leute interessierte als für ihre eigenen.

Er brummte etwas Unmissverständliches, dabei starrte er wieder auf seinen Bildschirm. Sofie beobachtete sein Verhalten mit hochgezogener Augenbraue und wunderte sich, warum er noch immer so verschlossen war, wo sie nun doch quasi in einer WG lebten. Eine Auster war gesprächiger.

»Was arbeitest du eigentlich die ganze Zeit? Oder … es ist doch deine Arbeit?«

Björgvin schaute sie direkt an, für eine Sekunde sagte er nichts, dann atmete er aus. »Ich bin freiberuflich tätig.«

»Als was? Also, ich meine ja nur, falls du es mir sagen möchtest, wo wir doch unter einem Dach wohnen.«

»Ich kann dir auch meinen Lebenslauf ausdrucken«, stichelte er, und seine Mundwinkel verzogen sich zu einem spöttischen Lächeln.

Sie grinste. »Eine Zusammenfassung genügt mir.«

»Nach dem Abitur habe ich in den Staaten studiert, ich bin Grafiker und arbeite an verschiedenen Projekten, außerdem habe ich einen Bachelor in Fotografie, und wenn es gerade passt, texte ich auch mal was für die Werbung.«

»Wow, ein echtes Multitalent. Dann will ich dich mal nicht länger aufhalten.« Sofie wandte sich ab.

»Warte.«

Sie hielt inne und sah ihn noch einmal an. »Was ist?«

»Soll ich dir denn jetzt noch helfen mit dem Schreibtisch?«

»Vielleicht später, ich wollte mir etwas zum Abendessen machen. Morgen reicht auch noch.« Sie dachte kurz an das Notizbuch, aber verwarf die Idee, ihn noch einmal darauf anzusprechen. Das war schon vorhin in die Hose gegangen. Vielleicht war es doch besser, Tinna selbst zu fragen.

»Abendessen?« Björgvin horchte auf.

Kam es ihr nur so vor oder schaute er auf einmal sehr sehnsüchtig drein? Innerlich schmunzelte sie, hinter seiner brummigen Fassade steckte vielleicht doch ein netter Mensch. Vielleicht konnte sie den mit einer warmen Mahlzeit hervorlocken.

»Soll ich was für zwei vorbereiten?«

»Nur wenn es keine Umstände macht.«

Sie verdrehte die Augen und lachte. »Ist klar. Du bittest andere wohl nicht gerne um etwas?«

Ein strenger Zug legte sich um seinen Mund, und sie bereute ihre Worte. Offenbar war er, was das anging, etwas empfindlich.

»Sag nichts«, meinte sie daher. »Ich rufe einfach, wenn es fertig ist. Macht mir wirklich nichts aus, für einen mehr zu kochen, ich koche sehr gerne.«

»Ich revanchiere mich dann auch, versprochen.«

Sofie lief mit einem Lächeln auf den Lippen in die Küche, setzte Kartoffeln und einen Topf heißes Wasser für die Fischfrikadellen auf. Im Supermarkt hatte man ihr gesagt, dass Isländer sie so zubereiteten, weil sie bereits vorgebraten waren. Während das Essen köchelte, dachte sie amüsiert darüber nach, wo sie hier gelandet war. Irgendwie mochte sie diese Familie jetzt schon.

Kapitel 6

Lüneburg, Juli 1936

Das Gespräch verstummte, als Luise den Salon betrat. Etwas lag in der Luft und dem Gesichtsausdruck der Eltern nach zu urteilen, nichts Gutes.

»Was ist los?«, wollte sie wissen und sah, dass ihr Vater ein offizielles Schreiben in der Hand hielt.

Ihre Mutter strich ihren nachtblauen Rock glatt, ehe sie ihre Tochter anblickte. »Nur wieder eine neue Schikane, was soll man sonst dazu sagen?«

»Edith«, mahnte ihr Mann und strafte seine Gattin mit einem strengen Blick, den Luise nur allzu gut kannte. Er wollte alle Probleme von seinen Lieben fernhalten, aber sie war alt genug. Hatte er denn noch immer nicht begriffen, dass sie alle spürten, wie sich der Wind gedreht hatte, seit Hitler Reichskanzler geworden war?

»Ich bin kein Kind mehr«, stellte Luise klar und erntete dafür ein mildes, aber liebevolles Lächeln ihres Vaters.

»Das weiß ich, aber das ist geschäftlich.« Er faltete den Brief und schob ihn zurück in den Umschlag. »Was wolltest du?«

Luise wurde warm, was jedoch nicht unbedingt am Wetter lag. Es war ein kühler Sommertag, in der letzten Nacht hatte es heftig gewittert, und all die Schwüle und Hitze war mit dem Regenguss verschwunden.

»Ich würde Heini gern in Berlin besuchen.« Hoffentlich merkten sie nicht, dass sie log oder vielmehr nur die halbe Wahrheit sagte, sodass man es genau genommen nicht als Lüge bezeichnen konnte. Seit sie sich von Jónas verabschiedet hatte, stand sie mit ihm in regem Briefkontakt. Sie vermisste ihn schrecklich.

»Deine Frage hat doch nicht etwa mit den vielen Umschlägen zu tun, die seit einiger Zeit regelmäßig eintreffen?« Carl Rosenberg beobachtete ihre Reaktion ganz genau. Eine seiner buschigen Augenbrauen hatte er leicht angehoben.

»Du sagst doch immer, dass Sprachen der Schlüssel zur Welt sind.«

»Sage ich das?« War es möglich, dass er sich ein Schmunzeln verkniff?

Ihre Mutter hatte die Hände im Schoß gefaltet und wirkte ganz und gar nicht amüsiert. Die Diamantstecker an ihren Ohren funkelten im Licht, um ihren Mund lag ein strenger Zug. Überhaupt waren ihre Lippen seit einiger Zeit schmaler geworden, als wäre es zu einem Dauerzustand geworden, ihn mürrisch verkniffen zu halten. Luise konnte nur ahnen, wie schwer die Veränderungen auf ihrer Mutter lasteten, die davon gelebt hatte, Feste und Diners zu geben. Nun musste sie sich gezwungenermaßen immer mehr zurückziehen.

»Was willst du in Berlin?«, wollte ihre Mutter wissen.

»Die Olympischen Spiele sehen natürlich! Ich möchte ins Stadion und erleben, wie die besten Leichtathleten der Welt gegeneinander antreten. Bitte, ihr müsst es mir erlauben.« Sie trat näher in den Raum, ihre Stimme klang höher als sonst.

»Ich werde Heini anrufen und mit ihm sprechen. Du bist immerhin erst siebzehn.«

Luise unterdrückte ein Augenrollen. »Er wird sicher nichts dagegen haben, mir ein wenig von seinem Leben in der Hauptstadt zu zeigen.«

Edith legte ihrem Mann eine Hand auf den Arm. »Ich weiß nicht, ob das eine gute Idee ist. In der Hauptstadt sind so viele Nazis, die nur Gründe suchen, um uns das Leben schwer zu machen und …«

»Mama, ich verspreche euch, dass mir nichts geschehen wird. Bitte, es ist mein größter Wunsch.« Sie musste nicht aussprechen, warum es ihr tatsächlich sehr am Herzen lag, einmal bei einer Großveranstaltung wie dieser dabei zu sein. Sie war eine gute Läuferin gewesen und hatte im Alter von vierzehn Jahren die Norddeutschen Meisterschaften in ihrer Klasse gewonnen. Aber mit dem Sport war für sie Schluss gewesen, als die Rosenbergs, wie alle Juden der Stadt, 1933 aus dem Verein austreten mussten. Seitdem hatte Luise kein einziges Mal mehr ihre Turnschuhe getragen. Dennoch kribbelte es in ihrem Bauch, wenn sie daran dachte, die Weltelite laufen zu sehen. Dass dabei Jónas an ihrer Seite sein würde, wäre natürlich noch großartiger.

»Wie lange willst du denn fortbleiben?«, fragte ihr Vater, und Luise war drauf und dran, einen Seufzer der Erleichterung auszustoßen. Wenn er sie danach fragte, hatte er innerlich bereits zugestimmt. Dafür kannte sie ihn gut genug.

»Eine Woche? Immerhin habe ich Ferien.«

»Fünf Tage müssen genügen.«

»Aber Carl!«

»Edith, lass sie. Sie ist nur einmal jung, und Heini wird schon nach ihr sehen.«

Edith war keine Frau, die ihre Gefühle gerne offen zur Schau trug. Dafür hatte man in ihrer Familie zu viel erlebt.

Dennoch erkannte Luise, dass sie mit sich rang. Sie verstand, dass sie sich um ihre Tochter sorgte, aber sie wollte nicht werden wie sie. Luise mochte vielleicht keinen Gefallen daran finden, als Jüdin schlecht behandelt zu werden, aber sie würde sich deswegen nicht aus dem Leben zurückziehen. Im Gegenteil, sie würde den Teufel tun, denn wenn man das machte, was die Nazis wollten, hatten sie gewonnen.

»Dann darf ich also?«

»Ich werde mit Heini sprechen, er soll dich am Bahnhof abholen. Oder soll ich dich nach Berlin fahren?«

»Du hast doch zu tun, ich nehme den Zug.«

»Ich weiß nicht, ob das eine gute Idee ist«, wiederholte ihre Mutter. Aber Luise wusste, wenn ihr Vater einmal die Erlaubnis erteilt hatte, würde er sie nicht zurückziehen. Er war bekannt für seinen Dickschädel, den Luise von ihm geerbt hatte. Sie lächelte, wollte sich freuen, tanzen und jubeln, hielt sich aber zurück. Allerdings ging sie zu ihrem Vater und umarmte ihn. »Danke.«

Er tätschelte ihr unbeholfen den Rücken. »Dass mir hinterher keine Klagen kommen, hörst du?«

»Bestimmt nicht. Ich werde mich sehr gut benehmen.«

»Ich hätte nicht gedacht, dass ich das mal sagen würde, aber in diesem Moment bin ich doch froh, dass sie mehr nach dir kommt, Carl.«

Luise wusste, dass sie auf ihre blonden Locken und die helle Haut anspielte. Das Haar ihrer Mutter war so dunkel wie ihre Augen. Einzelne silberne Strähnen durchzogen die kinnlangen Wellen, und selbst im Winter sah ihre Haut aus, als wäre sie von der Sonne geküsst. Luises Haut hingegen hatte bereits nach einer halben Stunde an der Ilmenau eine Färbung angenommen, die an einen gekochten Hummer erinnerte.

Sie umarmte ihre Mutter und versuchte sie zu trösten, ein eigenartiger Rollentausch, der in letzter Zeit jedoch häufiger stattfand. Sie hatte Mitleid mit ihr, fühlte sich gleichzeitig aber auch ein wenig unbehaglich. »Mach dir keine Sorgen, Mama. Ich bin doch nur ein paar Tage fort, und Heini wird an meiner Seite sein. Ich bin erwachsen und auch nicht auf den Mund gefallen.«

»Vielleicht ist es das, was mir die größten Bedenken bereitet«, murmelte sie, entschied sich dann aber wohl dafür, nicht weiter darüber zu sprechen, da es in ihren Augen offenbar ohnehin ein sinnloses Unterfangen war, ihre Tochter bändigen zu wollen.

Nachdem Luise die Tür des Salons hinter sich geschlossen hatte, sprang sie in die Luft und jubelte lautlos, tanzte über den Flur und rannte die Stufen hinauf in ihr Zimmer. Sie riss einen Bogen Briefpapier aus der ledernen Mappe und drehte ihren Füller auf, um an Jónas zu schrieben. Wenn sie sich beeilte, würde sie es noch rechtzeitig zum Postamt *Auf dem neuen Meere* schaffen, ehe es schloss.

Lieber Jónas, *elsku Jónas.*

Sie lächelte, denn ihre Art, sich zu schreiben, bestand darin, dass er jeden Satz, den er auf Deutsch schrieb, auf Isländisch wiederholte. So konnte sie Wort für Wort von ihm lernen. Natürlich war sie noch ganz am Anfang, aber sie hatte den Sprachaufbau verstanden und konnte nachvollziehen, wie das Isländische strukturiert war.

Sehnsüchtig habe ich deinen letzten Brief gelesen und kann mir gar nicht recht vorstellen, wie pulsierend und aufregend es nun in Berlin, so kurz vor den Olympischen Spielen, zugehen mag. Umso mehr freue ich mich, dir berichten zu können, dass meine Eltern einem Besuch zugestimmt haben. Glücklicherweise habe ich Heini schon vor einigen Tagen am Telefon davon erzählt, sodass er uns hoffentlich helfen wird. Oh, was für ein Abenteuer und eine große Freude! Ich kann es kaum erwarten, dich wiederzusehen. Ich vermisse dich jeden Tag und jede Stunde mehr. *Ég sakna þín.*

Diesen Satz hatte sie schon in seinem ersten Brief gelernt. Verträumt hielt sie einen Augenblick inne und dachte an ihren ersten Kuss im Kurpark zurück. Das war der bisher schönste Tag ihres Lebens gewesen, und sie war überglücklich, dass Heini Jónas mit nach Lüneburg gebracht hatte, um auf Heinrich Heines Spuren zu wandern. Rasch fuhr sie fort, sie hatte nicht mehr viel Zeit. Sie schrieb noch einmal, wie sehr sie sich freute, und erzählte von ihrem Alltag, damit er ein genaues Bild von ihrem Leben bekam. Im Gegenzug berichtete er ihr immer, was er alles in Berlin erlebte. Er konnte wunderschön schreiben, jeder Satz, jedes Wort waren mit Bedacht gewählt, und selbst einfache Erklärungen lasen sich wie ein Gedicht. Hastig parfümierte sie das Blatt ein, ehe sie es in einen Umschlag steckte und adressierte. Auf dem Weg nach draußen wäre sie beinahe in ihre Großmutter gerauscht, die eben durch die Verbindungstür ihrer Wohnung in den Flur der Villa getreten war.

»Na, na, mein Kind. Du scheinst es ja recht eilig zu haben«, stellte diese fest.

Luise gab ihr einen flüchtigen Kuss auf die faltige Wange. »Das Postamt, ich muss laufen, ehe ich zu spät bin.«

Der Blick ihrer Großmutter war klar und ein wenig besorgt, als wisse sie genau, was ihre Enkelin im Schilde führte. »Es ist schon verwunderlich, dass du plötzlich so eine große Briefeschreiberin geworden bist, wo du doch sonst kaum eine Zeile verfasst.«

Luise lächelte. »Was soll man in diesen Zeiten sonst tun?«

Damit schien sie ihre Großmutter auf dem falschen Fuß zu erwischen, denn sie neigte den Kopf und blinzelte. »Jedenfalls sollte man gut überlegen, wohin man geht, denn falsche Schritte können einen heute schnell an Orte bringen, von deren Existenz man lieber nichts wüsste.«

Luise wollte nicht darauf eingehen, egal, was sie erwidern würde, es wäre ohnehin nicht richtig. Sie verstand endlich, von wem ihre Mutter den Hang zur Schwarzmalerei hatte.

* * *

Während der mehrstündigen Zugfahrt von Lüneburg nach Berlin war es Luise bislang eher schlecht als recht gelungen, auch nur eine Minute stillzusitzen. Je näher sie der Hauptstadt kam, desto aufgeregter wurde sie. In ihrem Bauch flatterten eine Million Schmetterlinge. Luises Vater hatte darauf bestanden, dass sie in der ersten Klasse reiste, und sie hatte nicht widersprochen. Gleichzeitig fühlte sie sich seltsam dabei, obwohl es früher normal für sie gewesen war, aber seit sie wusste, dass Jónas nicht einmal Geld für die Holzklasse erübrigen konnte, betrachtete sie manches mit anderen Augen. Hieß das etwa, erwachsen zu werden? Dass sie kein Kind mehr war, sondern eine Frau, sah sie auch in den interessierten Blicken der mitreisenden Herren.

In Neuruppin wurde der Platz ihr gegenüber frei. Nach einigen Minuten betrat ein Mann in Uniform das Abteil. »Heil Hitler«, grüßte er mit erhobenem rechten Arm. Mit Entsetzen stellte Luise fest, dass es sich um einen SS-Offizier handelte. Sie kannte sich nicht besonders gut mit Abzeichen und Rängen aus, aber allein sein Auftreten genügte, um sie einzuschüchtern. Gewichste schwarze Stiefel, die SS-Runen am Kragen und einen Ausdruck auf dem Gesicht, als gehörte die Welt ihm und seinem Führer allein.

Bitte geh weiter, flehte sie still und senkte den Blick auf ihr Buch. Die Buchstaben verschwammen, ihr Herz pochte unregelmäßig. Man sieht mir nicht an, dass ich Jüdin bin, ich trage keinen Stempel im Gesicht, versuchte sie sich zu beruhigen, dennoch fing sie an zu schwitzen.

»Darf ich?«, ertönte seine Stimme erneut. Aber es war selbstverständlich keine Frage, sondern nur eine höfliche Floskel.

Luise blickte auf und schluckte. »Bitte.« Sie rang sich ein Lächeln ab und zeigte auf den freien Platz. Der Offizier schwang sein Gepäck auf die Ablage, dann setzte er sich.

»Und, wohin soll die Reise gehen?«, fragte er nach einigen Minuten, in denen sie versucht hatte, sich auf ihre Lektüre zu konzentrieren. Leider vergeblich.

»Berlin. Und Sie?«

»Ein Stück weiter, nach Prag und dann nach Wien.«

»Tatsächlich, dann haben Sie ja noch einen weiten Weg vor sich.«

»In der Tat, und was führt Sie in die Hauptstadt?«

Luise überlegte fieberhaft, wie sie das Gespräch beenden konnte, ohne unhöflich zu wirken. Sie wollte sich auf keinen Fall verraten, und Lust auf Beschimpfungen hatte sie auch keine. »Na, die Spiele natürlich. Ein Jammer, dass Sie gerade jetzt wegmüssen, nicht?«

Er wurde noch ein Stückchen größer. »Wichtige Aufgaben führen mich aus der Stadt.«

Luise wollte lieber nicht so genau wissen, welcher Art von Aufgaben der Mann nachgehen würde.

»Ich bin mir sicher, die Medien werden allerorts über die großartigen Leistungen unserer Sportler berichten«, gab sie von sich, weil ihr nichts Besseres einfiel, das unverfänglich und nichtssagend war.

Die Antwort schien ihm zu gefallen, denn jetzt lächelte er. Er hatte dicke, beinahe schon fleischige Lippen und eine zu lange Nase. Und über uns schimpft ihr, dachte sie voller Abscheu, lächelte aber weiter.

»Und Sie reisen ganz allein?«

Himmel, konnte er nicht aufhören? Das kam einem Verhör ja immer näher. »Mein Bruder erwartet mich am Bahnhof.«

»Ach, ich dachte an einen Verlobten.«

Zu dumm, darauf hätte sie auch selbst kommen können. Luise überlegte, was sie tun konnte. Sie hatte zwei Möglichkeiten: verschüchtert und ängstlich zu sein und damit auffällig zu werden oder zu reagieren wie jedes deutsche Mädel, das die Aufmerksamkeit eines schneidigen Offiziers bekam. »Wo denken Sie hin, ich bin doch nicht verlobt«, erwiderte sie mit einem kecken Augenaufschlag, auch wenn es ihr schwerfiel.

»Nun, eine junge Frau wie Sie könnte dem Führer sicher ganz wunderbare Söhne schenken.«

Luise wurde schlecht. Wenn sie sich dieses Gerede noch lange anhören musste, würde sie am Ende noch ihr Frühstück von sich geben.

»Verzeihen Sie, ich habe mich noch gar nicht richtig vorgestellt.« Er streckte seine Hand aus und bekam von ihrer Abscheu glücklicherweise nichts mit. »Ferdinand Bleyer.«

Luises Gesicht fühlte sich nach dem ganzen verkrampften Lächeln an wie eine Grimasse, dennoch versuchte sie, noch ein wenig mehr zu strahlen. »Eva Bonner«, log sie und hoffte, dass er ihre Lüge nicht enttarnen würde. O Gott. Ihr wurde schwindelig, zwischen ihren Brüsten hatte sich ein dünnes Rinnsal Schweiß gebildet, das langsam nach unten lief. Wie lange konnte diese Fahrt noch dauern? Erreichten sie nicht bald den Hauptbahnhof?

Sein Händedruck fühlte sich fest und unangenehm an, sie war versucht, ihre Finger auszuschütteln, unterließ es aber und verschränkte sie stattdessen sittsam im Schoß.

»Was lesen Sie da?«, erkundigte er sich jetzt mit einem interessierten Blick auf ihre Lektüre.

Herrje, gleich würde er sicher auch noch ihre Adresse haben wollen. Warum, in drei Gottes Namen, war sie nicht mit Papa gefahren?

»Effi Briest«, erwiderte sie und zeigte ihm den Buchdeckel. Sie verschwieg, dass das ihre Hausaufgabe für die Sommerferien war, der sie sich bislang entzogen hatte. Die Zugfahrt hatte sie dafür nutzen wollen, aber sie war nicht über das erste Kapitel hinausgekommen, sie konnte sich einfach nicht konzentrieren.

»Ein siebzehnjähriges Mädchen, das sich in einen Offizier verliebt, obwohl sie mit einem anderen verheiratet ist«, erklärte er und reichte ihr das Buch zurück. Offenbar kannte er es. Nun, es war ja bekannt, dass nicht nur dumme Menschen zur SS gingen, dennoch verband sie alle die bedingungslose Hingabe zum Führer. Luises Magen rebellierte.

»Nun, ich muss gestehen, weit bin ich noch nicht gekommen«, presste sie hervor.

Er zwinkerte ihr zu. »Keine Sorge, ich verrate Ihnen nichts.«

Luise gelang es, sich weitere sich endlos hinziehende Minuten mit ihm in ruhigem Plauderton zu unterhalten, bis der Zug endlich langsam in den Berliner Hauptbahnhof einfuhr.

»Wie schade, nun müssen wir uns trennen«, schloss der Offizier und erhob sich. »Darf ich Ihnen das Gepäck zur Tür bringen?«

»Herzlichen Dank«, sie nickte höflich und zeigte ihm ihren Reisekoffer.

Viele verließen den Zug am Hauptbahnhof, offenbar wollten noch mehr Menschen zu den Olympischen Spielen. Er trat auf den Bahnsteig und reichte ihr seine Hand. Sie bedankte sich mit einem angedeuteten Knicks und wünschte ihm eine gute Reise. Erst als er wieder eingestiegen war, wagte sie, sich am Bahnsteig umzusehen. Sie entdeckte einen Mann mit einem Bauchladen, der Erfrischungen und die Tageszeitung anbot, etwas weiter saß ein Schuhputzer und polierte einem Herrn im Anzug die Schuhe. Die Lokomotive stieß weißen Dampf aus.

»Luise«, rief jemand. »Da bist du ja.«

Und dann sah sie Jónas, und sie ließ ihren Koffer wieder fallen, den sie bereits angehoben hatte. Sie wollte sich in seine Arme werfen, ihn küssen, aber weil sie fürchtete, der Offizier könnte sie noch vom Abteil heraus beobachten, lächelte sie nur. Sie erinnerte sich zum Glück noch, dass sie ihm gesagt hatte, dass sie ihren Bruder treffen würde – nicht ihren Freund. Es würde jetzt reichlich seltsam aussehen, wenn sie ihren »Bruder« auf den Mund küsste.

»Jónas«, rief sie und winkte ihm zu. »Komm, lass uns schnell gehen.«

»Du bist ja ganz blass, stimmt etwas nicht?«

Sie hakte sich bei ihm ein. »Ich erzähle es dir gleich. Jetzt muss ich schnell fort von hier.«

»Ich habe gesehen, dass dir einer von denen den Koffer getragen hat.«

Der Schaffner pfiff, und der Zug rollte langsam wieder an. Dichter weißer Dampf zog durch die Luft. Mit der Abfahrt fiel auch ein wenig von der Anspannung von ihr ab, und sie kicherte nervös. »Wenn man sich nicht wehren kann, muss man sie sich zum Freund machen. Glaub mir, ein Spaß war es nicht. Also habe ich ihm gesagt, mein Name sei Eva Bonner.«

Jónas prustete. »Gut, dass du nicht Eva Brauner gesagt hast!«

Luise gab ihm einen spielerischen Klaps auf den Arm. »Rosenberg wollte ich ihm nun wirklich nicht nennen – ich hatte solche Angst, er könne meine Papiere verlangen.«

»Mit welchem Recht?«

Sie atmete hörbar aus. »Mit dem Recht des Stärkeren, mein Lieber. Aber komm, lass uns von erfreulicheren Dingen sprechen. Wie geht es dir?«

Sie hatten das Bahnhofsgebäude verlassen und bogen um die Ecke. Jónas blieb stehen, stellte den Koffer ab und zog sie in seine Arme. »Jetzt geht es mir ganz hervorragend.« Und dann senkte er seine Lippen auf ihre und küsste sie lange, bis ihr Atem ganz schnell ging und ihr Herz hart gegen ihren Brustkorb hämmerte.

Sie fuhren mit der Straßenbahn bis zur Haltestelle in der Pappelallee. Jónas steuerte die Pension »Zum grünen Jäger« an, die in einer kleinen Seitenstraße lag.

»Was machen wir hier?«, wollte sie wissen.

»Wir werden hier ein paar ganz wunderbare Tage verbringen, hoffe ich«, gab er mit einem fröhlichen Grinsen zurück.

Luise strich ihm zärtlich eine Strähne aus der Stirn. »Jetzt sag, bist du verrückt geworden? Wie kannst du dir das leisten?«

Er zuckte die Schultern. »Ich lebe heute und hatte was zur Seite gelegt, ein paar Extraschichten in der Zeitung, noch eine Nebentätigkeit.«

»Wie ist das möglich? Wann schläfst du denn, und was hast du gemacht?«

»Schlafen kann ich im Winter.« Er lachte und stupste auf ihre Nasenspitze. »Ich habe als Nachtwächter angefangen, da kann man im Übrigen ganz großartig lesen – es gibt meist nicht so viel zu tun.«

»Du bist ein echter Tausendsassa!«

»Ich weiß mir einfach zu helfen, außerdem ist mir für dich nichts zu teuer. Ich möchte dir die Welt zu Füßen legen.«

Luise wurde warm ums Herz. »Aber ich hoffe, du weißt, dass mir das nicht wichtig ist. Also das Geld, meine ich.«

Er sah sie einen Augenblick still an, dann lächelte er. »Reden wir nicht mehr darüber. Im Übrigen waren es rein egoistische Gründe, die mich dazu veranlasst haben, ein Zimmer für uns zu mieten.«

Sie hob eine Augenbraue und lächelte. »Ach ja?«

»Mein Studentenzimmer ist ganz grauenvoll, und meine Vermieterin, eine griesgrämige, noch dazu parteitreue Witwe, würde keinen Frauenbesuch dulden. Aber keine Sorge, es steht in der Woche nicht leer, verschenken wollen wir ja auch nichts.«

Luise schüttelte ungläubig den Kopf. »Also kann ich mir sicher sein, dass du für alles eine Lösung findest?«

Sein Blick wurde eindringlich. »Immer, Luise. Wenn es um dich geht, werde ich alles Menschenmögliche tun.«

Ihr Herz machte einen freudigen Hüpfer. Sie nahm seine Hand. »Dann lass uns schnell hineingehen, ich muss mich nach dieser furchtbar anstrengenden Reise frisch machen.«

»Ich liebe es, wie spontan du bist. Zu gerne würde ich dich jetzt küssen, aber noch lieber möchte ich ganz allein mit dir sein.«

Hand in Hand gingen sie in die Pension, während er die Formalitäten erledigte – wie auch immer er es schaffte, dass sie keinen Ausweis vorzeigen musste, ihr war es einerlei –, nahm sie in einem Wartesessel Platz. Gleichzeitig stieg ihre Aufregung, denn gleich würde sie zum ersten Mal ganz allein mit Jónas sein.

Kapitel 7

Siglufjörður, Juni 2019

Nach dem Mittagessen gähnte Sofie und streckte die Arme über den Kopf, um sich zu dehnen. Obwohl sie genug zu tun hatte, die Schranktüren waren bei Weitem noch nicht alle abgebeizt, wollte sie kurz das Haus verlassen. Sie war unruhig und innerlich seltsam aufgewühlt, weil sie immer wieder an Luises Geschichte dachte. Sie wollte weiterlesen, aber hatte sich noch immer nicht getraut, Tinna anzusprechen. Sie kannte sie nur aus dem Schriftwechsel und kurzen Telefonaten, es kam ihr zu aufdringlich vor, vor allem, nachdem Freydís und Björgvin so merkwürdig reagiert hatten. Aber vergessen konnte sie das Notizbuch auch nicht. Da war es gut, dass sie ein wenig aus dem Haus kam, sie würde in den Baumarkt fahren und endlich die Muster für die Griffe und das Parkett besorgen. Sie hatte von Tinna nur eine ungefähre Angabe erhalten, was sie sich vorstellte. Solche Kunden hätte Sofie in Deutschland gerne mal gehabt. Sie lächelte in sich hinein, bisher gefiel ihr die isländische Lebensweise ziemlich gut, obwohl sie erst seit ein paar Tagen hier war. Björgvin erwies sich nach den anfänglichen

Schwierigkeiten als erstaunlich unkomplizierter Mitbewohner, was nur daran liegen konnte, dass er kaum zu Hause war. Ihr sollte es recht sein, und sie fragte nicht nach, wie auch, wenn sie ihn selten bis nie zu Gesicht bekam.

Mittlerweile kannte sie das Dörfchen ganz gut, sie wusste also genau, wie sie zum Baumarkt gelangte. Weil sie nicht ganz sicher war, wie viel sie einkaufen würde, fuhr sie mit dem Wagen, obwohl ihr ein wenig Bewegung nicht geschadet hätte. Beim Abbeizen stand sie sonst ja nur in der Garage.

Kurz darauf schnappte sie sich einen Einkaufswagen und schob ihn durch die Eingangstür. Die Mitarbeiter an der Kasse nickten ihr freundlich zu, vermutlich fragten die sich auch längst, was sie hier jeden Tag zu suchen hatte. In der Hinsicht war Sofie wie jeder Mann: Sie ging liebend gern in den Baumarkt – nur um mal zu gucken, genauso wie Frauen, wenn sie Kleider shoppen wollten. Die ortsansässige Filiale war zwar klein, aber immerhin besser, als eine Stunde in den nächsten Fjord fahren zu müssen. Über ihr leuchteten Neonröhren, die Regale waren im Vergleich zu Deutschland eher dürftig bestückt. Und die Preise! Ihr wurde jedes Mal fast schwindlig, wenn sie umrechnete, was die einzelnen Sachen kosteten. Klar, es musste ja fast alles importiert werden. Zielsicher steuerte sie Reihe sieben an, in der die Bodenbeläge zu finden waren. Eiche sollte es sein, aber da gab es noch genug Auswahl: Furnier, Schiffsboden, Landhausdiele – geölt oder lasiert oder, oder, oder.

Sie entschied sich einfach für die Varianten, die ihr gefielen. Wenn Tinna es nicht mochte, konnte sie ja Bescheid geben, dafür schickte sie ihr die Bilder mit den Mustern aus dem Haus. Besser wäre zwar, wenn sie es sich vor Ort anschauen würde, aber sie befand sich gerade im Ausland. Sofie war ein großer Fan von einfachen Dingen, so auch beim Holz, ihr gefiel die naturgeölte Landhausdiele am besten. Das System war so einfach, man hatte sich auch beim Parkett mittlerweile an das Laminat-Klicksystem angepasst. Dafür brauchte es eigentlich nicht mal mehr einen Tischler, aber sie war nicht unglücklich darüber, dass es so einfach war, den neuen Boden zu verlegen.

Gedankenverloren schob sie ihren Wagen um die Ecke. Dabei rammte sie einer rothaarigen Frau ihre Einkäufe in den Rücken.

»O mein Gott, Entschuldigung«, rief Sofie und riss den Wagen zurück. »Es tut mir so leid, ich habe nicht aufgepasst.«

Die Rothaarige drehte sich um und lächelte. »Halb so wild, kein Problem.«

Sofie fiel aus allen Wolken, sie hatte mit einer Beschimpfung gerechnet. So doof wie sie musste man auch erst mal sein. Oder so blind. Egal. Die Frau war ungefähr so alt wie sie, trug eine dunkle Leggins und Adidas-Latschen mit Tennissocken und einen grauen Kapuzenpullover. Eine interessante Mischung, die an ihr seltsamerweise nicht verschroben, sondern irgendwie lässig wirkte. Gleichzeitig sah sie irgendwie verloren aus, während sie zwei verschiedene Lasuren in den Händen hielt.

»Kann ich irgendwie helfen?«, meinte Sofie und zeigte auf die beiden Behälter.

Ein freudiger Ausdruck huschte über das Gesicht der anderen. »Dich müssen die Götter geschickt haben. Bist du neu hier?«

Sofie verzog ihre Lippen. »Ja, kann man so sagen. Ich habe einen Auftrag hier.«

»Du bist Deutsche?«

»Merkt man das?«

»Nur ein bisschen am Akzent. Mein Gott, wie großartig, für wen arbeitest du? Glaub mir, Handwerker werden hier überall gesucht, man wäre glatt bereit, ihre Arbeit in Gold aufzuwiegen.«

Sofie runzelte die Stirn, entweder hatte sie irgendwas nicht mitbekommen, oder die Frau ihr gegenüber war ein wenig … seltsam. »Welche Art von Handwerker brauchst du denn?«

»Ich bin Stella«, sie streckte ihr die Hand hin. »Und ich könnte dir eine ganze Reihe an Geschichten erzählen, wie verzweifelt Leute sind, dass sie sich echt einiges überlegen, um Hilfe zu bekommen.«

»Da bin ich aber sehr gespannt. Wie kann ich dir helfen?«

»Aktuell suche ich eine Außenfarbe für ein Gartenhäuschen.«

Sofie nickte und schaute aufs Etikett, glücklicherweise war alles auch auf Englisch beschriftet wie bei den meisten Artikeln in Island. Die Waren wurden anscheinend bevorzugt aus den Staaten importiert. Sie half Stella rasch dabei, die richtige Außenfarbe für ihr Häuschen zu finden, danach zahlte sie ihre Waren.

»Hey, warte mal«, rief ihr Stella hinterher. »Kann ich dich auf einen Kaffee einladen? Als Dank?«

»Das ist zwar nicht nötig, aber ja, sehr gerne.«

»Super, das Auto kannst du stehen lassen. Gehört das nicht Tinna?«

Hier kannte wohl jeder jeden, Sofie grinste in sich hinein. »Das stimmt, ich arbeite an ihrem Haus.«

»Ach, du meinst das ihrer verstorbenen Schwiegermutter. Ist sicher einiges zu tun, oder?«

»Es wird mir in den nächsten drei Monaten bestimmt nicht langweilig.«

»Genial! Also, falls du bleiben willst, hier würden sich bestimmt noch mehr Kunden finden.«

Sofie hielt ihre Plauderei eher für einen Scherz, so schlimm konnte es in Island wohl kaum um Handwerker bestellt sein. Sie gingen ein paar Meter zu einem kleinen Café. Die Wände waren mit dunkel gestrichenen Brettern verkleidet, an der Decke hingen Lichterketten, die Tische und Stühle passten nicht zusammen, als hätte sie jemand aus verschiedenen Haushalten eingesammelt. An den Wänden hingen Bilder verschiedener Künstler, die man kaufen konnte. Teelichter brannten in kleinen, bemalten Gläsern, und es roch nach frisch gebackenem Kuchen. »Was möchtest du?«, wollte Stella wissen.

»Gerne einen Milchkaffee.«

»Und Kuchen?«

»Eigentlich habe ich gar keinen Hunger«, sie warf einen Blick in die Kühltheke. »Oder doch, ich nehme ein Stück vom Schokoladenkuchen, der sieht ja unfassbar gut aus.«

»Sehr gute Wahl, den nehme ich auch.« Sie bestellte auf Isländisch und forderte Sofie auf, schon einmal einen Platz zu suchen. Gleichzeitig wunderte sich diese, dass Stella offenbar kein Problem hatte, in Badelatschen und Leggins Kaffee trinken zu gehen – und andere schien es auch nicht zu interessieren. Das war herrlich erfrischend, dass man hier tun und lassen konnte, was man wollte, ohne schräg angesehen zu werden. Das kannte sie aus Hamburg ganz anders. Thomas hätte nie im Leben das Haus mit ihr verlassen, wenn sie nicht »ordentlich« angezogen gewesen wäre.

Stella kam mit Kaffee und Kuchen zurück. »So, bitte schön.«

»Vielen Dank, wie gesagt, es wäre nicht nötig gewesen. Es war ja nur ein kleiner Hinweis.«

Stella rührte in ihrem Milchschaum und lächelte Sofie an. »Natürlich, aber ich hatte einfach Lust, Kaffee zu trinken, und schöner ist es doch zu zweit.«

So viel Offenheit war Sofie nicht gewohnt, sie selbst war ja eher der nordisch kühle Typ, gleichzeitig fand sie Stella sehr herzlich, und jemanden zum Plaudern zu haben, war auch schön. »Du wohnst hier?«

Sie nickte. »Ja, ich habe ein kleines Häuschen in der Nähe. Und einen Garten.«

»Das habe ich vermutet, wegen der Farbe.« Sofie schmunzelte. »Und jetzt erzähl mal, herrscht in Island wirklich so ein Handwerkermangel?«

»O ja, absolut. Viele gehen wochenweise ins Ausland und kommen dann nur zurück, um ihre freien Tage zu genießen. Außerdem wird gerade auch überall gebaut, das heißt, diejenigen, die da sind, sind ausgebucht.«

»Hm«, machte Sofie. »Bei uns gibt es ja auch immer weniger Betriebe, man kann sich die Kunden tatsächlich fast aussuchen, aber die sind noch anspruchsvoll genug.«

»Ja, das ist wohl überall so. Trotzdem, es ist momentan schon schwierig. Ich habe über Wochen versucht, jemanden zu finden, der mir hilft. Wenn man keinen Mann im Haus hat, der ein bisschen geschickt ist, hat man halt Pech.«

»Selbst ist die Frau.« Sofie schob sich eine Gabel mit Kuchen in den Mund.

»Bin leider absolut talentfrei«, erwiderte Stella mit einem Schulterzucken. »Und habe zwei linke Hände.«

»Jetzt kennst du ja mich. Ich gebe dir einfach meine Nummer, und wenn was ist, meldest du dich.«

»Gib deine Nummer bloß nicht jedem«, warnte Stella mit einem Funkeln in den Augen. »Es gibt Gerüchte, dass manche Frauen sich bei Tinder anmelden und dort Handwerker suchen. Sie treffen sich nur mit jemandem, wenn er vorher bei ihnen im Haus zur Hand geht.«

Sofie machte große Augen. »Du machst Witze!«

Stella schüttelte den Kopf. »Nein, definitiv nicht. Wenn du willst, zeige ich es dir.«

Sie zückte ihr Handy, aber Sofie winkte ab. »Schon gut, ich fasse es nicht!«

»Also jetzt erzähl mal, wie kommt man auf die Idee, drei Monate alleine nach Island zum Arbeiten zu gehen? Wandern, reiten, das verstehe ich, aber arbeiten?«

Sofie zuckte die Schultern. »Das ist nun mal mein Job, und ich mag ihn – und ich brauche dringend eine Auszeit von zu Hause.«

»Dann steckt also ein Mann dahinter.« Stella hob eine Augenbraue.

»Wie kommst du darauf?«

»Du hast dich gerade getrennt?«

Eigentlich hätte ihr diese Frage indiskret und zu intim vorkommen müssen, merkwürdigerweise tat es ihr jedoch gut, mit Stella darüber zu sprechen. Sie hatte sie sofort gemocht. »Nein, wir sind nicht getrennt.«

Noch nicht.

Tatsächlich hatte sie bisher nicht ernsthaft darüber nachgedacht, sich von Thomas zu trennen, weil sie ihn liebte. Jeder machte Fehler, oder? Er bereute, dass er sie betrogen hatte, und sie waren zudem sehr unterschiedlich mit ihrer Trauer umgegangen. Er war der Mann ihres Lebens.

Oder doch nicht?

Sie merkte, dass sie plötzlich stark daran zweifelte, ob sie wirklich den Rest ihres Lebens mit ihm verbringen wollte. In ihrem Kopf drehten sich die Gedanken im Kreis.

»Hey, entschuldige«, sagte Stella, die merkte, dass Sofie abwesend wirkte. »Ich wollte nicht …«

»Nein, schon gut«, unterbrach Sofie sie. »Ich muss ehrlich gesagt ein wenig darüber nachdenken. Die Kurzfassung: Es ist kompliziert.«

Stella nickte wissend. »Nicht umsonst hat auch Facebook erkannt, dass das häufiger vorkommt, als einem lieb ist!«

»Du bist auf Facebook?«

»Du nicht?«

Sie tauschten einen Blick aus, dann fingen sie an zu lachen. Thomas war strikt dagegen, dass man einen digitalen

Fußabdruck im Netz hinterließ, also hatte er sie gebeten, sich keinen Account anzulegen, so wie auch er keinen hatte.

»Ich bin geschieden«, erklärte Stella. »Mein Mann lebt mit seiner neuen Frau in Reykjavík. Meine Tochter ist siebzehn, sie geht in Akureyri aufs Gymnasium, derzeit ist sie aber mit dem Herrn Papa im Urlaub.«

Stella hatte eine siebzehnjährige Tochter? »Dann bist du aber früh Mutter geworden.«

»Es geht eigentlich, mit zweiundzwanzig.«

Sofie rechnete, dann war sie jetzt neununddreißig. »Du hast dich gut gehalten«, scherzte sie.

»Sehr freundlich«, sie lachte. »Wie alt bist du denn?«

»Ich bin vierunddreißig.«

»Und ihr habt keine Kinder?«

Sofie schluckte, während sie überlegte, was sie sagen sollte. »Nein«, war alles, was sie hervorbrachte. Sie betrachtete sich als Mutter, auch wenn ihr Kind vor der Geburt gestorben war. Ihr war klar, dass viele das nicht so sahen, aber für sie war dieses Baby real gewesen, da halfen auch keine Erklärungsversuche, von wegen, es hätte etwas nicht gestimmt, und die Natur würde das so regeln. Sie hatte ein Kind verloren, Punkt. Und sie trauerte – noch immer.

Sofie spürte, dass Stella ihr eine Hand auf den Oberarm legte. »Es tut mir leid, ich wollte dich nicht ausfragen.«

Sie hob ihren Blick, und das verständnisvolle Leuchten in Stellas grünen Augen berührte sie. »Nein, das ist es nicht. Ich erzähle es dir mal, irgendwann, aber nicht jetzt.«

»Ganz wie du magst. Sag, was hast du in den nächsten Tagen vor – außer zu arbeiten natürlich?«

Sofie war froh über den Wechsel zu einem weniger emotionalen Thema. »Ich habe überlegt, diesen Berg hinaufzuwandern, *Strákur*. Hast du das schon mal gemacht?«

»Gute Idee! Wie wäre es denn, wenn ich mitkomme? Ein wenig Bewegung würde mir guttun, und ich habe gerade frei.«

»Das wäre großartig, dann verlaufe ich mich auch nicht«, scherzte Sofie.

Stella kramte ihr Smartphone hervor und reichte es Sofie. »Magst du deine Nummer eingeben? Dann klingele ich bei dir durch. Wenn dir langweilig ist oder so, ruf mich gerne an. Im Sommer habe ich echt viel Zeit.«

»Was machst du denn beruflich?«

»Ich bin Lehrerin, und von Ende Juni bis Mitte August haben wir schulfrei auf Island, das kommt noch von früher, als die Kinder auf den Bauernhöfen gebraucht wurden.«

»Wow, das ist ja ganz schön lange.«

»Das stimmt, dafür haben wir sonst nicht so viele Ferien, außer an Weihnachten.«

Sie tranken ihren Kaffee aus, dann gingen sie wieder getrennte Wege. Sofie schlenderte zurück zum Baumarkt und stieg in den Wagen. Als sie gerade den Schlüssel umdrehte, entdeckte sie Björgvin. Sie wollte ihm zuwinken, aber er bemerkte sie nicht. Überrascht stellte Sofie fest, dass er nicht allein war. Neben ihm lief ein kleiner Junge und schleckte ein Softeis, während Björgvin mit einer Brünetten plauderte. Es wirkte vertraut, aber nicht besonders herzlich. Ex-Frau, schoss es ihr durch den Kopf. Dass die beiden eine gemeinsame Vergangenheit hatten, war nicht zu übersehen. Sofie war baff, von Frau und Kind hatte Björgvin nichts erzählt. Wahrscheinlich war er deshalb hin und wieder hier und schlief dann im Haus seiner Tante. Jetzt kapierte sie, warum er manchmal so abwesend wirkte, es war nicht nur seine Arbeit, mit der er beschäftigt war. In diesem Moment stolperte der Junge, und das Eis fiel auf den Gehweg. Er fing sofort an zu weinen. Björgvin war mit zwei langen Schritten bei ihm, hob ihn in seine Arme und gab ihm einen Kuss auf den Scheitel. Dann flüsterte er ihm tröstende Worte zu und schaute sich das Bein des Kleinen an. Sofie wollte wegsehen, es ging sie nichts an, aber sie konnte es nicht. Diese Szene war so intim, so vertraut, so herzlich, dass sie selbst rührselig wurde. So viel Gefühl hätte sie Björgvin nach ihrem holprigen Start gar nicht zugetraut. Die folgende Szene ließ sie allerdings erstarren. Die Mama lief zu den beiden und nahm Björgvin den Jungen ab. Sie drückte ihn an sich und sagte etwas zu Björgvin, dabei war ihr Gesichtsausdruck so kalt, dass es sogar Sofie fröstelte. Björgvin blieb dabei seltsam unbeteiligt, als ob er eine gewisse Distanz zur Mutter unbedingt bewahren wollte. Sofie verstand, dass es nach einer Trennung schwierig war, aber der Junge konnte ja nichts dafür. Dass die Mutter vor dem Jungen so gemein zu Björgvin war, fand Sofie nicht fair. Sie schien nicht besonders sympathisch, Sofie hatte fast ein wenig Mitleid mit Björgvin, der offenbar ein liebevoller Papa war. Sofie beschloss, dass es sie nichts anging, und sah in die andere Richtung. Sie wartete noch einen Augenblick, ehe sie zurückfuhr.

Kapitel 8

Berlin, August 1936

Luise fühlte sich wie berauscht, nicht nur, weil sie mit Jónas unfassbar glücklich war, sondern auch, weil die Stimmung in der Hauptstadt märchenhaft war. Nicht einmal die überall präsenten Hakenkreuzfahnen störten sie. Luise saugte die ungewohnte kosmopolitische Atmosphäre mit den Menschen aus aller Herren Länder in sich auf wie eine Blume, die nach einer langen Dürre endlich kühle Regentropfen auf ihren Blütenblättern spürte. Arm in Arm schlenderte sie mit Jónas über den Ku'damm, in der freien Hand hielt sie eine kleine Flasche Coca-Cola, die dort gratis ausgeschenkt wurde.

»Schmeckt es dir?«, fragte sie Jónas, der ebenfalls eine bekommen hatte.

»Und dir?«

Sie nippte noch einmal daran. »Ist wirklich ein wenig wie Medizin – mit viel Zucker.«

Er lachte. »Ursprünglich sollte es das auch sein, aber dann ist es doch nur eine Erfrischung mit Koffein geworden.«

Wenig später machten sie sich auf den Weg zum Olympiastadion. Es war der neunte August, und Luise freute sich wahnsinnig auf die Leichtathletikwettkämpfe. Sie hatte ein cremefarbenes, knielanges Kleid mit schwarzen Tupfen an und einen passenden Sommerhut auf dem Kopf. Jónas trug einen hellen Sommeranzug, der sehr danach aussah, als hätte er ihn sich von Heini geborgt, und einen Strohhut. Luise lächelte ihrem Spiegelbild in den Scheiben der Straßenbahn entgegen, als sie ausstiegen. Überall wurde gelacht, und sie ließ sich von der freudigen Stimmung einlullen. Am Eingang zeigte Jónas ihre Karten vor, sie traten ein, und Luise war von der Größe des Bauwerks und der Architektur zutiefst beeindruckt, sie hatte noch nie ein so großes Stadion besucht. »Hoffentlich verliere ich dich nicht«, wandte sie sich an Jónas und hielt sich noch ein wenig enger an ihm fest.

»Ich lass dich nicht los, mein Herz.«

»Ich dich auch nicht.«

»Komm, ich besorge uns noch einige Erfrischungen, ehe wir unsere Plätze suchen.«

Im Schatten der Gänge war es ungewohnt kühl. Die Jubelrufe der Zuschauer hallten an den Wänden wider, während ihre Schritte auf den Steinen kaum zu hören waren. Das Stadion war voll, Luise blinzelte, als sie ins helle Licht trat. Jónas ging voraus und hielt ihre Hand, sie stiegen hinauf zu ihren Plätzen.

Sie war erfüllt von der Stimmung der Menschen, der regen Geschäftigkeit und wusste gar nicht, wo sie zuerst hinsehen sollte.

»Weißt du, ich war mal eine gute Läuferin«, sagte sie zu Jónas, der ihr sein Gesicht zuwandte und die Stirn in Furchen legte.

»Du warst? Hattest du eine Verletzung? Davon habe ich gar nichts bemerkt?«

Luise errötete bei der Erinnerung daran, wie nahe sie sich in der letzten Nacht gekommen waren. Obwohl sie bereit gewesen wäre, sich ihm hinzugeben, hatte er darauf bestanden zu warten. Er wollte es nicht in Heimlichkeit und einem Pensionszimmer tun. Es sollte etwas Besonderes sein, und so hatte sie sich damit zufriedengegeben, bei ihm zu liegen, in seinen Armen, und sich beinahe bis zur Besinnungslosigkeit vor Glück küssen zu lassen.

»Nein, keine Verletzung.« Sie hob die Schultern. »Wenn du keinen Verein mehr zum Trainieren hast, wird es schwer.«

»Wie meinst du das?«

»Papa hat sich viel bei uns im Turnverein engagiert, aber sie haben ihn vor drei Jahren ausgeschlossen, und damit war es für unsere Familie vorbei mit dem Sport.«

Jónas wurde blass. »Das tut mir unendlich leid, mein Herz.«

Sie lächelte schüchtern. »Es ist in Ordnung, ich habe mich daran gewöhnt. Entschuldige, dass ich jetzt davon anfange! Das ist ein freudiger Moment, und es gibt so viel zu sehen. Finden nicht gleich der Hochsprung der Damen und die Einhundert-Meter-Staffel der Herren statt?«

Er warf einen Blick ins Programm, das er zusammen mit den Erfrischungen erstanden hatte. »Ja, ganz richtig. Wie spannend, wobei ich ja glaube, dass dieser Owens wieder allen davonlaufen wird. Was meinst du?«

»Das ist schon was, ich bin so gespannt! Ich habe noch nie einen Farbigen gesehen. Die Nazis stellen es ja so dar, als ob sie in Baströckchen zu Trommeln tanzen.«

»Seit ich hier lebe, ist mir erst klar geworden, unter welcher Glocke die Deutschen gehalten werden.«

»Und du, denkst du, es ist alles Unsinn, was die Partei propagiert?« Ihr Herz schlug etwas schneller, sie hatten nie wirklich darüber gesprochen, was es für ihn bedeutete, mit ihr zusammen zu sein.

»Ich bin beeindruckt, wie viele Menschen er aus der Arbeitslosigkeit geholt hat, gleichzeitig weiß ich aber auch, dass alles seinen Preis hat.« Er drückte ihre Hand. »Kein Mensch ist besser oder schlechter als der andere, und weder Religion noch Hautfarbe noch Beruf oder sonst etwas ändern daran etwas.«

Sie atmete erleichtert aus. »Ich bin froh, dass du das sagst.«

Der Jubel im Stadion schwoll an, und ihre Aufmerksamkeit wurde auf das Geschehen im Stadion gelenkt. Die Sprinter kamen herein und winkten dem Publikum zu, während die Hochspringer bereits ihren Wettkampf begonnen hatten. Mit offenem Mund verfolgte Luise das Geschehen, und obwohl noch immer ein Tropfen Wehmut mitschwang, dass sie selbst keine Läufe mehr bestritt, siegte doch die Freude darüber, einem solchen Spektakel beiwohnen zu dürfen.

Für das Deutsche Reich ging Wilhelm Leichum an den Start, Jesse Owens machte den Anfang für die Amerikaner. Im Stadion wurde es still, bis der Startschuss knallte. Viele sprangen von ihren Sitzen auf und schrien ihre Läufer über die Ziellinie. Wie erwartet war der Sprinter der USA als Erster bei der Stabübergabe, der Deutsche hielt sich gut, aber es war schwer zu erkennen, weil alle in etwa gleichauf waren. Es blieb spannend bis zum Schluss, Amerika lag einige Meter vorn, danach kämpften Italien, die Niederlande und Deutschland um den zweiten und dritten Platz. Bei der letzten Übergabe verlor der Niederländer seinen Stab, die deutsche Übergabe klappte reibungslos. Nun hielt es keinen mehr auf den Plätzen. Sogar Luise hüpfte auf und ab und verfolgte mit Spannung, wie der Amerikaner Frank Wykoff den Sieg holte, dicht gefolgt von den Italienern, und Gerd Hornberger rettete die Bronzemedaille für Deutschland.

»Wie aufregend«, wandte sie sich an Jónas, der ihr einen Kuss auf die Wange gab.

»Es war in der Tat aufregend, dich zu beobachten, du bist wundervoll.«

»Du hast doch nicht etwa mich angesehen anstatt des Laufs?« In ihrem Bauch kribbelte es vor Glück.

»Lilla mín, ich könnte dich Tag und Nacht für den Rest meines Lebens ansehen und deiner nie müde werden.«

»O Jónas«, erwiderte sie glücklich. »Das möchte ich auch.«

»Alles zu seiner Zeit, schau, jetzt geht es mit dem Hochsprung weiter.«

»Weißt du, dass die Britin die Favoritin ist? Sie hat vor den Spielen schon die eins fünfundsechzig übersprungen. Eigentlich Weltrekord, aber ihre Leistung wurde nicht anerkannt.«

»Wieso nicht?«

»Keine Ahnung, aber momentan sieht es so aus, als hätte sie die Favoritenrolle nicht ganz erfüllt. Die letzten drei im Wettkampf haben alle eins sechzig geschafft. Es gibt ein Stechen. Das Traurige finde ich, dass unsere Gretel Bergmann nicht dabei ist.«

»Wieso nicht?«

Luise schnaubte leise. »Na, ist doch klar. Sie ist Jüdin. Stattdessen springt Dora Ratjen, sie kommt auch aus Niedersachsen.«

»Es ist nicht in Ordnung, was hier passiert, das wissen wir. Weißt du, dass es Gerüchte gibt, dass Dora Ratjen keine Frau ist?«

Luise atmete scharf ein. »Was? Woher weißt du das? Das wäre ja ein Skandal!«

»Ich arbeite doch bei der Zeitung. Einer unserer Journalisten war mit Gretel Bergmann verabredet, sie hatte etwas in diese Richtung erwähnt.«

»Und was ist daraus geworden?«

»Der Journalist hatte einen Autounfall, es kam nie zu diesem Treffen.«

Luise riss entsetzt die Augen auf. »Was willst du damit sagen?«

»Sch, nein, Luise. Ich will gar nichts sagen. Ich meine nur, man muss heute mit allem, was man tut, sehr vorsichtig sein.«

Sie verlor sich für eine Sekunde in seinem eindringlichen Blick. »Das ist mir bewusst.« Und ihm war es offenbar auch deutlicher, als Luise bislang vermutet hatte. Sie hoffte, dass das ein gutes Zeichen war. So ausweglos eine Zukunft mit ihm für sie momentan schien, so sehr wünschte sie, dass sie einen Weg finden würden. Vielleicht, hoffte sie, würde alles ja doch nicht so schlimm werden mit den Nazis.

* * *

Auf der Fahrt zurück nach Lüneburg schwelgte Luise in Erinnerungen. Sie hielt die Augen geschlossen und rief sich immer wieder Jónas' Züge ins Gedächtnis. Zum Glück hatte sie eine Fotografie, die sie sich immer ansehen konnte, wenn sie ihn zu sehr vermisste. Sie hatten es an einem dieser neuen Automaten auf dem Ku'damm, in den man eine Mark einwarf und am Ende eine Lichtbildaufnahme bekam, machen lassen. Wann sie sich wiedersahen, war ungewiss, denn während des Semesters konnte Jónas nicht fort aus Berlin, und nach den Ferien begann ihr letztes Schuljahr auf dem Johanneum. Irgendwie würde es schon gehen, sagte sie sich und glaubte fest daran. Sie würden sich wieder regelmäßig schreiben, und vielleicht konnte sie ja zu Weihnachten noch einmal nach Berlin fahren. Der Mutter würde sie erzählen, sie wollte beim Kaufhaus Tietz in der Leipziger Straße etwas Hübsches erstehen, das der neuesten Pariser Mode entsprach. Ja, so würde sie es machen, und bis dahin lagen zwar noch Wochen der Sehnsucht vor ihr, aber eine konkrete Idee zu haben, wann sie ihren Liebsten wiedersehen würde, erleichterte das Warten ungemein.

In Lüneburg wartete Hermann Maier mit dem schwarzen Horch 830BL der Familie am Bahnhof auf sie, eine Bequemlichkeit, die sie gerne annahm, denn es regnete in Strömen.

»Guten Tag, Fräulein Rosenberg«, grüßte der Chauffeur, der eine Uniformmütze auf dem Kopf trug, und öffnete die Tür für sie.

»Hallo, Herrmann«, erwiderte sie, ließ sich ihr Gepäck abnehmen und stieg in den geräumigen Fond des Wagens. Nichts konnte ihre gute Laune trüben, dessen war sie sich sicher, als sie kurz darauf die fünf Stufen hinauf zur Villa mit den roten Backsteinen in der Gartenstraße stieg. Auf dem weißen Emailschild daneben stand Familie Rosenberg in schön geschwungenen Lettern. Die Rosensträucher neben der Haustür blühten und verströmten einen bezaubernden Duft. Als hätte auch Ilse schon auf sie gewartet, wurde die Haustür aus schwerem Eichenholz für sie geöffnet.

»Hallo, Fräulein Luise«, grüßte sie mit einem Knicks.

»Hallo, Ilse, wie schön, dich zu sehen.« Luise ließ sich aus dem leichten Sommermantel helfen, während Hermann ihr Gepäck hineinbrachte.

»Sie gehen besser in den Salon, man erwartet Sie dort bereits.«

Luise hielt in der Bewegung inne, als sie Ilses Gesichtsausdruck sah. Das Hausmädchen wich ihrem Blick aus, als ob sie etwas wusste, von dem Luise noch keine Ahnung hatte.

»Ist was mit Omi?«, fragte sie und rannte los. Sie riss die Tür auf und rauschte in den Salon. Dort herrschte Grabesstille, nur Luises dröhnender Herzschlag hallte laut in ihren Ohren wider. Mama und Papa saßen im Erker, vor ihnen stand das Meissner Porzellan. Aus den Tassen mit dem blauen Zwiebelmuster dampfte der Tee. Ein Kännchen mit Sahne und eine Zuckerdose mit Kandis thronten in der Mitte, auf einer Etagere befanden sich frische Früchte. Auf einem dritten Stuhl saß Heini.

Ach du Schreck.

Ihr Magen sackte ihr in die Kniekehlen, ihr Mund öffnete und schloss sich wieder. Was machte ihr Bruder in Lüneburg?

Carl Rosenberg stand auf, seine Miene war streng, und der Ausdruck in seinen Augen spiegelte etwas wider, das sie noch nie bei ihm gesehen hatte. Enttäuschung.

»Hast du uns etwas zu sagen?«, forderte er sie auf.

»Heini, was machst du hier?«, wandte sie sich an ihren Bruder. Hatte er sie verraten? Wieso sollte er das tun?

Ediths Augen waren gerötet, als hätte sie geweint. Sie trug ihr Haar streng nach hinten gekämmt. Zu ihrer Bluse, die aufgestickte Blüten an Ärmeln und über dem Dekolleté zierten, trug sie einen knielangen Rock. Egal, was passierte, der Tag, an dem ihre Mutter nicht korrekt und modisch gekleidet war, würde das Ende bedeuten. Immerhin, so verstand Luise, dass es heute noch nicht so weit war.

»Was du uns zu sagen hast?«, herrschte ihre Mutter sie an. »Hast du deinen Vater nicht gehört?«

Luise stand still und überlegte, was zu tun war. Sie war aufgeflogen, das war offensichtlich. »Ich war in Berlin, bei den Spielen«, gab sie als Antwort, um ein wenig Zeit zu gewinnen. Ihr Puls raste, ihr Mund war staubtrocken.

»Raus mit der Sprache!«, brüllte Carl Rosenberg, der selten bis nie die Fassung verlor.

Luise atmete tief durch, reckte ihr Kinn ein Stück nach vorne. Sie hielt ihren Rücken kerzengerade. »Ich habe mich mit Jónas getroffen. Na und?«

Edith legte sich eine Hand auf die Stirn und sank im Stuhl zurück. »Das darf doch alles nicht wahr sein, sind siebzehn Jahre Erziehung einfach an dir abgeprallt, dass du dich aufführst wie eine Dirne?«

Sie wollte ihre Mutter anschreien, dass sie noch immer unberührt war, aber vermutlich würde man ihr ohnehin kein Wort glauben. »Wir lieben uns«, war alles, was sie mit fester Stimme erwiderte.

Ihr Vater schüttelte den Kopf und seufzte, das war alles, ehe er sich wieder setzte.

»Liebe!«, presste Edith hervor. »Was weißt du schon davon? Und dann noch mit einem Ausländer, der Christ ist!«

Luise wollte schreien. »Seit wann sind wir denn religiös, predigt ihr nicht immer, dass jeder Mensch gleich ist, egal, welcher Religion er angehört?«

»Ist dir nicht bewusst, in welche Gefahr du deine ganze Familie damit bringst?«, wandte ihr Vater sich nun ganz ruhig an sie. »Es sind schon Leute für weniger im Zuchthaus gelandet.«

»Rassenschande.« Ein Wort aus Mutters Mund, das Luise traf wie ein Schlag.

Sie schluckte. »Ich habe nichts Falsches getan«, beharrte sie.

»Seit wann ist Lügen für dich selbstverständlich geworden?« Ihr Vater tippte mit den Fingerspitzen auf die Tischplatte. »Du hast Stubenarrest.«

Luise wollte etwas erwidern, hielt aber den Mund. Selbst sie wusste, wann es genug war. Doch kein Stubenarrest der Welt würde ihrer Liebe zu Jónas etwas anhaben können.

In den folgenden Tagen herrschte eisiges Schweigen im Hause Rosenberg. Der Vater ging wie üblich an jedem Morgen früh in sein Büro, das sich im zweiten Stock des familieneigenen Kaufhauses Rose am Markt in Lüneburg befand.

Luises Gedanken kreisten immer wieder darum, weshalb sie aufgeflogen war. Luise konnte Heini keinen Vorwurf machen, sie war selbst schuld, dass sie sich nicht regelmäßig bei ihrem Bruder gemeldet hatte. Die Eltern hatten ihn angerufen, um sich nach Luise zu erkundigen, und wollten sie kurz sprechen – er hatte für sie gelogen, gesagt, sie sei spazieren oder einkaufen, aber am dritten Tag hatte die Mutter es nicht mehr geglaubt und Heini nach Hause zitiert. Ach, hätte sie sich doch nur mit ihm in Verbindung gesetzt, dann wäre jetzt noch alles gut. Womöglich würden sie ihr jetzt nicht einmal mehr die Briefe von Jónas aushändigen. Sie hatte Ilse gefragt, aber die hatte immer gesagt, es sei nichts für sie dabei. Luise hatte ihm geschrieben, aber alle Briefe lagen noch auf ihrem Zimmer, denn sie durfte das Haus nicht verlassen und zur Post laufen. Heini war längst wieder in Berlin, sie musste jetzt zusehen, wie sie allein klarkam. Sie hoffte, dass er mit Jónas sprach, nicht, dass Jónas dachte, sie wollte nichts mehr von ihm wissen. O Gott, nicht auszudenken, dass wegen so eines Missverständnisses ihre Liebe infrage gestellt wurde. Nein, er würde wissen, dass ihr Schweigen andere Gründe hatte. Das hoffte sie zumindest.

Luise warf sich auf ihr Bett und starrte die Decke an, sie langweilte sich zu Tode. Nicht einmal Anni wurde zu ihr vorgelassen. Sie überlegte, was ihr zu tun blieb. Sie hatte eine Idee, die zwar nicht sonderlich Erfolg versprechend war, aber ihre einzige Chance. Sie sprang auf und rannte die Treppe hinunter. Im Haus war es still, einzig das Scheppern von Töpfen und Geschirr in der Küche wies darauf hin, dass Ilse da war. Ihre Mutter saß vermutlich im Salon und las Zeitung oder ein Buch. Es war ihr einerlei, denn mit ihr wollte sie nicht reden, sondern mit ihrer Großmutter. Leise drückte sie die Klinke zu deren Wohnung herunter und trat durch die Verbindungstür ein. Es roch ganz dezent nach ihrem Parfum und Lavendel. Sie schloss die Tür hinter sich und ging dann über den dicken Läufer zum Wohnzimmer der Großmutter, wo diese saß und einer Platte lauschte. Sie liebte Bach über alles und bewahrte sich die Freude der Klassik auch, wenn sie diese nur noch in den eigenen vier Wänden genießen konnte.

»Großmutter?«, machte Luise auf sich aufmerksam und trat zaghaft über die Schwelle.

»Luise, mein Kind. Komm nur herein, setz dich zu mir.« Mit ihrer faltigen Hand wies sie auf einen Sessel, während im Hintergrund eines der Brandenburgischen Konzerte ertönte.

»Omi, ich brauche deine Hilfe«, fing Luise unverwandt an.

Ruth schüttelte den Kopf amüsiert. »Nun, ich habe mich schon gefragt, wann du bei mir auftauchen würdest.«

»Könntest du für mich zum Postamt gehen?«

»Seit wann erledigen wir in dieser Familie die Botengänge selbst?«

»Du weißt, dass ich das Haus nicht verlassen darf. Und Ilse hat wahrscheinlich die Anweisung, dass sie mir keinen Brief weiterreichen und auch keinen für mich aufgeben darf.«

»Nun erzähl doch einmal von vorn, Kind. Wie bist du nur auf die irrsinnige Idee gekommen, dich auf einen Mann einzulassen? Du bist siebzehn!«

»Fast schon erwachsen«, fügte Luise an. »Und wir lieben uns.«

Großmutter seufzte. »Was weißt du schon von Liebe?«

»Eine ganze Menge. Wenn es einen erwischt, dann spürt man es«, sie legte eine Hand aufs Herz. »Hier und hier.« Sie legte die andere auf den Bauch.

»Du bist verschossen, das ist alles. Ein Backfisch, noch grün hinter den Ohren.«

»Es ist mehr als das.«

»Was hast du dir nur dabei gedacht? Mit Lügen kommt man erst weit, aber nie mehr zurück. Selbst wenn du recht hast, wie stellt ihr euch das vor? Hast du auch nur eine Sekunde darüber nachgedacht? Du gehst noch zur Schule, und dann? Der arme Kerl ist mittellos.«

»Das ist mir egal.«

»Die Jugend meint immer, sie wüsste alles besser. Glaub mir, Kind, mit nichts wirst du nicht glücklich. Da ist es mit der Liebe dann auch ganz schnell aus.«

»Du kennst mich eben nicht richtig.« Sie reckte ihr Kinn nach vorne.

»Luise«, Großmutters Blick wurde streng. »Sogar, wenn eure Standesunterschiede keine Rolle spielen würden, so spielt es doch eine Rolle, dass du Jüdin bist – und er Christ. Das muss dir doch klar sein, wo du sonst immer alles so gut weißt!«

Luise atmete tief ein. »Das ist mir egal.«

»Denk doch einmal nach, Mädchen. Es geht nicht nur um dich. Wenn das rauskommt, müssen Mutter und Vater deine Eskapaden ausbaden. Du riskierst viel für ein bisschen Flattern in der Magengrube.«

»Dann bist du also auf ihrer Seite?«

»Auf wessen?«

»Mutters und Vaters natürlich.«

»Luise, wir sind eine Familie, wir müssen zusammenhalten. Deine Eltern stehen unter Druck, denk doch einmal nicht nur an dich und deine Flausen.«

Luise verstummte und sah schuldbewusst auf ihre Hände.

»Dein Vater hat mehrfach die Aufforderung erhalten, alle arischen Kräfte zu entlassen.«

»Ilse«, murmelte Luise.

»Erst vorgestern kam wieder ein Brief. Und jetzt stell dir mal vor, es käme heraus, dass du dich mit einem Isländer eingelassen hast – das Sinnbild der Nazis für ihre Manie mit nordischen Göttern.«

Luise schluckte, daran hatte sie noch gar nicht gedacht.

»Vielleicht würden sie *dich* davonkommen lassen, du bist jung und dumm. Aber dein Vater, das Kaufhaus Rose, glaub mir, den Nazis würde schon etwas einfallen, um uns das Leben schwer zu machen.«

»Aber Jónas lebt in Berlin und ich in Lüneburg.«

»Ja, das kommt dann noch dazu. Es hat ohnehin keine Zukunft. Besser, du akzeptierst es gleich.«

»Das kann ich nicht.« Luise stand auf und verließ die Wohnung ihrer Großmutter mit hängenden Schultern. Sie würde sich etwas einfallen lassen müssen. Aufgeben kam nicht infrage.

Kapitel 9

Siglufjörður, Juni 2019

Gedankenverloren hantierte Sofie mit den Parkett- und Griffmustern. Sie hatte sie schon mehrfach neu arrangiert, aber so recht gefiel es ihr nach wie vor nicht. Es kam auf den Bildern, die sie mit dem Handy geknipst hatte, einfach nicht so raus wie in natura.

Sofie musste schlucken.

Ein Klopfen an der Tür riss sie aus ihren Überlegungen. Björgvin war nach Reykjavík gefahren und noch nicht wieder zurückgekehrt, und er hatte ja auch einen Schlüssel. Er konnte es also nicht sein.

Sofie war überrascht, als Stella davorstand. Sie trug einen Wollpullover mit dem typisch isländischen Muster und eine Jogginghose zu Wanderschuhen. Die roten Haare hatte sie zu einem unordentlichen Dutt hochgedreht, aus dem einige Strähnen ihr Gesicht umschmeichelten. »Hallo, wie geht's?«, fragte sie.

»Sehr gut, komm doch rein.«

»Bist du beschäftigt?«

»Ach, das hat Zeit, ich versuche gerade, die Muster hier hübsch zu arrangieren und Bilder für Tinna zu machen.« Sofie hatte gestern noch ein wenig im Buch weitergelesen und sich heute fest vorgenommen, ihrer Auftraggeberin von ihrem Fund zu erzählen.

»Komm, wir gehen wandern, es ist so schönes Wetter heute.«

»Jetzt noch? Es ist doch schon spät.« Seit ihrem ersten gemeinsamen Kaffee waren ein paar Tage vergangen, Sofie hatte gezögert, sich bei Stella zu melden, weil ihr noch nicht klar geworden war, wie verbindlich Isländer tatsächlich mit ihren Einladungen waren. Hielten sie es eher wie die Amerikaner, die ständig zu irgendwas einluden und sich dann wunderten, wenn man tatsächlich vor der Tür stand, oder war es wie in Deutschland: Alles, was du sagst, ist Gesetz. Stella hatte es jedenfalls tatsächlich so gemeint. Die Spontanität gefiel Sofie, auch wenn sie sich fragte, ob es eine gute Idee war, um einundzwanzig Uhr noch mit einer Wanderung in die Nacht zu starten. Zugegeben, die Dunkelheit würde ihnen keine Probleme bereiten, denn zu dieser Jahreszeit war es in Island vierundzwanzig Stunden lang hell. Sofie hatte sich wohl noch nicht ganz daran gewöhnt und ihre innere Uhr auch nicht.

»Das ist die beste Tageszeit, die Sicht ist gut, der Wind hat sich gelegt, da oben kann es sonst ganz schön pusten. Also, zieh dir was an, ich habe Proviant im Auto.« Mit einem breiten Grinsen machte Stella Sofie klar, dass sie keinen Widerspruch duldete.

Sofie wurde schwindelig, es ging alles so schnell. »Magst du nicht erst einmal ablegen und was trinken?«

»Nein, nein. Dann kommen wir nicht mehr los. Nun mach schon, ich warte im Auto. Bis gleich.«

Ohne ihre Antwort abzuwarten, rauschte Stella aus dem Haus und ließ Sofie mit großen Augen stehen. »Na schön«, murmelte sie und ging nach oben, um sich für eine Wanderung umzuziehen. Wieso auch nicht, gegen ein kleines Abenteuer hatte Sofie eigentlich nichts einzuwenden. Es war schön, dass Stella an sie gedacht hatte.

Stella hatte ihren japanischen Geländewagen am zweiten Campingplatz des Dorfs geparkt. »Ich wusste gar nicht, dass es im Ort noch einen gibt?«, wunderte Sofie sich.

»Ja, dieser ist ziemlich ruhig, außerdem gibt es keine öffentlichen Duschen, nur Toiletten. Wenn man Abgeschiedenheit sucht, ist man hier richtig, und wenn man sich waschen will, kann man die Sanitäranlagen des anderen nutzen. Bist du startklar?«

»Was meinst du, wie lange werden wir unterwegs sein?«

»So anderthalb bis zwei Stunden, je nachdem, wie schnell wir gehen.«

»Ich bin eine Schnecke«, scherzte Sofie. »Ehrlich, ich bin nicht besonders in Form.«

»Das ist doch kein Problem, wir haben es nicht eilig, oder hast du heute Nacht noch was vor?«

»Ha, ha, sehr witzig. Wohl kaum.«

Stella nahm einen Touring-Rucksack aus dem Kofferraum, schloss dann den Wagen ab und marschierte los. Sofie eilte an ihre Seite. »Einen Pfad gibt es nicht?«

»Nicht wirklich.«

»Und es ist echt okay, hier raufzugehen?«

»Na klar, wieso denn nicht?«

»Keine Ahnung, es gibt keine Schilder, nichts.«

»Ist das nicht das Schöne daran?«

»Ja, im Prinzip schon. Es ist nur ungewohnt, ich komme immerhin aus einem Land, in dem jeder Zentimeter verplant ist.«

Stella lachte nur. Eine Weile wanderten sie schweigend nebeneinanderher, tatsächlich gab es doch so etwas wie eine geschotterte Route. »Was ist das?«

»Im Sommer fahren hier manche mit ihren Quads herum. Außerdem ist es die alte Straße.«

»Oh, alles klar. Ist mir noch gar nicht aufgefallen. Aber im Winter ist es eher schwierig, oder?«

»Sehr häufig saß man spätestens ab Oktober bis April in Siglufjörður fest, außer man hatte ein Schiff. Aber auch da gab es natürlich Einschränkungen.«

»O Gott, das kann ich mir gar nicht vorstellen, so eingekerkert zu sein.«

Stella zuckte die Schultern. »Sind wir zum Glück ja auch nicht mehr, aber es gibt zahlreiche Gegenden, in denen man früher sehr isoliert lebte.«

Am Wegesrand blühten Unmengen von Lupinen. Ein Meer von lilafarbenen Köpfen, die sich sanft in der abendlichen Brise wogen. Den Gipfel immer im Blick folgten sie einer Kurve und kamen an einen kleinen Bachlauf. »Da müssen wir rüber«, informierte Stella sie und war schon dabei, auf einen Stein in der Mitte zu springen und dann wie eine junge Bergziege ans nächste Ufer. Als würde sie nie etwas anderes tun, als plätschernde Flüsse auf wackeligen Felsen zu überqueren.

Sofie konzentrierte sich und nahm ihren Mut zusammen. Im schlimmsten Fall wurde sie nass, also trat sie auf den Stein. Sie ruderte mit den Armen, dann machte sie einen großen Schritt ans andere Ufer.

Sofie fühlte sich wohl in Stellas Gesellschaft. Obwohl diese viel besser in Form war, übte sie keinen Druck auf Sofie aus und gab ihr nicht das Gefühl, eine Last zu sein. Sofie erinnerte sich an einige Radtouren mit Thomas. Er war entweder weit vorausgeprescht oder hatte gequengelt, dass sie schneller in die Pedale treten sollte – bis sie irgendwann nicht mehr mitgekommen war. Seitdem drehte er seine Runden am Elbdeich ohne sie.

»Alles okay, möchtest du eine kurze Pause machen?«, wollte Stella wissen und riss sie aus ihren Gedanken. Ohne auf eine Antwort zu warten, zog sie eine kleine Wasserflasche aus dem Rucksack und reichte sie Sofie. »Trink mal was. Wir sind übrigens gerade in einem Talkessel, er heißt *Hvanneyraskál.*«

»Wie? O Gott. Ich werde eure Sprache nie verstehen. Danke, das ist total nett.« Gierig leerte sie die halbe Flasche in einem Zug. »Ich hatte echt Durst, ich bin richtig ins Schwitzen gekommen.«

»Der Aufstieg ist es wert«, versprach Stelle mit einem verschwörerischen Grinsen. »Und runter geht's nachher ganz einfach.«

»Du meinst, ich soll mich kugeln?«

Ihre Begleiterin lachte. »Nein, besser nicht.«

Sie setzten ihren Weg fort und wanderten an der Bergflanke des *Strákur* entlang. Vor den Lawinenschutzgittern, die aus der Nähe gigantisch aussahen, bogen sie links ab, um den Gipfel zu erreichen. Hier oben gab es keine Quad-Spuren mehr, der Wind wurde kälter, und Sofie zog den Reißverschluss ihrer Jacke hoch. Der Weg wurde steiniger und steiler, sie atmete schwer, ihre Oberschenkel brannten, aber sie fühlte sich so lebendig wie schon lange nicht mehr. Die kühle, klare Meeresluft füllte ihre Lungen und verlieh ihr neue Lebensenergie. Das letzte Stück zum Gipfel konnten sie nicht gehen, da noch immer etwas Schnee lag.

Sofie brauchte einen Augenblick, um zu verschnaufen. »Mein Gott, ich bin so schlecht in Form«, japste sie, und Stella klopfte ihr auf die Schulter. Und dann drehte sie sich um und blickte über die Berge auf das Meer hinaus. Die Mitternachtssonne färbte die wenigen Wolken rosa und tauchte den Himmel in ein kitschiges Rot, das so unbeschreiblich schön war, dass es ihr den Atem verschlug.

»Aber die Aussicht ist es doch wert, oder? Wir haben gerade sechshundertfünfundzwanzig Höhenmeter überwunden.«

»Das ist definitiv das Beste, was ich seit Langem gemacht habe. Ich bin geplättet, es ist so unfassbar schön hier.« Sie erblickte die zahlreichen Berggipfel, die vielerorts ebenfalls noch vereinzelte Schneeflecken aufwiesen und im starken Kontrast zum dunklen, fast schwarzen Gestein standen. Das Meer glitzerte dunkel und beinahe mystisch unter ihnen, Siglufjörður war nur noch ganz klein zu erkennen. Das Fischerdorf schmiegte sich ans Ufer des Fjords, es war so still und friedlich hier oben, dass Sofie Tränen des Glücks in die Augen schossen. Ein unbeschreibliches Gefühl von Freiheit und Zuversicht durchströmte sie.

Stella nahm ihren Rucksack von den Schultern und setzte sich ins Gras. »Wir Isländer klettern gerne auf unsere Berge, um Energie zu tanken. Klingt komisch, denn so ein Aufstieg ist ja recht beschwerlich, aber auf dem Gipfel der Berge spürst du die Verbindung zur Erde deutlicher.« Sie holte eine Flasche Rotwein, Cracker und Käse heraus. Sofie wollte zustimmen, aber ihr fehlten die richtigen Worte, so nickte sie nur und ließ sich neben Stella im Schneidersitz ins Gras nieder.

»Wow, das ist ja ein feines Picknick«, meinte Sofie schließlich anerkennend, dann entdeckte sie etwas weiter entfernt noch jemanden, der den Aufstieg auf sich genommen hatte. Er hatte ein Stativ mit einer Kamera aufgebaut und sah Björgvin sehr ähnlich.

Nein, es war Björgvin. Sie runzelte die Stirn.

»Was ist?«, fragte Stella und reichte ihr einen Plastikbecher mit Wein.

»Alles gut.«

»Der ist ganz schön heiß, oder?«, meinte sie und deutete mit ihrem Kopf in Björgvins Richtung.

»Kennt ihr euch?«

Stella lachte. »Du scheinst noch nicht allzu viel über Isländer gelernt zu haben, oder? Natürlich kenne ich ihn, hier kennt jeder jeden, irgendwie.«

»Und du findest ihn also heiß.« Sie stießen an und tranken einen Schluck.

»Das schon, aber ich bin auch der Meinung, man sollte alte Liebschaften nicht aufwärmen.«

»Ihr wart mal zusammen?«

»Es ist Ewigkeiten her. Um genau zu sein, waren wir im letzten Schuljahr ein Paar, aber dann ist er in die USA gegangen und ich nicht. Hat nicht funktioniert.«

»Du bist doch wieder Single«, meinte Sofie und versuchte zu verbergen, dass sie zu gerne wüsste, welchen Status Björgvin bei Facebook angeben würde, falls er ein Konto hatte.

»Das schon, aber ich bin der Meinung, wenn eine Beziehung mal zerbrochen ist, dann hat das Gründe. Und er … na ja, ich glaube, auf kompliziert hat er keine Lust mehr. Ich auch nicht, im Übrigen.«

Stellas Beschreibung ließ anklingen, dass es mit ihm nicht einfach gewesen war. »Hättest du denn gerne wieder jemanden an deiner Seite?«

»Das Leben mit einem Teenager kann einen ganz schön fordern, aber ja, manchmal wünsche ich mir jemanden, der mich nach einem langen Tag in den Arm nimmt und der meine Sorgen mit mir teilt. Und gegen guten Sex hätte ich auch nichts einzuwenden.« Sie seufzte und nahm sich einen Cracker aus der Packung. »Bis dahin befriedige ich meine Gelüste mit Essen und Wein.«

Sofie lachte und warf den Kopf in den Nacken. »Du bist gut.« Gleichzeitig versuchte sie sich zu erinnern, wann Thomas sie das letzte Mal in den Arm genommen hatte, um ihre Sorgen wegzuküssen. Es musste lange her sein, denn ihr fiel keine Situation ein. Beim besten Willen nicht. Immerhin hielt er die Sendepause mittlerweile ein, vielleicht fand er sogar Gefallen daran. Sofie wollte lieber nicht daran denken, woran Thomas sonst noch Gefallen finden könnte.

»Thomas ist fremdgegangen«, sagte sie zu Stella, ohne sie anzusehen. »Als es mir richtig dreckig ging, hat er sich woanders Trost gesucht.«

»O nein!«

Sofie atmete tief ein. »Ich knabbere noch immer daran, er hat mir oft gesagt, wie leid es ihm tut, und hat mir den Seitensprung auch direkt gebeichtet. Es hätte nichts bedeutet, eine Dummheit im Suff, hat er gesagt.«

»Glaubst du ihm?«

Sie zuckte mit den Achseln. »Selbst wenn es für ihn keine Bedeutung hatte. Für mich schon. Ich weiß einfach nicht, wie ich weitermachen soll.«

»Verstehe, so etwas ist nie leicht.«

»Wie war es bei dir?«

»Eine neue Kollegin, irgendwie habe ich gleich gemerkt, dass was nicht stimmt. Sonst hat er mir immer alle vorgestellt, aber sie habe ich nicht kennengelernt. Erst als es schon zu spät war.«

»Wie schrecklich.«

»Na ja, gefreut habe ich mich nicht, aber es ist jetzt 'ne Weile her, ich habe mich damit abgefunden. Es ist okay, ich bin zwar noch immer verletzt, aber nicht mehr sauer auf ihn.«

»Wow, das klingt echt erwachsen.«

»Immerhin haben wir eine Tochter, da muss man irgendwann mal in Ruhe miteinander sprechen.«

»Das hast du gemacht?«

Stella grinste verschwörerisch. »Ich habe im Garten seine Klamotten aufgetürmt, Benzin drübergegossen und alles angesteckt.«

»Mein Gott«, murmelte Sofie. »Das ist irgendwie … genial rachsüchtig.«

»Na ja, fand die Polizei nicht so. Aber man hat von einer Anzeige abgesehen, ich muss wohl ziemlich mitleiderregend ausgesehen haben. Mehr Wein?«

Von solchen Wutausbrüchen hatte Sofie nichts erlebt, sie war in sich versunken, hatte still geweint und sich zurückgezogen. Vielleicht wäre es gut gewesen, wenn sie … Nein, wäre es nicht. Es hätte nichts geändert.

»Ich vermisse Thomas nicht einmal«, sagte sie schließlich.

»Da hast du deine Antwort«, erklärte Stella und schenkte nach.

Sofie warf einen verstohlenen Blick in Björgvins Richtung, der sie anscheinend auch entdeckt hatte. Er war gerade dabei, sein Stativ einzupacken, und winkte kurz. Ob er gleich zu ihnen kommen würde? Sofie winkte zurück, dann schaute sie wieder auf den Fjord und die untergehende Sonne. Es war traumhaft.

»Danke, dass du mich mit raufgenommen hast«, sagte sie zu Stella und umarmte sie.

Es war spät, als Sofie Stella hinterherwinkte und ins Haus ging, aber sie fühlte sich aufgedreht und beschwipst. So wurde das nichts mehr mit dem Telefonat mit ihrer Auftraggeberin, aber morgen war auch noch ein Tag. Björgvins Auto stand in der Auffahrt. Leise schloss sie die Tür auf, trat ein und zog ihre Wanderschuhe aus. Sie hatte wahnsinnigen Durst und tapste in die Küche, um sich ein Glas Leitungswasser einzugießen.

»Na, auch wieder da?«

Sofie zuckte zusammen und hätte das Glas um ein Haar fallen lassen. Sie wirbelte herum und sah Björgvin auf der Couch mit seinem Laptop. »Da krieg ich ja einen Herzinfarkt!«, rief sie lachend und trat näher.

»Dein Herz scheint ganz in Ordnung zu sein, sonst wärst du gar nicht auf den Strákur gewandert.« Das Funkeln in seinen Augen ließ ihren Puls in die Höhe schnellen. Seine Nähe stellte seltsame Dinge mit ihrem Gefühlsleben an.

»Was hast du da eigentlich gemacht?«, fragte sie atemlos. Sofie war froh, dass sie etwas zu trinken hatte, ihre Kehle fühlte sich trocken an. Sie nahm einen Schluck.

»Bilder«, gab er knapp zurück.

Sie verdrehte die Augen. Natürlich, dieser Mann konnte offenbar nur einsilbige Antworten geben. Das war ja fast schon wieder lustig. »Das habe ich gesehen, ich meinte, wofür«, erklärte sie ihm geduldig. Sie wollte mehr über ihn erfahren, denn Björgvin hatte etwas, das sie sehr interessant fand.

»Für die Arbeit.«

»Hm, okay.« Sie wollte sich gerade abwenden und nach oben gehen, als ihr noch etwas einfiel. »Du«, sagte sie. »Findest du es nicht total unbequem, hier auf dem Sofa zu arbeiten?«

»Es geht so. Warum?«

»Na ja.« Sie spürte, dass sie rot wurde. Ihr Gesicht wurde warm. »Ich habe mir überlegt, ich könnte den Schreibtisch aufarbeiten, er hat einige Macken und der Lack ist an einigen Stellen abgeplatzt, aber es ist doch eigentlich ein tolles Stück, das es nicht verdient hat, in der Abstellkammer vergessen zu werden. Man könnte dieses Regal hier«, sie zeigte auf ein Bücherregal, »ein wenig anders platzieren und den Schreibtisch dann vor dem Fenster hübsch arrangieren. Könnte toll aussehen, wenn erst mal der alte Teppich hier raus ist und so … Was meinst du?«

Björgvin schaute sie einen Moment an, dann bogen sich, sehr zu ihrer Überraschung, seine Mundwinkel ganz leicht nach oben. »Wow, danke für die ausführlichen Infos. Finde ich super, wenn du gesprächig bist.«

Sofie schnappte nach Luft, fast hätte sie laut gelacht. Hilfe, dieser Mann war ja so was von nicht selbstreflektiert. Aber vielleicht hatte sie sich seiner Wortknappheit zu sehr angepasst. »Lustig, dass du das so empfindest, und ich dachte, du bist der …«, sie hielt inne. »Ach, vergiss es. Nicht so wichtig. Wäre das mit dem Schreibtisch in deinem Sinne?« Sie schaute ihn freundlich an und wartete ab.

»Der Teppich soll raus?«, wiederholte er und rieb sich das Kinn.

Sofie merkte, wie müde ihre Beine waren, deswegen setzte sie sich auf einen Sessel Björgvin gegenüber. »Ich bin ja nicht zum Spaß hier.«

»Das habe ich gemerkt. Deutsche Gründlichkeit«, witzelte er. »Ich habe mich schon gefragt, was die verschiedenen Holzstücke da oben sollen.«

»Das sind Parkettmuster«, erklärte sie.

»Aha.«

»Hast du sie dir mal angeschaut? Ich habe Tinna ein paar Bilder geschickt, sie muss mir sagen, welches sie gern hätte, dann besorge und verlege ich es.«

»Du ganz allein, schaffst du das denn?«

Sofie tat so, als ob sie sich im Raum umschauen würde. »Äh, siehst du hier sonst noch jemanden an meiner Seite? Du kannst mir natürlich zur Hand gehen …«

Er winkte ab. »Lieber nicht, glaub mir, das willst du nicht.«

»Kann mir schon vorstellen, dass du so einer bist, der alles besser weiß«, neckte sie ihn.

»Nein, bin ich eigentlich nicht, aber … egal.«

Jetzt, wo sie saß, brach die Müdigkeit über sie herein. Sie blinzelte und rieb sich die Augen. »Magst du vielleicht mal gucken? Also wegen der Muster. Und was ist mit dem Schreibtisch. Ja oder nein?«

Er zuckte die Schultern. »Mir egal.«

»Ich könnte mir das wundervolle Stück wirklich sehr, sehr gut hier im Wohnzimmer vorstellen.«

»Also gut, dann mach es. Wenn Tinna es dann doch nicht mag, wird sie es dir schon sagen.«

»Sie könnte ihn auch verkaufen, ich bin mir sicher, dass sie dafür einige Tausend Euro bekommen würde.«

»Einige Tausend?«

»Es ist ein Art-déco-Schreibtisch aus Nussbaum. So was ist wertvoll.«

Björgvin war sprachlos. »Kann ich echt nicht glauben, das alte Ding?«

Sofie schmunzelte und stand auf. Ihr taten die Beine schon weh, morgen würde sie einen üblen Muskelkater bekommen. »Komm mit, ich zeig ihn dir noch mal.«

Es überraschte sie, dass er ihr einfach folgte. Sofie knipste das Licht in der Abstellkammer an. Sie ließ ihre Finger über die Platte gleiten. »Nussbaum mit lederbezogener Tischplatte und in gutem Zustand. Sieh doch mal, wie elegant und modern er auch heute noch wirkt mit seinen konischen, leicht ausgestellten Beinen. Das Beste ist, dass man ihn auch einfach in den Raum stellen kann, wenn du ihn nicht direkt vor dem Fenster haben willst. Ich finde, es ist ein herausragendes Sammlerstück.«

Sofie wandte sich um, ihr Herz klopfte schnell, so sehr begeisterte sie sich für die edle Antiquität. Björgvin lehnte mit seiner Schulter im Türrahmen und betrachtete sie – nicht den Tisch. Mit einem Mal wurde ihr bewusst, dass sie nur wenige Zentimeter trennten.

»Du magst deinen Beruf sehr, hm?« Es klang nicht spöttisch oder herablassend, sondern war vielmehr eine liebevolle Anerkennung. Das sah sie auch am Schimmern in seinen Augen, die im schwachen Licht dunkel und unergründlich wirkten.

Ihre Kehle wurde trocken. »Ja«, es klang mehr nach einem Wispern als einer wirklichen Antwort.

Björgvin neigte seinen Kopf. Sie roch sein Aftershave und den männlichen Duft, der sehr angenehm war. Sie spürte die Stärke und Wärme, die von ihm ausgingen, und mit einem Mal wünschte sie, er würde seine Arme ausbreiten und sie an sich ziehen. Sie hatte schon so lange keine ernst gemeinte Umarmung mehr gespürt, dass sich innerlich alles in ihr sehnsuchtsvoll zusammenzog.

Und dann räusperte sich Björgvin und sah kurz auf seine Füße. »Dann mach du mal.«

Sofie brachte kein Wort heraus, sie nickte nur. »M-mh.« Es dauerte eine Sekunde, dann hatte sie sich wieder im Griff. »Ich, äh, gehe dann mal schlafen.«

Er trat beiseite und ließ sie vorbei. »Gute Nacht«, sagte er, und Sofie blickte noch einmal zu ihm auf. Seine Stimme klang ein weniger rauer als sonst, und der spöttische Zug um seine Mundwinkel, den er so oft zur Schau trug, war verschwunden. Er wirkte mit einem Mal eher blass, ganz so, als ob ihm ebenfalls etwas klar geworden war. Sofies Gedanken wirbelten wild durcheinander, sie musste weg. Raus aus dem Radius seiner Pheromone oder was auch immer sie an dem Kerl so aus der Fassung brachte. Sie polterte die Stufen nach oben und knallte die Badezimmertür hinter sich zu. Dann ließ sie das Wasser laufen und hielt ihre Handgelenke für einen Augenblick darunter, um sich zu sammeln. Seine Zahnbürste lag auf der Ablage, die Zahnpastatube hatte er nicht zugedreht. Nun musste sie doch schmunzeln.

Kapitel 10

Lüneburg, September 1936

Die ersten Blätter färbten sich golden, die schwüle Hitze des Sommers war längst aus der Stadt gewichen, und der nahende Herbst brachte immer häufiger Morgennebel mit sich. Die Stimmung im Hause Rosenberg war angespannt, denn entgegen der Meinung der Eltern wollte Luise Jónas auch nach etlichen Wochen, in denen sie nichts von ihrem Liebsten gehört hatte, nicht aufgeben. Es betrübte sie, dass sie noch keine Möglichkeit gefunden hatte, mit ihm in direkten Kontakt zu treten. Sie hatte es aber immerhin geschafft, heimlich ihren Bruder anzurufen, als die Mutter einmal mit Migräne im verdunkelten Schlafzimmer gelegen und der Vater im Kaufhaus Rose gewesen war.

»Bitte, Heini. Du musst mir helfen«, hatte sie ihn angefleht.

»Was könnte ich denn tun? Ich habe Jónas die Botschaft längst überbracht, dass du Hausarrest hast. Er versteht es und hofft, dass sich alles wieder beruhigt, bis das Ende des Semesters naht.«

»Ich will nicht so lange warten. Ich vermisse ihn so sehr! Wenn ich ihn schon nicht sehen kann, so muss ich doch wenigstens seine Briefe bekommen. Großmutter ist auch nicht bereit, mir zu helfen, ich habe einfach keine Idee.«

»Wenn du Briefe an mich schickst, wird Mutter schnell dahinterkommen, dass ich nur der Bote sein soll, und es löst auch nicht das Problem der Briefe, die an dich gerichtet sind.«

Luise rieb sich die Stirn. »Du hast recht, na schön, ich muss weiter überlegen. Auf ewig können Mutter und Vater mich nicht einsperren, und sie werden mich auch nicht jeden Tag zur Schule bringen und wieder abholen lassen. Es ist ohnehin lächerlich, dass ich mich fahren lassen muss. Es ist auch so schon anstrengend genug auf meiner Schule.«

Heini seufzte. »Ja, Schwesterchen, das ist mir bewusst. Ist es denn sehr schlimm?«

»Dass ich beschimpft und ausgeschlossen werde, ist ja nichts Neues, daran habe ich mich gewöhnt. Aber heute Morgen hat mir doch tatsächlich jemand ein faules Ei in meine Schultasche gelegt. Meine Bücher, meine Hefte – alles ist ruiniert.«

»Dumme Streiche, mach dir nichts daraus, Luise.«

»Ich ertrage das alles nicht, wenn ich nicht wenigstens hin und wieder Briefe von Jónas bekomme.«

»Du bist richtig verliebt, nicht?« Ihr Bruder seufzte, seine Stimme war leise geworden.

»Ja. Das bin ich. Aber Heini, du klingst auf einmal so traurig, was ist denn mit dir? Ich dumme Gans spreche immer nur über mich.« Sie presste sich den schwarzen Telefonhörer ans Ohr.

»Ich möchte nicht darüber reden.«

Luise überlegte, was sie sagen sollte. Sie wollte ihren Bruder nicht verunsichern, aber sie hatte in den letzten Jahren natürlich gemerkt, dass er an Mädchen kein so rechtes Interesse hegte. Die einzige Person, die ihm je wirklich nahegekommen war, war Fritz. Sie hatte einmal gehört, dass es Männer gab, die Männer liebten. Vielleicht war es bei Heini genauso? War das der Grund, warum die beiden Streit gehabt hatten? »Ist es wegen Fritz?«, fragte sie frei heraus.

Heini atmete scharf ein. »Das darfst du niemals laut sagen, Luise.«

»Also ist es wahr?«

Er schwieg, aber sie hörte seinen schweren Atem. »Ja. Es ist wahr. Aber – es ist unmöglich.«

»Ach, mein Lieber. Wieso denn nicht? Empfindet er anders?«

»Sch, Luise. Ich kann am Telefon nicht darüber sprechen.«

»Wann kommst du denn heim? Kannst du nicht Jónas mitbringen? Er ist doch auch dein Freund.«

»Ich tue, was ich kann, Luise. Versprechen kann ich dir nichts. Ich glaube aber nicht, dass Mutter und Vater begeistert wären, wenn ich Jónas noch einmal als Gast in unser Haus einlade.«

Das Gespräch lag jetzt schon über eine Woche zurück, seitdem hatte sich nichts Neues ergeben. Es war zum Haareraufen. Luise tigerte in ihrem Zimmer auf und ab.

Zur Abendessenszeit klopfte es an ihrer Tür. »Fräulein Luise, Ihre Mutter lässt bestellen, dass Sie bitte zum Abendessen kommen sollen.«

Sie hatte keinen Appetit, aber wenn sie nicht im Speisezimmer erschien, machte sie es nur schlimmer. »Ich bin gleich da«, erwiderte sie und warf einen Blick in den Spiegel

Da sie zur Konversation nichts beizutragen hatte, löffelte sie ihre Kartoffelsuppe einige Minuten später schweigend. Ihre Eltern und Großmutter unterhielten sich, aber Luise hörte nicht einmal zu.

Das Hausmädchen war gerade dabei, das Hauptgericht, Lammcarré mit Rosmarinkartoffeln und Bohnen, aufzutragen, als es an der Tür schellte.

Edith ließ ihre Gabel sinken. »Wer kann das jetzt noch sein? Erwartest du Gäste?«

Carl Rosenberg tupfte sich den Mund mit seiner gestärkten Stoffserviette ab. »Nein, ich erwarte niemanden.«

Luise hoffte, dass es Jónas war. Natürlich war die Wahrscheinlichkeit mehr als gering, aber vielleicht hatte Heini ja doch etwas erreicht? Sogleich verwarf sie den Gedanken, es war sehr unwahrscheinlich, denn laut Heini ging Jónas nach wie vor seinen beiden Tätigkeiten als Nachtwächter und Hilfskraft in der Zeitung nach.

Das Hausmädchen verließ das Speisezimmer. Nur das sanfte, metallische Klingen des Pendels der Standuhr war zu hören. Großmutter hatte ihre schmalen Augenbrauen zusammengezogen und die Hände neben ihrem Teller liegen.

Und dann wurde es laut. Schwere Schritte polterten über den Teppich in der Diele und stürmten ins Speisezimmer. Zwei Polizeiwachtmeister der Ordnungspolizei betraten den Raum. Die Abendsonne funkelte in den Messingknöpfen der grünen Uniformen. »Carl Rosenberg, Sie sind verhaftet.«

Edith ließ ihre Gabel scheppernd auf den Teller fallen und kreischte auf. Luise erstarrte. Ihr Vater stand ganz ruhig auf. »Guten Abend, meine Herren.« Höflich, kultiviert und mit Bedacht, so wie sie ihn kannte. Luise bewunderte ihren Vater für seine Haltung.

»Hier kann nur ein Missverständnis vorliegen«, fuhr er fort.

»Das denke ich nicht«, gab einer der Wachtmeister schroff zurück. »Wir haben Sie mehrfach aufgefordert, das Hausmädchen Ilse Schumann zu entlassen, da es Juden strengstens untersagt ist, Arier unter fünfundvierzig Jahren im

Haushalt zu beschäftigen. Sie haben auf unsere Schreiben und mehrfachen Aufforderungen nicht reagiert.«

Luises Magen rebellierte, aber sie rührte sich nicht. Das war es also gewesen, was die Eltern vor ihr verborgen hatten. Natürlich hatten sie alle gewusst, dass es nicht mehr legal war, Ilse anzustellen. Doch Ilse brauchte die Anstellung, um ihre Mutter durchzubringen.

Carl Rosenberg stand noch immer kerzengerade, aber man sah ihm den Schreck an. Er war blass geworden und hatte seine Lippen aufeinandergepresst. »Das muss sich doch regeln lassen, hören Sie …«, sagte er, aber der Wachtmeister unterbrach ihn.

»Schnauze! Mitkommen.« Dann trat er auf Carl Rosenberg zu und riss ihn grob am Arm mit sich, sodass dieser stolperte und ächzte.

Edith schrie auf und weinte entsetzlich, Großmutter herrschte sie an, mit dem Geplärre aufzuhören, zur gleichen Zeit schafften die Polizisten Luises Vater aus dem Raum. Ilse weinte lautlos, sie stand mit dem Rücken an die Wand gepresst. Luise schüttelte den Kopf, sie konnte nicht glauben, was eben passiert war. »Wo bringen sie ihn jetzt hin?«, fragte sie an ihre Großmutter gewandt, da Edith Rosenberg völlig die Fassung verloren hatte und sich die Serviette vors Gesicht hielt und heulte. In Luises Ohren hallte noch immer das Poltern der genagelten Stiefel wider.

»Wenn Zerstörung über das Haus kommt«, murmelte Großmutter, »dann fängt sie an der Schwelle an. Sie werden ihn ins Kittchen werfen, diese Narren.« Die Großmutter stand betont langsam auf. »Ich werde unseren Anwalt anrufen, es kann ja nur eine Formsache sein, das Problem zu lösen.«

Luise runzelte die Stirn, sie wünschte, sie wäre so abgeklärt wie ihre Oma.

Luise verfolgte, wie Großmutter langsam zum Telefonapparat ging. Zum ersten Mal nahm sie ihre elegante, beinahe königliche Erscheinung wirklich wahr. Ruth Goldberg strahlte eine aristokratische Würde aus, die man nicht erlernen konnte. Auch in einer Situation wie dieser die Nerven zu bewahren, zeugte von größter innerer Sicherheit und Stärke.

»… ja, guten Abend. Hier spricht Ruth Goldberg. Ich möchte bitte mit Herrn Rechtsanwalt Dr. Fischer sprechen … Was? Ja, natürlich weiß ich, dass er lediglich als Rechtskonsulent tätig sein darf, nun machen Sie schon, holen Sie ihn an den Apparat.«

Luise hielt es nicht mehr aus, sie folgte ihrer Großmutter in den Flur.

»Ich möchte, dass Sie sich nach dem Verbleib meines Schwiegersohnes erkundigen. Bitte finden Sie heraus, was getan werden muss, damit er wieder nach Hause kann. Haben Sie von ähnlichen Fällen gehört?«

»Nein, verehrte Frau Goldberg, bislang nicht. Ich vermute, Ihr Schwiegersohn ist nur vorläufig verhaftet.«

Großmutter blieb ruhig. »Sehen Sie zu, dass er bald wieder nach Hause kommt«, wiederholte sie, weil es das Einzige war, was in diesem Augenblick zählte.

»Jawohl, gnädige Frau.«

Luise zog sich zurück, während Großmutter noch kurz weiter mit dem ehemaligen Rechtsanwalt der Familie, der sich nach Entzug der Lizenz nur noch Konsulent nennen durfte, plauderte, als wäre nicht gerade eine große Katastrophe über das Haus Rosenberg hereingebrochen. Luises Vater kam ins Gefängnis!

Luise eilte zurück in den Salon und versuchte, ihre Mutter zu trösten. Irgendwie schaffte sie es, die verzweifelte Frau mithilfe von Ilse nach oben in ihr Boudoir zu bringen, wo sie sie mit Ilse alleine ließ.

Was sollte Luise tun? Heini anrufen? Nein, der würde sich nur unnötig Sorgen machen, andererseits: Hatte er nicht ein Recht, davon zu erfahren?

Erst einmal abwarten, entschied sie, und nicht zum ersten Mal wünschte sie sich, Jónas hätte eine Unterkunft, in der sie ihn telefonisch erreichen konnte. Er würde ihr helfen, diese furchtbare Situation zu überstehen, er würde wissen, was er sagen müsste, um sie zu beruhigen. Leider gab es keine Möglichkeit, ihn zu sprechen.

In den zwei folgenden Tagen herrschte Ausnahmezustand im Hause Rosenberg, Edith schien nur äußerst langsam die Fassung zurückzuerlangen, während Großmutter eisern die Stellung hielt und so tat, als wäre alles in bester Ordnung. Sie bestand darauf, dass die Familie am Abend gemeinsam speiste, obwohl niemand Appetit hatte. Luise ging nicht zur Schule, niemand verlangte es von ihr, und so saßen die Frauen von morgens bis abends im Salon und versuchten erst gar nicht, die bedrückende Stille mit Worten zu füllen. Von Dr. Fischer bekam man keine ausführlichere Antwort, als dass man nicht sagen könne, wie lange Herr Rosenberg inhaftiert sein würde. Am dritten Morgen kehrte der Vater nach Hause zurück, er war bleich, die Wangen eingefallen, unrasiert, aber gesund. Edith sprang auf und umarmte ihren Gatten, Luise gleich nach ihr.

»Carl, ich bin so froh«, sagte Edith immer wieder und hielt sein Gesicht mit beiden Händen umfasst, als müsste sie prüfen, ob wirklich noch alles an ihm dran war.

»Nun lasst ihn doch erst einmal hereinkommen«, mischte sich Großmutter ein, die sich ebenfalls erhoben hatte.

»Wenn ihr gestattet, werde ich mich kurz frisch machen. Ilse, bitte lass mir ein Bad ein.«

Carl Rosenbergs Schritte wurden leiser, Edith folgte ihrem Mann hinauf in die Privaträume.

Luise wechselte einen Blick mit ihrer Großmutter. »Jetzt«, sagte diese mit einer stoischen Gelassenheit, die an Luises Nerven zerrte, »ist er wieder zu Hause.«

»Und nun?«

»Was meinst du, Kind?«

»Werden wir Ilse entlassen?«

»Natürlich nicht.« Damit verließ die Grande Dame die Villa und ging hinüber in ihre Wohnung, offenbar war das Thema damit für sie erledigt. Luise sah das ein wenig anders, natürlich wollte sie, dass Ilse blieb, aber sie hatte sich sehr um ihren Vater gesorgt und wollte unter keinen Umständen, dass er sich wegen einer Angestellten in Gefahr brachte. Sie begriff langsam, dass ihre Eltern vermutlich ähnlich über eine mögliche Liaison mit Jónas dachten. Seufzend wartete sie, bis ihre Eltern eine ganze Weile später in den Salon zurückkehrten. Während ihre Mutter das Hausmädchen bat, Kaffee und ein frühes Mittagessen zu richten, begaben sie sich in den Salon.

»Papa, was wird jetzt aus Ilse?«, fragte sie ihn leise und hielt ihn am Ärmel fest.

Er blickte mit einem milden Lächeln auf sie. »Wir lassen uns etwas einfallen. Im Moment werden überall Hände gebraucht, aber wir können nicht zulassen, dass Ilse uns auch noch verloren geht.«

Sie wusste, dass er auf das Kaufhaus Rose anspielte, denn dort hatten letzte Woche zwei Mitarbeiter aufgehört, weil sie dem Druck nicht mehr länger standgehalten hatten, der seitens der SA auf sie ausgeübt wurde. Carl Rosenberg bezahlte und behandelte seine Mitarbeiter gut, aber seit die ausländische Presse und die Besucher nach den Olympischen Spielen das Land verlassen hatten, schienen die Nazis nicht nur nahtlos an das anzuknüpfen, was sie begonnen hatten, nein, sie ließen sich immer neue, noch unangenehmere Schikanen einfallen. Dass sie nun auch die Mitarbeiter der jüdischen Kaufleute terrorisierten, ging definitiv zu weit, aber man hatte keine Handhabe gegen sie. Luise hatte ihre Eltern oft genug über dieses Thema sprechen hören.

»Kann ich etwas tun?«, fragte Luise ihren Vater.

»Was meinst du?«

»Ich … ich könnte im Laden aushelfen«, schlug sie vor.

»Und was ist mit der Schule? Du stehst kurz vor dem Abitur.«

Sie zuckte die Schultern. »Das schaffe ich schon. Morgens gehe ich zum Unterricht, und am Nachmittag könnte ich bei dir arbeiten, ich könnte von dir lernen.« Sie brauchte nicht zu erwähnen, dass in ihr die einzige Hoffnung auf die Nachfolge bestand, denn Heini würde nie und nimmer als Kaufmann arbeiten.

Vaters Gesicht hellte sich auf. »Luise, Liebes, das ist so schön, aber du solltest dich wirklich auf die Schule konzentrieren.«

»Das schaffe ich mit links. Bitte, ich möchte es so gern.«

Er schien zu überlegen, rieb sich das frisch rasierte Kinn. »Gut, an zwei Tagen die Woche darfst du an den Nachmittagen aushelfen.«

»An dreien und am Samstag«, forderte sie.

Er lächelte milde. »Du bist eine harte Verhandlungspartnerin.«

»Das habe ich von dir.« Sie erwiderte sein Lächeln und er tätschelte ihren Oberarm.

»Was tuschelt ihr da?«, wollte Edith wissen, die gerade die Treppe von oben herunterkam.

Carl legte seiner Tochter einen Arm um die Schulter. »Luise wird mir zukünftig etwas im Geschäft zur Hand gehen.«

Ediths Augenbrauen schnellten in die Höhe. »Und die Schule?«

»Haben wir alles geklärt, Mama.« Luise lächelte zufrieden.

»Ich halte das für keine gute Idee.« Edith kniff ihre Lippen zusammen.

Luise atmete tief ein und hielt den Kommentar zurück, der ihr auf der Zunge lag. Um ein Haar hätte sie erwidert, dass sie kein Interesse daran hatte, in der Villa zu versauern, während das Leben da draußen ohne sie weiterging. Sie hatte genug vom Passivsein, vom sozialen Rückzug ihrer Mutter, die nur noch in der Villa saß und sie kaum mehr verließ. Luise wollte ihr Leben leben, dazu gehörte auch, dass sie dem einen Sinn gab und nicht nur herumsaß und Däumchen drehte. Umso besser, wenn sie ihrem Vater damit im Geschäft helfen konnte. »Papa hat es erlaubt«, meinte sie deshalb nur.

Ediths Lippen wurden schmal.

»Es ist angerichtet«, teilte Ilse in diesem Augenblick mit. »Bitte, die Herrschaften.« Sie hielt die Tür zum Speisezimmer geöffnet.

»Vielen Dank, Ilse. Sagen Sie auch meiner Schwiegermutter Bescheid?«

»Das habe ich bereits, Herr Rosenberg«, erwiderte Ilse.

»Sehr gut, vielen Dank. Nach dem Essen würde ich Sie gern kurz in meinem Arbeitszimmer sprechen.«

Obwohl Ilse versuchte, sich nichts anmerken zu lassen, wurde sie blass. »Sehr wohl, Herr Rosenberg.«

»Keine Angst, Ilse. Es geht nur um ein paar organisatorische Dinge.«

Luise beobachtete, dass Ilse wieder anfing zu atmen.

Obwohl die Stimmung nach Vaters Entlassung gelöst und freudig hätte sein sollen, stellte Luise fest, dass noch etwas in der Luft lag. Servietten wurden ausgebreitet, man wünschte sich einen guten Appetit. Es wurde Heidschnucke serviert, dazu gab es Salzkartoffeln und Gurkensalat. So richtig schmecken wollte es keinem.

Irgendwann legte Edith ihr Besteck geräuschvoll beiseite und tupfte sich die Mundwinkel mit ihrer Serviette ab. »Ich halte das nicht mehr aus, das kann so nicht weitergehen.«

Luise beobachtete die Reaktion ihres Vaters. Seine Augenbrauen zogen sich zusammen, und er hob ganz langsam sein Kinn, als ob er sagen wollte: nicht jetzt, Edith. Allerdings schwieg er, dafür sprach Großmutter.

»Was willst du denn tun, Edith? Es ist, wie es ist, und es wird nicht Ewigkeiten so weitergehen.«

Edith schüttelte den Kopf. »Ach, wie oft ich das schon gehört habe. Seit Jahren geht es so, erst hat keiner Hitler ernst genommen, dann haben immer mehr gejubelt, und jetzt verehren sie ihn und seine Propaganda wie einen Gott. Aber mit der Wahrheit hat ja noch keiner die Welt erobert.« Sie seufzte. »Ich habe keine Ahnung, welche Art von Gehirnwäsche man den Leuten verpasst hat, aber ich spüre die Auswirkungen jeden Tag, und ich für meinen Teil kann nur sagen: Ich möchte so nicht länger leben.«

Carl Rosenberg legte seine Handflächen flach auf den Tisch, es kostete ihn Mühe, sich zu beherrschen. »Wir hatten das bereits diskutiert, Liebes.«

»Ja«, gab Edith trotzig wie ein Kind zurück. »Und ich bin nicht damit einverstanden.«

»Worum geht es eigentlich?«, wollte Luise wissen.

»Deine Mutter möchte auswandern«, brummte ihr Vater.

»Das ist doch absurd«, stieß Großmutter hervor.

»Was ist daran absurd? So viele sind schon gegangen, denk an die Familie Phillip, denk an die Familie Solomon.«

»Das waren Beamte, was hätten sie denn tun sollen, seit sie beurlaubt und dann entlassen worden sind?«, erklärte Carl ganz ruhig, als spräche er mit einem Kind.

»Seid ihr denn blind?«, regte sich Edith auf. »Ich hatte viel Zeit in den letzten Jahren, in denen man uns so vieler Dinge beraubt hat. Ich habe *Mein Kampf* gelesen, da hat Hitler genau beschrieben, was er mit uns vorhat.«

»Das ist doch Unsinn. Wir sind Geschäftsleute, und Hitler wird uns dulden, solange wir erfolgreich sind. Er braucht uns Juden und unsere Fähigkeiten.«

»Du bist zu arrogant, Carl. Jeder ist ersetzbar.«

»Ich für meinen Teil werde nirgendwohin gehen.« Großmutter schob ein Stück Fleisch auf ihre Gabel. »Mein Mann liegt hier begraben, und ich habe nicht vor, mich auf einem anderen Kontinent beisetzen zu lassen. Ein junger Baum biegt sich, ein alter bricht. Ich sterbe hier und nirgendwo sonst. Und jetzt hör auf mit dem Unsinn, Edith. Wer hat dir denn bloß diesen Floh ins Ohr gesetzt? Was glaubst du, wie es wäre, in einem anderen Land von vorn anzufangen? Du, die kaum ein Kleid öfter als zweimal trägt? Du würdest dich umsehen, wenn du auf einmal deine eigenen Hände schmutzig machen müsstest, weil kein Geld da ist, das du ausgeben kannst. Das Kaufhaus Rose aufgeben«, sie schüttelte den Kopf. »Manchmal weiß ich nicht, was ich bei deiner Erziehung falsch gemacht habe.«

Luise tat ihre Mutter leid, sie verstand durchaus, warum sie wegwollte. Sie verschanzte sich immer mehr im Haus, ging nur noch selten durch die Gassen. Würde es anderswo wirklich besser sein?, fragte sich Luise und zweifelte daran. Viele Juden hatten Deutschland längst verlassen, Beamte und Rechtsanwälte, die allesamt ihrer Arbeit nicht mehr nachgehen durften und somit keine Perspektive mehr gehabt hatten. Bei den Rosenbergs sah das anders aus, sie konnten das Kaufhaus nicht einpacken und fortgehen.

»Meine Söhne sind für dieses Land gestorben«, erklärte Großmutter. »Ich bin Deutsche und habe nicht vor, auf meine alten Tage andere Sitten und Gebräuche zu erlernen, mit denen ich nichts anfangen kann.«

»Aber Cousine Lucy geht es gut in London«, wandte Edith ein.

»Ach, da haben wir es ja«, seufzte Carl. »Sie hat dir den Floh ins Ohr gesetzt. Lucy ist eine mittelklassige Schauspielerin, die sich ihr Geld in zwielichtigen Etablissements verdient. Wenn du das als rosige Aussichten und ein gutes Leben bezeichnest, dann weiß ich nicht. Und jetzt Schluss mit dem Unsinn, sonst vergeht mir noch der Appetit.«

Edith schob ihren Stuhl geräuschvoll nach hinten. »Bitte entschuldigt mich. Mir ist nicht gut. Meine Migräne …«

Das Schweigen im Raum wurde ohrenbetäubend. Luise wagte nicht, ihren Vater anzusehen, sie fürchtete, dass er vor Wut explodieren würde. Er war immer nachsichtig mit Mutters Hang zur Theatralik umgegangen, denn es gehörte zu ihr wie das Licht zum Tag. Aber nach allem, was er in den letzten Tagen durchgemacht hatte, dürfte es ihm sichtlich schwerfallen, ihren Ausbruch einfach hinzunehmen. Edith Rosenberg würde niemals, da hatte ihre Mutter Ruth sehr recht, ihren Status aufgeben und womöglich selbst arbeiten gehen. Eher würde sie verhungern oder sich von einer Brücke stürzen. Luise erschauderte, aber es stimmte. Edith liebte ihre Rolle als Hausherrin und Ehefrau, doch ohne Gesellschaften, die sie organisieren konnte, und ein Heer an Bediensteten war es für sie nicht mehr dasselbe.

»Sie wird sich wieder beruhigen«, kommentierte Carl Rosenberg, hob seine Serviette an und legte sie dann wieder über seine Schenkel. »Luise, bitte iss dein Mittagessen. Sonst hat es Ilse ganz umsonst zubereitet.«

»Ja, Vater«, nach der vorausgegangenen Szene wagte sie nicht zu widersprechen. Obwohl ihr Magen sich anfühlte, als hätte ihn jemand verknotet, aß sie ein paar Bissen.

Kapitel 11

Siglufjörður, Juni 2019

Jeder Schritt brannte wie die Hölle. Sofie klammerte sich ans Treppengeländer, während sie die Stufen nach unten als reinste Folter empfand. Sie hätte letzte Nacht vielleicht doch noch ein Bad nehmen sollen, um ihre Muskeln zu entspannen, aber sie war einfach zu müde gewesen.

»Hast du einen Geist gesehen?«, hörte sie Björgvins Stimme.

Sie schrie auf und machte einen Satz zur Seite, den sie sofort bereute. Der Muskelkater würde sie umbringen, garantiert. Sie hatte gar nicht bemerkt, dass er mit einer Tasse Kaffee am Küchentisch saß. »Oh, guten Morgen«, brachte sie atemlos hervor, und ihr Herz raste bei seinem Anblick. »Nein, keinen Geist, war einfach nur in Gedanken.«

»Möchtest du einen Kaffee, habe gerade welchen gekocht«, bot er an und stand auf.

Da die Küche nicht wirklich groß war, musste er sich mehr oder weniger an ihr vorbeischieben, um eine Tasse aus einem der Oberschränke zu fischen.

»Gern«, sagte sie schließlich. »Hast du schon gefrühstückt?«

Er zuckte die Schultern und grinste schief. »Ich hatte ehrlich gesagt Skrupel, deine Vorräte aufzufuttern.«

»Kannst du ruhig machen, wenn du dann wieder einkaufen gehst. Wir können ja WG-Regeln aufstellen.«

Björgvin reichte ihr eine Tasse mit dampfendem Kaffee. »Regeln«, wiederholte er lakonisch und setzte sich zurück an den Tisch.

»Ja«, erwiderte sie und nahm die Milchpackung aus dem Kühlschrank. Sie war leer.

Mit einem Seufzen warf sie sie in den Mülleimer. »So was meine ich«, stichelte sie und beschloss dann, ihren Kaffee ausnahmsweise schwarz zu trinken.

»Äh, ja, sorry.« Er setzte eine angemessen zerknirschte Miene auf, sodass Sofie lachen musste.

»Regel eins: Wer die Milch austrinkt, kauft neue.«

»Aye, Ma'am. Das werde ich machen, war wirklich keine Absicht. Und jetzt sag mal, was ist los? Du wirktest eben total abwesend.«

Sofie blies in ihren Kaffee, dann schaute sie zu ihm auf. »Ich habe heute Morgen ein wenig in diesem Notizbuch gelesen, du erinnerst dich sicher daran? Ich hatte davon erzählt, als deine Mutter hier war.«

»Hm«, er legte seine Stirn in Falten. »Ach ja, stimmt. Das auf Deutsch verfasst wurde?«

»Ja, genau.«

»Mein Gott, wieso bist du so versessen darauf?« Björgvin schaute sie irritiert an. Sofie fühlte sich nicht angegriffen, sie verstand ja selbst nicht, warum sie so für diese Geschichte brannte. »Es scheint, als wären der Schreibtisch und das Notizbuch an jemanden geschickt worden, der hier gelebt hat. Es ist bestimmt nicht zufällig hier gelandet.«

»O-kay«, gab er lang gezogen zurück. »Und was willst du jetzt von mir?«

»Es ist an einen Hannes Jónasson adressiert.«

»Oh.« Björgvin erstarrte. »Ich verstehe.«

Sofie fuhr unbeirrt fort: »Es lag ein Schreiben dabei, das in Hamburg verfasst worden ist. Weißt du, wer dieser Hannes ist?«

»Das ist echt nicht meine Baustelle«, erklärte Björgvin jetzt barsch. Zwischen seinen Augen hatte sich eine steile Falte gebildet, ganz so, als ob er sich gerade an etwas erinnert hatte.

»Ja, natürlich. Entschuldigung. Ich dachte nur, dass ich vielleicht etwas gefunden hätte, was jemanden interessieren könnte. Wer ist Hannes?«

Björgvin seufzte. »Bitte, Sofie, ich kann ja verstehen, dass du neugierig bist, aber ich kann dir dazu nichts sagen.«

Konnte oder wollte er nicht? Sofie hatte keine Lust, sich mit ihm zu streiten, sie sah ja ein, dass sie endlich den Mut aufbringen musste, Tinna anzusprechen. Ihre Lippen bewegten sich, und es purzelte doch heraus, was ihr auf der Zunge lag.

»Dann ist es also wahr und kein Manuskript oder so?« Ihr Herz schlug höher. Fast rechnete sie damit, dass Björgvin wütend werden würde. Stattdessen zuckte er die Schultern und wirkte ein wenig ratlos.

»Ja, es scheinen Memoiren zu sein. Hannes ist der Sohn.«

Sofies Augen wurden groß. »Oh. Luises Sohn?«

»Es ist eine traurige Geschichte. Ich habe ja kein Verständnis für Mütter, die ihre Kinder aufgeben.«

Sofie runzelte die Stirn. »Was sagst du da? Luise ist Hannes' Mutter und hat sich nicht um ihn gekümmert?« Das passte überhaupt nicht zu dem Bild, das sie bis jetzt von Luise hatte.

»Hannes ist alt, er hat bestimmt seinen Frieden mit der Sache geschlossen. Das ist kein Thema, das man bei uns gern diskutiert, das verstehst du doch sicher? Luise ist eine Persona non grata, sie hat ihren Sohn zurückgelassen und in Deutschland ein neues Leben angefangen.«

»Er lebt noch?« Sofie atmete überrascht aus.

»Ja, er wohnt im Seniorenheim hier im Ort.«

»Meinst du, ich könnte mal mit ihm reden?«

Björgvin schüttelte den Kopf. »Was soll das, Sofie? Es geht dich wirklich nichts an.«

Schuldbewusst senkte sie den Blick. Da hatte Björgvin nämlich leider recht, sie bohrte in der Vergangenheit von Menschen, die sie nicht mal kannte.

»Ja, entschuldige. Ich … Es hat mich einfach so mitgerissen.«

Björgvin erwiderte nichts mehr, für ihn schien das Thema damit erledigt zu sein. Für sie jedoch noch lange nicht. Die Worte, die Luise an ihren Sohn gerichtet hatte, hatten so traurig, so verzweifelt geklungen. Sie hatte nur sichergehen wollten, dass der Empfänger die Worte auch erhalten hatte. »Hat er es denn gelesen?«, platzte es aus ihr hervor.

Björgvin rieb sich über die Stirn. »Das weiß ich nicht.«

»Würdest du ihn fragen?«

»Ganz bestimmt nicht! Kapierst du nicht, dass kein Mensch gerne daran erinnert werden möchte, dass ihn die eigene Mutter verlassen hat?« Björgvins Blick bohrte sich förmlich in ihren. Sofie senkte verlegen ihren Kopf. Sie ahnte, dass diese Neuigkeit sie so sehr mitnahm, weil sie selbst alles für ihr Kind getan hätte. Alles. Irgendwie war sie davon ausgegangen, dass es bei Luise auch so gewesen sein musste. Aber das, was sie von Björgvin gehört hatte, klang ganz anders. Luise hatte ihren Sohn in Island zurückgelassen? Luise hatte so integer und patent gewirkt, wie eine Frau, die dafür, was ihr wichtig war, kämpfte.

»Ja«, sie zuckte die Schultern. »Welche Rolle hat Island eigentlich im Zweiten Weltkrieg gespielt? Ich habe darüber noch nie etwas gehört«, wechselte sie das Thema. Björgvin hatte recht, es ging sie nichts an, und sie würde diesen Hannes sicher nicht im Seniorenheim belästigen. Vielleicht war er ja auch dement … Und sie war eine Fremde. Obwohl sie es damit abtun wollte, ließ sie der Gedanke dran, was Luise erlebt haben musste, dass sie ihren Sohn freiwillig aufgab, einfach nicht mehr los.

»Es sind sehr viele Schiffe versenkt worden, unzählige Seemänner und Fischer sind während des Zweiten Weltkriegs gestorben«, riss Björgvins Stimme sie aus ihren Gedanken.

»Oh, das wusste ich nicht. Aber Militär habt ihr keins?« In Gedanken war sie noch immer bei Luises Geschichte.

»Nein.« Björgvin trank einen Schluck. »Island als Insel war da ziemlich weit ab vom Schuss. Allerdings hatten die Nazis schon Interesse, sie hätten Island ganz einfach besetzen können. Da sie die nordische Mythologie so zum Vorbild für ihren Irrsinn genommen haben, wäre das logisch gewesen. Immerhin kamen sie bis nach Nord-Norwegen.«

»Und Hitlers Geliebte, Eva Braun, war ja auch mal auf Island.«

»Stimmt, das war neununddreißig, er hatte ihr die Reise geschenkt. Sie ist mit der Hamburg-Amerika-Linie gereist, es gibt sogar einen Film darüber.«

»Hast du ihn gesehen?«

»Nein, aber als Isländer weiß man natürlich, welche berühmten Personen mal hier waren«, erklärte er. »Marlene Dietrich zum Beispiel. Jedenfalls haben sie damals schon das Standard-Touristenprogramm durchgezogen.«

»Und das wäre?«

»Heute nennen sie es die Golden-Circle-Tour, damals natürlich noch nicht, aber die Ziele waren die gleichen: *Gullfoss*, der riesige Wasserfall, und dann natürlich *Geysir*, unsere berühmten heißen Quellen, und das *Althing*, das erste und älteste Parlament.«

»Das will ich mir auf jeden Fall auch alles noch ansehen.«

»Ist ziemlich überlaufen im Moment.«

»Ja, das habe ich auch schon gehört.« Sie wollte aufstehen. »Autsch«, stöhnte sie und stützte sich am Tisch ab.

»Muskelkater?«, fragte er mit einem amüsierten Funkeln in den Augen.

»Das kannst du wohl laut sagen.« Sie humpelte zum Toaster. »Willst du auch eine Scheibe?«

»Gerne.«

»Wartest du eigentlich immer, bis man dich bedient?«, stichelte sie in einem leichten Plauderton.

»Nee, eigentlich nicht, obwohl ich kein Meisterkoch bin. In den letzten Tagen hatte ich einfach wahnsinnigen Druck mit einem Projekt. Ich gelobe Besserung.«

Sofie lachte. »Na schön, du bekommst noch eine Chance. Irgendwie bist du bis jetzt doch durchs Leben gekommen.«

»Wenn ich sonst bis über beide Ohren in der Arbeit stecke, ernähre ich mich hauptsächlich von Müsli«, war seine Antwort darauf, und Sofie fragte sich, ob es sein Ernst war. »Deshalb finde ich die Abwechslung echt großartig. Ich verstehe aber natürlich, dass dir das ein bisschen einseitig vorkommt. Eigentlich bin ich kein Macho, der sich von seiner Frau auch noch die Klamotten rauslegen lässt.«

Sofie guckte ihn verdutzt an. So weit waren sie ja wohl noch lange nicht. Von einer seltsamen Unsicherheit befangen nahm sie zwei Teller aus dem Schrank und stellte sie auf den Tisch. Dann holte sie Butter, Marmelade und Käse aus dem Kühlschrank – mehr gab der nicht mehr her.

Während des Frühstücks plauderten sie noch ein wenig über Land und Leute, als es an der Tür klingelte. Sofie und Björgvin schauten sich fragend an. »Wer ist das denn jetzt?«

Schließlich stand Sofie mit einem Ächzen auf und ging zur Tür, sicher nur die Post. Sie hatte die Klinke noch in der Hand, da klappte ihr Mund auf.

»Guten Morgen«, sagte Sofie und blickte in das Gesicht von Björgvins Ex-Frau, die sie schon mal im Ort mit ihm gesehen hatte. Sie war wirklich hübsch, hatte feine, klare Züge und langes, glänzendes Haar. An Make-up hatte sie ebenfalls nicht gespart, sofort kam Sofie sich irgendwie nackt vor, sie hatte sich nicht einmal die Wimpern getuscht. Björgvins Ex trug ein Sommerkleid mit Strickjacke und Ballerinas ohne Strümpfe. Ihren Sohn trug sie auf dem Arm.

»Hi, ist Björgvin da?«, fragte sie, ohne sich vorzustellen.

»Klar, soll ich ihn rufen?« Sofie wusste nicht, wieso, aber es störte sie, dass die andere es nicht einmal für nötig hielt, ihren Namen zu nennen. Deswegen bat sie sie auch nicht herein.

Das irritierte Blinzeln der Frau gab ihr eine seltsame Genugtuung. »Ja, bitte.«

»Moment.« Sofie ging zurück in die Küche. Björgvins Gesichtsausdruck sprach Bände, offenbar war ihr Besuch nicht angemeldet. Aber von langen Ankündigungen schienen Isländer ohnehin nichts zu halten. Beinahe empfand sie Mitleid mit Björgvin, mit der Frau schien nicht gut Kirschen essen. Womöglich hielt die Ex Sofie für eine neue Liebschaft. Was für ein absurder Gedanke, überlegte Sofie, während sie sich wieder an den Tisch setzte. Björgvin war hinausgegangen, und Sofie hörte, wie die beiden sich auf Isländisch unterhielten. Es klang nach einer Diskussion. Nachdem sie sich das letzte Stück Toast in den Mund gesteckt hatte, räumte sie den Tisch ab und machte den Abwasch. Wenn Björgvin glaubte, dass sie jeden Tag hinter ihm herräumen würde, hatte er sich geschnitten. Aber sie hatte ihm seine Erklärung abgenommen, sie wusste ja selbst, dass man manchmal mit den Gedanken einfach woanders war – und ein voller Kühlschrank und ein sauberes Haus hatten dann eben nicht die oberste Priorität. Sie glaubte, dass sein Versprechen auf Besserung nicht nur heiße Luft gewesen war. Beinahe hätte sie gelacht, sie führten also wirklich ein WG-Leben, bei dem jeder seine Aufgaben akzeptieren musste. Sie war gespannt, ob er dran dachte, einzukaufen. Dann wurde die Haustür geschlossen, aber die Kinderstimme blieb. Sie spitzte die Ohren, konnte aber keine weibliche Stimme heraushören. Aha, sie hatte ihm also seinen Sohn gebracht und war dann wieder gegangen. Davon hatte Björgvin ihr nichts gesagt, wie stellte er sich das vor? Sie würde den Tag nicht mit einem Kind im Haus verbringen. Das hier war eine Baustelle!

Wütend stapfte sie ins Wohnzimmer, dort saß der Junge auf dem Teppich und spielte mit einem Plastikbagger. Björgvin saß daneben und strich ihm über sein Haar. Diese liebevolle Geste rührte etwas in ihr an, gleichzeitig wurde ihr umso deutlicher bewusst, was sie verloren hatte. Sofie schluckte und versuchte, ihre Trauer zu vertreiben. Sie wusste, dass es nicht fair war, aber sie konnte nicht anders. Sie bekam kaum noch Luft. Sie hatte keine Ahnung, wie sie ein Kind im Haus ertragen sollte, ohne zusammenzubrechen.

»Äh, was wird das hier?«, fragte sie schließlich und verschränkte die Arme vor der Brust. Er sollte nicht merken, wie sehr ihr diese Szene zu Herzen ging.

»Was meinst du?« Björgvin blinzelte verständnislos. Natürlich, woher sollte er auch wissen, was in ihr vorging? Beinahe tat es ihr leid, denn sie glaubte, dass er gut darin war, Menschen zu trösten.

Sofort schob sie diese Gedanken beiseite.

Sie suchte nicht nach einer Schulter zum Anlehnen, sie war hier, um zu vergessen und nach vorne zu schauen.

»Das Haus ist eine riesige Baustelle, das ist nichts für Kinder«, gab sie daher schroffer als beabsichtigt zurück.

Björgvins Augen wurden schmal. Es tat ihr leid, dass er glaubte, sie war genervt, aber es war besser so. »Er wird schon nichts anstellen, und in die Garage gehen wir sowieso nicht.«

»Ich wollte heute anfangen, den Teppich rauszureißen.«

»Kannst du ja machen. Vielleicht einfach oben.«

»Und das bestimmst du?«

Björgvin seufzte. »Nein, aber darf ich dich darum bitten?«

Sie atmete tief ein. Sie musste sich wohl oder übel mit der Situation arrangieren, so schwer es ihr auch fiel. »Wie lange soll der Kleine denn bleiben?«

»Der Kleine heißt übrigens Atli. *Atli, sagðu: góðan daginn við Sofie*«, wandte er sich an seinen Sohn und lächelte. Es war ein so herzliches Lächeln, dass ihre Augen brannten. Björgvin war ein wunderbarer Vater.

Der Junge hob seinen Kopf und strahlte sie an. »Góðan daginn.«

Sein unschuldiges Lächeln schnitt ihr ins Herz. Der Kleine hatte Björgvins Augenfarbe. Sie musste an ihr eigenes Kind denken. Wie es wohl ausgesehen hätte? Sofie glaubte, dass es ein Mädchen geworden wäre. Thomas hatte das immer als Unsinn abgetan. Sie schluckte.

»Hallo, Atli«, brachte sie hervor, es war mehr ein Krächzen als alles andere. »Also schön, dann mache ich oben weiter.« Dann stürmte sie davon und hastete in die Garage.

Mit geübten, automatischen Handgriffen arbeitete sie weiter an den Türen der Einbauschränke. Es tat gut, sich in der Arbeit zu verlieren, an nichts zu denken außer an das kühle Holz und die feine Maserung unter ihren Fingern.

»Hey«, sagte irgendwann jemand. Seine Stimme klang ungewöhnlich sanft.

Sie musste sich nicht umdrehen, um zu wissen, dass es Björgvin war. »Was ist?«, knurrte sie, ohne aufzublicken.

»Irgendwas stimmt nicht, ich wollte nach dir sehen.«

»Alles bestens, vielen Dank.«

Seine Schritte näherten sich ihr. »Du kommst gut voran?«

»Ja.«

Sofie war überrascht, als er sie an der Schulter anfasste und sie sanft zu sich drehte. »Ich habe keine Ahnung, welche Laus dir über die Leber gelaufen ist, aber ich habe irgendwie das Gefühl, dass es etwas mit mir zu tun hat.«

Gott, er hatte ja keine Ahnung, dass es absolut gar nichts mit ihm zu tun hatte. Sie konnte es einfach nicht ertragen, sich in der Nähe von Kindern aufzuhalten. Sicher würde sich das irgendwann legen – aber momentan schmerzte es einfach noch zu sehr.

»Nein, das kann ich dir versichern.« Sie wollte sich abwenden, aber er hielt sie auf. Die Wärme seiner Finger übertrug sich auf sie und verursachte ein angenehmes Kribbeln auf ihrer Haut.

»Ich habe nicht gewusst, dass sie ihn bringt. Ehrlich, ich war genauso überrascht wie du.«

Sofie schluckte hart. Aber sie spürte, dass ihre Trauer sich wandelte. Wut stieg in ihr auf. »Umso schlimmer, dass du anscheinend nicht mal einen Plan hast, wann der Junge bei dir ist.«

Björgvin taumelte einen Schritt zurück, als hätte sie ihn geschlagen. »Hör zu, ich wollte längst mit dir klären, dass Atli hin und wieder mal hier sein wird. Aber du bist anscheinend gerade nicht in der Stimmung für Absprachen.« Er hob abwehrend die Hände. »Habe verstanden. Ich schnappe ihn mir und wir fahren weg. Du kannst also in Ruhe deinen Teppich rausreißen – wo auch immer.«

Sofies Gewissen regte sich. Es war nicht fair, wie sie ihn behandelte, aber gegen ihre Empfindungen konnte sie einfach nichts ausrichten. Sie atmete tief durch, er war schon wieder halb aus der Garage verschwunden. »Warte«, rief sie ihm hinterher.

Wortlos wandte er sich ihr zu, seine Kiefer waren zusammengepresst.

»Es tut mir leid«, sagte sie. »Ich wollte … Ich meine, natürlich kann Atli hier sein. Ich war einfach nur überrumpelt, okay?

Ich bin es nicht gewohnt, dass Kinder an meinem Arbeitsplatz herumturnen und … egal. Ich habe einfach überreagiert.«

Björgvin blickte ernst. Nach einer kleinen Pause nickte er schließlich, als hätte sich das Thema damit für ihn erledigt. »Hat meine Tante eigentlich schon geantwortet?«

Sofie blinzelte, der abrupte Themenwechsel überraschte sie. »Nein, bisher nicht. Dabei würde ich wirklich gern das Parkett besorgen.«

»Ich habe mal geguckt, so im Vorbeigehen, das Zeug liegt ja da oben. Ich würde das ganz links nehmen. Denke mal, dass meine Tante das auch so sieht.«

»Äh, wie jetzt?«

»Du kannst bestellen.«

»Bist du sicher? Also die Eiche Natur geölt, ja?«

Er nickte. »Klar.«

»Soll ich nicht lieber doch warten?«

»Nein, das ist schon in Ordnung. Ich hatte letztens mit ihr telefoniert, und sie meinte, dass du ein gutes Auge hättest, und wenn was wäre, könntest du einfach mich fragen, und wir entscheiden dann zusammen.«

Sofie überlegte. »Ehrlich?«

Endlich schmunzelte er ein wenig. »Ja, sicher. Denkst du, ich würde dich wegen Parkett anlügen?«

»Seltsam finde ich es schon, immerhin ist es ihr Haus.«

»Du kannst sie ja anrufen, wenn du mir nicht glaubst.«

»Nein, nein, schon gut.« Vielleicht würde sie es zur Sicherheit tun, damit es am Ende nicht doch noch Ärger gab.

»Okay, also ich geh dann wieder rein«, er zeigte mit dem Daumen hinter sich. »Zu Atli.«

Damit ließ er sie verwirrt zurück. Sofie wischte sich mit dem Handrücken über das Gesicht, dann zückte sie ihr Handy. Sie sah, dass sie tatsächlich eine E-Mail von Tinna erhalten hatte, in der diese schrieb, dass sie Sofie freie Hand ließ und auf ihren Geschmack vertraute. Auf die Frage zum Schreibtisch und Notizbuch hatte sie nicht geantwortet.

»Komische Familie«, murmelte Sofie und seufzte. Sie fasste sich ein Herz und wählte Tinnas Nummer. Nach dem Gespräch mit Björgvin musste sie einfach weiterlesen, und sie wollte, dass ihre Auftraggeberin darüber Bescheid wusste. Gleichzeitig hoffte sie, mehr von ihr zu erfahren. War Hannes Tinnas Vater? Sofie wartete gespannt, bis das Freizeichen ertönte.

Kapitel 12

Lüneburg, Dezember 1936

Eisiger Wind fegte durch Lüneburgs Gassen, Mantelkrägen wurden nach oben geklappt und Hüte tiefer ins Gesicht gezogen. Lichterketten schmückten die Häuser der Innenstadt. An die Hakenkreuzfahnen, die überall an den Giebeln der historischen Bauten flatterten, hatte Luise sich mittlerweile gewöhnt und nahm kaum noch Notiz davon. Ihre Tage flogen nur so dahin. Die Stunden in der Schule saß sie widerwillig ab, die Anfeindungen nahm sie gelassen hin, denn ihr Ziel war klar. Sie würde das Schuljahr mit dem Abitur abschließen. In der freien Zeit lernte sie, an drei Tagen und am Wochenende half sie wie vereinbart im Laden aus.

Ilse war nun offiziell Mitarbeiterin im Kaufhaus Rose, arbeitete aber weiterhin im Privathaushalt der Rosenbergs. Sie brauchte das Geld, die Rosenbergs ließen sie nicht fallen, Luise war stolz auf die Stärke ihres Vaters. Jónas und sie schrieben sich regelmäßig, immer noch heimlich, denn er adressierte die Briefe an das Kaufhaus Rose zu Händen Fräulein Rosenberg, wovon Carl Rosenberg nichts mitbekam, da er nie selbst die Post öffnete. Auch heute hatte sie einen in ihrer Manteltasche, den sie am Abend im Bett lesen und gleich beantworten würde. Sie hatte kein schlechtes Gewissen, aber sie wünschte sich sehr, dass ihre Eltern ihre Liebe akzeptierten würden. Als Luise zu Hause ankam, wartete Anni bereits auf sie. In den letzten Monaten hatten sie sich kaum gesehen. Luise legte den Mantel ab und lief auf ihre Freundin zu. »Meine liebste Anni, wie geht es dir?«

»Gut, und dir? Ich habe dich so lange nicht gesehen.«

»Kann ich dir eine Erfrischung anbieten?«

»Ein Tee wäre schön«, sagte Anni.

»Gerne, komm mit, oben sind wir ungestört.« Sie bat Ilse, ihnen eine Kanne Tee zu bringen, dann gingen sie hinauf. Luise spürte, dass Anni etwas bedrückte, also fragte sie geradeheraus, nachdem sie die Tür zu ihrem Zimmer hinter sich geschlossen hatte. »Nun sag schon.«

»Meine Eltern wollen mich wegschicken.«

»Wie, wegschicken? Noch weiter als nach Hamburg?«

Anni fing an zu weinen. »Sie sagen, dass wir Juden in Deutschland nicht mehr sicher seien. Vater meint, dass auch die Ärzte ihre Lizenz verlieren werden. Vor allem aber sagen sie, dass ein junges Mädchen wie ich hier keine Zukunft mehr hat.«

»Aber, aber«, stotterte Luise. »Was soll das nun bedeuten?«

»Sie wollen mich nach England schicken, dort lebt die Schwester meiner Mutter schon seit den Zwanzigerjahren.«

»Nach England?« Luise machte große Augen. »Und wann?«

»Gleich nach dem Abitur.«

»Oh, Anni.« Luise drückte ihre einzige verbliebene Freundin an sich und hielt sie eng umschlungen. Sie versuchte Anni mit unverfänglichen Themen zu unterhalten, aber sie konnte nur noch daran denken, dass sie bald ganz alleine zurückbleiben würde. Die Stimmung im Hause Rosenberg war noch immer angespannt, dabei hatte Luise schon vor Wochen gehofft, dass die Eltern ihr an Jom Kippur vergeben würden. Sie hatten am wichtigsten jüdischen Feiertag wie immer die Synagoge besucht, danach hatte es ein Festmahl gegeben, Heini war nicht gekommen. Für die gläubigen Juden war Jom Kippur ein Tag der Buße und der Umkehr, Gott vergab an diesem heiligen Tag alle ernsthaft bereuten Sünden – nun gut, Luise lächelte in sich hinein. Vielleicht war das der springende Punkt: Sie bereute nach wie vor keine Sekunde, die sie mit Jónas verbracht hatte, und so streng gläubig war ihre Familie auch nicht, dass sie alle Riten und Bräuche einhielten. Man feierte, aber es war mehr eine Gewohnheit denn eine sehr religiöse Angelegenheit im Hause Rosenberg. Dennoch hatte sie gehofft, dass Mama und Papa endlich ein Einsehen hätten. Umso enttäuschter war sie gewesen, dass ihr Bruder nicht gekommen war, der sicher für sie in die Bresche gesprungen wäre. Dass ihre Eltern nach wie vor nicht glaubten, dass Jónas keine Schwärmerei, sondern ihre große Liebe war, lastete neben allen anderen Problemen schwer auf ihr.

In der Menora brannten drei Kerzen, heute war der dritte Tag der Chanukka, des jüdischen Lichterfestes. Normalerweise war das Luises Lieblingszeit, aber momentan schien sie nichts wirklich erfreuen zu können. Sie schien es nicht gut zu verstecken, denn ihr Vater fragte sie während des Essens streng, was los sei. Normalerweise war sie stets gut gelaunt und ließ sich von nichts so leicht aus der Ruhe bringen, nicht einmal der Hausarrest und die allgemeine Anspannung hatten ihrem Gemüt etwas anhaben können, aber heute fühlte sie sich matt und kraftlos.

»Nichts«, gab sie einsilbig zurück und schob die Erbsen auf ihrem Teller lustlos hin und her.

»Deine Mimik spricht eine andere Sprache«, erklärte er. »Du wirst doch nicht etwa krank?«

Luise atmete hörbar aus. »Nein, das ist es nicht. Anni hat mich besucht. Ihre Eltern wollen sie wegschicken.«

»Wegschicken?«, wiederholte ihr Vater.

Edith blickte auf und nickte zustimmend. »Das sind kluge Leute, wohin geht Anni?«

Seit dem letzten Streit über das Thema Emigration hatte man dazu kein Wort mehr im Hause Rosenberg verloren, jedenfalls nicht vor Luise. Und auch jetzt schien keiner der Erwachsenen das Thema vertiefen zu wollen, aber ihr entging Großmutters angestrengtes Atmen nicht, als ob sie an sich halten müsse, keinen Kommentar zu äußern.

»Die Erbsen sind ganz vorzüglich gelungen«, lenkte ihr Vater sehr ungeschickt vom Thema ab, und Luise verdrehte innerlich die Augen. Ihre Familie meinte, dass man Dinge einfach totschweigen konnte. Doch davon wurde nichts besser. Sobald es ging, entschuldigte sie sich und ging hinauf in ihr Zimmer.

Sie warf sich aufs Bett und zog Jónas' Brief unter ihrem Kopfkissen hervor – ihr einziger Lichtblick an diesem elenden Wintertag.

Ihr Herz schlug höher, als sie anfing zu lesen. Wie immer schrieb er in zwei Sprachen.

> *Liebste Luise,* Lilla mín,
> *das Leben in Berlin ist geschäftig und aufregend, ich wünschte, du könntest bei mir sein. Während meiner Nachtschichten vertiefe ich mich ganz in meine Studienunterlagen, sodass meine Zensuren bislang nur als außerordentlich zu bezeichnen sind. Meine Professoren sind sehr zufrieden mit mir. Reichlich seltsam finde ich auch, dass sie mir, je brauner ihre Gesinnung ist, als Isländer mit Bewunderung begegnen – als sei ich ein direkter Nachkomme Odins oder Thors. Ich muss gestehen, ich habe noch nicht*

ganz begriffen, was die Führung eures Landes mit diesem Unsinn bezweckt, aber mir soll es recht sein. Ich bin so schon das eine oder andere Mal drum herumgekommen, lästige Arbeiten zu übernehmen.

In der Zeitung und auf den Straßen wird der Ton gegenüber dem jüdischen Volk rauer. Ich hoffe sehr, dass es dir gut geht und dass ihr es in Lüneburg besser habt. In Berlin bekomme ich leider nur wenig mit, wie es andernorts aussieht, und auch Heini scheint nicht viel Kontakt nach Lüneburg zu pflegen. Ich muss gestehen, dass ich mir ein wenig Sorgen um deinen Bruder mache. Er ist dünn geworden, und ein großer Teil seiner Fröhlichkeit ist verschwunden. Ich frage mich, was ihn bedrückt. Als ich ihn darauf angesprochen habe, wich er mir aus und wechselte das Thema. Vielleicht kannst du ja einmal mit ihm sprechen oder noch besser ihn besuchen. Mir ist natürlich klar, dass deine Eltern dem vermutlich nicht zustimmen werden. Ach, was tut es mir leid, dass ich dich in diese Situation gebracht habe. Andererseits muss ich sagen, dass auch ich überglücklich bin. Die Zeit mit dir war die schönste meines Lebens, und mein Herz ist weit geöffnet, weil ich weiß, dass das nur der Anfang ist. Auf uns wartet das Leben, liebste Luise. Ich wünsche mir, dass wir uns bald wiedersehen.

Ich vermisse dich so sehr. Ég sakna þin svo mikið.

In Liebe,
dein Jónas

Luise drückte den Brief an ihre Brust. Dann las sie ihn noch einmal und küsste das Papier an der Stelle, an der sein Name stand. Die Sehnsucht drohte, sie zu überwältigen. Luise hielt es nicht mehr länger ohne ihn aus.

Am nächsten Tag ging Luise wie gewohnt nach dem Mittagessen zum Kaufhaus Rose. Die Luft war frisch und klar, ihr Atem hinterließ kleine weiße Wölkchen. Die Sonne war bereits hinter den Schmuckgiebeln der Häuser verschwunden. In den großen Schaufenstern des Kaufhauses war alles weihnachtlich dekoriert. Sie lief quer über den Marktplatz und schaute am roten Backsteingebäude mit seinen spitzen Türmchen hinauf zu Vaters Büro. Der Gute ahnte noch nichts davon, aber heute würde sie mit ihm über Jónas sprechen. Sie wusste, wenn sie eine Chance hatte, dann bei ihm. Ihre Mutter schien zu ihrer ohnehin schon schwermütigen Stimmung noch schlechter gelaunt, seit die Tage kürzer wurden. Und Großmutter hatte ihr zudem bereits im Sommer klargemacht, was sie von ihrer Liaison mit einem Isländer hielt. Die hatte sie schon lange nicht mehr auf ihrer Liste potenzieller Fürsprecher. Wenn überhaupt jemand sie je verstehen würde, dann ihr Vater. Ihrem Ansinnen zuträglich war ebenfalls, dass die Kasse durch das florierende Weihnachtsgeschäft klingelte.

Sie nickte dem Lehrmädchen Anna zu, das am Eingang Dienst hatte und grüßte. Sie stand hinter einem kleinen Verkaufstresen und reichte jedem eintreffenden Kunden ein Körbchen, damit jeder seine Waren selbst auswählen konnte. Kinder bekamen einen Klecks bunt gefärbte Zuckerwatte am Stiel. Ihr Vater hatte verstanden, dass Mütter, die in Ruhe auswählen konnten, ohne dass die Kleinen am Rock zupften und quengelten, am Ende mehr einkauften, als wenn sie in Hast nur das besorgten, was auf ihrer Liste stand. Luise war stolz auf seinen Geschäftssinn. Als er vor fünf Jahren die Veränderungen im Kaufhaus Rose eingeführt hatte, hatte er nicht nur Beifall geerntet. Aber mittlerweile zahlte es sich aus, dass er das Haus am Markt 6 von einem Wäsche- und Aussteuergeschäft in einen Kleinpreisladen nach dem Vorbild des amerikanischen Woolworth-Konzerns umgestaltet hatte. Hochmodern und bequem für die Kunden. Luise ging nach oben, um ihren Mantel abzulegen und ihren Vater zu begrüßen. Er saß an seinem Schreibtisch und war in Zahlenreihen vertieft, als sie leise anklopfte.

»Hallo, Papa«, sagte sie, während er den Kopf hob.

»Luise, mein Kind. Wie war es in der Schule?«

»Wie immer«, gab sie ausweichend zurück. Er musste nichts von den neuesten Beschimpfungen wissen.

Er runzelte die Stirn, sein Blick war wissend. Sie brauchten manchmal keine Worte, das war das Wunderbare an ihrem Verhältnis. »Es gibt genug zu tun, es wäre ganz wunderbar, wenn du helfen würdest, die neu eingetroffenen Waren mit in die Regale zu sortieren.«

»Natürlich, sehr gern.«

Er neigte seinen Kopf. »Hast du noch etwas auf dem Herzen?«

Sie trat einen Schritt näher, ihre Hände waren eiskalt und klamm. »In der Tat, ja, da gibt es noch etwas, das ich mit dir besprechen möchte.«

»Nun gut, dann setz dich doch bitte.« Er wies mit seiner Hand auf einen Stuhl, der vor seinem Schreibtisch stand. Der Tisch war aus Nussbaum, die Tischplatte war mit Leder bespannt. Die konischen, leicht ausgestellten Beine waren edel, aber zurückhaltend gestaltet, ein Erbstück ihres Großvaters.

Sie war froh, dass sie sich setzen konnte, denn sie fürchtete, dass sonst ihre Knie nachgegeben hätten. In ihrem Kopf hatte sie das Gespräch bereits tausendmal geführt, aber jetzt tatsächlich vor ihm zu sitzen, war etwas ganz anderes. »Bist du zufrieden mit meiner Arbeit?«

»Ja, Luise. Natürlich. Du machst dich sehr gut.«

Sie lächelte und verschränkte ihre Finger ineinander. »In den letzten Monaten habe ich wirklich alles getan, um euch eine gute Tochter zu sein.«

»Das warst du immer, was ist denn nur los?«

»Nach meiner Berlinreise …«, zögerte sie, und in seinen Augen blitzte wissend etwas auf.

»Sag mir, dass du dich nicht heimlich mit ihm triffst. Wie hast du das nur angestellt?« Er raufte sich die Haare. »Du und dein Temperament, ich hätte es wissen müssen. Luise!«

»Nein, Papa. So ist es nicht. Seit dem Sommer habe ich Jónas nicht wiedergesehen.«

Für einen Moment herrschte Schweigen. »Nicht?«

Sie schüttelte den Kopf. »Nein. Aber ich habe ihm Briefe geschrieben.«

»Herrgott noch mal. Kannst du dich nicht einmal an das halten, was man von dir verlangt? Wieso kannst du nicht hören?«

»Ich liebe ihn. Und er liebt mich.« Sie sagte es weder trotzig noch herausfordernd, sondern es gelang ihr, ganz ruhig dabei zu bleiben. Er musste ihr einfach glauben.

Carl Rosenberg stieß zischend die Luft aus, seine Schultern sackten ein Stück nach vorne. »Ich bin mir nicht sicher, ob ich dieses Gespräch überhaupt führen möchte«, brummte er schließlich.

»Mit Mutter kann ich nicht darüber diskutieren. Du weißt doch selbst, wie sie ist«, wandte Luise ein.

Angst stand in seinen Augen, dass sie ihm gleich womöglich Fragen stellte, die Frauendinge betrafen. Obwohl die Situation ernst war, hätte Luise beinahe gelacht. Sie straffte sich. »Papa. Ich möchte, dass ihr akzeptiert, dass Jónas und ich uns lieben.«

Er schüttelte den Kopf, starrte sie an, dann stieß er einen unterdrückten Fluch aus und rieb sich die Schläfen. »Wie stellst du dir das eigentlich vor?« Er musste nicht aussprechen, was alles dagegensprach. Das wusste sie selbst viel zu gut.

»Ich weiß nicht genau, *wie*, Papa. Aber ich weiß, was mein Herz mir sagt.«

Er beäugte sie für einige Sekunden, sie wich seinem Blick nicht aus. Schließlich atmete er aus. »Ja, das habe ich befürchtet. Dein Herz, dein Herz! Du bist siebzehn, verdammt noch mal. Es kommen noch viele, die dein Herz berühren. Sei doch nicht so verdammt stur.«

»Wie alt war Mama, als du sie kennengelernt hast?« Luise ahnte, dass ihre Zunge zu schnell gewesen war, denn es stand ihr natürlich in keiner Weise zu, die Beziehung ihrer Eltern ins Spiel zu bringen. Hier ging es nur um sie. Außerdem hatte sie ein klares Ziel vor Augen, das sie nie erreichen würde, wenn sie ihren Vater respektlos behandelte. Sie war nicht so dumm, diese kleine Chance mit einem weiteren provokanten Kommentar aufs Spiel zu setzen. Dafür war ihr Jónas zu wichtig.

Carl Rosenbergs Augen waren nur noch schmale Schlitze, seine Faust donnerte auf die Tischplatte. Luise zuckte zusammen. »Lass deine Mutter aus dem Spiel!«

Luise kochte innerlich. Warum galten für Eltern immer andere Regeln? Mutter war erst fünfzehn gewesen, als sie sich in ihn verliebt hatte. Carl war damals bereits zwanzig gewesen.

Sie stand auf. »Ich habe wirklich gedacht, dass ich mit dir reden könnte. Da habe ich mich wohl getäuscht.«

Ihr Vater schnappte nach Luft, er konnte nicht fassen, was sie sich ihm gegenüber herausnahm. Ehe er eine Strafe aussprechen konnte, rauschte sie aus seinem Büro und verschanzte sich im Lagerraum, wo sie so tat, als sei sie sehr beschäftigt.

Innerlich dachte sie nur daran, was sie jetzt noch tun konnte. Der Plan, ihren Vater auf ihre Seite zu bringen, war kläglich gescheitert. Sie hatte das Gefühl, dass sie nur noch davonlaufen konnte, denn ihr Glück mit Jónas würde sie nicht aufgeben. Niemals.

Kapitel 13

Siglufjörður, Juni 2019

Etwas knallte gegen die Fensterscheibe. Sofie fuhr erschrocken hoch, bis sie kapierte, dass es nur ein Vogel gewesen war, der sich längst wieder berappelt hatte und jetzt putzmunter über die nächste Hecke davonflatterte. Sie schob ihren Teller zur Seite und stellte ihr Geschirr in die Spüle. »Verdammt«, schimpfte sie. »Jetzt habe ich schon wieder getrödelt.« Sie musste schnell noch zum Baumarkt, um das Parkett zu bestellen. Seit Björgvins Sohn Atli zu Besuch gewesen war und sie so dämlich reagiert hatte, waren sie sich aus dem Weg gegangen. Tinna hatte sie auch nicht erreicht, immer nur die Mailbox. Sofie hatte ihr Anliegen persönlich besprechen wollen, also hatte sie keine Nachricht hinterlassen. Außerdem hatte sie Angst vor Tinnas Reaktion, Björgvin hatte ihr ziemlich eindrücklich erklärt, warum niemand in der Familie an Luise und ihre Geschichte erinnert werden wollte. Aber Sofie konnte es einfach nicht sein lassen, es beschäftigte sie immer wieder, weil sie die Frage, warum eine Mutter ihr Kind verließ, einfach nicht beantworten konnte.

Mit den Türen der Einbauschränke war sie mittlerweile fertig geworden, deshalb musste sie sich dringend um das Material für die nächsten Arbeiten kümmern. Das hätte sie schon längst tun können, aber in den letzten Tagen war das Wetter so gut gewesen, dass sie lieber mit Stella unterwegs gewesen war. Sie verstanden sich prima, und es war schön, nicht immer allein zu sein. Am kommenden Wochenende feierte sie ihren Geburtstag und hatte Sofie eingeladen. Eigentlich hatte sie erst nicht zusagen wollen, weil sie niemanden kannte und auch die Sprache nicht beherrschte, aber Stella hatte sie förmlich genötigt. Letzten Endes war Sofie froh darüber, es würde sicher nett, und auf einer Party kam man nach einem Gläschen Sekt ja auch meist recht schnell ins Gespräch.

»Du musst nur sagen, dass du Tischlerin bist, und zack, kannst du dich gar nicht mehr vor Aufmerksamkeit retten«, hatte Stella gescherzt und sie gedrückt.

»Das klingt echt skurril«, hatte Sofie darauf erwidert und den Kopf geschüttelt. »Wenn ich mit meinem Freund auf einer Veranstaltung bin und erzähle, dass ich Tischlerin bin, bekomme ich immer eher mitleidige Blicke. So von wegen, dass ich einer Tätigkeit nachgehe, bei der man sich bewegen und die Hände schmutzig machen muss.«

Stella hatte gelacht. »Seit der Finanzkrise 2008 sind Banker bei uns nicht mehr sexy, Handwerk ist das neue Cool.«

»Ich glaube, hier gefällt's mir immer besser.«

Sofie grinste bei der Erinnerung, als sie aus dem Auto ausstieg, das sie vor dem Baumarkt geparkt hatte. Ihr Handy bimmelte, und sie warf einen Blick aufs Display. Thomas. Sofie schaute in den Himmel, er war grau, und dicke Wolken wurden vom Wind durcheinandergewirbelt. Sofie beschloss, ihn später zurückzurufen, und ließ das Handy in der Gesäßtasche ihrer Jeans verschwinden.

Sie wurde, nachdem sie den mittlerweile vertrauten Baumarkt betreten hatte, mit einem Winken von einer Mitarbeiterin begrüßt. »Hallo«, sagte Sofie. »Ich bin noch mal wegen des Parketts gekommen.«

»Ah, schön«, gab die Frau zurück, auf ihrem Namensschild stand Laufey. Eine Brille steckte in ihrem blondierten Haar, Sofie schätzte sie auf Mitte vierzig. »Dann hast du dich also entschieden?«

»Ja, genau. Dieses hier bitte. Ich brauche einhundert Quadratmeter davon.«

»Moment, ich schau mal nach.« Sie tippte etwas in ihren Computer ein, dann verzog sie ihre Lippen. »Tut mir leid, so viel haben wir nicht mehr vorrätig.«

Sofie blieb ganz ruhig. Welcher Laden hatte denn bitte nicht mal hundert Quadratmeter auf Lager? »Was heißt das? Wann bekommt ihr es wieder rein?«

»Kann ich nicht sagen.«

»Und was können wir jetzt machen?«

Laufey schob sich die Brille auf die Nase und tippte wieder etwas in ihren Computer. »In Reykjavík hätten sie es, ich könnte es für dich reservieren.«

»Und die schicken es dann her?«

Die Mitarbeiterin schüttelte den Kopf. »Nein, vielleicht kannst du dir einfach einen Anhänger mieten, wenn du das nächste Mal nach Reykjavík fährst?«

Das nächste Mal? Sie war noch überhaupt nicht dort gewesen. »Hm, das ist jetzt ein bisschen schwierig für mich. Wie könnten wir das denn organisieren?«

»Du könntest ja sonst einen anderen Boden nehmen?«, schlug Laufey vor.

Sofie kaute auf ihrer Unterlippe. »Welchen hättet ihr denn da?«

»Das Problem ist, dass wir gerade das Sortiment bereinigen – eigentlich haben wir nur noch Restbestände – von allen. Steht ja eigentlich auch dabei.« Sie zeigte auf Schilder, die über den Gängen hingen.

Das durfte doch wohl nicht wahr sein, Sofie ahnte Schlimmes. »Ich kann kein Isländisch.«

»Tja, das ist dann natürlich blöd.«

Ach, wem sagte sie das! »Reykjavík«, meinte Sofie schließlich. »Ich muss mir das mal überlegen. Es besteht also keine Möglichkeit, es dort zu bestellen und liefern zu lassen?«

Die Isländerin sah sie an, als hätte sie gefragt, ob sie rosa Elefanten kaufen wollte. »Nee, also unsere Kunden organisieren das immer selbst.«

Und da sollte in Deutschland noch mal jemand über den Versandhandel meckern.

»Soll ich das Parkett jetzt für dich reservieren oder nicht?«, wollte Laufey schließlich wissen, mittlerweile standen zwei weitere Kunden hinter ihr.

»Äh, ja. Bitte. Bis wann geht das?«

»Drei Tage.«

»In Ordnung, und wenn möglich, bitte auch gleich die passenden Fußleisten hinzufügen.«

»Mache ich.«

»Sofie Wagner«, sagte sie. »Reservier es bitte auf diesen Namen.«

Sie gab noch ihre Telefonnummer an, dann fuhr sie schlecht gelaunt nach Hause. Jetzt begann es auch noch zu regnen. Dicke Tropfen platschten auf ihre Windschutzscheibe, der Himmel wirkte grau und bedrohlich. Als würde sie das alles nichts angehen, schwamm eine Entenfamilie mit drei kleinen Entchen am Ufer entlang.

Sofie hatte gerade den Autoschlüssel abgezogen, als Björgvin um die Ecke gesaust kam. Er trug Sportkleidung und Kopfhörer und grüßte kurz, ehe er die Tür aufschloss und hineinging. Sofie rannte durch den Regen und schüttelte sich, als sie die Haustür hinter sich schloss. Björgvin machte gerade ein paar Dehnübungen, sein Haar war nass und klebte ihm am Kopf, seine Kleidung ebenso. Sein Gesicht war gerötet.

»Sport gemacht?«, fragte sie, während sie aus den Schuhen schlüpfte.

»Nein, ich war duschen.«

»Ha, ha, sehr witzig.« Sie musste dennoch grinsen.

»Und du?«

»Baumarkt.«

Er hob eine Augenbraue, während er mit der rechten Hand seinen rechten Knöchel umfasste, um den Oberschenkel zu dehnen. »Alles okay?«

»Ach, keine Ahnung. Ich wollte das Parkett bestellen, ich bin jetzt so weit.«

»Und?«

»Sie haben es nicht vorrätig.«

»Aha.«

»Ja, weil sie das Lager bereinigen oder so was.«

»Und jetzt?«

»Die Filiale in Reykjavík hat hundert Quadratmeter auf Lager.«

»Und warum bestellst du es dann nicht dort?«

»Weil sie es nicht herschicken können.«

Er ließ den Knöchel los und schüttelte sein Bein aus. »Ist doch kein Ding, ich muss sowieso nach Reykjavik und könnte es mitbringen.«

»Echt? Wann?«

»Eigentlich jetzt gleich. Komm doch mit.«

Sofie machte große Augen. »So spontan? Jetzt sofort?«

»Nicht sofort«, sagte er mit einem leisen Lächeln. »Ich wollte vorher noch duschen.«

Sofie war perplex, diese Isländer waren schon besonders. »Und wie lange wolltest du bleiben?«

»Ich habe morgen und übermorgen zwei Termine, dann können wir wieder zurückfahren.«

Sie wusste nicht, was sie darauf erwidern sollte. Einerseits hatte sie große Lust darauf, endlich auch die Hauptstadt des Landes kennenzulernen, andererseits wollte sie niemandem zur Last fallen.

»Du kannst bei mir übernachten, ich habe ein Gästezimmer«, fügte er hinzu. »Nun sag schon ja, ich beiße auch nicht. Oder hast du andere Pläne?«

»Nein, nein, habe ich nicht«, hörte sie sich zu ihrer eigenen Überraschung sagen.

»Dann ist doch alles gut.« Björgvin zog sich das nasse T-Shirt über den Kopf. »Ich schmeiß das lieber gleich in die Waschmaschine.« Sofie schnappte nach Luft. So gut auszusehen, sollte verboten gehören. Er hatte eine drahtige Figur mit schlanken, definierten Muskeln. Die Shorts saßen tief auf seinen schmalen Hüften, vom Bauchnabel aus verlief eine dünne Linie feiner Haare, die sich unter dem Hosenbund verlor.

Sofie schluckte. »I-ich gehe wohl besser packen«, stammelte sie und schob sich an ihm vorbei.

»Mach das, Abfahrt in einer halben Stunde«, rief er ihr hinterher. Aus seiner Stimme konnte sie das spöttische Grinsen heraushören, der Kerl wusste genau, welche Wirkung er auf Frauen hatte. Leider stellte Sofie offenbar keine Ausnahme dar.

Während sie ein paar Sachen in ihren Rucksack stopfte, erinnerte sie sich daran, dass sie Thomas noch zurückrufen musste. Vielleicht war ja etwas passiert und er musste sie erreichen. Mit schlechtem Gewissen, weil sie sich erst jetzt meldete, wählte sie seine Nummer. Sie atmete tief durch, während sie hoffte, dass das Gespräch nicht im Streit enden würde, wie so oft in den letzten Monaten. Und dann geschah etwas Seltsames: Eben noch hatte es geklingelt, jetzt war das Gespräch weg. Sie schaute aufs Display. Gespräch beendet.

Komisch. Sie runzelte die Stirn. Er musste sie weggedrückt haben. »Was war das denn?« Gleichzeitig schoss ihr ein Gedanke durch den Kopf: Was, wenn er nicht allein ist? Möglich wäre es, denn wer einmal einen Ausrutscher beging, würde vielleicht auch nichts gegen einen zweiten haben. Die Erkenntnis traf sie nicht so hart, wie sie vermutet hatte. Eigentlich war es ihr egal. Sofie kratzte sich am Hinterkopf und versuchte herauszufinden, was sie mit diesem neuen Gefühl anfangen sollte. Als sie nach Island gereist war, hatte sie gehofft, dass sie Thomas dadurch näherkommen würde, weil sie sich so an die guten Seiten ihrer Beziehung erinnern würde. Sie hatte gedacht, dass sie ihn vermissen würde, denn schließlich gehörte er seit einigen Jahren zu ihr – oder sie zu ihm. Denn eigentlich war sie diejenige gewesen, die sich in allem angepasst hatte. Sie lebte in seiner Wohnung, weil ihre zu klein gewesen war. Sie begleitete ihn zu Veranstaltungen, für ihre Hobbys hatte er sich nie so recht begeistern können. War ihr das vorher wirklich nie bewusst gewesen? Sofie blickte gedankenverloren auf den unruhigen Fjord hinaus, auf dessen Wasser sich kleine weiße Schaumkrönchen gebildet hatten, und ließ ihre Hände sinken. Sie liebte Thomas nicht. Sie liebte ihn nicht mehr. Die Gefühle, die sie für ihn empfand, waren bestenfalls noch als freundschaftlich zu bezeichnen. Vielleicht nicht einmal das. Der heutige Thomas war kein Mensch, mit dem sie sich anfreunden würde, wenn sie ihm auf der Straße begegnete. Als sie sich kennengelernt hatten, war es anders gewesen. Aber er hatte sich verändert, sie hatten sich beide verändert. »Es ist vorbei«, murmelte sie fassungslos.

Hatte er vielleicht deshalb angerufen, weil es ihm genauso erging? Hatte er vielleicht sogar bereits eine Neue, die ihre Seite im Bett wärmte? Zuzutrauen wäre es ihm.

Sie musste es Thomas sagen, aber der Gedanke, eine langjährige Beziehung am Telefon zu beenden, verursachte ihr Unbehagen. Das machte man vielleicht als Teenager, als erwachsene Person schaute man sich in die Augen, wenn man entschied, dass sich die Lebenswege trennen würden.

Gott, wann war ihr Leben eigentlich so kompliziert geworden? Sofie setzte sich auf das Bett und schloss die Augen für einen Moment. Nein, es war nicht kompliziert, aber auch nicht einfach.

Kapitel 14

Lüneburg, Dezember 1936

Luise hatte Jónas ihr Herz in unzähligen Briefen ausgeschüttet, sich ebenfalls mit Heini beraten, aber der Vater blieb stur. Ihrer Mutter hatte er zum Glück nichts erzählt. Immerhin, dachte sie. Es war vielleicht doch noch nicht alles verloren. Sie musste nur den richtigen Moment abpassen, irgendwann würden sie einsehen müssen, dass gegen Liebe kein Kraut gewachsen war. Obwohl sie am liebsten sofort ihre Koffer gepackt hätte und zu Jónas nach Berlin gereist wäre, war ihr – nachdem der erste Ärger verraucht war – klar geworden, dass Davonlaufen keine Option war. Sie war zwar verliebt, aber nicht völlig verrückt geworden. Wenn sie jetzt in der Schule fehlen würde, würde man das als Anlass nehmen, sie doch vom Abitur auszuschließen. So naiv war sie nicht, sie wusste, dass man nur auf eine Gelegenheit wartete, ihr etwas anlasten zu können. Sie würde ihnen keinen Grund liefern. Aber das war nicht der einzige Punkt, der sie umgestimmt hatte: Sie hatte kein Geld, und auch Jónas war als ausländischer Student ohne elterliche Unterstützung quasi völlig mittellos. Er hielt sich mit zwei Anstellungen über Wasser.

Sie konnte nicht als minderjährige Jüdin mit ihm bei einer deutschen Witwe in einem Zimmer leben. Das würde nicht mal gehen, wenn sie arischer als Freyja, die nordische Göttin der Liebe und Fruchtbarkeit, höchstpersönlich wäre. Luise rollte sich auf den Rücken und verschränkte die Arme hinter ihrem Kopf. Sie musste abwarten. Es zermürbte sie, andererseits hielt es sie auch bei ihren Schulaufgaben bei der Stange. Seltsamerweise schaffte sie es, ihre Wut auf die Ungerechtigkeit in Eifer zu wandeln. Ihre Noten waren exzellent, die Abiturprüfungen wären ein Klacks. Wenigstens etwas. Danach stand ihr die Welt offen. Was waren ein paar Monate im kleinen Lüneburg, wenn sie nach dem Sommer vielleicht sogar nach Berlin gehen konnte, um dort ihr Studium aufzunehmen? Ja, das war eine so erfreuliche Zukunftsaussicht, dass sie auch diese langen Winternächte aushalten würde, ohne zu verzweifeln. Mit diesem Gedanken schlief sie ein.

Luise fühlte sich ausgeruht und zuversichtlich, als sie am nächsten Morgen die Augen öffnete. Sie streckte sich und warf einen Blick auf den Wecker auf ihrem Nachttisch. Das Messing glänzte im Licht, Staubkörnchen tanzten in den Sonnenstrahlen, die durch die Vorhänge ins Zimmer fielen. Der kleine Zeiger stand kurz vor der goldenen Neun. Seufzend ließ sie sich ins Federkissen zurücksinken, als sie Stimmen im Flur hörte. Luise riss die Augen auf und sprang aus dem Bett. Im Nachthemd riss sie die Tür auf und rannte barfuß zum Treppenabsatz. »Heini!«, rief sie freudestrahlend. So schnell ihre Beine sie trugen, rannte sie nach unten und fiel ihrem großen Bruder um den Hals. »Endlich, wie schön, dich zu sehen!«

Er hatte seinen graublauen Gabardinemantel noch nicht abgelegt, gerade mal seinen Hut hatte er vom Kopf genommen. Aber das war Luise egal. Sie schmiegte ihr Gesicht an seinen kalten Hals und drückte sich an ihn. »Meine Kleine«, murmelte er in ihr Haar. »Ich habe dich sehr vermisst.«

»Und ich dich erst. Sag, wie ist es dir ergangen?« Sie trat einen Schritt zurück und blickte zu ihm auf. Eine Strähne seines dunklen Haares hing ihm in die Stirn, er hatte Schatten unter den Augen. Seine Wangen wirkten eingefallen, als ob ihn etwas bedrückte. Luise strich ihm zärtlich die Locke aus dem Gesicht und legte ihre Hand dann an seine Wange. Er schob seine Finger über ihre, das traurige Schimmern in seinen dunklen Augen schnürte ihr die Kehle zusammen. »Dann komm doch erst einmal herein«, murmelte sie. »Wo sind denn überhaupt alle?«

Heini drückte ihr einen Kuss auf die Stirn. »Vater ist gerade in sein Arbeitszimmer verschwunden, du hast ihn verpasst. Luise, du wirst doch wohl nicht den ganzen Tag im Nachthemd bleiben wollen? Bist du krank?« Er lächelte träge.

»Ich bin kerngesund. Du musst ja in aller Herrgottsfrühe losgefahren sein?«

»Nun bin ich ja da. Während du dich ankleidest, werde ich Ilse bitten, Kaffee und ein Frühstück für uns zu richten.«

»Ich freue mich so sehr, dass du da bist«, wiederholte sie und rannte zwei Stufen auf einmal nehmend nach oben, um sich so schnell wie möglich anzuziehen. Sie hatte so viele Fragen an ihren Bruder, endlich hatte sie Verstärkung. Und wo steckte ihre Mutter eigentlich? Vater brütete vermutlich über Geschäftsunterlagen. Dass heute der vierundzwanzigste Dezember war und das Kaufhaus Rose daher geschlossen hatte, hielt ihn garantiert nicht davon ab zu arbeiten. Am Abend würde man gemeinsam essen und beisammensitzen. Im Hause Rosenberg gab es zwar keine Geschenke, aber man hatte eine Tanne mit Strohsternen, einer silbernen Spitze und weißen Kerzen im Salon aufgestellt. Die Menora stand auf der Anrichte unter dem Gobelin. Die Familie mischte die Bräuche, das war seit Jahren Tradition. Überhaupt war es für sie alle schwer zu begreifen, warum man Juden das Leben so schwer machte.

Nach dem Frühstück kleideten sie sich in ihre Wintermäntel und unternahmen einen ausgedehnten Spaziergang durch den Kurpark. Luise hatte sich bei ihrem Bruder untergehakt. »Nun erzähl schon«, forderte sie sanft. »Was bedrückt dich?« An schattigen Stellen war das Gras von weißem Raureif bedeckt. Ein Taubenpärchen flog über ihre Köpfe in die hohen Äste einer alten, blattlosen Eiche, während der Kies unter ihren Schuhen knirschte.

»Du erinnerst dich vielleicht an unser Telefonat?«, sagte Heini schließlich, und Luise bemerkte, wie sich seine Kiefer anspannten.

Luise nickte. »Ja, ich habe dich gefragt, ob du dich mit Fritz gestritten hast.«

»Es ist sehr schwierig für mich, Luise. Und auch«, er zögerte, »unangenehm. Ich … ich weiß, dass ich anders bin. Ich weiß es schon sehr lange.«

Sie erwiderte nichts darauf, weil sie Angst hatte, etwas Falsches zu sagen. Sie drückte nur seinen Arm aufmunternd.

»Fritz und ich waren schon lange gute Freunde. Wir sind uns so ähnlich … Weißt du, Luise, in unserer Gesellschaft hat man es nicht leicht, wenn man als Junge nicht gerne mit anderen rauft oder Fußball spielen möchte. Fritz hat sich auch mehr für Bücher und Kunst interessiert, leider durfte er nicht aufs Gymnasium, weil seine Eltern ihn im Betrieb brauchten. Aber er ist so ein talentierter, gescheiter Bursche.«

Luise spürte, wie groß die Zuneigung ihres Bruders zu ihm war. »Ja, das ist er.« Eine Ahnung stieg in ihr auf, die sie einen Moment lang erschreckte, dann aber zur Gewissheit wurde. Gleich würde ihr Bruder ihr etwas sehr Privates erzählen, etwas, wofür er sich schämte.

»Und irgendwann, da … Wir saßen im alten Brauhaus, haben uns bei Korn und Bier über Philosophie gestritten. Hach, es war herrlich. Mit kaum einem kann ich so wunderbar diskutieren wie mit Fritz.« Heini schien weit weg in Gedanken. »Auf dem Rückweg sind wir nicht gleich nach Hause gegangen, sondern haben uns noch die Füße vertreten, weil ich mich einfach nicht von ihm verabschieden wollte.« Er schüttelte den Kopf, aber er lächelte. »Und dann standen wir unter einer alten Trauerweide, im Schatten der Nacht und … Ich habe ihn geküsst.« Er sah sie an, zweifelnd, ängstlich, wie sie reagieren würde.

Seine Offenbarung hinterließ ein warmes Gefühl in ihr, weil er sich ihr anvertraute. Sie hatte schon länger etwas vermutet, aber all das war ihr fremd. Luise wusste, dass es Heini sehr, sehr schwergefallen sein musste, ihr das zu erzählen. Sie war dankbar, dass er ihren Rat schätzte. Aufmunternd sah sie ihn an. »Und Fritz?«

»Er … hat mich zurückgeküsst. Luise, ich … Es ist mir peinlich.«

»Hör auf, vor mir muss dir nichts peinlich sein. Du bist mein Bruder, ich liebe dich, egal, was du tust.«

»Die meisten Menschen finden es … abartig.«

»Du bist doch der Philosoph, was haben denn die Römer und Griechen gemacht?«, versuchte sie ihn aufzuheitern, obwohl ihr sehr klar war, dass das, was Heini für Fritz empfand, gesetzlich verboten war, nicht nur für Juden. Die Tatsache, dass das noch dazukam, jagte Luise eine Heidenangst ein. Heini brachte sich in eine unglaubliche Gefahr. Was, wenn jemand ihn und Fritz entdeckte? Angst umklammerte ihre Kehle, die auf einmal ganz eng wurde.

»Es ist nicht das Gleiche, Luise. Das hier ist *mein* Leben.«

Sie nickte. »Ja, aber ja, das verstehe ich doch. Trotzdem bist du nicht der Einzige, der so empfindet, und auch wenn es so wäre, müsste es noch lange nicht abartig sein. Aber nun sag, was ist mit Fritz?« Sie wollte ihm ein gutes Gefühl vermitteln, ihm zeigen, dass sie ihn akzeptierte – egal, wen er liebte. War das nicht, was sie sich auch erhoffte? Vielleicht verstand Heini deshalb so gut, dass sie Jónas nie aufgeben konnte, welche Gesetze die Nazis auch noch erließen. Aber jetzt ging es nicht um sie, erinnerte sie sich und nahm seine Hand. Sie drückte sie und nickte ihrem Bruder zu. Seine Finger waren eiskalt.

»Wir haben nach diesem Abend kein Wort darüber verloren, zuerst nicht. Vielleicht haben wir beide nicht gewusst, was wir sagen sollten. Wir waren betrunken, weißt du?«

»Manchmal braucht es Mut, um ehrlich zu sein. Für dich war es doch nicht nur ein Spaß, oder?«

»Nein, es ist viel mehr als das. Er bedeutet mir so viel, deswegen geht es mir ja so schlecht.«

»Erzähl mir mehr.«

»Es ist danach wieder passiert, eine ganz ähnliche Situation. Und dann … Es war mehr als nur ein Kuss. Ich habe ihm gesagt, dass ich ihn liebe.«

Luise hielt den Atem an. »Und Fritz?«

»Er … ist aufgestanden und weggerannt. Danach hat er mich nicht mehr angeguckt.«

»Das war im letzten Sommer?«, schlussfolgerte Luise, denn seitdem hatte sie Heini nicht mehr mit Fritz gesehen – von der zufälligen Begegnung beim Spaziergang ausgenommen.

Heini räusperte sich, sie kamen an einer jungen Frau vorbei, die einen Kinderwagen mit einem schreienden Baby an ihnen vorbeischob. Sie grüßten sie höflich, dann flanierten sie weiter durch den Kurpark. »Ja, wir haben uns seither nicht gesprochen, ich habe ihm trotzdem aus Berlin geschrieben und irgendwann – bekam ich Post zurück.«

»O Gott«, jauchzte sie. »Das ist ja so romantisch.«

»Du erinnerst dich noch an den Tag, als ich Jónas mitgebracht habe?«

»Natürlich. Wie könnte ich den vergessen? Wir waren beim Privatkonzert von Lucy Stern, und dann hast du Fritz gesehen. Aber du bist mit uns nach Hause gegangen. Was war los?«

»Ich bin in dieser Nacht noch einmal weg – aus dem Hinterausgang.«

»Oh«, machte sie.

Heini seufzte. »Es ist kompliziert. Ich habe akzeptiert, wie ich bin, auch wenn es verboten ist. Fritz – er hadert mit sich, aber ich glaube, er liebt mich. Aber er hat Angst. Große Angst. Wenn nur jemand tuschelt, dass man ein 175er ist, dann genügt das heute schon, um festgenommen zu werden.«

»Es ist nicht leicht.« Sie atmete hörbar aus. Sie versuchte, vor Heini zu verbergen, wie sehr sie die Ungerechtigkeit belastete, die sie aushalten mussten. Warum konnte man nicht einfach den Menschen lieben, für den sich das Herz entschied?

»Stell dir vor, was unsere Eltern sagen würden, wenn sie es wüssten.« Heini schluckte hart.

»Ich weiß nicht … Sie würden dich nicht verstoßen.«

»Da bin ich mir nicht sicher, ich möchte es nicht herausfinden. Und wenn jemand davon erfährt … ich bin eine Gefahr für euch. Für euch alle. Als Juden haben wir es ohnehin schon so schwer.«

»Ist das für Fritz ein Problem? Für Jónas war es nie eins.«

Heini rieb sich über das Kinn. »Für Fritz ist alles schwer. Alles. Mein Glaube kommt dann noch dazu.«

»Aber?«

»Er kann mich auch nicht in Ruhe lassen. Immer, wenn ich sicher bin, dass ich über ihn hinwegkommen könnte, dann schreibt er mir einen so sehnsüchtig klingenden Brief, dass es mir das Herz zerreißt.«

»Das tut mir leid, es klingt so, als ob er nicht von dir lassen kann, dir aber auch nicht dein Glück ohne ihn gönnt. Was willst du tun?«

»Ich weiß es nicht. Ich weiß es wirklich nicht. Aber jetzt, wo ich in Lüneburg bin, möchte ich so gern als Erstes zu ihm laufen und ihn sehen.«

Luise verstand genau, wie ihr Bruder sich fühlte. Wenn sie wüsste, das Jónas in der Nähe wäre, würde sie es keine Sekunde aushalten, ihn nicht zu besuchen. Aber sie wusste auch nicht, was sie dazu sagen sollte – so, wie die Dinge standen, war es einfach nicht möglich, bei Fritz aufzutauchen.

»Komm, lass uns irgendwo eine heiße Schokolade trinken gehen, meine Zehen sind schon ganz eingefroren«, schlug Heini vor, und Luise stimmte zu.

Am Abend, alle hatten sich festlich gekleidet, kam die Familie im Salon zusammen. Ilse servierte Sekt in Kristallgläsern auf einem Silbertablett. Der Kronleuchter spendete ein sanftes Licht, die Kerzen am Baum brannten, auch die im siebenarmigen Leuchter. Aus dem Grammofon tönte das Weihnachtsoratorium von Bach. Im Kamin flackerte ein Feuer, wohlige Wärme hatte sich im Raum ausgebreitet. Die Uhr auf dem Kaminsims zeigte kurz nach achtzehn Uhr, Ilse würde gleich den Karpfen blau servieren. Auf dem Tisch brannten rote Kerzen, in der Mitte stand ein Gedeck aus Tannennadeln, Zapfen und goldenen Bändern.

Es schellte an der Haustür, und die Gespräche im Raum verstummten. Heini war damals nicht zugegen gewesen, als der Vater von der Polizei abgeholt worden war, aber natürlich wusste er davon. Luise wurde schwindelig. Sie hatte wahnsinnige Angst, obwohl sie nicht genau beschreiben konnte, wovor. Plötzlich war alles wieder präsent, die Ungewissheit, die Wut, die Verzweiflung. Bitte nicht, flehte sie still. Es ist doch Weihnachten! So grausam konnten nicht mal die Nazis sein.

Das Blut rauschte in ihren Ohren, während Edith sich an der Tischkante festhielt. Sie lauschten, und jeder im Raum fürchtete, gleich das Poltern genagelter Stiefelsohlen zu hören. Stattdessen vernahmen sie gedämpfte Stimmen, die von Ilse und eine tiefere. Wenige Sekunden später trat Ilse mit einem Mantel und Hut im Arm in den Salon. Sie knickste. »Jónas Guðmundsson«, kündigte sie an.

Luise glaubte zu träumen. Das hier passierte gerade nicht wirklich. Es konnte nicht sein. Sie hielt die Luft an.

Er war es tatsächlich. Jónas trat mit einem freundlichen Lächeln im Gesicht in den Salon. »Guten Abend«, tönte sein angenehmer Bariton durch den Raum. Selbstsicher und gut gelaunt.

Sie wollte so vieles tun: auf ihn zugehen, ihn umarmen, ihn küssen, ihr Gesicht an seinen Hals schmiegen und seinen Duft einatmen. Aber sie war wie gelähmt, ihr Körper gehorchte ihr nicht mehr. Sie spürte gerade noch, wie ihr das Glas aus den Fingern glitt und mit einem Klirren auf dem Parkett zerbarst. Dann wurde ihr schwarz vor Augen.

Als sie die Lider flatternd wieder aufschlug, hatte man sie auf das Sofa gelegt, die Füße auf der Lehne. Sofort kehrten die Erinnerungen zurück, und sie wollte sich aufsetzen. Wo war Jónas? Sie hoffte mit jeder Faser ihres Körpers, dass sie nicht nur geträumt hatte. Hatten ihre Eltern ihn rausgeworfen? Wo war er? Eine sanfte Hand drückte ihre Schulter. »Ein Glas Wasser, Fräulein Rosenberg?«, bot Ilse ihr an.

»Ja, ja«, gab sie zurück und richtete sich doch auf. Dann sah sie die Gesichter ihrer Familie, die um sie herumstand. Und Jónas.

Vor Erleichterung wäre sie beinahe noch einmal in Ohnmacht gefallen, glücklicherweise lag sie bereits. Und dann begriff sie, wie peinlich das Ganze hier war. Wo eben noch kalter Schweiß auf ihrer Stirn gestanden hatte, wurde ihr jetzt brennend heiß. Jeder musste sehen, dass sie knallrot anlief. Himmel, ihr blieb auch keine Peinlichkeit erspart. Jónas hatte sich ein Wiedersehen nach all den Monaten sicherlich anders ausgemalt.

»Jónas?«, rief sie und wollte aufstehen.

»Nicht so hastig«, Carl Rosenberg drückte sie an der Schulter zurück. »Trink erst einmal etwas Wasser, nicht, dass du gleich wieder zu Boden sinkst.«

»Wirklich filmreif«, scherzte Heini.

Luise nahm aus dem Augenwinkel wahr, dass Großmutter auf einem Stuhl im Erker saß und alles aus der Ferne beobachtete. Jetzt richtete sie ihre ganze Aufmerksamkeit auf Jónas. Er beobachtete sie mit forschendem und auch besorgtem Blick, das strahlende Blau erweckte die Schmetterlinge in ihrem Bauch zu neuem Leben. »W-was ist hier los?«, stammelte sie schließlich, ohne ihn aus den Augen zu lassen. Sie fürchtete, dass er sonst womöglich wie eine Fata Morgana verschwinden würde.

»Wie es scheint«, erklärte Carl Rosenberg, »hat dein Bruder Heinrich einen Gast eingeladen, und wie ein sehr treffendes jüdisches Sprichwort schon sagt: Gute Gäste kommen ungebeten.«

Die Worte sickerten langsam in ihr Bewusstsein. Heini hatte es eingefädelt? Sie wollte aufspringen und ihn küssen, ihn umarmen und sich bedanken, aber sie spürte, dass ihre Beine noch immer zu wackelig waren. Außerdem musste sie nach diesem peinlichen Auftritt ein wenig Haltung bewahren. Sonst fuhr Jónas womöglich freiwillig wieder, wenn er sah, was für ein Zärtling sie war.

Ihre Mutter zeigte keinerlei Regung, ihr Gesichtsausdruck blieb unergründlich. »Nun«, sagte Edith schließlich, »vielleicht können wir nach der Aufregung zu Tisch gehen, ehe alles vollständig kalt wird.«

Luise hob eine Augenbraue. Sie fragte sich, was besprochen worden war, während sie ohnmächtig gewesen war – oder ob man Jónas' Auftauchen tatsächlich einfach akzeptiert hatte. Die Rosenbergs waren höfliche Menschen, gastfreundlich dazu. Vielleicht würden sie Jónas nach dem Abendessen bitten zu gehen, Luise wagte gar nicht davon zu träumen, dass man ihm ein Gästezimmer anbot, gleichwohl hoffte sie es natürlich. Aussprechen konnte sie diese Gedanken selbstverständlich nicht. Sie würde abwarten müssen.

Tatsächlich gestaltete sich das Abendessen als endlose Geduldsprobe. Die Konversation am Tisch plätscherte vor sich hin, eine unterschwellige Spannung war greifbar. Jónas schien der Einzige zu sein, den es nicht bekümmerte. Er war freundlich, stellte viele Fragen und erzählte lebhaft aus seinem Berliner Alltag. Nach und nach lockerte sich die Atmosphäre etwas, was auch daran liegen konnte, dass Ilse bereits die dritte Flasche Rotwein geöffnet hatte. Luise selbst hatte nur ein halbes Glas getrunken, dafür kamen die Herren am Tisch immer angeregter ins Gespräch. Nach dem Dessert schien es, als wäre ein Knoten geplatzt. Jónas wurde behandelt, als gehörte er zur Familie, und der unterschwellige Groll, weil Luise in ihn verliebt war – und er in sie –, war verschwunden.

»Es wäre wünschenswert«, sagte Carl und lehnte sich im Stuhl zurück, »dass mehr Männer unseres Landes wie Sie denken, lieber Jónas.«

Dieser zuckte die Schultern. »Man kann leider niemandem Verstand einprügeln. Und Goebbels weiß, was er tut. Er bewegt die Massen in die Richtung, wo er sie haben will, als wären sie Marionetten an einem unsichtbaren Faden. Es ist faszinierend zu sehen, wie er mit den Menschen spielt, leider aber auch mehr als bedenklich.«

Edith war blass geworden. »Wenn ihr weiter über Politik sprecht, verlasse ich den Raum.«

Carl trank einen Schluck. »Selbstverständlich, du hast recht. Es ist ohnehin Zeit für einen Digestiv und eine Zigarre, was meint ihr?« Er schaute zwischen Heini und Jónas hin und her, dann blieb sein Blick an Luise hängen. »Aber zuerst würde ich gern mit dir einen Moment unter vier Augen sprechen.«

Luises Atem stockte. »Natürlich«, erwiderte sie und tupfte sich den Mund mit ihrer Serviette ab. Sie erhob sich. »Entschuldigt mich bitte kurz.«

Sie folgte ihrem Vater in sein Arbeitszimmer, dort ging er zu einem kleinen Barwagen, auf dem eine Flasche Brandy und einige Kristallgläser standen. »Du auch?«, fragte er und goss ein.

Das war äußerst ungewöhnlich, ihr Vater hatte ihr noch nie etwas Hochprozentiges angeboten. Sie nickte.

Er reichte ihr ein Glas, dann nahm er eine Zigarre aus einem silbernen Etui und zündete sie an. Er rauchte nur zu besonderen Anlässen. Dieser schien einer zu sein, sie hatte noch keine Ahnung, ob es ein gutes oder schlechtes Zeichen war. »Dein Sturkopf«, seufzte er. »Dagegen kommt man nicht an.«

Luise sagte kein Wort, sie war zu gespannt.

»Ich weiß nicht, wie es gehen soll, Kind. Aber ich verstehe allmählich, dass du ihn dir nicht wieder aus dem Kopf schlagen wirst. Ich kenne diesen Blick sehr genau.«

Sie unterdrückte ein Schmunzeln. »Weil du selbst immer so guckst, wenn du kein Nein akzeptierst?«

Er zog an der Zigarette, blies langsam den Rauch wieder aus und nickte. »Es scheint mir so. Und das ist kein Kompliment.«

Luise fiel ihrem Vater um den Hals, so heftig, dass ein wenig aus ihrem Glas auf den Boden schwappte.

»Aber glaubt mir nicht, dass ihr unter diesem Dach …« Er sprach es nicht aus, aber sie wusste auch so, was er meinte.

»Natürlich nicht.« Luise trat zurück.

Er strich sich über die Stirn. »Himmel, worauf lasse ich mich da nur ein!« Er leerte sein Glas, dann klopfte er auf ihre Schulter. »Ich verlasse mich auf dich, Luise.«

»Ja, Papa.«

»Und jetzt geh, hol deinen Bruder und unseren Gast.«

Sie gab ihm einen Kuss auf die Wange. »Danke.«

Seine Antwort war ein leises Seufzen. Luise war schwindelig vor Glück, als sie in den Salon zurückkehrte. Ihr Magen zog sich sehnsuchtsvoll zusammen, während sich Jónas' und ihr Blick für einen Wimpernschlag trafen. Er war hier, und ihr Vater hatte ihr erklärt, dass sie ihn akzeptierten. Jetzt würde alles gut werden.

Während die Männer sich in Vaters Arbeitszimmer zurückzogen, ging Luise Ilse zur Hand, obwohl es eigentlich nicht ihre Aufgabe war. Aber sie hatte Hummeln im Hintern und konnte sich unmöglich mit einer Stickarbeit zur Großmutter in den Erker setzen. Mutter hatte sich zurückgezogen und war nach oben gegangen.

»Hast du das Gästezimmer schon gerichtet?«, erkundigte Luise sich beiläufig, während sie beim Abwasch half.

Ilse nickte. »Ja, das habe ich bereits erledigt.«

»Wunderbar.« Ihr Herz machte einen freudigen Hüpfer. Das hieß also, dass Jónas in der Villa übernachten durfte. Bei Tisch hatte sie noch nicht heraushören können, wie lange er bleiben würde. Nicht einmal, ob er wieder mit dem Rad gefahren war, wusste sie. Sie war so nervös und glücklich, dass sie die ganze Welt umarmen wollte. Nachdem das Dessert abgeräumt und die Männer sich ins Arbeitszimmer zurückgezogen hatten, wünschte Luise ihrer Mutter eine gute Nacht, holte ein Päckchen, das sie in der Kammer aufbewahrt hatte, und suchte

Ilse in der Küche auf. Sie wünschte ihr frohe Weihnachten und drückte der treu ergebenen Frau ein Geschenk in die Hand. »Bitte. Alles Gute.«

Ilse wurde rot. »Aber das ist doch …«

»Nun nimm schon. Es ist ein neuer Mantel, dein alter war doch schon so abgenutzt.«

»Ich weiß gar nicht, wie ich Ihnen danken kann.«

»Bitte, es kommt von Herzen, Ilse. Und nun sieh zu, dass du nach Hause kommst. Es ist schön spät.« Luise lächelte.

Mit einem Knicks verabschiedete sich Ilse und huschte auf leisen Sohlen davon.

Früher hatte ihre Mutter sich um die Geschenke für die Angestellten gekümmert, aber in diesem Jahr schien sie sich für nichts mehr zu interessieren. Nicht einmal für Ilse und den Chauffeur hatte Edith etwas besorgt. Beide waren mittlerweile beim Kaufhaus Rose angestellt, Hermann Maier fuhr dort auch den Lieferwagen. Ihm hatte der Vater gestern Abend schon sein Geschenk– eine Sonderzahlung – mitgegeben, denn seine Frau war mit dem vierten Kind schwanger.

Luise ging auf ihr Zimmer. Sie bürstete sich ihr Haar und ließ den Abend Revue passieren. Sie konnte immer noch nicht glauben, dass ihr größter Wunsch erfüllt worden war. Nach der Abendtoilette ging sie zu Bett, aber sie rollte sich nur von einer Seite auf die andere und konnte nicht einschlafen. Sie war viel zu aufgedreht.

Irgendwann, der Mond schien durch die geöffneten Vorhänge in ihr Zimmer, hörte sie, wie die Männer sich mit schweren Schritten in ihre Zimmer begaben.

Luises Herz klopfte wie verrückt, sie hatte nicht vergessen, dass sie ihrem Vater das Versprechen gegeben hatte, vernünftig zu sein. Und sie würde auch keine Dummheiten machen, aber sie musste Jónas sehen, ihn berühren, ihn küssen. Nur kurz.

Vorsichtig kletterte sie wieder aus ihrem Bett und ging auf Zehenspitzen zur Tür, horchte, ehe sie die Klinke herunterdrückte. Es war dunkel und still im Haus, es roch nach Tannennadeln und Zigarrenrauch. Sie nahm ihren Mut zusammen und schlich über den Teppich zum Gästezimmer. Eine Diele knarrte, Luise hielt die Luft an und rührte sich nicht. Sie rechnete damit, dass jeden Moment die Tür zu den Privaträumen ihrer Eltern aufflogen und sie erwischt wurde, aber nichts geschah. Ein leises Schnarchen war aus den elterlichen Räumen zu hören.

Sie schluckte und ging weiter, noch mehr darauf bedacht, kein Geräusch zu verursachen. Mit klopfendem Herzen erreichte sie das Gästezimmer; sie lauschte in die Stille.

Luise legte die Hand auf die kühle Klinke und drückte sie hinunter, vorsichtig schob sie sie einen Spalt auf, schlüpfte dann hinein und schloss sie hinter sich. »Jónas«, flüsterte sie und ging zum Bett. Sie sah seine Silhouette, vom Mondlicht beleuchtet. »Luise«, wisperte er und setzte sich auf. Er breitete seine Arme aus, und Luise warf sich hinein. Heiße Tränen liefen über ihr Gesicht. »Ich habe dich so vermisst«, wisperte Luise.

»Ég saknaði þín, Lilla mín. Ég elska þig.« *Ich habe dich vermisst, meine Lilla. Ich liebe dich.* Seine Stimme klang rau, sein Atem war süß und roch nach einem Hauch Brandy.

»Ich habe dich auch so schrecklich vermisst. Ich liebe dich so sehr und bin überglücklich, dass du gekommen bist.«

Jónas Hand glitt in Luises Haar, seine Lippen strichen über ihren Hals, heiß und verheißungsvoll. Sie erschauerte vor Verlangen. »Meine Liebste, denkst du, das hier ist eine gute Idee?«

Luise legte ihren Kopf in den Nacken und seufzte leise. »Es ist die beste Idee überhaupt.«

»Du bist verrückt.« Er gluckste leise.

»Und du bist nur umso verrückter, mein Geliebter. Wie bist du nur auf die Idee gekommen, nach Lüneburg zu reisen?«

»Ich habe es ohne dich einfach nicht mehr ausgehalten. Heini hat mich im Übrigen beraten, dass das unsere einzige Chance sei. Ich müsste einfach vor der Tür stehen und deine Eltern vor vollendete Tatsachen stellen.«

»Mein kluger Bruder hatte wirklich recht.«

»Aber es war natürlich auch riskant. Andererseits, ich hatte nichts zu verlieren. Deine Briefe haben mir die Zeit versüßt, aber es ersetzt nicht, dich hier vor mir zu haben. Was hat dein Vater zu dir gesagt?«

Sie lächelte und legte sich neben Jónas. »Er hat gesagt, dass er gegen meinen Sturkopf einfach nichts ausrichten könne.« Sie bettete ihren Kopf an seiner Schulter.

»Da hat er wohl recht.«

»Absolut.« Sie grinste in die Dunkelheit.

»Jetzt bin ich hier, bei dir.«

»Jetzt bist du hier.« Und dann drehte er sich zu ihr und küsste sie lange und zärtlich, bis ihr die Luft wegblieb. »Du musst gehen«, warnte er sie mit rauer Stimme, »Was, wenn doch jemand kommt? Ich will unser Glück nicht so leichtfertig aufs Spiel setzen.«

»Glaubst du wirklich, meine Eltern kontrollieren in der Nacht, ob du allein im Bett liegst?«

»Das vielleicht nicht, aber was, wenn sie in deinem Zimmer nachsehen?«

Luise erstarrte. »O nein, daran habe ich gar nicht gedacht. Meine Sehnsucht war so groß, ich musste dich einfach sehen, dich fühlen und küssen.«

»Ja, mein Liebling. Aber wir müssen ihnen Zeit geben – sie werden sich daran gewöhnen. Wenn du meine Tochter wärst, würde ich deine Zimmertür mit einer Schrotflinte bewachen.«

Luise lächelte und küsste ihn erneut. »Irgendwann«, versprach sie, »teilen wir das Ehebett, dann gibt es kein Verstecken und keine gestohlenen Minuten mehr.«

»Bis dahin begnüge ich mich mit dem, was ich bekomme. Gestohlene Küsse schmecken zuckersüß, mein Herz.«

Kapitel 15

Siglufjörður, Juni 2019, auf dem Weg nach Reykjavík

Der Himmel hatte seine Schleusen geöffnet, und Regen prasselte auf sie herab. Die Scheibenwischer schabten in höchster Stufe über die Scheibe des Geländewagens.

»Echt tolles Reisewetter«, scherzte Sofie und klammerte sich mit der rechten Hand an den Griff der Beifahrertür. Es war nicht so, dass Björgvin ein schlechter Fahrer war, er schien sogar sehr geübt zu sein, was ihn wohl auch dazu veranlasste, viel zu schnell zu fahren.

»Hört sicher gleich auf«, meinte er und schaute stur geradeaus. Er wirkte souverän und konzentriert, trotzdem hätte sie nichts dagegen gehabt, wenn er einen Gang zurückgeschaltet hätte. Immer wieder wurde das Auto von Windböen erschüttert, Sofie zuckte jedes Mal zusammen.

»Du bist ganz schön nervös«, kommentierte er irgendwann.

»Na ja, ich wäre bei solchen Wetterverhältnissen vielleicht einfach ein bisschen später losgefahren«, gab sie zu. Dabei waren aus den dreißig Minuten, die Björgvin ihr genannt hatte, ohnehin schon drei Stunden geworden. Sie schmunzelte innerlich, sie hatte schnell begriffen, dass Zeitangaben bei Isländern nur eine grobe Einschätzung waren.

»Was ist?«, fragte Björgvin und holte sie damit in die Gegenwart zurück.

»Was, wieso?«

»Du hast gerade geseufzt.«

»Habe ich?«

Er lachte, es klang ein wenig heiser. »Absolut.«

Sie verzog ihren Mund und sammelte einige nicht vorhandene Fussel von ihrer Jeans.

»Wie viele Kilometer sind es eigentlich bis nach Reykjavík?« Sie schaute aus dem Fenster. Der Himmel war dunkel, der dichte Regen verschlechterte die Sicht zusätzlich. Das Meer wirkte schwarz und bedrohlich, hohe Berge ragten auf der anderen Seite des Fjords in den Himmel. Es waren nicht viele Autos unterwegs, offenbar waren andere klüger als sie. Die Pferde auf einer Weide am Hang standen allesamt dicht aneinandergedrängt und streckten ihre Hintern dem Wetter entgegen. Das hatte sie schon bei einigen Gehöften, an denen sie vorbeigekommen waren, bemerkt.

»Insgesamt? Knapp vierhundert. Wir sind jetzt gleich in Sauðárkrokur, danach kommen wir über einen Pass. Ist gut möglich, dass das Wetter dann besser wird. Und in Blönduós tanken wir.«

Sofie schaute auf den Tacho, die gelbe Warnleuchte blinkte, und die Tanknadel war schon fast ganz unten.

»Kommen wir denn überhaupt noch bis dahin? Sieht so aus, als würdest du längst auf Reserve fahren.«

»Das reicht, mach dir mal keine Sorgen.«

»An Optimismus mangelt es dir offenbar nicht.«

Er grinste. »Erfahrungswerte, meine Liebe. Außerdem tanke ich immer in Blönduós.«

Sie enthielt sich einer Antwort und hoffte, dass er recht behielt.

Tatsächlich ließ der Regen irgendwann nach, und sie erreichten die Tankstelle, ohne schieben zu müssen, allerdings hatte sie auf den letzten Kilometern immer wieder hektisch auf seine Seite geschaut und jeden Moment erwartet, dass der Motor zu stottern begann.

»Siehst du?«, erklärte er mit einem triumphierenden Grinsen und zog den Schlüssel ab.

Sofie runzelte die Stirn und fand, dass ihm dieses Selbstverliebte leider ganz gut zu Gesicht stand. Vielleicht lag hinter seiner Mauer ja doch irgendwo ein ganz angenehmer Humor verborgen.

»Musst du mal?«, wollte er wissen.

»Äh, nein, gerade nicht. Oder gibt es sonst bis Reykjavík keine Möglichkeit mehr? Nein, warte!«, rief sie und wedelte mit der Hand. »Du bist so einer, der keine unnötigen Pausen macht.«

Er schaute sie an, als hätte sie Chinesisch gesprochen. »Keine Ahnung, was du meinst. Ich habe nur gefragt, ob du mal musst. Wenn nicht, ist es auch gut. Bin gleich wieder da.«

Er tankte und verschwand dann kurz zum Bezahlen. Sofie war überrascht, als er mit einer gelben Plastiktüte und zwei Pappbechern Kaffee zurückkehrte. Sie beugte sich über die Mittellehne zu seiner Seite und öffnete die Fahrertür.

»Hier, Milchkaffee. Oder trinkst du ihn schwarz?«

Beinahe hätte sie gelacht, es war ja nicht so, dass sie zum ersten Mal gemeinsam Kaffee tranken, sie wusste mittlerweile, dass er immer nur einen kleinen Schluck Milch reinkippte, gerade so viel, dass er eine leichte Färbung bekam, während sie ihren meist halb-halb mischte.

»Milchkaffee ist perfekt, vielen Dank.«

Mit ihm kam ein Schwall kalter Luft und Regen in den Wagen. Sie erschauderte, als er ihr den Becher in die Hand drückte und seine Finger ihre berührten. Vielleicht liegt es gar nicht an der geöffneten Tür, schoss es ihr durch den Kopf, schob den Gedanken aber so schnell beiseite, wie er gekommen war.

Nachdem er seinen Kaffeebecher in die Vorrichtung der Mittelkonsole gestellt hatte, öffnete er die Plastiktüte und holte zwei Eis hervor, eine Tüte Käsepopcorn und Trockenfisch. »Welches möchtest du? Mandel oder Schoko?« Er hielt ihr beide vor die Nase.

»Wow«, stieß sie hervor. »Dauert die Fahrt doch länger, oder was ist das?«

»Proviant.« Kurz und knapp, wie so oft. Sie hatte sich mittlerweile dran gewöhnt und fand es gar nicht mehr so schlimm.

»Das Popcorn sieht irgendwie gewöhnungsbedürftig aus, so grellgelb.«

»Schmeckt megagut. Wirst schon sehen, also, Mandel oder Schoko?«

»Mandel, außer du willst …?«

Er drückte es ihr in die Hand. »Alles gut, hätte ich sonst gefragt?«

Sie lachte. »Nein, vermutlich nicht. Eigentlich gut, wenn man sich nicht mit Höflichkeiten aufhalten muss, man weiß bei dir wenigstens, woran man ist.«

Björgvin warf ihr einen seltsamen Blick zu, stellte die Tüte zu ihren Füßen und riss seine Eispackung auf. Dann startete er den Wagen, schnallte sich an und brauste los.

»Gott«, stieß Sofie hervor. »Ich dachte, wir essen erst mal das Eis … und trinken den Kaffee?«

Er sagte nichts, sondern knabberte genüsslich die Schokolade ab und steuerte den Geländewagen lässig mit einer Hand. Zum Glück regnete es nicht mehr.

Sofies Handy bimmelte. Sie warf einen Blick aufs Display und erstarrte, als sie Tinnas Nummer darauf entdeckte. Gerade jetzt, dachte Sofie und spürte, wie ihr heiß wurde. Sie ahnte, dass Björgvin nicht begeistert war, wenn er erfuhr, dass sie das Thema Luise und Hannes doch nicht hatte ruhen lassen. Andererseits, vielleicht rief sie ja auch wegen der Umbauten an. Sofie nahm den Anruf an. Nach einer kurzen Begrüßung fragte Tinna: »Ich habe gesehen, dass du ein paar Mal angerufen hast, ich hoffe, es ist alles okay?«

Sofie überlegte fieberhaft, jetzt war die Gelegenheit. Aber sie hatte Angst, mit Ablehnung hatte sie noch nie gut umgehen können, und wenn auch Tinna ihr sagte, dass sie das Notizbuch vergessen sollte, wäre sie furchtbar enttäuscht. Trotzdem fasste sie sich ein Herz. »Ja, ähm, das habe ich. Es geht um ein Notizbuch, das ich während der Arbeiten im Schreibtisch entdeckt habe.« Ihr Herz pochte wild, sie hörte, dass Björgvin leise seufzte.

»Oh«, war alles, was Tinna erwiderte.

»Ja«, fuhr Sofie fort. »Ich, ähm, habe ein wenig darin geblättert und schon mit Freydís und Björgvin gesprochen. Ich weiß, dass mich das eigentlich nichts angeht, aber … ich frage mich, ob Luises Sohn es nicht vielleicht wiederhaben möchte?«

Tinna holte Luft. Sofie wappnete sich und erwartete eine barsche Antwort. Sie könnte das verstehen, ihr war klar, dass sie ziemlich weit vorpreschte.

Ihre Finger waren schweißnass.

»Nein, Sofie. Danke, dass du fragst, das ist lieb. Mein Schwiegervater hat kein Interesse an diesem Buch.«

»Ähm, okay.« So viele Fragen brannten ihr auf der Zunge, sie wollte jedoch nicht zu weit gehen. Immerhin wusste sie jetzt, wie Tinna mit Hannes verwandt war. Gleichzeitig fragte sie sich, woher Tinna so sicher wusste, dass ihr Schwiegervater kein

Interesse daran hatte. Womöglich wollte die Familie gar nicht, dass er es wiederbekam? Nein, sie verwarf den Gedanken sofort.

»Sonst klappt alles?«, erkundigte sich Tinna.

Sofie klärte sie über die Fortschritte im Haus auf, dann verabschiedeten sie sich.

Mist, das war nicht so gut gelaufen. Sie war im Grunde keinen Schritt weiter. Zu schade.

Björgvin warf ihr einen Seitenblick zu. »Du gibst wohl nie auf, hm?«

Sofie zog eine Schnute. »Vielleicht bilde ich mir ja auch nur was ein, aber ich habe beim Lesen einfach den Eindruck, dass ihr Luise Unrecht tut. Ich glaube, es muss Gründe geben, warum sie Hannes verlassen hat.«

Björgvin schaute auf die Straße. »Tja, ich weiß es nicht. Ich kenne nur ein paar Eckpunkte, und die haben mir immer genügt.«

Das war typisch Mann, dachte Sofie beinahe amüsiert. Sie sah es nun mal aus einer ganz anderen Perspektive. »Dann ist es okay, wenn ich weiterlese?«

»Du machst es doch sowieso, und Tinna hat es dir nicht verboten, oder?«

Sie grinste. »Nein. Und ja, gerne. Gibst du mir hier deine Erlaubnis?«

Björgvin lachte und fuhr noch ein wenig schneller. »Ich verstehe zwar nicht, warum es dich so fesselt, aber lies ruhig weiter, wenn es dich glücklich macht.«

Sofie versuchte, sich nicht weiter auf seinen rasanten Fahrstil zu konzentrieren, und bewunderte stattdessen zufrieden mit dem Ausgang des Gesprächs die Umgebung: Es gab hier tatsächlich keinen einzigen Baum. Die Landstraße war von grünen Bergen umgeben, an deren Gipfeln dunkle Felsen emporragten. Immer wieder trafen sie auf vereinzelte Schafe, die am Rand grasten oder auf der Straße standen. Die Tiere waren den Verkehr anscheinend gewöhnt und sprangen dann einfach zur Seite.

»Hat der Eigentümer keine Angst, dass sie überfahren werden?«

»Die sind gut versichert, glaub mir, das stört die Schafsbauern nicht.«

»Puh«, stieß sie hervor und verdrängte schreckliche Bilder aus ihrem Kopf.

»Hast du schon mal isländisches Lamm gegessen?«

»Nicht, dass ich wüsste. Bekommt man das in Deutschland?«

»Da bin ich mir nicht sicher, ich glaube, ihr esst wohl eher neuseeländisches Lamm. Ich werde meine Mutter bitten, mal für dich zu kochen.«

»Das ist ja süß«, neckte sie ihn. »Du lässt deine Mama für mich kochen.«

»Glaub mir, du willst nicht, dass ich koche.«

Sofie gluckste. »Hast du es überhaupt schon mal versucht?«

»Ich habe andere Talente.«

Ihr wurde seltsam warm, ihm fiel es vermutlich nicht auf, aber sein Spruch hatte irgendwie zweideutig geklungen. Sofie räusperte sich. »Und was hast du in Reykjavík zu tun?«

»Kundentermine.«

Aha, da waren sie also wieder. Offenbar hatte er für diese Stunde alle Worte verbraucht. Sie gab sich damit zufrieden und trank ihren mittlerweile nur noch lauwarmen Milchkaffee, während sie die wunderbare Natur Islands betrachtete. Hohe Berge und tiefe Täler wechselten sich ab, das Gras war so sattgrün, dass es beinahe schon unnatürlich aussah. Immer wieder kamen sie auch an tiefen, dunklen Seen vorbei. Größere Städte gab es fernab der Küste offenbar keine, nur hier und da einzelne Höfe, von denen eine recht große Anzahl verfallen und verlassen war. Aber immer wieder entdeckte sie Schafe und Islandpferde, Gänse und andere Zugvögel, die sie gar nicht alle kannte. Hin und wieder entdeckte sie ein paar Schwäne, die majestätisch am Ufer eines Sees rasteten.

Es war spät, als sie Reykjavík erreichten. Die Sonne hatte den Himmel orangerot gefärbt, die Wolken hatten die gleiche Färbung angenommen und erinnerten sie an bunte Zuckerwatte. Sofie gähnte. Obwohl Björgvin die ganze Strecke gefahren war, fühlte sie sich völlig erschlagen.

»Müde?«, fragte er.

»Ja, irgendwie schon.«

»Wir sind ja gleich da.«

»Ist das hier schon Reykjavík?«

»Im Prinzip ja. Es sind eigentlich Vororte, aber die gehen so nahtlos ins eigentliche Stadtgebiet über, dass man sie dazurechnen kann.«

»Und wie viele Menschen leben hier?«

»Der Großteil der Isländer.«

»Wohl kaum alle dreihundertfünfzigtausend, oder?«

»Nein.« Er lachte. »Aber mit den Vororten sind es bestimmt zweihunderttausend.«

»Das sieht man.« Sie kamen an Wohnsiedlungen mit Hochhäusern und Einfamilienhäusern, Spielplätzen und Industriegebieten mit kleinen Hallen und Werkstätten vorbei. Doch immer wieder gab es auch große Flächen, von denen ihnen ein Lupinenmeer entgegenleuchtete.

»Ganz schön viele Lupinen«, meinte sie abwesend.

»Die meisten Isländer können sie nicht leiden.«

»Wieso denn nicht?«

»Sie wurden hier angesiedelt, um den losen Boden zu halten. Wie du schon gemerkt hast, ist es ganz schön windig bei uns.«

»Allerdings.« Sie lachte und erinnerte sich an die starken Windböen, die immer wieder an der schweren Karosserie des

Geländewagens gerüttelt hatten. Und das hatte Björgvin noch nicht mal als Sturm bezeichnet, in Deutschland wären garantiert einige Dächer abgedeckt und Bäume entwurzelt worden. Vermutlich war der Wind auch der Grund, warum es hier nur wenige Bäume gab. »Aber dann ist es doch gut, wenn die Lupinen hier wachsen? Sie sind auf jeden Fall sehr hübsch.«

»Das ist Geschmackssache, und außerdem sind sie so robust, dass sie auch die einheimische Flora und Fauna verdrängen.«

Sofie verstand. »Die Kehrseite der Medaille.«

»Ja, leider.«

Nach zwanzig weiteren Minuten erreichten sie das Ziel, das meinte Sofie jedenfalls, denn er parkte den Wagen in einer Auffahrt. »Sind wir da?«

»Ja.«

»Cool.« Sie konnte sich genauso einsilbig unterhalten, dachte sie amüsiert und schnallte sich ab. Vom Rücksitz fischte sie ihren Rucksack und folgte Björgvin zum Haus. Er gab einen sechsstelligen Code ein, dann schloss er die Tür auf. »Bitte«, sagte er und ließ ihr den Vortritt.

Björgvin lebte in einem kleinen Bungalow. Der Eingangsbereich war hell gefliest, die Wände waren weiß gestrichen. Hier und da hingen ein paar gerahmte Naturaufnahmen, ansonsten war er auf den ersten Blick eher zweckmäßig als gemütlich eingerichtet. Sie schlüpfte aus ihren Schuhen und stellte den Rucksack ab, bevor sie ins offene Wohnzimmer gingen.

»Fantastischer Ausblick«, stieß sie hervor und ging zum Fenster. Er hatte eine unverbaute Sicht auf das Ufer und die gegenüberliegende Gebirgskette. Die dunkle Wolkendecke war an einer Stelle aufgerissen, und vereinzelte Sonnenstrahlen bahnten sich ihren Weg durch das triste Grau und färbten den Himmel tiefrot. Linker Hand entdeckte sie einen Leuchtturm, vor dem einige Menschen am Ufer saßen.

»Touristen«, erklärte er und trat neben sie. »Wir sagen Grótta dazu.«

»Zu den Touris?«

»Nein.« Sein dunkles Lachen erfüllte den Raum. Die feinen Härchen auf ihren Unterarmen stellten sich auf. »Grótta heißt der Leuchtturm. Wenn das Wetter schön ist, hast du hier den allerbesten Ausblick auf den Sonnenuntergang der Stadt.«

»Es ist auch so schon wunderschön.« Das Kreischen der Möwen drang durch die geschlossenen Fenster ins Haus, es roch leicht nach salziger Meeresluft.

»Möchtest du ein Glas Wein?«, fragte er und ging in den offenen Küchenbereich. Er war klein und zweckmäßig, ein Tresen trennte ihn vom Wohnzimmer. Helle, grifflose Fronten vermittelten ein nüchternes und klares Bild. Nicht mal ein Toaster stand herum. Je länger sie ihn kannte, desto eher war sie bereit, ihm zu glauben, dass er wirklich nicht mal ein Brot rösten konnte, ohne die Küche in Brand zu stecken.

»Wieso nicht?«, hörte sie sich sagen. »Kann ich vielleicht erst mal … Wo ist das Bad?«

»Oh, ja, natürlich. Gleich neben dem Eingang, die erste Tür links.«

Sofie huschte auf ihren Socken zur Toilette. Dieses Haus war durch und durch maskulin eingerichtet, sogar im Badezimmer gab es kein Stückchen Dekoration. Nicht mal einen Badezusatz, stellte sie fest, obwohl es eine schöne, große Badewanne hatte.

Während sie sich die Hände wusch, fiel ihr auf, dass auch keine Zahnbürste seines Sohnes zu finden war. Es gab nur Seife, Zahnpasta und eine Erwachsenenzahnbürste. Sie spitzte in die Dusche. Dort lagen Rasierzeug, eine offenbar leere Packung Shampoo und ein Männerduschgel.

Sie fragte sich, ob Björgvin manchmal vielleicht so reserviert und verschlossen war, weil die Mutter seines Sohnes verhinderte, dass die beiden mehr Zeit miteinander verbrachten und ihn das sehr unglücklich machte. Es kam ihr beinahe so vor, als ob sie den kleinen Atli nur zu Björgvin brachte, wenn sie keinen anderen Babysitter fand. Es war traurig, so etwas wünschte man keinem Elternteil nach einer Trennung, und irgendwie machte das Björgvin noch einmal sympathischer. Sie fühlte mit ihm mit und hoffte, dass sich seine Situation verbesserte.

Als sie zurückkehrte, stand Björgvin mit zwei Gläsern Weißwein vor dem dunkelbraunen Ledersofa. Auf dem Glastisch lag ein isländisches Magazin, das nach Fachlektüre für Fotografie aussah. »Hier, bitte«, sagte er und reichte ihr eins. »*Skál*. Das heißt Prost.«

»Das hat mir Stella schon beigebracht«, erklärte Sofie und bedankte sich.

»Ihr habt euch angefreundet?«

Sofie trank einen Schluck, der Wein war eisgekühlt und fruchtig. »Ja, so ein bisschen. Ist ja nicht so, dass ich hier viele Leute kennen würde.«

»Nein, das stimmt.« Sein durchdringender Blick verunsicherte sie. Sie hatte keine Ahnung, was in ihm vorging, und das machte sie nervös.

Hatte seine komische Reaktion was mit Stella zu tun? Fragte er sich vielleicht, ob sie ihr von ihrer Beziehung erzählt hatte? »Sie hat mir gesagt, dass ihr mal ein Paar wart.« Sofie hatte es beiläufig klingen lassen wollen, aber sie merkte selbst, dass es ganz und gar nicht so rübergekommen war. Um ihre Unsicherheit zu überspielen, setzte sie sich aufs Sofa.

Er nahm mit etwas Abstand neben ihr Platz. »Ja, das stimmt.«

Gott, irgendwann würde sie ihn schütteln. »Ihr versteht euch noch gut?«

Sein Schulterzucken wirkte lässig. »Ja, wieso nicht? Es war eine Jugendliebe. Nichts Ernstes.«

»Oh. Ach so.«

Sofie fragte sich, wie viele *nicht ernste* Beziehungen er wohl gehabt hatte.

O Gott. Was stimmte nicht mit ihr? Es sollte ihr doch völlig egal sein. Hastig trank sie noch einen Schluck, während ihre Gedanken abdrifteten. Sie musste Thomas sagen, dass es vorbei war.

Sie kehrte erst wieder ins Hier und Jetzt zurück, als Björgvin ihr Wein nachschenkte. »Eigentlich sollte ich nicht mehr …«, wollte sie protestieren, aber es war zu spät.

»Du wirkst so angespannt. Genieß doch einfach mal, du bist doch gerade zu nichts verpflichtet.«

Das musste gerade er ihr sagen, beinahe hätte sie laut aufgelacht. »Kann sein«, erwiderte sie stattdessen, denn ganz leugnen konnte sie es auch nicht.

»Komm«, er nahm ihr das Glas aus der Hand und stellte es auf dem Tisch ab. »Dreh dich mal um.«

Sofie blinzelte irritiert, ließ sich aber zum Fenster drehen. Björgvin rutschte hinter sie und legte seine Hände auf ihre Schultern. »Lass los«, murmelte er, und die Wärme seines Körpers übertrug sich auf sie. Er fing an, ihre verspannte Nackenmuskulatur zu lockern. »Das ist ja alles steinhart«, bemerkte er mit leichtem Tadel in der Stimme.

Sofie schloss die Augen und seufzte genüsslich. »Mann, ist das gut. Ich glaube, du hast deinen Beruf verfehlt.«

»Sch«, hörte sie ihn hinter sich. »Denk einfach mal an nichts.«

»M-mh«, machte Sofie und ließ sich mit jedem Atemzug mehr fallen. Es fühlte sich ganz natürlich und kein bisschen peinlich an, sich von einem Mann massieren zu lassen, den sie kaum kannte.

Lügnerin, schimpfte eine Stimme in ihrem Kopf, denn mittlerweile war ihr Björgvin sehr vertraut. Er war vielleicht verschlossen, aber hatte nicht auch sie ihre Geheimnisse? Seine

Nähe fühlte sich nicht nur gut, sondern ganz wunderbar an. Seine Hände auf ihrem Körper zu spüren, versetzte ihre Sinne in höchste Spannung, während sich ihre verhärteten Muskeln unter seinen gekonnten Griffen lockerten.

»So ist es gut«, flüsterte er, seine Stimme klang ein wenig heiser. »Siehst du? So geht es besser.«

Sofies Magen zog sich nervös zusammen. Hör nicht auf, wollte sie rufen, aber kein Wort kam über ihre Lippen. Ihr Mund fühlte sich trocken an, ihr Puls raste. Die Luft im Raum schien sich zu verflüchtigen. Irgendwann spürte sie, dass seine Hände sich nicht mehr bewegten, sie lagen auf ihren Schultern und sandten heißes Prickeln durch ihren Körper. Sie wehrte sich nicht, als er sie an seinen Oberkörper zog. »Du kannst dich anlehnen, wenn du magst«, murmelte er in ihr Ohr. Sie erschauderte kaum merklich, aber er musste es gespürt haben, denn er zog sie noch fester an sich.

Björgvin roch gut. Männlich frisch und ganz natürlich, ohne teure Parfumstoffe. Er war ein durch und durch bodenständiger, naturverbundener Mann, kein verweichlichter Bürohengst oder schlaksiger Typ mit einer metrosexuellen Seite. Sie mochte ihre Partner kernig und ein bisschen roh.

Eigentlich. Thomas war nichts davon, umso seltsamer, dass sie so lange ein Paar gewesen waren. Aber das war vorbei, er wusste es nur noch nicht. Und daher war das, was sie hier in Björgvins Nähe fühlte, nicht fair. Niemandem gegenüber.

O Gott.

Was *machte* sie hier gerade?

Ihr Gewissen regte sich, sie hätte alarmiert sein müssen, aufspringen sollen und davonlaufen. Aber es fühlte sich gut an. Viel zu gut.

Sie wollte sich an Björgvin schmiegen. Sich nach den schrecklichen Monaten endlich einmal wieder geborgen und sicher fühlen. Ja, vielleicht auch ein wenig geliebt.

Natürlich war ihr klar, dass Björgvin sie nicht liebte, trotzdem gab er ihr ohne Worte so viel mehr als Thomas in all den letzten Monaten. Sie schluckte und atmete tief ein. Sehnsucht schnürte ihr die Kehle zusammen. Es wäre so einfach, sich umzudrehen, Björgvin zu küssen. Vielleicht auch mit ihm zu schlafen.

Ihr Körper wollte es.

Definitiv.

Aber ihr Kopf sagte ihr, dass es falsch war. Es würde nur Probleme geben. So schön eine Nacht in seinen Armen womöglich sein würde, so unangenehm wäre der Morgen danach. Sie suchte keinen Mann – und auf Island würde sie ganz sicher auch keinen finden. Und Björgvin? Nun, es schien, als sei sein Leben bereits kompliziert genug – eine Ex-Frau, ein Kind. Nein, sie konnte es nicht tun, egal, wie verlockend es sich gerade anfühlte.

»Ich«, sie räusperte sich, ihre Stimme war ein einziges Krächzen. »Ich sollte schlafen gehen.«

Der Impuls, aufzuspringen und davonzulaufen, wurde immer stärker. Er schien es zu spüren, denn er strich ihr sanft eine Haarsträhne aus dem Gesicht und seufzte leise. »Du bist müde, ich weiß. Ich zeige dir das Gästezimmer. Komm mit.« Björgvin stand auf und nahm ihre Hand.

Sie blickte in seine ausdrucksstarken Augen. Seine Pupillen waren geweitet, es schmeichelte ihr, dass er sich von diesem intimen Moment anscheinend ebenfalls erholen musste. Sein Brustkorb hob und senkte sich ein wenig schneller als üblich. Sie schluckte, denn die Spannung zwischen ihnen war noch immer nicht gänzlich verflogen. Nur ein Schritt und sie würde eine Grenze überschreiten, die sie womöglich morgen bereute. Die Vernunft siegte, sie entzog ihm ihre Finger. Falls sie ihn damit verletzt haben sollte, so ließ er sich nichts anmerken. Im Gegenteil, er lächelte leise. Wissend.

Und dann sah sie endlich zum ersten Mal hinter seine Fassade, sie entdeckte einen so tiefen und echten Schmerz in seinen Augen, der ihr die Luft raubte. War Björgvin auf eine Art vielleicht genauso zerbrochen wie sie? War seine Mauer deswegen so undurchdringlich? Was hatte er erlebt? Was war *seine* Geschichte? Es überraschte sie, wie intensiv der Drang auf einmal war, mehr über ihn zu erfahren.

O Gott, sie steckte in Schwierigkeiten. Sofies Magen sackte in ihre Kniekehlen, sie fühlte sich schwach und wackelig auf den Beinen, als sie begriff, dass sie sich zu ihm hingezogen fühlte. *Wirklich* hingezogen.

Wann war das denn passiert?

Sie rieb sich die Stirn, oder war es vielleicht nur der Wein, der ihr zu Kopf gestiegen war?

Wen wollte sie mit diesem Unsinn eigentlich überzeugen? Sie glaubte es nicht mal selbst.

»Kommst du?«, sagte er sanft und ging voraus.

Sie fing wieder an zu atmen, vermutlich dachte er, dass sie eine Schraube locker hatte. Und vielleicht stimmte das sogar. »Bitte«, sagte er und öffnete eine Tür. »Das Bett müsste frisch bezogen sein, Handtücher sind im Bad. Brauchst du noch was?«

Sie rang sich ein Lächeln ab. »Das ist großartig, vielen Dank.«

Eine merkwürdige Befangenheit breitete sich zwischen ihnen aus, sie wollte nur noch weg und die Tür hinter sich schließen. »Dann, äh, sehen wir uns morgen.«

»Gute Nacht, Sofie.« Dunkel und verheißungsvoll hallte seine Stimme noch lange in ihr nach.

Kapitel 16

Lüneburg, Dezember 1936

Jónas' Anwesenheit wurde schnell von allen als sehr harmonisch empfunden. Ihre Eltern hatten seine Anwesenheit akzeptiert und behandelten ihn beinahe wie ein Mitglied der Familie, was auch daran lag, dass Jónas wirklich der unkomplizierteste, hilfsbereiteste Mensch war, der Luise je begegnet war. Sie verliebte sich jeden Tag aufs Neue in ihn. Ihr war klar, dass das Zugeständnis ihrer Eltern den immer schwieriger werdenden Umständen geschuldet war. In normalen Zeiten hätten sie es nie akzeptiert, dass ihre Tochter mit ihrem Freund unter einem Dach lebte – egal, wie anständig sie sich verhielten. Wenigstens ein Lichtblick in schwierigen Zeiten, dachte Luise glücklich.

Jónas packte mit an, wo er nur konnte, und seine helfenden Hände waren schnell und geschickt. Luise konnte ihr Glück noch immer kaum fassen, sie schwebte auf Wolke sieben, und das war eine wahnsinnige Untertreibung. Seit dem ersten Abend hatte sie sich nicht wieder heimlich in Jónas' Zimmer geschlichen, es war zu riskant, und sie wollte das Vertrauen ihrer Eltern nicht aufs Spiel setzen. Obwohl es schrecklich kalt war, gingen sie viel spazieren. Die Bäume streckten ihre nackten Arme dem grauen Himmel entgegen, hier und da pickten ein paar Tauben in der Hoffnung auf ein paar Krümel vor sich hin. Eine graue Katze versteckte sich unter einem Lieferwagen. Mit tief ins Gesicht gezogenen Hüten und hochgeklappten Mantelkrägen schlenderten sie durch Lüneburg. Insofern bot der Winter ihnen den meisten Schutz, denn kaum jemand nahm sich bei den Temperaturen auch nur eine Sekunde, um sich das Pärchen genauer anzusehen. Luise war klar, dass die meisten Bürger ihre Familie oder zumindest das Kaufhaus Rose kannten. Dass die Tochter des Hauses mit einem unbekannten jungen Mann durch die Gassen flanierte, würde normalerweise für Gesprächsstoff sorgen, der an den falschen Stellen Aufmerksamkeit erregte. Dennoch glaubte Luise momentan nicht, dass ihnen Gefahr drohte, denn es waren nur die unterwegs, die wirklich mussten, und die hatten es eilig, wieder ins Warme zu kommen.

Selbst die *Lüneburg'schen Anzeigen* hielten sich in dieser besinnlichen Zeit zwischen Weihnachten und Neujahr mit ihrer antisemitischen Hetze zurück. Man könnte die Stimmung tatsächlich als friedlich bezeichnen, was jedoch nicht auf das Kaufhaus Rose zutraf, dort ging es geschäftig zu. Zwischen den Jahren hatten sie, wie immer, mehr als genug zu tun. Deswegen waren Luise und Jónas heute ausnahmsweise mal nicht zu einem romantischen Spaziergang unterwegs, sondern auf dem Weg zum Geschäft. Sie freute sich wahnsinnig, dass Jónas half, und insgeheim hoffte sie, dass er ihren Vater mit seiner Art auch geschäftlich überzeugen konnte. Luise war sich sicher, dass Jónas den perfekten Schwiegersohn abgab. Sie träumte schon längst davon, mit ihm die Familiengeschäfte weiterzuführen, wenn der Vater einmal nicht mehr konnte. Eine Stunde später saßen sie im Lieferwagen des Kaufhauses Rose und rumpelten über die Straße nach Hamburg. »Ich hätte nie gedacht, dass ich mal einen Mercedes fahren würde«, scherzte Jónas.

Luise saß auf dem Beifahrersitz und lachte. »Ich bin froh, dass du überhaupt weißt, wie man ein Kraftfahrzeug führt. Unser Horch-Automobil würde dir Vater vermutlich dennoch nicht anvertrauen, der ist sein großer Schatz.«

»Das würde ich auch nicht machen, stell dir mal vor, ich gebe ihn mit einer Beule zurück. Den Schaden könnte ich nie und nimmer ersetzen.«

»Über ungelegte Eier brauchen wir uns keine Sorgen zu machen, mein Vater rückt den Wagen nie heraus.« Sie grinste.

»In Island fahren wir übrigens auf der linken Seite.«

»Ehrlich? Wie die Engländer?«

»Ja, genau.«

»Oje, das kann ich mir gar nicht vorstellen.«

»Einfach spiegelverkehrt. Ist gar nicht so schwer.«

»Papa möchte nicht, dass ich es lerne.«

»Ihr habt ja auch einen Chauffeur.«

»Selbst ist die Frau! Ich stelle es mir ganz großartig vor, wenn man das Steuer in der Hand hat.«

»Dann bringe ich es dir bei.«

»Wirklich?«

»Aber sicher.«

»Doch wohl nicht mit dem Lieferwagen auf den vereisten Straßen?«

»Nein, da hast du recht. Aber im Frühling oder im Sommer, dann geht es ganz leicht.« Er legte ihr seine Hand auf den Oberschenkel, und Luise wurde warm ums Herz.

»Wenn wir uns beeilen, können wir vielleicht in Hamburg noch eine heiße Schokolade trinken.«

»Das wäre ganz wunderbar, ich küsse sie dir dann von den Lippen.«

Ihr wurde ganz warm. Seine Direktheit trieb ihr noch immer die Schamesröte ins Gesicht. Obwohl sie sich so vertraut waren, so fehlte ihrer Beziehung nach wie vor Zeit und Raum für körperliche Nähe. Natürlich genoss sie die verstohlenen Küsse und heimlichen Zärtlichkeiten, aber … Es war genau das: heimlich. Alles zu seiner Zeit, versuchte sie sich einzureden, aber Geduld war noch nie ihre Stärke gewesen.

Nachdem sie die Auslieferungen erledigt hatten, parkte Jónas den Lieferwagen am Straßenrand. Sie schlenderten Hand in Hand durch die Hamburger Straße an der Mundsburg, und Luise begutachtete die Auslagen der Schaufenster. Es war immer gut zu wissen, was die Konkurrenz machte. »Es ist eine unfassbare Vielfalt. Die Geschäfte auf unserer Einkaufsstraße in Reykjavík, dem *Laugavegur*, sind dagegen winzig.«

»An die dreihundert Ladengeschäfte haben wir hier«, erzählte Luise. »Es ist aber nur die zweitlängste Einkaufsstraße der Stadt.«

»Also für mich ist diese schon zu groß.« Jónas‘ Lächeln erstarb, Luise folgte seinem Blick, und dann sah sie es. Vor einem Herrenausstattergeschäft waren einige Kerle dabei, mit weißer Farbe etwas ans Schaufester zu schmieren. Judenschwein, las sie stumm. Ihre Augen füllten sich mit Tränen.

»Sieh' nicht hin«, bat Jónas und zog sie mit sich.

»Wie soll ich bei so etwas nicht hinsehen?«, schluchzte sie und schlug sich die Hände vors Gesicht. »Wird es denn irgendwann aufhören?«

Jónas blieb stehen und nahm sie in den Arm. »Alles wird gut«, sagte er und hielt sie fest.

»Man muss doch etwas tun können. Was haben wir gemacht, dass man uns so hasst?«

»Du kannst hier nichts tun. Schau nur, es sind fünf Mann. Lass uns weitergehen.«

Sie seufzte. Obwohl alles in ihr schrie, dass sie diese Ungerechtigkeit nicht hinnehmen durfte, wusste sie, dass sie vernünftig sein musste. Die Kerle würden Jónas verprügeln. »Bring mich weg von hier.«

Auf dem Weg zurück fielen ihr die Plakate auf, die sie vorher gar nicht gesehen hatte – sie war zu beschäftigt gewesen, Jónas anzuhimmeln. Über Litfaßsäulen hatten die Nazis Schilder geklebt: *Deutsche wehrt euch. Kauft nicht bei Juden.*

Immer wieder die gleiche Botschaft. Juden waren an allem schuld.

»Wie soll es nur werden?«, flüsterte sie mit brüchiger Stimme. »Wie soll es weitergehen?«

»Es ist nur Hetze, Lilla mín. Nichts weiter. Ihr seid gute Kaufleute, eure Waren sind die besten. Das wissen die Nazis auch, solange es der Wirtschaft gut geht, geht es auch den jüdischen Kaufleuten gut.«

»Vielleicht ist das irgendwann nicht mehr genug. Schau nur, was sie mit den Nürnberger Gesetzen gemacht haben. So viele Ärzte, Künstler und Rechtsanwälte haben das Land schon verlassen, eine richtige Welle war das. Vielleicht«, sie zögerte und holte tief Luft, »vielleicht hat meine Mutter ja doch nicht ganz unrecht. Wir Juden sind aus dem gleichen Teig geknetet, aber nicht im selben Ofen wie die Nazis gebacken.«

Jónas legte ihr seinen Arm um die Schulter, er brachte sie zum Lieferwagen und hielt ihr die Tür auf. »Du bist aufgebracht, das verstehe ich, aber du darfst nicht davonlaufen. Du bist stärker, das weiß ich. Wenn du aufgibst, haben sie gewonnen.«

Sie senkte den Blick, momentan wusste sie nicht, ob es stimmte. Die letzten Tage hatte sie in höchster Euphorie verbracht. Sie hatte geglaubt, dass alles möglich war, wenn Jónas an ihrer Seite war. Umso tiefer war der Fall zurück in die Realität. Es hatte sich nichts geändert. Die Juden waren nicht mehr erwünscht, ihre Rechte waren tief beschnitten. Egal, wie sehr

Luise sich wünschte, für immer mit Jónas zusammen zu sein, ihn zu heiraten, mit ihm zu leben. Ihr war eben klar geworden, dass Wünsche und Träume manchmal genau dies blieben. Die Erkenntnis trübte ihren Blick, sie konnte nicht sprechen, sie konnte nicht weinen. Sie saß auf der Rückfahrt wie versteinert neben ihm und blickte aus dem Fenster in den grauen Dezemberhimmel.

* * *

An Silvester waren ihre trüben Gedanken verflogen. Obwohl sie zu keiner offiziellen Feier eingeladen waren, war sie in Hochstimmung. Aus dem Grammofon dudelte die »Ungarische Rhapsodie« von Liszt. Luise trug ihr schönstes Kleid und hatte sich eine Kette von ihrer Mutter geborgt. Um Mitternacht traten sie auf den Balkon und schauten in den Nachthimmel, um das Feuerwerk zu beobachten. Großmutter hatte sich längst zu Bett begeben, sie hätte nichts zu feiern, hatte sie nach dem Dessert, roter Grütze mit Vanillesoße, verkündet und sich zurückgezogen.

»Eigentlich sollte ich mich nicht darüber freuen«, flüsterte sie zu Jónas, dicht an ihn gedrängt. »Immerhin haben die Nazis es veranlasst.«

Er zuckte die Schultern. »Nimm es einfach als das, was es ist. Eine atemberaubende Unterhaltung. Wer es organisiert hat, ist doch einerlei.«

Sie liebte ihn für seinen Pragmatismus.

Nachdem sich alle ein frohes neues Jahr gewünscht hatten und man ein Glas Sekt getrunken hatte, entschuldigte sich Heini. »Ich muss noch einmal los.«

Edith legte ihre Stirn in Falten. »Jetzt noch?«

Ihr Sohn lächelte. »Die Nacht ist jung, Mutter.«

»Lass ihn doch«, mischte sich Carl ein. »Vielleicht hat er ja noch ein Rendezvous.«

Luise senkte ihren Blick, die Eltern wussten nach wie vor nichts von Heinis Liebe zu Fritz. Sie hatte es nicht einmal Jónas erzählt, denn sie wollte Heinis Vertrauen nicht missbrauchen.

»Sei vorsichtig«, mahnte ihn Luise und erntete dafür einen zweifelnden Blick ihrer Eltern. Aber sie konnte nicht anders, seit dem Nachmittag vor einigen Tagen in Hamburg war etwas mit ihr passiert. Sie spürte die Bedrohung so deutlich, als hätte man ein Messer auf sie gerichtet. Und es ging nicht nur um sie. Ihre Eltern ahnten ja nicht, wie gefährlich Heinis Liebe war. Selbst einem Arier war es verboten, sich mit einem Mann einzulassen. Es war illegal und wurde mit Zuchthaus bestraft. Ihr Bruder würde daran zerbrechen, das wusste Luise, Heini war so viel zarter als sie. Was Papa in seiner Wut bestärkt hatte weiterzumachen, würde Heini umbringen.

Sie fing seinen Blick auf, der zu sagen schien, mach dir keine Sorgen, alles wird gut. Als ob er und Jónas sich abgesprochen hätten, dachte sie mit einem traurigen Lächeln.

Heini gab ihr einen Kuss auf die Wange. »Gute Nacht und frohes neues Jahr«, sagte er noch einmal. Dann klopfte er Jónas auf die Schulter, schüttelte seinem Vater die Hand, ehe er auch seiner Mutter einen Kuss gab.

Luise wünschte ihm alles Glück der Erde, sie hatte das Gefühl, er würde es brauchen. Nachdem er gegangen war, wurde es still im Raum. Das Feuer im Kamin war heruntergebrannt.

»Ich werde mich zurückziehen«, teilte Edith mit. »Gute Nacht.«

»Ich ebenso. Gute Nacht und ein frohes neues Jahr.«

So blieben Jónas und Luise zurück. »Soll ich noch einmal nachlegen?«, erkundigte er sich, und sie nickte zaghaft. »Ja, wieso nicht? Ilse habe ich nach dem Dessert nach Hause geschickt. Die Arme muss, seit wir sonst keine Angestellten haben, alle Arbeiten allein verrichten. Es ist viel zu viel für sie.«

Er legte ihr eine Hand auf den unteren Rücken und schob sie sanft zum Sofa. »Setz dich, ich bringe dir gleich noch ein Glas Sherry.«

Luise überschlug ihre Beine und nickte. »Es ist zu schön, dich bei mir zu haben.«

Sie beobachtete das Spiel seiner Muskeln durch das weiße Oberhemd. Die Jacke hatte er gerade abgelegt und über einen Stuhl gehängt. Mit geschickten Bewegungen entfachte er das Feuer erneut, sogleich breitete sich eine behagliche Wärme im Raum aus. Er löschte das elektrische Licht. Mit zwei Gläsern Sherry setzte er sich neben sie, seine Oberschenkel streiften ihre. »Auf uns«, sagte er, und das leise Klirren war neben dem Prasseln im Kamin das einzige Geräusch.

»Auf uns«, erwiderte sie und nippte. Sie rückte noch näher zu ihm und bot ihm ihre Lippen zum Kuss. Sanft, beinahe vorsichtig drückte er seinen Mund auf ihren und liebkoste sie zärtlich. Luise schlang ihre Arme um ihn und gab sich den Emotionen hin. Es war ihr egal, dass jederzeit jemand eintreten konnte. Sie glaubte nicht, dass ihre Eltern noch einmal herunterkamen – und sonst war das Haus leer. Ihr Atem ging schneller, sie spürte seinen Herzschlag unter ihrer Hand, die sie auf seine Brust gelegt hatte. Es schlug nur für sie, im gleichen Takt wie ihres.

Sie hatte keine Ahnung, wie lange sie im Salon saßen und sich küssten. Als er sich von ihr löste, prickelten ihre Lippen, und ihr ganzer Körper war wie elektrisiert. Sie stand auf und nahm seine Hand. »Lass uns zu Bett gehen.«

Jónas sog scharf die Luft ein. »Luise …«

Sie legte ihm einen Finger auf die Lippen. »Ich weiß, was ich tue. Vertrau mir.«

Er stand auf und zog sie in seine Arme. »Wie sehr ich dich begehre!«

»Wenn es dem auch nur im Ansatz nahekommt, was ich für dich empfinde, ist es mir genug.«

Er strich zärtlich mit den Fingerknöcheln über ihre Wange. »Und wer sagt, dass in dir keine Poetin steckt?«

»Du bringst einfach ganz andere Seiten in mir zum Vorschein, Liebster.«

Jónas gluckste. »Du bist wundervoll.«

Luises Herzschlag raste, als sie mit ihm die Stufen nach oben schlich. Ja, es war verboten, aber etwas, das sich so richtig anfühlte, konnte nicht falsch sein.

Leise schloss Jónas seine Zimmertür hinter ihnen und trat in den Raum. Die Vorhänge waren nicht zugezogen, Mondlicht floss wie ein silberner Teppich in die Dunkelheit. Sie hörte seinen Atem, spürte ihren eigenen so laut, als wären es Glockenschläge. Sanft ergriff er ihre Hand und stellte sich vor sie. Seine Lippen suchten ihre. »Ich liebe dich«, murmelte er, ehe sein Kuss ihre Antwort verschluckte.

Sie ahnte, dass er ein guter und erfahrener Liebhaber sein würde. Seine Küsse waren ein Versprechen, seine Leidenschaft, die er nur mühsam zurückhielt, die Gewissheit, dass er alles war, was sie wollte. Während sie sich langsam entkleideten, verpuffte auch das letzte bisschen Zurückhaltung. Sie hatte noch nie einen nackten Mann gesehen, aber sie wusste durchaus, was als Nächstes kam. Jónas bettete Luise zärtlich auf seiner Matratze und erforschte jeden Zentimeter ihres weichen, weiblichen Körpers. Wo sie Rundungen hatte, hatte er harte Muskeln. Ein zarter Flaum bedeckte seine Brust, das spürte sie, als sie mit bebenden Fingern darüberstrich. Sie wusste, dass es beim ersten Mal wehtat, dass sie bluten könnte. »Warte«, sagte Luise.

»Lilla mín, was ist los?«

»Ich …« Sie war verlegen und überlegte, wie sie es ausdrücken sollte. »Spuren … Wir dürfen keine Spuren hinterlassen.«

O Gott, es war so unsäglich peinlich. »Luise, wir müssen nicht …«

»Nein, das meine ich nicht.«

»Oh.« Endlich schien er zu verstehen. »Warte.«

Jónas stand auf und kehrte mit einem Hemd zurück. »Aber«, protestierte sie, »es ist deins.«

»Ich habe genug Hemden.«

»Nein, hast du nicht.«

Er lachte rau. »Glaub mir, mein Hemd ist mir gerade so was von gleich.«

Und dann küsste er sie voller Leidenschaft und Hingabe. Es stimmte, zuerst verspürte sie einen scharfen, stechenden Schmerz, aber schon nach kürzester Zeit war der etwas ganz anderem gewichen. Einem Gefühl, tief in ihrer Mitte, das sie nicht mit Worten beschreiben konnte, etwas, das sie noch nie so heftig verspürt hatte. Himmel und Hölle zugleich, ihr Herz raste, ihr Atem ging schnell. Sie war ihm so nahe, wie man jemandem nur sein konnte, und es gab nichts, das sie trennen konnte. Luise klammerte sich an Jónas, er war ihr Gegenstück, ihr Seelenverwandter. Er war alles, wovon sie immer geträumt hatte. Sie seufzte seinen Namen, als das Sehnen in ihr immer stärker wurde. Sie wurden eins. Unteilbar. Für den Rest ihres Lebens. Ein Herz fühlte das andere, so war es vom ersten Tag an gewesen und würde immer so sein, egal, wie viele Wochen und Monate sie getrennt voneinander verbringen mussten, bis sie gemeinsam leben konnten.

Kapitel 17

Reykjavík, Juni 2019

Sofie gähnte und rieb sich die Augen. Sie konnte kaum glauben, dass sie so lange geschlafen hatte, aber irgendwie war sie in einen tiefen, beinahe schon komatösen Schaf gefallen. Am Morgen war sie einmal aufgewacht, aber da sie Björgvin nicht hatte begegnen wollen, hatte sie sich noch einmal umgedreht und war wieder eingeschlafen. Jetzt streckte sie sich, sie wollte nicht den ganzen Tag im Bett verbringen. Es war schon beinahe elf, und die strahlende Sommersonne schien durch das Fenster ins Gästezimmer. Sie hoffte, dass er das Haus schon verlassen hatte. Sie war zu aufgewühlt, zu verwirrt, und sie wusste nicht, wie sie sich verhalten sollte. Es war nichts zwischen ihnen passiert. Zumindest hatten sie sich nicht geküsst. Sofie seufzte und rieb sich das Gesicht. Ansonsten war eine Menge passiert, bei ihr zumindest.

Obwohl sie immer wieder daran dachte, wie es gewesen wäre, wenn sie dem Impuls nachgegeben und ihn geküsst hätte. Heute war sie froh, dass sie ihm ohne Reuegefühl gegenübertreten konnte. Denn das war zumindest klar: Ein Kuss wäre ganz und gar keine gute Idee gewesen. Sofie duschte lange und ausgiebig, dann machte sie sich eine Tasse Kaffee, nahm ihr Telefon zur Hand und sammelte innerlich alles, was sie an Courage hatte. Es war nicht optimal, was sie vorhatte, das war ihr klar, aber sie konnte nicht noch wochenlang damit warten, bis sie Thomas sagte, dass sie sich von ihm trennen wollte. Das war ihm gegenüber nicht fair, egal, wie unschön es war, sich bei diesem Gespräch nicht in die Augen sehen zu können.

Sofie schluckte und wählte seine Nummer. Ihre Finger waren eiskalt, ihr war übel. Thomas antwortete nach dem vierten Klingeln. »Hallo, Sofie«, sagte er, und am liebsten hätte sie sofort wieder aufgelegt.

»Hallo, Thomas«, erwiderte sie und wusste nicht, wo sie anfangen sollte, obwohl sie sich in den letzten Tagen mindestens zweihundert verschiedene Varianten zurechtgelegt hatte. Ihr Kopf war in diesem Augenblick wie leer gefegt.

»Wie geht es dir?«, fragte er, weil er anscheinend auch keine Ahnung hatte, was er sagen sollte. Vielleicht ging es ihm ja genauso.

»Island ist zauberhaft«, erwiderte sie. Dann fasste sie sich ein Herz. »Hör zu, Thomas, ich habe nachgedacht.«

Am anderen Ende herrschte Stille.

»Ich weiß, es ist ungünstig, dass wir so weit entfernt voneinander sind …«

»Du wolltest nach Island«, unterbrach er sie. Den vorwurfsvollen Ton konnte sie beim besten Willen nicht überhören, und Sofie merkte, wie sich ihr Magen verknotete. Er machte das immer so, er fiel ihr ins Wort und übte diese subtile Kritik an ihr, die dennoch so eindeutig war. Sie hasste es.

»Thomas«, sagte Sofie nun energischer, sie stand auf und ging vor dem Fenster auf und ab. »Jetzt hör mir bitte einmal zu. Ich habe nachgedacht, und ich bin der Meinung, dass es mit uns einfach keinen Sinn mehr hat. Es ist einfach zu viel passiert, ich glaube nicht mehr daran, dass man an dieser Beziehung noch was reparieren kann.«

Sie hörte, wie er scharf einatmete und sich räusperte. »Du hast das also bereits entschieden.« Seine Stimme klang kühl. Beherrscht.

Sofie seufzte. »Es tut mir leid, ich weiß, wie bescheuert es am Telefon klingt. Ich würde dir auch lieber gegenübersitzen, Thomas. Aber jetzt ist es so, und es wäre nicht fair, dich noch länger warten zu lassen.«

»Sofie, pass auf. Ich verstehe, dass du viel durchgemacht hast.« Er seufzte am anderen Ende, und ihre Kehle wurde eng.

Da war es wieder. *Du. Du* hast viel durchgemacht. Nicht *wir* haben viel durchgemacht. Das bestätigte sie in ihrer Entscheidung. Plötzlich war sie ganz ruhig. Sie wartete ab und ließ ihn weitersprechen.

»Zieh jetzt bitte keine voreiligen Schlüsse, Sofie. Ich habe akzeptiert, dass du Abstand brauchst, aber ich bin mir sicher, wenn du erst einmal wieder hier in Hamburg bist, wird sich alles wieder einrenken.«

Sie schüttelte den Kopf. Was sollte sich einrenken, wenn sie ihn nicht mehr liebte? »Nein, Thomas, das glaube ich nicht.«

»Sofie, ich akzeptiere das so nicht.«

Sie runzelte irritiert die Stirn. »Was gibt es da zu akzeptieren? Ich möchte nicht mehr mit dir zusammen sein. Ich trenne mich von dir.«

Nun war sie doch froh, dass sie nicht verheiratet waren. So oft hatte sie sich gewünscht, dass er ihr einen Antrag machte. Jetzt war sie erleichtert, dass sie zumindest nicht noch einen langwierigen Scheidungsprozess vor sich hatten. Gut, sie musste sich eine Wohnung suchen, aber da sie sich beruflich sowieso neu orientieren musste, war sie völlig flexibel. Sie wollte es jetzt einfach nur noch hinter sich bringen.

»Sei doch vernünftig. Komm erst mal wieder nach Hause und dann reden wir. Oder soll ich nach Island kommen?«

»Nein.« Die Antwort war vielleicht ein bisschen schnell gekommen.

»Wie, nein? Was ist eigentlich los mit dir? So kenne ich dich gar nicht.«

Sie verzog ihre Lippen, vielleicht hatte sie sich lange selbst nicht gekannt, aber damit war es jetzt vorbei. »Kannst du es nicht einfach akzeptieren? Du musst es doch auch spüren: Das, was wir hatten, ist Vergangenheit. Wir haben es als Paar nicht geschafft, Thomas.«

»Das ist doch absoluter Unsinn, wir sind ein gutes Team. Ich … ich liebe dich.«

Sie schluckte. »Es tut mir leid.«

Thomas schwieg einen Augenblick. »Das ist doch nicht normal. Was ist bloß in dich gefahren. Ach … okay, ich verstehe. Du hast jemanden kennengelernt. Richtig? Das ist ja super, willst eine Auszeit, und dann …«

»Hör auf, Thomas.«

»Wir können darüber reden, dann sind wir quitt, und du musst mir meinen Seitensprung nicht immer wieder vorhalten.«

Gott, was machte er da? »Man kann Fremdgehen nicht gegeneinander aufrechnen. Und nein, *ich* habe dich nicht betrogen.«

Verdammt, vielleicht war es doch ein Fehler gewesen, zu telefonieren. Das Bedürfnis, eine Tasse gegen die Wand zu feuern, wurde plötzlich riesengroß. Sie atmete tief ein und versuchte, ihren wild pochenden Herzschlag zu beruhigen.

»Das soll ich dir glauben? Warum kommt das dann jetzt so plötzlich?«

Beinahe hätte sie gelacht. »Nichts ist plötzlich, das muss dir doch klar sein. Wenn ich ehrlich bin, dann hat sich für mich in dem Moment etwas verändert, als du mir gesagt hast, dass du eigentlich gar keine Kinder willst. Zu dem Zeitpunkt hatte ich gerade festgestellt, dass ich schwanger war.«

»Das war doch nur im ersten Schock, Sofie. Ich habe mich mit dir gefreut.«

Sie schüttelte den Kopf. »Du sagst es, es war ein Schock für dich. Anstatt mich in die Arme zu nehmen und mich glücklich zu küssen, hast du mir gesagt, dass du es nicht willst.«

In diesem Moment war etwas in ihr zerbrochen, sie hatte es immer gefühlt, aber nie so konkret artikulieren können. Jetzt sah sie es ganz klar, Thomas war kalt und berechnend. Ihm war wichtiger, was andere von ihm dachten, als dass die Frau an seiner Seite sich geliebt und geborgen fühlte. Nein, so wollte sie nicht mehr leben. Nie mehr.

»Wir haben darüber doch schon so oft gesprochen«, argumentierte er jetzt leiser, sein Tonfall klang beinahe schon schmeichelnd. Aber Sofie hatte genug, sie wollte es nur noch zu Ende bringen.

»Und doch verändert keine deiner Versionen die Realität.«

»Dass du mir das immer noch zum Vorwurf machst.«

Sie spürte Tränen in sich aufsteigen, sie schluckte schwer. Sie wusste genau, was er damit meinte. Dass sie es ihm immer noch vorwarf, obwohl das Kind tot war. »Versteh mich bitte. Ich kann das nicht mehr. Das mit uns ist vorbei, Thomas. Wenn ich zurück bin, werde ich mir eine Wohnung suchen. Es wäre nett, wenn ich meine Sachen so lange noch bei dir lassen könnte.«

»Sofie, warte. Ich komme nach Island, lass uns noch einmal reden. Tu jetzt nichts Unüberlegtes!«

»Nein, bitte nicht. Bitte komm nicht her. Ich … Mir geht es hier zum ersten Mal seit langer Zeit gut. Und … ich möchte es einfach nicht. Lass es einfach gut sein, und bitte verstehe mich. Ich muss jetzt einfach allein sein und zu mir selbst finden.«

»Denk noch einmal darüber nach, bitte. Wirf nicht alles weg, was wir haben.«

»Es gehören immer zwei dazu – unsere Liebe ist stückchenweise zerbrochen, nicht an einem Tag. Ich sehe einfach keine Zukunft mehr.« Mit dir, hätte sie beinahe noch hinzugefügt, denn tatsächlich sah sie zum ersten Mal seit vielen Monaten, dass sie wieder glücklich werden konnte, aber dafür musste sie frei sein. Sie brauchte keinen Mann an ihrer Seite, den sie nicht liebte.

Dennoch tauchte genau in dieser Sekunde Björgvins Gesicht in ihren Gedanken auf. Sie schob das Bild beiseite, es war nicht richtig, jetzt an ihn zu denken und wie warm und verheißungsvoll seine Nähe auf sie wirkte.

»Wir setzen uns zusammen, wenn du zurück bist«, sagte Thomas jetzt.

»Natürlich«, erwiderte sie. »Wir haben sicher noch einiges zu regeln. Aber für mich ist klar, dass ich diese Beziehung nicht mehr möchte. Wir können Freunde bleiben.« Noch während die letzten Worte zwischen ihnen verklangen, wusste sie, dass sie und Thomas niemals befreundet sein würden. Er wird es verstehen, überlegte sie, eine Schickimicki-Maus passt sowieso viel besser zu ihm. Bald würde er es genauso sehen, daran hegte sie kaum einen Zweifel.

»Mach's gut«, sagte sie.

»Pass auf dich auf.«

Er hatte aufgelegt, und Sofie warf das Handy auf den Küchentisch.

Kapitel 18

Lüneburg, April 1937

Vor einem strahlend blauen Himmel, der nur von einigen wenigen Schleierwolken gesprenkelt wurde, breiteten Lindenbäume ihre vollen Äste mit grünen Blättern und hellen Blüten über dem Marktplatz aus. Luise betrachtete das Treiben aus den Scheiben des zweiten Stocks im Büro ihres Vaters im Kaufhaus Rose. Obwohl das Fenster geschlossen war, so hörte sie dennoch das Hämmern der Stiefel, die auf das Kopfsteinpflaster donnerten. Gestern hatten noch die Bauern ihre Waren an Ständen angeboten, und heute war alles anders.

Soldaten marschierten im Takt, kaum weniger stramm als bei einer Parade vor dem Führer in der Hauptstadt. *Bamm bamm bamm*, eins zwei drei. So kerzengerade, als hätten sie einen Stock verschluckt, doch am schlimmsten fand Luise ihre Mimik. Mit selbstgefällig hochgezogenen Mundwinkeln, wenig genug, um nicht als Lächeln durchzugehen, aber doch ausreichend, um allen zu zeigen, hallo, hier sind wir, heute noch in der Provinz, morgen in der ganzen Welt. Sie hörte, wie ihr Vater hinter sie trat, aber er sagte nichts. Luise verharrte in ihrer Erstarrung, konnte sich nicht abwenden. Am Rathaus flatterten die roten Fahnen mit dem schwarzen Hakenkreuz im Frühlingswind. Nun waren die Soldaten zum Stehen gekommen, ein Mann in glänzenden Stiefeln trat auf das Podium, um seine Rede zu halten. Otto Telschow, den Namen würden sie sich von nun an merken müssen, ergriff das Wort, und seine wütende, hetzerische Stentorstimme dröhnte durch das Mikrofon.

»Heute funktioniert die Technik«, murmelte Luise und dachte an Hitlers Besuch beim MTV Treubund im Jahre 1932 zurück, als er die kleine Stadt in der Heide besucht hatte und zweiundzwanzigtausend der dreißigtausend Einwohner zum Sportplatz gekommen waren, um die Rede des Österreichers zum deutschen Wahlkampf zu hören. Doch man hatte nichts gehört. Damals war es vermutlich ohne Folgen für den Techniker geblieben, der versagt hatte, heute, da war sie sich ziemlich sicher, würde ein solches Debakel schlimme Konsequenzen nach sich ziehen. Sie atmete tief durch und versuchte zu verstehen, was da unten gerade vor sich ging. »Papa, was heißt das nun für uns?«

Er legte seinen Arm zärtlich um die Schultern seiner Tochter. Carl Rosenberg antwortete nicht sofort, sondern wählte seine Worte mit Bedacht. Vielleicht wusste er es selbst nicht so genau. »Der ganze Verwaltungsapparat zieht nach Lüneburg in die Schießgrabenstraße acht.«

»In das Haus der Silbermanns?«

»Ja, sie haben es Anfang des Jahres völlig unter Wert verkauft und sind in die Staaten emigriert. Seine Schwester lebt dort schon länger und unterrichtet an der Universität.«

»Ich weiß«, erwiderte sie matt. »Bald sind nur noch wir da.«

»Das stimmt doch nicht. Außerdem, sein Geschäft gibt man eben nicht so einfach auf. Es ist unsere Lebensgrundlage, die Löwenthals sehen das genauso.«

Luise nickte »Ja.« Lüneburg war nun offiziell die Gauhauptstadt für Osthannover. Ob das für das Kaufhaus Folgen hatte, konnte sie nicht einschätzen. »Nun ist Lüneburg also komplett in der Hand der Nazis«, sagte sie matt.

»Als ob es vorher nicht auch schon so gewesen wäre, mein Kind. Du bist erwachsen, du hast Augen im Kopf. Es ist überall gleich, in der IHK, im Bildungswesen oder dem Beamtentum. Überall sind Gegner oder Abweichler durch parteitreue Emporkömmlinge ersetzt worden. Die hohen Positionen wurden unter wenigen Personen verteilt. Nun ist es so, und wir müssen damit leben. Auch diese Epoche wird enden. Glaub mir, Luise, wir müssen nur noch ein bisschen durchhalten.«

Wer Unrecht sät, erntet Unglück, dachte Luise. Das hatte ihre Großmutter oft wiederholt, vor allem, wenn sie über die Folgen des großen Krieges und die Reparationen, die Deutschland zahlen musste, geredet hatte. Und jetzt wurden die Juden dafür zur Kasse gebeten.

»Es könnte bald einen neuen Krieg geben«, sagte er irgendwann leise und riss sie aus ihren Gedanken. »Die Verhandlungen der KPD und SPD in Paris letzte Woche sind erfolglos geblieben. Sie wollten eine antifaschistische Volksfront bilden, das war meine große Hoffnung. Nun wird man sehen müssen, was kommt.«

Etwas in Luise zog sich zusammen, sie rührte sich nicht.

Er schwieg einen Atemzug und murmelte dann: »So schlimm wird es nicht werden.«

Da war es wieder, der Leitsatz, den man sich gegenseitig zurief, wenn man mal wieder in einer Sackgasse angekommen war. Und von denen schien es immer mehr zu geben. »Ja, Papa. So schlimm wird's nicht werden.«

Kapitel 19

Reykjavík, Juni 2019

Den übrigen Tag hatte Sofie damit verbracht, die Stadt zu erkunden und einige Punkte auf der Liste an Sehenswürdigkeiten abzuhaken, die sie auf einem Reiseblog gelesen hatte. Reykjavík war so anders als das kleine Küstenstädtchen im Norden. Das hier war eine echte Metropole, die pulsierte. Junge Künstler, Familien und sehr viele Touristen prägten das Stadtbild. Obwohl sie es interessant fand, hatte sie sich bereits am Abend nach Siglufjörður zurückgesehnt. Björgvin war erst spät wieder aufgetaucht, vielleicht war er ihr ebenfalls aus dem Weg gegangen. Sie hatte auf dem Sofa gesessen und auf das Meer hinausgeblickt, als er ihr kurz eine gute Nacht gewünscht hatte.

»Wenn du willst, können wir morgen schon zurückfahren.«

»Äh, klar«, hatte sie geantwortet. »Ich muss ja nur noch die Sachen vom Baumarkt abholen.«

»Sicher, ich habe einen Anhänger von einem Kumpel organisiert. Das können wir morgen früh gleich erledigen.«

Sie hatte sich gefragt, warum er es so eilig hatte, aber sie hatte auch nichts dagegen. »In Ordnung, dann … morgen früh.«

Ohne sich ihr weiter als fünf Schritte zu nähern, war er in seinem Zimmer verschwunden. Komisch, hatte sie gedacht, aber andererseits war sie auch erleichtert gewesen. Das Gespräch mit Thomas hatte ihr zugesetzt, und sie wäre ohnehin keine gute Gesprächspartnerin gewesen. Sie war in einen erholsamen, traumlosen Schlaf gefallen und fühlte sich jetzt frisch und viel besser als tags zuvor.

Björgvin und sie hatten gerade den großen Baumarkt im Norden Reykjavíks betreten. Er sprach jemanden an der Information auf Isländisch an, die Dame schaute etwas in ihrem Computer nach und händigte ihm dann einen Zettel aus.

»Abholschein«, erklärte er ihr. »Kommst du noch mal mit?«

»Äh, ja, klar.« Sie stolperte ihm hinterher, denn er war direkt losgelaufen.

Zielsicher und mit langen Schritten durchmaß er die Gänge, bis er schließlich bei den Farben stehen blieb.

»Was meinst du?«, fragte sie, ohne ihn anzusehen.

»Was meinst *du*?«

»Na, welche Farbe würde passen?«

»Wofür? Geht es vielleicht ein bisschen konkreter?«

»Na, für die Wände natürlich.« Sie lachte.

»Ich kann dir helfen«, erklärte er, während er eine Farbkarte aus seinem Ständer nahm.

»Gut, da sag ich nicht Nein. Aber hast du nicht mal gesagt, dass du zwei linke Hände hast?« Sie forschte in seinem Gesicht.

Er zuckte die Schultern. »Streichen werde ich wohl noch hinbekommen. Du kannst mich ja anleiten.«

Sofie schmunzelte. »Du kommst mir nicht wie ein Typ vor, der sich gern was sagen lässt.«

»Lass dich überraschen. Wenn wir uns nicht entscheiden, wirst du es nie erfahren. Also, welche Farbe?«, wechselte er das Thema.

»Gott«, sie kratzte sich am Kopf. »Ihr Isländer seid echt spontan. Bei uns würde man da wochenlang drüber nachdenken und Muster an den Wänden ausprobieren …«

»So viel Geduld habe ich nicht.«

»Wieso nicht?«

»Weil ich ein Mann bin?«, schlug er mit einer spöttisch hochgezogenen Augenbraue vor.

»O ja, das leuchtet mir ein.« Sie lachte. »Na, dann lass mal sehen. Zum Parkett würde gut was Warmes passen.«

»Was Warmes? Was soll das denn bedeuten?«

Er hatte wirklich keine Ahnung, dachte sie amüsiert. »Warme Farben und kühle Farben?«

»Äh …«

»Gut, lass es mich so sagen. Wenn du ein strahlendes Weiß hast, dann ist das alles sehr klar und hell, aber es vermittelt eben nicht so das Heimelige, wie man es gernhat. Hygge? Schon mal gehört? Ist gerade voll im Trend.«

»Ist das nicht dänisch? Aber das ist keine Farbe?«

»Nein. Das ist eher eine Bezeichnung für einen ganz speziellen Einrichtungs- und Lifestyle. Lässig, schick, aber doch sehr gemütlich.«

Er blies die Luft aus. »Kompliziert. Also dann eine *warme* Farbe?«

Sie nickte. »Ich könnte mir gut so einen sanften Creme-Ton vorstellen.«

»Creme wie Pudding.«

»Oder Sahne, ja.« Sie verkniff sich ein Schmunzeln, aber es war einfach zu komisch, wie ahnungslos Björgvin war. Es gab Hunderte an verschiedenen Tönungen für helle Farben.

»Hä?«, stieß er jetzt auch noch hervor.

»Warte.« Sie nahm die Farbkarte und schaute nach den Schattierungen. »Guck mal.« Sie zeigte auf die Nummer 5 und 6. »So was meine ich.«

»Also doch Weiß«, schlussfolgerte er.

»Ähm. Ja, wenn du es so nennen willst – ich würde sagen, es ist ein sanft abgetöntes Cremeweiß.«

»Puh. Na gut. Du wirst schon wissen, was gut ausschaut.«

Sofie lachte. »Ja, das glaube ich auch. Ich verspreche hiermit hoch und heilig, dass es ganz wunderbar mit dem Boden harmonieren würde.«

»Alles klar, wie viel brauchen wir davon?«

»Eine ganze Menge, würde ich sagen.« Sie überschlug grob die Flächen der Wände im Kopf. »Wenn wir wirklich alles streichen wollen, was ich empfehlen würde, müssten wir an die hundert Liter Farbe kaufen. Plus Weiß für die Decken.«

»Die streicht man nicht in Creme?«

»Lieber nicht«, meinte sie mit zuckenden Mundwinkeln. »Aber sag mal, was mir einfällt. Wenn der ehemalige Eigentümer, Hannes, noch lebt, interessiert es ihn nicht, was aus dem Haus wird?«

»Sofie, er wohnt jetzt in einem Seniorenheim, das Haus ist auf seinen Sohn und Tinna überschrieben.«

»Ist ja schon irgendwie traurig.«

»So ist es nun mal.«

»Ist er dement oder so?«

»Nein, sein Verstand ist noch immer messerscharf, aber der Körper macht nicht mehr so mit. Die Treppen im Haus sind ja recht steil, und das ging irgendwann nicht mehr.«

Sofie nickte, aber ihr brannte die Frage auf der Zunge, ob sie ihn nicht doch einmal besuchen konnte – am Ende seines Lebens wollte Hannes sich womöglich doch noch einmal mit seiner Herkunft befassen, sie hatte das selbst bei ihren Großeltern erlebt. Vielleicht verstand Hannes kein Deutsch und hatte nicht das volle Ausmaß der Geschichte begriffen? Sie kratzte sich am Kopf. Ihr war klar, dass sie bei der Familie damit auf Ablehnung stoßen würde, aber sie war nicht bereit aufzugeben. Sie konnte nachvollziehen, dass sie den älteren Herrn vor Kummer schützen wollten, aber Sofie sah das anders. Sie wollte nicht Kummer, sondern Auflösung in sein Leben bringen.

»Was grübelst du so? Bist du doch nicht mit den Farben zufrieden?«, wollte Björgvin jetzt wissen.

»Doch, doch. Ich, äh, habe nur gedacht, wie wäre es denn, wenn ich mal zu Hannes ins Altersheim gehe und ihm das Notizbuch bringe?«

Björgvin atmete genervt aus. »Mein Gott, du bist ja wirklich völlig besessen von der Geschichte. Ich habe dir doch gesagt, dass er kein Interesse daran hat.«

»Und woher weißt du das? Hast du schon mit ihm darüber geredet?«

Björgvin schaut auf einmal wie ein Schaf, das in den Regen gekommen war. »Sofie«, war alles, was er dazu sagte.

Sie hob abwehrend die Hände. »Ja, schon gut.«

»Es ist einfach unfassbar lange her, schau mal, er ist jetzt 80 Jahre alt. Seine Mutter ist tot, er steht am Ende seines Lebens. Es interessiert ihn nicht, sonst wäre das Buch ja bei ihm und nicht in einem alten Schreibtisch verstaut.«

Sofie schüttelte den Kopf. Sie sah das anders. »Das glaube ich einfach nicht. Gerade im Alter wollen viele doch noch mal genauer wissen, was in der Kindheit schiefgelaufen ist. Da sind noch so viele offene Fragen. Ich möchte ihm helfen.«

Björgvin rieb sich die Stirn. »Und was willst du von mir? Soll ich dich vielleicht zum Seniorenheim bringen und für dich übersetzen?«

»Würdest du das machen?«

Er verdrehte die Augen und sah aus, als wollte er sich selbst ohrfeigen, weil er sie auf die Idee gebracht hatte. »Du kannst ganz schön nerven, Sofie. Weißt du das?«

Sie grinste. »Echt? Ist mir neu.« Dann schoben sie ihre Einkäufe zur Kasse.

Kapitel 20

Lüneburg, Ende Juni 1937

»Ich kann nicht glauben, dass du wirklich gehst!«, schluchzte Luise und schlang ihrer Freundin Anni die Arme um den Hals. »Und doch kann ich es nun endlich verstehen.«

»Meine Eltern sagen, es ist meine beste Chance auf eine Zukunft, in der man mich nicht wegen meiner Herkunft verurteilt und ausgrenzt, aber sie wollen den Laden nicht aufgeben.«

»Ach, Anni. Es ist ja wie bei uns, wir können das Kaufhaus auch nicht aufgeben.« Luise war mittlerweile unersetzlich für den Betrieb geworden, schon allein deswegen konnte sie nicht, wie Anni, das Land mit Jónas verlassen.

Wortlos lagen sich die Freundinnen für einige Minuten in den Armen. »Was wirst du jetzt tun?«, fragte Anni irgendwann und wischte sich mit ihrem bestickten Taschentuch die Tränen von den Wangen.

»Fürs Erste bin ich einfach froh, dass ich nie wieder in diese schreckliche Schule muss«, murmelte Luise und schniefte.

»Nach dem Abitur wolltest du doch studieren. Was ist aus den Plänen geworden?«

»Ja, das habe ich letztes Jahr auch noch gedacht, ich habe es mir so wunderbar ausgemalt. Ich und Jónas in Berlin. Er hat noch zwei, maximal drei Semester. Es wäre perfekt gewesen.« Sie atmete tief durch. »Aber Papa braucht mich hier. Es wird immer schwieriger mit dem Personal, weißt du?«

Annis mitfühlender Blick sprach Bände, es lag nicht nur am Personal. Natürlich nicht. Es kamen weniger Kunden, dafür mussten die jüdischen Händler, Ladeninhaber und Geschäftsleute immer mehr Sonderabgaben zahlen. Die Schikanen gegenüber treuer Lüneburger und Hamburger Klientel, die seit Jahren bei ihnen einkaufte, wurden immer schlimmer. Ihre Mutter verließ das Haus gar nicht mehr, und auch Großmutters Gesundheit war seit dem Winter angeschlagen.

»So schlimm wird's nicht werden«, sagte Anni das altbekannte Mantra auf und versuchte zu lächeln. Es gelang ihr nicht so recht, und auch Luise wollten keine zuversichtlichen Worte über die Lippen kommen. So optimistisch sie sonst war, in einem Moment wie diesem fiel es ihr schwer, positiv in die Zukunft zu blicken.

Es würde weitergehen. Irgendwie.

Das hoffte sie jedenfalls.

»Du besuchst mich, versprich es mir«, bat Luise ihre Freundin.

»Sobald es geht. Ich verspreche es dir, liebe Anni. Und du schreibst mir. Mindestens einmal in der Woche.«

»So machen wir es. Ach, ich werde dich so vermissen.« Sie fielen sich noch einmal in die Arme, dann löste sich Anni von Luise. »Es tut mir leid, aber ich muss gehen. Es gibt noch so viel zu tun.«

Luise schluckte. »Ja, ich weiß. Kann ich dich nach Hause begleiten?«

»Das wäre schön.«

Luise hakte sich bei ihrer Freundin unter und brachte Anni zum letzten Mal zu ihrem Elternhaus. Sie wollte nicht weinen, hatte es sich so fest vorgenommen. Sie wollte nicht, dass das Letzte, was Anni von ihr in Erinnerung behielt, ein trauriges Gesicht war. Und so lächelte Luise, sie lächelte, auch wenn es sie innerlich zerriss. »Meine liebe treue Anni, ich wünsche dir alles Glück dieser Erde«, sagte sie mit bebender Stimme, aber keine Träne rollte aus den brennenden Augen. »Ich hab dich so gern.«

»Ich dich auch, du verrücktes Huhn.«

Luise verabschiedete sich kurz und schnell, dann stolperte sie um die nächste Hausecke und ließ sich an der Wand zu Boden sinken. Sie vergrub ihr Gesicht zwischen ihren Händen und weinte lautlos. Ihre Schultern bebten.

»Was machen Sie denn da?«, sprach sie jemand an.

Luise hob ihren Kopf und blickte in das Gesicht eines älteren Herrn, er trug einen Hut und hatte einen Gehstock bei sich.

»Bist du nicht die kleine Rosenberg?«

Sie nickte und wischte sich die Tränen mit den Händen ab.

»Judenpack, verschwinde von meinem Haus. Wo gibt's denn so was, na los. Wird's bald!«

Luise wollte etwas erwidern, ihr Mund stand offen, aber kein Wort kam heraus.

Der Mann trat näher und erhob seinen Stock gegen sie. Luise bekam es mit der Angst zu tun, sie versuchte aufzustehen, stolperte und wäre beinahe gestürzt. »Hau ab!«, rief der Alte ihr hinterher. Tränen verschleierten ihren Blick, aber mit jedem Schritt, den sie zwischen sich und den Mann brachte, wuchs die Wut in ihr. Sie fing an, die Leute, die sie hassten, ebenso zu hassen.

Und dann dachte sie an Jónas und erinnerte sich an die Güte und Liebe, die sie verband. Er würde ihr sagen, dass Hass immer nur zu mehr Hass führte und dass sie besser daran tat, den Leuten, die es nicht besser wussten, zu vergeben. Ach, wärst du nur bei mir, dachte sie im Stillen, während die Sonne ihr Gesicht wärmte. Heute war so ein wundervoller Sommertag, keine Wolke trübte den blauen Himmel über der Stadt. Sie vermisste Jónas so sehr, zuletzt hatten sie sich im Winter gesehen. Nachdem sie zwei wundervolle Wochen gemeinsam verbracht hatten, musste er nach Berlin zurückkehren. Sie verstand, dass er arbeiten musste und dass er im Studium voll eingespannt war. Dennoch sehnte sie sich nach ihm.

»Wir sehen uns im Sommer«, hatte er gewispert und sie ein letztes Mal geküsst.

»Wir sehen uns im Sommer«, hatte sie erwidert und sich an ihn geschmiegt. Seitdem waren so viele Tage und Nächte vergangen, und an jedem hatte sie sich das Foto angesehen, das sie in Berlin während der Olympischen Spiele aufgenommen hatten. Die Erinnerung half ihr, ihren Alltag zu meistern. Bis heute. Sie war an einem Tiefpunkt angelangt, sie wusste nicht, wie sie weitermachen sollte. Jetzt war auch noch ihre beste Freundin Anni weg.

Weil ihr der Schock über den alten Herrn noch in den Gliedern saß, erlaubte sie sich keine Schwäche, sondern straffte ihren Rücken und hielt ihr Kinn hoch, während sie durch die Große Bäckerstraße ging. Sie nickte einigen höflich zu und hoffte, dass ihre Augen nicht zu gerötet waren. Sie bog nicht beim Kaufhaus Rose ab und ging nicht hinein, obwohl sie wusste, dass Arbeit ihr helfen würde. Aber dazu musste sie zuerst nach Hause, um sich frisch zu machen. Sie würde sich zwei silberne Löffel auf die Augen legen, damit die Schwellung zurückging. So hatte sie es bei ihrer Mutter gesehen, und es hatte gewirkt. Wenn sie jetzt auch noch die Nerven verlor, wer sollte dann Vater beistehen?, grübelte sie und nahm sich fest vor, von jetzt an stark zu bleiben. An ihrer Villa in der Gartenstraße stieg sie die sechs Stufen bis zur Eingangstür hinauf, der Name

Rosenberg leuchtete ihr vom weißen Emailschild entgegen. Goldene Zeiten, dachte sie traurig, ob wir sie jemals wieder erleben werden?

Sie legte sich eine halbe Stunde aufs Bett und fasste neue Kraft, wusch sich das Gesicht, kniff sich ein paarmal in die Wangen und bürstete ihre Haare, bis sie glänzten. Dann zog sie ein sauberes Kleid an und fühlte sich bereit, sich der Welt wieder zu stellen. Luise verließ ihr Zimmer und ging über den Flur zur Treppe, aus dem Salon hörte sie Gemurmel.

Besuch? Sie fragte sich, wer das um diese Uhrzeit sein sollte. Vorsichtig stieg sie nach unten, und dann erkannte sie die Stimme. Freude machte sich in ihr breit und sie rannte los.

»Heini«, rief sie, als sie den Raum betrat, und umarmte ihn stürmisch. »Wieso hast du nicht geschrieben, dass du kommst?« Er roch nach Rasierwasser, gleichzeitig fiel ihr auf, dass er dünn geworden war. Sie konnte durch sein Jackett die Rippen spüren. Und wie sah nur sein Gesicht aus! Ein Auge war vollkommen zugeschwollen, er konnte kaum daraus sehen. Sie schlug sich die Hände vor den Mund. »O mein Gott! Du bist verletzt? Was ist nur passiert?«

Er war verprügelt worden, bestimmt von irgendwelchen dummen Braunhemden. War er also doch unvorsichtig gewesen? Kein Wunder, denn seit im April, nur ein paar Tage vor ihrem achtzehnten Geburtstag, verkündet worden war, dass Juden nicht mehr promovieren durften, hatten sie ihm auch noch das Letzte genommen, wofür er gebrannt hatte.

»Falsche Zeit, falscher Ort«, erklärte er und blickte ihr tief in die Augen. Sie verstand, und der Kloß in ihrem Hals wurde riesengroß.

Seit Luise im Januar Himmlers Rede im Radio gehört hatte, in der er den Kampf gegen Abtreibungen und Homosexuelle zur obersten Priorität erklärt hatte, war kein Tag vergangen, an dem sie sich nicht um ihren Bruder gesorgt hatte. So schlimm es auch für Heini war, gleichzeitig hatte Luise gehofft, dass er vielleicht endlich nach Lüneburg zurückkehren würde, um seiner Familie zur Seite zu stehen. Bis heute hatte sie jedoch nichts von ihm gehört, es war, als hätte er sich vollkommen zurückgezogen – wohin auch immer. Sie hatte sich um ihn gesorgt, nicht unbegründet, wie sie nun mit Schrecken feststellte. Dennoch freute sie sich wahnsinnig, ihn zu sehen.

Er tätschelte ihren Rücken. »Meine schöne Luise. Wie erwachsen du geworden bist«, murmelte er in ihr Haar und strich dann einmal darüber.

Großmutter saß ihm gegenüber und beobachtete die Szene. Ihre faltige Haut spannte sich über den Wangenknochen, die Bluse flatterte um ihren Oberkörper. Sie war viel zu groß geworden. »Setz dich, Kind«, sagte sie mit fester Stimme.

Luise ließ sich auf einen der Stühle sinken. Ihre Großmutter schien noch weiter gealtert. Dass sie ihren Enkel in diesem Zustand sehen musste, nahm sie sichtlich mit und erschöpfte sie. »Wo ist Mutter?«, fragte Luise unnötigerweise. Höchstwahrscheinlich lag Edith in ihren Privaträumen und wartete, dass der Tag vorüberging, so wie immer in letzter Zeit.

»Migräne«, erklärte Großmutter und stand dann mit einem leisen Ächzen auf. »Ich werde mich ebenfalls zurückziehen, aber irgendjemand im Haus musste den Jungen ja begrüßen. Ich habe ihn schon gefragt, mit welchen Rowdys er sich herumgetrieben hat, aber Heini denkt, dass er seiner Großmama nichts erzählen muss. Vielleicht möchte ich es auch gar nicht wissen.«

Luise wusste, dass ihr Groll nicht gegen sie gerichtet war. Ediths Schwermütigkeit ging der alten Dame zunehmend gegen den Strich, was sie immer weniger verbergen konnte. Gleichzeitig schien auch sie mit jedem Tag ein Stück weniger zu werden, Großmutters Kräfte schwanden. Luise hatte das schon in den Wochen zuvor mit Besorgnis beobachtet, aber auf

Nachfragen leugnete Oma, dass es ihr nicht gut ging. »Soll ich dich begleiten?«, bot Luise an.

»So weit kommt es noch, den Weg bis in meine Wohnung finde ich gerade noch allein.«

Wenn ihr eins geblieben war, dann ihr Stolz, dachte Luise, stand auf und setzte sich neben ihren Bruder. Sie nahm seine Hand und hielt sie fest in ihrer. »Mein armer Bruder. Was haben sie dir nur angetan? Und wer hat dich nur so zugerichtet? Was ist nur passiert?«

»Es ist halb so wild. Ein, zwei angebrochene Rippen und ein blaues Auge, nichts, was nicht von allein verheilt.«

Luise holte tief Luft. Es tat ihr körperlich weh, ihren Bruder so zugerichtet zu sehen. Das eine Auge zugeschwollen, grün und blau, dass er kaum herausschauen konnte. Bilder tauchten in ihrem Kopf auf, Stiefel, die Heini malträtierten, Beschimpfungen und noch mehr Gewalt. Sie bekam kaum noch Luft und gab sich doch große Mühe, ihren Schrecken nicht so deutlich zu zeigen. Sie wollte stark für ihn sein, ihm Zuversicht spenden, kein Mitleid zeigen oder ihm gar Vorwürfe machen. »Ich habe lange nichts von dir gehört«, fing sie vorsichtig an.

»Du hast hier genug eigene Sorgen, meine süße kleine Schwester.« Liebevoll blickte er sie an und Luise schnürte es das Herz zusammen. Was hatte er nur erleiden müssen? »Ich wollte dich nicht belasten.«

»Du belastest mich nie, nun erzähl doch.«

»Wie soll es schon sein?«, wisperte er und schlug die Augen nieder. »Das, was ich für meinen Freund empfinde, ist verboten, es ist nicht richtig.«

»Und was sagt er dazu?«

»Gar nichts mehr, Luise. Als ich an Silvester noch einmal das Haus verlassen habe, bin ich zu ihm.«

»Ja, das habe ich mir gedacht.«

»Wir haben uns unterhalten, saßen lange in der Küche, und dann habe ich ihn geküsst.« Er schwieg einen Augenblick und versank in seinen Erinnerungen. Irgendwann räusperte er sich und fuhr fort. »Es beruhte auf Gegenseitigkeit, das musst du mir glauben.« Heini waren sein Unbehagen und die Scham über seine Gefühle deutlich anzusehen. Luise drückte seine Hand, um ihm zu verstehen zu geben, dass sie ihn nicht verurteilte.

»Natürlich, natürlich, Heini. Was ist dann geschehen?«

»Er stieß mich von sich, nannte mich einen Perversen und dass ich ihm das nicht antun dürfte.«

»Aber wieso …?«

»Es ist die Scham, Luise. Und die Angst, im Gefängnis zu landen. Glaubst du, mir geht es nicht genauso? Gott, was habe ich nicht alles versucht, um *normal* zu sein. Aber – ich liebe nun einmal Männer. Diesen einen Mann.« Homosexualität war ein Straftatbestand im Reich. Selbst wenn Fritz es für sich selbst hätte akzeptieren können, so konnte gut die Angst der Grund sein, dass er Heinis Liebe ablehnte. Luise fühlte mit ihrem Bruder. Es tat ihr von Herzen leid, ihn so zu sehen. Gedemütigt und verletzt, innerlich wie äußerlich.

»Er liebt dich auch, Heini. Da bin ich mir sicher.« Sie wusste einfach nicht, womit sie ihn sonst trösten konnte. Es war furchtbar, so hilflos zu sein.

»Hör auf. Hör einfach auf.« Heini zog seine Hand zurück und stand auf, er stöhnte vor Schmerz.

»Heini!« Sie holte zischend Luft, es tat ihr weh zu sehen, wie viel Heini erleiden musste.

Er stützte sich auf die Stuhllehne und hielt sich die Seite. »Es geht schon, es sind nur die Rippen.«

»Setz dich bitte wieder hin«, bat sie ihn.

»Das mit Fritz, es ist vorbei. Ich habe es begriffen, und er schreibt mir nun auch nicht mehr. Mir ist das schon länger klar, seit Silvester, um genau zu sein.«

Luise verstand nicht. »Aber was ist nur passiert?«

»Er ist in die Partei eingetreten.«

Ihr stockte der Atem. Sie war schockiert, und doch war es nicht wirklich eine Überraschung. Die Mitgliederzahlen nahmen stetig zu, viele ihrer ehemaligen Freunde und Bekannten gehörten nun zur Partei. »Nein«, flüsterte sie, weil es sie doch fassungslos machte. Sie wunderte sich, wie sehr sie das noch überraschen konnte, nach allem, was in den letzten Jahren geschehen war. Aber sie hatte wirklich geglaubt, dass Fritz nicht so war wie die anderen.

Sie schien sich getäuscht zu haben.

»Doch. Ganz stolz hat er mir die Nadel gezeigt, als ich an Silvester bei ihm eingetroffen bin.«

»Himmel, dann war er damals schon in der Partei? Wieso bist du nicht sofort gegangen? Dann ist es gut, dass du ihn los bist!«

»Ach, Mädchen«, seufzte er. »Wenn Liebe so einfach wäre.«

Sie nickte und verstand. »Und jetzt? War er es, der dich geschlagen hat?«, fragte sie mit einem Gefühl, als würde ihr der Boden unter den Füßen weggerissen.

»Nein, das nicht. Aber jetzt ist es, wie es ist.«

»Bist du deswegen so lange fortgeblieben? Mein Lieber, ich muss dir sagen, du siehst ganz abscheulich aus. Und damit meine ich nicht nur das Auge. Du bist mager, deine Hautfarbe ganz blass und das im Sommer!«

»Du klingst wie unsere Mutter, und die habe ich noch nicht mal gesehen. Spar dir diese Sprüche, glaubst du nicht, ich wüsste nicht selbst, wie erbärmlich meine Erscheinung ist?«

»Du bist in Ordnung, wie du bist, Heini. Und über Mamas Reaktion wäre ich mir nicht so sicher, ich glaube eher, dass sie gar nichts sagen würde. Wie immer in den letzten Wochen. Es ist, als wäre sie gar nicht mehr da.« Luise winkte ab. »Wenn sie sich nur noch um irgendwas kümmern würde. Irgendwas«, wiederholte sie.

»Ist es wirklich so schlimm?«

»Jetzt geht es um dich, nun sprich, was hast du … Wie lebst du, nachdem im April auch noch deine Promotion unmöglich gemacht worden ist?«

Heinrich nahm wieder auf dem Stuhl neben ihr Platz. »Wie ich lebe, das ist nichts für deine Ohren, du dummes Ding.« Heinis plötzlich schroffer Tonfall zeigte ihr nur, wie sehr ihn das alles mitnahm. Sie ließ sich davon nicht beirren.

»Ich bin erwachsen.«

»Achtzehn bist du, noch grün hinter den Ohren.«

»Und du hast nicht einmal eine Karte zu meinem Geburtstag geschickt.«

»Das tut mir auch aufrichtig leid, Luise. Alles Gute nachträglich.«

»Jaja, schon gut. Ich bin nicht böse auf dich. Hast du … hast du einen neuen Freund?«

Heinrich atmete aus. »Einen?« Er lachte und musste gleichzeitig husten. Sofort hielt er sich die Seite. »So kann man es auch sagen.«

»Du treibst dich herum!«, stellte sie schockiert fest.

»Und du hast keine Ahnung, was in Berlin alles los ist. Es gibt für Männer wie mich viele Möglichkeiten – du würdest staunen, wie viele von ihnen sogar Uniform tragen. Aber sobald die Tür hinter ihnen ins Schloss fällt, sind sie keine Parteimitglieder mehr …«

Luise schloss die Augen, sie wollte nicht mehr hören. Dass ihr Bruder sich in der Berliner Halbwelt herumtrieb, war besorgniserregend. »Das muss aufhören, Heini. Sieh nur, was aus dir geworden ist. Wer hat dich so dermaßen zugerichtet?«

»Tja, irgendwen scheint's gestört zu haben, dass ich Jude bin. Aber erst danach. Luise, das ist nichts für deine Ohren.

Glaub mir. Du wärst schockiert, wenn du wüsstest, was alles möglich ist. Was Menschen tun.«

»Nichts im Zusammenhang mit dir würde mich schockieren.«

»Es gibt Dinge, die kannst du nicht verstehen, weil du nicht in meinen Schuhen steckst. Bitte frag nicht weiter.«

»Beim nächsten Mal bringen sie dich vielleicht um«, flüsterte sie und erschauderte. »Versprich mir, dass du vorsichtiger sein wirst.«

»Es gibt kein nächstes Mal mehr.«

»W-was heißt das?«, sie stotterte und eine eiskalte Hand schloss sich um ihr Herz, drückte auf ihre Lunge und ließ ihr kaum Luft.

»Ich kann nicht mehr. Hier gibt es nichts mehr für mich.«

Sie schrie entsetzt auf. »Nein!«

Heinrich griff nach Luises Hand, aber sie zog sie zurück. »Bitte, du musst mich doch verstehen.« Er schenkte ihr das traurigste Lächeln, das sie je von ihm gesehen hatte, eines, das Luise fast das Blut in den Adern gefrieren ließ. Was hatte ihr geliebter Bruder, der immer so fröhlich und zugänglich gewesen war, erlebt, dass er nun so lächeln konnte wie ein gefallener Engel?

»Du … du willst dich doch nicht umbringen?«, brachte sie hervor. Angst umklammerte ihr Herz, der Gedanke ließ sie kaum atmen.

»Wenn ich das tun wollte, würde ich es dir doch nicht erzählen«, sagte er leise, und sie suchte in seinen Augen nach der Wahrheit seiner Worte.

»Und was willst du tun?«

»Ausreisen.«

»Was? Aber wohin denn? Was hast du vor? Und was wird aus mir, aus unserer Familie?«, fragte sie leise. »Hast du einmal daran gedacht, dass ich dich, wir dich hier brauchen könnten?«

Er lächelte müde. »Was sollte ich schon tun? Ich verstehe nichts vom Geschäft, das weißt du doch. Du bist die, die mit Geld, Zahlen und Kunden umgehen kann.«

Sie schüttelte den Kopf. »Du könntest dir mehr Mühe geben.«

Er seufzte. »Glaubst du, ich habe mir nicht mein ganzes verfluchtes Leben Mühe gegeben? Ein guter Junge zu sein, ein guter Schüler zu sein, ein guter Sohn zu sein, Student. Mensch. Es ist einfach nicht genug, es ist nie genug, wenn man so fühlt und geschnitzt ist wie ich. Ich liebe Männer, Luise! Merkst du nicht, das ist mein Todesurteil, nicht nur in diesem Land, aber hier ganz besonders! Fallen kann man allein, aber zum Aufstehen braucht man einen Freund. Ich habe keine Freunde mehr, Luise. Mir fehlt die Kraft weiterzumachen.«

Sie vergaß zu atmen. »Was redest du nur für einen Unsinn? Wir alle lieben dich, wir sind deine Familie, du kannst uns nicht im Stich lassen.«

Eine dunkle Strähne fiel ihm in die Stirn. »Ich bin hergekommen, um euch zu warnen. Ich habe natürlich mitbekommen, dass Lüneburg nun Gauhauptstadt ist. Sie haben zudem kürzlich die Zentrale der Gestapo hierher verlegt.«

»Gestapo.«

»Geheime Staatspolizei, keine Uniform – wobei, sie tragen gern lange Ledermäntel«, sagte er mit einem zynischen Lächeln.

»Heini, was erzählst du da?«

»Sie führen eine Judenkartei, sie wollen eine lückenlose Überwachung ihres neuen Staates. Sie führen Buch über uns, Luise.«

»Woher weißt du das alles?«

»Ich habe doch gesagt, wo ich verkehre, gehen auch ranghohe Parteimitglieder ein und aus. Der Homosexualität ist die Partei egal, du wirst damit geboren.«

»Das ist doch Wahnsinn, Heini!«

»Was bleibt noch für mich? Glaubst du, ich habe mir das nicht überlegt? Mir bleibt nichts mehr. Für Männer wie mich, einen Juden dazu, gibt es in Deutschland keinen Platz.«

Das klang so endgültig, es war zu viel für sie. Sie konnte nicht begreifen, was er ihr sagen wollte. »Heinrich!«

»Ich muss weg von hier, begreifst du das nicht, Luise?« Jetzt sah sie zum ersten Mal die Verzweiflung in seinen Augen aufblitzen, die sie selbst empfand.

»Wo willst du denn hin? Nach London?« Sie dachte an Anni und die Cousine ihrer Mutter.

»Nein, das ist nicht weit genug. Was, wenn die Nazis ihre Macht bis dahin ausweiten? Was Hitler macht, hat System. Sie werden diesen verfluchten Versailler Vertrag irgendwann als Grund benutzen, ganz Europa ins Verderben zu stürzen. Die Wirtschaft läuft doch erst wieder, seit die Nazis die Rüstungsindustrie aufbauen. Da muss man kein kluger Kopf sein, um eins und eins zusammenzuzählen. Was nützt die ganze Weisheit, wenn die Dummheit regiert? Ich habe Angst, Luise, Angst vor dem, was da noch kommen mag.«

Luise hörte gar nicht mehr hin, sie fürchtete, sich jeden Moment übergeben zu müssen. In ihrem Kopf drehte sich alles. »Was hast du vor?«

»Ich habe mir eine Passage nach Südamerika beschafft.«

Ihr Mund wurde trocken. Sie blinzelte, weil sie nicht fassen konnte, was sie eben gehört hatte. »Wann?«, fragte sie tonlos.

»Morgen.«

Luises Mund klappte auf. Das konnte doch wohl nicht sein Ernst sein.

»Morgen?« Ihre Stimme klang plötzlich schrill. »Und du kommst heute erst? Du gibst deine Familie auf? Wie soll ich mich in der Kürze von dir verabschieden, wie soll das denn möglich sein?«, schrie sie. »Das kannst du nicht machen!«

»Beruhige dich doch, Luise, bitte! Ich wünschte, ihr würdet auch kommen und mit mir gehen, aber verstehst du denn nicht, dass ich nicht anders kann?« Seine Stimme hatte etwas Flehendes angenommen, etwas Bittendes, das Luise den Magen umdrehte. Aber es war der Klang der erschöpften, verzweifelten Niederlage in seiner Stimme, die die Wut plötzlich in ihr hochkochen ließ. Wie konnte er es wagen, sie und ihre Familie einfach aufzugeben?

Luise sprang auf, der Stuhl kippte mit einem lauten Krachen um. »Wenn du das machst, spreche ich nie wieder ein Wort mit dir!«

Sie wusste, dass es ihn nicht umstimmen würde, sein Entschluss stand fest. Auf eine Weise verstand sie ihn, aber dachte er auch nur eine Sekunde an sie und ihre Eltern? Er ließ sie im Stich. Er war doch ihr großer Bruder, er sollte auf sie aufpassen, für sie da sein! Sie fühlte sich verraten und verlassen. Von ihrem eigenen Bruder!

Luise weinte nicht, sie hörte auf zu schreien. Plötzlich war sie ganz ruhig. »Auf Wiedersehen«, sagte sie. »Oder passender wäre wohl: Leb wohl.«

Heinrich stand auf. »Bitte, Luise, geh nicht so.«

»Es ist deine Entscheidung«, sagte sie mit einer Kälte, die sie selbst erschreckte.

Heini stieß einen Laut aus, der an ein gequältes Tier erinnerte, aber Luise konnte ihn nicht ansehen. Wollte nicht sehen, welch tiefe Verzweiflung ihn zu diesem Schritt trieb. Wenn sie ihren Gefühlen freien Lauf ließ, würde sie zusammenbrechen. Es war zu viel an diesem Tag, erst Anni, jetzt Heinrich. Zwei der Menschen, die ihr am meisten bedeuteten, verließen sie.

Sie flüchtete aus dem Salon, dann aus der Villa und lief ohne Umwege zum Kaufhaus Rose. Dort wurde sie gebraucht, dort hatte sie eine Aufgabe. Die Hakenkreuzfahnen, die von den

Giebeln des Rathauses hingen, verhöhnten sie mit ihrem strahlenden Rot. Die Blätter der Linden rauschten im Sommerwind, der ihr durch die Haare strich wie eine zärtliche Hand. Sie blickte in den blauen Himmel und wollte schreien: Wollt ihr mich auslachen da oben? Warum regnet es nicht? Warum stürmt es nicht? Wie kann die Sonne noch scheinen, wenn die Welt doch zugrunde geht?

* * *

Die Familie Rosenberg saß eine Woche nach Heinis Flucht – anders konnte Luise seine überstürzte Abreise nach Südamerika nicht bezeichnen – beim Frühstück beisammen. Emigration oder Sterben, das war nach seinen Worten die Wahl, vor der er gestanden hatte. Das Leben für die anderen ging weiter, musste weitergehen. Luise vermisste ihn, sie machte sich Vorwürfe, ihn so gehen gelassen zu haben. Die Gewissheit, ihn mit ihrer Kälte verletzt zu haben, nahm ihr jedoch nicht das bittere Gefühl, nun die Sorge um das Kaufhaus und die Zukunft allein auf ihren Schultern zu tragen. Den ganzen Abend über hatte sie ihn noch mit ihren Eltern streiten hören, schließlich flehen, dass sie auch gehen sollten. Wie konnte er es wagen, seine Familie zu verlassen? Eine bittere Wut hatte sich in Luises Magen breitgemacht, und als Heini am Morgen in ihr Zimmer gekommen war, um sich zu verabschieden, hatte sie sich weggedreht. Nun bereute sie es, ihn zum Abschied nicht an sich gedrückt zu haben, fühlte aber gleichzeitig eine schwelende Verzweiflung und Empörung über seine Flucht, die sich in nichts entladen konnte. Ihren Eltern schien es nicht besser zu gehen, ihre Mutter hatte tiefe Augenringe, der Vater ein Magenleiden, beide schienen ihre Sorgen und Schmerzen auf der dünnen Haut zu tragen wie sonst nie.

Ilse hatte im Garten gedeckt, weil das Wetter zu dieser Tageszeit noch so herrlich angenehm und mild war. Eine Biene summte und flog zu den Geranien, die ihre Mutter in den Blumenkästen an den Fenstern gepflanzt hatte. Die Idylle des Augenblicks täuschte über das, was unter der Oberfläche lauerte, hinweg, denn in dieser Familie war schon lange nichts mehr einfach nur schön.

»Juden erhalten nur noch in besonderen Fällen Auslandsreisepässe«, las Carl Rosenberg aus der Zeitung vor. Edith ließ ihre volle Kaffeetasse scheppernd fallen, und der ganze Kaffee ergoss sich über das weiße Tischtuch.

Luise sprang auf und riss ihm die Lüneburg'schen Anzeigen aus der Hand. »Nein!«, rief sie. »Das kann unmöglich sein.«

Hatte Heinrich auch *davon* längst gewusst und diese Chance genutzt? Bitterkeit stieg in ihr auf. Oder hatte er einfach begriffen, dass *sie* ihre Eltern niemals im Stich gelassen hätte? Luise überflog den Artikel und wandte sich dann angewidert ab. Sie erinnerte sich an das letzte Gespräch mit Heini: Hatte er nicht gesagt, dass er auch mit Soldaten und Parteimitgliedern in Berlin verkehrt hätte? Jemand musste ihm einen Hinweis gegeben haben.

Warum hatte er nicht früher etwas von sich hören lassen, wenn er all das schon geahnt oder sogar gewusst hatte?

Oder hatte er Andeutungen bei ihren Eltern gemacht, die diese ignoriert hatten?

Dieser schreckliche Tag, obwohl er erst eine Woche hinter ihr lag, war nur noch als schwammige Erinnerung in ihrem Kopf. Er hatte allein für sich entschieden. Er war ein Egoist. Er hatte seine Familie verraten.

Edith Rosenberg hingegen hatte mit Erleichterung auf die Neuigkeiten reagiert, es schien, als hätte Heinis Emigration die gegenteilige Wirkung auf sie als auf ihre Tochter. Obwohl Edith traurig war, ihren einzigen Sohn ziehen zu sehen, so war sie doch der Meinung, dass Emigration die einzig richtige Antwort auf die Anfeindungen gegenüber den Juden war. Seitdem hatte Luise ihre Mutter wieder häufiger zu Gesicht bekommen. Die Gewissheit, dass ihr Junge dieses »elende Heimatland«, in dem man ihr Volk so ungerecht behandelte, hinter sich ließ, verlieh der Mutter anscheinend neuen Lebensmut. Vielleicht hatte sie ja vor, Heini zu folgen? Luise schob diesen Gedanken sofort beiseite. Ihr Vater hatte den Abschied mit einem nervösen Zucken des Augenlids, aber kommentarlos hingenommen. Für ihn war Heinrich ohnehin nie als möglicher Nachfolger infrage gekommen, vielleicht hatte der Vater auch geahnt, was Heinrich sonst noch bewegte, und verstanden, dass es für ihn am sichersten war, Deutschland zu verlassen. Luise hätte sich dennoch gewünscht, dass er zumindest versucht hätte, ihren Bruder umzustimmen. Nun war Heini fort. Eine kleine Stimme in ihrem Kopf fügte hinzu: vielleicht gerade noch rechtzeitig. Denn wenn man glauben konnte, was die Zeitungen an diesem zweiten Juli berichteten, war das mit Sicherheit nicht das Letzte, was sich die Nazis einfallen ließen, um Juden zu schikanieren.

Nur noch in Ausnahmefällen, hallte es in ihrem Kopf wider. Was sollten das für Ausnahmefälle sein?

Edith brach in Tränen aus. »Es wird ein schlimmes Ende nehmen.« Verflogen schien der zarte Optimismus der letzten Tage. »Wir müssen zusehen, dass wir Heini ins Ausland folgen. Er könnte uns dabei helfen, Fuß zu fassen.«

Carls Faust donnerte auf den Tisch, das Geschirr schepperte. Edith zuckte zusammen und blinzelte hektisch. »Wie stellst du dir das eigentlich vor? Soll ich das Kaufhaus Rose abreißen und in Argentinien neu aufbauen?«, brüllte Carl.

Luise wollte sich die Hände auf die Ohren pressen, sie wollte schreien, nichts mehr von alldem hören. Es sollte aufhören. Es sollte endlich aufhören.

Sie waren früher so glücklich gewesen, Vater mit seinem Geschäft, Mutter mit ihren Gesellschaften, Heini mit seiner Philosophie. Und jetzt war nichts mehr, wie es einmal war.

»Hitler wird bald Geschichte sein, ich bin Deutscher, ich bleibe in Deutschland«, sagte Carl fest. Aber etwas in seiner Stimme klang nicht so selbstsicher wie sonst. Und selbst Luise fing an, daran zu zweifeln. Hitler saß fester denn je im Sattel, der Zuspruch zu ihm und seinen Schergen schien mit jedem Tag zu wachsen.

»Meine Söhne sind nicht umsonst für dieses Land gefallen«, erklang Großmutters Stimme von der Tür zum Garten. Sie trug einen roten Morgenrock und kam langsam mit unsicheren Schritten näher. Kinder, die gerade laufen gelernt hatten, traten ähnlich ungeschickt mit einem Fuß vor den anderen. Großmutter schien mittlerweile viel zu klein für ihren Körper zu sein, zu viel Haut für zu wenig Mensch. Luise schluckte und wandte den Blick ab. Sie wollte nicht mit der Sterblichkeit konfrontiert werden, obwohl ihr klar war, dass jeder einmal an der Reihe war. Aber im Moment konnte sie den Gedanken einfach nicht ertragen, noch eine Person zu verlieren, die ihr nahestand.

»Wollt ihr es immer noch nicht verstehen?« Edith sprach langsam und ruhig, wie mit einem Kleinkind. »Die Geschichte wiederholt sich, unser Volk wird verfolgt, bloß dass dieser Hitler sich vorgenommen hat, die jüdische Rasse in Europa vollständig zu vernichten. *Mein Kampf*, ich habe es euch oft schon gesagt, es steht alles in diesem schrecklichen Machwerk! Es wird ein böses Ende nehmen!«

Luise hatte genug davon. Sie war auf der Seites ihres Vaters, obwohl sie die Reaktion der Mutter nachvollziehen konnte. Für Edith war es eine Erleichterung, dass Heini woanders neu anfing, vielleicht konnte er in Argentinien weiterstudieren. Das war Ediths Hoffnung, dass Heini sie im Stich gelassen hatte, empfand Mutter anders.

»Bitte entschuldigt mich«, murmelte Luise tonlos und stand auf. Großmutter folgte ihr und hielt sie im Flur auf. »Was hast du vor?«, fragte sie.

Luises Blick war tränenverschleiert. »Ich kann nicht mehr. Es ist zu viel. Wie konnte Heini uns nur verlassen?«

Großmutter verpasste ihr eine schallende Ohrfeige. Trotz ihres Alters und der zerbrechlich gewordenen Statur hatte sie eine erstaunliche Kraft. Luise zuckte zusammen und hielt sich die brennende Wange, sie wich jedoch nicht zurück und schaute ihrer Großmutter geradewegs ins Gesicht. »Hör auf mit dem Unsinn und komm endlich zu Sinnen, Luise. Du bist und warst immer die Stärkere von euch beiden. Was hätte dein Bruder hier für eine Zukunft? Du weißt so gut wie ich, was er in seiner Freizeit treibt«, der barsche Tonfall ihrer Großmutter überraschte sie. Obwohl Ruth bekannt dafür war, kein Blatt vor den Mund zu nehmen, hatte Luise nicht erwartet, dass sie so hart ihr gegenüber sein würde. Luise empfand sich als Opfer und hatte mit Trost gerechnet, nicht mit Schelte.

Luise schluckte. Sie hatte keine Ahnung gehabt, dass Großmutter darüber im Bilde war. »Er ist ein Egoist.« Sie hielt sich die brennende Wange.

»Wenn du fertig damit bist, dich im Selbstmitleid zu suhlen, wirst du es verstehen.«

»Niemals!«

Großmutters Gesichtsausdruck blieb streng, dabei war sie so unfassbar ruhig, dass Luise nur noch rasender wurde. »Bete, dass du nie alles erleiden musst, was du ertragen kannst«, sagte Ruth nun sehr leise. Resigniert und müde. Unendlich müde. Es war, als hätte sie in den letzten Minuten all ihre Energie verbraucht.

Reue regte sich in Luise, sie hätte sich ihrer Großmutter gegenüber mehr zurückhalten müssen. Sie war schwach und alt, auch wenn sie eben alles andere als das gewirkt hatte.

»Was soll denn noch kommen?«, jammerte Luise und wandte sich ab.

Sie musste raus, raus aus diesem Haus, einfach nur weg. Sie ging aus dem Gartentor, umrundete das Haus und wäre beinahe mit jemandem zusammengestoßen. Luise setzte gerade zu einer Entschuldigung an, als sie in ein paar hellblaue Augen schaute, die sie voller Liebe anstrahlten. »Jónas«, stieß sie hervor und taumelte vor Überraschung.

Er saß noch auf seinem Rad. Als er begriff, dass sie vielleicht wieder in Ohnmacht fiel, sprang er vom Sattel und stützte sie. Sein Drahtesel fiel scheppernd auf das Pflaster. »Du bist es wirklich«, wisperte sie, und während sich ihr Kreislauf erholte, drückte er sie auch schon an seinen Körper. Er war verschwitzt, sein Hemd war schmutzig, aber es war ihr egal. Er war zu ihr gekommen, endlich. Sie wollte weinen vor Glück, Wut und Trauer.

»Meine liebste Luise, meine Luise«, murmelte er in ihr Haar und hielt sie eng umschlungen. »Sofort als dein Brief mich erreicht hat, habe ich mich aufs Fahrrad geschwungen und bin losgefahren. Leider ist Berlin nicht gerade um die Ecke …«

»Du Verrückter.« Sie legte ihr Ohr auf seine Brust und schloss die Augen. Und dann tauchte ganz plötzlich die Frage in ihrem Kopf auf, ob Jónas es gewusst hatte. War er deswegen hier?

Sie trat einen Schritt zurück und kniff die Augen zusammen. »Hast du gewusst, dass Heini uns verlässt?«

Jónas blieb ganz ruhig. Dann nickte er. »Er hat mich in Berlin getroffen, um es mir zu sagen.«

Luise schnappte nach Luft. »Dann … du … Wieso hast du nichts gesagt und angerufen!« Ihr fehlten die Worte. All der Druck, die Enttäuschung und die rasende Wut schlugen über ihr zusammen. Jónas nahm ihre Hand. »Nein, lass das. Wie konntest du ihn nur gehen lassen! Wie konntest du nur«, kreischte sie und spürte heiße Tränen über ihre Wangen laufen. Sie hatte sich so gefreut, Jónas nach all den Wochen endlich wiederzusehen. Nun zu hören, dass er mit Heini unter einer Decke steckte, trieb ihre Verzweiflung in ungeahnte Höhen. Sie war unfähig, sich zu rühren oder wegzulaufen. Ihr Körper gehorchte ihr nicht mehr. Luise war überfordert, sie merkte, dass ihre Beine zitterten und Schluchzer aus ihrer Kehle drangen.

»Mein Herz, Lilla mín. Ich liebe dich, und ich verstehe, dass das alles schlimm für dich ist.«

Sie schloss die Augen, ihre Schultern bebten.

Jónas zog sie an seinen Körper und hielt sie eng umschlungen. »Ich habe getan, was ich für richtig hielt. Heini hat einen Neuanfang verdient, Luise. Bitte sieh das doch ein. Dass ich ihm nicht die Gelegenheit nehmen wollte, sich seiner Familie zu erklären, kannst du doch einsehen?«

Sie sagte kein Wort, presste ihre Lippen aufeinander, um nicht laut aufzuheulen. Es tat so weh. Es tat so weh. Heini war immer ihr Vertrauter gewesen – und nun würde sie ihn vielleicht nie wiedersehen! Argentinien war so weit weg!

»Sei ruhig sauer auf mich«, murmelte er in ihr Haar. »Du kannst mich schlagen, treten und anschreien – ich bleibe bei dir, Luise.«

Sie spürte, wie sie sich langsam, ganz langsam beruhigte. Irgendwann, als die Schluchzer weniger wurden, blickte sie mit tränenverschleiertem Blick zu ihm auf. Ihre Augen brannten, ihre Kehle ebenso. Sie wollte weg. Einfach nur weg.

»Lass uns aufs Rad steigen, ich weiß, du bist müde. Aber bitte … Ich brauche etwas Zeit nur mit dir.«

Jónas nickte und lächelte verständnisvoll, mehr Erklärungen benötigte er nicht. Sein kleines Gepäck ließen sie bei der Villa, dann schwang sich Luise auf den Gepäckträger, und Jónas radelte mit ihr aus Lüneburg hinaus in den Wald, in dem sie schon so viele wunderbare Stunden der Ruhe und Zweisamkeit verbracht hatten. Der frische Wind wehte ihr ums Gesicht, es roch nach Moos und Erde. Sie schloss die Augen und hielt sich an ihm fest und drückte ihre tränennasse Wange an seinen Rücken. Mit jedem Meter, den sie sich von ihrem Zuhause entfernten, wurde ihr Herz ein wenig leichter. Sie war noch immer verwirrt, wütend und auch traurig, dass Heini so unerwartet geflüchtet war. Und doch, mit Jónas an ihrer Seite konnte sie loslassen. Stück für Stück.

Kapitel 21

Siglufjörður, Juli 2019

Beinahe eine Woche war vergangen, seit sie aus Reykjavík vollbeladen zurückgekehrt waren. Thomas hatte sich nicht mehr gemeldet, vermutlich war er mittlerweile froh und tröstete sich über den Schmerz mit einer hübschen neuen Freundin hinweg. Ihr war es egal, sie war zufrieden, dass sie endlich eine Entscheidung getroffen hatte.

Zwischen Sofie und Björgvin hatte sich eine Harmonie entwickelt, die sie selbst nicht für möglich gehalten hatte. Allerdings fand er jedes Mal, wenn sie das Thema Hannes und einen Besuch im Seniorenheim ansprach, einen Grund, warum er ganz schnell wegmusste. Es war seltsam, andererseits übertrieb sie es mit ihrem Mitteilungsdrang vielleicht, und es war anmaßend, sich in die privaten Angelegenheiten anderer Leute einzumischen, das war ihr ganz klar. Egal, wie wichtig sie es fand, dass Luises Sohn die ganze Geschichte aus dem Notizbuch zu hören bekam – falls er sie nicht längst kannte.

Und so konzentrierte sie sich auf ihre Aufgaben, sie arbeitete weitestgehend allein, Zimmer für Zimmer, und wenn sie

Hilfe benötigte, war Björgvin gern bereit zu helfen. Tagsüber war er allerdings meist nicht zu Hause. Sie fragte nicht, wo er hinging, und er erzählte nichts, wenn er zurückkam. Er hatte sich nun schon ein paarmal um das Abendessen gekümmert, und so schlecht kochte er gar nicht. Im Gegenteil, es war erfrischend, dass auch mal jemand etwas für sie tat. Thomas hatte keinen Finger im Haushalt gerührt, und doch kam es ihr so vor, als ob Björgvin sie dennoch auf einen gewissen Abstand hielt. Sie lebten miteinander, aber nicht zusammen. Und selbst das Miteinander war nur auf Zeit, erinnerte sie sich stumm. Es war, als hätte es diesen einen sinnlichen Moment nie gegeben. Es war seltsam und rief die merkwürdigsten Gefühle in ihr hervor, die sie irritierten.

Sofie stand gerade im Badezimmer und wusch sich die Hände, als sie von unten Stimmen hörte. Sie ging hinunter.

»Oh, hallo«, grüßte Björgvin, der einen Freund im Schlepptau hatte.

»Hi«, sagte sie und blieb stehen.

Björgvin sagte etwas auf Isländisch zu seinem Kumpel, der lachte, dann gingen sie nach oben. Sie kniff die Augen zusammen, enthielt sich aber eines Kommentars. Wenn er es nicht für nötig hielt, sie vorzustellen, bitte schön. Wortlos ging sie in die Küche und setzte Nudelwasser auf – ausreichend für eine Portion. Ihr war klar, dass das ein bisschen zickig war – denn Björgvin hatte Wort gehalten und eingekauft und auch im Haushalt ordentlich mit angepackt. Aber in diesem Moment fühlte sie sich so zurückgesetzt von ihm, dass sie nicht anders konnte.

Während sie darauf wartete, dass die Nudeln bissfest garten, bekam sie mit, wie Björgvins Bekannter wieder das Haus verließ und er, vermutlich zum Arbeiten, ins Wohnzimmer ging. Die Türklingel ließ sie auffahren. Vermutlich der Freund, der was vergessen hatte, also blieb sie sitzen.

»Oh, hallo«, stieß sie hervor, als Björgvin mit seiner Mutter in die Küche kam. Sie hatte eine Plastikschüssel dabei. Sofie hatte gar nicht gemerkt, dass sie gekommen war.

»Guten Abend«, sagte diese fröhlich und stellte ihr Mitbringsel auf dem Tisch ab. »Ich habe Salat gemacht, und es war mal wieder viel zu viel, da dachte ich mir, vielleicht habt ihr ja Verwendung dafür.«

Sofie lächelte höflich, während Björgvin die Hände in seinen Hosentaschen vergrub. »Danke, das ist nett. Davon werde ich mir gleich was nehmen«, sagte Sofie in diesem Augenblick und spürte seinen Blick auf sich.

»Ja, eigentlich ist es ja der Lieblingssalat meines Enkels, aber der ist nicht zu Hause.«

Sofie nickte, wusste aber nicht, was sie darauf antworten sollte. Indes fuhr Freydís fort: »Hallbera ist mit ihm nach Reykjavík gefahren, weil sie dort Termine hat, und lässt ihr Kind solange bei einer Freundin, dabei wäre ich doch da gewesen. Sie hätte ihn hierlassen können. So was ärgert mich, da muss das Kind so lange im Auto sitzen für nichts und wieder nichts.« Sie schüttelte verärgert den Kopf. »Na ja, was rede ich! Ist ja immer das Gleiche, Hallbera macht, was sie will.«

»Mama«, fing Björgvin an. Das Thema war ihm sichtlich unangenehm, was Sofie verstehen konnte. So wie sie es sah, hatte Björgvins Mutter jedoch absolut recht. Der Junge sollte mehr Zeit mit seinem Vater verbringen dürfen.

Freydís winkte ab. »Jaja, schon gut. Ich war nur gerade so verärgert. Die Nachbarin musste es mir erzählen, stellt euch das mal vor. Ich stehe vor Hallberas Tür und klingele, und dann geht nebenan das Fenster auf, und ich bekomme mitgeteilt, dass sie gar nicht in Siglufjörður sind. Nein, bei der Oma muss man sich nicht verabschieden, wenn man wegfährt.«

Sofie hatte keine Ahnung, was sie zu dieser Unterhaltung beitragen könnte, deswegen schwieg sie und versuchte möglichst verständnisvoll zu schauen. »Äh, willst du vielleicht ein Glas Wasser?«, bot sie schließlich an.

»Ach, danke, das ist nett von dir.« Sie setzte sich zu Sofie an den Küchentisch und strahlte sie an.

»Ich mach schon«, verkündete Björgvin, drehte den Wasserhahn auf und ließ das Wasser laufen. Es war Sofie schon häufiger aufgefallen, dass erst mal unzählige Liter in den Abfluss platschten, ehe Isländer sich ihre Gläser füllten.

»Warum macht ihr das eigentlich so?«, fragte sie schließlich.

»Was meinst du?« Björgvin schaute sie mit einer hochgezogenen Augenbraue an. Er hatte anscheinend keine Ahnung, worüber sie redete.

»Na, das mit dem Wasser meine ich. Muss das so lange laufen?«

Er zuckte die Achseln. »Dann ist es schön kalt«, erklärte er, und Sofie nahm die Antwort so hin.

»Kein Wunder, dass ihr den höchsten Pro-Kopf-Verbrauch der Welt habt«, meinte sie schließlich grinsend.

»Kann sein. Ist vielleicht wirklich nicht die beste Gewohnheit.« Er stellte seiner Mutter das Glas vor die Nase und lehnte sich gegen die Arbeitsfläche der Küche.

»Wie kommst du denn mit den Arbeiten voran?«, erkundigte sich Freydís.

»Mit den Einbauschränken bin ich fertig. Was den Boden betrifft, werde ich mich jetzt von Zimmer zu Zimmer vorarbeiten. Erst mal ausräumen, dann streichen, dann Boden verlegen, dann wieder Schranktüren montieren.«

»Deutsche Ordnung«, scherzte Björgvin und fing sich dafür einen bösen Blick von Sofie ein.

»Wie würdest du denn vorgehen?«, fragte sie.

»Keine Ahnung, deswegen mach ich es ja nicht.«

Freydís ließ ihren Blick zwischen ihnen hin- und hergleiten. »Er könnte dir ja zur Hand gehen«, schlug sie vor.

»Ach«, Sofie winkte ab. »Das ist schon in Ordnung, ist ja meine Arbeit. Ich komme gut allein zurecht.«

Björgvin, dem das Thema offenbar unangenehm war, räusperte sich. »Mama, stell dir mal vor: Sofie hat noch nie isländisches Lamm gegessen.«

»Wirklich?« Freydís schien darüber fassungslos zu sein. »Das müssen wir ändern. Kommt doch einfach am Sonntag zum Essen, wie klingt das?«

Sofie fand die Szene mit Mutter und Sohn irgendwie anrührend und gleichzeitig amüsant. Lamm schien ja so etwas wie ein Nationalgericht für die Isländer zu sein.

»Das wäre toll«, erwiderte Björgvin.

»Absolut«, stimmte Sofie zu. Dann sprang sie auf, sie hatte die Nudeln vergessen. »Entschuldigung, darf ich mal? Sonst ist die Pasta gleich Matsch, wenn ich sie noch länger kochen lasse.«

Sie schob Björgvin zur Seite, was gar nicht so leicht war, denn er nahm ganz schön viel Raum in der kleinen Küche ein. Außerdem roch er ziemlich gut, stellte sie mit einem leisen Flattern in der Magengrube fest.

»Ja, ich will euch auch gar nicht länger stören«, verkündete Freydís und schob ihren Stuhl geräuschvoll zurück. »Dann bis Sonntag, ihr Lieben. Macht's gut.«

»Total verkocht«, stellte sie fest, als sie eine Nudel aus dem Abtropfsieb fischte. »Na, egal.« Sie schnappte sich das Glas Pesto und gab ein paar Löffel darüber. Ihr war sehr bewusst, dass Björgvin noch immer hinter ihr stand.

»Soll ich den Tisch decken?«, fragte er schließlich.

Sie schmunzelte. »Ja, mach schon. Was ist es eigentlich für ein Salat?«

»Garnelensalat mit Ei, sehr lecker.«

»Das mag Atli? Der ist doch noch ganz klein.«

»Was hat das eine denn mit dem anderen zu tun? Ist doch lecker, warum soll er das nicht mögen?« Während Björgvin zwei

Teller, Cracker und Besteck auf den Tisch brachte, kam Sofie mit den Nudeln dazu und setzte sich. »Dachte nur, das ist ja nicht so das typische Kinderessen, aber ich habe auch nicht viel Erfahrung. Ist für jeden nur eine kleine Portion«, plapperte sie nervös und verteilte sie gerecht auf beide Teller.

»Da war heute wohl jemand sparsam.«

»Ich wusste ja nicht, ob du da bist oder mit deinem Kumpel weggehst«, erklärte sie und merkte, dass sie rot wurde. Er sollte auf keinen Fall merken, dass sie gekränkt gewesen war, es war ja auch wirklich albern.

»Ähm, ja, dann also guten Appetit. Du, ich muss morgen noch mal weg.«

»Weg?«

»Ja, hab was in Reykjavík zu tun.« Er wirkte nicht so, als ob er großes Interesse hatte, mit ihr über die Gründe zu sprechen. Irgendwie verletzte sie sein Verhalten, sie hatten in den letzten Tagen viel Zeit miteinander verbracht, und sie hatte geglaubt, dass die Zeit der einsilbigen Antworten hinter ihnen liegen würde.

»Termine?«, fragte sie genauso einsilbig zurück.

»Ja.«

Sie zuckte die Schultern. »Klar, mir bist du keine Rechenschaft schuldig.« Gleichzeitig fragte sie sich, ob er wegen Hallbera und Atli dort hinfuhr. Warum konnte es ihr nicht einfach egal sein?

»Was machst du eigentlich hier in Siglufjörður?« Sie hob ihren Blick und schob sich eine Gabel mit Nudeln in den Mund. Sie waren widerlich weich.

»Ich habe einen Auftrag vom Sigló Hotel.«

»Ja, das hast du schon mal gesagt, aber für wen arbeitest du? Bist du dort angestellt?«

»Ich bin selbstständig.«

»Meine Güte, bist du beim isländischen Geheimdienst, oder warum machst du so eine große Sache daraus?«, scherzte sie und hob eine Augenbraue.

Er schaute sie an, als ob sie verrückt wäre. »Eine große Sache? Ich rede doch kaum darüber.«

»Eben.«

Björgvin lachte, es war ein ehrliches Lachen, das tief aus dem Bauch herauskam und ihn in einem völlig anderen Licht erscheinen ließ. Offen und herzlich, ganz anders als seine knappen Antworten zuvor. Sofie bekam eine Gänsehaut.

»Also, verrätst du mir jetzt, was dein Auftrag ist, oder nicht?«, hakte sie noch einmal nach.

»Ich habe zwei, zum einen arbeite ich an einer Broschüre für das Hotel hier. Ist dir sicher schon aufgefallen, oder?«

»Ja, na klar. Das da vorn am Ufer?«

»Genau, das Hotel. Das wurde vor ein paar Jahren neu gebaut, ist echt schön da.«

»Hey.« Sie grinste und fuchtelte mit ihrer Gabel herum. »Mich brauchst du nicht zu überzeugen, ich habe ja eine Bleibe. Dafür bist du also auf den Berg geklettert, kommt das mit in die Broschüre?«

Er nickte. »Ja, genau, die wunderbare Landschaft ist natürlich das größte Argument – neben der Hotelausstattung natürlich, Golf kann man hier auch spielen, im Winter Skifahren. Aber es nützt ja alles nichts, wenn der Ort schön ist, aber das Hotel grottig, sie brauchen deshalb eine gute Imagebroschüre.«

»Leuchtet mir ein. Du machst also die ganzen Fotos und so weiter? Und den Text?«

»Den arbeite ich mit der Geschäftsführerin aus.«

»Eine Frau?« Ein Funken Eifersucht regte sich in ihr. Sie war so überrascht, dass sie leise nach Luft schnappte.

Björgvin schien nichts zu bemerken. »Ja, wieso?«

»Nur so. Irgendwo habe ich neulich gelesen, dass es in Island jetzt ein Gesetz gibt, das verbietet, Frauen weniger zu bezahlen als Männern.«

»Ist es in Deutschland nicht so?«

Sofie hätte sich beinahe an einer Nudel verschluckt. »Sorry, aber schön wär's. Die Lohnkluft zwischen den Geschlechtern ist noch immer ein tiefer Canyon. Ich weiß, wovon ich rede, immerhin bin ich in einer echten Männerdomäne tätig.«

»Isländische Frauen waren wohl schon immer selbstständiger. Bei den Wikingern haben Frauen auch gekämpft.«

»Nun, kämpfen muss nicht unbedingt sein.« Sie lachte. »Mit einer angemessenen Bezahlung wäre ich schon zufrieden.«

Nach dem Essen kümmerte sich Björgvin um den Abwasch, dann verabschiedete er sich. »Du willst jetzt noch fahren?«, fragte Sofie.

Seine Mundwinkel zuckten. »Na ja, also dunkel wird's ja nicht. Wieso?«

»Äh, gar nichts. Dann könnte ich mir ja dein Zimmer vornehmen, während du weg bist. Wie lange, sagtest du, bleibst du?«

»O stimmt, gute Idee. Sollen wir die Möbel noch rausbringen? Ich weiß es noch nicht.«

»Ich zerlege das Bett, wenn's recht ist. Dafür brauche ich dich nicht, also kein Stress, fahr du einfach mal los.« Irgendwie war sie enttäuscht, dass er ihr noch immer so ausweichend und wortkarg antwortete, wenn es um bestimmte Themen ging. Vielleicht hatte sie die Situation in Reykjavík ja auch ganz falsch interpretiert.

O Gott. Sie spürte, dass sie blass wurde.

Wie peinlich.

Hastig schob sie sich noch eine Gabel voller matschiger Nudeln in den Mund.

Er wackelte mit den Augenbrauen. »Selbst ist die Frau, du verlässt dich wohl am liebsten auf dich selbst, hm?« Glücklicherweise schien er von ihren Gedanken nichts zu erahnen.

»Da ist was dran. Ich komme zurecht«, gab sie knapp zurück. Hoffentlich blieb er länger weg, es war sicher gut, wenn sie ein wenig Distanz zu ihm bekam. Sofie verstand überhaupt nicht, was mit ihr los war, sie war sonst nicht so.

»Wie du meinst. Ich helfe dir gerne.«

»Aber du wolltest doch los?«

Björgvin legte ihr eine Hand auf die Schulter, ein Prickeln durchfuhr ihren Körper. »Ich bin flexibel, Sofie.«

Hilfe! Die Wärme seiner Nähe versetzte ihren Körper in einen seltsamen Zustand der Erregung. Seine Stimme klang ein wenig rau, ihr Mund wurde trocken. Es sah genau in dieser Sekunde ganz und gar nicht danach aus, dass das Interesse nur einseitig war. Ihr Puls schnellte in die Höhe. »O-okay«, krächzte sie. »Dann hilf mir eben schnell.«

Sie wandte sich abrupt um und lief nach oben. Hoffentlich hatte er nicht bemerkt, dass sie auf seine Nähe wie ein hormongesteuertes Huhn reagierte.

Kapitel 22

Lüneburg, Herbst 1937

»Los, verschwindet!«, rief Luise und erhob ihren Schirm. Sie ging auf die Braunhemden zu, die vor dem Kaufhaus Rose mit der neuesten Ausgabe des Niedersachsen-Stürmers standen und Kunden des Hauses anpöbelten und ihr Schmierblatt anpriesen.

»Was willst du denn!«, schnarrte einer von ihnen zurück. Sein Scheitel saß so gerade, als hätte er ihn mit einem Lineal gezogen. Die wulstigen Lippen waren zu einem süffisanten Lächeln verzogen.

»Na los. Macht schon«, drängte Luise und gab keinen Schritt nach, ließ den Schirm jedoch sinken, sie wusste, dass sie körperlich gegen diese Burschen keine Chance hatte. Sie reckte ihr Kinn trotzig nach vorn und schaute den einen direkt an. »Verzieht euch mit eurem Schmierblatt. Hier arbeiten und kaufen ehrliche Leute.«

»Wenn's nach uns geht, nicht mehr lange.« Er wedelte noch ein paarmal mit seinen Zeitungen vor ihrem Gesicht, während Luises Blut hochkochte. Diese Aktionen häuften sich, seit Lüneburg im April zur Gauhauptstadt ernannt worden war. Oft blieb es nicht beim Zeitungsverkauf, gerne beschmierten die SA-Leute auch ihre Schaufenster mit antisemitischen Sprüchen. Antisemitismus war für die Nazis zur magischen Formel geworden, mit der alle gesellschaftlichen Missstände erklärt wurden.

Luise tippte ihm mit dem Zeigefinger auf die Brust. »Hau endlich ab.«

Er ließ sich überhaupt nicht beeindrucken. »Sonst was?« Sie wünschte, sie wäre stark genug, ihm sein blasiertes Grinsen aus dem Gesicht zu fegen. Sie holte tief Luft, wollte gerade etwas sagen, als jemand sie sanft zurückzog. »Geh, Luise, ich kümmere mich darum.«

Jónas! Sie atmete erleichtert auf, ging einen Schritt zurück. Jónas warf ihr einen strengen Blick zu, sie liebte ihn dafür, wie sehr er es sich zur Aufgabe gemacht hatte, sie und ihre Familie zu beschützen. »Bitte geh rein«, sagte er auf Isländisch zu ihr. Sie hatten es sich zur Gewohnheit gemacht, Themen, die andere nichts angingen, in seiner Sprache zu bereden, sie hatte große Fortschritte gemacht. Das half ihr jetzt. »Pass auf dich auf«, gab sie zurück und wich zurück, blieb jedoch in einigem Abstand stehen, um mitzubekommen, wie Jónas die beiden am Kragen packte und wegstieß. »Lasst euch hier nicht mehr blicken«, rief er den SA-Männern hinterher, die offenbar nicht mutig genug waren, sich mit Jónas anzulegen.

Luise atmete aus, sie spürte erst jetzt, dass sie vor Schreck die Luft angehalten hatte. Jónas kam auf sie zu, die Wärme in seinen Augen berührte sie tief in ihrem Herzen. »Bist du in Ordnung?«, wollte er wissen.

»Jaja, natürlich. Diese Mistkerle!«, schimpfte sie. Setzte sich jedoch in Bewegung, als ihr bewusst wurde, dass Passanten stehen geblieben waren und tuschelten. Als sie ins Kaufhaus kam, fiel ihr Blick auf das Schild, das den Betrieb als jüdisch auswies. Sie biss die Zähne zusammen, so gerne sie dieses elende Ding abreißen wollte, so wusste sie doch, dass sie damit nur noch mehr Ärger verursachen würde. Luise schnaubte. Als ob nicht ohnehin jeder Bürger Lüneburgs wusste, wer Jude war und wer nicht! So viele waren in den letzten Jahren und Monaten gegangen, so viele hatten alles aufgegeben, um anderswo ihr Glück zu versuchen. Aber die jüdischen Kaufleute wie die Rosenbergs oder Löwenthals waren durch ihr Geschäft an den Ort gebunden. Jónas' Hand auf ihrer Schulter riss sie aus ihren Gedanken. »Kann ich dir helfen?«, fragte er.

»Nein, nein. Ich habe noch einiges an Korrespondenz zu erledigen. Und du?«

»Ich habe versprochen, im Lager zu helfen. Eine starke Hand wird da immer gebraucht, und vorhin kam neue Ware.«

Sie nickte ihm zu, wollte ihn küssen, hielt sich aber zurück, da sie in der Öffentlichkeit waren. »Bis später, mein Lieber«, sagte sie und schenkte ihm ein Lächeln, dann machte sie sich auf den Weg zu Carl Rosenbergs Vorzimmer, wo schon ein ganzer Stapel Notizen auf sie wartete, die Vater ihr am Vormittag diktiert hatte. Luise setzte sich, spannte ein Blatt in die schwarze Continental-Schreibmaschine und legte ihre Hände auf die Tasten.

Dann ließ sie sie wieder sinken.

Sie wollte es nicht, aber sie musste noch immer ständig an Heini denken, den sie nach wie vor schrecklich vermisste. Luise hatte es nicht über sich gebracht, ihm zu schreiben – oder ihm zu vergeben. Obwohl sie wusste, dass er nicht anders handeln konnte, so fühlte es sich noch immer an, als hätte er sie verraten.

Im Sommer hatten sie Nachricht von Heini erhalten, dass er gut in Argentinien angekommen war. Er hatte sich dort an der Universität eingeschrieben, seine Spanischkenntnisse waren noch eher dürftig, aber er arbeitete daran. Seine Eltern hatten ihm finanzielle Unterstützung zukommen lassen, wenngleich Heini sich ebenfalls eine Arbeit gesucht hatte. Er unterrichtete die Kinder wohlhabender Familien in Englisch. Luise hatte ihm nicht geschrieben und auch seinen Brief nicht beantwortet, in dem er ihr versucht hatte zu erklären, warum er gegangen war. Etwas tief in ihr konnte oder wollte ihm nicht verzeihen. Natürlich hatte er mit keinem Wort erwähnt, dass er Männer liebte, denn mittlerweile war jedem klar, dass die Post nicht mehr sicher war. Wer verdächtig war, wurde überprüft.

Der Sommer war heiß und trocken gewesen, die Bauern klagten über die Ernten. Sie hatte jedenfalls eine gute Zeit gehabt, Jónas war nicht nach Berlin zurückgefahren, sondern hatte sie unterstützt. Er war ein Naturtalent und konnte überall in der Firma eingesetzt werden. Sogar ihr Vater hatte das nach kürzester Zeit eingesehen und ihm immer mehr Aufgaben anvertraut. Mittlerweile war Jónas ein fester Bestandteil vieler Abläufe im Betrieb, aber der Tag, an dem er wieder nach Berlin musste, rückte näher. Luise hatte sich manches Mal gefragt, ob Jónas auch »überprüft« wurde, einmal hatte sie ihn sogar gefragt. Aber er hatte es ganz locker genommen und nur gemeint, dass er in Berlin gemeldet war und ihm als Isländer gar nichts passieren konnte. Das hatte sie beruhigt, und was hatten sie schon für eine Wahl?

»Zwei Semester noch, mein Herz. Dann bin ich frei, und wir können für immer zusammen sein«, hatte er immer wieder gesagt und sie im Schatten einer alten Eiche geküsst. Den Kurpark hatten sie gemieden, seit auf den Bänken nun Schilder angebracht waren: *Nur für Arier.* Aber Lüneburg hatte mehr zu bieten als diesen verdammten Park, sie waren mit den Rädern zur Ilmenau gefahren und hatten dort ihre eigene kleine Badestelle ausfindig gemacht. So hatten sie viele sonnige Nachmittage verbracht, an denen sie im Geschäft nicht gebraucht wurden.

Die Liebe zu ihm war etwas, das ihr niemand nehmen konnte. Er bedeutete alles für sie.

Luise straffte sich und konzentrierte sich endlich auf ihre Schreibarbeiten, sonst würde sie noch die halbe Nacht hier verbringen müssen. Jeder Fehler ließ den Brief unbrauchbar werden – es gab zwar Korrekturhilfen, die sie über den falschen Buchstaben legen und ihn neu abtippen konnte, aber man sah immer, dass etwas falsch gewesen war. Vater hasste das, und Luise stimmte ihm zu. So konnte eine einzige Korrespondenz schnell zur Geduldsprobe werden. Luise war zwar nicht so geübt und schnell wie eine gelernte Schreibkraft, aber im Laufe der Zeit hatte es einigen Schriftverkehr gegeben, den der Vater lieber ihr diktiert hatte. Manches war nur für die Augen der Familie Rosenberg bestimmt, und Luise dankte dem Vater still für sein Vertrauen in sie.

Einige Zeit später war ihr Nacken steif, und hinter ihrer Stirn meldete sich ein pochender Kopfschmerz. Aber sie war gut vorangekommen, jetzt fehlten nur noch die Unterschriften, ehe die Schreiben zur Post gebracht werden konnten.

»Vater, hast du einen Augenblick?« Sie schob ihren Kopf vorsichtig in sein Büro.

Er hob seinen Blick von einem Papierstück. »Jaja, natürlich«, gab er zerstreut zurück.

Luise spürte sofort, dass etwas nicht stimmte. Mit der Zeit hatte sie eine feine Antenne für die Stimmungen ihres Vaters entwickelt.

»Ich habe hier die Korrespondenz zur Unterschrift.« Sie legte ihm eine Mappe auf den Tisch. »Ist alles in Ordnung?«

Er schaute sie an, als ob er sagen wollte: »Wann war das letzte Mal alles in Ordnung?« Sofort bereute Luise ihre Frage. Sie trat näher und beugte sich über das Schreiben, das vor ihrem Vater auf dem Tisch lag.

Luises Magen zog sich zusammen. »Was ist das?«, fragte sie unnötigerweise auch noch.

Carl Rosenberg zog einen Taschenkamm aus der Innentasche seiner Anzugjacke und fuhr sich damit durch sein

Haar, um es in Ordnung zu bringen. Es wunderte Luise nicht, dass er es sich heute vermutlich schon einige Male gerauft hatte. »Sonderbesteuerung für jüdische Betriebe. Was kommt als Nächstes, Luise? Was kommt als Nächstes?«, brummte Carl. Sie spürte seine Verzweiflung und wünschte, sie könnte etwas ändern. Ein Gedanke tauchte in ihrem Kopf auf, der sie noch mehr beunruhigte. Was, wenn sie doch falschlagen, indem sie an ihren Geschäften festhielten? Was, wenn Heini recht gehabt hatte?

Nein, sofort verdrängte sie diese Zweifel.

Irgendwann würden sich die Probleme lösen, und auch die Nazis würden anerkennen, dass sie mit ihren Gesetzen zu weit gingen.

Luise forschte in Vaters Gesicht, die Linien auf seiner Stirn waren tiefer geworden, das Lächeln, das sie einst so geliebt hatte, seltener. »Hast du gehört, dass die Familie Adler ihr Manufakturwarengeschäft verkauft hat?«

»Wirklich?« Die Neuigkeit traf sie. Sie taumelte einen Schritt zurück und hielt sich an der Kante seines Schreibtisches fest. Nicht auch noch Annis Familie.

»Ja, er war vorgestern bei mir und hat es mir erzählt.«

Anni freute sich bestimmt riesig, dass ihre Eltern nun doch zu ihr nach England reisen würden. Luise war zu überrumpelt, um überhaupt etwas zu fühlen. Wieder einer weniger, dachte sie. Nun gab es außer ihnen und den Löwenthals kein jüdisches Geschäft mehr in der Stadt.

»Das ist ein Betrieb in der vierten Generation, Luise. Kannst du dir das vorstellen, dass er alles wegwirft? Und dann kommt derselbe Kerl zu mir und legt mir auch ein Angebot auf den Tisch. Mir!«

Luise hielt den Atem an. »Wer übernimmt den Laden?«

»Der alte Schleier.«

Luise kannte ihn, er betrieb selbst ein Manufakturwarengeschäft, das bei Weitem nicht so erfolgreich war wie das der Adlers oder das Kaufhaus Rose.

»Oh.« Sie runzelte die Stirn. »Das scheint ihm gut in den Kram zu passen, dass uns immer mehr Steine in den Weg gelegt werden und einer nach dem anderen aufgeben muss, weil am Ende nichts mehr übrig ist.«

»Der glaubt, dass er sich jetzt die Geschäfte unter den Nagel reißen kann, so wie es schon mit den Immobilien der Emigranten passiert ist. Ich frage mich, ob das Angebot an Herrn Adler genauso lächerlich war wie das an mich. Fünfzigtausend Reichsmark hat er mir geboten, das ist ein Witz! Das Kaufhaus Rose ist das Dreifache wert, und dann kommen die Lagerbestände ja noch dazu.«

Er redete sich in Rage, Luise fehlten jedoch die Worte. »Du … ziehst es doch nicht in Betracht, oder?« Obwohl der Gedanke, den eigenen Traditionsbetrieb aufzugeben, furchteinflößend war, hatte sie sich in den letzten Wochen immer wieder bei dem Gedanken ertappt, fortzuwollen, aber aus Loyalität bleiben musste.

»Eher verrecke ich«, spie er aus und ballte seine Rechte zur Faust. »Dem Nazi gebe ich gar nichts.« Obwohl ihr Vater nichts über die Zahlen des eigenen Unternehmens offenlegte, so hatte sie doch Augen im Kopf. Lange würden auch sie dem Druck nicht mehr standhalten können. »Wir schaffen das«, versicherte sie ihm, um die Stimmung nicht noch schlechter zu machen.

Er nickte. »Geh jetzt, Luise, geh nach Hause. Für heute ist es genug.«

»Aber Papa …«

»Keine Widerrede, du hilfst mir schon viel zu viel.«

Sie verabschiedete sich und lief nach unten. In der Cafeteria im ersten Stock saßen einige Bauern, die zuvor ihren Stand auf dem Wochenmarkt betrieben hatten, und löffelten eine Suppe.

Aber auch die waren weniger geworden, stellte Luise mit Bedauern fest. Viele trauten sich nicht mehr zu kommen, weil sie Angst hatten, irgendwo bei der Gestapo vermerkt zu werden.

Sie straffte sich und ging durch den Haupteingang aus dem Kaufhaus. Da waren diese Schweine schon wieder! Die zwei Braunhemden hatten sich erneut mit ihrem *Stürmer*-Schmierblatt vor dem Laden postiert. »Dass ihr euch nicht schämt«, schimpfte sie und hielt sich aufrecht, auch wenn sie innerlich zitterte vor Wut.

»Du Judenschlampe bekommst auch noch, was du verdienst«, knurrte der eine, mit dem sie sich vorher schon angelegt hatte.

Judenschlampe. So viel Hass in einer einzigen banalen Beleidigung.

Luises Herz setzte einen Schlag aus. Sie wollte etwas erwidern, ihm seine Niedersachsen-*Stürmer* aus den Händen reißen und zu Boden werfen, aber sie wusste, dass ihr Vater es doppelt und dreifach heimgezahlt bekommen würde, deswegen erwiderte sie nur, so ruhig sie konnte: »Wenn euch der Herr nur ein bisschen mehr Grips geschenkt hätte, würdet ihr lieber arbeiten gehen, anstatt so einen Mist zu verbreiten.« Für mehr fehlte ihr nach diesem Tag die Kraft, sie wandte sich ab und verwünschte all die, die sich dem Nazi-Geschwätz angeschlossen hatten. Leider waren es viele. Zu viele.

Die Gesellen riefen ihr noch etwas hinterher, das sie nicht mehr hörte, weil sie davongerannt war. Sie bog in der Bardowicker Straße links ab und rannte so schnell durch die Grünanlage, den Liebesgrund, bis ihre Lungen und ihre Oberschenkel brannten. Sie nahm nichts von der grünen Umgebung wahr, die sie sonst schätzte. Sie wollte einfach nur weg. Als sie in die Gartenstraße einbog, verlangsamte sie ihr Tempo.

Bei ihrer Ankunft in der Rosenberg-Villa hatte sie sich ein wenig beruhigt und nahm sich vor, für den Rest des Abends alle bedrückenden Gedanken sofort im Keim zu ersticken. Sie lächelte, als sie Jónas entdeckte, der den Horch ihres Vaters in der Auffahrt parkte. Er hatte die Mutter zum Friseur gebracht und wieder abgeholt – eine der wenigen Aktivitäten, der sie nach wie vor regelmäßig nachging. Es war ein ausländischer Coiffeur, sie fühlte sich dort sicher vor Beschimpfungen.

»Und, hast du eine Beule hineingefahren?«, scherzte Luise, als sie mit Jónas die Küche betrat, um sich ein Glas Wasser zu holen. Ilse war anscheinend gerade unterwegs, um die Zutaten fürs Abendessen zu besorgen. Sie war nun ihre einzige Hausangestellte, nachdem der Fahrer vor einigen Wochen gekündigt hatte.

»Wo denkst du hin, ich habe den Wagen deines Vaters gehütet wie meinen Augapfel.«

Luise gab ihm einen Kuss. »Ich muss mir doch nicht etwa Sorgen machen, dass ich auf eine Maschine eifersüchtig sein muss, oder?«

Er lachte über ihren Versuch zu scherzen und zog sie in seine Arme. Luise schmolz in seiner Umarmung wie Eis in der Sonne. Seine Nähe gab ihr die Kraft, alles andere durchzustehen. Egal, wie schlimm ihr Tag auch gewesen war, Jónas gelang es immer wieder, sie aufzumuntern. »Du bist mir wichtiger als jedes einzelne Automobil dieser Erde.«

»Na, zum Glück. Hast du Lust auf einen kleinen Ausflug?« Sie wollte noch nicht ins Haus gehen.

»Mit dir immer. Was hast du vor?«

Kurz darauf saß sie auf seinem Gepäckträger und wünschte sich, sie könnte mit ihm in eine ferne Zukunft radeln. Der Fahrtwind belebte ihren Körper und ihren Geist, gleichzeitig fühlte sie sich so, als stünden ihnen alle Wege offen. Jónas fuhr mit ihr zu ihrer geheimen Stelle. Obwohl es schon kühl war und langsam dämmerte, nahmen sie sich Zeit und setzten sich auf den alten Baumstamm, den sie schon so oft als Parkbankersatz genommen hatten. Einige Vögel zwitscherten in den Ästen der umstehenden Eichen und Buchen.

»Es ist so wundervoll hier«, murmelte sie und schmiegte sich an seine Schulter. »So ruhig und friedlich.«

»Und so viele Bäume – egal, wie oft ich herkomme, ich bin immer wieder fasziniert darüber.«

»Weil es in Island keinen richtigen Wald gibt?«

»Ja. Auch deswegen. Das Rascheln der Blätter, der Geruch von Moos und Gras und die Schattierungen des Lichts, vor allem jetzt im Herbst, sind ganz wundervoll. Und mit dir ist es gleich noch viel schöner.«

Luise spürte, wie er sich versteifte. Der Herbst nahte, das hieß, dass das Semester bald anfing. Sie hatte Jónas' Studium und dass er bald zurückmusste, so gut es ging verdrängt, jetzt holte es sie mit derselben Wucht ein, wie sie es immer beiseitegeschoben hatte. »Was ist?«, murmelte sie, obwohl sie ahnte, was kam.

»Luise, ich weiß, du sprichst nicht gerne darüber, aber ich muss morgen nach Berlin zurück.«

Ihre Kehle wurde eng.

»Kannst du nicht einen Tag länger bleiben?«, bettelte sie. Luise wusste, dass es egoistisch war, aber sie brauchte ihn an ihrer Seite.

Er schüttelte traurig den Kopf. »Ich fürchte nicht, ich habe es so lange wie möglich aufgeschoben. Du weißt doch …«

»Ja, nur noch zwei Semester«, vervollständigte sie den Satz. »Dann bist du frei. Ich weiß.«

»Luise«, er nahm ihre Hand und setzte sich ein wenig zurück. »Bevor ich gehe, möchte ich dich noch etwas fragen.«

Augenblicklich bekam sie es mit der Angst zu tun. »Jónas?«

Und dann ging er vor ihr auf die Knie. Ihr wurde schwindelig. »Luise, du bist alles für mich. Ich liebe dich von ganzem Herzen. Willst du mich heiraten?«

Luise, deren Herz flatterte wie ein junger Vogel, sank ebenfalls in die Knie, sodass sie auf gleicher Höhe waren. Wusste er denn nicht, dass es ihnen verboten war zu heiraten? Wie sollte das gehen? Das Blut rauschte in ihren Ohren, ein süßes Ziehen breitete sich in ihrer Magengrube aus, eine Sehnsucht, für die es keine Worte gab. Sehnsucht nach einem Leben, das es für sie wohl nicht geben würde.

Luise schaute ihm tief in die Augen. Sie erkannte die gleiche innige Liebe darin, die sie auch für ihn empfand. Sie wollte von ganzem Herzen seine Frau werden und den Rest ihres Lebens mit ihm verbringen.

Das war auch der Grund, warum sie zögerte.

»Jónas«, murmelte sie. Dann schüttelte sie den Kopf. »Wie stellst du dir das vor?«

Er blickte sie an, sein Mund öffnete und schloss sich wieder, ohne dass er ein Wort hervorgebracht hatte.

»Hast du mit meinem Vater geredet?«, schob sie hinterher, während sich alles um sie herum im Kreis drehte. Ihr war schwindelig – vor Glück, aber auch vor Sorge.

Luises Hände wurden feucht, sie bebte innerlich.

»Mein Herz, zuerst wollte ich dich fragen. Die Braut muss doch den Bräutigam wollen.«

Luise stand auf und lief unruhig hin und her. »Ich weiß, du hast jetzt sicher was anderes erwartet, aber … so einfach geht das doch nicht. Es geht – gar nicht.«

Jónas kam ebenfalls auf die Beine, aber im Gegensatz zu ihr blieb er stehen und verfolgte jede ihrer Bewegungen mit seinen Augen. »Wir finden einen Weg, Luise. Das verspreche ich dir – wenn du mich willst.«

Luise blieb stehen und hielt sich ihre Hände vor die Brust. »Ach, Jónas. Natürlich will ich dich! Natürlich! Was denkst du denn? Aber …«

Mit einem langen Schritt war er bei ihr und riss sie in seine Arme. »Kein Aber. Wenn du Ja sagst, verspreche ich dir, dass wir für alles andere eine Lösung finden.« Und dann verschloss er ihren Mund mit einem langen Kuss.

Luise wurde heiß unter seinen Berührungen. »Ja!«, hauchte sie irgendwann. »Du bist alles, was ich will. Alles.«

Ihr Zögern bedeutete nicht, dass sie es nicht wollte. Es gab nichts, das sie sich mehr wünschte, als seine Frau zu werden. Aber die Sorge und die Bedenken waren mindestens genauso groß. Mit ihr machte sich Jónas selbst zur Zielscheibe.

»Du machst mich zum glücklichsten Mann auf der Erde«, erklärte er feierlich und holte ein kleines, mit Samt bezogenes Kästchen aus der Jackentasche.

»Bist du jetzt vollständig verrückt geworden?« Sie schlug die Hände vor dem Mund zusammen. »Jónas! So was ist doch viel zu teuer.«

Er klappte den Deckel auf, darin befand sich ein schmaler Ring mit einem kleinen Stein. Viel zu teuer für einen jungen Studenten, der quasi mittellos war. »Darf ich?«, fragte er und nahm ihre rechte Hand.

Sie blinzelte. »Wie …«

»Dein Vater hat mir Lohn gezahlt, Luise. Ich habe alles gespart und war vorhin beim Juwelier.«

»Aber wovon sollst du jetzt in Berlin leben?«

Er zuckte die Schultern. »Ich komme schon zurecht, wie immer. Ich lasse mir etwas einfallen.«

»Du bist ein Wahnsinniger.«

»Ich bin wahnsinnig, da hast du recht, sobald du ins Spiel kommst. Es gibt nichts, das ich nicht für dich tun würde.«

»Aber hungern sollst du nicht meinetwegen.«

»Mach dir keine Sorgen, Lilla mín. Dein Vater war großzügig.«

»Und, weiß er davon?«

»Wo denkst du hin?«, er lachte. »Natürlich nicht. So gern er mich hat, wir wissen alle um die Politik.«

»Und wie stellst du es dir vor?«

»Ich habe noch keine Antwort auf diese Frage, *elskan*. Die finden wir dann zur rechten Zeit.«

Schatz. Ihr Herz machte einen freudigen Hüpfer. Ihr war schwindelig vor Glück, ein wenig aber auch vor Sorge.

Nein, jetzt nicht, sagte sie sich. Sie wollte diesen einen Moment, der nur ihnen gehörte, genießen, ohne an etwas anderes als die tiefe, reine Liebe zu denken, die sie mit ihm verband.

»Sag mir, wenn du sie gefunden hast«, wisperte sie, umfasste sein Gesicht und küsste ihn.

Kapitel 23

Siglufjörður, Juli 2019

Sofie stand vor dem Kleiderschrank und suchte etwas Passendes zum Anziehen für Stellas Geburtstagsfeier am Abend. Auf glamouröse Partys war sie nicht vorbereitet, sie hatte für ihren Trip nach Island eher an Praktisches und Arbeitstaugliches gedacht. Na gut, dachte sie, was soll's? Sie entschied sich für ein helles Shirt und Jeans, nichts Besonderes, aber auch nicht zu langweilig. Sie schmunzelte und zog sich um. Im Badezimmer tuschte sie ihre Wimpern, nicht einmal Rouge oder Make-up hatte sie eingepackt. Im Grunde war es ohnehin egal, denn sie hatte nicht vor, irgendjemanden zu beeindrucken. Der Einzige, bei dem sie vielleicht den Hauch eines Ehrgeizes in diese Richtung packen könnte, war nicht anwesend. Nachdem Björgvin ihr vor einigen Tagen geholfen hatte, sein Zimmer auszuräumen, war er mit seinem Geländewagen abgedampft und hatte seitdem nichts von sich hören lassen. Warum auch? Sie waren weder befreundet noch aufeinander angewiesen. Und doch … Auch beim Thema Hannes war Sofie auf taube Ohren gestoßen, sie wollte nicht aufgeben, aber erst alles lesen, ehe sie weitere Schritte unternahm.

Sofie kämmte ihre Haare und stellte fest, dass ihr die Zeit auf Island gut bekam. Die isländische Sommersonne hatte ihrem Teint einen goldenen Schimmer verliehen. Sie schlief hier gut, und die dunklen Augenringe waren nur noch zu erahnen. Es ging ihr so gut wie schon lange nicht mehr. Auch die Trennung von Thomas hatte sie bewältigt, und mit jedem Tag, der verstrich, war sie glücklicher darüber, endlich gehandelt zu haben.

Zehn Minuten später stand sie mit ihrem Geschenk, einer Flasche Gin – Stella hatte sich nichts für sich, sondern nur etwas für die Party gewünscht –, vor der Haustür und klingelte. Es dauerte eine ganze Weile, bis geöffnet wurde. Sofies Mund klappte auf. Vor ihr stand Stella, aber sie trug nur schwarze Unterwäsche, und ihre Haare klebten tropfend an ihrem Kopf. »Was ist los?«, fragte Sofie.

»Was machst du schon hier?«, fragte Stella und zog sie zur Tür herein.

Sofie warf einen Blick auf die Uhr. »Es ist fünf vor sieben«, erwiderte sie.

»Ja, genau. Was machst du schon hier?«

Sofie meinte, Stella würde scherzen, aber sie guckte sehr ernst, dann tänzelte sie in ihr Schlafzimmer und raschelte mit Klamotten. »Ich, äh, kann auch noch mal gehen, wenn du magst. Habe ich was falsch verstanden?«, rief Sofie ihr hinterher. Stella blickte sich um. Ja, Stella hatte einen Tisch aufgebaut, auf dem schon ein paar Chips und Salzstangen herumlagen. Aber ansonsten sah es noch nicht aus, als würde hier in Kürze eine Party steigen. Sie stellte den Gin neben den Knabbereien ab und linste in die Küche. Dort standen zwei Pappkanister mit Wein – einmal Rot und einmal Weiß – neben dem Kühlschrank. Außerdem war Spülwasser im Waschbecken, eine ganze Reihe Gläser wartete offenbar noch darauf, gespült zu werden.

»Wie, falsch verstanden? Hab doch gesagt gegen sieben«, rief Stella aus ihrem Schlafzimmer.

»O-kay.« Sofie begriff nicht. »Aber heute war richtig, ja? Kann ich was machen?«

Stella tapste barfuß auf sie zu, sie hatte sich ein tannengrünes, knielanges Kleid übergezogen, das ihre roten Haare wunderbar zur Geltung brachte.

»Du musst noch viel lernen«, meinte sie im Vorbeigehen und zwinkerte. Sofie schaute ihr nach und sah, dass sie nun im Bad anfing, sich zu schminken.

»Und das wäre?«

»Auf einer Party niemals vor acht, am besten halb neun aufkreuzen.«

»Wieso hast du dann zu mir um sieben gesagt?«

»Wenn ich sage um neun, dann kommen alle erst um elf, verstehst du?«

Sofie kratzte sich am Kinn. »Äh, nee, eigentlich nicht. Oder doch, ist also wieder so eine kulturelle Sache. Man sagt was, meint aber was ganz anderes?«

Stellas helles Lachen erklang. »Scheint so. Am besten, du nimmst dir einfach was zu trinken und lässt es dir gut gehen.«

»Soll ich noch was helfen?«

»Ja, hm. Wenn du willst. Also ich wollte noch kurz die Gläser spülen und so kleine Spieße mit Käse und Trauben machen.«

»Ich fang schon mal an.«

»Tonic ist im Kühlschrank«, rief sie noch.

»Ich glaube, ich fange erst mal langsam an. Bin gerade nicht so in Übung.«

»Wie du meinst.«

Sofie ging in die Küche und spülte die Gläser, irgendwann tauchte Stella auf und mischte ihnen je einen Gin Tonic, das Eis dazu nahm sie aus einer großen Tüte aus dem Gefrierschrank. »Muss ich wirklich?«, fragte Sofie, als Stella ihr das Glas in die Hand drückte.

»Aber sicher, ist immerhin mein Geburtstag.«

»Mein Gott, entschuldige«, Sofie trocknete sich die Hände ab. »Ich Dussel habe dir noch gar nicht gratuliert. Alles, alles Liebe.« Sie umarmte sie fest.

»Danke, ab einem gewissen Alter sollte man als Frau gar nicht mehr feiern.«

Sofie lachte und zog dann tadelnd eine Augenbraue hoch. »Ach was, das solltest du gar nicht erst denken! Du siehst toll aus.«

Stella grinste, dass Sofie ganz warm ums Herz wurde.

»Na dann«, meinte Stella, »auf mich!«, und die beiden stießen klirrend an.

Zwei Stunden später füllte sich das Haus, ein Freund hatte seinen riesigen Gasgrill auf einen Hänger geladen und bei Stella auf der Terrasse abgestellt. Dort grillte er jetzt Würstchen. Tatsächlich brachte jeder Gast etwas für die Party mit. Brötchen, Snacks, Salate und noch mehr Getränke.

Nach dem ersten Gin Tonic war Sofie erst einmal bei Wasser geblieben, sie hatte sich schon beschwipst gefühlt. Obwohl sie kaum jemanden kannte, kam ständig jemand zu ihr und sagte auf Englisch: »Ah, hallo, du musst Sofie sein, die Tischlerin. Wie gefällt's dir in Island?«

Sofie hatte keine Ahnung, wie oft sie die Frage schon beantwortet hatte, aber sie fand es auch irgendwie schön, dass man sich für sie interessierte und offen empfing. In Deutschland war es ihr manchmal so ergangen, dass sie auf Partys, zu denen Thomas sie geschleppt hatte, nur herumgestanden und sich gelangweilt hatte. Niemand von seinen Bekannten war auch nur im Entferntesten daran interessiert gewesen, neue Bekanntschaften zu schließen und sich mit ihr zu unterhalten. Wer weiß, vielleicht hatte es ja auch an ihr gelegen. Dennoch, so offen wie hier war sie lange nicht mehr empfangen worden, und das freute sie sehr.

Jetzt unterhielt Sofie sich mit einer netten Frau mit Grübchen und einem fantastischen Kleid, die sich als Kristín vorgestellt hatte. Irgendwann kam das Gespräch ganz natürlich auf gemeinsame Bekannte, und Sofie konnte sich nicht verkneifen zu fragen: »Dann kennst du also Björgvin?«

Kristín lachte laut. Anscheinend hatte Sofie da etwas verpasst, womöglich kannten sich die beiden ja sogar sehr gut. Vielleicht waren sie sogar ein Paar? Er hatte nie gesagt, dass er Single war. Kristín war hübsch, sie hatte lange blonde Locken und eine tolle Figur. Jeder Mann würde auf sie abfahren. Der Stachel der Eifersucht traf Sofie unerwartet und tief.

»Natürlich kenne ich ihn, er ist mein Cousin«, antwortete Kristín.

»Oh«, machte Sofie. »Das ist ja witzig, wie klein die Welt ist.« Die Anspannung fiel von ihr ab, und sie merkte, dass sie rot anlief. Gott, wie peinlich war das denn, dass sie eifersüchtig auf Kristín war?

»Woher solltest du das auch wissen, mir ist schon klar, dass mein lieber Cousin nicht gerade offen über sein Leben plaudert. Unsere Mütter sind Schwestern. Und wo steckt Björgvin heute eigentlich? Kommt er gar nicht?«

Sofie zuckte die Schultern, während sie die Neuigkeiten verdaute. Das hieß, dass Tinna ihre Mutter war, vielleicht konnte sie ihr mehr über Hannes erzählen. Allerdings, und das war Sofie klar, konnte sie nicht gleich mit der Tür ins Haus fallen. Ehe die Pause zu lang wurde, erwiderte sie: »Ich habe keine Ahnung. Ist ja auch nicht so, dass er mir Rechenschaft schuldig wäre. Wir leben eher in einer Art Zweckgemeinschaft – er hat ja diese Katzenallergie, weshalb er nicht bei seiner Mutter unterkommen kann – und ich bin da, um das Haus zu renovieren. Aber das weißt du sicher alles schon.«

»Wie ist es eigentlich, mit einem Einsiedler wie ihm zu leben?« Das Funkeln in Kristíns Augen sagte genug, Sofie musste beinahe selbst grinsen.

Einsiedler? Ja, das kam hin. »Um ehrlich zu sein, es klappt ganz gut. Ich bekomme auch nicht viel von ihm zu sehen, er ist oft unterwegs.«

»Das klingt ganz nach ihm. Eigentlich ein ganz schöner Luxus, wenn man so flexibel arbeiten kann.« Sie lächelte wissend. »Oh, schau mal. Wenn man vom Teufel spricht.« Kristín blickte zur Terrassentür, wo Björgvin ein paar Leute begrüßte. Seine langen Beine stecken in einer ausgewaschenen Jeans, die Ärmel seines Hemdes hatte er lässig hochgekrempelt, sodass seine sehnigen Unterarme zu sehen waren. Die Haare waren vom Wind zerzaust, die Wangen wie so oft unrasiert. Sein Teint hatte eine goldene Färbung angenommen, als hätte er in den letzten Tagen viel Zeit draußen verbracht.

Sofies Herz schlug unwillkürlich schneller. Sie versuchte, sich nichts anmerken zu lassen, aber als hätte er ihren Blick gespürt, wandte er ihr sein Gesicht zu. Als er sie entdeckte, lächelte er, und etwas in Sofie schmolz dahin. Sie verstand ihre seltsame Reaktion selbst nicht. Er kam auf sie zu und begrüßte zuerst Kristín. Dann wandte er sich an Sofie und gab ihr ein Küsschen rechts und links auf die Wangen. »Hallo«, sagte Sofie und fühlte sich reichlich überrumpelt und peinlich berührt, weil ihre Stimme piepsig klang.

»Wollt ihr noch was zu trinken?«, fragte er. »Ich brauche erst mal einen Drink.«

»Ja, gern«, sagte Sofie. »Ich nehme noch einen Gin Tonic.« Von ihr aus durfte es jetzt gern etwas Stärkeres sein. Vielleicht milderte das ja ihr Nervenflattern ein wenig.

»Für mich Wasser«, sagte Kristín und lächelte versonnen, während sie eine Hand auf ihren Bauch legte.

»Nein!«, rief Björgvin. »Ehrlich?«

Kristín nickte zaghaft, eine zarte Röte überzog ihre Wangen. Und dann sah Sofie, dass sich eine ganz kleine Wölbung unter ihrem Shirt abzeichnete. Sie schluckte.

»Wie schön!« Björgvin umarmte sie. »Herzlichen Glückwunsch, wann ist es so weit? Wieso hast du noch nichts gesagt?«

»Lass mich los, du Klotz, du erdrückst mich ja.« Kristín schob ihren Cousin von sich. »Er erdrückt mich«, wiederholte sie lachend an Sofie gerichtet. »Ich bin jetzt in der vierzehnten Woche, so lange wollten wir es keinem sagen, man weiß ja nie.«

Oh. Sofie wusste genau, was sie meinte. Sie nickte und rang sich ein Lächeln ab, das sich wie eine Grimasse anfühlte. »Herzlichen Glückwunsch, das ist toll.«

»Dann trinken wir gleich auf dich«, meinte Björgvin und strich liebevoll mit seiner Hand über ihren Bauch. Wenn Sofie eins in der kurzen Zeit, die sie nun auf Island war, gelernt hatte, dann, dass Isländer Kinder über alles liebten. Ich hätte auch so gerne ein Baby, schoss ihr durch den Kopf. Der Wunsch war in dieser Sekunde so stark, dass der Boden unter ihr schwankte. Sie brauchte einen Moment für sich, um durchzuatmen.

»Ich geh schon«, sagte Sofie. Es klang hölzern.

Sie bahnte sich einen Weg in die Küche, schob sich an den Gästen vorbei und lächelte, obwohl sie sich hundeelend fühlte. Irgendwann würde sie sich auch wieder für andere freuen können, das wusste sie. Es war nicht so, dass sie Kristín die Schwangerschaft nicht gönnte, im Gegenteil, aber ihr eigener Verlust tat einfach noch zu weh, und in diesen Momenten war sie mit ihrer Trauer überfordert. Mit fahrigen Bewegungen mixte Sofie zwei Drinks und goss Wasser in ein drittes Glas. Danach hatte sie sich wieder so weit gefasst, dass sie nicht mehr das Gefühl hatte, gleich in Tränen ausbrechen zu müssen.

Sofie nahm sich ein paar Minuten, langsam beruhigte sie sich wieder. Vielleicht war auch sie eines Tages eine glückliche Mutter. Diese emotionale Achterbahnfahrt kannte sie schon zur Genüge, was nicht hieß, dass es einfach war. Als sie zurückkehrte, stand nur noch Björgvin da. »Sie musste mal«, erklärte er mit einem Grinsen. »Ist egal, dann trinken wir eben das Wasser mit.«

»Ja, gut. Dann *skál.*«

»*Skál.* Schön, dich zu sehen.«

»Gleichfalls.«

»Wie ist deine Woche gelaufen?«

»Ähm, gut. Dein Zimmer ist quasi fertig.«

»Quasi?«

»Na ja, die Möbel müssten noch rein.« Sie lächelte und schaute ihm in die Augen.

»Ich helfe dir sehr gern, Sofie.«

Ihr Magen zog sich nervös zusammen. Die Intensität seines Blickes strafte seine lockeren Worte übers Möbelrücken Lügen. Zwischen ihnen knisterte die Luft. Vielleicht lag es an der Partystimmung, vielleicht daran, dass sie sich so gefreut hatte, ihn wiederzusehen. Sie wusste es nicht. Ob er es auch fühlte?

»Oh. Verstehe. Na, das machen wir dann zusammen – falls du nachher noch stehen kannst.« Er trank einen Schluck und ließ sie dabei nicht aus den Augen.

»Keine Sorge, ich besauf mich schon nicht«, versuchte sie ihre plötzliche Nervosität zu überspielen.

Er zog seine Brauen zusammen. »Kannst du doch. Was ist los?«

»Gar nichts. Alles super.«

Björgvin schien sie zu durchleuchten, was ihr sehr unangenehm war. Sie hatte gedacht, dass sie ihre Gefühle besser verbergen konnte. »O-kay. Wie findest du die Party?«, wechselte er diplomatisch das Thema, und sie atmete aus.

Es war ganz klar der Versuch, Small Talk zu betreiben, was sie süß fand. Gleichzeitig wunderte es sie, dass er mitbekommen hatte, dass sie etwas beschäftigte. Eigentlich hatte sie ihn bislang so eingeschätzt, dass er wenig bis gar nichts um sich herum wahrnahm.

Immer wieder gesellten sich Leute zu ihnen, stellten sich vor, und Sofie musste ganz ähnliche Fragen beantworten. Irgendwann genoss sie den Abend in vollen Zügen. Björgvin stand nicht die ganze Zeit bei ihr, aber dennoch waren sie sich ihrer gegenseitigen Anwesenheit sehr bewusst, sei es nur durch einen flüchtigen Blick oder eine unauffällige Berührung, wenn er vorbeikam. Es war schön, ihn in ihrer Nähe zu wissen, ohne sich verpflichtet zu fühlen. Björgvin bewegte sich auf eine selbstverständliche Weise in ihrem Radius, ohne aufdringlich zu sein. Das gefiel ihr. Überhaupt war es ein großartiger Abend. Sollte sie jemals beschließen auszuwandern, Island wäre das Land, in dem sie ohne Probleme von morgens bis Mitternacht durcharbeiten könnte. Es kam ihr wirklich so vor, als würde jeder zweite – mindestens – nach jemandem suchen, der handwerklich etwas draufhatte. Sie fühlte sich wohl unter all diesen Menschen, außerdem war sie ein bisschen beschwipst. Irgendwann merkte sie, dass sich das Haus leerte, sie hatte durch die permanente Helligkeit überhaupt kein Zeitgefühl mehr. Aber auch sie konnte nicht leugnen, dass sich eine gewisse Schwere in ihren Gliedern breitmachte, die nicht nur vom Alkohol herrührte. Sie schaute sich nach Björgvin um, konnte ihn aber nirgends sehen. Vielleicht war er schon aufgebrochen. Möglich war es, obwohl sie die Vorstellung ein wenig enttäuschte, dass er ihr nicht mal Bescheid gegeben hatte. Andererseits, sie lebten zwar unter einem Dach, aber waren sich zu nichts verpflichtet. Zeit zu gehen, dachte sie und suchte die Gastgeberin. Die stand auf der Terrasse und rauchte. Sofie stellte ihr leeres Glas ab und ging nach draußen. »Hey, Süße, ich wollte mich verabschieden. Vielen Dank für den wunderbaren Abend«, sagte sie und beobachtete, wie Stella den Rauch genüsslich ausstieß. »Ich wusste gar nicht, dass du rauchst.«

Die Gastgeberin lächelte sie mit glasigen Augen an. »Nur, wenn ich angetrunken bin. Du willst echt schon los?«

»Ja, schon ist gut. Es ist bestimmt ziemlich spät – oder ganz früh, je nachdem, wie man es sieht.« Sie lachte.

»Kann sein.« Sie umarmten sich. »Hattest du Spaß?«

»Es war super, vielen Dank, dass du mich eingeladen hast.«

Stella drückte ihr noch einen feuchten Kuss auf die Wange, ihre Freundin hatte deutlich Schlagseite, stellte Sofie amüsiert fest. Es war trotz mangelnder Planung eine super Feier mit netten Menschen geworden, und gefehlt hatte es am Ende auch an nichts. Vielleicht sollte sie ihr bisheriges Konzept einer Feier überdenken. Wenn sie früher mit Thomas eine Party organisiert hatte, hatten sie mindestens eine Woche vorher mit den Vorbereitungen begonnen und waren am Ende so gestresst gewesen, dass sie es oft nicht hatten genießen können. »Vollkommener Unsinn«, murmelte sie und marschierte los. Die Luft war klar und frisch, die nächtliche Sommersonne strahlte. Das Blau war so intensiv, dass es ihr den Atem verschlug. Sofie beobachtete, wie einige Möwen über dem spiegelglatten Fjord kreisten. Es war so friedlich, so still. Wunderschön.

»Hey«, rief jemand hinter ihr.

Sie fuhr zusammen und drehte sich um. »Hilfe, du hast mich erschreckt.«

Björgvin grinste. »Du wolltest doch nicht etwa ohne mich gehen?«

»Ich wusste nicht, dass ich einen Beschützer brauche«, scherzte sie. Sie behielt für sich, dass sie ihn vergebens gesucht hatte, freute sich aber sehr, ihn zu sehen.

»Darf ich denn?«

Schmetterlinge flogen in ihrem Bauch auf. »Was?« Sie blinzelte kokett.

»Dich beschützen.«

Sofie grinste. »Du meinst das ernst, oder?«

Björgvin trat näher und legte einen Arm um ihre Schultern. »Und wie.«

Ein wohliger Schauer rieselte an ihrer Wirbelsäule entlang. »Obwohl ich auf mich selbst aufpassen kann, mag ich es, wenn du mich in den Arm nimmst.«

Sie schlenderten am Ufer entlang. »Und es ist auch mehr als eine freundschaftliche Berührung«, sagte er, und ihr wurde ganz heiß.

Sie wusste nicht, was sie darauf antworten sollte, denn obwohl es ihr ebenso ging, war sie von seiner Direktheit überrascht. Bislang hatte Björgvin nicht gerade mit Offenheit gepunktet, oder hatte sie es einfach nicht gemerkt? »Mir ist schon aufgefallen, dass du ein Mensch bist, der sich nicht gern von anderen helfen lässt«, sagte er jetzt, seine Stimme klang ein wenig amüsiert, doch sie wusste, dass er sie gut beschrieb. Sofie war es nun mal gewohnt, alles allein zu schaffen, es war schwierig, sich auf neue Menschen einzulassen – und ihnen zu vertrauen. Bei ihm fühlte sie sich jedoch wohl. Fast schon ein bisschen zu sehr, nach der kurzen Zeit.

»Was dich anscheinend nicht davon abhält«, gab sie scherzhaft zurück, weil sie nicht zugeben konnte, dass er sie anscheinend völlig durchschaut hatte.

»Im Gegenteil, siehst du ja.« Er zog sie noch enger zu sich heran. »Hattest du denn einen schönen Abend?«

»Ja, und du? Ich bin immer wieder begeistert, wie offen ich hier aufgenommen werde.«

»Weil du eine ganz wunderbare Frau bist, Sofie.« Der raue Klang seiner Stimme ließ die Schmetterlinge in ihrem Bauch wieder aufflattern.

Für eine Weile sagte niemand ein Wort. Sein Arm auf ihren Schultern fühlte sich angenehm an, wie von selbst legte sie ihren um seine Hüften. Sie konnte die Wärme seines Körpers durch den dünnen Stoff des Hemdes spüren. Außerdem wusste sie, dass er genauso attraktiv aussah, wie er sich anfühlte. Aber das war es nicht, warum sie sich auf diese besondere Weise zu ihm hingezogen fühlte. Es war die Mischung aus Zurückhaltung und Kernigkeit, die sie faszinierte. Er verstellte sich nicht. Nie. Bei ihm wusste Sofie immer, woran sie war. Sie war sich einhundert Prozent sicher, dass Björgvin niemals etwas sagen würde, was er nicht so meinte. Und dann war da natürlich noch sein Geruch. Gott, niemand sollte so gut riechen, und auch hier war sie sich ziemlich sicher, dass es nicht nur sein Aftershave war, das diese Anziehung für sie ausmachte.

»Ist dir kalt?«, fragte er. »Du zitterst.« Sie waren stehen geblieben und schauten auf den Fjord. Arm in Arm in der Morgensonne nach einer lauten und feuchtfröhlichen Nacht: dem perfekten Augenblick ziemlich nahe. Es war lange her, dass Sofie sich so ausgeglichen und wohlgefühlt hatte.

»Ein bisschen.« Es war vielmehr seine Nähe, die sie immer wieder erschaudern ließ, aber das behielt sie lieber für sich.

»Dann komm.« Sanft, aber bestimmt brachte er sie zum Haus, öffnete die Tür und schob sie hinein. Drinnen rieb er ihr über den Rücken, sie musste kichern, so sehr schüttelte er sie damit durch.

»Das hat auch noch keiner gemacht«, meinte sie glucksend. »Sollen wir noch schnell dein Bett aufbauen, du wirst ja wohl nicht auf dem Sofa schlafen wollen?«

»Äh, klar.« Er runzelte die Stirn und schaute sie mit einem merkwürdigen Ausdruck an.

Sofie hastete nach oben, suchte ihr Werkzeug und fing an, die Bretter des Bettgestells in den Raum zu bringen, den sie zuletzt renoviert hatte.

»Wow«, sagte Björgvin hinter ihr. Sie drehte sich um, er lehnte mit einer Schulter lässig am Türrahmen gelehnt. »Sieht echt cool aus.«

»Danke.« Sie freute sich über das Lob und machte sich wieder an die Arbeit. Plötzlich kniete er neben ihr und nahm ihr den Schraubenzieher aus der Hand.

»Kann es sein, dass du vor mir davonläufst?«

Sie hob ihr Kinn. Seine Pupillen waren geweitet, er war ihr nahe. Sehr nah. Sie starrte auf seinen schön geschwungenen Mund. »Nein«, hauchte sie.

Sein raues Lachen erfüllte den Raum, die feinen Härchen auf ihren Unterarmen stellten sich auf. Die Spannung zwischen ihnen war förmlich greifbar. »Du bist so eine miserable Lügnerin, Sofie.«

Sie schluckte und konnte den Blick nicht von ihm abwenden. Das Blut rauschte durch ihre Adern. Sie war beschwipst, aber nicht betrunken. Ihre Sinne waren geschärft, und auf einmal war alles völlig klar. Sie wollte ihn. Sie fühlte sich körperlich zu ihm hingezogen, und sie hatte nicht vor, es noch länger zu leugnen. Sofie hatte genug davon, alles zweimal zu überdenken. Sie wollte ein einziges Mal unvernünftig sein, egal, ob es klug oder dämlich war. Björgvins Finger lagen noch immer auf ihren, der Schraubenzieher war längst vergessen. Sie starrte auf seine Lippen. Sofie hatte sich nun schon so oft gefragt, wie sie sich anfühlen würden, dass sie es nicht mehr zählen konnte. Vielleicht war das hier unausweichlich, vielleicht hatten sie seit dem Abend in Reykjavík einfach eine ganze Menge Zeit verschwendet. Sie wusste es nicht. Alles, was sie noch denken konnte, war, dass es sich richtig anfühlte, dann schloss sie die Augen und küsste ihn. Björgvins Lippen schmeckten genauso köstlich, wie sie aussahen. Seine Bartstoppeln kitzelten sie, ein elektrisierendes Gefühl breitete sich in ihrem Körper aus. Er vergrub seine Hände in ihren Haaren und zog sie auf seinen Schoß. Es war der perfekte Kuss im perfekten Moment. Seine harten Schenkel unter ihrem Gesäß, sein keuchender Atem, der sich mit ihrem vermischte. Zwischen ihnen brandete eine alles verzehrende Leidenschaft auf, die, einmal entfacht, keiner von ihnen zurückhielt. Sie wollte nicht auch nur eine weitere Sekunde verschwenden. Auf dem Weg in Sofies Schlafzimmer ließen sie ein Kleidungsstück nach dem anderen auf den Boden fallen, trennten ihre Lippen nur widerwillig voneinander. Seine Nähe berauschte sie, seine Hände waren überall, und seine Zunge stellte Dinge mit ihr an, die sie alles um sich herum vergessen ließ. In ihrem Schlafzimmer hielt Björgvin einen Moment inne, nahm ihr Gesicht zwischen seine Hände und schenkte ihr einen innigen Blick, in dem so viel Leidenschaft brannte, dass ihr ganz schwindelig wurde. Ihre Beine trugen sie nicht mehr sicher, ihr Atem kam stoßweise. Dieser Augenblick war so perfekt, so ehrlich, dass sie schlucken musste. »Du bist alles, was ich will«, brummte er und senkte dann seinen Mund auf ihre geschwollenen Lippen. In der nächsten Stunde gab es noch viel mehr gehauchte Fragen und Worte, unzählige innige Küsse und eng verschlungene Glieder; Gefühle brandeten in Sofies Körper auf, die so intensiv waren wie kaum je zuvor. Und nicht nur dort setzten sich seine zärtlichen, achtsamen und leidenschaftlichen Berührungen fest, sie drangen tiefer in sie hinein. Tiefer, als sie je geglaubt hätte, stärker, als sie je zugegeben hätte. Später, sehr viel später, lag sie noch lange in seinen Armen, bis sie zusammen einschliefen.

Kapitel 24

Lüneburg, April 1938

Die Sonne wärmte Luises Rücken, während sie sich einen Moment nahm und ihrer Großmutter gedachte. Vögel saßen in den Bäumen und zwitscherten, während ein leichter Wind durch ihre Haare blies. Es war ein ruhiger und doch emotionaler Augenblick, denn obwohl sie immer gewusst hatte, dass es irgendwann so weit sein würde, so wurde ihr schmerzlich bewusst, wie sehr ihre Großmutter ihr fehlte. Luise legte einen Stein nach alter jüdischer Tradition auf Omas Grab und murmelte das Kaddisch. Sie war vor zwei Monaten einer Lungenentzündung erlegen. Sie war kaum mehr als ein Bündel Mensch gewesen, die Haut faltig und fahl, die Augen wässrig und müde. Mit ihren letzten Worten hatte sie das Schma Jisrael geflüstert: … schəma jisrael adonai elohenu adonai echad – »Höre Israel! Der Ewige, unser Gott, der Ewige ist eins«. Sie hatte mit der letzten Kraft ihres irdischen Daseins ihre Familie gesegnet.

Ihre Energie war versiegt, sie wollte nicht mehr kämpfen. Luise wusste, dass der Tod für sie eine Erlösung gewesen war, aber ihr Herz sagte etwas anders. Sie wünschte, Oma säße noch, wie so oft, in ihrem Lehnstuhl und schaute aus dem Fenster, während sie den Klängen aus ihrem Grammofon lauschte. »Ich vermisse dich, Oma«, flüsterte sie mit bebenden Schultern. Obwohl ihre resoluten Schlüsse und spitzen Bemerkungen Luise manches Mal kalt erwischt hatten, fehlten sie ihr jetzt mehr, als sie zugeben wollte. Sie hatte sie ihr ganzes Leben begleitet, und auf einmal war sie nicht mehr da.

Luise schluckte und spürte, wie warme Tränen ihr Gesicht benetzten. Sie senkte den Kopf. »Ich habe Heini immer noch nicht geschrieben. Ich bringe es einfach nicht über mich. Ja, ich weiß, du würdest mir jetzt den Kopf waschen, weil du findest, es sei an der Zeit, ihm zu vergeben. Aber ich kann einfach nicht. Ich kann nicht, obwohl ich es möchte. Aber jedes Mal, wenn ich an ihn denke, dann bildet sich ein dicker Knoten in meinem Magen, weil er sich in Argentinien ein schönes Leben macht, während wir hier kämpfen, den Kopf über Wasser halten.«

Luise seufzte und wischte sich wütend über die Wangen. »Ich gebe nicht auf«, sagte sie und straffte sich, ehe sie den jüdischen Friedhof Am Neuen Felde in Lüneburg verließ und zur Arbeit ging.

Sonnenstrahlen tauchten den Raum in ein goldenes Licht. Staubkörnchen glitzerten in einem unregelmäßigen Tanz, ehe sie lautlos auf die Möbel in Vaters Büro rieselten. Luise ging zum Schreibtisch ihres Vaters, um die Postmappe abzuholen. Sie hatte beim Eintreffen im Kaufhaus schon bemerkt, dass am Marktplatz etwas vor sich ging, überall hatten Soldaten gestanden und gewartet. Vor dem Rathaus waren ein Podium und Lautsprecher aufgebaut. Die Geräusche machten sie neugierig, obwohl sie vermutete, dass es nur wieder ein dämlicher Appell war. Luise ging zum Fenster und blickte hinunter. Es schienen immer mehr zu werden, unzählige Uniformierte hatten sich aufgereiht und lauschten der politischen Hetze. Sie biss die Zähne zusammen und wandte sich ab. »Sollen sie doch«, murmelte sie trotzig vor sich hin, während sie zurück an den Schreibtisch trat.

Ihr Blick fiel auf ein offizielles Schreiben, das aus der Mappe hervorlugte. Sie zog das Papier heraus und erstarrte. »Verordnung über die Anmeldung des Vermögens von Juden«, las sie. Es war auf den 26. April 1938 datiert. Sie ließ sich in den Sessel ihres Vaters sinken und überflog die schriftliche Aufforderung, nach der jeder Jude sein privates Vermögen über 5000 Reichsmark angeben musste.

»Luise, was machst du da?«, riss die Stimme ihres Vaters sie aus ihren Gedanken. Sie schreckte hoch. Er trug einen dunklen Nadelstreifenanzug und blank polierte Schuhe, seine Haare waren ordentlich frisiert, und um seinen Mund lag ein strenger Zug.

»Was ist das?« Sie zeigte auf das Blatt und hielt es hoch.

Zwischen seinen Brauen hatte sich eine steile Falte gebildet.

Carl Rosenberg atmete hörbar aus. Einst war er stark wie eine Eiche gewesen, aber es war kaum mehr zu übersehen, dass auch er an Kraft verloren hatte. Er war ein Kämpfer, überzeugter Nationalist und vor allem eins: ein Vollblutkaufmann. Nach und nach hatten die Nazis die Rechte der Rosenbergs immer weiter beschnitten, längst war ihnen klar, dass es nur darum ging, die Juden, die noch im Land verblieben waren, noch weiter abzukassieren. Sie würden nicht aufgeben, ehe sie alles aus ihnen gepresst hatten, denn die Rüstungsindustrie verschlang immer größere Summen. Daraus machte die Reichsregierung kein Geheimnis. Luise wagte nicht, sich die Frage zu stellen, ob sie selbst einfach zu blind waren, das Offensichtliche nicht zu begreifen.

»Leg es bitte zurück«, bat er sie sanfter.

»Papa«, sie ging auf ihn zu und fasste ihn am Oberarm. »Wir müssen reden.«

Für eine stumme Sekunde blickten sie einander an, irgendwann senkte er den Blick und atmete leise aus. Es war, als ob ein letzter Wall bröckelte. Furcht griff nach Luises Herz.

»Schließ die Tür«, sagte er knapp.

Sie nickte, kam seiner Aufforderung nach und wandte sich ihm wieder zu. »Was sollen wir jetzt machen?«

»Du weißt, dass die NSDAP in ihren Büros alle Informationen über jüdische Geschäftsleute gesammelt hat. Sie führen über alles und jeden Buch. Das geschieht in enger Zusammenarbeit mit den Finanzämtern und auch der Handelskammer. Es ist kein Geheimnis, dass nur noch die Leute an der Macht sind, die parteitreu handeln. Zuerst haben sie die Sonderbesteuerung eingeführt, um ihre Rüstungspolitik zu finanzieren, aber anscheinend reicht das nicht. Sie wollen nun auch die letzte Mark von uns.«

Luise verstand, aber sie hatte es auch vorher bereits geahnt. »Es sind schon so viele alteingesessene Läden von Konkurrenten gekauft worden. Es gibt nur noch uns und die Löwenthals.«

Er wirkte traurig, aber der störrische Zug in seinem vertrauten Gesicht verriet ihr, dass er nicht vorhatte aufzugeben. »Wenn du jetzt auch davon anfängst, dass wir emigrieren sollen, dann weise ich dich nur darauf hin, dass ich meine Firma nicht aufgeben werde. Es ist das Lebenswerk unserer Vorfahren, Luise. Es wird schon irgendwie gehen. Dieser Irrsinn kann nicht für immer so weitergehen, wir müssen nur noch ein bisschen durchhalten.«

»Durchhalten? Bis wann? Was kommt als Nächstes? Ich weiß, dass wir nicht aufgeben können. Aber was sollen wir sonst tun?«

»Wenn ich das Kaufhaus verkaufe, verlieren wir unsere Lebensgrundlage. Die Reichsfluchtsteuer würde unser

Vermögen um ein Viertel beschneiden, und was davon übrig bleibt, kommt auf ein Auswanderer-Sperrkonto, auf das wir nicht zugreifen können. Ich habe das alles mehrfach durchdacht, mein Kind. Edith liegt mir jeden Tag damit in den Ohren, aber es geht nicht. Ich könnte uns nicht den Lebensstandard bieten, den wir gewohnt sind, wenn wir emigrieren. Uns bleibt keine andere Wahl, als weiterzumachen.«

»Ich weiß.« Sie hatten es in den letzten Wochen und Monaten mehr als einmal diskutiert, Edith hatte immer wieder dafür gekämpft, Lüneburg zu verlassen. Großmutter hatte sich geweigert und Carl darin bestärkt, aber nun, da sie gestorben war, sah es anders aus. Edith hätte ihre Mutter nicht hier zurückgelassen, egal, wie angespannt ihr Verhältnis gewesen war. Aber nun lebte sie nicht mehr, und das Drängen der Mutter würde stärker. »Wird Mama ohne dich gehen?«, fragte Luise ängstlich.

Carl rieb sich über die Stirn. »Ich weiß es nicht, ich hoffe nicht. Ich könnte ihr nicht einmal Geld senden, Luise. Selbst wenn ich unsere Firma verkaufe, dann landet alles auf diesem Sperrkonto. Eine Auszahlung kann nur mit dem Umtausch von Devisen erfolgen, und natürlich ist der Wechselkurs nicht gerade vorteilhaft. Die Kursverluste sind horrend, sodass am Ende so gut wie nichts übrig ist.«

»Ich kann einfach nicht fassen, dass man uns alles nehmen würde, wenn wir gingen. Wir sind nicht willkommen, aber unser Geld wollen sie haben?«

»Ich bin nicht bereit dazu, dass der Wert unseres Kaufhauses in die Rüstungsindustrie gesteckt wird, für einen Kampf, den ich nicht unterstütze.«

»Vielleicht wird es ja gar keinen Krieg geben.«

»Sei nicht naiv, Luise. Alles läuft darauf hinaus. Die Polenfrage, dieses Gefasel von den Verlusten im Osten, die wir nach dem Versailler Vertrag hinnehmen mussten, und dass das gesühnt werden muss. Die Hetze, dass es nicht mehr länger zumutbar sei, dass man als Deutscher nur mit zugezogenen Vorhängen das fremde Territorium durchqueren kann, um in eine deutsche Stadt im Osten fahren zu können. Für viele ist das ein unhaltbarer Zustand, Luise. Die Frage ist nicht ob, sondern wann. Es ist ganz klar, Luise. Ich mag vielleicht blind für vieles sein, aber ich bin nicht vollkommen ignorant.«

»Aber was willst du jetzt tun?«

Er ließ sich in seinen Stuhl sinken. »Ich habe nicht die geringste Ahnung, mein Kind. Aber du, du solltest das Land verlassen. Du bist jung, du kannst anderswo neu anfangen, eine Universität besuchen und dir etwas aufbauen. Jónas ist ein kluger Kopf, ich bin froh, dass du ihn kennengelernt hast.«

Luise erstarrte. Wo kam das auf einmal her? »Nein.«

»Luise, vielleicht sitze ich hier fest, aber du solltest emigrieren. Die Zukunft in Deutschland ist für uns Juden düster und ungewiss geworden, mein Kind.«

»Hast du vergessen, dass eine Emigration seit letztem Jahr nicht mehr so einfach möglich ist?«

»Wir werden schon einen Weg finden, Luise. Es gibt immer Mittel und Wege, solange man Geld hat. Es brodelt in Europa.«

Luise schloss die Augen und rang um Fassung, wie so oft in der letzten Zeit. Obwohl sie nichts lieber tun würde, als mit Jónas, der gerade in seinem letzten Semester steckte, davonzulaufen, um ihr Glück anderswo zu suchen, so war ihr doch klar, dass das niemals möglich sein würde, solange ihr Vater um die Existenz bangen musste. Nach Heinis Emigration war sie die Einzige, auf die er noch zählen konnte. Sie konnte und würde ihre Familie nicht im Stich lassen. Ihre Loyalität war stärker. Luise wusste, dass ihr Vater, wenn er einmal eine Meinung gefasst hatte, nicht mehr davon abwich. Er würde so lange um das Kaufhaus Rose kämpfen, wie er konnte. Aber er stand auf einer Brücke, die längst nicht mehr sicher über den Fluss führte, und sie würde den Teufel tun und ihn allein diesen Weg gehen lassen, obwohl sie mittlerweile auch daran zweifelte, ob das richtig war. Von den einstigen Gewinnen, die sie erwirtschaftet hatten, blieb nach all den Verordnungen der Nazis kaum mehr etwas übrig. Und wenn sie Deutschland, wie so viele andere Juden, verlassen wollten, so war das mittlerweile beinahe ein unmögliches Unterfangen geworden. Anni hatte in einem ihrer letzten Briefe berichtet, dass nun auch die Engländer einen Einreisestopp für Juden verhängt hatten, nur noch in Ausnahmefällen bekamen sie eine Einreiseerlaubnis. Leider betraf dies nicht nur England, sondern galt für die meisten anderen Länder auch. Niemand wollte mehr Juden aufnehmen,

»Ja, und was willst du dann machen? Glaubst du etwa, Hitler wird freundlicher, wenn er sich im Krieg befindet?«

»Nein, Luise, das glaube ich nicht.« Es war eher so, dass sie erst jetzt das volle Ausmaß begriff, das die Familie Adler offenbar schon längst dazu bewogen hatte, lieber alles zu verlieren, dafür anderswo eine Zukunft zu haben. Sie dachte an Anni und daran, wie sehr sie sie vermisste.

»Was dann? Willst du etwa noch mehr Einschnitte und Einschränkungen hinnehmen?« Sie schob ihre Unterlippe vor. Wenn sie ihrem Vater vorschlug auszuwandern, würde er das als Verrat werten. Sie wusste es, aber sie fühlte es zum ersten Mal so deutlich, dass es falsch war zu bleiben, dass ihr ganz schwindelig wurde.

»Luise, was sind das denn auf einmal für Töne?«

»Hast du dich schon mal gefragt, ob wir uns hier nicht auf einem sinkenden Schiff befinden?«, schnappte sie, und ihr Herz klopfte bis zum Hals hinauf. Luise hob ihr Kinn und sah ihm direkt in die Augen.

Aus Carl Rosenbergs Gesicht wich alle Farbe, seine Lippen waren zu schmalen Strichen zusammengepresst. Luises Herz hämmerte hart gegen ihren Brustkorb. In diesem Ton hatte sie noch nie mit ihrem Vater gesprochen.

Die Hilflosigkeit, die aus seinem Blick sprach, war eindeutig.

»Ich habe Angst«, sprudelte es aus ihr hervor. Ihre Knie wurden weich.

Carl legte ihr eine Hand auf die Schulter. »Alles wird gut, Luise.«

Sie zweifelte. Nein. Sie war sich sicher, dass sie ins Verderben rannten, wenn sie nicht einen anderen Weg einschlugen. Zum ersten Mal glaubte sie nicht mehr das, was ihr Vater ihr versprach.

Kapitel 25

Siglufjörður, Juli 2019

»Hey«, murmelte Björgvin rau. Seine Augen waren geschlossen, er lag bäuchlings neben Sofie, seinen linken Arm hatte er besitzergreifend über sie geschoben.

»Hey«, erwiderte sie sanft.

»Was machst du da?«, murmelte er verschlafen.

»Ich habe ein bisschen gelesen, du hast so schön geschnarcht, aber ich wollte noch nicht aufstehen.«

»Ich schnarche doch nicht.«

»Wenn du meinst?« Sie lachte und legte das Notizbuch weg.

»Was liest du?« Er blinzelte und griff danach, dann stöhnte er gequält. »Du bist immer noch damit beschäftigt?«

»Ja, es ist sehr emotional, und ich bin nach wie vor der Meinung, dass Hannes vielleicht was falsch verstanden hat und dass er sich noch einmal damit beschäftigen sollte.«

Björgvin setzte sich ruckartig auf. »Mein Gott, du scheinst es nicht zu begreifen, oder?«

Sofie machte große Augen, sein forscher Tonfall überrumpelte sie. »Was?«, gab sie kühl zurück, während ihr Herz raste.

Vermutlich fing er jetzt gleich wieder damit an, dass es sie nichts anging. Aber damit würde sie sich nicht noch einmal abspeisen lassen.

»Niemand in dieser Familie möchte mehr etwas über Hannes' Mutter hören. Verstehst du?«

Sofie schnaufte aus. »Und dein Versprechen, dass du mich zum Seniorenheim bringst, hast du wohl auch vergessen?«

Björgvin sah sie ruhig an, seine Wut schien verpufft zu sein. Dann nahm er ihre Hand und verschränkte sie mit seiner. »Ich habe gar nichts vergessen. Es ist nur nicht meine Geschichte, es ist seine«, wisperte er.

»Aber …«

Er legte ihr einen Finger auf die Lippen. »Sofie. Wie wäre es denn, wenn du mal mit Kristín redest?«

»Sie ist seine Enkelin, richtig?«

»Genau, und sie weiß vermutlich auch mehr als ich. Ich möchte mich da eigentlich nicht einmischen. Alles, was ich weiß, ist, dass Hannes mit seiner leiblichen Mutter abgeschlossen hat und er ganz sicher kein Interesse hat, mit irgendwem über sie zu sprechen.«

Schon gar nicht mit einer dahergelaufenen Fremden aus Deutschland, beendete Sofie den Satz in ihrem Kopf. Sie nagte an ihrer Unterlippe. »Kannst du Kristín vielleicht vorwarnen? Ich meine, wir sind uns nur einmal begegnet, und ich möchte sie nicht überfallen. Mir ist bewusst, dass das ein heikles Thema in der Familie ist, und ich möchte niemanden verletzen.« Der wahre Grund war natürlich, dass sie in Kristíns Gegenwart befangen war, Schwangere zu sehen war schmerzhaft. Das konnte sie Björgvin natürlich nicht erzählen.

Er grinste plötzlich. »Ach, aber bei mir ist es okay, oder wie?«

Sofie schüttelte den Kopf und rückte näher an ihn heran. »Dich verletze ich mit meinen Fragen ja nicht, aber Hannes ist direkt betroffen. Und doch – ich möchte ihn kennenlernen, ich weiß auch nicht, wieso. Ich habe das Gefühl, dass da noch einiges unausgesprochen ist, dass er die Notizen vielleicht gar nicht gelesen hat, sie sind ja auf Deutsch. Und ja, bei dir ist es okay – dich kenne ich besser. Viel besser.« Sie hoffte, dass sie nicht mit Kristín reden musste, sondern dass Björgvin sich doch erweichen ließ.

Sein Blick wurde intensiver, ihr Herzschlag beschleunigte sich. »Zeig mir doch mal, wie gut du mich kennst.«

Björgvin drückte ihr einen Kuss auf den Arm. Sofie genoss die Vertrautheit des Augenblicks. Es fühlte sich beinahe an, als wären sie wirklich ein Paar. Allerdings machte sich Sofie darüber keine Illusionen, sie genoss die Intimität mit Björgvin. Dass das, was sie verband, nur für die Dauer ihres Aufenthaltes bestand, war für sie jedoch sehr wahrscheinlich. Sie glaubte nicht an das Konzept Fernbeziehung über dreitausend Kilometer. Sie kam gerade aus einer langjährigen Beziehung, und mit Björgvin war es ganz anders. Sofie wagte nicht einmal das Wort Urlaubsflirt zu *denken*, aber natürlich schwebte es irgendwie über ihnen. Irgendwann würde sie nach Deutschland zurückkehren.

Sofie drehte sich und küsste ihn leidenschaftlich. »Überzeugt?« Sie löste ihre Lippen von seinen.

Er atmete schneller. »Oh, absolut.« Seine Hände strichen über ihre nackte Wirbelsäule, ihr Körper reagierte mit einem lustvollen Schaudern. »Du hast keine Ahnung, wie gerne ich dieses, äh, körperliche Gespräch jetzt mit dir vertiefen würde, aber …«

»Aber?«, fragte sie mit flatternden Lidern.

»Ich fürchte, dass es schon ganz schön spät ist …«

»Und?«

»Wir sind bei meinen Eltern zum Essen eingeladen. Du erinnerst dich, das isländische Lamm?«

»Oh, stimmt ja.« Daran hatte sie gar nicht mehr gedacht, in seinen Armen vergaß sie alles. Die Realität hatte sich in Rauch aufgelöst, es war einfach zu schön gewesen. Sofie wurde warm, und zum ersten Mal fühlte sie etwas wie Verlegenheit wegen der letzten Nacht. Sie bereute nichts, aber dennoch wollte sie nicht, dass hier etwas überbewertet wurde. »Äh, wie … was machen wir? Also … du weißt schon, wegen …«

»Du meinst, was wir ihr sagen?«, kam er auf den Punkt. »Mein Vater bekommt sowieso nie was mit, aber meine Mutter schon, und die ist neugierig. Sehr neugierig.«

Sofie nickte. Nun war er doch da, der Moment der Peinlichkeit. Björgvin strich Sofie zärtlich über die Wange. »Was möchtest du ihr denn sagen?« Das amüsierte Funkeln in seinen Augen verursachte ein leichtes Flattern in ihrer Herzgegend.

»Eigentlich gar nichts … Ich würde mir sehr, sehr merkwürdig dabei vorkommen, ihr von uns zu erzählen. Das ist doch ganz schön intim. Oder?«

»Ich bin erleichtert, dass du das sagst. Meine Mutter kann sehr … vereinnahmend sein. Wenn sie herausbekommt, dass wir uns nähergekommen sind, hört sie gleich die Hochzeitsglocken läuten. Mir wäre es auch lieber, wenn wir das verhindern könnten.«

»Heiraten will ich dich sicher nicht«, scherzte Sofie, gleichzeitig spürte sie einen kleinen Stich.

Björgvins Hände wanderten an ihrem Rücken entlang. »Wie gut, dass wir in einer Zeit leben, in der man auch ohne Trauschein Spaß haben kann.«

Spaß, ja. Mehr nicht. Es war wunderbar, sich in seinen Armen fallen zu lassen. Es tat ihr gut, auch wenn es nur körperlich war. Hoffentlich vergaß sie dieses Detail nicht irgendwann.

Mit Björgvin teilte sie keine schmerzvolle Vergangenheit. Sie konnte einfach sie selbst sein, ohne dieses schwarze Loch permanent in sich zu spüren, das sie in den letzten Monaten langsam von innen aufgefressen hatte. Wenn er bei ihr war, war es anders, sie fühlte sich frei. »Ich würde sehr gerne weitermachen«, raunte er an ihrem Hals. »Aber es ist schon nach eins, und wenn wir keinen Verdacht erregen wollen, müssen wir langsam mal zu meinen Eltern fahren.«

Sie bedauerte es mindestens so sehr wie er, sie hätte gut und gerne den ganzen Tag in seinen Armen in ihrem Bett verbracht. »So spät schon?«, seufzte sie.

»Wir waren eben früh im Bett«, gab er lachend zurück.

»Himmel, dieses permanente Tageslicht kann die innere Uhr ganz schön durcheinanderbringen. Habe ich noch Zeit, kurz zu duschen?«

Sie wollte aus dem Bett springen, aber er hielt sie in seinen Armen. »Nimm dir so viel Zeit, wie du willst, ich sage meiner Mutter dann, dass du dich schon an die isländischen Gepflogenheiten angepasst hast«, neckte er sie.

»Sehr witzig.«

Er gab ihr einen kurzen Kuss, dann schwang sie ihre Beine aus dem Bett und hastete ins Bad.

Kapitel 26

Lüneburg, Sommer 1938

Edith saß mit einer Stickarbeit am Fenster. Die Vorhänge waren zugezogen, wie immer häufiger, während draußen das herrlichste Sommerwetter herrschte. Die Wochen bis zum Sommer waren in einer quälenden Langsamkeit verstrichen, Luise konnte sich nicht erinnern, wann jemand zuletzt in diesen Räumen gelacht hatte.

»Wolltest du nicht zum Friseur?« Luise schaute auf die große Pendeluhr im Salon, sie wollte sich gleich auf den Weg zum Kaufhaus machen.

Edith blickte auf und blinzelte. »Was hast du gesagt?«

»Ob es nicht Zeit für deinen Friseurbesuch ist.«

»Nein, ich gehe nicht.«

»Du gehst nicht?«

Edith zuckte die Schultern und wandte sich ab. Luise ging fassungslos auf sie zu.

Es kam Luise so vor, als ob Edith Rosenberg die Vorgänge da draußen mit ihrer Schwermütigkeit einfach abprallen ließ. Sie verließ das Haus überhaupt nicht mehr.

»Mama, aber …« Sie biss sich auf die Lippe, während sie das einst so wundervoll glänzende schwarze Haar ihrer Mutter betrachtete. Nun hing es stumpf und glanzlos an ihr herab, unzählige silberne Strähnen hatten sich hineingemischt. Was war nur los mit ihr? Hatte sie sich wirklich komplett aufgegeben? Im April hatte Luise noch geglaubt, dass Edith nun, da Ruth nicht mehr da war, um sie zu bremsen, dafür kämpfen würde, Deutschland zu verlassen. Luise trat zurück und nahm die Vase vom Buffet, die Blumen darin waren verblüht. Ihr fehlten die Worte, obwohl sie vielleicht nicht wirklich überrascht darüber war, dass Edith nun auch noch ihr letztes Vergnügen aufgab.

Luise brachte die Vase in die Küche, warf die Blumen in den Mülleimer und goss das schmutzige Wasser in den Abfluss. Dann griff sie nach dem Ring, der an der Kette an ihrem Hals befestigt war, und schloss die Augen. Wie lange würde es noch dauern, bis sie Jónas endlich wiedersah? Sie schrieben sich beinahe täglich, aber es war bei Weitem nicht das Gleiche, wie sich in den Arm zu nehmen und in die Augen zu sehen. In seinen Briefen hatte er ihr immer wieder angeboten, sein Studium aufzugeben, um ganz für sie und ihre Familie da zu sein. Aber Luise wollte es nicht, sie hatte es ihm sogar verboten. Jónas konnte doch nicht seine Zukunft für sie aufgeben – er hatte lange und hart dafür gearbeitet. Nein, egal, wie sehr sie sich auch nach ihm sehnte, so egoistisch durfte sie nicht sein.

Lange konnte es ohnehin nicht mehr dauern. Die paar Wochen würde sie nun auch noch aushalten.

Luise trank noch ein Glas Leitungswasser, dann eilte sie zum Kaufhaus, sie war spät dran. Es war ein heißer Sommertag, am Himmel waren nur ein paar Schäfchenwolken zu sehen. Die Sonne brannte herunter, Schweißperlen bildeten sich auf ihrer Stirn, während sie über das Kopfsteinpflaster am Markt ging. Auf den Scheiben gab es einmal wieder neue Schmierereien. *Juda verrecke*, las sie und schüttete den Kopf. »Meine Güte, wie oft haben die Schweine das nun schon aufs Schaufenster gepinselt. Denen fällt wohl auch nichts anderes ein.« Sie konnte dennoch nicht verhindern, dass sich alles in ihr verkrampfte. Jemand musste das abwaschen, sie würde sich gleich darum kümmern. Luise stapfte durchs Geschäft, es war nicht viel los, wie so oft in der letzten Zeit – und es lag nicht nur am heißen Wetter. Mit ihren Boykottaktionen hatten die Nazis es geschafft, ihren festen Kundenstamm immer weiter zu dezimieren. Luise eilte die Stufen nach oben, sie wollte ihren Unmut bei ihrem Vater äußern. Warum hatte er nicht längst eine Mitarbeiterin nach draußen geschickt, um sich darum zu kümmern? Sie durften sich das nicht von den Nazis bieten lassen.

Sie wollte gerade mit einer Schimpftirade auf ihren Lippen in Vaters Büro eintreten, als sie zwei männliche Stimmen hörte. Sie erstarrte.

»… das ist mein letztes Angebot.«

»Tut mir leid, Herr Schleier. Das ist absolut inakzeptabel. Sie müssen mir schon mindestens das Doppelte bieten.«

Luises Magen verkrampfte sich. Beim Namen Schleier klingelte es natürlich, er war einer der alteingesessenen Lüneburger Kaufleute, der schon das Manufakturwarengeschäft der Familie Adler zu einem Spottpreis übernommen hatte, als die Familie emigriert war. Schleier war ein Mann mit fliehendem Kinn, schütterem, aschblondem Haar und einer Himmler-Brille mit runden Gläsern. Wollte ihr Vater nun doch verkaufen? Hatte er vielleicht eine Lösung wegen ihres Vermögens gefunden? Einerseits keimte neue Hoffnung in ihr auf, dass sie als Familie auswandern konnten, ohne alles zu verlieren, andererseits – vielleicht hatte Vater nun doch eingesehen, dass es keine andere Möglichkeit gab, als zu verkaufen, egal, wie hoch das Angebot lautete. Die Umsätze waren stark zurückgegangen, die Kosten waren gestiegen. Luise hatte schon immer einen Sinn fürs

Kaufmännische gehabt. Sie konnte sich, auch ohne die Bücher gesehen zu haben, ausmalen, dass die Zahlen womöglich nicht mehr im schwarzen Bereich lagen. Das wäre der Zeitpunkt, an dem auch ihr Vater ein Einsehen hätte. Offenbar trug er sich nun doch mit dem Gedanken, das Kaufhaus Rose aufzugeben. Es war ein Schock für sie, dass das Traditionshaus womöglich in fremde Hände gegeben werden musste. Sie hatte geglaubt, dass eher die Hölle zufrieren würde.

»Machen Sie doch, was Sie wollen«, sagte Schleier jetzt. Er schob den Stuhl zurück, die Beine schabten über den Boden. »Ich bedaure die gegenwärtigen Umstände für Sie, für Ihr Volk. Es geschieht viel Böses, das ist mir klar. Manchmal auch etwas Gutes. Ich bin Ihr Freund, Rosenberg. So ist das, momentan haben die Juden einfach Pech. Ich hatte auch nicht immer Glück im Leben.«

Luises Hals wurde eng, sie wollte ins Zimmer stürmen und dem Kerl an die Gurgel springen, aber sie hielt sich zurück.

»Sie sind nicht besonders taktvoll«, sagte ihr Vater jetzt. »Und dass Sie mein Freund sind, nun, das glaube ich nicht.«

»Sehen Sie das, wie Sie wollen. Ich will Ihnen jedenfalls nichts Böses, ich will Ihnen helfen. Betrachten Sie es als ein Geschäft. Mir sind die Juden mit ihrem Glauben oder Aussehen egal, ich habe mit dem ganzen Rassenidiotismus nichts am Hut.«

»Aber bereichern wollen Sie sich doch an unserem Elend.«

»Juden sind tüchtige Kaufleute, die ich bewundere – andere hassen sie dafür. Ihr Kaufhaus hat einen guten Ruf. Wäre doch schade drum, wenn es bald nicht mehr existierte. Ich tue Ihnen einen Gefallen, ich würde den Laden in Ihrem Sinne weiterführen. So ist nun mal der Lauf der Welt. Manchmal gewinnt man, manchmal verliert man.«

Luise wollte ins Büro rennen und diesem unmöglichen Kerl ins Gesicht schlagen, sie wollte ihn anbrüllen und ihn hochkant hinauswerfen. Nichts davon konnte sie tun.

Carl Rosenberg stieß einen tiefen Seufzer aus. »Versetzen Sie sich mal in meine Lage.«

»Ich bin aber kein Jude«, kommentierte der andere trocken. Der Stuhl wurde wieder herangezogen. »Ich nehme Ihnen die Bürde des Geschäfts ab. Wenn ich es nicht mache, macht es die Regierung.«

Luise konnte sich gut vorstellen, wie Schleier sich selbstzufrieden im Stuhl zurücklehnte. Wie sehr sie sich wünschte, den Kerl würde der Schlag treffen. Aber nein, er hatte recht. Es war unausweichlich. Oder?

Sie taumelte einen Schritt und stützte sich mit der Hand an der Wand ab. Alles, wofür sie gekämpft hatten in den letzten Wochen und Monaten, wäre dann vergebens gewesen. Zwei Seelen stritten in ihrer Brust. Richtig oder falsch? Aufgeben oder ausharren? Wenn sie gingen, würde ihr Vater das womöglich nicht überleben, sein Herz hing am Kaufhaus. Wenn sie blieben, würden sie vielleicht trotzdem alles verlieren. Was hätten sie dann gewonnen?

Mit starrem Blick und klopfendem Herzen eilte sie die Treppen nach unten, schnappte sich Putzlappen, Eimer und Spatel und beseitigte die Schmiererei vom Schaufenster höchstpersönlich. Luise hörte das Tuscheln der vorbeigehenden Passanten, sie ignorierte es. Sollten sie doch glotzen! Sie schrubbte, bis nichts mehr zu sehen war. Schweiß rann ihr über den Rücken und in die Augen. Als das Fenster wieder sauber war, brachte sie alles zurück und wusch sich das Gesicht. Sie schaute in den Spiegel und atmete aus. »So kann ich nicht herumlaufen«, entschied sie. Ihre Haare klebten schweißnass an den Schläfen, ihre Wangen waren erhitzt und gerötet, und unter ihren Achseln hatten sich dunkle Flecken auf ihrem Kleid gebildet. Sie entschied sich, Feierabend zu machen. Der Tag war ohnehin so furchtbar gewesen, dass sie wünschte, er wäre wirklich vorbei. Sie marschierte, immer noch wütend, auf direktem Weg nach Hause. Sie schaute nicht nach links, nicht nach rechts. Sie wollte keine Augen entdecken, die einst freundlich geblickt hatten und jetzt nur noch voller Verachtung und Häme auf sie gerichtet waren. Sie wollte die Tür hinter sich schließen und die Vorhänge zuziehen. Hatte Edith Rosenberg nur früher verstanden, was auf sie alle zukam?

Luise wollte die Stufen zur Villa hinaufsteigen, als sie sah, dass jemand mit einem Reisekoffer vor der Tür stand und klingelte.

»Jónas!«, rief sie und sprang hinauf. »Was machst du hier?«

Ihr Puls schnellte in die Höhe. Er dürfte noch gar nicht in Lüneburg sein. Eine dunkle Vorahnung beschlich sie. Hatte er seine Ankündigung wahrgemacht und seine Zukunft für sie aufgegeben?

»Freust du dich nicht, Lilla mín?« Seine Stirn legte sich in Falten, das Leuchten in seinen blauen Augen erlosch.

»Doch, natürlich freue ich mich.« Sie zögerte. »Sag mir nicht, dass du dein Studium aufgegeben hast.«

Sein Adamsapfel hüpfte. Dann räusperte er sich. Und Luise explodierte.

»Grundgütiger Gott«, schimpfte sie. »Das kann ich nicht glauben, Jónas. Das ist so dumm von dir.«

»Luise, ich habe es für dich getan. Du brauchst mich hier.«

Ihr war schwindelig, sie bekam weiche Knie. Nach diesem Tag war die Nachricht, dass Jónas seine Zukunft für sie riskierte, einfach zu viel.

Jónas hielt sie fest und zog sie in seine Arme. »Luise!«

»O Gott«, japste sie. »Du hättest das nicht tun dürfen.« Dann lehnte sie ihre Wange gegen seinen breiten Oberkörper.

»Ich finde, ich war viel zu lange fort.« Er strich über ihren Kopf.

Obwohl sie ihm recht gab, machte es sie wütend. Aber natürlich freute sie sich auch unglaublich.

»Du bist endlich da«, wisperte sie und fing an zu weinen. Es waren Tränen des Glücks und der Freude, aber auch der Verzweiflung und Hoffnungslosigkeit. »Ich habe jeden Tag gewartet, und doch habe ich mir gewünscht, du würdest einmal an dich denken!«

»Jetzt bin ich hier. Es ist meine freie Entscheidung, mein Herz. Und ich weiß, dass sie richtig ist.«

»Komm schnell herein«, sagte sie und sah sich verstohlen um. In diesen Tagen wusste man nie, wer einen beobachtete.

Sie schloss die Tür hinter ihnen und küsste ihn lange. »Wie geht es dir?« Sie zog ihn mit sich in die Küche und setzte Wasser für einen Kaffee auf.

»Jetzt geht es mir gut. Jetzt sind wir frei.« Jónas setzte sich an den Küchentisch, nachdem er sich zuvor die Hände gewaschen hatte.

Sie wünschte, es wäre so einfach. Sie fragte nicht, wie er sich das Leben ohne Abschluss vorstellte – aber vielleicht konnte er den ja bald nachholen, wenn sich hier alles beruhigte. »Ja, jetzt sind wir frei.«

Luise nahm die Kaffeedose aus dem Oberschrank, sie fühlte sich leicht an. Sie hob den Deckel, es war nur noch ein letzter Rest darin. Wo früher Übermaß und Luxus im Haus Rosenberg geherrscht hatten, mussten sie nun an allen Ecken und Enden sparen. Aber für diesen einen Kaffee reichte es noch.

»Was ist?«, fragte Jónas.

»Gar nichts.«

Er schlug mit der Hand auf den Tisch. »Hör auf, Luise. Ich habe genug von deinem falschen Optimismus. Es geht euch nicht gut, und es ärgert mich, dass du in deinen Briefen immer alles beschönigst. Sei verdammt noch mal ehrlich zu mir.«

»Soll ich vielleicht immer nur jammern?«

»Ich bin nicht nur für die goldenen Tage da, Luise. Versteh das doch endlich – in einer Ehe gibt es gute wie schlechte Zeiten.«

Luise schluckte und wandte sich zu ihm um. »Wir sind nicht verheiratet.«

»Aber ich wäre es, verdammt noch mal, gerne. Ich dachte, du auch.«

Sie ließ ihre Schultern sinken, in ihren Augen brannten Tränen. »Himmel, Jónas. Was ist denn auf einmal los?«

»Glaubst du, ich lese keine Nachrichten, höre kein Radio? Es wird immer schlimmer.«

Luise seufzte. »Ich kann das leider nicht ändern.«

»Nein, aber du musst gehen, ehe es zu spät ist.«

Sie schwieg, weil sie wusste, dass er recht hatte. Das änderte nichts an der Ausweglosigkeit ihrer Situation. Luise schaute ihn an, und der Ausdruck in seinen Augen machte ihr Angst. »Luise«, er stand auf und nahm ihre Hand. »Ich weiß, es ist nicht leicht für dich. Und ich bin auch gerade erst gekommen. Ich möchte nicht mit dir streiten, dafür habe ich dich zu sehr vermisst. Komm, der Tag ist so schön, lass uns zur Ilmenau fahren.«

Kurz darauf radelte Jónas mit Luise durch den Wald, sie saß auf dem Gepäckträger, eine Decke auf dem Schoß, und hielt ihr Gesicht in die Sonne. An ihrer Lieblingsstelle am kleinen Flüsschen in Wilschenbruch schob er das Rad ins Gebüsch, nahm Luises Hand und lief mit ihr zum Wasser. Ein Schwanenpaar saß am anderen Ufer und schlief. Vögel zwitscherten, die Blätter der hohen Bäume raschelten in der leichten Sommerbrise.

Es gab so viel zu erzählen, aber Luise brauchte eine Auszeit. In diesem Moment, in dieser Sekunde gab es nichts, wonach sie sich mehr sehnte als nach ihm. Er war so lange fort gewesen. Reden konnten sie auch später noch. »Ich liebe dich«, murmelte sie an seinen Lippen und zog Jónas zu sich heran.

»Ich will dir ganz nah sein«, murmelte sie und ließ ihre Hände über seine Brust gleiten.

Sie liebten sich mit der quälenden Sehnsucht, die jungen Liebenden vorbehalten ist und die nur nach vorne schauen, um ihr Schicksal selbst zu bestimmen.

Kapitel 27

Siglufjörður, Juli 2019

Der Himmel hatte aufgeklart, es wehte ein leichter Nordwind. Das Gras auf den Wiesen leuchtete in einem satten Grün, die Halme wogten im Wind. Gelber Löwenzahn sprenkelte die Landschaft. Wasservögel kreisten über der Oberfläche und suchten nach Fischen, ein kleiner, laut tuckernder Kutter mit Dieselmotor fuhr gerade in den Hafen ein.

Sofie war ein wenig nervös, als sie das Haus von Björgvins Eltern erreichten. Sie waren zu Fuß gekommen, der kleine Spaziergang hatte nur zehn Minuten gedauert. Sie runzelte die Stirn, als Björgvin nicht zur Eingangstür, sondern ums Haus herumging. »Was machst du?«, fragte sie irritiert.

Björgvin winkte sie mit einem Grinsen zu sich. »Komm schon, meine Mutter hat mir geschrieben, dass sie auf der Terrasse gedeckt hat.«

»Okay.«

»Du erinnerst dich? Meine Katzenallergie? Ich erspare es mir lieber, eine Reaktion zu provozieren, und gehe direkt in den Garten.«

»Ach so, natürlich. Was machst du dann im Winter?«

»Entweder nehme ich ein Antiallergikum oder ich leide.« Er drehte sich um, ging durch eine Holztür und hielt sie für Sofie auf.

»Mist!«, stieß sie hervor.

»Was ist?«

»Ich hätte was mitbringen sollen, Wein oder zumindest Blumen.«

Er schüttelte den Kopf. »Keine Sorge, das wird nicht erwartet.«

»Aber es wäre nett gewesen.«

»Kannst du ja nachholen, sie kocht sicher gern noch mal für dich.«

Sofie und Björgvin waren einen schmalen Weg durch niedrige Büsche gegangen. Vor dem weißen Wohnhaus war eine Terrasse aus Holzdielen angelegt, die man über drei Stufen erreichte. Darauf standen eine ganze Menge Blumenkübel mit bunten Blüten. In der Mitte der Terrasse stand ein runder Tisch mit einer weißen Tischdecke. In der Mitte befand sich eine Vase mit gelben Rosen, es war für vier Personen gedeckt. Die Glastür ging auf, und Freydís kam heraus, sie trug eine zitronengelbe Bluse, eine weiße Leinenhose und Slipper ohne Socken. »Ah, da seid ihr ja, wie schön. Herzlich willkommen.« Sie umarmte Sofie.

»Hallo«, grüßte die ein wenig überrumpelt.

Dann kam ihr Sohn an die Reihe. Sofie bemerkte erst jetzt, dass auch sein Vater herausgekommen war. »Guten Tag«, sagte dieser und hielt Sofie seine Hand hin. Er war ein Stück kleiner als sein Sohn, dafür verteilte sich das Gewicht ein wenig mehr in die Breite. Auf der Terrasse war es sehr warm, heimelig und windgeschützt.

»Hallo, freut mich«, sagte sie und erwiderte seinen Händedruck. »Ich bin Sofie.«

»Wunderbar, schön, dass ich dich auch mal kennenlerne. Agnar.«

»Hallo, Pabbi«, hörte sie Björgvin sagen. Das isländische »Papa« klang ein wenig sanfter als das deutsche. Die beiden umarmten sich kurz und klopften sich jeweils sehr männlich auf die Schultern. Sofie unterdrückte ein Schmunzeln.

»So«, Freydís klatschte in die Hände. »Dann seid ihr ja jetzt da, und ich werde mal das Essen auf den Tisch bringen.«

»Kann ich was helfen?«, fragte Sofie.

»Kommt gar nicht infrage«, sie tätschelte ihren Oberarm. »Setz dich nur in die Sonne, du hast ja heute mal einen freien Tag. Björgvin hat mir schon erzählt, wie fleißig du immer bist.«

Sofie winkte ab, kam aber gar nicht dazu, etwas zu erwidern.

»Agnar, kümmere dich doch bitte um die Getränke.« Damit verschwand die Hausherrin nach drinnen. Björgvin ließ sich direkt in einen der Gartenstühle fallen und hielt sein Gesicht in die Sonne.

»Was kann ich dir anbieten? Ein Glas Wein?«

»Ja, sehr gern. Vielen Dank.«

»Setz dich doch schon mal, wo mein Sohn es sich ja bereits gemütlich gemacht hat.« Agnar zwinkerte ihr zu, dann verschwand er auch im Haus.

»Du lässt dich wohl gerne bedienen, hm?«, meinte Sofie und stupste ihn in die Seite.

»Katzenallergie«, war alles, was er dazu sagte.

»Scheint dir ja ganz gelegen zu kommen«, witzelte sie und setzte sich.

Es dauerte nicht lange, da hatte Freydís das Festmahl auf den Tisch gebracht. Die Lammkeule hatte sie bereits in der Küche aufgeschnitten und dann auf einer Platte angerichtet. Dampfende Kartoffeln und Gemüse kamen in zwei weiteren Schüsseln, dazu gab es zwei verschiedene Soßen, einmal Blaubeere und eine Käsesoße. Sofie war überrascht, sie hatte gedacht, dass man so einen Braten einfach mit brauner Soße essen würde, fand aber, dass es ganz hervorragend zu dem zarten Fleisch passte.

Nachdem sie die Fragen der Eltern, wie es ihr in Island gefiel und wie sie darauf gekommen war, herzukommen, beantwortet hatte – ihre Beziehungskrise und die Fehlgeburt hatte sie ausgespart und nur den Jobverlust erwähnt –, wagte sie, den Schreibtisch und das Notizbuch zu erwähnen.

Björgvin trank einen Schluck Wasser, ehe er sprach. »Sofie sagt, dass das alte Ding ein paar Tausend Euro wert ist.«

Freydís machte große Augen. »Nein, ehrlich? Wer hätte das gedacht.«

Sofie nickte. »Ja, wirklich. Man müsste das gute Stück allerdings ein wenig aufarbeiten, aber das ist ja genau mein Job. Ich würde es gerne machen. Im Wohnzimmer wäre sogar ein ganz toller Platz dafür.« Sie verkniff sich den Kommentar, dass es fast eine Schande war, so ein edles Stück in der Abstellkammer verstauben zu lassen. Ihr war klar, dass der größte Wert daran der emotionale war – wenn es Hannes völlig egal gewesen wäre, wer seine leibliche Mutter war, hätte er es doch schon lange zu Brennholz verarbeitet. Diese Überlegung bestärkte sie in ihrer Theorie, dass es vieles gab, was Hannes für sich noch zu klären hatte. In der nächsten Sekunde schüttelte sie innerlich den Kopf. Was machte sie da eigentlich? Sie kannte den Mann überhaupt nicht. Nur weil sie sein ehemaliges Haus renovierte, hieß das noch lange nicht, dass sie irgendetwas über ihn und seinen emotionalen Ballast wusste. Eine Bewertung stand ihr schon gar nicht zu.

Freydís senkte ihren Kopf nachdenklich. »Ja, wieso nicht. Die alte Schrankwand hat ja auch wirklich ausgedient, oder? Da müsste man auch echt mal aussortieren. Die ganzen alten Bücher.«

»Da wird gar nichts aussortiert«, fuhr Björgvin dazwischen. »Das soll Tinna mal selbst machen.«

Wärme breitete sich in ihrem Bauch aus, es gefiel ihr, dass Björgvin sich um Hannes' Sachen sorgte, die er nicht mit ins Pflegeheim nehmen konnte. Vielleicht brauchte der alte Mann ja noch etwas davon. Sie überlegte, ob sie das Thema Besuch vielleicht jetzt noch einmal ansprechen sollte. Sie fürchtete sich ein wenig vor der möglichen Reaktion, Björgvin selbst war ja nicht gerade erfreut, wenn sie das Thema anschnitt. Sie wollte die Harmonie nicht durch eine blöde Frage stören, die seine Familie womöglich in die Ecke drängte.

Seine Mutter lächelte plötzlich. »So ein schönes Haus, es ist großartig, dass es endlich renoviert wird. Eine Familie sollte dort leben.«

Ihr Sohn setzte auf einmal eine sauertöpfische Miene auf. Offenbar gab es da etwas, das Sofie nicht zwischen den Zeilen lesen konnte. Klar war, dass Björgvin der abrupte Themenwechsel nicht gefiel. Sie überlegte, was seine Mutter meinen könnte, und dann begriff sie. Freydís hatte wohl doch mehr zwischen den Zeilen gelesen und deutete jetzt an, dass sie und Björgvin dort … Mein Gott. Sofie trank hastig einen Schluck Wasser. So weit waren sie noch lange nicht.

»Noch ein Stück Lamm?«, erkundigte sich Agnar indes bei ihr.

»Nein danke, es ist köstlich, aber ich kann wirklich nicht mehr.« Sie tupfte sich den Mund mit einer Serviette ab. »Also stimmt ihr zu, dann kann ich den Schreibtisch aufmöbeln?«

Freydís nickte. »Klar, mach das gerne. Tinna hat sicher nichts dagegen.«

»Vielleicht könnte ich ja Hannes fragen?«, hakte Sofie noch einmal nach. »Ich meine, es ist ja seiner …«

Freydís hob ruckartig ihren Blick an, dann sah sie zu Björgvin, ihre Augen verengten sich. Sie schob ihren Stuhl zurück und stand auf. »Ich kümmere mich mal um den Nachtisch. Wer möchte denn alles Kaffee?«

Freydís fing an, die Teller zusammenzuräumen, Sofie stand ebenfalls auf und half ihr. Ihr war nicht entgangen, dass Freydís nicht auf ihre Frage einging, und auch Agnar war sehr mit einem imaginären Fussel auf seiner Hose beschäftigt. Björgvin sah sie mit einem Ich-hab-es-dir-doch-gleich-gesagt-Ausdruck an. Sofie seufzte. Ja, langsam hatte sie begriffen, dass man in dieser Familie einen weiten Bogen um die Vergangenheit machte.

»Nicht doch«, sagte Freydís. »Ich mach das schon. Björgvin wollte mir helfen. Du bleibst schön in der Sonne und genießt den freien Tag.«

»Es ist doch kein Problem, ich mache das gerne«, wandte Sofie ein.

Björgvin stand auf. »Schon gut, Sofie. Lass nur. Kaffee?«

Sofie setzte sich wieder, sie wollte ihre Hilfe auch nicht aufdrängen. »Ich nehme gerne Kaffee, danke.«

Agnars Handy klingelte. »Entschuldigung, ich muss da kurz drangehen.« Er ging ein paar Schritte in den Garten.

Björgvin und seine Mutter verschwanden mit dem restlichen Essen und den benutzten Tellern und Schüsseln im Haus. Sie fand es seltsam, dass er sich nun doch freiwillig hineinbegab. Anscheinend musste er etwas mit seiner Mutter besprechen, was er nicht vor ihr diskutieren wollte. Sie ahnte, worum es ging. Sofie schloss für eine Sekunde die Augen, dann stand sie auf. Obwohl ihr klar war, dass sie kein Wort verstehen würde, folgte sie Mutter und Sohn hinein. Sofie ging durch die Glastür nach innen und gelangte erst ins Wohnzimmer. Aus der Küche hörte sie laute, wütende Stimmen und Tellerklappern. Es hörte sich nicht wie eine normale Konversation an; sofort bekam sie Gewissensbisse. Sie wollte nicht in einen Familienstreit hineinplatzen, den sie anscheinend verursacht hatte, also ging sie wieder auf die Terrasse. Also hatte sie recht gehabt. Vielleicht sollte sie doch mal mit Kristín sprechen. Ja, das würde sie tun. Sie würde über ihren Schatten springen und Kontakt zu ihr aufnehmen, natürlich würde es wehtun, ihr Bäuchlein zu sehen, aber Sofie musste irgendwann mal damit klarkommen, dass andere Frauen mehr Glück hatten als sie. Und Kristín war wirklich sympathisch.

Im nächsten Augenblick fiel ihr ein, dass sie gar keine Ahnung hatte, wo sie wohnte und wie sie sie erreichen konnte. Björgvin musste vermitteln. Hoffentlich war er nach der Nummer eben noch dazu bereit.

»Mist«, murmelte sie und setzte sich wieder.

Kapitel 28

Lüneburg, Ende Oktober 1938

Durch die hohen Fenster fiel schwaches Morgenlicht ins Esszimmer, das leise Klirren von Besteck war neben dem Pendel der Standuhr das einzige Geräusch. Der Vater war in die Tageszeitung vertieft, die Mutter schwieg, den Blick hielt sie auf den Teller gesenkt. Wie jeden Morgen in letzter Zeit suchten sie alle zunächst das Positive am Tag, ehe sie zu einer leichten Plauderei fanden. Schwere Themen wurden gemieden, weil es nicht viel Erfreuliches zu berichten gab. Luise blickte aus dem Fenster in den Garten, ein Meer aus goldenen Blättern wogte im Wind, der Morgentau glitzerte auf dem nassen Gras. Eine Spinne hatte ihr Netz zwischen zwei Ästen gespannt, die Fäden leuchteten in einer dünnen, fragilen Perfektion, ein paar Tautropfen hingen daran, ohne es zu verbiegen.

Auch Wochen nach der Sudetenkrise feierten die Leute noch den erfolgreichen Abschluss des Münchner Abkommens, die Wirtshäuser waren voll, die Paraden durch die Stadt hatten zugenommen. Kein Anlass wurde ausgelassen, um die Stärke und Übermacht der sogenannten arischen Bevölkerung darzustellen. Gerade marschierte wieder eine Gruppe von uniformierten Jungen der Hitlerjugend an ihrem Fenster vorbei. Kleine Pimpfe, aber kein Einziger geriet auch nur einen Schritt aus dem Takt. Luise zuckte zusammen, als der Gruppenführer ein Kommando brüllte und die erste Reihe rechts kehrtmachte, um über die Straße zu gehen. Auch die Zeitungen hatten kaum ein anderes Thema, als dass nun endlich diese Gebiete »heim ins Reich« gekommen waren. Alle hatten damit gerechnet, dass Hitler die Sudetenkrise als Anlass nehmen würde, einen neuen Krieg zu beginnen. Ein Seufzer der Erleichterung war durch die Familie Rosenberg gegangen, als man im Volksempfänger gehört hatte, dass der Anschluss des Sudetenlandes, Österreichs und des Memelgebiets Ende September friedlich beschlossen worden war. Sosehr sich das Gros der Deutschen Nation über den kampflosen Sieg freute, umso getrübter wurde die Stimmung bei den im Land verbliebenen Juden.

Luise biss in ihr Brot, Übelkeit wallte in ihr auf. Sie versuchte, sie zu vertreiben, und trank einen Schluck Tee. Der Brechreiz wurde stärker, kalter Schweiß brach aus allen Poren. »Entschuldigt mich kurz.« Sie warf ihre Serviette auf den Tisch und hastete aus dem Esszimmer. Sie spürte, dass ihr drei Augenpaare folgten, aber sie hatte keine Zeit für Erklärungen. Sie rannte ins Badezimmer, knallte die Tür hinter sich zu, kniete sich vor die Toilette und würgte. Nachdem Luise ihr Frühstück von sich gegeben hatte, fühlte sie sich besser. Sie spülte sich den Mund aus und wusch das Gesicht. Im Spiegelbild blickte ihr ein blasses, junges Gesicht entgegen, die Augen waren glasig. Irgendetwas stimmte nicht mit ihr, schon seit Tagen hatte sie diese unterschwellige Übelkeit begleitet. Es lag sicher am Druck, der auf ihr lastete.

Als sie sich einigermaßen erholt hatte, kehrte sie ins Esszimmer zurück. »Fühlst du dich nicht wohl, Liebes?«, fragte ihre Mutter mit gerunzelter Stirn. Ein Wunder, dass Mutter das überhaupt wahrnimmt, dachte Luise. Gleichzeitig spürte sie Jónas' Blick auf sich, sie rang sich ein Lächeln ab und setzte sich.

»Doch, doch, Mama. Ich habe wohl nur etwas in den falschen Hals bekommen.« Tatsächlich war ihr Appetit zurückgekehrt. Sie nahm sich eine weitere Scheibe Brot und beschmierte sie großzügig mit Butter und gab dann einen großen Klecks Heidehonig darauf. Carl Rosenberg schlug die Zeitung so energisch zu, dass der Tisch wackelte. »Nun steht es endlich in den *Lüneburg'schen Anzeigen*.«

Luise war froh, dass die Aufmerksamkeit nun nicht mehr ihr galt, obwohl sie ahnte, dass es keine guten Nachrichten waren. Die gab es schon lange nicht mehr.

Edith ließ ihr Besteck sinken. »Was ist denn nun schon wieder?«

»Gab es wieder irgendwo eine Konferenz?«, erkundigte sich Luise. Vermutlich hatten die Politiker der anderen Länder mal wieder irgendwo getagt und am Ende beschlossen, dass sie die Probleme der europäischen Juden nichts angingen. Sie biss die Zähne zusammen. »Wo war es dieses Mal? Sicher nicht wieder in Évian? Dort ist es im Sommer doch schöner, kein Wunder, dass die zweiunddreißig Staatsmänner sich diesen Ort für den letzten Juli ausgeguckt hatten.«

»Luise, bitte«, mahnte ihr Vater sie streng. »Du bist zynisch, darum geht es nicht.«

Luise schlug mit der Faust auf den Tisch. »Sollte ich das etwa nicht sein? Ist es nicht unglaublich, dass niemand auf unserer Seite steht? Unser Schicksal ist allen egal!«

Sie bebte vor Wut, da half nicht einmal, dass Jónas ihr eine Hand auf den Oberschenkel legte, um sie zu beruhigen.

»Was soll dieses Benehmen, Luise!«, rügte der Vater, während Edith ihre Augen niedergeschlagen hatte.

Aber Luise wollte sich nicht beruhigen, sie fing gerade erst an. »Ach nein, gut, dann eben keine Konferenz. Dann haben sich die Nazis wohl was anderes für uns ausgedacht.« Sie legte einen Finger an die Lippen und tat so, als überlege sie. »Hm, was könnte uns nach der Reichsfluchtsteuer, dem Vorzeigegeld, den Aufnahmequoten und Bürgschaften denn noch ein bisschen mehr von dem nehmen, das wir noch haben?« Mittlerweile schrie Luise fast, ihr Herz schlug bis zum Hals.

Carl Rosenberg sprang auf und brüllte. »Ruhe! Du bist augenblicklich still. Was ist bloß in dich gefahren?«

»Es sind die Nerven«, mischte sich Jónas ein, der Druck seiner Hand auf ihrem Schenkel verstärkte sich. Luise atmete flach, ihr war schwindelig. »Carl, nun erzähl, was stand in der Zeitung?«, versuchte Jónas die aufgeheizte Stimmung zu schlichten.

Carls Lippen waren zu schmalen Strichen zusammengepresst, er stand noch immer vor seinem Stuhl.

»Setz dich doch bitte, Carl«, sagte nun auch Edith, sie war blass geworden, und Luise begriff, dass sie zu weit gegangen war.

Sie hatte die Beherrschung verloren. »Es tut mir leid«, murmelte sie und ließ ihre Schultern hängen. Sie lehnte sich zurück und griff Jónas' Hand.

Nach einigen wortlosen Sekunden setzte sich ihr Vater und räusperte sich.

»Die Synagoge mitsamt dem Grundstück ist an die Industrie- und Handelskammer verkauft worden, jetzt ist es amtlich.«

Jónas runzelte die Stirn. »Wie, ihr habt davon gewusst?«

Luise war bekannt, dass die jüdische Gemeinde in den letzten Wochen und Monaten auf weniger als dreißig Mitglieder geschrumpft war, es überraschte sie daher nicht, dass man nun auch die Synagoge aufgab. Dennoch, es kam ihr wie eine Amputation ihres Glaubens vor, auch wenn sie die Gottesdienste nicht regelmäßig besucht hatte.

Carl nickte. »Natürlich.«

»Und jetzt?«, hakte sie nach.

»Den Vorstehern der jüdischen Gemeinde war die Zwangssituation deutlich bewusst«, sagte er. »Der Druck auf sie war immens.«

»Druck von wem?«, erkundigte sich Jónas.

»Die IHK will dort selbst neu bauen, die Lage ist gut, sie ist sogar sehr gut. Kein Wunder, dass sie ein Auge darauf geworfen haben – es scheint ja für die Nazis fast ein Spiel geworden zu sein, unsere Situation auszunutzen.« Carl atmete aus, und Luise dachte an Schleiers Angebot, das Kaufhaus Rose zu übernehmen. Es schwebte wie eine dunkle Wolke über ihnen, aber Luise hatte keine Ahnung, was seit dem Gespräch, das sie belauscht hatte, geschehen war.

»Heute mordet man wirtschaftlich«, fuhr Carl fort, und ohne dass er es aussprach, wusste sie, was er dachte. Bei vielen ihrer Freunde und Kaufmannskollegen waren sie bereits erfolgreich gewesen – fast alle hatten sich dem Druck gebeugt.

»Sie hofften auf einen Preis von 20.000 Reichsmark, was für ein Gelände in dieser Gegend durchaus angemessen gewesen wäre. Das Reichswirtschaftsministerium hat am 20. September mitgeteilt, dass es mit dem Kaufpreis einverstanden ist.«

Luises Mund klappte auf, sie hatte keine Ahnung gehabt, dass der Verkauf der Synagoge bereits so weit fortgeschritten war.

»Jetzt muss also jeder Kauf vom Staat abgesegnet werden?«, wollte Jónas wissen, und Luise fragte sich, ob das auch für das Kaufhaus Rose gelten würde, sollte ihr Vater je gewillt sein, auf Schleiers Angebot einzugehen.

»Ja, so ist es. Normalerweise wird in solchen Fragen der Oberbürgermeister kontaktiert, aber bei der Synagoge hielt man es wohl für sinnvoller, eine höhere Instanz ins Spiel zu bringen.

Nun ist es aber so, dass das Angebot jetzt lediglich noch 17.000 Reichsmark betrug.«

»Wieso das?«, fragte Luise, obwohl sie eine Vermutung hatte.

»Wir können die Synagoge nicht mehr halten, das wissen sie. Das Angebot ist am 22. Oktober notariell angenommen worden, damit ist der Kauf rechtlich abgeschlossen, und die Zeitung berichtet nun darüber.«

Schweigen breitete sich im Raum aus, denn alle dachten das Gleiche. Was wird aus uns?

Luise stand auf. »Entschuldigt mich, ich werde mich schon auf den Weg zur Arbeit machen.«

Jónas erhob sich ebenfalls. »Ich begleite dich.«

Kurz darauf nahmen sie den Weg durch den Liebesgrund. Der Himmel war grau und wolkenverhangen, die Luft war feucht, und die Kälte kroch durch ihre Kleidung bis in die Knochen. Jónas ging neben ihr her, seine Hände steckten in den Taschen seines Gabardinemantels. »Was denkst du?«, fragte er irgendwann.

Luise ging so vieles durch den Kopf, dass sie gar nicht wusste, wo sie anfangen sollte. »Ach«, war alles, was sie sagte.

»Wir sollten nach Island gehen, mein Herz.«

Ihr Magen krampfte sich zusammen. »Du weißt, dass das nicht geht.«

Eine Frau mit einem Kinderwagen kam an ihnen vorbei, Luise kannte sie, es war eine Kundin – die sie allerdings schon lange nicht mehr im Laden gesehen hatte.

»Guten Tag, Frau Sander, wie geht es …«, zu mehr kam sie nicht.

Frau Sander senkte den Blick und beschleunigte ihre Schritte. Sie ignorierte Luise.

Luise ballte ihre Hände zu Fäusten. »Hast du das gesehen?«, wandte sie sich an Jónas.

Er nickte. »Mach dir nichts daraus«, versuchte er sie zu beruhigen, aber es war genau das Falsche. Luise wusste auch nicht, warum sie seit ein paar Tagen mit so heftigen Gefühlsausbrüchen zu kämpfen hatte, aber sie konnte sich nicht zurückhalten.

»Ich soll mir nichts daraus machen?« Sie schnaubte. »Weißt du, wer das war? Das war Frau Sander. Sie hat drei Kinder und einen Mann, der jeden Abend betrunken nach Hause kommt und sich einen Dreck um seine Familie kümmert. Sie war eine treue Kundin – sie hat bei uns immer anschreiben lassen, und wenn sie Geld hatte, konnte sie die Rechnung begleichen. Wir haben ihr immer großzügig Kredit gegeben, weil mein Vater einfach eine gute Seele ist. Und was macht diese Person jetzt? Sie tut so, als wäre ich ein Stück Dreck! Nein, da kann ich mich einfach nicht beruhigen! Weißt du, wieso? Weil mir nur noch solche Leute begegnen.« Sie wusste, dass sie übertrieb, natürlich gab es noch immer nette Menschen, denen es egal war, welche Propaganda die Nazis gegenüber den Juden betrieben. Aber es waren so wenige. Und gerade heute war sie einfach besonders dünnhäutig. »Es gibt so viele wie Frau Sanders«, meinte sie irgendwann, weil Jónas schweigend neben ihr herging. Sie warf ihm einen Seitenblick zu und sah seine angespannte Miene.

»Was ist?«, fragte sie jetzt.

»Hör zu, Luise: Wenn alles so furchtbar in Lüneburg ist – und da gebe ich dir vollkommen recht –, dann komm mit mir. Komm mit nach Island. Dort könnte ich arbeiten und uns versorgen. Wir könnten heiraten ... Wir könnten endlich leben.«

Ihre Kehle wurde eng. Sie führten dieses Gespräch nicht zum ersten Mal, aber ihre Antwort war immer gleich gewesen – sie konnte und wollte ihre Eltern nicht sich selbst überlassen. Vater brauchte sie im Geschäft, sie war alles, was er noch hatte. Luise stieß einen tiefen Seufzer aus. Über ihnen flatterten krähende Raben vorbei, ein Windstoß fuhr durch die blattlosen Äste der Bäume. »Ich weiß nicht mehr, was richtig oder falsch ist«, wisperte sie und war den Tränen nahe. »Bleiben oder gehen?«, fuhr sie fort. »Wenn es nur um mich ginge … Aber was wird aus meinen Eltern, wenn ich nicht mehr da bin, um ihnen zu helfen? Und wie soll ich reisen? Ich habe keine Auslandsreisegenehmigung – oder hast du vergessen, dass wir Juden die brauchen?«

Jónas blieb stehen und hielt sie an der Schulter fest. »Mein Herz, du kannst sicher sein, dass ich einen Weg finde – wenn du Ja sagst.«

Ihre Blicke verhakten sich, für einige Atemzüge sprach niemand ein Wort. »Ich kann nicht«, hörte sie sich irgendwann flüstern. »Bitte versteh mich doch.«

Die Enttäuschung in seinen Augen schmerzte Luise – sie fühlte sich zerrissen, denn sie konnte verstehen, warum Jónas Deutschland verlassen wollte. Wäre sie allein … »Komm«, sagte er irgendwann. »Wir sprechen später noch einmal darüber.«

Kapitel 29

Siglufjörður, Juli 2019

Als sie nach Hause zurückkehrten, war die Stimmung angespannt. Sofie ahnte, dass Björgvins schlechte Laune mit ihrer Fragerei zu tun hatte.

Oder lag es doch an etwas anderem? Der zweite Gedanke gefiel ihr noch weniger. Womöglich hatte Freydís mitbekommen, dass sich zwischen ihr und ihrem Sohn etwas entwickelt hatte, und ihn in der Küche darauf angesprochen? Aber nein, sie hatten sich weder verliebte Blicke noch neckische Kommentare zugeworfen. Sie hatten sich kaum angesehen. Andererseits: Ausgeschlossen war es nicht, die meisten Mütter besaßen, was ihre Kinder betraf, ein ganz besonderes Radar. Sofie wusste selbst nicht, wieso, aber sie fühlte sich unwohl, vielleicht auch ein wenig zurückgewiesen. Sie hatte ja nicht erwartet, dass Björgvin sie mit Liebesbekundungen überschütten würde, aber das war doch eine sehr unterkühlte Behandlung. Er war wie ausgewechselt. Vielleicht war er auch einfach wieder nüchtern und bereute die Nacht.

Diese Möglichkeit war zwar schmerzlich, aber nicht ganz von der Hand zu weisen. Männer waren oft wankelmütige Wesen, gerade wenn es um Sex und mögliche Gefühle oder Verpflichtungen ging. Am Morgen hatte sie davon zwar nichts bemerkt, aber was wusste sie schon über Björgvin und darüber, was in seinem Inneren vor ging. »Ich bin ganz schön erledigt«, sagte sie deshalb, um sich etwaige peinliche Zurückweisungen zu ersparen. »Ich denke, ich werde ein heißes Bad nehmen und dann schlafen gehen.«

Björgvin sah sie mit einem unergründlichen Ausdruck an, dann nickte er. »Klar, das ist eine gute Idee.«

Sofie wollte etwas sagen, aber sie fand nicht die richtigen Worte, deshalb drehte sie sich um und ging wortlos nach oben ins Bad. Sie drehte das heiße Wasser auf, gab ein paar Tropfen Öl dazu und wartete, bis die Wanne vollgelaufen war, ehe sie sich hineingleiten ließ.

Sie war noch kaum eingetaucht, als es an der Tür klopfte. »Ja?«, rief sie. Ihr Magen machte einen freudigen Satz.

»Darf ich reinkommen?«, hörte sie Björgvin von der anderen Seite fragen.

»Sicher, hier gibt es nichts, was du nicht schon gesehen hat«, versuchte sie zu scherzen.

Dennoch schlug ihr Herz schneller, als sein Gesicht im Türrahmen auftauchte. »Sofie?«

»Ja?«

Er trat ins Bad und setzte sich auf den Wannenrand. »Es tut mir leid, dass ich eben so komisch war.«

Sie blinzelte. »Ist schon okay.«

Für einen langen Augenblick sahen sie sich tief in die Augen. Sie spürte, dass ihm noch etwas auf der Seele lag und es ihm schwerfiel, es auszusprechen.

»Ist es dir unangenehm, dass deine Mutter vermutet, wir hätten was miteinander?«, sprach sie ihre Überlegungen aus.

Björgvins Augen weiteten sich. »Nein, nein, das ist es nicht. Es ist …« Er hörte mitten im Satz auf zu sprechen.

Sofie legte eine Hand auf seine. »Du musst dich zu nichts verpflichtet fühlen, ehrlich. Ich verstehe, dass dein Leben kompliziert ist.« Sie dachte an Hallbera und Atli und die Szenen, die sie miterlebt hatte. Sie konnte verstehen, dass er keine Lust auf eine neue, womöglich komplizierte Beziehung hatte, und sie selbst fühlte sich auch noch nicht bereit. Nicht so kurz, nachdem ihre Beziehung zu Thomas in die Brüche gegangen war. »Das, was wir haben, ist ganz unverbindlich, mach dir bitte keine Sorgen«, erwiderte sie daher und versuchte, es möglichst leicht und unbefangen klingen zu lasen. Sie war nicht sicher, ob es ihr gelungen war.

Er räusperte sich. »Äh, ja.«

Sofie lächelte gezwungen und wechselte das Thema. »Möchtest du vielleicht mit reinkommen?«

»Wow«, stieß er hervor und fuhr sich ein wenig verlegen durch die Haare. Es machte ihn nur attraktiver, dass er ein wenig nervös schien. »Du bist echt was Besonderes. So lässig und offen und …«

»Willst du jetzt die ganze Zeit reden?«, neckte sie ihn.

Er zog sich das Shirt über den Kopf. »Nein, mir würden da noch genügend andere Dinge einfallen, die ich mit meinem Mund anstellen kann.«

Sofies Mundwinkel hoben sich. »Sehr schön. Ich lasse mich gern überraschen.«

Er hielt einen Moment inne. »Sofie?«

»Ja?«

»Wenn es dir so wichtig ist, dann würde Kristín mit dir in den nächsten Tagen zum Seniorenheim fahren. Tatsächlich ist sie die Einzige in der Familie, die der Meinung ist, dass Hannes sich noch einmal mit dem Nachlass seiner Mutter befassen sollte.«

»Echt?« Ihr Mund klappte auf. Er hatte selbst Kontakt zu ihr aufgenommen? Das musste er getan haben, während sie das Wasser eingelassen hatte. Sie war überrascht und freute sich. Gleichzeitig kribbelte es in ihrem Bauch, sie war eine Fremde, die sich nun in Familienangelegenheiten mischte. Das konnte auch ins Auge gehen.

»Ja, ich habe sie eben angerufen. Sie war zwar ein bisschen überrascht, denn sie weiß auch nicht viel mehr als ich. Sie hätte Interesse, selbst ein wenig mehr über ihre Urgroßmutter zu erfahren, eigentlich hat sie sich nie mit Hannes' Vergangenheit befasst – weil er nie drüber gesprochen hat. Kristín freut sich also, wenn du dich bei ihr meldest.«

Ein breites Grinsen klebte in Björgvins Gesicht und Sofie wollte ihn dafür küssen.

»Krass«, stieß sie immer noch geplättet hervor. »Damit habe ich jetzt nicht gerechnet.«

Nervosität mischte sich mit Vorfreude, sie würde Luises Sohn also wirklich kennenlernen.

Björgvin schlüpfte aus seiner Jeans und lachte. »Du hättest doch ohnehin so lange gebohrt, bis du es geschafft hättest, oder?«

Sie lächelte versonnen und legte ihren Kopf schief. »Vielleicht.« Sie schob die Gedanken an das Treffen beiseite und konzentrierte sich auf den starken Isländer, der jetzt zu ihr in die Wanne stieg.

Kapitel 30

Lüneburg, 9. November 1938

Luise saß im Wohnzimmer und hörte im Volksempfänger, dass von Rath, ein deutscher Botschafter und Diplomat, in Paris zwei Tage nach dem Attentat auf ihn seinen Verletzungen erlegen war. Ihr wurde angst und bange bei dem Gedanken, was die Juden nun erwartete. Dass der Attentäter Herschel ausgerechnet ein Jude war, kam denen doch nur gelegen.

Jónas sprang auf und ging unruhig im Zimmer auf und ab. Im Kamin brannte ein Feuer, doch es wärmte nicht. Sofies Hände waren eiskalt. Furcht umklammerte ihr Herz.

»Ich muss zum Geschäft«, sagte er. »Gestern haben sie beim Lieferwagen die Reifen zerstochen und die Scheiben beschmiert, ich mag mir gar nicht vorstellen, auf welche Ideen der Mob heute kommen mag.«

Luise atmete scharf ein. »Nein, Jónas! Sie werden ihren Volkszorn an uns auslassen und an jedem, der sich ihnen entgegenstellt. Hast du eben nicht gehört, was der Sprecher gesagt hat?«

Carl nickte. »Es stimmt, Junge. Einer meiner Lieferanten, der mir noch gut gesinnt ist, hat mich heute am Morgen gewarnt, wenn sich etwas an von Raths Gesundheitszustand verändern sollte, müssten wir Juden uns auf etwas gefasst machen. Ich werde zum Laden gehen, es ist nicht deine Aufgabe, das Kaufhaus Rose zu schützen.

Edith nahm die Hand ihres Mannes. »Bitte bleib«, flehte sie.

»Ich muss dafür sorgen, dass jemand da ist, um den Mob von Dummheiten abzuhalten.«

Vor dem Haus lärmte eine Horde Männer, sie trugen Fackeln und kreischten immer wieder: »Juda verrecke – nun geht's dir an den Kragen.«

Niemand im Raum sagte ein Wort, Luise fürchtete, dass gleich Scheiben eingeworfen wurden und im Haus Feuer gelegt wurde. Sie traute den wütenden Bürgern alles zu.

Einige – sehr lange – Sekunden verstrichen, aber nichts geschah. Die kreischenden Kerle entfernten sich und zogen in Richtung Innenstadt weiter.

Carl erhob sich. Luise ebenfalls.

»Niemand kann die Nazis aufhalten, Carl«, redete Edith eindringlich auf ihn ein. »Bitte, ich habe nie etwas von dir verlangt, aber jetzt flehe ich dich an, lass mich an diesem Abend nicht allein.«

Luise schluckte, sie wollte ihrer Mutter zustimmen, aber kein Wort kam über ihre Lippen.

»Ich gehe«, sagte Jónas stattdessen, und Luise wurde flau im Magen. Die Wände des Raumes schienen immer näher zu kommen.

»Nein …« Sie spürte, wie die Knie unter ihr nachgaben. Sie klammerte sich an der Stuhllehne fest.

»Mir tut keiner was, ich sehe aus wie ein Arier«, sagte er selbstsicher. »Ich passe auf mich auf.«

»Was willst du denn ausrichten? Willst du dich vor sie stellen und sie höflich bitten, unsere Schaufenster in Ruhe zu lassen?«, rief Luise aufgebracht. »Ich habe aufgehört zu zählen, wie oft wir den Glaser in den letzten Jahren dahatten. Und so wird es wieder kommen. Lass sie Schaden anrichten, aber sei nicht ihr lebendiges Spielzeug, Mutter hat recht!«

Carl nickte. »Jónas, sei nicht dumm.«

Jónas ließ sich nicht davon abbringen. »Ihr seid hier sicher, und mir wird man nichts tun.«

»Jónas!« Luise sah ihn eindringlich an. »Ich bitte dich.«

»Ich passe auf mich auf. Bleibt im Haus.« Er trat auf Luise zu und gab ihr einen Kuss auf die Stirn. Dann verließ er den Salon mit großen Schritten.

Die drei Rosenbergs blieben zurück. Vater nahm einen Taschenkamm aus dem Jackett und strich damit nervös über sein gewelltes Haar. Dann ging er zum Bartisch und goss sich einen Brandy ein. »Noch jemand?«

Luise schüttelte den Kopf, sie wollte ihre Sinne beisammenhalten. Außerdem war ihr in den letzten Tagen immer wieder flau im Magen gewesen, sie glaubte nicht, dass Alkohol das Richtige bei einer Magenverstimmung war.

Ilse klopfte am Türrahmen und trat ein. »Darf ich das Abendessen servieren?«

Carl wandte sich ihr zu. »Ilse, vielen Dank, wir verschieben das Essen. Lass einfach alles in der Küche. Du solltest eilig nach Hause gehen. Wir brauchen dich heute nicht mehr.«

Ihre Augen waren vor Entsetzen geweitet. »Ist es wegen …«

Carl nickte. »Ja. Und nun sieh zu, dass du nach Hause kommst. Dort bist du sicherer.«

Sie wagte nicht zu widersprechen. »Dann … einen guten Abend. Auf Wiedersehen.« Sie knickste, und ihre leichten Schritte entfernten sich. Kurz darauf wurde die Hintertür in Schloss gezogen. Luise sank aufs Sofa. »Was nun?«

»So schlimm wird es nicht werden«, sagte Carl Rosenberg, aber das leichte Zittern seiner Finger verriet, dass selbst er dieses Mantra nur noch herunterbetete, aber nicht mehr daran glaubte. Luise fehlte die Kraft zu widersprechen.

Sie warteten, und jede Minute wurde zur Stunde. Es blieb ruhig, hin und wieder hörte man Poltern und Rufe auf den Straßen, aber dann entfernten sich die Männer. Das elektrische Licht hatten sie gelöscht, nur einige Kerzen erhellten den Raum. Im Kamin flackerte ein kleines Feuer.

Luise dachte an Jónas und hoffte, dass er keine Dummheiten machte und sich niemandem in den Weg stellte. »Ich hätte ihn nicht gehen lassen dürfen«, murmelte sie und fuhr sich immer wieder nervös mit der Hand über das Gesicht.

Carl trat neben sie und legte seine Hand auf ihre Schulter. »Er weiß, was er tut. Er ist ein kluger Bursche.«

Der Kloß in ihrem Hals wurde riesengroß, in ihren Augen brannten Tränen der Wut und Ohnmacht. »Ja«, flüsterte sie voller Angst.

Edith saß in einem Armstuhl und starrte in die Flammen. Sie hatte schon lange nichts mehr gesagt.

Ein Hämmern an der Haustür ließ die Familie auffahren. Luise sprang mit einem leisen Schrei auf. Angst fuhr ihr durch alle Glieder.

»Bleibt hier«, mahnte der Vater. »Ich gehe.«

Luise hielt den Atem an.

Edith stand auf und hielt ihn am Arm fest. »Bitte nicht, Carl. Bitte …«

»Edith. Ich gehe.«

Luise sah, wie ihre Mutter schluckte. Ihre Kehle war wie zugeschnürt. Die Stille im Raum war ohrenbetäubend.

Es polterte erneut an der Tür mit der schroffen Aufforderung, die Tür zu öffnen.

Carl Rosenberg schluckte. »Uns ist der Krieg erklärt worden. Uns Juden als Volk. Und es sind nun mal die Männer, die üblicherweise den Krieg bestreiten. Seid still, versteckt euch, wenn es der Mob ist.«

Luise wollte ihn aufhalten, hielt ihn am Arm fest, aber Carl schüttelte den Kopf. »Macht, was ich gesagt habe.« Er schob Luise und Edith aus dem Salon, bis sie endlich die Treppen nach oben gingen. Luise zögerte einen Moment und sah, wie ihr Vater mit schnellen Schritten zur Haustür ging. Sie war gelähmt vor Panik.

Er wandte sich ihr noch einmal zu und schickte einen warnenden Blick, der bedeutete, ich mache erst auf, wenn du dich versteckt hast. Luise wollte ihm beistehen, aber seine Forderung war klar gewesen. Sie focht einen stillen Kampf aus, schließlich ging sie Mutter nach, schloss die Tür zu ihrem Schlafzimmer hinter sich und lauschte.

Luise blieb stocksteif stehen, in ihrem Kopf drehte sich alles.

»Guten Abend«, sagte Carl höflich. Sie hörten seine Stimme bis nach oben. Sie war stolz auf ihn, er wirkte gefasst und sicher. So wie sie ihn kannte. Aber ihre Angst um ihn jagte ihr Schübe von Gänsehaut über den ganzen Körper. Es folgte ein undefinierbarer Lärm, Dinge zerschellten, das Geräusch von Scherben und noch mehr Krach, den sie nicht zuordnen konnte, und Luises Herz blieb stehen, um im nächsten Moment zu rasen.

»Judensau«, brüllte jemand, dann ein Stöhnen, ein Krachen, etwas knallte auf den Boden. Etwas zerbrach. »Jetzt kriegst du, was du verdienst. Ihr seid doch alle gleich, Halsabschneider und Mörder. Vom Rath ist tot, und ihr werdet büßen!«

Edith schlug sich die Hand vor den Mund, alle Luft wich aus Luises Lungen, kalter Schweiß lief ihren Nacken herab. Stiefel polterten in der Diele, es raschelte, etwas klirrte. Luises Herz raste, sie wollte zu ihrem Vater eilen, aber sie hielt sich an seine Anweisung, bei ihrer Mutter zu bleiben. Sie atmete flach, während ihre Beine zitterten. Die Furcht, dass gleich etwas Schreckliches passieren würde, lähmte sie.

Luise griff stumm nach der Hand ihrer Mutter, schloss die Augen und betete stumm, dass sie ihren Vater nicht umbrachten, sondern sich nur nahmen, wonach sie suchten. Es gab genügend Dinge von Wert im Hause Rosenberg.

Mehr Geschrei, mehr Lärm aus der unteren Etage, und dann wurde es plötzlich still. Die Stille war fast schlimmer als der Lärm zuvor. Was war geschehen? Luises rasender Herzschlag dröhnte in ihren Ohren. Ihr Kleid klebte ihr schweißnass am Körper. Ihre Hände zitterten.

Luise wartete und wartete, aber die Stille, die auf den vorausgegangenen Sturm folgte, machte ihr mehr Angst als alles zuvor in ihrem Leben. Edith saß wie versteinert auf dem Ehebett. Vor ihrem geistigen Auge sah Luise ihren Vater in seinem eigenen Blut auf den Dielen liegen. Bitte nicht, flehte sie stumm, dann hielt sie es nicht mehr aus und riss die Tür auf. Mit fliegenden Röcken eilte sie die Stufen nach unten und sah sich nach ihm um.

»Vater?«, rief sie leise und wartete kurz.

Es sah schrecklich aus. Überall Scherben, herausgerissene Schubladen, deren Inhalt überall verstreut war. Das Gemälde in der Diele war aufgeschlitzt worden und hing schief an der Wand.

Luise rannte in den Salon, dort bot sich ein ganz ähnliches Chaos. Aber Vater war nirgends zu sehen.

Luise blinzelte, dann rannte sie wieder in den Flur. Die Haustür stand offen, eiskalte Luft strömte ins Haus. Sie erschauderte und taumelte. Der Vater war weg – sie hatten ihn mitgenommen. Was hatten sie mit ihm vor?

Plötzlich fühlte sie sich schwach, ein Schwindelgefühl ergriff sie, und sie hatte Mühe, genug Luft zu bekommen. Luise sank auf die Knie und weinte. Sie hörte, wie Edith an ihr vorbeiging und die Tür leise schloss. »Wo ist er?«, jammerte Luise. »Wer waren diese Leute?«

Edith schien einen Moment stocksteif an der Tür zu stehen, die Hand auf der Türklinke, dann drehte sie sich um, trat einen Schritt auf Luise zu und brach mit einem Klagelaut neben ihr zusammen. Erschrocken streckte Luise ihre Hände nach ihrer Mutter aus, während Edith ihr Gesicht zwischen den Händen vergrub und bitterlich weinte. Luise strich ihr kurz über den Rücken, aber sie wusste, dass sie jetzt keine Zeit hatte, sich um ihre Mutter zu kümmern, zuerst musste sie versuchen, ihrem Vater zu helfen. Dass sie nicht auf die Straße rennen und ihn suchen konnte, begriff sie noch. Es war zu gefährlich, der Mob tobte und hatte ihren Vater in seiner Gewalt.

Luise schloss die Augen, sie wollte sich nicht ausmalen, was ihm alles zustoßen konnte. Schnell verdrängte sie die Gedanken und überlegte, was sie tun konnte, um ihm zu helfen.

Luise kämpfte sich auf die Füße und eilte zum Telefon. Mit zitternden Fingern wählte sie die Nummer des Rechtskonsulenten. Das Telefon läutete endlos, niemand hob ab. Sie war ratlos, ihr war übel und schwindelig. Was sollte sie tun?

Wo ist Vater?, hallte immer wieder die gleiche Frage in ihrem Kopf.

Wer waren diese Leute, die so brutal gegen rechtschaffene Kaufleute wie Carl Rosenberg vorgingen? Und wo blieb Jónas so lange?

Die folgenden Stunden verbrachte Luise in der Küche, sie saß am Tisch und starrte in eine Tasse Tee, die längst ausgetrunken war. Sie kam immer wieder zum gleichen Schluss: Wenn es nur der wütende Pöbel gewesen wäre, hätten sie ihren Vater verprügelt, aber nicht mitgenommen. Es konnte nur die Gestapo gewesen sein. Aber warum? Sie konnten doch nicht alle jüdischen Männer gefangen nehmen, weil Herschel vom Rath umgebracht hatte? Hoffentlich war Jónas nichts geschehen.

Irgendwann, sehr spät, hörte sie ein Geräusch im Flur und dachte mit rasendem Herzen, ihr Vater sei wieder da. Luise sprang so hastig auf, dass der Stuhl mit einem Krachen umkippte. Sie zögerte. Sollte sie in den Flur rennen oder war es gefährlich? Sie schämte sich für ihre Angst, ihr Zögern, und doch hatte sie der Abend zitternd zurückgelassen. Mit klopfendem Herzen und geballten Fäusten stand sie da. Jemand trat in die Küche, aber es war nicht ihr Vater, sondern Jónas. Seine Augen sahen wild aus, und als er Luise erblickte, zeigte sich ein solcher Ausdruck von Erleichterung darin, dass Luise kurz irritiert war.

»Luise!«, stieß er schwer atmend hervor. »Du bist gesund!«

»Jónas, aber du nicht! Du bist verletzt!«, rief sie aus. Sein Gesicht war blutig, sie rannte auf ihn zu und untersuchte ihn mit zitternden Fingern. Ein Glück, dass er gekommen war. Sie hatte sich neben der Angst um ihren Vater solche Sorgen um ihn gemacht, und jetzt, wo wenigstens diese Anspannung von ihr abfiel, brach sie zusammen. Luise schluchzte, warf sich an seine Brust und klammerte sich an ihm fest. »Ich hatte so eine Angst um dich!«

»Halb so wild, es ist nur eine kleine Wunde. Aber was ist hier passiert, geht es euch gut? Wo sind Edith und Carl?«

Sie schloss ihn in ihre Arme und hielt ihn einfach nur fest. »Sie haben Vater mitgenommen.«

»Carl ist nicht hier?«

»Nein, die Schweine haben viel Schaden angerichtet, aber das Schlimmste ist, dass sie Vater mitgenommen haben. Es kann nur die Gestapo gewesen sein. Mutter ist völlig fertig mit den Nerven, sie steht unter Schock. Ich habe sie nach oben gebracht.«

Jónas hielt sie umarmt. »Es ist schrecklich, Luise. Das ist kein Land mehr, in dem man leben kann.« Sein Sakko war zerrissen, der Mantel fehlte. Ein Auge war angeschwollen, er hatte tiefe Schrammen an Händen und Wangen und eine blutige Lippe.

»Warum?«, heulte sie. »Ich verstehe einfach nicht, warum! Was hat mein Vater denn getan? Es kann doch nicht sein, dass sie ihn wieder festnehmen, weil Ilse noch bei uns arbeitet, oder doch? Und warum gerade heute?«

»Sch, mein Herz.« Er strich ihr über den Rücken. »Wir finden es heraus. Morgen gleich als Erstes.«

Sie blieben einige Minuten eng umschlungen stehen, bis Luises Tränen versiegt waren. Sie fühlte sich kraftlos und völlig erschöpft, nahm sich aber zusammen. »Setz dich«, forderte sie ihn auf. »Ich muss deine Wunden versorgen.« Es war gut, nicht mehr nur untätig herumzusitzen. »Was ist passiert?«, fragte sie vorsichtig, obwohl sie Angst hatte, es zu hören. Sie dachte an die Löwenthals und die anderen Familien, die noch immer in Lüneburg lebten. Hatte man bei ihnen vielleicht auch so gehaust wie bei ihnen?

Er zuckte die Schultern und kam ihrer Bitte nach. »Nicht der Rede wert, wirklich. Es sind nur ein paar Kratzer.« Jónas zuckte leicht zusammen, als sie ihre Finger auf seine Stirn legte, um sich die Wunde näher anzusehen. »Sie haben alles geplündert, ich habe versucht, sie aufzuhalten. Aber du kannst es dir nicht vorstellen.«

Leider konnte sie es sich sehr gut vorstellen, aber sie schwieg und holte Verbandszeug. Währenddessen sprach Jónas weiter. »Sie haben Stühle und Tische aus der Cafeteria auf den Marktplatz geworfen, Sachen zerstört oder einfach nur gestohlen. Das ist doch kein Recht, Luise. Das geht zu weit.« Luise tupfte seine Verletzungen mit Essigwasser ab, er verzog seine Lippen, atmete scharf ein, aber sagte nichts.

Irgendwann brach er sein Schweigen. »Ich habe Herrn Löwenthal gesehen, Luise. Er wurde auch verschleppt. Vielleicht haben sie auch andere abgeholt.«

»Die Gestapo?«

Er nickte. »Ich denke schon. So waren sie zumindest gekleidet.«

Luise wurde schlecht. »Sie haben also alle jüdischen Männer mitgenommen, aber wohin?«, murmelte Luise.

Er schüttelte den Kopf. »Ich weiß es nicht.«

»Willst du einen Schnaps?« Ohne auf seine Antwort zu warten, goss sie ihm einen Klaren ein.

»Und du?«, fragte er.

»Nein.« Alkohol hatte sie noch nie beruhigt. Die Sorge um ihren Vater nahm jeglichen Raum in ihrem Kopf ein. Es war, als hätte ihr jemand die Luft zum Atmen genommen.

»Ich weiß«, er kippte sich den Kümmel in den Mund. »Ist auch keine Lösung, aber nach so einem Abend vielleicht nicht das Verkehrteste.«

Nach einer schlaflosen Nacht machten sich Luise und Jónas früh am nächsten Morgen auf den Weg zur Polizeistation. »Willst du nicht lieber draußen warten?«, fragte Jónas mit sorgenvoller Miene.

»Nein, auf gar keinen Fall. Aber du solltest nicht mit reingehen, das würde nur unliebsame Fragen aufwerfen, oder denkst du nicht, man würde wissen wollen, was du mit uns zu tun hast?«

Jónas straffte sich. »Das ist mir egal.«

Luise lächelte traurig, seine Unerschrockenheit war eine Eigenschaft an ihm, die sie so sehr liebte, und doch ging das zu weit. Er hatte sich gestern Abend schon genug in Gefahr gebracht. »Nein, bitte nicht. Bitte warte hier.«

Nach einigem Protest gab er sich geschlagen, und Luise stieg mit weichen Knien die Stufen zum Präsidium nach oben. Rot leuchteten die Backsteine des vierstöckigen Gebäudes mit den für Lüneburg typischen Barockgiebeln. Hinter den hohen Fenstern brannte Licht. Sie drückte die schwere Klinke und öffnete die Tür. Drinnen war es nicht viel wärmer als draußen, sie schaute sich um. Es herrschte eine seltsame Stille, fast hatte sie erwartet, dass hier so ein Gebrüll herrschen würde wie letzte Nacht in der Gartenstraße. Luise schluckte, dann fasste sie sich ein Herz und klopfte an die Tür zum Büro. Sie trat ein und schaute sich um. Ambivalente Gefühle stritten in ihr, einerseits war sie furchtbar wütend und wollte die sofortige Herausgabe ihres Vaters fordern, andererseits hatte sie schreckliche Angst. Als Jüdin hatte man heutzutage keine Forderungen mehr zu stellen, egal, ob man im Recht war oder nicht. Sie konnte es sich nicht leisten, selbst im Kittchen zu landen, weil einer der Polizisten sich beleidigt fühlte – und dazu brauchte es von einer Jüdin nicht mehr als einen Blick, den so ein Mann als Beleidigung empfand. Für die Nazis war es Beleidigung genug, dass Juden überhaupt existierten und die gleiche Luft atmeten. Luises Herz raste, sie rief sich zur Ruhe. Wenn sie jetzt die Nerven verlor, würde sie gar nichts erreichen.

Zwei uniformierte Polizisten saßen an ihren Schreibtischen, die hinter dem Tresen standen. Ein schwarzer Telefonapparat schellte, niemand nahm ab.

»Guten Morgen«, grüßte sie und trat an die Theke. »Ich bin auf der Suche nach meinem Vater, Carl Rosenberg.« Ihre Handflächen fühlten sich schwitzig an, sie atmete flach.

Einer der beiden, er hatte dunkelbraunes Haar, ein Oberlippenbärtchen und ein teigiges Gesicht, wandte sich ihr zu. »Moin«, antwortete er. »Ist uns nichts bekannt.«

Luise glaubte, den Anflug eines Lächelns auf seinen Lippen zu erkennen. Ihr Magen hob sich.

»Bitte?«, stieß sie hervor. Sie konnte ihre Empörung kaum mehr verbergen. Was glaubten diese Menschen eigentlich, wie dumm sie war? Natürlich wussten sie etwas!

Der andere erhob sich und kam auf sie zu. Er war schlaksig, trug die schütteren Haare kurz und in der Mitte gescheitelt. »Und Sie sind?«, fragte er hochnäsig. Was er von Juden hielt, verstand sie schon jetzt. Natürlich war auch das keine Überraschung. Luise schluckte und straffte sich.

Luise wollte instinktiv einen Schritt zurückweichen, bewegte sich jedoch nicht von der Stelle. »Ich bin die Tochter. Luise Rosenberg.«

»Mensch, Gerhard«, sagte der mit dem Bart. »Uns geht das doch nichts an.«

Es ging sie nichts an, wenn ein Bürger verschleppt wurde? Luise blinzelte und holte tief Luft.

»Passen Sie auf«, erklärte der Dünne. »Die Gestapo hat alle jüdischen Männer festgesetzt. Mehr kann ich Ihnen nicht sagen, weil wir auch nicht mehr wissen.«

»Und mit welcher Begründung und wo?«, fragte sie mühsam beherrscht. Ihr Herz klopfte schnell, ihre Hände waren eiskalt. Also wirklich die Gestapo. Das konnte nichts Gutes bedeuten.

Er zuckte nur mit den Schultern, damit war für ihn das Gespräch anscheinend beendet. Luise legte ihre Hände auf den Tresen. »An wen kann ich mich wenden?«

»Vielleicht wissen wir morgen mehr.«

Besonders hilfsbereit klang das nicht, aber das war ja nichts Neues. Luise presste die Lippen aufeinander, ehe sie antwortete: »Sie müssen mir doch sagen können, was ihm vorgeworfen wird?«

»Können wir nicht, und jetzt machen Sie, dass Sie rauskommen, sonst setzen wir Sie auch gleich noch fest«, drohte der mit dem Bärtchen.

Luises Mund klappte auf, sie schloss ihn wieder, murmelte dann ein »unerhört« und stapfte aus dem Präsidium, ehe sie noch einen großen Fehler beging und selbst eingesperrt wurde. Ihre Mutter brauchte sie nun mehr denn je.

Sie fand Jónas in einigen Metern Entfernung. Luise war zu wütend, um in zusammenhängenden Sätzen sprechen zu können. Irgendwie schaffte sie es doch, die Lage zu erklären – dass Vater an einem unbekannten Ort eingesperrt worden war.

»Sie werden ihn bald gehen lassen, sie können ihm doch gar nichts vorwerfen«, sagte Jónas.

»Die sind sehr erfinderisch, das hast du doch schon gemerkt. Die schreiben bestimmt schnell eine Verordnung, dass jüdische Männer nicht mehr atmen dürfen.«

Luise wusste, dass die Wut aus ihr sprach, aber es war ihr egal, ob es unlogisch war. So schnell konnten nicht mal die Nazis neue Gesetze erfinden, die es erlaubten, jüdische Männer zu inhaftieren.

Oder doch?

Auf einmal war sie sich nicht mehr sicher. »Lass uns zum Kaufhaus gehen – heute erfahre ich bei der Polizei nichts mehr, haben sie gesagt. Ich muss etwas tun, ich kann nicht noch länger warten.«

Jónas sah sie einen Moment lang an, als wolle er widersprechen, hatte aber schließlich keine Einwände, und so machten sie sich auf den Weg zum Marktplatz.

Sie kamen am Schuhgeschäft der Löwenthals in der Bardowicker Straße vorbei. Frau Löwenthal kniete im Schaufenster und sammelte die Scherben von den wenigen Schuhen, die der Mob zurückgelassen hatte. Dabei liefen ihr die Tränen so schrecklich über die Wangen, dass Luise das Herz brach. Die alte Dame war nun ganz allein, ihre Kinder waren im Frühling nach Palästina ausgewandert, der Ehemann war sicherlich auch von den Nazis verschleppt worden. Luise klammerte sich an Jónas. »Frau Löwenthal, wie geht es Ihnen?«

Die Dame wandte sich ihnen zu, ihr Anblick sagte alles. Rot geränderte Augen, dunkle Ringe und kaum Farbe im Gesicht. Luise wollte Frau Löwenthal in den Arm nehmen, fürchtete aber, dass sie selbst dann zusammenbrechen würde. Sie konnte es nicht. »Haben sie deinen Vater auch mitgenommen?«, fragte Frau Löwenthal, und Luise nickte. »Ich war eben bei der Polizei, aber die konnte mir nur sagen, dass es die Gestapo war. Warum, wie lange und wo … Sie konnten oder wollten mir nichts erzählen.«

Frau Löwenthal wischte sich mit dem Ärmel über die Augen. »Ich mache mir solche Sorgen. Schaut euch das nur an, alles kaputt. Alles kaputt.«

Luise wusste auch nicht, wie sie Frau Löwenthal trösten konnte. Ihr fehlten die Worte, der Schock saß zu tief. Jónas legte seinen Arm um ihre Schultern, und kurz darauf gingen sie weiter zum Kaufhaus Rose. Auf dem Marktplatz lagen zerstörte Teile des Kaufhausinterieurs, Scherben überall, beschädigte Waren und zerfetzte Kleidungsstücke aus dem Geschäft. Luise weinte leise über die Brutalität der Nazis, deren Ausmaß in der letzten Nacht einen traurigen Höhepunkt erreicht hatte. »Wie soll das jemals wieder in einen vernünftigen Zustand gebracht werden?«, murmelte sie fassungslos. Sie beseitigten die Scherben, die zerstörten Waren und Möbel. Aus dem anfänglichen Entsetzen wuchs in den vielen Stunden, in denen sie räumten, kehrten und sich die Finger an Scherben aufschnitten, eine unbändige, so bittere Wut, dass Luise kaum noch etwas um sich herum wahrnahm. Sie war innerlich wie äußerlich erstarrt und schwor sich, jetzt erst recht nicht aufzugeben. Sie würde sich von diesen Schweinen nicht kleinkriegen lassen. Sie nicht!

Am nächsten Tag erhielten sie die Nachricht, dass Carl Rosenberg in einem Lager bei Berlin interniert worden war. Warum, erfuhren sie nicht.

Edith war vollständig zusammengebrochen, sie aß nicht, sie trank kaum mehr als ein Glas Wasser. Luise redete ihr gut zu, war stark für sie, weil ihre Mutter es selbst nicht sein konnte. Ach, wie sehr vermisste sie Oma, die in solchen Momenten immer wie ein Fels in der Brandung für ihre Familie dagestanden hatte. Jónas war immer an ihrer Seite, er schien jeden ihrer Gedanken auch ohne Worte zu spüren, dafür war sie sehr dankbar. Ihre Liebe für ihn wuchs im gleichen Maß wie der Hass auf ihre Gegner.

Luise kniete gerade vor einem Regal und sortierte zerbrochene Tassen aus, als Jónas mit der Zeitung zu ihr kam. Er ging in die Hocke und legte sie ihr vor die Nase. »Glaubt man das?«, schimpfte er. »Sie haben verkündet, dass die Juden selbst für den Schaden aufkommen müssen! Der Mob zerschlägt eure Scheiben, und ihr müsst noch eine Strafe zahlen! Luise, das geht zu weit.« Eine Ader pochte an Jónas' Stirn.

Luise schluckte, dann atmete sie scharf ein, als sie sich an einer Scherbe schnitt. Sie ließ sie fallen und schaute auf das Blut, das aus dem Schnitt sickerte und auf die Zeitung tropfte. »Reichskristallnacht«, las sie. »Da haben die Schweine diese Nacht des Horrors ja auf einen *hübschen* Namen getauft.«

Kapitel 31

Siglufjörður, Juli 2019

Dicke Regentropfen prasselten gegen die Scheiben, Windböen wirbelten das Meer im Fjord durcheinander. Sofies Jacke hing über einem Stuhl, auf dem Boden hatte sich schon eine kleine Pfütze gebildet. Sie saß mit Kristín in der Lobby des Sigló Hotels. Vor ihr stand eine Tasse Kaffee, Kristín hielt ein Glas Limonade in der Hand. Sofie fragte sich, warum sie so lange gewartet hatte mit einem Treffen, jetzt, wo sie hier war, fühlte sie sich befreit. Es machte ihr nicht mehr ganz so viel aus, der schwangeren Kristín gegenüberzusitzen.

»Ich weiß gar nicht so recht, wo ich anfangen soll«, gab Sofie zu, während sie ihre Hände im Schoß knetete. »Es ist mir klar, dass mich das eigentlich alles gar nichts angeht.«

»Mach dir keine Sorgen.« Kristín schenkte ihr ein aufmunterndes Lächeln. »Wir Isländer sind auch von Natur aus neugierig, wir können damit schon umgehen.«

»Ja, wirklich? Ich habe eher die Erfahrung gemacht, dass es ganz und gar nicht willkommen ist, wenn man bestimmte Fragen zur Vergangenheit stellt.«

Kristín nickte und trank einen Schluck. »Mich kannst du alles fragen, ich weiß bloß leider nicht viel. Dass Hannes' Mutter Jüdin war, ist mir zum Beispiel auch neu. Ich bin selbst sehr gespannt, wenn ich ehrlich bin. In unserer Familie wurde immer mal wieder was über Luise getuschelt, aber selten etwas Gutes. Deutlich geworden ist jedenfalls immer, dass Hannes sich von seiner Mutter verraten gefühlt hat und deshalb nichts mehr mit ihr zu tun haben wollte. Wie mein Opa auf einen Besuch reagieren wird, weiß ich deshalb nicht. Aber ich möchte mehr darüber erfahren, ich glaube nämlich, dass es viele Gründe geben kann, warum eine Mutter ihren Sohn bei der Tante und Oma lässt. Vielleicht hatte sie keine schlechten Absichten. Mit dieser Meinung stehe ich allerdings ziemlich allein da.«

Sofie freute sich, in Kristín offenbar eine Verbündete gefunden zu haben. »Die Gräueltaten der Nazis haben Angst und Schrecken in ganz Europa, ach, in der ganzen Welt verbreitet. Für die einzelnen deutschen Familien hieß das nach dem Krieg, dass der Vater, später Opa, unter Umständen in schlimme Vergehen verwickelt war. Darüber wurde nicht gesprochen. Und die Frauen und Kinder hatten ihre eigenen Sorgen und Erlebnisse, die sie nur hinter sich lassen wollten. Daraus ist eine Generation des Schweigens herangewachsen in Deutschland. Vielleicht hatte Luise kein Dach über dem Kopf, es sind nach dem Krieg viele verhungert. Womöglich dachte sie, dass Hannes daher in Island sicherer war und eine Zukunft haben könnte.« Sofie holte tief Luft. Nach Jónas traute sie sich kaum zu fragen, sie war gerade an einer Stelle im Notizbuch, an der sie sich unmöglich vorstellen konnte, dass diese Liebe nicht ein ganzes Leben lang halten würde. Sofie fuhr fort: »Mir ist also vollkommen klar, dass viele Leute lieber nicht über die Vergangenheit reden wollen, vor allem, wenn es so schmerzhaft ist wie das Verlassenwerden von der eigenen Mutter. Ich habe noch nicht alles gelesen, aber das, was ich bis jetzt über Luise weiß, passt gar nicht dazu.«

»Luise?«

»Ja, so hieß sie.«

»Soweit ich weiß, hieß sie Lilla.«

»Ja, stimmt. Das war ihr Kosename.«

»Das ist bei uns ziemlich normal, dass jeder einen verpasst bekommt.«

»Aber du hast keinen?«

»Ich habe mich irgendwann dagegen gewehrt, es kommt auch immer auf den Namen an. Aus Margrét wird fast immer Magga, aus Kristján Stjáni, aus Magnús Maggi.«

»Und aus Björgvin?«

»Bjössi.«

Sofie grinste. »Süß.«

»Wenn du ihn ärgern willst, kannst du ihn so nennen.« Kristín lächelte.

»Mal sehen, bisher war das noch nicht nötig.«

»Ihr scheint euch ja gut zu verstehen, oder?«

Sofie spürte die Wärme langsam über ihren Hals in ihre Wangen kriechen. Hastig trank sie einen Schluck. »Man kann mit ihm auskommen.«

Kristín prustete los. »Wow, alles klar. Geht mich ja auch nichts an.« Sie zwinkerte. »Ich mag dich jedenfalls, Björgvin würde eine Frau guttun, die so bodenständig und patent ist wie du.«

Sofie war überrascht über ihre Offenheit. Sie kannten sich kaum, aber sie mochte Kristín sehr. Sie war sehr sympathisch und herzlich. »Äh, ja, werd's mir merken.«

»Sollen wir gleich zu meinem Opa fahren?«

»Jetzt?« Sofies Stimme klang eine Oktave höher.

»Ja, wieso nicht? Ich könnte es mir zeitlich einrichten, und du scheinst ja darauf zu brennen. Was willst du ihn eigentlich fragen?«

Sofie zuckte die Schultern. »So genau habe ich mir da noch nichts zurechtgelegt. Ich würde ihn vor allem fragen wollen, ob er das Notizbuch gelesen hat. Kann er Deutsch?«

»Deutsch war früher bei uns die zweite Fremdsprache. Ich bin mir nicht sicher, wie gut er es spricht. Und ob er von diesem Tagebuch weiß, keine Ahnung, davon gehe ich aber aus, immerhin war die Post an ihn andressiert. Ich habe ihn nur einmal etwas über seine leibliche Mutter sagen hören und das war nichts Positives.«

Sofie hörte ihr aufmerksam zu. »Verstehe, ja. Das habe ich auch schon gehört. Für mich ist das nur so unvorstellbar. Wenn sie so ist, wie es in dem Notizbuch rüberkommt, dann war sie eine ganz liebevolle und loyale Frau.«

Kristín zuckte die Schultern. »Hat sie die Notizen nicht selbst geschrieben? Vermutlich hat sie sich einfach in dem Licht dargestellt, in dem sie erscheinen wollte.«

Sofies Mut sank. Daran hatte sie noch gar nicht gedacht. »Hm«, war alles, was sie erwiderte.

Kristín legte ihr eine Hand auf den Oberschenkel. »Hey, ich weiß es doch nicht. Ich habe nur überlegt, was mein Opa vielleicht dazu sagen wird, verstehst du? Ich bin selbst sehr gespannt, gleich mit ihm zu sprechen. Ich weiß, dass mein Uropa in Deutschland studiert hat und sie sich da kennengelernt haben. Aber sehr viel mehr weiß ich auch nicht.«

»Die Geschichte deines Uropas ist eine so schöne Liebesgeschichte, ich fühle wirklich mit den beiden, mit Jónas und Luise. Und es waren ja keine einfachen Zeiten.«

»Jónas ist ganz schön aus der Art geschlagen, eigentlich waren alle meine Vorfahren Seeleute.« Kristín drehte die

Teetasse in ihren Händen. »Vielleicht sollten wir das Buch mal übersetzen lassen. Ich würde es gern lesen.«

»Ja, ich habe mich auch schon gefragt, ob man so eine Zeitzeugengeschichte nicht unbedingt für die Familie lesbar machen müsste. Aber dann sage ich mir immer wieder, dass ich mich nicht so einmischen darf. Ich bin nur die Tischlerin.« Sofie lächelte schüchtern.

»Ich finde es großartig, dass du dieses Notizbuch ausgegraben hast. Es ist so, als ob jetzt endlich ein altes Familiengeheimnis geklärt werden kann.«

»Nichts ist je, wie es auf den ersten Blick erscheint. Als ich gehört habe, dass Luise ihren Sohn verlassen hat, konnte ich einfach nicht glauben, dass sie so eine kaltherzige Person sein soll. Das passt nicht zusammen. Schon der Brief an Hannes ist so herzzerreißend, dass ich Tränen in den Augen hatte.«

»Menschen verändern sich. Du sagtest doch, dass du noch nicht alles gelesen hast, oder? Vielleicht klärt sich alles ja am Ende.«

Sofie seufzte. »Ja, vielleicht.« Sie hoffte jedoch, dass Luise ihren Jungen nicht freiwillig aufgegeben hatte. Denn eigentlich konnte sich Sofie dafür einfach keinen guten Grund ausmalen. Sie konnte sich selbst unter keinen Umständen vorstellen, ihr Kind zu verlassen, wenn sie denn jemals eins hätte. Nie.

Kapitel 32

Lüneburg, Ende November 1938

Zwei Wochen waren vergangen, seit der Vater abgeführt worden war, anfangs hatten sie bei jedem Geräusch aufgehorcht und waren zur Tür gelaufen und hatten auf seine Rückkehr gehofft. Aber Luise ahnte mittlerweile, dass es darum ging, sie dazu zu zwingen, das Kaufhaus aufzugeben. Das hatte jedenfalls Frau Löwenthal gesagt, deren Mann seit zwei Tagen zu Hause war – nachdem er unterschrieben hatte, seinen Schuhladen zu verkaufen. »Ach, Papa«, seufzte Luise, während sie die Glaserrechnung in den Händen hielt. Das Kaufhaus hatten sie vorübergehend schließen müssen, es war zu viel zerstört, zu viel gestohlen worden, als dass ein normaler Geschäftsbetrieb aufrechterhalten werden konnte. Und Luise war emotional nicht in der Verfassung, so zu tun, als sei alles in Ordnung. Sie konnte es nicht. Sie legte die Rechnung beiseite und stand auf. Ihr Herz war schwer, während sie sich in seinem Büro umschaute. Sie strich mit ihren Fingern über die Tischplatte des Schreibtischs. Nun hatten sie doch alles verloren, dachte sie und drängte die Tränen zurück. Eine bleierne Schwere senkte sich über sie, und

Luise taumelte. Dieser Schwindel begleitete sie nun schon seit einigen Wochen. Sie ging hinunter zu den Toiletten, stellte kaltes Wasser an und ließ es über ihre Handgelenke laufen. Luise hob ihren Blick und betrachtete sich im Spiegel.

Und dann verstand sie, warum sie sich so seltsam fühlte.

Ihr Mund öffnete sich, aber kein Laut kam heraus. Sie legte die nassen Hände auf ihren flachen Bauch.

Konnte es wirklich sein?

Ja, natürlich. Beinahe hätte sie hysterisch aufgelacht. Schon seit Jónas im Sommer aus Berlin zurückgekommen war, waren sie unvorsichtig gewesen. Schlimmer hätte der Zeitpunkt nicht sein können. Es kam einer Katastrophe gleich.

Luise stellte das Wasser ab und lief im Badezimmer auf und ab.

Was sollte sie nur tun?

In diesen Zeiten mit einem unehelichen Kind in Nazi-Deutschland schwanger zu sein, brachte nicht nur sie in Gefahr. Ihre ganze Familie würde dafür büßen müssen.

Luise überlegte, wann sie das letzte Mal ihre Blutung gehabt hatte.

Verflucht, wieso war sie nicht schon vorher darauf gekommen? Die Übelkeit am Morgen, diese bleierne Müdigkeit, die empfindliche Nase …

Jetzt, wo sie es begriffen hatte, waren die Zeichen eindeutig. Sie trug ein Kind unter dem Herzen.

Aber wie lange schon? Wann würde man etwas sehen?

Sie war schmal, es konnte nicht lange dauern, bis sich ein Bäuchlein unter ihren Kleidern wölben würde.

Was sollte sie dann tun? Schon seit zwei Monaten hatte sie ihren Monatsfluss nicht mehr gehabt, aber nicht weiter beachtet, schon früher war er manchmal ausgeblieben oder unregelmäßig gewesen.

Luise schlug sich die flache Hand vor die Stirn. Sie war so dumm gewesen.

Was nun? Luise dachte an ihre Freundin Anni, mit der sie jetzt gerne geredet hätte. Sie hätte vielleicht eine Idee, was zu tun war.

In ihrem letzten Brief hatte Anni ein englisches Sprichwort zitiert: *Every cloud has a silver lining*. Luise fragte sich, wo der Silberstreif am Horizont zu finden war.

Schwanger!

Sie konnte es noch immer nicht fassen und atmete schneller. Luise bekam keine Luft, ihre Kehle schnürte sich zu. Panik umklammerte ihr Herz.

Was würden ihre Eltern sagen?

Und Jónas?

Luise legte die Hände erneut auf ihren Leib.

Der Gedanke an ihn half ihr ein wenig, sich zu beruhigen. Jónas würde sicher zu ihr stehen, er würde sich am Ende womöglich noch freuen. Jónas hatte diese Art an sich, alle Probleme lösen zu wollen, er sah in jedem Problem nur eine Aufgabe.

Sie fürchtete sich vor den möglichen Konsequenzen, sie hatte furchtbare Angst um ihre Familie, um Jónas, um sich selbst. Und doch war da noch mehr als die blanke Panik vor der Zukunft. Sie horchte in sich hinein und dachte an das Kind, das in ihr heranwuchs. Es war irrsinnig, gefährlich und geradezu tollkühn, überhaupt daran zu denken, aber dennoch, wenn sie jetzt ihre Angst spürte, so hatte sie auch Angst um das winzige Wesen in ihr.

»Da bist du.« Jónas steckte seinen Kopf durch die Tür zu Vaters Büro. Luise war noch immer völlig durcheinander, sie kniete in Vaters Büro und hob einen Stapel Akten auf, den sie fallen gelassen hatte. »Ich bin unten fertig. Was machst du denn da?«

Er kam zu ihr, ging in die Hocke und half ihr.

»Kleines Missgeschick«, gab sie zurück.

Sie schenkte ihm ein liebevolles Lächeln, streckte ihre Hand aus und versuchte, den Gedanken zu verdrängen, dass in einer anderen Zeit, in einem anderen Leben das Kaufhaus Rose ihre Zukunft gewesen wäre. Die Zukunft auch ihrer eigenen Kinder und Enkel. Dieser Schreibtisch wäre von ihrem Vater an sie und Heini symbolisch übergeben worden, nun würde alles anders kommen. Was vor ihr lag, war ungewiss – vor ihnen, korrigierte sie sich in Gedanken, die Hand auf den Bauch gepresst.

»Irgendetwas ist passiert«, stieß er hervor. »Ich sehe es dir an der Nasenspitze an. Geht es dir nicht gut?«

Sie wusste nicht genau, was sie darauf erwidern sollte. Zu frisch war die Erkenntnis – zu beängstigend, was sie erwarten könnte, wenn die falsche Person von ihrem Geheimnis erfuhr.

»Luise?« Er legte seine Finger in ihre und half ihr auf die Beine. Sie trat mit klopfendem Herzen vor ihn und schaute zu ihm auf.

»Ich glaube, ich bin schwanger.«

Für eine Sekunde herrschte Stille im Raum, nur ihr dröhnender Herzschlag hallte in ihren Ohren wider. Sie versuchte in seinem Gesicht zu forschen, aber es war ungewiss, was in ihm vorging. Seine Augen weiteten sich für einen Augenblick, Luises Atem stockte.

Jónas hielt sie fest, und sein Adamsapfel hüpfte. Und dann lächelte er unvermittelt. Luise fing wieder an zu atmen, wusste noch immer nicht, was er dachte.

»Meine Liebste. Ich liebe dich. Ich liebe dich so sehr, Luise. Dass du mich zum Vater machst, macht mich glücklich.« Und dann senkte er seine Lippen auf ihre. In einer Welt, die nicht mehr ihre war, in der die Ungewissheit das Einzige darstellte, was sicher war, gab er ihr Halt.

»Es ist ein denkbar schlechter Zeitpunkt«, wisperte sie.

»Was redest du da?« Seine Brauen zogen sich zusammen. »Die Zeiten sind nie gut für Kinder. Den richtigen Moment gibt es nicht. Wenn wir darauf warten würden, wären wir längst ausgestorben.«

Jónas küsste sie lange und eindringlich, Luise spürte die ganze Sehnsucht und Verzweiflung in seiner Liebkosung. »Jetzt müssen wir an dich und unser Kind denken, Luise. Ich weiß, du fühlst dich verpflichtet, aber das ändert einfach alles.«

»Was sollen wir tun? Wo sollen wir nur hin? Ich habe keinen Reisepass mehr, du weißt, dass die Behörden ihn im letzten Oktober eingezogen haben.«

»Luise, was ist?« Die Sorge in seinem Blick schnürte ihr das Herz zusammen.

»Aber Jónas, versteh doch. Ich bringe uns alle in große Gefahr!«

»Dieses Kind«, seine Miene wurde weicher. »Ist unser Kind, ein Kind, das in tiefer Liebe empfangen wurde. Ich verstehe, dass du halb wahnsinnig vor Sorge bist. Aber wir werden eine Lösung finden.«

Das war nicht mal ansatzweise das, was sie fühlte. Luise war tief verzweifelt, und die Angst um ihrer aller Leben brachte sie buchstäblich um jeden klaren Gedanken. »Jónas …«

»Ich lasse nicht zu, dass du dich und unser Kind in Gefahr bringst.«

Sie riss sich von ihm los und rannte ins Badezimmer, schlug die Tür hinter sich zu, sie konnte und wollte ihn jetzt nicht hören. Wollte er denn nicht verstehen, was eine Schwangerschaft bedeutete?

Ein uneheliches halb jüdisches Kind?

Luise lehnte sich mit dem Rücken gegen die Fliesen und ließ sich auf den Boden gleiten, die Beine hatten ihr den Dienst versagt. Lautlose Tränen flossen heiß über ihre Wangen.

Worte wie Rassenschande hallten durch ihren Kopf.

Wie hatte sie nur so dumm sein können! Nun war es zu spät, und es konnte ihrer aller Verderben sein. Sie vergrub ihr Gesicht zwischen den Händen und wusste weder ein noch aus, sie hörte, wie sich die Tür öffnete. Jónas glitt neben ihr auf den Boden.

Für eine sehr lange Zeit sagte niemand von ihnen etwas. Nur das Tropfen des Wasserhahns durchbrach die schreckliche, angsterfüllte Stille im Raum.

»Ich bin der Vater deines Kindes – unseres Kindes. Lass uns fliehen.«

Er nahm ihre Hände.

»O Jónas.« Sie schmiegte sich an ihn. »Ich wünschte, es wären andere Zeiten. Natürlich wünsche ich mir Kinder mit dir – aber nicht so. Nicht hier. Nicht unter diesen Bedingungen.«

»Heirate mich.«

»Auch das geht nicht«, gab sie barsch zurück, obwohl sein Ring schon seit vielen Monaten an ihrem Hals verborgen baumelte. Wie naiv sie gewesen war! »Du kennst doch die Gesetze«, zischte sie panisch.

»Ich habe genug davon, immer nur zu hören, was alles nicht geht!« Funken stoben aus seinen blauen Augen, eine Ader an seinem Hals schwoll.

»Ich verstehe, dass du wütend auf mich bist«, gab sie tonlos zurück.

»So ein Unsinn! Ich bin nicht wütend auf dich! Ich bin wütend auf dieses Land mit seinen dummen, furchtbaren Menschen.«

Wem sagte er das?, dachte Luise und atmete tief ein.

In ihrer Verzweiflung legte sie ihren Kopf auf sein Herz, Jónas hielt sie für einige Minuten fest. Sie spürte Tränen auf ihrem Gesicht, es waren seine.

»In Deutschland können wir nicht heiraten. Aber woanders schon.«

»Jónas«, fuhr sie ihn ungeduldig an. »Sprich aus, was du denkst. Ich verstehe kein Wort.«

»Du musst Isländerin werden.«

Luise runzelte ihre Stirn. »Bist du nun wohl vollkommen verrückt geworden, was sagst du da?«

»Nein, bestimmt nicht. Ich bin so klar wie lange nicht mehr. Glaubst du nicht, dass ich mir in den letzten Monaten schreckliche Sorgen gemacht habe? Wir hätten längst gehen müssen.«

Der unterschwellige Vorwurf in seinem Tonfall entging ihr nicht.

»Aber meine Eltern«, wiederholte sie noch einmal.

»Ja«, unterbrach er sie unwirsch. »Deine Eltern und das Kaufhaus, ich weiß. Aber jetzt sieht die Sache anders aus, Luise. Das musst du einsehen. Es könnte jederzeit Krieg geben, wer weiß, was den Nazis dann noch alles einfällt. Du trägst unser Kind unter dem Herzen, du musst Deutschland verlassen, eure Sicherheit geht vor …«

»Ich kann nicht. Es gibt keinen Weg.«

Jónas neigte seinen Kopf. »Ich finde einen.«

Luise seufzte. »Ich würde dir so gern glauben.«

»Ihr seid nicht vollkommen mittellos.«

»Noch nicht. Aber viel ist uns nicht geblieben.«

»Ich werde nach Reykjavík reisen und Papiere für dich beschaffen.«

»Wie soll das gehen?« Sofort fuhr ein weiterer Stoß Panik durch ihr Herz. Sie wollte nicht, dass er ging. In ihr breitete sich ein Gefühl von solcher Verzweiflung und Wut aus, dass sie kaum atmen konnte. Wenn Jónas nicht mehr bei ihr war, wie sollte sie dann weitermachen?

»Ich weiß noch nicht genau, *wie*, aber ich weiß, dass ich es schaffen werde.«

Luise atmete tief durch. Sie mussten jetzt eine Lösung finden, so oder so, denn mit dem Kind war sie hier verloren, und ihre Familie würde ein schlimmes Schicksal erleiden. Wegen ihr. Luise konnte diesen Gedanken noch weniger ertragen. Sie wollte Jónas glauben, dass es eine andere Möglichkeit als die Engelmacherin gab, sie wünschte sich, dass es in einem anderen Land ein Leben für sie alle geben könnte. Dass die Papiere eine Lösung sein könnten, die sie nicht zur Beseitigung eines ungeborenen Lebens zwingen würde – denn auch, wenn sie die Verzweiflung der Frauen verstehen konnte, die diesen Schritt gingen, ahnte sie doch, dass sie selbst nicht dazu in der Lage wäre. Aber es ging ja nicht nur um sie und das Kind. »Und was wird aus meinen Eltern?«, flüsterte sie. Angst umklammerte ihr Herz. Sie hatte schon Heini verloren, sie konnte ihre Eltern doch nicht sich selbst überlassen.

»Eins nach dem anderen. Die holen wir nach. Das verspreche ich dir hoch und heilig! Bei unserer Liebe, vertrau mir, Luise. Zuerst zählt jetzt deine Sicherheit und die unseres Kindes. Die Zeit drängt!«

Sie nickte, aber ihr Herz wurde schwer. »Versprich mir, dass du auch ihnen helfen wirst.«

»Alles zu seiner Zeit.« Er nahm ihre Hand. »Aber ja, ich verspreche es dir, Luise, wenn du mir versprichst, auf dich und das Kind aufzupassen und alles für eure Sicherheit zu tun.«

Er sah sie an, eindringlich und ernst, neben ihr auf den Fliesen, sein Körper dem ihren zugewandt. Sie wusste, dass ihr Versprechen ihm etwas bedeutete, dass es bindend war, sowohl für sie als auch für ihn. Sie biss sich auf die Lippe. Konnte sie das Leben ihrer Eltern aufs Spiel setzen für das eines Kindes, das noch nicht mal geboren war? Konnte sie bestehendes Leben in Gefahr bringen für eine Option auf Leben, die noch nicht einmal garantiert war? Der Glanz in seinen Augen, die Hoffnung und Sehnsucht, die darin standen, gaben ihr die Antwort. Sie wollte nicht, dass er sie ansah und eine Frau erblickte, die ihr Kind losgeworden war – ihr gemeinsames Kind. Sie wusste nicht, ob sie dieser Frau selbst gerne in die Augen blicken würde, trotz ihrer Überzeugung, dass es eine verständliche Entscheidung für eine unverheiratete Frau war. Aber ihr Herz sagte ihr etwas anderes. Das mochte nicht der beste Grund sein und auch nicht der Einzige, aber er brachte sie dazu zu nicken.

»Ich verspreche es dir«, flüsterte sie und brachte die Zweifel in ihrem Herzen zum Schweigen. Das strahlende Lächeln, das er ihr daraufhin schenkte, gab ihr mit einem Mal ein Fünkchen von dem Vertrauen, das sie verloren geglaubt hatte: dass es eine Zukunft geben könnte.

»Danke, meine Liebe, mein Herz. Und jetzt müssen wir überlegen und planen, denn es muss schnell gehen. Wie … wann soll das Kind kommen?«

Luise spürte, dass sie rot wurde, und senkte verlegen den Blick. »Ich … meine Blutung habe ich schon seit einer Weile nicht mehr bekommen. Seit zwei Monaten.«

Jónas rechnete. »Du musst raus hier, ehe man dir die Schwangerschaft ansieht. Wir haben keine Zeit mehr zu verlieren.« Er schloss sie in seine Arme, und obwohl sie noch immer starr vor Angst war, keimte zum ersten Mal seit Langem wieder etwas Hoffnung in ihr auf, dass sich ihre Wünsche erfüllen könnten: eine Hochzeit, ein Kind, ein Leben ohne Angst.

Sie dachte daran, wie es wäre, ein Kind in den Armen zu halten. Unerwartet und heftig spürte sie plötzlich eine starke Verbindung zu diesem kleinen Wesen in ihr, einem Kind der Liebe, wie Jónas gesagt hatte. Ihr wurde ganz warm bei dem Gedanken, trotz der Kälte, die aus den Fliesen in ihren Körper kroch. Sie wusste, dass sie alles tun würde, um dieses ungeborene Leben zu schützen, denn sie hatte es Jónas versprochen.

Kapitel 33

Siglufjörður, Juli 2019

Es schüttete noch immer wie aus Eimern, als sie das Seniorenheim erreichten. Sie rannte hinter Kristín durch den Regen. Der Wind peitschte ihnen dicke, eiskalte Tropfen ins Gesicht. Sie zog die Kapuze tiefer und schüttelte sich wie ein nasser Hund, als sie unter das Vordach der Einrichtung gelangten. Sofie war voller Erwartung. Nach dem Gespräch mit Kristín war sie noch mehr davon überzeugt, das Richtige zu tun.

Die Tür öffnete sich mit einem leisen Zischen, die beiden Frauen traten sich die Füße auf der großen Matte ab. Die Wände waren gelb gestrichen, der Boden bestand aus grauem Linoleum, wie es in Krankenhäusern und medizinischen Einrichtungen verwendet wurde. Wandleuchten spendeten ein warmes, heimeliges Licht. In die Decken waren kleine Halogenstrahler eingelassen. Hier und da stand eine Grünpflanze in einem Topf, überall gab es Sitzmöglichkeiten.

Kristín grüßte eine der Mitarbeiterinnen und plauderte kurz auf Isländisch mit ihr. Sie schienen sich zu kennen. Sofie war auf einmal ganz schüchtern.

»Komm«, sagte Kristín zu ihr. »Wir können unsere Jacken hier aufhängen und die Schuhe ausziehen.«

»Schuhe auch?« Sofie hatte ja gewusst, dass es in Privathaushalten üblich war, aber in einem Heim?

»Ja, bei dem Wetter machen wir doch sonst alles dreckig. Oder …«, sie zögerte, »stört dich das? Dann kannst du deine natürlich anlassen. Entschuldige, für mich ist das so normal, ich habe nicht damit gerechnet, dass du das vielleicht als sonderbar empfinden würdest.«

»Nein, nein, ist schon in Ordnung.« Sie lächelte nervös und schob sich eine Haarsträhne hinters Ohr.

Kurz darauf gingen sie einen langen Flur entlang und kamen an einem großen Aufenthaltsraum vorbei, in dem vier Frauen mit viel Freude Karten spielten. Es wurde gelacht und geschnattert. Es roch nach einem Raumduft und Keksen. Sofie war überrascht, dass nicht der übliche Geruch von Tod und Einsamkeit in dieser Einrichtung hing. Aus Deutschland kannte sie das anders. Hier schienen nicht nur Menschen zu leben, die darauf warteten zu sterben. Natürlich sah sie auch hier ältere Leute, die unbeteiligt in einem Stuhl saßen und aus dem Fenster starrten, Menschen, die mit sich selbst redeten, Demenzkranke. Aber insgesamt schienen alle hier fröhlicher zu sein als in den deutschen Einrichtungen. Sofie erinnerte sich an das Heim, in dem ihre Oma gelegen hatte, ehe sie gestorben war. Es war ganz anders gewesen. Viel trauriger. Sogar die Pflegekräfte schienen hier Zeit für ein Schwätzchen mit den Bewohnern zu haben.

»Es ist echt schön hier«, sagte Sofie zu Kristín.

»Findest du? Mir hat es ja leidgetan für Opa, als er umziehen musste. Aber er mag es. Hier gibt es Spieleabende, gemeinsame Aktivitäten, er hat sogar eine neue Freundin. Sie lebt in einem Zimmer im gleichen Flur.«

»Wow, das ist ja schön.«

»Die beiden kennen sich natürlich schon länger. Aber ein Paar waren sie nie.«

»Wann ist deine Oma gestorben?«

»Schon vor über zehn Jahren nach einem Schlaganfall.«

»Das tut mir leid.«

»Ja. So, da wären wir.« Kristín blieb vor einer Tür stehen. »Bist du bereit?«

Sofie schluckte. Nein, das war sie ganz und gar nicht. Ihr Herz schlug bis zum Hals, ihre Hände waren feucht. Das Notizbuch. Verdammt. Sie hätte es mitbringen sollen! »Äh, ja klar«, stammelte sie.

»Keine Angst, er beißt nicht.«

»Weiß er denn, dass wir kommen, und wie soll ich ihn ansprechen? Mit Mr Jónasson?«

Kristín lachte. »Bloß nicht. Auf Island spricht man niemanden mit Nachnamen an. Hat dir das noch keiner erklärt?«

»Doch, schon … aber der Vorname, das ist so vertraut.«

»Ach was«, Kristín winkte ab. Ihre herzliche Art nahm Sofie etwas von ihrer Nervosität. »Mach dir nicht so viele Sorgen. Er weiß nicht, dass wir kommen. Aber das macht nichts.«

Kristín klopfte leise, dann öffnete sie die Tür. »Góðan daginn, afi. Hvernig hefurðu það?« Sie trat ein, und Sofie folgte ihr. Hannes saß in einem Lehnstuhl und las die Tageszeitung. Er trug eine Strickjacke über einem karierten Hemd und braune Cordhosen und Puschen an den Füßen. Sein Gesicht war sonnengebräunt, er hatte buschige Brauen über leuchtend blauen Augen. Eine dicke Brille saß auf seiner Nase. Als er seine Enkelin entdeckte, strahlte er. »Kristín mín, gaman að sjá þig. Komdu, komdu.« Er stand auf, es dauerte einen Moment. Seine Enkelin ging auf ihn zu, gab ihm einen dicken Kuss auf die Wange und umarmte ihn herzlich. Im Zimmer duftete es leicht nach einem männlichen Aftershave, das Fenster war geöffnet, ein kühler Windhauch pustete immer wieder frische Luft herein. Das medizinische Bett mit elektrischer Verstellung war ordentlich gemacht, es sah so aus, als hätte er ansonsten seine eigenen Möbel in diesem Raum. Auf dem Fensterbrett standen sogar eine Grünpflanze und unzählige Fotos, vermutlich von Familienmitgliedern.

Sofie trat unbehaglich von einem Fuß auf den anderen. Kristín erklärte ihrem Opa gerade auf Isländisch, warum sie hergekommen waren und wer Sofie war. Der alte Mann ließ seinen Blick zu ihr gleiten, und Sofie fing an zu schwitzen.

O Gott.

Vielleicht war es ein Fehler gewesen herzukommen. Was maßte sie sich eigentlich an, sich einzumischen? Der Mann wirkte glücklich und zufrieden mit seinem Leben. Vielleicht hatte er ja aus gutem Grund kein Bedürfnis, über seine leibliche Mutter zu sprechen. Vielleicht hatte sie ihm ja auch gar nicht gefehlt, und der Schreibtisch und das Notizbuch interessierten ihn wirklich nicht.

Sofie hatte gedacht, dass jeder Mensch sich für seine Mutter interessierte.

All das schoss ihr durch den Kopf, während seine blauen Augen auf ihr ruhten und Kristín weitersprach. Als sie sie dann heranwinkte, trat Sofie mit wachsweichen Knien auf die beiden zu. »Goodan dajinn«, versuchte Sofie es mit dem Gruß auf Isländisch. Aus ihren Lippen klang es einfach nur dämlich und ganz und gar nicht, wie es klingen sollte. »Schön, dich kennenzulernen«, fuhr sie auf Englisch fort und streckte ihm ihre Hand hin.

»Ich habe ihm gerade erzählt, dass du die Handwerkerin bist, die das Haus herrichtet. Und dass du aus Deutschland kommst.«

Hannes ergriff ihre Hand und schüttelte sie. Seine Haut war warm, trocken und für einen so alten Mann erstaunlich fest und kraftvoll. »Góðan daginn«, erwiderte er.

»Sofie«, sagte sie, weil sie nicht wusste, was sie sonst tun konnte, um das Gespräch zu beleben.

Er nickte, dann ließ er ihre Hand los und schaute zu seiner Enkelin. Ganz so, als ob er sie fragen wollte, warum sie diese Deutsche hergeschleppt hatte.

Sofies Mut sank.

Kristín zog einen Stuhl heran und setzte sich selbst aufs Bett, dann bat sie vermutlich ihren Opa, sich wieder zu setzen. »Ich werde ihm jetzt von dem Notizbuch berichten, das habe ich noch nicht gemacht, weil er sonst womöglich direkt abgelehnt hätte.«

Sofie nickte.

Während Kristín mit ihrem Opa sprach, veränderte sich sein Gesichtsausdruck. Von neutral wechselte er ins Verärgerte. Sein gebräunter Teint wirkte nun bleich, seine Lippen waren zu schmalen Strichen zusammengepresst, während er barsch auf Kristín einredete.

Sie beschwichtigte ihn, blieb freundlich und lächelte. Sie wirkte absolut unaufgeregt und geduldig, gleichzeitig einfühlsam und bemüht, ihrem Opa keinen Kummer zu bereiten.

»Nei!«, stieß er jetzt hervor.

Das musste man Sofie nicht übersetzen.

Kristín warf ihr einen bedauernden Blick zu, während ihr Opa noch eine ganze Menge schroffer Sätze hinterherschob.

Sofie konnte sich denken, was er sagte. Sie ließ ihre Schultern hängen und die Hände im Schoß gefaltet.

Zehn Minuten später stand sie mit Kristín unter dem Vordach vor dem Seniorenheim. »Sorry, ich hatte gehofft, es würde besser laufen«, meinte Kristín mit einem Seufzen.

»Ja, ich auch. Tut mir leid, dass ich dich überredet habe, herzukommen.«

»Schon gut. Es ist ja nichts Schlimmes passiert. Er hat einfach kein Interesse daran, über eine Vergangenheit zu reden, die nicht seine ist.«

Sofie lag auf der Zunge, dass es sehr wohl um seine Vergangenheit ging, aber sie biss sich auf die Lippe und nickte nur. Sie hoffte, dass er es sich noch anders überlegte.

Kristín tätschelte ihre Schulter. »Ich habe ihm gesagt, dass ich mal einen Blick in das Notizbuch werfen will, er meinte, dass ich mir das sparen könnte.«

»Kannst du denn genug Deutsch?«

»Nee«, sie grinste. »Nur rudimentär, vermutlich verstehe ich nicht viel. Aber es interessiert mich trotzdem. Komm, ich bring dich nach Hause.«

»Danke, das ist lieb. Aber ich glaube, ich laufe lieber.«

»Bei dem Wetter?« Kristín machte große Augen.

»Das ist mir egal. Ich habe ja eine wasserdichte Jacke an. Ich brauche jetzt ein wenig frische Luft. Vielleicht ist es ganz gut, durch den Regen zu laufen. Eigentlich finde ich das ganz erfrischend.«

»Wie du magst.« Kristín umarmte sie. »War trotzdem schön, mit dir zu plaudern. Vielleicht treffen wir uns bald mal, und du erzählst mir noch mehr?«

Sofie lächelte. »Das würde ich sehr gerne machen.«

Kurz darauf stapfte Sofie mit hochgezogenen Schultern und tief ins Gesicht gezogener Kapuze am Ufer entlang. Man konnte kaum bis zur gegenüberliegenden Seite im Fjord sehen. Dicke Wolken hingen so tief, während eisige Böen die Tropfen in alle Richtungen verwirbelten. Das Wasser wirkte dunkel und bedrohlich, so tief und geheimnisvoll, dass sie kaum den Blick abwenden konnte. Die Berge verschwanden unter den dunklen Wolken, das satte Grün der Wiesen war der einzige Farbtupfer im Grau des Unwetters. Ein paar einzelne Möwen schwammen mit den Wellen, als genossen sie das Schaukeln und warteten den Sturm lieber im Wasser ab.

Sofie seufzte leise und kickte einen losen Stein weg. Ihre Schultern hingen kraftlos herab. Obwohl sie sich zuvor eingeredet hatte, keine großen Erwartungen an das Treffen zu haben, musste sie sich jetzt eingestehen, dass sie ganz furchtbar enttäuscht war.

»Ich bin einfach dumm«, murmelte sie. »Ich hätte an seiner Stelle garantiert genauso auf eine dahergelaufene Frau reagiert, die mir meine Lebensgeschichte aufs Brot schmieren will.«

Sie hätten die Sache ganz anders angehen sollen. Nur wie?

Entmutigt setzte Sofie ihren Weg fort.

Kapitel 34

Lüneburg, Anfang Januar 1939

Luise trat das Fußpedal ihrer schwarzen Singer-Nähmaschine, sie hielt den Stoff fest, während sich die Nadel im wiederkehrenden Takt hob und senkte. Ein sanftes Rattern erfüllte die Küche. Über Nacht schien ihr Leib an Fülle zugenommen zu haben, kaum etwas passte mehr. Sie saß in der Küche und hatte etwas vom Saum herausgelassen. Es regnete in Strömen, das Wetter war nasskalt und grau. Den Jahreswechsel hatten sie still und leise begangen. Seit der Geschäftsaufgabe blieb ihr nichts mehr, womit sie sich die Tage vertreiben konnte. Immer wieder tauchten Bilder in ihrem Kopf auf, die sie am liebsten vergessen würde. Ihr Vater war Mitte Dezember nach Hause zurückgekehrt, ausgemergelt, schmal, das Haar ohne Glanz. In der kurzen Zeit war er um Jahre gealtert. Er hatte kein Wort über seine Zeit im Lager verloren, aber etwas von seinem Strahlen war erloschen. Edith war ihrem Mann um den Hals gefallen und hatte Tränen der Erleichterung vergossen, dennoch war im Hause Rosenberg noch immer die dunkle Wolke der Bedrohung zu spüren. Niemand konnte nun mehr leugnen, dass die »Sache mit den Nazis« eben nicht einfach so an ihnen vorbeiziehen würde wie ein Gewitter. Luise schüttelte die Gedanken ab und versuchte, sich auf ihre Arbeit zu konzentrieren. Dann war da noch die Sorge um Jónas' Rückkehr. Sie war versucht, ständig zur Tür zu laufen, um nach ihm Ausschau zu halten. Er war noch vor Weihnachten nach Island aufgebrochen, um Papiere für sie zu beschaffen. Wie, das hatte er nicht verraten. Aber sie zweifelte keine Sekunde daran, dass es ihm gelang. Sie hatte nur eine kurze Nachricht von ihm erhalten, dass er gut in Reykjavík angekommen war und sich so bald wie möglich wieder auf die Rückreise machen wollte.

Das Kaufhaus Rose gehörte nach einem schnellen Verkauf nun Herrn Schleier, der mit dem Kauf die Auflage vom Bürgermeister bekommen hatte, die Fassade so umzugestalten, dass nichts mehr auf die jüdischen Vorbesitzer hinwies. Luise konnte sich nicht darüber freuen, dass er diese Umbauten auf eigene Kosten zu machen hatte, denn letzten Endes hatte Schleier recht behalten. Wenn er es nicht gekauft hätte, hätte man es ihnen sowieso weggenommen. Körperlich ging es ihr gut, aber die Warterei zermürbte sie. Edith trat in die Küche, sie hielt eine Tasse in den Händen. Ihr Blick fiel auf Luises Näharbeiten, und sie erstarrte.

»Du musst die Kleider ändern?«

Luise nickte. »Es geht nicht mehr anders.«

Edith setzte sich an den Tisch, sie umklammerte die Tasse mit ihren Fingern. Sie hatte die Schwangerschaft ihrer Tochter, wie zu erwarten gewesen war, mit Entsetzen zur Kenntnis genommen. Nachdem der erste Schreck verflogen war, hatte sie schnell eingesehen, dass lange Vorhaltungen jetzt auch nichts mehr nützen würden.

»Jetzt bin ich froh, dass du schon immer praktisch veranlagt warst«, sagte sie. »Du wirst deinen Weg gehen.«

Luise hielt inne, ihre Mutter sah so hoffnungslos und schwermütig aus, dass sie schlucken musste. »Es tut mir leid«, flüsterte sie.

Edith schüttelte den Kopf. »Nein, das muss es nicht. Vielleicht wird dieses Kind einmal dein Glück sein. Jetzt, wo wir alles verloren haben, ist es der einzig richtige Weg, das Reich zu verlassen.«

»Du wolltest schon früher gehen.«

»Ja, das wollte ich.« Niemand musste aussprechen, dass sie wegen Carl geblieben waren.

Seit dem ersten Januar mussten Juden nun überall Kennkarten mit sich führen, in ihrem Pass prangte ein großes J und als zweiten Namen hatte man bei den Frauen Sara eingetragen, bei Männern Israel. Nur eine weitere Schikane, dachte Luise teilnahmslos.

»Gibt es denn schon Neuigkeiten zu eurer Ausreise?«, fragte sie. Die Eltern bemühten sich um ein Visum für ein englischsprachiges Land.

»Ihn hält nichts mehr hier«, sagte Edith, als wäre Carl gar nicht im Raum. So schwierig der Verlust des Kaufhauses für Carl auch sein mochte, Luise war erleichtert, dass es nun wenigstens voranging, was die Emigration betraf.

»Ich bin froh, dass ich so eine eigensinnige Tochter habe. Wo ich mich immer gefragt habe, warum ihr so viel daran liegt, Isländisch von Jónas zu lernen«, meinte Edith schließlich. »Nun wird es dir hilfreich sein.«

Sie schien auf einmal in Gedanken weit weg zu sein, und Luise dachte an Jónas. Wo er wohl sein mochte? Schon auf dem Weg zu ihr?

Hoffentlich. Sie erinnerte sich an das letzte Gespräch mit ihrem Vater und Jónas vor seiner Abreise.

»Wenn es in Reykjavík nicht klappt, bleiben euch immer noch andere Wege, aber dafür müsste man sich in Hamburg umsehen. Lüneburg ist viel zu klein, niemand würde uns hier helfen. Falsche Visa und Dokumente werden zu horrenden Preisen gehandelt«, hatte Carl mit einem Stirnrunzeln eingewandt. Er hatte sich nach seiner Rückkehr aus dem Lager intensiv mit den Möglichkeiten der Emigration auseinandergesetzt.

»Das ist nicht nötig, ich kehre mit Papieren für Luise zurück. Ich verspreche es.« Jónas drückte Carls Hand.

»Wie willst du sie bezahlen?«

»Schmuck ist die Währung, die ohne Wechselkurs überall gültig ist.«

»Weise Worte, aber es ist gefährlich für dich.«

»Ohne Zweifel«, bestätigte Jónas. »Aber was haben wir für eine Wahl?«

Man war sich einig gewesen, dass das die sicherste und schnellste Lösung war, und so hatte Jónas Mutters Diamantohrringe, in Pralinen versteckt, mitgenommen. Um seine Schiffspassage und Ausreise ohne Verzögerungen zu erhalten, hatte er noch einige weitere, weniger wertvolle Schmuckstücke bei sich gehabt.

Sie gähnte und kehrte ins Hier und Jetzt zurück. Wenn diese Schwangerschaft eines bedeutete, dann dass sie ständig müde war.

»Du solltest dich kurz hinlegen«, schlug Edith vor. »Ich kann das Kleid für dich nähen.«

Luise war überrascht, ihre Mutter hatte schon lange nicht mehr die Initiative ergriffen. Luise stand auf und umarmte sie. »Danke!«

Sie ging nach oben und kuschelte sich ins Bett.

Als sie das nächste Mal die Augen öffnete, saß jemand neben ihr.

Sie schreckte hoch, eine sanfte Hand legte sich auf ihren Arm. »Pst, ich bin es nur.«

»Jónas«, rief sie und umarmte ihn fest. »Du bist endlich hier!«

Er lächelte und küsste sie. »Wie geht es dir?«

»Jetzt, wo ich dich sehe, gut.«

Jónas hatte Ringe unter den Augen und ein wenig abgenommen, aber ansonsten sah er gesund und munter aus. »Das ist schön.« Sie warf sich in seine Arme.

»Meine Eltern?«

»Sie wissen Bescheid, sie sind unten.«

»Hast du die Papiere?«

»Ja.« Er nickte. »Ich habe alles bekommen.«

Luise wurde mulmig zumute. Ein Kribbeln erfasste sie, gleichzeitig begriff sie erst jetzt die volle Tragweite ihrer Entscheidung. Sie würde fortgehen, in ein fremdes Land, und ihre Eltern zurücklassen. Die Zukunft war für sie alle ungewiss. Sie legte ihre Hand auf den Bauch. »Ich bin bereit. Wann fahren wir?«

Jónas Finger umschlossen ihre sanft. »Ich habe für morgen zwei Billetts nach Hamburg gelöst, von dort aus fahren wir mit einem Frachtschiff weiter nach Island. Wir werden eine gute Woche unterwegs sein, dann bist du frei.«

Sie schluckte und lächelte. »Ich sollte packen?«

»Nimm nur das Nötigste mit. Und nicht die besten Sachen. Wir reisen nicht in der ersten Klasse, das ist zu auffällig.«

»Juden dürfen nicht …«

»Pst, ab jetzt bist du keine Jüdin mehr. Ab jetzt heißt du Lóvisa Hauksdóttir.«

Sie blinzelte. »O Gott.«

»Es ist am sichersten, wir müssen das üben. Wenn dich jemand anspricht, tust du so, als würdest du nichts verstehen. Du kannst mich auf Isländisch ansprechen, ich erkläre dann allen, dass du meine Frau bist, die kein Deutsch kann.«

»Wer soll das glauben?«

»Alle, meine Liebste. Alle werden es glauben.«

Luise atmete tief in ihren Bauch. Sie wusste, dass sie, nach Maßstäben der Nazis, nicht jüdisch aussah. Er hatte recht. »Was, wenn ich einen Fehler mache?«

»Das wirst du nicht. Sobald wir auf dem Schiff sind, wird alles gut.«

Über Nacht waren die Temperaturen gefallen. Es war ein herrlicher, sehr kalter Januarmorgen. Der Himmel war blassblau und wolkenlos. Die Sonne spendete keine Wärme und warf lange Schatten. Die Felder waren gefroren, die Wiesen von Reif bedeckt. Sie fürchtete den Moment des Abschieds, sie durfte nicht weinen. Sie wusste, wenn sie erst einmal damit anfing, würde sie nicht wieder aufhören können. Und wenn sie sich eines nicht leisten konnte, dann rote, geschwollene Augen. Sie durfte keinerlei Aufmerksamkeit erregen, musste in der Menge mit Jónas abtauchen und mit dem Strom schwimmen. Sie hatte in den letzten Wochen und Monaten vergessen, wie das ging, hatte sich abgekapselt und war außer im Kaufhaus nur wenig unterwegs gewesen. Sie fühlte sich jetzt fremd in dieser Welt, die nicht mehr ihre war. Uniformen, Hakenkreuze, erhobene rechte Arme und Heil-Hitler-Rufe an jeder Ecke.

Nun war es so weit. Carl und Edith standen vor ihr. Sie versuchten, ihre Sorgen zu verbergen, aber sie waren allgegenwärtig. Ihr Vater trat als Erster auf sie zu. »Leb wohl, meine Luise.« Er drückte sie an sich, und Luise sog seinen Geruch ein. Er roch leicht nach seinem herben Aftershave. Schon nach wenigen Sekunden löste er sich von ihr und räusperte sich. Luise wagte nicht aufzusehen, sonst würde sie schluchzen und sich wieder an seinen Hals werfen.

Edith trat vor sie, nahm ihre Hände in ihre. »Ich wünsche dir alles Gute, Luise. Pass gut auf dich und mein Enkelkind auf.«

Luise nickte, sie konnte nicht sprechen, zu groß war der Kloß in ihrem Hals.

Niemand wusste, wann und wo es ein nächstes Treffen geben würde. Sie hatten versprochen zu schreiben, sobald ihre Ausreisegenehmigung vorliegen würde. Sie würden sich wiedersehen und hoffentlich in nicht allzu langer Zeit. Und doch war da ein Zweifel in ihr, ein kleiner schwarzer Fleck in ihrem Herzen, den sie einfach nicht vertreiben konnte, egal, wie sehr sie es versuchte. Was wäre, wenn … Sie wollte die Gedanken nicht weiterdenken, aber die Angst hielt sie in eisernem Griff umklammert.

Die Eisenbahn stieß eine Dampfwolke aus, der Schaffner gab mit seiner Pfeife das Signal zur Abfahrt. Hastig löste sie sich nach einer schnellen Umarmung von ihrer Mutter, schaute noch einmal in Vaters trauriges Gesicht. Jónas drängte sie sanft zur Eile, damit sie ihren Zug nicht verpassten. Luise stieg ein, Jónas folgte ihr mit dem Gepäck. Die Türen schlossen sich, und Luise schaute aus dem Fenster. Carl und Edith winkten, sie hielten sich kerzengerade, aber sie sah in ihren Augen, dass es ihnen das Herz brach, ihre einzige Tochter in die Ungewissheit zu schicken, die doch der einzige Weg war, dem Terror der Nazis zu entkommen.

Tränen verschleierten ihren Blick, das Bild der Eltern löste sich auf.

Dann setzte sich der Zug langsam in Bewegung. Jónas nahm ihre Hand und drückte sie. »Góða ferð«, meinte er mit einem aufmunternden Lächeln, das gut gemeint war, aber den Schmerz in ihrem Inneren nicht mildern konnte. *Gute Reise.*

Luise straffte sich, sie musste sich zusammenreißen. »Takk.« *Danke.*

Sie suchten nach ihrem Abteil, setzten sich, und Luise starrte aus dem Fenster.

Sprich nicht Deutsch, sag am besten nichts, rief sie sich immer wieder in Erinnerung, wenn Leute an ihrem Abteil vorbeikamen. Luise hatte nur einen kleinen Koffer dabei, ebenso wie Jónas. Zudem hatte er zur Tarnung Nazi-Lektüre – Goebbels' *Vom Kaiserhof zur Reichskanzlei* – im Gepäck. Falls sie jemand kontrollierte, würden sie damit am wenigsten Aufsehen erregen. Sie waren absolut unauffällig, er trug einen grauen Gabardinemantel über seinem Anzug und Luise ein geblümtes Kleid unter ihrem cremefarbenen Mohairmantel, dazu Wildlederschuhe mit flachen Absätzen und einen kleinen Hut mit einer Seidenblume. Sie versuchte, sich zu entspannen, aber ihr Herz schlug bis zum Hals. Sie hoffte, dass das monotone Rattern der Waggons auf den Schienen irgendwann ihre Nervosität vertrieb. Der Vater hatte sie nach Hamburg bringen wollen, aber Jónas hatte gesagt, es sei zu riskant, wenn jemand ihn oder den Wagen erkannte. Er hatte viele Kunden in Hamburg gehabt, das hatte er schließlich eingesehen. Luise war froh über Jónas an ihrer Seite, er schien einen kühlen Kopf in jeder Situation zu bewahren, dabei war es für ihn ebenso gefährlich wie für sie. Wenn man sie erwischte …

Sie wollte nicht daran denken, aber es war leider nicht zu verhindern. Irgendwann hörte sie schwere Schritte vor dem Abteil, die Tür wurde aufgezogen. Ihr Atem stockte, als drei Männer in schwarzen Uniformen und blank polierten Stiefeln vor ihnen standen. Zwei Runen am Revers, dunkle Uniformmützen, kantige Gesichter und schmale Lippen.

Sie schluckte. Ihr Herz stolperte.

Luise wollte nach Luft schnappen, aber nichts geschah.

Sie war erstarrt vor Schreck.

War die Reise jetzt schon vorbei?

Hatten sie sich verdächtig gemacht?

Luise spürte, wie sie zitterte. Hoffentlich schauten die Männer nicht so genau hin. Das Blut rauschte in ihren Ohren.

»Passkontrolle«, sagte der eine, und dann wurde ihr klar, dass sie einen der SSler kannte. Es war Fritz, Heinis früherer Freund und große Liebe. Er war zur SS gegangen?

Ihr Magen sackte ins Bodenlose, ihr Herz hörte auf zu schlagen. Ihre Blicke begegneten sich, Fritz blinzelte, aber er sagte nichts.

Sie war entdeckt. Er würde sie verraten.

Luises Lungen fingen an zu brennen, die Wände des Abteils schienen näher zu kommen. Schweiß brach aus allen Poren, während sie sich nicht rühren oder reagieren konnte.

Wie hatte Fritz nur zur SS gehen können? Der gute Fritz, der so liebevoll und lustig gewesen war? Er war nun einer von ihnen?

Er musste sie hassen. Er war ein Nazi geworden.

Ob es ihm Spaß machte, sie abzuführen, sie vielleicht so zu schlagen, wie er andere zuvor geprügelt hatte?

Was brachte einen jungen, talentierten Mann wie ihn dazu, zur SS zu gehen? Den schlimmsten und kaltblütigsten unter den Nazis?

Fritz starrte sie noch immer an, Luise konnte ihren Blick ebenfalls nicht abwenden.

Bitte, flehte sie stumm.

Jónas schien ihre Reaktion gar nicht zu bemerken, sondern zog zwei Ausweise aus der Manteltasche und reichte sie dem Ersten. »Hier, bitte.« Dabei schien er seinen isländischen Akzent noch zu betonen. Klug von ihm, dachte Luise, aber es würde ihnen nichts nutzen.

Würde Fritz den Moment genießen?

Er war nun einer von ihnen. Er würde sie verraten, daran hatte sie keinen Zweifel.

Ach, zum Glück blieb es Heini erspart, seinen geliebten Freund so zu sehen. Sie hätte Heini antworten sollen. Seinen letzten Brief hatte sie zwar gelesen, aber ihm nicht zurückgeschrieben. Er bat sie um Verzeihung und Verständnis, sie hatte mittlerweile auch begriffen, dass es für ihn die einzige Möglichkeit gewesen war. Wäre Luise nicht so stur gewesen wie ihr Vater, was das Kaufhaus betraf, wäre vielleicht alles anders gekommen. Aber nein, sie wusste, sie würde ihre Entscheidungen genau so wieder treffen. Das hier war Pech, wieder fiel ihr das jüdische Sprichwort ein: Zuerst haben wir Unglück und dann kommt noch das Pech dazu. Sie atmete ein und blickte zu Boden. Hoffentlich kam diese Redewendung bei ihnen nicht zum Tragen. Luise wartete darauf, dass Fritz sie denunzierte und damit in den Abgrund stieß, obwohl sie sich aus tiefstem Herzen wünschte, dass er es nicht tun würde.

»Isländer?«, fragte der andere derweil.

Jónas nickte. »Ja, meine Frau und ich waren in Ihrem wundervollen Land unterwegs, jetzt geht es wieder nach Hause in den hohen Norden.«

»Dann wünschen wir Ihnen und Ihrer Gattin eine gute Reise. Ein Isländer!« Er schien es selbst nicht glauben zu können. »Unsere rassische Oberherrschaft verbindet uns, es freut mich, Sie kennenzulernen.«

Er schüttelte Jónas die Hand, und dieser erwiderte den Händedruck.

Luise hielt immer noch den Atem an, vorsichtig schaute sie in Fritz' Gesicht. Ihre Blicke trafen sich noch einmal. Worauf wartete er? Und dann sah sie das Bedauern in seinen Augen.

Und den Schmerz.

In diesem Augenblick begriff Luise, dass Fritz nichts sagen würde.

Sie war in Sicherheit. Ihr Herz raste noch immer.

Sie schnappte nach Luft, wollte sich die Hand vor den Mund schlagen, entsann sich in letzter Sekunde, dass sie sich beherrschen musste.

Ihr war so übel, dass sie fürchtete, sich gleich übergeben zu müssen.

Eine Schweißperle rann über ihre Stirn an der Schläfe entlang, noch immer hob und senkte sich ihr Brustkorb viel zu schnell.

Luise fing seinen Blick auf, er drückte Bedauern aus. Und Sehnsucht.

Fritz hatte Heinrich wirklich geliebt, und vielleicht bereute er seine Feigheit ja sogar? Aber warum, zur Hölle, war er zur SS gegangen? Tarnung? Selbstbestrafung? Sie konnte es nicht verstehen, und dann war der Moment vorbei.

Die drei Uniformierten wünschten ihnen abermals eine gute Reise, dann verließen sie ihr Abteil und schlossen die Tür sanft und leise, als hätten sie eben eine Begegnung der besonderen Art gehabt.

»Es ist immer so«, sagte Jónas zu ihr auf Isländisch. »Nazis lieben mich.«

Luise konnte noch immer nicht sprechen, sie war in kaltem Schweiß gebadet. Jónas bemerkte es. »Liebes, fühlst du dich nicht wohl?«

Sie nickte. »Doch, doch. Ich erzähle es dir ein andermal.« Er hatte ja keine Ahnung von Fritz' und Heinrichs Freundschaft.

Als sie in Hamburg ankamen, traten sie auf den Bahnsteig, Jónas trug die beiden Koffer, Luise ging neben ihm her. Die SS-Leute setzten ihre Kontrollen fort. Nicht weit entfernt zog gerade ein junger Mann seinen Pass heraus, der auf einer Bank gesessen hatte. »Du dreckige Judensau, los, runter, du darfst hier nicht sitzen.«

Mit einem Stiefel bekam er einen Tritt verpasst und stürzte mit dem Gesicht auf den kalten Boden. Luise wurde übel, sie schaute weg. Sie durfte nicht auffallen. Mit dem Strom, sagte sie sich immer wieder. Nicht hinsehen, obwohl es ihr unglaublich schwerfiel, die Augen vor der zum Himmel schreienden Ungerechtigkeit zu verschließen. Und dann dachte sie an ihr Kind und daran, dass sie es schützen musste, und ging geradeaus weiter.

Kapitel 35

Siglufjörður, Juli 2019

Sofie dachte auch ein paar Tage später noch immer an das missglückte Treffen mit Hannes. Sie verstand natürlich aus seiner Sicht, dass er mit der Vergangenheit abgeschlossen hatte – oder es zumindest vorgab. Trotzdem fand sie es bedauerlich, denn der sympathische Mann schien alles andere als im Einklang mit seiner Vergangenheit zu sein, sonst hätte er nicht so heftig auf ihr Erscheinen reagiert. Er war weiß wie eine Wand gewesen, als Kristín angekündigt hatte, dass es nicht um die Tischlerarbeiten, sondern um das Notizbuch und den Schreibtisch ging. Vielleicht musste sie es noch einmal versuchen.

Sofie rieb sich über das Gesicht. Warum bedeutete es ihr so viel, dass Hannes seine Meinung über seine Mutter änderte? Sie seufzte und versuchte das Thema beiseitezuschieben. Das gelang am besten durch ihre Aufgaben. Sie schlüpfte in ihren Blaumann und machte sich an die Arbeit. Heute wollte sie die Wände im Kinderzimmer streichen. Dass es ein Kinderzimmer gewesen war, hatte sie zumindest angenommen, weil zwei Betten darin gestanden hatten. Die lagen jetzt auseinandergenommen auf dem Flur. Sie hatte den ganzen Vormittag mit den Vorbereitungen verbracht: Ausräumen, Abkleben und alles, was dazugehörte. Sofie wollte gerade die Farbrolle in den Eimer tauchen, als er plötzlich im Türrahmen stand.

»Hey«, sagte er.

Kam es ihr nur so vor, oder wirkte er verlegen? Oder gar schüchtern?

In den letzten Tagen hatte er sich rar gemacht, sie hatte nicht nachgefragt, immerhin waren sie sich zu nichts verpflichtet, auch wenn es sie ein wenig gekränkt hatte.

»Hey«, erwiderte sie genauso unverbindlich.

»Brauchst du Hilfe?«

»Ich komme schon klar.«

Mist, hätte sie vielleicht Ja sagen sollen? Es war eindeutig, dass das hier nicht der Versuch war, ihr zu helfen, sondern mit ihr Kontakt aufzunehmen. Aber nein, sie brauchte keine fadenscheinigen Gründe, um Zeit mit ihm zu verbringen. Sie war erwachsen und er auch. Spielchen hatten sie beide nicht nötig, und gestern hatten sie doch alles geklärt. Oder etwa nicht?

»Wegen der letzten Tage …«, fing er an.

Aha, es war also doch noch etwas, das er nicht angesprochen hatte.

»Du brauchst gar nichts zu sagen, du bist mir keinerlei Erklärungen schuldig. Echt nicht.«

Er hob eine Augenbraue, dann grinste er. »Was, wenn ich was erklären will?«

Sie hielt mitten in der Bewegung inne. »Das wäre natürlich was anderes.« Sie sah ihn wieder an.

»Meine Ex nervt manchmal, okay?«

Sofie kapierte zwar nicht, was das mit ihr zu tun hatte, deshalb zuckte sie die Schultern. Er war ihr wirklich keine Erklärungen schuldig und dass sein Verhältnis zu seinem Sohn wegen Hallbera auch kompliziert war, hatte sie längst begriffen. Sofie horchte kurz in sich hinein, weil sie sich nicht erklären konnte, warum sie dann so genervt war.

Und dann begriff sie. Es störte sie, dass Björgvin mit ihr nie über seinen Sohn sprach, er erwähnte Atli nie, obwohl sie viel geredet hatten. Aber bei allem wurde nur an der Oberfläche gekratzt, was ihr einerseits sehr recht war, denn sie hatte keine Lust, über die Dramen zu sprechen, die sich in ihrem Leben ereignet hatten. Vielleicht ging es ihm ja genauso, und Sofie stellte für ihn eine willkommene Auszeit von der Realität dar. Andererseits störte es sie, und das konnte sie selbst nicht so recht begreifen. »Haben ehemalige Partner so an sich«, gab sie zurück und versuchte, es scherzhaft klingen zu lassen.

Er lachte und fuhr sich mit einer Hand durch die Haare. »Absolut. Jedenfalls … Es tut mir leid, wenn mein Verhalten irgendwie blöd rübergekommen ist.«

»Was genau meinst du?«

Er atmete seufzend aus. »Puh, du machst es einem aber ganz schön schwer.«

»Nee, gar nicht.«

»Lass es mich so formulieren. Ich hatte die letzten Tage ein bisschen Stress, obwohl ich lieber mehr Zeit mit dir verbracht hätte. Ich mag dich nämlich.«

Sofie schluckte, gleichzeitig war da wieder dieses nervöse Flattern in der Magengrube. »Wirklich?«

Er machte zwei Schritte in den Raum und legte seine Hand an ihre Wange. Kleine Stromschläge verursachten wohlige Schauer an ihrer Wirbelsäule. »Wirklich.« Seine Stimme klang ein wenig rauer als sonst. Und dann küsste er sie.

Sofie entfuhr ein überraschtes Seufzen, er schmeckte einfach köstlich. Seine Lippen auf ihren zu spüren, ließ sie alles andere um sie herum vergessen. Viel zu schnell löste er sich von ihr. Sie blinzelte und holte tief Luft.

Ihre Knie waren ganz weich geworden.

»Ich würde jetzt sehr gerne bei dir bleiben, aber ich muss leider für ein paar Tage wegfahren, ich habe ein paar wichtige Termine in Reykjavík, die sich nicht aufschieben lassen.« Der Satz verpasste ihr nach seiner Zuneigungsbekundung einen erheblichen Dämpfer.

Beinahe hätte sie gesagt: *Aber du bist doch eben erst gekommen*, doch sie hielt sich zurück. Sie wollte nicht den Eindruck erwecken, als würde sie klammern. Dass er sie im Bett vermisst hatte, hieß noch lange nicht, dass mehr als das dahintersteckte. Männer konnten Sex und Gefühle bestens trennen. Und Sofie? Die redete sich zumindest ein, dass sie dazu auch in der Lage war. Mit Björgvin Spaß zu haben, war nach den letzten Monaten das, was sie jetzt brauchte. »Okay«, war alles, was ihr einfiel.

Er küsste sie noch einmal. »Ich werde an dich denken, Sofie.«

Dann verließ er das Haus mit schweren Schritten und fuhr davon.

Sie wollte es nicht, aber den ganzen Tag lang fühlte sie sich, als hätte sie jemand auf Wolken gebettet. Sie pfiff oder sang leise vor sich hin, während sie die Wände mit ihrem Farbroller bearbeitete.

Kapitel 36

Reykjavík, Januar 1939

Es roch nach Fisch und Diesel auf dem Frachtschiff, es gab weder Komfort noch fließendes Wasser. Luise und Jónas hatten auf Strohsäcken liegen müssen ohne jegliche Privatsphäre. Luise war neben der Schwangerschaftsübelkeit auch noch von Seekrankheit geplagt und konnte kaum einen Schluck Wasser bei sich behalten. Jónas wich nicht von ihrer Seite, er hielt ihr den Kübel, wischte ihr mit sauberen, feuchten Lappen über Gesicht und Nacken und sprach ihr immer wieder leise und liebevoll Mut zu. Nach sieben Tagen auf unruhiger See, in denen Luise dachte, dass sie sterben müsste, setzten sie endlich einen Fuß an Land. Die Luft war klar und eiskalt, aber es war eine andere Kälte als die, die sie von zu Hause kannte. Es war trockener, beißender, und es roch nach Meersalz und Freiheit. Überall lag Schnee, der Himmel war rosa gefärbt, man konnte kilometerweit sehen. Aus den Schornsteinen der bunten Häuser rauchte es, auf der gegenüberliegenden Seite der Bucht erhob sich eine lange Bergkette, die ebenfalls schneebedeckt war. »Es wird bald dunkel«, sagte Jónas und legte einen Arm um ihre Schultern. »Willkommen in Island, Lilla mín.«

Sie rang sich ein Lächeln ab, obwohl sie nur noch eins wollte: schlafen. Die Aufregung, die Anspannung und die Seekrankheit forderten ihren Tribut.

Luise hatte nach den Strapazen der Reise nicht die Kraft nachzufragen, aber sie wusste, dass es in Island, das so nah am Polarkreis lag, im Winter nur wenige Stunden Tageslicht gab. Morgen würde sie sicher mehr Interesse zeigen können, jetzt brauchte sie eine heiße Badewanne und ein weiches Bett. Nach einer ruhigen Nacht würde es ihr sicherlich besser gehen. Dass die völlige Erschöpfung an der Schwangerschaft lag, glaubte sie nicht. Die war bisher problemlos verlaufen, und auch Jónas hatte immer wieder betont, dass es einfach Menschen gab, die sehr schlimm seekrank wurden. Offenbar gehörte Luise dazu. Jónas nahm ihr Gepäck, während sie den Weg zu ihrem neuen Zuhause zu Fuß zurücklegten. Sie gingen über verschneite Straßen, auf denen der Schnee platt getrampelt oder gefahren war. Es gab nur wenige Autos, hier und dort sah sie Leute auf kleinen, zotteligen Pferden und mit Pferdewagen.

Kurze Zeit später schloss er die Tür zu ihrem neuen Zuhause auf. Es lag in einer kleinen Seitengasse mit kleinen Häusern. Ihres hatte eine Fassade aus Holz, die dunkel gestrichen war, während andere in Rot, Blau oder Gelb leuchteten. Die kleinen Sprossenfenster waren von innen beschlagen. Während der Reise hatte Jónas ihr erzählt, dass er sich bei seinem letzten Aufenthalt schon um die Bleibe und um eine Arbeitsstelle gekümmert hatte. Er würde bei der Zeitung *Morgunblaðið* eine Stelle als Redakteur antreten, und so hatte er ein Zimmer anmieten können. Ihr war alles recht, solange es heimelig und trocken war. Sie bereitete sich darauf vor, dass ihr ein Schwall warmer Luft entgegenschlagen würde, aber der Temperaturunterschied war so gering, dass sie ihn kaum wahrnahm. Sie trat auf blanken

Dielenboden. Die Wände waren mit unlackiertem Holz verkleidet und zierten kein Bild oder Foto. Das Zimmer hatte ein Fenster, an dem sich Eisblumen abzeichneten. Jónas drehte den Lichtschalter, und eine nackte Glückbirne flackerte auf. Luise schluckte, als sie das schmale Bett entdeckte, das in der Ecke stand. Daneben gab es eine kleine Kommode. Sie hatte keine luxuriös eingerichtete Wohnung erwartet, aber das hier war kaum mehr als Abstellkammer zu bezeichnen.

»Ich zünde rasch ein Feuer an«, verkündete Jónas, gab ihr einen Kuss auf die Stirn, stellte das Gepäck ab und eilte an ihr vorbei.

Sie entdeckte den kleinen gusseisernen Kanonenofen, daneben stand ein Weidenkorb mit Torf, dünnen Zweigen und einem heideartigen Kraut. An der Wand gegenüber dem Fenster befand sich ein winziger Tisch mit zwei wackeligen Stühlen. Das sollte ihr neues Zuhause sein?

Luise spürte, wie Tränen in ihr aufstiegen. Sie wollte nicht weinen, sie wollte nicht undankbar sein, denn sie war in Sicherheit. Und doch … Sie hatte sich ihre Ankunft anders ausgemalt. Ganz anders. Sie hatte von einem großen weichen Bett mit dicken Daunendecken geträumt, von einer Stube mit einem Sofa und einem großen Kamin und vielleicht von einem weiteren Zimmer, das später das Kinderzimmer sein würde. Luise atmete tief ein und sagte sich, dass sie nur müde von der Reise war, dass sie morgen alles mit anderen Augen betrachten würde, doch insgeheim wusste sie, dass ihr bis jetzt nicht ernsthaft klar gewesen war, was sie mit ihrer Abreise aus Deutschland alles aufgab – und damit meinte sie nicht nur ihre Familie. Im nächsten Atemzug straffte sie sich und verdrängte alle trüben Gedanken, sie wusste, dass sie in Deutschland keine Zukunft gehabt hätte, nicht mit Jónas und schon gar nicht als lediges jüdisches Mädchen, das ein Kind unter dem Herzen trug. Hier, auf Island, war es ein Kind der Liebe, das willkommen war. Das gab ihr etwas Zuversicht.

Als Jónas sich zu ihr umdrehte, rang sie sich ein Lächeln ab. Der Ofen fing an zu bullern, aber es war noch nichts von der Wärme zu spüren. »Herzlich willkommen zu Hause, Lilla mín«, sagte er zu ihr auf Isländisch, die Sprache, die fortan ihre gemeinsame Sprache sein würde.

»Danke«, gab sie zurück. »Danke, dass du das für mich getan hast.«

Sie schmiegte sich in seine Umarmung, legte ihren Kopf auf seine Brust und lauschte seinem stetigen, kräftigen Herzschlag. Eine Welle der Liebe und Dankbarkeit überschwemmte sie, und doch kullerte eine Träne aus ihrem Augenwinkel. »Du bist die Liebe meines Lebens. Komm, leg dich ein wenig hin, während ich zusehe, dass wir eine warme Mahlzeit auf den Tisch bekommen.«

Sie sehnte sich nach Schlaf und nach … Essen. Tatsächlich, zum ersten Mal seit Tagen verspürte sie Hunger und keine Übelkeit. Das musste ein gutes Zeichen sein. Sie schluckte und holte tief Luft, während sie spürte, dass neue Lebenskraft in ihr erwuchs.

»Alles in Ordnung?«

Sie blickte zu ihm auf, und ihre Lippen verzogen sich zu einem trägen Lächeln. »Ja. Jetzt wird alles gut.«

Einige Tage später saß Luise mit Jónas am kleinen Tisch in ihrem Zimmer in der Þórsgata und löffelte Haferschleim mit Skyr und braunem Zucker, einem quarkähnlichen Milchprodukt, das die Isländer sehr liebten. Es war eine einfache Mahlzeit, aber sie machte satt, und das war die Hauptsache. Luise hatte sich erstaunlich schnell an die bescheidenen Verhältnisse gewöhnt, zumindest was das Essen betraf, auch wenn sie frisches Obst und anderes Gemüse außer Steckrüben und Möhren vermisste.

Sie wollte sich nicht beklagen, denn im Austausch hatte sie Freiheit erhalten. Das Leben war sehr puritanisch, es war eine Umstellung, mit der sie sicher bald nicht mehr hadern würde. Die Toilette befand sich auf dem Hof. Sie ging nur hinaus in die Kälte, wenn es wirklich sein musste – was durch die Schwangerschaft bedingt aber leider doch mindestens zwei Mal in der Nacht der Fall war. Frisches Wasser zum Waschen und Kochen bekamen sie bei der Vermieterin. Jónas holte immer ein paar Eimer, die sie dann in ihrem Zimmer neben den Ofen stellten. Ein Topf mit Wasser blieb immer auf der einen Platte stehen, damit es heiß war. Luise musste während Jónas' Abwesenheit das Feuer am Brennen halten, sonst wurde es sofort bitterkalt in dem kleinen Raum. Um sich die Zeit zu vertreiben, fertigte sie kleine Näharbeiten an. Dafür hatte sie gestrickte Fingerlinge gekauft und saß immer dicht am Ofen, sodass die Hände nicht zu kalt und damit zu steif für die filigrane Tätigkeit wurden. Ihren Eltern hatte sie einen Brief geschickt, dass sie gut angekommen waren.

Sie wusste, dass die Eltern sich um ein Visum nach England bemühten, und hoffte, bald Nachricht zu erhalten, dass es ausgestellt wurde. Die Anträge waren alle abgeschickt gewesen, als Luise Lüneburg mit Jónas verlassen hatte, es konnte also nur noch eine Frage der Zeit sein, bis auch ihre Eltern ihre Heimat aufgaben, um in England neu anzufangen. Luise dachte an Anni, der sie noch nicht ihre neue Adresse mitgeteilt hatte. Sie wollte ihr schreiben, bis jetzt war sie jedoch noch nicht in der rechten Stimmung gewesen, denn sie wollte einen fröhlichen Brief an ihre liebste Freundin senden und keinen, in dem sie mit sich haderte. Tief in ihrem Herzen wusste Luise, dass es richtig war, Jónas in sein Heimatland gefolgt zu sein, dass es keine andere Möglichkeit gegeben hatte – doch sie konnte nichts ändern, sie vermisste ihre Familie sehr. Sogar Heini.

Es war ein großes Glück, dass Jónas direkt eine Anstellung gefunden hatte, auch wenn er nicht wirklich gut dafür entlohnt wurde. Die Arbeitslosigkeit in Island war hoch, das Leben auf dem Land – wo seine Familie lebte – noch beschwerlicher, das hatte er ihr zumindest gesagt. Und sie glaubte ihm, wenn er beteuerte, dass Reykjavík für ihren Neuanfang der richtige Ort zum Leben war. Auch wenn sie jeden Tag aufs Neue daran erinnert wurde, dass das, was sie früher für selbstverständlich gehalten hatte – die Arbeit im Kaufhaus, der Umgang mit Kunden, fließendes Wasser, ein Badezimmer mit Badewanne, üppige Mahlzeiten, schöne Kleider, teure Seifen –, nun vielleicht nie mehr zu ihrem Leben gehören würde. Aber was war schon ein teures Parfum gegen das Glück der Liebe und die Aussicht auf eine gemeinsame Zukunft, die sie in Deutschland niemals hätten haben können? Luise dachte an ihr Baby, ob es wohl ein Mädchen oder ein Junge werden würde? Würde es nach Jónas oder nach ihr kommen? Sie lächelte versonnen, legte ihre Hand auf die Wölbung ihres Leibes und schloss die Augen.

Kapitel 37

Siglufjörður, Juli 2019

Nach fünf Tagen kehrte Björgvin zurück. Er hielt sich nicht lange mit Small Talk oder Erklärungen auf. Er stürzte sich förmlich auf sie, er schien sie wirklich vermisst zu haben. Seine Küsse und sein Körper vermittelten ihr diese Botschaft glaubhaft. Sofie genoss das Gefühl, von Björgvin begehrt zu werden. Sanft strichen seine Lippen über ihren Hals und hinterließen eine heiße Spur auf ihrer kühlen Haut, die sie erschaudern ließ. Sofie legte den Kopf in den Nacken und vergrub ihre Hände in seinem Haar. Seine Finger glitten unter ihren Pullover und strichen an ihrer Wirbelsäule entlang. Ein sehnsüchtiges Seufzen schlich sich aus ihrem Mund, während sie sich an ihn schmiegte. Nach und nach ließen sie ein Kleidungsstück nach dem anderen fallen. »Ich brauche dich, Haut an Haut«, raunte er mit belegter Stimme an ihrem Ohr, während er sie zärtlich streichelte.

Sofie zog ihn mit sich ins Schlafzimmer und zog ihren Pullover über den Kopf. »Ich brauche dich auch.«

Sie liebten sich langsam und leidenschaftlich, Björgvin wusste genau, was er tun musste, um ihr den Verstand zu rauben, und sie genoss jede Sekunde.

Sie wollte länger in seinen Armen liegen, ihn küssen, die Zärtlichkeiten genießen, die sie mit ihm erlebte. Sie hätte nie gedacht, dass sie das in Island erleben würde, aber das Gute passierte meist, wenn man nicht darauf wartete. Aber sie hatte eben auch eine Aufgabe, die sie erfüllen musste. Und die Arbeit machte sich nicht von allein.

»Nutzt ja nichts«, murmelte Sofie und schlüpfte aus dem Bett in ihren Blaumann.

Das Zusammensein mit Björgvin war wundervoll. Er forderte nicht mehr von ihr, als sie zu geben bereit war, und Sofie fühlte sich wohl in Björgvins Nähe. Keiner von beiden verlor ein Wort darüber, ob es mehr werden könnte als nur ein Flirt. Sofie band ihre Haare zusammen. Sie war es gewohnt, ihr Leben und ihren Alltag zu planen, hier auf Island war irgendwie alles anders. Obwohl sie natürlich eine Liste hatte, die sie abarbeiten wollte, ließ sie sich doch ein wenig treiben, und zum ersten Mal seit Jahren konnte sie genau das zulassen. Im Einerlei der täglichen Routine in Deutschland war dafür nie Platz gewesen, oder hatte sie nur nie Raum dafür geschaffen? Sie wusste es nicht, was sie aber wusste, war, dass sie das Leben auf Island – mit Björgvin – genoss. Die Einstellung der Isländer, die in allem erst einmal etwas Positives und eine Möglichkeit sahen und nicht hinter jeder Ecke ein Problem vermuteten, gefiel ihr.

Das obere Stockwerk war bis auf das Badezimmer so gut wie fertig. Sofie war gerade damit beschäftigt, die Fußleisten im Flur anzubringen. Sie hatte Björgvin gar nicht kommen gehört, aber sie spürte seine Nähe und Wärme, noch ehe er ihr einen

Kuss in den Nacken drückte. »Kleine Pause?«, schlug er vor und hielt zwei Softeis in Pappbechern vor ihre Nase.

»Wo kommst du denn jetzt her?«, fragte sie lächelnd.

»Von draußen«, erwiderte er und zog die Augenbrauen hoch. Sie richtete sich auf, stellte sich auf die Zehenspitzen und küsste ihn.

»Komm, wir machen einen kleinen Ausflug«, schlug er vor.

»So?« Sie sah an sich herunter.

»Du siehst in allem gut aus.«

Das Kompliment freute sie. »Na schön«, gab sie mit einem Grinsen zurück und schleckte von ihrem Eis. »Wohin entführst du mich?«

»Wir machen eine kleine *bíltúr.*«

»Was ist das?«

»Wir Isländer fahren gerne mit dem Auto ein bisschen spazieren, das nennt man dann so.«

»Einfach so durch die Gegend fahren mit einem Eis in der Hand?«

»Einfach so!« Er lächelte.

»Gibt es auch ein Ziel?«

»Das werden wir dann sehen«, erwiderte er mit einem Augenzwinkern.

Sofie fragte nicht weiter nach, sie mochte diese kleinen Eigenarten. Sie folgte ihm nach draußen und setzte sich auf den Beifahrersitz. Die Fahrt dauerte nicht lange, nur ein paar Minuten den Berg hinauf, nachdem sie Siglufjörður hinter sich gelassen hatten. Er stellte den Wagen vor dem alten Tunnel in einer Parkbucht ab und stieg aus. Es wehte ein kühler Nordwind, die Sonne hatte sich hinter dunkle Wolken verzogen, aber ein wenig frische Luft tat ihr nach der Arbeit im Obergeschoss des Hauses gut. Hinter ihnen ragten Berge und schwarze Felsen in die Höhe. Die Aussicht auf den Fjord war unglaublich schön, das Wasser kräuselte sich unter den Böen, das Grün der

Wiesen und Berge wirkte noch intensiver im Kontrast zu den Wolken. Die Stadt schmiegte sich an den Fjord, von hier oben sah alles ganz klein aus. Ein Fischkutter tuckerte durch den Fjord. Die gackernden, glucksenden und nasalen Laute einiger Eissturmvögel mit ihren bläulich schimmernden Rücken wurden mit dem Wind zu ihnen hinaufgeweht.

»Erzähl mir von dir«, bat sie, zog das Haarband von ihrem Zopf und schüttelte ihren Kopf, um das Haar zu lockern. »Ich weiß so gut wie gar nichts über dich.«

O Gott. Sie merkte im nächsten Moment, dass die Frage vielleicht zu weit ging. Sie wusste selbst nicht, woher sie gekommen war. Hatte sie nicht noch vor wenigen Stunden darüber nachgedacht, dass alles gut so war, wie es war? Sie küssten sich, sie neckten sich, sie verbrachten viel Zeit miteinander und schliefen zusammen. Aber darüber hinaus kratzten sie in ihren Gesprächen lediglich an der Oberfläche, als wären sie gute Bekannte und kein Liebespaar. Eigentlich war sie doch genau damit zufrieden? Oder etwa nicht?

»Was meinst du? Du weißt alles, was wichtig ist. Ich trinke meinen Kaffee mit einem Klecks Milch und schnarche nicht.«

»Du schnarchst.« Sofie gab ihm einen Klaps auf den Oberarm und lachte.

»Da sind wir uns nicht einig«, protestierte er mit einem selbstgefälligen Grinsen. Seine Hände strichen über ihren Rücken.

»Trotzdem«, beharrte sie und dachte an den alten Spruch: Wer A sagt, muss auch B sagen. Sie wusste, wo seine erogenen Zonen waren, aber nicht, was ihn emotional bewegte. Irgendwie reichte ihr das, was sie bisher miteinander geteilt hatten, nicht mehr. Ihr Herzschlag beschleunigte sich, Sofie war klar, dass das hier ganz schnell in die falsche Richtung gehen konnte. Was, wenn Björgvin überhaupt kein Interesse daran hatte, ihre Beziehung zu vertiefen? Aber wollte sie das wirklich?

Sofie spürte, dass ihr heiß wurde, und dann musste sie sich eingestehen, dass sie ihn kennenlernen wollte. Nicht nur seinen Körper, sondern auch den Mann, der sich hinter der wortkargen Fassade versteckte. Sie wollte herausfinden, ob Björgvin ein Mann war, den sie lieben konnte. »Ich weiß gar nichts über dich. Wer bist du?« Ihre Stimme klang nicht so fest wie sonst, aber es war ihr egal. Sie hob ihren Blick und wartete. Gras wogte im Wind, Küstenseeschwalben flogen dicht über ihren Köpfen hinweg und segelten im Auftrieb über die Berge.

»Was soll das denn jetzt? Das Gleiche kann ich über dich sagen«, brummte Björgvin und sie merkte, wie er sich ein wenig versteifte.

»Nein«, meinte Sofie und atmete aus. »Ich habe dir so viel aus meiner Kindheit erzählt, dass du alles über mich weißt. Du kennst mein peinlichstes Erlebnis, als ich mit fünfzehn in der Schule war und mein Kleid in der Unterhose feststeckte.« Ihr war bewusst, dass das noch nichts über sie als Mensch aussagte. Gleichzeitig merkte sie, dass Björgvin nicht so weit war, mehr über sich preiszugeben.

Im nächsten Moment bereute sie, dass sie diese Grenze überschritten hatte. Sie hätte nicht fragen sollen, gleichzeitig fühlte sie einen dumpfen Schmerz in der Magengrube.

»Das stelle ich mir gar nicht peinlich, sondern sehr adrett vor«, neckte er sie.

Sofie atmete tief durch, dann fasste sie sich. Sie versuchte, den kurzen Moment der emotionalen Entgleisung zu überspielen, und hoffte, dass Björgvin nichts davon mitbekam. »Es war grauenhaft! Wirklich. Vergessen wir das Kleid ganz schnell wieder. Ich finde aber, dass ich von dir herzlich wenig weiß. Was war zum Beispiel neulich bei deinen Eltern los? Ich hatte die ganze Zeit das Gefühl, da ist irgendwas ungesagt, und alle wissen es, nur ich nicht.«

Es hatte wie ein Scherz klingen sollen, aber Björgvin war ganz blass geworden und sie begriff, dass sie ein Tabuthema angeschnitten hatte. Mist. Seine Gesichtszüge entglitten ihm, und sein Mund war vor Entsetzen geöffnet. Er ließ sie los, atmete tief durch und fuhr sich mit der Hand über die Augen. Sofie trat einen Schritt über den Schotter nach hinten und raffte ihre Kleidung enger um sich. Haare flatterten um ihr Gesicht, die dunkel wirbelnden Wolken über ihnen schienen noch tiefer zu hängen.

»Das ist doch Unsinn«, erwiderte er. Sie atmete tief ein, und die kühle, nach Meersalz und Gras riechende Luft weiteten ihre Lungen. Björgvin wirkte plötzlich bedrückt. Sie wollte nicht streiten.

Gleichzeitig meldete sich ein Stimmchen in ihrem Kopf, denn sie hatte ihm längst auch noch nicht alles über sich erzählt. Sie konnte nicht über die Fehlgeburt mit ihm sprechen, er würde es sicher nicht verstehen, und das musste er auch nicht. Vielleicht konnten Männer das generell nicht, sie hatte keine Ahnung, aber sie war einfach nicht bereit, ihren größten Schmerz mit ihm zu teilen, weil sie nicht wusste, ob sie überhaupt eine gemeinsame Zukunft hatten.

»Hey«, sagte sie und nahm seine Hand. »Es tut mir leid.«

Björgvin betrachtete sie, einen endlos langen Atemzug sagte niemand ein Wort. Ihr Herz schlug wild in ihrer Brust. »Ist schon okay«, gab er schließlich zurück. Seine Stimme klang rauer als sonst. »Aber du hast nicht ganz unrecht, wir leben hier auf unserer Baustelle in einer Blase, und natürlich gibt es viel, das wir noch nicht voneinander wissen.« Ein träges Lächeln zeichnete sich auf seinen Lippen ab. »Wie wäre es, wenn du mit mir zur *Þjóðhátið*, zum *Verslumannahelgi*, fahren würdest? Dann kannst du mich wirklich kennenlernen, wir treffen bestimmt auch ein paar Freunde von mir, weil eigentlich die ganze Nation da ist.«

»O Gott, was ist das denn? Klingt irgendwie ... na, klingt sehr isländisch.« Sie lächelte und war unglaublich erleichtert, weil er anscheinend nicht sauer auf sie war.

»Es ist eigentlich so eine Art Nationalfest. Es findet auf den Westmännerinseln statt. Also im Süden von Island, dort gibt es eine ganze Inselgruppe, aber nur die größte, *Hemaey*, ist bewohnt. Am ersten Wochenende in August gibt es so eine Art Festival. Viele heimische Bands spielen dort, wir könnten zelten und, na ja, so einen Kurzurlaub machen.«

Sofies Herz schlug schneller. »Das klingt großartig, und wenn es regnet?«

Björgvin hob eine Augenbraue. »Das kann in Island vorkommen.«

»Und dann?«

»Wir sind ja nicht aus Zucker, oder?«

»Ja, stimmt.« Sie lachte. »Ich freue mich darauf.«

Björgvin nahm ihre Hand und zog sie zu sich. Er ließ seine Finger in ihr Haar gleiten, sein Blick war auf ihre Lippen geheftet. »Ich habe keine Ahnung, wie du es gemacht hast, aber mit dir fühle ich mich zum ersten Mal seit langer Zeit wieder wie ein halbwegs normaler Mensch. Du gibst mir etwas, von dem ich nicht gedacht hätte, dass ich es noch einmal erleben würde.«

Sofie hatte keine Ahnung, was er damit genau meinte, aber sie freute sich auf eine kurze Reise mit ihm. Der Wind zerrte an ihnen, sie liebte dieses Gefühl der Freiheit, das sich in seinen Armen noch viel wertvoller anfühlte.

Kapitel 38

Reykjavík, Mitte März 1939

Luise saß mit einer Stickarbeit vor dem Ofen und vertrieb sich die Zeit, bis Jónas nach Hause kam. Mittlerweile war sie sehr geschickt darin geworden, es ging ihr immer zügiger von der Hand. Einige Kerzen erhellten den kleinen Raum mäßig, zudem hatte sie zwei Lampen, die mit Walfett betrieben wurden und ein einigermaßen vernünftiges Licht spendeten. Die Tage wurden endlich heller, aber es war noch immer bitterkalt – auch in ihrer kleinen Bleibe. Die permanente Stille machte ihr zu schaffen, sie sehnte sich nach etwas Unterhaltung. Sie hörte, wie hinter ihr die Tür mit einem Knarren aufschwang.

»Hallo, mein Herz«, grüßte Jónas, er klopfte sich die Stiefel draußen ab und trat ein. Luise wandte sich ihm zu, sie riss überrascht die Augen auf, als sie entdeckte, dass er ein großes Paket bei sich trug.

»Hallo, mein Lieber«, sagte sie und stand auf. »Was hast du denn da?«

Sein Mund verzog sich zu einem breiten Lächeln. »Das wirst du gleich sehen.«

Er schlüpfte aus den Stiefeln und zog seine Filzpantoffeln an. Luise war gespannt und trat näher, sie konnte nicht erkennen, worum es sich handelte. »Ist es aus Deutschland?«, fragte sie, aber das war unwahrscheinlich.

Jónas hob die Kiste wieder an und trug sie zur Kommode. Dann packte er einen Radioempfänger aus.

»So hast du ein wenig Gesellschaft, mein Herz«, verkündete er, stellte das Gerät auf die Kommode und schaltete es an. Luise fiel ihm um den Hals. »Die Überraschung ist dir aber gelungen«, sagte sie und küsste ihn stürmisch. Sie konnte nicht fassen, dass er das für sie getan hatte. »Der war doch bestimmt irrsinnig teuer, oder?«

Jónas winkte ab. »Nicht der Rede wert, es ist eine wichtige Investition.« Dann stellte er den englischen Sender BBC ein. »So hören wir ein bisschen, was anderswo los ist«, meinte er. »Ich weiß doch, wie sehr du dich nach der Welt da draußen sehnst. Irgendwann lege ich sie dir zu Füßen, es kommen wieder bessere Zeiten«, versprach er, und Luises Liebe zu ihm wuchs noch ein Stück, obwohl sie das kaum für möglich gehalten hatte. Es dudelte der Glenn-Miller-Song *Tuxedo Junction* aus den Lautsprechern, während sie sich in seine Arme warf und langsam im Takt mit ihm durch das Zimmer tanzte. Sie genossen einen wundervollen Moment der Zweisamkeit. Wenn sie bei ihm war, war alles andere zweitrangig. Mit ihm würde sie alle Hürden des Lebens meistern.

»Du bist der Beste«, wisperte sie und spürte Tränen des Glücks in sich aufsteigen.

Jónas legte seine Hand auf ihren nun deutlich sichtbaren Bauch. »Wenn du dich wohlfühlst, geht's auch unserem Kind gut.«

Sie legte ihre Finger über seine, ihr Herz weitete sich vor Liebe für ihn. »Ja. Uns geht es gut.«

»Hast du Lust, bald mal wieder auszugehen?«, fragte er dann, was sie überraschte. Sie verbrachten die Tage und eisigen Abende meist zu Hause, um Geld zu sparen. Deshalb blieben sie auch in dem ärmlichen Zimmer, obwohl sie sich von seinem kürzlich aufgestockten Gehalt eine etwas größere Wohnung hätten leisten können. Wenn das Kind da war, wollten sie etwas Größeres suchen, aber bis dahin wollten sie so wenig ausgeben wie möglich. Der Frühling ließ in Island länger als in Lüneburg auf sich warten. Luise hatte schon lange festgestellt, dass es auf Island so gut wie keine Bäume gab, die Berge waren noch immer schneebedeckt, und der Ofen musste nach wie vor rund um die Uhr in Betrieb gehalten werden.

»Wieso nicht?«, sagte sie, obwohl sie sich noch an das eine Mal gut erinnerte, als sie mit Kollegen von Jónas im Saga Hotel zum Essen gewesen waren. Es war ihr alles viel zu viel gewesen. Sobald mehr als eine Person redete, verlor sie den Anschluss an das Gespräch. Sie wollte sich nicht so unzulänglich fühlen, aber sie kam nicht dagegen an. Egal, welchen Namen sie jetzt trug oder welche Papiere sie bei sich hatte, sie war keine Isländerin. Nicht einmal, wenn sie die Sprache mühelos beherrschte. Doch wenn sie hier glücklich sein wollte, musste sie genau das lernen: Isländerin zu sein, um sich zugehörig und nicht allein zu fühlen. Jónas hatte sie als seine Frau Lovísa, Lilla, vorgestellt, obwohl sie nicht verheiratet waren. Oder hatte er auch dieses Dokument bereits gefälscht? Sie hatte ihn nicht gefragt, denn letzten Endes würde es nichts ändern. Niemand ihrer Familie würde bei einer Hochzeit dabei sein können, also sah Luise auch keinen Sinn darin. Ein Papier veränderte die Liebe zu Jónas nicht, und den Nachnamen behielte sie so oder so. Isländerinnen nahmen nicht den Namen des Gatten an, da dieser ohnehin kein wirklicher Nachname war. Die Kinder bekamen den Namen des Vaters mit dem Zusatz »son« für Sohn oder »dóttir« für Tochter. Jónas' Vater hieß Guðmundur, deswegen hieß er Guðmundsson – und da Lovísa Hauksdóttir ohnehin nicht ihr richtiger Name war, war auch das unerheblich. Sie war froh, dass Jónas sie schon früher mit dem Kosenamen Lilla getauft hatte, so fiel es ihr nicht schwer, auch darauf zu reagieren. Den Ring trug sie wie er. Und letzten Endes zählte doch sowieso nur, dass sie sich liebten. Ob mit oder ohne Trauschein, war gleichgültig.

Das Lied wurde für eine Sondermeldung der BBC auf Englisch unterbrochen. Sie traten einen Schritt näher zum Radio, um besser hören zu können, Jónas drehte etwas lauter.

»Am heutigen 15. März 1939 sind deutsche Truppen in Prag einmarschiert. Das Deutsche Reich hat damit nach der Übernahme des Sudetenlandes im Oktober 1938 auch die restliche Tschechoslowakei besetzt.«

Luise schwankte und schnappte nach Luft, Jónas ergriff ihren Arm und stützte sie.

»... Nach Androhung einer Bombardierung konnten Hitlers Truppen ohne Gegenwehr in Prag einmarschieren. Die Deutschen wurden mit großem Jubel von den Sudetendeutschen begrüßt und gefeiert. Hitler hat verkündet, dass er das Protektorat Böhmen und Mähren errichten lassen wird. Hitler bricht damit sein Versprechen, das er bei der Unterzeichnung des Münchner Abkommens gegeben hat ...«

»Was heißt das jetzt?«, fragte Luise. »Gibt es Krieg?«

»Nun«, erwiderte Jónas. »Es scheint so, dass Hitler auch ohne Kampf gewonnen hat. Aber die Frage stellt sich natürlich, ob er es bei der Tschechoslowakei belassen wird.«

Luise musste sich setzen. »Die Ostgebiete«, murmelte sie. »Der Versailler Vertrag.«

Jónas nickte. »Es kursieren längst Gerüchte, dass sich Deutschland auf einen Krieg vorbereitet, und Hitler hat nie ein Geheimnis daraus gemacht, dass er sein Reich in den Osten ausbreiten will und die verlorenen Gebiete unbedingt zurückbekommen möchte.«

Sie ließ sich auf einen der wackeligen Stühle sinken und atmete tief ein und wieder aus. »Wo wird das alles hinführen?«

»Du bist in Sicherheit, meine Liebe.«

»Aber meine Eltern?« Angst schnürte ihr die Kehle zu. Sie wartete jeden Tag auf Post, aber bislang hatte sie keine Briefe von ihnen erhalten. Sie machte sich schreckliche Sorgen, dass ihren Eltern vielleicht etwas zugestoßen sein könnte. Die Ungewissheit nagte in jedem wachen Moment in ihr, und auch Jónas bekam es zu spüren. Immer wieder versicherte er ihr dann, dass alles gut werden würde, dass die Eltern vielleicht aus Angst um Luise nicht schrieben – es war längst bekannt, dass die Gestapo die Post der Juden las. Sie hoffte, dass das der Grund für das Schweigen aus Lüneburg war.

Kapitel 39

Siglufjörður, Juli 2019

»Was grübelst du schon wieder?« Björgvin kam in die Küche und gab Sofie einen Kuss auf die Stirn.

Sie lächelte ihn an. »Ach, ich habe nur gerade ein Kapitel in diesem Buch gelesen. Du weißt doch …«

»Bist du etwa immer noch nicht damit durch?« Er füllte Wasser in die Kaffeemaschine und holte dann eine Filtertüte aus dem Schrank. »Möchtest du auch einen?«

Sofie nickte. »Ja, wieso nicht? Obwohl – ich bin eigentlich schon aufgedreht genug. Vielleicht sollte ich mir den Schreibtisch doch endlich mal genauer vornehmen, möglicherweise entdecke ich noch etwas. Und nein, ich bin immer noch nicht fertig mit dem Notizbuch. Die Handschrift dieser Luise ist echt nicht leicht zu lesen. Wahrscheinlich muss ich froh sein, dass sie nicht in Sütterlin geschrieben hat.« Sie lachte.

»Sütterlin?«

»Eine alte Schrift, die damals benutzt wurde, aber jetzt nicht mehr.«

»Ah, okay.« Björgvin setzte sich ihr gegenüber und stellte eine Kekspackung in die Mitte des Tisches. »Möchtest du?«

Sofie griff zu und biss hinein. »Ich verstehe einfach nicht, warum Hannes so abweisend war.«

Er zuckte die Schultern. »Kannst du das wirklich nicht nachvollziehen?«

»Luise muss ihre Gründe gehabt haben.«

Die Kaffeemaschine blubberte und gurgelte leise im Hintergrund. »Du solltest dich da nicht so reinsteigern. Es ist nicht jede Frau eine gute Mutter, vielleicht ist es einfach das.«

»Reinsteigern?« Sofie machte große Augen. »Ganz sicher nicht.« Gleichzeitig fragte sie sich, ob er recht hatte.

Er schaute sie wortlos an, sie konnte nicht erkennen, was hinter seiner Stirn vor sich ging, aber sie fühlte sich von ihm bevormundet, und das passte ihr ganz und gar nicht.

Mit einem Seufzen stand er schließlich auf. »Kaffee, ja oder nein?«

»Lieber nicht.«

»In Ordnung.« Er goss sich eine große Tasse ein. »Du, ich bin dann für den Rest des Tages unterwegs.«

»Klar, was hast du vor?«

»Werde was mit Atli unternehmen. Schwimmbad oder so.«

Der Kleine war in den letzten Wochen kaum hier gewesen, sie hatte gehört, dass er mit seiner Mutter im Urlaub gewesen war. »Soll ich mitkommen?«, bot sie an. Ein kleiner Ausflug würde ihre Stimmung sicher aufhellen.

Björgvin hielt mitten in der Bewegung inne. »Mitkommen?« Der Gedanke schien ihm bis eben überhaupt nicht in den Sinn gekommen zu sein.

»Ja, ins Schwimmbad meine ich. Macht ja auch Erwachsenen Spaß«, fügte sie hinzu und rang sich ein unverbindliches Lächeln ab, obwohl es in ihr anders aussah. Dass er gar nicht in Betracht zog, sie mit seinem Sohn bekannt zu machen, also wirklich bekannt, tat weh. Es war ein Zeichen, dass er nicht bereit war für einen nächsten Schritt. Obwohl Sofie so konkret noch nicht darüber nachgedacht hatte, merkte sie jetzt, dass sie es sich gewünscht hätte.

»Nein, lieber nicht«, hörte sie ihn jetzt sagen.

Sofie schluckte und hoffte, dass er ihr die Enttäuschung nicht anmerkte. Sie hatte gehofft, dass sich zwischen ihnen vielleicht doch ein zartes Band entwickelt hätte, das auf mehr basierte als Sex. Aber vielleicht war das einseitig, er schien jedenfalls kein Interesse zu haben, sie an seinem Leben – der Beziehung zu seinem Sohn – teilhaben zu lassen. Das musste sie akzeptieren, ob sie nun wollte oder nicht. Eigentlich mied sie Kinder ja sowieso …

Anscheinend hatte sich auch in diesem Punkt etwas geändert, sie hatte endlich einmal nicht mit Entsetzen daran gedacht. Das war ein unglaublicher Fortschritt.

Sofie musste das erst einmal verdauen.

Sie stand auf. »Dann euch viel Spaß, ich wollte mir sowieso den Schreibtisch noch mal genauer anschauen.«

»Soll ich helfen?«

»Nein, der steht ja sowieso schon in der Garage. Ich komme zurecht. Danke.«

Sie wollte gerade aus der Küche verschwinden, als er sie am Handgelenk festhielt und zu sich auf den Schoß zog. »Du bist sauer auf mich.«

Sofie lachte. Es klang viel zu hoch und künstlich. »Nein.«

»Was ist es dann?«

Sie versuchte aufzustehen, aber er hielt sie fest und schaute sie eindringlich an. »Gar nichts.«

Björgvin seufzte. »Manches ist komplizierter, als es den Anschein hat.«

Was meinte er damit? Seine Reaktion oder ihre? Sie erkannte an dem bedauernden Ausdruck in seinen Augen, dass ihn ebenfalls etwas belastete. Es war ihr schon häufiger aufgefallen, dass auch in den Momenten des größten Glücks hin und wieder ein Anflug von Trauer über sein Gesicht huschte. Er war meist gleich wieder verschwunden, aber Sofie kannte sich damit aus. Sie war selbst eine Meisterin darin, ihr Innenleben vor anderen zu verbergen.

Weil sie keine Ahnung hatte, was sie sagen konnte, ohne ihn zu verletzen oder total dämlich und eifersüchtig zu klingen, nickte sie nur. »Darf ich mich jetzt an meine Arbeit machen?«, fragte sie mit einem leisen Lächeln auf den Lippen, im Versuch, ihre innere Zerrissenheit zu verbergen.

Er schob ihr eine Strähne aus der Stirn. Die Zärtlichkeit dieser Berührung widersprach allem, was in den letzten Minuten in dieser Küche stattgefunden hatte, aber Sofie war zu aufgewühlt, um es auszusprechen. »Arbeite nicht zu viel. Bis später«, fügte er sanft hinzu.

Nachdenklich stieg sie die Treppen nach oben, um sich umzuziehen.

Sie hatte sich zurückgewiesen gefühlt, dabei konnte sie ihn irgendwie auch verstehen. Vielleicht wusste er auch nicht, was das zwischen ihnen war. Oder er wusste es und wollte seinem Sohn eine Bekanntschaft ersparen, die in einigen Wochen ohnehin verschwunden sein würde. Der Gedanke traf sie überraschend, denn bislang war sie ja immer davon ausgegangen, dass es genau das war: eine Affäre, die mit ihrer Abreise enden würde. Alles andere war absurd. Oder nicht?

Kapitel 40

Reykjavík, Juni 1939

Luise hatte sich einen kleinen, aber festen Kreis erarbeitet, für den sie leichte Näharbeiten gegen Lebensmittel wie Butter, Eier oder Fisch übernahm. Jónas hatte ihr eine wundervolle schwarze Singer-Nähmaschine von einem Seemann gekauft, der sie von einer seiner Reisen mitgebracht hatte. Vermutlich hatte sie ein Vermögen gekostet. Auf ihr Nachfragen hatte er nur gesagt, dass das schon in Ordnung sei, und sie hatte nicht weiter gebohrt, zu groß war die Freude über das Geschenk. Ihr Bauchumfang war mittlerweile riesengroß, sie hatte nur noch ein einziges weites Kleid, das sie tragen konnte, alles andere passte nicht mehr. Ein kräftiger Tritt ihres Bauchbewohners ließ sie schmunzeln. »Nur noch ein paar Tage«, murmelte sie und strich mit der Hand darüber. Sie konnte die kleinen Füßchen durch die Bauchdecke spüren, es war ein Wunder. Dass sie jede Stunde hinaus auf die Toilette musste, war nur eine lästige Nebenerscheinung, die sie gern aushielt. Ihre Brüste waren voll und schwer geworden wie alles an ihr. Aber sie wusste, das würde nach der Geburt bald wieder verschwinden. Mittlerweile hatte sich Luise sogar an die taghellen Nächte auf Island gewöhnt, die ihr anfangs den Schlaf geraubt hatten. Dass auch nachts die Sonne schien, fand sie dennoch nach wie vor seltsam. Deshalb hatte sie aus einem dunklen Stoff einen Vorhang genäht, den sie am Abend, wenn sie sich in ihr winziges Bett quetschten, zuzogen. Sie war glücklich, wenngleich auch immer noch einsam. Mit Jónas' Freunden hatte sie bislang nicht richtig warmwerden können, auch die Frauen waren ihr gegenüber eher zurückhaltend, vielleicht sogar ein wenig eifersüchtig. Das war jedenfalls ihr Eindruck. Luise fühlte sich wie ein seltenes Tier im Zoo, wenn sie mit Jónas' Bekannten zusammen waren, aber es würde sicher bald besser werden. Und in ein paar Tagen hatte sie ohnehin nur noch Zeit für eines – für ihr Kind. Darauf freute sie sich sehr und konnte es kaum noch abwarten.

Sie saß gerade am kleinen Küchentisch und nähte einen Strampler für das Kleine, als die Tür aufging und Jónas hereinkam. »Schau mal«, rief er und wedelte mit einem Umschlag. »Post aus Lüneburg.«

Luise stemmte sich mühsam hoch, schnell ging bei ihr momentan gar nichts mehr. Mit dem typischen Watschelgang einer Hochschwangeren setzte sie sich in Bewegung, ihr Herz klopfte schnell. »Zeig«, forderte sie ihn sofort auf.

»Gleich, zuerst mal hallo sagen.« Er küsste erst sie, dann ihren Bauch. »Wie geht es dir?«

Luise atmete seufzend aus. »Sehr gut, allerdings wäre ich auch froh, wenn es bald losginge. Schau mich nur an, ich bin ein wandelndes Fass.«

Er schüttelte tadelnd den Kopf. »So ein Unsinn, du bist wunderschön.«

Sie verzog ihre Lippen und gluckste. »Danke, ist süß von dir, dass du das sagst.« Sie stützte die Hände in den Rücken, seit einigen Tagen bekam sie immer wieder leichte Wehen, die sich vor allem im unteren Lendenbereich bemerkbar machten, während der Bauch ganz hart wurde. Ganz normale Senkwehen, hatte die Hebamme Halla gesagt, als sie sie gefragt hatte. Jónas hatte darauf bestanden, dass sie sich bereits vor der Geburt kennenlernten, sie lebte nur ein paar Straßen weiter. Mit einem Hörrohr hatte sie die Herztöne des Babys kontrolliert und mit geübten Griffen festgestellt, dass das Kind längst mit dem Kopf nach unten im Becken lag. Die Senkwehen konnten bedeuten, dass es bald losging, aber es musste nicht sein. Angeblich hatten manche Frauen wochenlang diese Art Vorwehen, während andere bis zur Geburt keine einzige hatten. »Bei jeder ist es anders«, hatte Halla gesagt und milde gelächelt. »Du bist jung und kräftig, das haben schon viele Tausend Jahre Frauen vor dir geschafft.« Luise hatte keine Angst, aber doch einigen Respekt vor der Geburt. Dennoch war sie zuversichtlich, nachdem die Untersuchung ergeben hatte, dass alles gut ausschaute.

»Was ist?« Ein besorgter Zug erschien auf Jónas' Gesicht.

»Alles in Ordnung, Halla sagt, es sei normal, dass der Bauch manchmal so fest wird. Ist alles in Vorbereitung auf die Geburt.«

Er rieb sich die Stirn. »Ich bin schon mächtig aufgeregt und kann es kaum erwarten.«

In den letzten Wochen hatte Jónas eine Krippe für das Baby gezimmert, die stand jetzt neben ihrem schmalen Bett. Sie hatten sich darauf geeinigt, den Sommer noch in diesem Zimmer zu verbringen und zum Herbst in eine größere Wohnung mit Badezimmer und richtiger Küche umzuziehen. Luise war, nachdem sie sich eingewöhnt hatte, damit einverstanden gewesen, nur so war es vermutlich möglich gewesen, die Nähmaschine und das Radio neben dem Material für die Krippe zu finanzieren.

»Nun gib den Brief schon her«, forderte sie lachend, zog ihm das Telegramm aus der Hand und überflog die Zeilen.

Meine Lieben,
wir sind gesund, wir haben die Passage nach England nun gebucht, unsere Ausreisepapiere liegen vor. Unser Schiff geht mit der Hamburg-Amerika Linie am 5. September nach London, dort werden wir zunächst bei meiner Cousine unterkommen, bis wir etwas Eigenes gefunden haben. Die Geschäfte und den Hausverkauf wickeln wir über einen vertrauenswürdigen Buchhalter ab, der sich darum kümmert, dass unsere Finanzen geregelt werden. Wir sind sehr zuversichtlich und freuen uns auf den Neuanfang. Carl lässt herzlich grüßen,
Edith

»Endlich!«, rief sie und stieß einen erleichterten Seufzer aus. Sie hatte den Duft von *L'heure Bleue* in der Nase, obwohl sie wusste, dass es nicht sein konnte. Ihr Herz zog sich schmerzhaft zusammen. Sie vermisste ihre Eltern so sehr, versuchte aber, sich nichts anmerken zu lassen, und die Freude über die guten Nachrichten überwog in diesem Augenblick ihre Trauer über die lange Trennung. Aus Vorsicht hatten sie vereinbart, dass sie eine Weile abwarten würden, ehe Edith Post nach Island schickte. Luises Flucht barg nach wie vor ein Risiko für die Eltern. »Sie haben die Passage und die Dokumente. Diese monatelange Warterei hat nun endlich ein Ende!« Das Familienvermögen interessierte Luise schon lange nicht mehr, Hauptsache, ihre Eltern konnten Deutschland verlassen. Sie traute diesem Hitler und seinen Schergen alles zu. Seit sie englischen Rundfunk hörte, verstand sie auch noch einmal besser, wie real die Bedrohung für Europa war. Aber nun würde alles gut werden. Endlich.

»Wie wundervoll«, stimmte Jónas zu und drückte ihr einen Kuss auf den Scheitel.

Das Ziehen in ihrem Rücken nahm zu, der Druck auf ihren harten Bauch wurde mit einem Mal so stark, dass Luise scharf einatmete.

Sie hielt die Luft an und beugte sich ein wenig nach vorne und hielt sich den Bauch.

»Lilla!« Jónas war sofort dicht an ihrer Seite und stützte sie.

Noch während sie versuchte, den Schmerz zu ertragen, fing sie an zu lächeln. »Ich glaube«, stieß sie hervor, »unser Kind macht sich auf den Weg.«

»O Gott«, stieß Jónas hervor. »Ich laufe und hole die Hebamme!«

Luise schüttelte den Kopf. »Nein, noch nicht.«

Die Wehe dauerte noch einige Atemzüge lang, dann ließ der Schmerz nach, und sie konnte sich wieder aufrichten. Himmel, das hatte wehgetan. Und das war erst der Anfang. Luise setzte sich an den kleinen Küchentisch. »Halla sagt, dass ich sie erst rufen soll, wenn die Wehen häufig und regelmäßig sind. Das kann dauern, es ist immerhin mein erstes Kind.«

»*Unser* erstes Kind«, korrigierte er sie zärtlich.

Luise schenkte ihm einen liebevollen Blick. »Ja, aber die Geburt muss ich nun mal alleine durchstehen.« Sie begann, weiter an dem Babyhöschen zu arbeiten. Nach kurzer Zeit kamen die Wehen alle paar Minuten, aber die Schmerzen waren erträglich, sie musste nur ein paar Mal tief durchatmen, dann ebbten sie wieder ab.

Jónas lief im Zimmer umher wie ein aufgescheuchtes Huhn, bis Luise ihn irgendwann bat, einen Spaziergang zu machen.

»Ich lasse dich doch nicht alleine!«

Sie schüttelte den Kopf. »Das habe ich befürchtet, aber du machst mich ganz verrückt, wenn du hier so herumwuselst.«

»Wie kannst du nur so ruhig sein?«, fragte er und rieb sich die Nasenwurzel.

Luise legte sich eine Hand auf den riesigen Bauch. »Es ist noch keins dringeblieben«, erwiderte sie lächelnd, und dann kam die nächste Wehe mit voller Kraft, die ihr den Atem raubte.

»Nein, ich gehe nicht ohne dich«, hörte sie seine Stimme, während er ihr eine Hand auf die Schulter legte. Luise wollte jetzt nicht angefasst werden, in der Tat nahm der Druck plötzlich noch einmal zu. Sie beugte sich über den Tisch und stöhnte laut. Es war, als ob sie innerlich zerriss – der Gedanke war nicht mal so abwegig. Halla hatte ihr erklärt, dass der Kopf des Kindes zuerst durch das Becken musste. Kein Wunder, dass alle bei einer Geburt nur über die Schmerzen sprachen. Hoffentlich stimmte es, dass das vergessen war, wenn man das Kind in den Armen hielt.

Diese Wehe dauerte länger, sie war viel andauernder und stärker als alle anderen zuvor. Als sie abebbte, stand ihr der Schweiß auf der Stirn. »Himmel«, seufzte sie und stand auf.

»Was hast du vor?«, fragte Jónas irritiert.

»Halla sagte, ich soll herumlaufen, bis es nicht mehr geht. Dann sollst du sie holen.« Sie nahm sich ihren Staubmantel und zog ihn über. Zu ging er schon lange nicht mehr, aber Luise bezweifelte, dass ihr kalt werden würde.

Den Spaziergang von der Þórsgata über die Posthusstræti hinauf zum Austurvöllur, wo sich das Isländische Parlament befand, hatten sie nicht lange ausgedehnt. Die Wehen waren bald noch sehr viel stärker geworden, sodass Jónas darauf bestanden hatte, dass sie zurückgingen, um Halla zu holen. Luise hatte nicht protestiert, sie war zu sehr mit sich und ihrem Körper beschäftigt. Kurz bevor sie ihr Zuhause erreichten, schwappte eine neue Welle des Schmerzes über sie. Luise blieb stehen, krümmte sich und krallte sich mit der rechten Hand an Jónas' Arm fest, während sie die andere in den Rücken stemmte. Sie schrie so leise wie möglich, aber anders konnte sie es nicht länger ertragen. Sie fürchtete, wirklich entzweizubrechen. Bei einer der letzten Wehen hatte sie sich übergeben müssen, auch jetzt wurde ihr wieder übel, sie würgte trocken. Gleichzeitig lief eine warme Flüssigkeit an ihren Beinen nach unten. Es wurde immer mehr, bis sich ein kleiner See zwischen ihren Füßen gebildet hatte.

»Luise!«, rief Jónas erschrocken.

»Nur das Fruchtwasser«, beruhigte sie ihn, als sie wieder zu Atem gekommen war. »Lauf und hole Halla. Es ist Zeit.«

Sie lehnte sich nun mit der Hand an den Rahmen, während Jónas die Tür aufschloss. »Kann ich dich denn allein lassen?«

»Natürlich, sie wohnt doch nur um die Ecke. Ich gehe solange noch im Zimmer ein wenig auf und ab.«

Wenn Luise vor einigen Stunden gedacht hatte, dass sie die Schmerzen kaum mehr aushalten könne, dann hatte sie sich getäuscht. Es wurde noch viel schlimmer. Sie hatte jegliches Gefühl für Raum und Zeit verloren, nicht einmal ein kurzer Blick aus dem Fenster in einer der wenigen und kurzen Wehenpausen gab ihr einen Anhaltspunkt, wie spät es mittlerweile war, im Juni waren die Nächte in Reykjavík so hell wie die Tage. Sie lag im Bett, Halla hatte Jónas fortgeschickt, er würde sie nur bei der Arbeit stören, Männer hätten bei einer Geburt nichts zu suchen. Luise konnte ihr da nur zustimmen, Jónas hatte sie mit seiner Fürsorge beinahe erdrückt. Er war immer an ihrer Seite, bei jeder Wehe sprach er sanft auf sie ein und streichelte ihre Wange. Sie hatte einmal seine Hand weggeschlagen und ihn angebrüllt, dass er verschwinden sollte. Luise wusste, dass es falsch und gemein war, aber sie konnte sich einfach nicht beherrschen. Sie wollte nicht angefasst werden, während sie das Gefühl hatte, dass sie innerlich zerriss.

Halla war ruhig und sehr entspannt, was sich positiv auf Luise auswirkte. Obwohl es hart war, so fühlte sie sich in ihrer

Nähe sicher und wohl. »Lass mich mal untersuchen«, sagte sie jetzt und hob die Decke an. Luise hatte ihr Kleid, nachdem die Fruchtblase geplatzt war, gegen ein Nachthemd ersetzt und saß mit Kissen im Rücken halb aufrecht im Bett. Halla hatte Decken unter ihr ausgebreitet, Luise wusste, dass bei einer Geburt nicht nur das Kind geboren wurde …

Mit geübten Handgriffen untersuchte sie Bauch und Unterleib, dann nickte sie zufrieden. »Ich fühle das Köpfchen mit seinen feinen Härchen darauf.« Im gleichen Moment wurde Luise von einer neuen, so heftigen Welle überrollt, dass sie spitz aufschrie.

»Presswehen«, kommentierte Halla. »Schieb jetzt mit.«

Luise krallte sich im Laken fest, und der Drang zu pressen wurde übermächtig, sie konnte gar nichts anderes tun. Der Schmerz war so groß, dass sie Blitze vor ihren Augen sah, ihr Körper war in Schweiß gebadet, sie zitterte vor Erschöpfung.

Halla drückte auf ihren Bauch. »Braucht wohl 'n bisschen Unterstützung, das Kleine«, kommentierte sie. In der Wehenpause konnte sich Luise kaum erholen, es ging direkt wieder los. »Und jetzt schieb mit, so fest du kannst.«

Luise wollte sie anschreien, dass sie schon lange verdammt noch mal ihr Bestes gab, aber sie hatte die Zähne aufeinandergepresst, Worte bekam sie nicht mehr heraus.

Und dann war es vorbei. Auf einmal ließ der Druck nach, Halla stand zwischen Luises Beinen und hielt ein kleines, blasses Menschlein in den Armen. Luise wartete auf den Schrei, aber der kam nicht.

»Ist alles in Ordnung?«, fragte sie matt.

»Aber ja.« Halla rieb den Rücken des Babys und hielt den Kopf nach vorn gebeugt.

»Wieso schreit es nicht?«

»Er ist nur müde von der Geburt.«

»Er?«

»Du hast einen Jungen.«

»Ist alles dran?« Luise hatte auf einmal panische Angst, dass etwas nicht stimmte. Mussten nicht alle Babys schreien?

»Was soll denn nicht dran sein?« Ein leises Seufzen des Jungen ertönte. »Na, siehst du«, verkündete die Hebamme und lächelte. »Nicht jedes Baby brüllt gleich los, manche jammern oder seufzen nur, das kommt vor.« Sie kümmerte sich um die Nabelschnur, dann schnappte sie sich ein sauberes Tuch und wickelte das Kind darin ein, ehe sie es auf Luises Brust legte, deren Nachthemd sie nach oben geschoben hatte. Luise war erschöpft, sie konnte das Baby nur in die Arme schließen und den zarten Duft ihres Neugeborenen genießen. Das Kleine hatte einen zarten, dunklen Flaum auf dem Köpfchen. »Wir haben noch gar keinen Namen für dich, mein Kleiner«, murmelte sie erschöpft und drückte einen sanften Kuss auf die Stirn ihres Sohnes.

Kapitel 41

Siglufjörður, Juli 2019

Sofie stand in der Garage, Björgvins Auto war vor einer guten Stunde aus der Auffahrt gerollt. Es ist komisch, dachte Sofie, und sie wusste nicht, ob es an ihrer Beziehung zu Björgvin lag, dass sie manche Dinge anders betrachtete als vor ihrer Ankunft auf Island. Vor wenigen Wochen wäre sie lieber über glühende Kohlen gelaufen, als mit einem alleinerziehenden Vater und seinem Kind ins Schwimmbad zu gehen, und heute fühlte sie sich zurückgesetzt, weil er sie nicht eingeladen hatte mitzukommen. War doch etwas daran, dass der Schmerz sich mit der Zeit veränderte? Denn der war nach wie vor fest in ihr verankert, und das würde er vermutlich auch immer sein. Ihre Reaktion wertete sie mit ein wenig Abstand als gutes Zeichen, und sie machte sich daran, den Schreibtisch noch einmal genauer unter die Lupe zu nehmen. Sie ließ ihre Finger über das kühle Holz und die mit Leder bespannte Tischplatte gleiten. Sie spürte jede Rille, jedes noch so kleine Loch. Sofie dachte an Carl Rosenbergs Büro in Lüneburg.

Sie schrie leise auf. Das musste der Schreibtisch sein. Wie war er wohl nach Island gekommen? »Dass ich daran nicht vorher gedacht habe!«, schimpfte sie sich selbst.

Weil ich zu beschäftigt mit mir und meinem neu entflammten Liebesleben gewesen bin, überlegte sie mit einem versonnenen Lächeln. Sie bereute nichts, gleichzeitig merkte sie aber, dass sie ihr Gehirn in den letzten Wochen anscheinend nicht so häufig in Gebrauch gehabt hatte …

Egal, sagte sie sich und nahm die Schubladen heraus, drehte und wendete sie, aber es fand sich kein Geheimfach oder aufgeklebter Schlüssel zu einem Schließfach in einer Bank, in dem sie mehr Informationen finden würde.

Du liest zu viele Bücher.

Sie schüttelte grinsend den Kopf, vermutlich ging nur ihre Fantasie mit ihr durch. Sofie tastete auch die Schubfächer von innen ab, dann krabbelte sie unter den Schreibtisch und beleuchtete alles mit der Taschenlampe ihres Handys.

»O Gott«, stieß sie hervor, als sie ein kleines Messingschildchen entdeckte. Sie befühlte es, konnte nicht glauben, was sie da entdeckte.

Goldberg Lüneburg, stand darauf.

Hieß nicht Luises Großmutter Ruth Goldberg? Ja, da war sie ganz sicher. Sofies Herz überschlug sich beinahe. Es war sonnenklar, dass dieser Schreibtisch aus dem Kaufhaus Rose stammen musste. Warum hatte Hannes ihn nicht einfach entsorgt, verkauft und vergessen, wenn er wirklich mit seiner Vergangenheit abgeschlossen hatte? Sie musste unbedingt noch einmal mit Kristín sprechen. Sofie lief ins Haus und zog sich um. Sie wollte sofort zu ihr gehen, das

Notizbuch hatte sie unter den Arm geklemmt. Vielleicht konnte sie ja doch noch mal auf ihren Opa einwirken, dass er sich anhörte, was Sofie zu sagen hatte. Denn irgendwie spürte sie, dass es wichtig war, wichtiger, als sie in Worte fassen konnte.

Kapitel 42

Reykjavík, 1. September 1939

Der isländische Sommer neigte sich dem Ende zu, die Tage wurden ganz langsam kürzer. Am ersten September wehte ein kühler Wind, Luise stillte den Kleinen, er trank mit kräftigen Schlucken und gedieh prächtig. Er weinte selten, aber war immerzu hungrig, das sah man seinen rosigen Wangen auch an. Luise lächelte und strich sanft über sein Köpfchen. Aus dem Radio tönte leise Musik.

»Wir sollten ihn taufen lassen«, sagte Jónas in diesem Augenblick. »Alle fragen mich ständig, wann die Taufe stattfinden wird, um ihm einen Namen zu geben. Ich habe mich bis jetzt immer rausgeredet. Meiner Mutter ist das sehr wichtig.«

Luises Lächeln schwand, sie hatten diese Diskussion schon ein paar Mal geführt. »Was ist, wenn ich möchte, dass er mit dem jüdischen Glauben aufwächst?« Sie dachte an die erste Begegnung mit Jónas' Familie zurück, als sie im Frühling in den Norden gereist waren. Die Mutter und die Schwägerin waren offenkundig abweisend gewesen, Luise hatte versucht, sich nichts anmerken zu lassen, aber es war klar geworden, dass ihnen eine isländische Schwiegertochter besser in den Kram gepasst hätte und sie nicht begeistert waren. Jónas' Vater hingegen war freundlich gewesen, ihm schien es nichts auszumachen, aber zwei Tage nach ihrer Ankunft war er wieder zur See gefahren. Luise war froh gewesen, als sie wieder in Richtung Reykjavík aufgebrochen waren. Zum Glück konnte sie in der Hauptstadt leben und musste die Schwiegermutter nicht häufig sehen.

Jónas seufzte und vergrub die Hände in seinen Hosentaschen. »Es ist ohnehin schon ungewöhnlich, dass wir ihm ohne die Taufe einen Namen gegeben haben – es ist Sitte, dass die Kinder erst mit der Taufe einen Namen erhalten.«

Etwas in Luise zog sich zusammen, ihr Magen fühlte sich an, als lägen dicke Klumpen darin. Jónas bemerkte ihren Unmut, kam auf sie zu, kniete sich vor das Sofa und nahm ihre Hand. »Lilla, es ist nicht wegen mir, das weißt du doch. Wir leben auf Island – du sagst doch selbst, dass du dich in die Gemeinschaft einfügen willst. Das gehört nun mal dazu. Gottes Segen.«

»Dich hat Religion doch noch nie sonderlich interessiert, wieso jetzt?« Sie war bemüht um einen sanften Tonfall, damit der kleine Hannes nicht beim Trinken gestört wurde.

Der sanfte Ausdruck in Jónas' Augen schwand. »Und was ist mit dir? Ich habe dich auch noch nicht in ein Gebet vertieft gesehen.« Er stand auf und wandte sich ab. Sie sah an seiner steifen Haltung, dass er innerlich ebenso angespannt war wie sie.

Schweigen breitete sich zwischen ihnen aus. Luise seufzte.

»Warum ist es dir so wichtig?«, wollte sie dann wissen. Sie neigte den Kopf und beobachtete Jónas, er wirkte zerknirscht. Sie wusste, dass er sie nicht bevormunden oder gar bekehren wollte.

»Nenn mich abergläubisch – ich weiß es nicht.«

Luise runzelte die Stirn. »Warum sagst du mir nicht die Wahrheit?«, fragte sie sanft. Etwas bedrückte ihn, so deutlich hatte sie es nie zuvor bei diesem Thema erkannt, vermutlich, weil sie bei dieser Diskussion immer zu sehr mit sich und ihren Gefühlen beschäftigt gewesen war.

»Meine Familie – es ist schwer genug für sie, dass ich jetzt hier lebe, eine Frau an meiner Seite habe, die sie nicht kennen – meiner Mutter ist es einfach eine Herzenssache, dass ihr kleiner Enkelsohn Gottes Segen erhält. Sie haben Angst, dass etwas Schlimmes passiert, wenn er nicht getauft wird. Isländer sind nun mal sehr abergläubisch.«

Luises Mund klappte auf. »Wieso hast du mir das nie gesagt?«

»Ich wollte keinen Druck auf dich ausüben.«

Beinahe hätte sie gelacht, die Spannung war immer greifbar gewesen, wenn das Thema Namensgebung auch nur angeschnitten worden war. Jónas trat zu ihr, auf einmal strahlte so viel Liebe und Wärme aus seinem Blick, dass ihr leichter ums Herz wurde.

»Dir geht es nicht darum, einen Christen und keinen Juden aus ihm zu machen – oder aus mir«, stellte sie fest.

Sein Adamsapfel hüpfte. »Nein«, gab er rau zurück. »Ich dachte, das wüsstest du.«

»Es tut mir leid, Jónas. Ich dachte …« Sie schüttelte den Kopf, senkte verlegen den Blick, dann hob sie ihn wieder an und streckte eine Hand nach ihm aus. »Wir können Hannes taufen lassen – Gottes Segen wäre schön, und mir ist es wirklich egal, ob ein christlicher Geistlichter den ausspricht oder ob er nach jüdischen Traditionen erzogen wird. Wenn es diese Gräben zwischen den Glaubensrichtungen nicht gäbe, wäre uns ohnehin viel Leid erspart worden. Es tut mir leid, dass ich das zuvor nicht erkannt habe.« Nur ihr Glaube hatte ihre Familie ins Unglück gestürzt und voneinander getrennt. Wenn es egal wäre, welcher Religion man folgt, dann könnten sie noch zusammen sein. Den letzten Gedanken sprach sie nicht aus, das musste sie auch nicht. Obwohl sie mittlerweile gut in Island klarkam, so war ihr doch bewusst, dass sie unter normalen Umständen nie in Erwägung gezogen hätte, ihre Heimat zu verlassen.

»… Deutschland hat Polen angegriffen«, tönte die monotone Stimme des Radiosprechers jetzt an ihre Ohren, die Musik wurde für dringende Nachrichten unterbrochen. Sie fuhr ruckartig auf. »Mach lauter.«

Der kleine Hannes suchte nach ihrer Brust, sie hob seinen Kopf an, während Jónas lauter drehte. »… Hitler begründet die militärischen, überfallartigen Aktionen auf polnischem Gebiet. Deutsche Truppen, die von slowakischen Truppen unterstützt werden, überfielen am heutigen ersten September den Sender Gleiwitz …«

Luise hielt inne. »Unfassbar, ich kann kaum glauben, dass es so weit gekommen ist. Es gibt wieder Krieg«, murmelte sie leise und dachte an ihre Eltern. Ihre Passage war auf den fünften September gebucht, hoffentlich verzögerte sich jetzt die Abreise aus Hamburg nicht.

Obwohl Jónas und Luise diskutiert hatten, dass Polen Beistandsverträge mit England und Frankreich hatte, fielen sie zwei Tage später aus allen Wolken, als die BBC verkündete, dass nun auch Großbritannien und Frankreich dem Deutschen Reich den Krieg erklärt hatten. Hannes schlief auf ihrem Schoß, Luise wollte sich nicht bewegen, um ihn nicht zu wecken. Jónas lief vor dem Fenster auf und ab, draußen wehte ein eisiger Wind, Regen klatschte immer wieder gegen die Scheiben.

»Was ist?«, fragte Luise, als sie sah, wie blass ihr Mann geworden war.

Jónas blieb stehen und sah sie mit einem unergründlichen Ausdruck an, der ihr Innerstes in Aufregung versetzte. »Liebes …«

»Sag es.« Angst schnürte ihr die Kehle zu. Sie wusste, dass etwas ganz und gar nicht stimmte.

»Wenn das Reich jetzt mit England im Krieg ist, wird das Schiff deiner Eltern den Hamburger Hafen nicht mehr verlassen.«

»Was? Wieso denn nicht?« Ihr Herz setzte einen Schlag aus. Sie verstand nicht, was er meinte. Ihre Eltern hatten doch eine Passage gebucht, die Papiere für die Ausreise waren ausgestellt, das Vermögen auf einem Sperrkonto, die Reichsfluchtsteuer längst bezahlt. Sie mussten weg aus Lüneburg! Luises Magen zog sich krampfartig zusammen, sie atmete gepresst.

»Kein britischer Hafen wird jetzt noch ein deutsches Schiff einlassen.«

Jónas' Worte sickerten langsam in ihren Verstand. Luise ließ ihre Hand sinken, die an Hannes Wange gelegen hatte. Das dufte nicht sein. Es konnte nicht sein. Sie hatten so lange darauf gewartet! »Nein …« Ihr Magen drehte sich um.

»Es tut mir leid, wir finden eine andere Lösung.«

»Was wird jetzt aus meinen Eltern?«, flüsterte sie bis ins Mark erschüttert. Es war unmöglich, dass ihre Ausreise jetzt nicht erfolgen konnte, weil dieser Hitler einen neuen Krieg angezettelt hatte.

In der folgenden Nacht betrachtete Luise ihr schlafendes Kind und fragte sich zum tausendsten Mal, wie es weitergehen sollte. Jónas schnarchte leise neben ihr, sie bewunderte, wie er es schaffte, all die Sorgen mit ihr zu ertragen und ihr dennoch immer Kraft zu spenden. Ohne ihn wäre sie verloren gewesen.

Kapitel 43

Siglufjörður, Juli 2019

Sofie war außer Atem, als sie das Sigló Hotel erreichte und an der Rezeption nach Kristín fragte.

»Tut mir leid«, gab das Mädchen hinter dem Tresen zurück. »Sie ist vorhin schon nach Hause gegangen.«

Sofie schaute auf ihre Armbanduhr. Es war kurz nach vier. »Oh, okay. Danke.«

Sie wollte sich gerade abwenden, als ihr einfiel, dass sie keine Ahnung hatte, wo Kristín wohnte. Sie konnte natürlich Björgvin anrufen, aber sie waren vorhin in einer seltsamen Stimmung auseinandergegangen.

»Du hast die Adresse nicht?«

Sofie schüttelte den Kopf und unterdrückte ein Seufzen. Jetzt kam sie ihr sicher gleich mit einem Spruch über Datenschutz und warum sie ihr nicht weiterhelfen konnte.

Die junge Frau lächelte. »Kein Problem. Du kennst dich hier aus?«

»Ja, es geht schon.«

»Kristín lebt in der Brekkugata. Hausnummer sieben, ein gelbes Haus.«

Sofie war überrascht. »Super, vielen Dank! Wiedersehen«, rief sie und war schon unterwegs.

Es dauerte nur ein paar Minuten, bis sie vor der Haustür stand. Ein paar Möwen kreischten in der Nähe, ein Hund bellte in der Nachbarschaft. Es wehte ein lauer Wind. Sofie drückte die Klingel, dann fiel ihr ein, dass sie gar nicht wusste, wie Kristíns Mann hieß. Sie hatte ihn auf der Party zwar aus der Ferne gesehen, aber sie hatten sich nicht vorgestellt. Die Tür wurde geöffnet, und Kristíns Augen weiteten sich. »Oh, hallo, Sofie. Das ist ja eine Überraschung.«

Sofie merkte gleich, dass etwas merkwürdig war. Kristín wirkte irgendwie zerknittert, sie trug eine Jogginghose und hatte ihr Handy in der Hand.

»Entschuldige, dass ich hier so reinplatze. Ich wollte noch mal mit dir reden, aber wenn ich jetzt ungelegen komme?«

Kristín schluckte und Sofie war sich nun sicher, dass was nicht stimmte. »Ich, äh, wollte gerade …« Sie senkte den Blick.

Sofie legte ihr eine Hand auf den Oberarm. »Ist alles in Ordnung?«

Kristín hob ihr Kinn. »Ich, ich weiß es nicht. Ich hatte heute Morgen leichte Schmierblutungen, das ist nichts Neues, das hatte ich schon ein paarmal. Aber jetzt … jetzt ist das … Es ist mehr geworden.«

Die Information traf Sofie wie ein Schlag.

»Ich wollte gerade zum Arzt fahren, mein Mann ist noch unterwegs, ich wollte ihn nicht beunruhigen.«

»Soll ich mitkommen?«

In Kristíns Augen schimmerten Tränen. »Wir haben uns dieses Kind so sehr gewünscht«, flüsterte sie mit erstickter Stimme. »Ich … ich weiß nicht, was ich tun soll, wenn …« Sie schlug sich die Hand vor den Mund, als ob sie so verhindern könnte, dass es wahr würde.

Sofie nahm sie in den Arm. »Alles wird gut«, versprach sie. »Ich fahre dich. Komm.«

Kristín schniefte. »Du musst nicht …«

»Doch, du sollst nicht allein gehen. Außer du möchtest nicht, dass ich dich begleite? Ich kann das verstehen.«

»Nein«, unterbrach Kristín sie. »Es wäre schön, nicht allein zu sein« Sie schnappte sich die Autoschlüssel, die in einer Schale auf einer Anrichte gelegen hatten. »Es ist nicht weit.«

Sofie fuhr nach Kristíns Anweisungen zur Arztpraxis, niemand von ihnen sprach ein Wort. Sie wünschte, sie könnte ihr etwas von der Last abnehmen, verschwieg ihr jedoch, dass sie diese Situation selbst sehr gut kannte. Keine Frau sollte so etwas erleben müssen. Keine.

Sofie parkte den Wagen und ging dann mit Kristín in die Praxis ihres Frauenarztes. Sie meldete sich am Empfang und wurde gleich in ein Besprechungszimmer geführt. Sofie setzte sich in den Wartebereich. Sie nahm sich eine Zeitung, aber sie konnte sich beim besten Willen nicht konzentrieren. Außer ihr saßen noch vier weitere Frauen im Zimmer. Drei von ihnen waren sichtbar schwanger und strahlten so viel Glück und Zuversicht aus, dass Sofie Mühe hatte, ihre Tränen zurückzuhalten. Sie starrte auf die Seiten und merkte erst nach einer Weile, dass sie weder umblätterte noch ein Wort verstand. Es handelte sich wohl um ein isländisches Klatschmagazin.

Mit einem schweren Seufzer legte sie die Zeitung zurück auf den Stapel. Eine der Frauen sah sie besorgt an, aber Sofie war nicht in der Lage, sich zu unterhalten, deshalb senkte sie den Blick und schaute auf ihre Schuhe.

Wie lange konnte so eine Untersuchung dauern? Hoffentlich ging es Kristín und dem Kind gut.

Blutungen konnten alles Mögliche bedeuten, versuchte sie sich zu beruhigen, dabei wusste sie selbst, dass hellrotes Blut fast immer auf eines hinwies.

Hatte Kristín von hellrotem Blut gesprochen? Oder war nur die Schmierblutung stärker geworden?

Sofie schluckte. Sie wollte nicht an verschiedene Zustände von Blut denken, und doch hatte sie immer nur ein Bild vor Augen.

Kapitel 44

Reykjavík, 9. Mai 1940

Hannes spielte mit seinem roten Holzauto und saß auf dem Teppich im Wohnzimmer, obwohl es längst Bettgehzeit für den Kleinen war. Aber Luise nahm es mit den Zeiten nicht so genau – es war sowieso immer hell, er schlief meist erst, wenn die Eltern auch zu Bett gingen, dafür hielt er tagsüber noch zwei bis drei Nickerchen. In einem Monat wurde er schon ein Jahr alt. Dann würden sie wieder in den Norden reisen, ihr graute es jetzt schon vor dem nächsten Zusammentreffen mit Schwiegermutter und Schwägerin. Sie schob den Gedanken beiseite. Luise stand in der Küche und brühte nach dem Abendessen Kaffee auf. »Ihr habt kein Heer?«, fragte Luise mit Entsetzen, nachdem Jónas ihr versichert hatte, dass die Nazis garantiert nicht bis nach Island vorrücken würden.

»Wir sind eine Insel, vom Nordatlantik umgeben, wir brauchen keine Armee.«

Luise war sich da nicht so sicher. Die Siegesmeldungen der Deutschen rissen nicht ab und lösten einen fragwürdigen Freudentaumel im Reich aus, den man sogar hier auf der entlegenen Insel im Nordatlantik noch spüren konnte. Deutschland überrollte Europa. Am neunten April hatte die Wehrmacht Norwegen und Dänemark überfallen. Seitdem sorgte sich Luise, dass die Deutschen von dort aus womöglich Island besetzen würden und dann alles von vorn begann.

Luise setzte sich auf einen Küchenstuhl. »Sie sind in Norwegen, Jónas. Von dort ist es nicht mehr weit.«

»Mach dir keine Sorgen, bitte.« Selbst aus seinem Mund hörte sich dieser Satz nicht so selbstsicher an wie sonst. Luises Kehle wurde eng.

»Was macht dich so sicher? Hast du etwas in der Redaktion gehört?« Sie waren dank seiner Tätigkeit und seiner Kontakte nach Deutschland über vieles und als Erste im Land informiert – und das, was Luise in den letzten Monaten erfahren hatte, ließ ihren Sorgenberg nur noch mehr anwachsen. Ende September hatte es in Polen die ersten Pogrome gegen Juden gegeben, im Oktober hatte Polen kapituliert. Die Nazis hatten im November einen Judenstern für die Juden in Polen eingeführt, den fortan alle sichtbar auf der Kleidung tragen mussten.

In Deutschland gab es zwar keinen Judenstern, aber eine Sperrstunde. Jüdische Bürger durften nach zwanzig Uhr ihre Wohnungen und Häuser nicht mehr verlassen. Luise hatte all das mit großer Sorge zur Kenntnis genommen, aber sie hatte keine Möglichkeit, ihrer Familie zu helfen. Es fühlte sich furchtbar an, sie versuchte zwar weiter, positiv zu denken, aber es fiel ihr schwer. So schwer. Der Kontakt zu den Eltern war längst abgebrochen, auf die Post war seit Kriegsbeginn kein Verlass mehr. Luise ahnte, dass die Eltern womöglich kein Geld für ein weiteres teures Permit aufbringen konnten, seit die Ausreise nach England, auf die sie gebaut hatten, gescheitert war. Die Villa in der Gartenstraße hatten sie wegen der geplanten Emigration schon 1939 für einen Spottpreis verkauft, das wusste Luise aus einem von Mutters Briefen, der sie kurz nach Kriegseintritt erreicht hatte, alles Geld lag auf Sperrkonten. Die Rosenbergs bekamen nur noch eine kleine monatliche Summe ausgezahlt. Immer noch glaubte Luise fest daran, dass die Eltern einen Weg finden würden, aber ihre Sorge wuchs mit jedem Tag, und Luise befürchtete, dass sie ohne ihre und Jónas' Hilfe nicht emigrieren konnten, falls sie es nicht bereits geschafft hatten und sie die Nachricht der Eltern auf Island nicht erreicht hatte. Die Unsicherheit nagte an ihr und zerrte an ihrem dünnen Nervenkostüm.

Jónas spürte ihre Zerrissenheit und drückte aufmunternd ihre Hand. Er versprach ihr, dass alles gut würde, dass sie herausfinden würden, wie und womit sie ihren Eltern zur Seite stehen konnten.

»Lass uns schlafen gehen, es ist spät«, bat er sie.

»Aber der Kaffee?«

Jónas nahm sie in den Arm, seine Wärme umhüllte sie wie ein warmer Sommerwind. »Vergiss den Kaffee.«

Luise lag noch lange wach, während Jónas sofort eingeschlafen war und jetzt friedlich neben ihr schlummerte. Hannes lag in seiner Krippe im Kinderzimmer, auch er schlief ruhig und tief, sie hatte eben noch einmal nachgesehen. Nur in Luises Kopf drehten sich die Gedanken im Kreis. Da hatte sie gedacht, dass im weit entfernten Island alles, was mit Deutschland zusammenhing, Vergangenheit wäre, aber so weit entfernt schien all das nun nicht mehr zu sein.

Irgendwann war sie doch eingeschlafen, denn sie wurde von einem leisen Brummen geweckt. Luise schaute auf den tickenden Wecker, der auf ihrer Nachtkonsole stand. »Kurz nach drei«, murmelte sie und stand auf, weil das Geräusch von draußen immer lauter wurde, als ob etwas Motorisiertes näher kam. Sie schob die Vorhänge zurück und erstarrte, als sie Flugzeuge über Reykjavík entdeckte. Luise schrie entsetzt auf. »Jónas! Jónas!«

»Was ist denn?« Er setzte sich im Bett auf.

»Flugzeuge! Das sind die Deutschen, Jónas. Was sollen wir jetzt machen?« Ihr Herz hämmerte hart gegen ihren Brustkorb. Würde jetzt alles von vorne losgehen? Der Hass, die Anfeindungen, die Erniedrigung? Sie hatte davon gehört, wie die Besatzer mit den polnischen Juden umsprangen, und ihr war seitdem angst und bange. Die Nazis behandelten ihr Volk wie Vieh. Vielleicht war es bei ihren Eltern in Deutschland jetzt schon genauso? Hoffentlich ging es ihnen gut.

Und was geschah jetzt auf Island? Würde man herausfinden, dass sie eine deutsche Jüdin war?

Panik stieg in ihr auf, ihr Herz schlug bis zum Hals. Nein, sie war in Sicherheit, sie hatte einen isländischen Pass, sie sprach mittlerweile so fließend Isländisch und nahezu akzentfrei, niemand würde sie für eine Deutsche halten, versuchte sie sich zu beruhigen. Deutsch war sie längst nicht mehr, sie war heimatlos, denn Isländerin war sie auch nur auf dem gefälschten Papier. Luise merkte, wie Jónas neben sie trat und hinausblickte. War das ein Angriff? Womit mussten sie rechnen? Konnten sie sich irgendwie schützen?

Sie hatte Angst, aber kein Laut kam über ihre Lippen. Ihr Herz jedoch raste.

»Das sind keine deutschen Flugzeuge«, murmelte er und nahm ihre Hand in seine. Seine warmen Finger umschlossen ihre und gaben ihr ein wenig Halt.

»Nicht?« Sie wagte kaum zu atmen, innerlich bebte sie noch immer vor Schreck. »Woher kommen sie dann?«

Luises Herz hämmerte so hart gegen ihren Brustkorb, dass sie glaubte, er müsste zerspringen.

»Es sind britische.«

»Britische?«

»Ja.«

»Egal, wer es ist, wir müssen alle warnen. Was wollen die Briten hier?«

»Ich kann nur Vermutungen anstellen.« Während Luise die Polizei verständigte, zog Jónas sich an. »Ich muss in die Redaktion. Bleib mit Hannes im Haus, Lilla mín. Versprich mir das. Ich bin mir zwar sicher, sie kommen in friedlicher Absicht, aber man kann nie wissen.«

»Wer überfällt ein Land je in friedlicher Absicht?«, murmelte Luise mit einem unguten Gefühl im Bauch, während sie darauf wartete, dass jemand bei der Polizei abhob.

Der Tag wollte kein Ende nehmen. Jónas hatte am Mittag nur einmal kurz angerufen, um zu fragen, ob bei ihr alles in Ordnung sei. Sie hatte bejaht und gefragt, ob es etwas Neues gebe, aber er hatte keine Zeit für ein Gespräch gehabt. Seitdem saß sie mit Hannes auf dem Teppich in der Stube und spielte mit ihm und seinen Bauklötzen, weil sie sonst zu nichts fähig war. Sie war noch immer gelähmt vom Schock, dass der Krieg nun auch auf Island angekommen war.

Das Warten machte sie mürbe, aber es geschah nichts. Es kam ihr vor, als hätte jemand die Zeit angehalten. Jede Minute wurde zur Stunde. Irgendwann fütterte sie Hannes mit gestampften Kartoffeln, Fisch und Butter und brachte ihn dann ins Bett. Als gegen einundzwanzig Uhr der Schlüssel im Schloss gedreht wurde, sprang sie sofort auf und rannte auf Jónas zu. »Da bist du ja!«, rief sie.

Er nahm seinen Hut und hängte ihn an die Garderobe, dann zog er sein Sakko aus und hängte es auf einen Bügel. »Was für ein Tag!«, stieß er mit einem Seufzen aus.

»Komm erst einmal herein«, versuchte sie ihre Neugierde für einen Augenblick zu beherrschen, als sie sah, wie erschöpft er wirkte.

»In der Redaktion war die Hölle los.« Luise ging mit ihm in die Küche und erwärmte die Reste des Fischs.

Sie stellte seinen Teller und ein Glas Wasser an den Esstisch, dann setzte sie sich zu ihm. »Befindet Island sich im Krieg mit den Briten?«, fragte sie bang.

»Nein, Lilla mín. Aber unser Land ist jetzt von Briten besetzt.« Er aß einen Löffel, ehe er weitersprach. »Am Morgen sind sieben Fregatten von See in Richtung Hafen Reykjavík gekommen, sie haben um fünf angelegt, und fast 750 bewaffnete Soldaten haben die Stadt kampflos eingenommen. Das stellt einen Bruch der isländischen Unabhängigkeit dar.«

»Ich dachte immer, Island gehört zu Dänemark.«

»Das tun wir auch, aber wir sind ein autonomer Staat. Island hat sich immer als neutral erklärt.«

»Wie die Schweiz?«

»Ja, so in etwa. Jedenfalls war Island bislang kein Teil der Alliierten wie Frankreich oder England.«

»Und was bedeutet das jetzt?«

»Morgen früh werden wir die Meldung in den Zeitungen drucken, dass die britische Übernahme ohne Gegenwehr erfolgte. Die Briten haben versichert, dass sie in friedlicher Absicht kommen und großen Wert auf gute Zusammenarbeit legen.«

Luise runzelte die Stirn. Sie verstand nicht, was das bedeutete. »Wird es hier Kämpfe geben?«

»Nein, mach dir bitte keine Sorgen. Ich habe mit einem der Offiziere gesprochen, sie sind uns wohlgesonnen.«

»Aber was, wenn die Deutschen doch kommen?«

»Das war genau die Befürchtung Englands, dass die Wehrmacht Island einnehmen will. Ich kann dir noch nichts Konkretes sagen, aber in den nächsten Tagen versuche ich mehr herauszufinden. Gleichzeitig haben die Briten gewusst, dass Island als neutrales Land sich nicht einmischen und wir den

Alliierten die Insel nicht als Stützpunkt oder Basis überlassen würden, Island wird aber als strategisch wichtiger Standort betrachtet.«

»Also haben sie sich die Insel genommen.« Ihre Knie waren weich.

Jónas atmete hörbar aus. »Ja. Das haben sie. Sie haben auch direkt Taten folgen lassen, sie haben den deutschen Konsul Werner Gerlach im Konsulat in der Túngata, der dabei war, Papiere zu verbrennen, festgenommen. Sie vermuten, dass es sich dabei um Pläne der Wehrmacht zur Besetzung Islands handelt.«

Luise schluckte. »O Gott. Dann … dann haben die Engländer uns also vor den Nazis gerettet?«

Jónas rieb sich die Nasenwurzel. »Das wird sich noch zeigen. Ich werde jetzt eng mit den Engländern zusammenarbeiten und Papiere für sie übersetzen – es zahlt sich aus, dass ich außer Isländisch noch Englisch und Deutsch spreche. Sie haben außerdem dreißig weitere Deutsche festgenommen, die werden zur Stunde noch in der Miðbæjarskóli verhört.«

»Dann wird da morgen wohl die Schule ausfallen«, murmelte Luise geistesabwesend. »Ich wusste gar nicht, dass hier so viele Deutsche leben.«

»Das habe ich dir aus guten Gründen nicht erzählt, du hättest dich sonst nur gesorgt und ständig nach jemand Verdächtigem umgesehen.«

Luise wusste nicht, ob sie sauer sein sollte, und entschied sich dafür, es einfach momentan hinzunehmen. Er würde sich wohl etwas dabei gedacht haben, und was hätte es geändert zu wissen, dass es auch hier womöglich Nazis gab? Offiziell war sie Isländerin, sie hätte ohnehin nichts mit diesen Deutschen zu tun haben wollen.

»Und wie geht es jetzt weiter?«

»Das wissen wir nicht. Ich habe überlegt, ob ich dich und Hannes nicht besser zu meinen Eltern aufs Land bringen sollte, solange es hier drunter und drüber geht.«

»Das kommt überhaupt nicht infrage!«, brauste Luise auf. Sie warf die Hände in die Luft. »Das kannst du nicht machen!«

»Luise, es ist zu eurer Sicherheit. Niemand weiß, was kommt.«

»Nein!« Ihre Stimme klang schrill. »Ich gehe nirgends ohne dich hin. Das kannst du nicht von mir verlangen.«

Jónas seufzte und wollte ihre Hand nehmen, aber sie zog ihre Finger weg.

»Nein«, wiederholte sie.

»Aber Luise.« Sein warmer, liebevoller Blick beschwichtigte ihren kleinen Ausbruch. Er konnte ja nichts dafür, dass die Engländer auf einmal hier aufgetaucht waren.

Ruhiger fuhr sie fort: »Bitte nicht, Jónas. Ich möchte nicht von dir getrennt sein. Du hast doch selbst gesagt, dass die Briten in guter Absicht gekommen sind.«

Jónas seufzte leise. »Ja, es ist momentan ohnehin ein Ding der Unmöglichkeit, nach Siglufjörður zu reisen, auch wenn mir lieber wäre, du wärst auf dem Land mit Hannes.«

»Warum?«

»Die Engländer haben alle Straßen, die aus Reykjavík führen, dichtgemacht. Niemand kommt momentan rein oder raus.«

Luise machte große Augen. »Dann werden wir uns also auf Veränderungen einstellen müssen?«

»Die Besetzung soll eine positive Wendung bringen, die Briten haben unserem Ministerpräsidenten zugesagt, dass wir einen politisch unabhängigen Status nach dem Krieg erhalten werden – außerdem wurden uns großzügige finanzielle Konzessionen in Aussicht gestellt, wie auch immer die konkret aussehen sollen.«

»Das klingt ja zu gut, um wahr zu sein.« Luise runzelte die Stirn. »Denn sie hätten Island so oder so einnehmen können, oder?«

Jónas nickte. »Das ist korrekt – tatsächlich wussten die Briten wohl schon länger, dass Island ein wichtiger Stützpunkt im Nordatlantik ist. Die Zugeständnisse haben sie nur gemacht, um sich vor internationaler Kritik zu schützen – und unsere Kooperation zu sichern. Sie brauchen unsere Hilfe. In einer öffentlichen Stellungnahme des Ministerpräsidenten Hermann Jónasson wird morgen stehen, dass er die Bevölkerung dazu auffordert, die britischen Besatzer als Gäste zu sehen.«

»Nicht als Feinde«, schloss Luise.

Jónas nickte. »So ist es.«

»Und was wird jetzt mit den Deutschen passieren?«

»In Island gab es früher eine nationalsozialistische Partei, sie haben versucht, in Stadträte und Parlament zu kommen, aber sie erhielten kaum Zuspruch, kurz vor dem Krieg haben sie sich aufgelöst. In dieser Zeit wurde der Konsul Werner Gerlach nach Island geschickt, er sollte sich mit der nordischen Hochkultur und der Elite der arischen Rasse auseinandersetzen. Er kam direkt von der Uni in Jena, dort hatte er Erbforschung betrieben und als Privatdozent am Pathologischen Institut der Universität Jena gearbeitet – Fachgebiet Genetik. Rassenkunde nennen es die Deutschen heute, Erbforschung. Zuvor hatten sie die Edda-Dichtung gelesen, für unsere isländischen Ahnen waren die Wikinger Heldenkrieger, die Deutschen haben etwas ganz anderes daraus gemacht – Übermenschen, Herrenmenschen. Himmler ist gut mit Gerlach befreundet, vermutlich haben sie gemeinsam anthropologische Studien zur nordischen Rasse durchgeführt, ehe Gerlach nach Island geschickt wurde.«

»Mein Gott, wieso hast du mir das nicht erzählt?« Luise machte große Augen.

»Ich wollte dich nicht beunruhigen. Gerlach kam auch erst kurz vor Kriegsbeginn hierher, man kann froh sein, dass die Briten schneller waren.«

»Wollen die Deutschen Island noch immer einnehmen?«

»Das wissen wir nicht – aber es ist denkbar, dass das immer noch in ihrem Interesse sein könnte, wenn man diesen ganzen Rassen-Idiotismus betrachtet.«

»O Gott. Ich hoffe, dass es nicht dazu kommen wird.«

Kapitel 45

Siglufjörður, Juli 2019

Sofie saß auf dem Küchenboden und lehnte sich gegen die Schranktür unter der Spüle. Sie hatte ihr Gesicht zwischen den Händen vergraben und weinte lautlos.

Sie hatte versucht, am Schreibtisch weiterzuarbeiten, aber dann aufgegeben. Sie wollte sich ablenken, aber es war ihr nicht gelungen. Dieser Tag war so aufwühlend gewesen. Es war zu viel. Der Schmerz, der sie durchzuckt hatte, als sie auf Kristín gewartet hatte, war so heftig gewesen, dass es ihr buchstäblich den Boden unter den Füßen weggezogen hatte.

»Sofie!« Björgvins Stimme durchschnitt die Stille im Raum. Sie hatte ihn gar nicht kommen gehört.

Sie hob den Kopf. Er stand im Türrahmen.

»Was ist passiert?« Mit wenigen langen Schritten war er bei ihr und ging in die Hocke. Sein besorgter Gesichtsausdruck rührte etwas tief in ihr an. Sie vertraute ihm. Sie war froh, dass er bei ihr war.

»Schon gut«, entgegnete sie und schniefte. »Es geht mir gut.« Sie wischte sich mit der Hand über die Augen. Vermutlich sah sie schrecklich aus, seltsamerweise war es ihr egal. Sie hatte bei ihm nie das Gefühl gehabt, es ginge um Äußerlichkeiten.

»Es ist *nicht* gut, das sehe ich doch.« Zu ihrer Überraschung ließ er sich neben sie auf den Küchenboden gleiten. Seine Schenkel berührten ihre, dann nahm er ihre Hand und verschränkte Sofies Finger mit seinen.

»Ich war bei Kristín, wollte mit ihr einen Kaffee trinken, und da hat sie Blutungen bekommen. Ich bin mit ihr zum Arzt gefahren. Es war schrecklich, diese Warterei, die Sorge … aber es ist alles gut. Dem Baby geht's gut. Sie soll sich schonen«, erzählte sie und holte tief Luft, ihre Stimme klang rau.

Björgvin drückte sie fester an sich. »Es ist alles okay?«

Sofie nickte. »Ja.«

»Danke, dass du mit ihr gefahren bist.«

»Ihr Mann war noch unterwegs.«

Sofie schniefte, die Tränen wollten einfach nicht versiegen. Sie konnte die Bilder aus ihrem Kopf nicht vertreiben. Sie selbst auf einer Liege, den Blick auf den Ultraschall gerichtet, der Arzt, der ihr mitteilte, dass das Herz nicht mehr schlug, und alles, was danach passiert war. Sofies Schultern bebten. Sie schloss die Augen und ließ alles zu. Björgvin blieb bei ihr, hielt sie und murmelte beruhigende Worte in der Sprache, die sie nicht verstand. Seine Stimme klang ein wenig heiser und rau, seine Wärme tat ihr gut. Sie hatte keine Ahnung, wie lange sie in seinen Armen lag, allmählich fing sie sich wieder. Zumindest ein bisschen.

»Es ist nicht nur das«, stammelte sie irgendwann, während sie versuchte, nicht sofort wieder loszuheulen. »Ich habe selbst ein Kind verloren. Es ist noch gar nicht lange her.«

Er drückte ihre Hand. »Das tut mir leid, Sofie.«

Sofie holte tief Luft, dann sah sie ihn an. Der Ausdruck in seinen Augen ließ ihr Herz stolpern. Es lag so viel Wärme und Mitgefühl darin, dass sie sprachlos war. Und gleichzeitig verstand sie jetzt, dass auch er einen Verlust in sich trug. Sie senkte den Blick. »Meine Schwangerschaft war nicht geplant, aber ich habe mich riesig gefreut. Und dann war es plötzlich vorbei. Von einem Tag auf den anderen. Der Moment, in dem ich begriffen habe, dass mein Kind nicht mehr lebt … es war so furchtbar. Ich hatte mir die Zukunft in den schillerndsten Farben ausgemalt, hatte längst angefangen, Kleinigkeiten zu kaufen, sogar verschiedene Kinderwagen habe ich mir angesehen. Aber anstatt Geburtsvorbereitungskurse zu besuchen, wurde ich in den OP geschoben.« Heiße Tränen rannen erneut an ihrer Wange hinab, sie tropften auf den kalten Boden.

Björgvin sagte nichts, er zog sie in seine Arme und hielt sie einfach nur fest. Sofie weinte leise, aber sie spürte, wie ihre Tränen sein Hemd längst durchnässt hatten. Er streichelte ihren Rücken und küsste ihren Scheitel. Er war für sie da und gab ihr Halt. Zum ersten Mal seit langer Zeit fühlte sie sich nicht mehr allein, sondern geborgen. Sofie begriff, dass es für sie längst mehr als nur ein Flirt geworden war. Sie konnte diese Tatsache jetzt weder analysieren noch verarbeiten, aber ihr war bewusst, dass sie sich in Björgvin verliebt hatte. Sie hatte Gefühle für ihn entwickelt, die sie so bald nicht für möglich gehalten hätte.

»Deswegen bist du nach Island gekommen?«, murmelte er irgendwann ganz leise in ihr Haar.

Sofie nickte. »M-mh«, war alles, was sie hervorbrachte.

Er hielt sie noch ein wenig fester. »Ich habe es in deinen Augen gesehen, Sofie. Damals, als du Atli zum ersten Mal angeschaut hast, da habe ich gesehen, wie sehr du leidest. Natürlich hatte ich keine Ahnung, was genau dich bedrückt hat.«

Sofie schluckte, sie hatte nicht damit gerechnet, dass sie ihre Gefühle so offen zur Schau trug, dass Björgvin in ihr lesen konnte wie in einem offenen Buch.

»Deswegen bist du mir in die Garage nachgelaufen?«

»Ich wollte nachschauen, ob es dir gut geht.«

»Es ist okay. Ehrlich, es geht mir hier auf Island so gut wie schon lange nicht mehr. Aber als ich das eben …«

Sie lehnte sich ein Stück zurück und hob ihren Kopf. Ihre Blicke trafen sich, und für einen sehr langen Atemzug sagte niemand ein Wort. Etwas zwischen ihnen hatte sich verändert. Wo vorher oberflächliche Neckereien und Liebkosungen gewesen waren, empfand Sofie nun eine tiefe Verbundenheit zu Björgvin, und sie glaubte, dass es auch ihm so ging. Seine Pupillen waren geweitet, seine Lippen leicht geöffnet. Sie spürte seinen warmen Atem auf ihrem Mund. Sie wollte ihm noch näher sein und ließ ihre Hände unter sein Hemd gleiten. Seine Haut unter ihren Fingerkuppen zu spüren tat gut. Alles um sie herum verschwamm in der Intimität des Augenblicks, der so viel mehr bedeutete als jeder Sex.

Kapitel 46

Reykjavík, Juni 1940

Luise war schrecklich aufgeregt, während sie ihre Lippen schminkte. Es war lange her, dass sie zu einer Abendgesellschaft geladen gewesen war, und die heutige war eine ganz besondere. Seit die Briten auf Island angekommen waren, hatte sich für Jónas vieles verändert. Zum Besseren. Er hatte zwar schon zuvor eine gute Stellung in der Zeitung inngehabt, aber seit die Engländer immer wieder seine Hilfe bei Übersetzungen in Anspruch nahmen, war nicht nur sein Ansehen, sondern auch sein Einkommen gestiegen, sodass sie nicht nur gesellschaftlich aufgestiegen, sondern auch finanziell besser gestellt waren als noch vor einem Jahr. Heute waren sie beim britischen Botschafter in seiner Residenz zum Dinner geladen. Sie hatte sich für diesen Anlass ein neues Kleid gekauft. Auf den kleinen Hannes passte die Wirtschafterin Sóley auf, die sie vor einer Woche eingestellt hatten. Es kam Luise immer noch wie ein Traum vor, dass ihr Leben sich so rasend schnell zum Besseren wendete. Wenn nicht die Sorge um ihre Eltern gewesen wäre, die sie rund um die Uhr beschäftigte, wäre sie vollkommen sorgenfrei gewesen. Jónas versuchte schon seit Längerem herauszufinden, ob und wie man Kontakt zu den Rosenbergs aufnehmen konnte, aber bislang war es ihm nicht geglückt – man wusste nicht, wem man trauen konnte, und in Lüneburg gab es niemanden mehr, den Luise oder Jónas ansprechen konnten. Auf die Post war seit Kriegseintritt ohnehin kein Verlass mehr.

Sie spürte Jónas' Nähe, bevor er etwas sagte. Sie wandte sich zu ihm um. Er stand im Türrahmen und lächelte. Ihr Herz schlug schneller, er sah in seinem neuen Anzug einfach großartig aus. Sie trat zu ihm und rückte ihm die Fliege gerade. »Ich würde dich zu gerne küssen, aber dann hast du rote Lippen.«

Jónas Augen funkelten. »Du siehst bezaubernd aus, Lilla.«

»Ich bin schrecklich nervös. Hoffentlich mache ich nichts falsch.«

Er nahm ihre Hand und küsste jeden Fingerknöchel einzeln, dabei hielt er ihren Blick gefangen. Ein süßes Ziehen erwachte in ihrer Mitte. »Du bist die geborene Gesellschafterin, meine Liebe.«

»Aber mein Englisch – wird man nicht den deutschen Akzent hören?«

»Dein Englisch ist wunderbar, mach dir bitte keine Sorgen. Der Wagen wartet bereits auf uns.«

»Der Wagen?« Sie machte große Augen. »Es sind doch nur ein paar Meter.«

Jónas zuckte mit den Schultern. »Ich weiß, aber du trägst hohe Absätze und … ich wollte das Angebot des Konsuls, uns abholen zu lassen, nicht ausschlagen.«

Die Fahrt zum Sitz des Konsuls dauerte kaum fünf Minuten, er lebte im Haus Höfði, einem prächtigen weißen Gebäude mit herrlicher Aussicht auf das Meer und den Berg Esja. »Dieses Anwesen ist wunderschön«, sagte Luise zu Jónas, während er ihr aus dem Wagen half.

»Es gehörte früher einmal dem Dichter Einar Benediktsson.«

»Bei dem wundervollen Ausblick auf die Reykjanesbucht kann ich mir vorstellen, dass Einar keine weitere Inspiration brauchte.« Ein leichter Wind wehte von Norden, die Sonne spiegelte sich im glatten Wasser. Auf der anderen Seite der Bucht leuchtete das Grün vom Berg Esja. Es roch nach Meersalz und Algen. Ein Schwarm Seevögel flog in einiger Entfernung weiter nach Norden.

»Vielen Dank, dass du mich begleitest«, sagte er und legte seine Hand auf ihren Rücken, während sie auf das von Soldaten bewachte Haus zugingen. »Sie stehen nur aus Prestigegründen hier, keine Sorge, Lilla.«

Sie wollte ihn küssen dafür, dass er ihre Bedenken, auch ohne dass sie fragen musste, ausgeräumt hatte.

Kurz darauf betraten sie den Salon. Ölgemälde mit isländischen Landschaften zierten die Wände. Kerzen brannten in Leuchtern. Sanfte Klänge tönten aus dem Flügel, der vor einem der vielen Fenster stand, ein junger Soldat in Ausgehuniform spielte darauf. Nachdem Jónas Luise mit dem Gastgeber Konsul Charles Howard Smith, dem britischen Befehlshaber Oberst Sturges Robert, dem isländischen Ministerpräsidenten Hermann Jónasson und seiner Frau sowie einigen Offizieren bekannt gemacht hatte, prostete man sich mit einem Glas Sherry zu, ehe der Gastgeber zu Tisch bat.

An einem ovalen Tisch war für zwölf Personen gedeckt. Zur Vorspeise servierten Hausmädchen mit weißen Schürzen, schwarzer Uniform und weißen Häubchen isländischen Lachs nach Graved Art mit Senfsoße, Gurkensalat und Dillspitzen. Ein Sommelier schenkte französischen Weißwein von der Loire aus.

»Spione könnte es noch immer geben«, erklärte ihr Gegenüber Luise gerade.

»Wirklich?« Sie war überrascht, irgendwie hatte sie gedacht, dass man in Island zu weit weg von allem wäre.

»Machen Sie sich keine Sorgen, eine Einheit unseres Geheimdienstes wird verdächtige Personen überwachen.«

»Aber wie geht das? So ein Spion kann ja schlecht seine Briefe nach Deutschland versenden?«, fragte Luise.

»Nein, natürlich nicht. Es gibt kleine Sendegeräte, die in eine gewöhnliche Reisetasche passen, damit geht man zu einem vereinbarten Punkt, und ein nahes U-Boot kann den Kontakt aufnehmen«, erklärte der britische Offizier.

»Spionage ist überall in Europa gang und gäbe, man muss vorsichtig sein – immer«, stimmte der Oberst zu. Die Männer schienen darüber nicht besonders beunruhigt zu sein, ganz im Gegensatz zu Luise, der das alles große Angst machte. Spione in Island? Sie hatte nie darüber nachgedacht, während sie mit Hannes im Kinderwagen durch die Straßen spazierte, einkaufte oder mit Nachbarn plauderte.

Sie war immer noch nachdenklich, als sie am späten Abend zurück in ihre Wohnung kehrten und Hannes friedlich in seinem Bettchen im Kinderzimmer schlief, während Sóley in der Küche saß und Socken strickte. Sie betrachtete ihr schlafendes Kind. Sie wünschte sich so sehr, dass ihre Eltern ihr erstes Enkelkind bald kennenlernen konnten. Luise seufzte, dann wandte sie sich ab, ging in die Küche, bedankte sich bei der Wirtschafterin für ihre Hilfe und entließ sie in den Feierabend. Es war merkwürdig, dachte Luise. Früher war es für sie normal gewesen, Angestellte um sich zu haben, mittlerweile fühlte es sich fremd an.

Am sechzehnten Juni fiel Paris, die Metropole war zur offenen Stadt erklärt worden, nachdem sie von der Wehrmacht ohne Gegenwehr eingenommen worden war. Frankreich war damit besiegt, das hatte zumindest Jónas ihr erklärt. Luise hielt das Kriegsgeschehen so weit wie möglich von sich. Jónas' Arbeitstage wurden immer länger, seine Nächte kürzer. Luise begrüßte es, durch ihn als Erste zu wissen, was in Island und der Welt vor sich ging. Gleichzeitig war Jónas nach wie vor in regem Kontakt mit den Briten. Luise stand in der Küche und schälte Kartoffeln, als er nach Hause kam. Sóley hatte einen Tag frei, weil ihre Mutter gestürzt war und ihre Hilfe brauchte. Müde setzte Jónas sich, nachdem er ihr einen Kuss gegeben hatte, an den Küchentisch. »Heute war wieder was los in der Redaktion.«

Ein ungutes Gefühl machte sich in ihrer Magengrube breit.

»Die polnischen Juden sind heute in Warschau in ein Getto getrieben worden.«

Luise ließ das Messer und die Kartoffel fallen, sie wirbelte zu ihm herum. »Was?«

»Ich weiß nicht, was das bedeutet, aber es ist sicher nichts Gutes.«

Sie setzte sich zu ihm. »Meinst du, meinen Eltern geht es in Deutschland gut?« Wie immer, wenn sie an Carl und Edith dachte, überkam sie eine Wehmut, die sie kaum im Zaum halten konnte. Die Angst um die beiden begleitete sie nun schon so lange, dass sie sie kaum noch ertragen konnte.

»Ich habe nichts gehört, dass im Reich Ähnliches geschehen würde.«

Seine Worte beruhigten sie nicht im Mindesten. Ihre Kehle wurde eng.

»Wieso sagst du das so zögerlich? Meinst du etwa, *noch* nicht?« Sie atmete schneller.

Er zuckte die Schultern. »Ich weiß es nicht, Liebes. Aber ausschließen kann man momentan leider gar nichts.«

Luise brach in Tränen aus.

Jónas nahm ihre Hand in seine. »Es geht ihnen sicher gut. Bestimmt haben sie längst eine Möglichkeit zur Ausreise gefunden.«

»Aber wohin denn nur? Warum bekomme ich keine Nachrichten von ihnen?«

»Es besteht immer noch die Möglichkeit über den Landweg, ich habe gehört, dass einige Juden nach Shanghai reisen, weil man dort kein Visum braucht. Von dort aus könnten sie beispielsweise die Ausreise in die Staaten arrangieren. Natürlich können sie nicht an dich schreiben, oder die Post hat die Briefe nicht gebracht. Du weißt selbst, wie unsicher das alles geworden ist.«

»Meinst du?«

Er nickte ruhig. »Dein Vater ist klug, deine Mutter auch. Sie werden eine Möglichkeit finden. Vielleicht sind sie längst unterwegs?«

»Und wenn nicht?«

»Ich werde weiter versuchen, mich umzuhören. Ich habe immer noch Kontakte in Berlin.«

»Aber Berlin ist weit weg von Lüneburg.«

»Nicht so weit, wie du vielleicht denkst. Was ist mit Heini? Hast du ihm geschrieben?«

Luise senkte den Blick. Früher waren ihre Nägel hübsch manikürt und lackiert gewesen, heute waren zwei Nägel abgebrochen, aber es störte sie nicht, während es früher für sie ein Weltuntergang gewesen wäre. Ihr altes Leben lag so lange und weit hinter ihr, dass sie sich nicht darum kümmerte. »Nein.«

»Du solltest ihm schreiben, Luise.«

Sie wusste, dass er recht hatte. Aber sie hatte noch nicht die Kraft dafür gefunden, auch weil sie ihm seinen so plötzlichen Abschied noch immer übel nahm. Dennoch war ihr bewusst, dass in Jónas' Stimme noch etwas mitschwang. Heinrich war nach wie vor Teil ihrer Familie. Ja, sie würde sich bei ihm melden. Aber nicht heute. »Momentan weiß doch niemand, ob ein Brief auch wirklich ankommt«, redete sie sich heraus.

Drei Tage später marschierten fast viertausend englische Soldaten von Bord und betraten Islands Boden. Sie verteilten sich überall, schnell wurde auf dem höchsten Punkt der Stadt über dem Stadtzentrum eine Barackensiedlung errichtet, die sie Camp Skipton, nach einer Stadt in Yorkshire, benannten. Aus anfänglicher Skepsis der Isländer wurde bald ein warmes Willkommen, denn die Engländer brachten Geld. Sie stellten arbeitslose Isländer ein und bezahlten sie gut für ihre Arbeit. Schon nach kurzer Zeit hatten alle eine Beschäftigung für einen guten Lohn. Das Land blühte auf. Wäschereien schossen aus dem Boden, schon wenige Wochen nach der Besetzung herrschte in Island eine positive Stimmung, die Luise nicht teilte. Vielleicht hatte sie zu viel erlebt, zu viel gesehen, dass sie dem Ganzen nicht traute. Sie kam an einem Lokal vorbei, das nun sehr beliebt war, es hieß *Heitt og kalt,* und dort bekam man ein neues Gericht, einen in Teig gebratenen Fisch mit Kartoffelstiften, die Engländer nannten es Fish and Chips. Luise hatte von Anni schon davon gehört, es aber noch nie selbst probiert. Anni ging es gut in London, sie lebte mit ihren Eltern zusammen und wollte nach dem Sommer das Studium aufnehmen.

Luise vermisste sie, aber sie hatte ja Hannes, der ihr jede Minute des Tages versüßte. Sie liebte ihren quirligen Jungen über alles. Seit er vor ein paar Tagen laufen gelernt hatte, hielt ihn nichts mehr in seinem Sportwagen. Aber heute musste er sitzen bleiben, denn sie hatte es ein wenig eilig, nachdem sie zuvor einer Kundin eine Näharbeit zurückgebracht hatte und nicht zu spät zu Hause sein wollte. Luise schob den Wagen über den Austurvöllur, auf dessen Vorplatz vor dem Parlamentsgebäude ein Trupp Soldaten marschierte. Ein mulmiges Gefühl breitete sich in ihrer Magengrube aus, zu deutlich erinnerte sie sich an die Soldaten in Lüneburg, die ebenso stramm und steif über den Marktplatz getrampelt waren. Es wimmelte in ganz Reykjavík von Militärfahrzeugen, Sandsäcken und Kanonenschnauzen. Die Leute vom Land folgten dem Lockruf des Geldes in die Stadt, die Engländer brauchten viele Helfer, dadurch wurde der

Wohnraum immer knapper, die Mieten schossen in die Höhe. »Sind die jung«, murmelte sie nachdenklich und schaute den Soldaten hinterher.

Beim Abendessen bestätigte Jónas ihren Eindruck. »Die sind noch grün hinter den Ohren, es sind untrainierte Männer, die sich hier auf den Kriegseinsatz vorbereiten. Sie können nicht schießen, sie können eigentlich gar nichts, was man als Soldat können muss. Ein Glück, dass es hier friedlich ist«, sagte er, während er seinen Kabeljau aß. Mindestens fünfmal in der Woche gab es Fisch mit Kartoffeln und Butter. Es war ein eintöniges Essen, aber es machte satt. »Das hat unsere Nation seit Ewigkeiten ernährt«, hatte Jónas einmal zu ihr gesagt, als sie geäußert hatte, dass sie nichts gegen ein wenig Abwechslung auf dem Speiseplan hätte. Sóley hatte ihre Bedenken schon gar nicht verstanden, aber Luise hatte ihr auch nicht erklärt, dass es bei den Rosenbergs an jedem Tag in der Woche ein anderes Gericht gegeben hatte. Es war lange her. In einem anderen Leben. Sie fand sich wohl besser damit ab, dass nichts mehr wie früher sein würde. Ein wenig überraschte sie selbst, dass sie überhaupt noch darüber nachdachte.

In den darauffolgenden Wochen strömten immer mehr Soldaten nach Island, bis zum Sommer beinahe zwanzigtausend auf der Insel im Nordatlantik stationiert waren. Mit den vielen Engländern kam noch mehr Geld – die Soldaten brachten aber nicht nur, sie nahmen auch. Immer häufiger sah Luise isländische Mädchen mit Engländern schäkern, von den isländischen Männern wurde das nicht gern gesehen, war doch klar, dass die Jungspunde nur zu einem kurzen Zwischenspiel, im besten Fall bis zum Kriegsende, auf Island verweilen würden. Soldaten waren kein Heiratsmaterial, sie durften für Arbeit und Wohlstand sorgen, aber sie sollten bitte die Tugenden der isländischen Töchter nicht in Gefahr bringen. Luise konnte dem nur zustimmen, aber sie verstand auch die jungen Backfische.

Die meisten Kerle sahen gut in einer Uniform aus, weitaus besser als die Isländer in ihren ausgebeulten Kniehosen und Schiebermützen.

Andererseits, Luise hatte sich nie darum geschert, ob Jónas einen guten Anzug oder ein zerrissenes Hemd trug. Aber sie war vielleicht in vielen Dingen nicht wie andere. Alles, was sie in den Uniformen der Soldaten sah, war ein Krieg, der sie hier noch nicht erreicht hatte – der aber auf dem Kontinent bereits viele Leben blutig beendete.

Kapitel 47

Siglufjörður, Anfang August 2019

Hohe Berge umrahmten sie, während sie den Hafen verließen. Sonnenstrahlen glitzerten im tiefblauen, spiegelglatten Wasser des Fjords. Küstenseeschwalben flogen über das Meer. Der alte Dieselmotor des kleinen Fischerbootes tuckerte, während Sofie neben Björgvin saß und sein Profil betrachtete. Seine Bartstoppeln leuchteten im hellen Tageslicht, er trug eine Sonnenbrille, die seine Augen verdeckte. Aber sein Lächeln sagte ihr, dass auch er diesen kleinen Ausflug ebenso genoss. Die Familie hatte sich wieder beruhigt, Kristín ging es gut und dem Baby auch. Sofie hatte sie gestern kurz besucht, und sie war guter Dinge gewesen und wollte ab morgen wieder arbeiten gehen. Der Arzt hatte sein Okay gegeben, er vermutete, dass ein kleines Blutgefäß geplatzt war. Nichts Dramatisches, obwohl der Schreck groß gewesen war.

Sofie schob die Gedanken beiseite, sie wollte diesen Moment im Hier und Jetzt genießen. Jetzt ging es ihr wieder gut. Richtig gut. Sie lächelte versonnen und verschränkte die Arme hinter ihrem Kopf. Es war ein kleines Fischerboot, das sanft in den leichten Wellen schaukelte. Die Planken waren weiß gestrichen, die Reling funkelte im Sonnenlicht. Auf dem Boden lagen aufgerollte Taue und eine Angel.

Björgvin hatte sein kariertes Flanellhemd hochgekrempelt, es war ein herrlicher Sommertag. Er hatte sehnige, gebräunte Unterarme mit goldenen Härchen. Seit Sofie sich an seiner Schulter ausgeweint hatte, hatte sich ihre Verbindung vertieft. Sie war inniger geworden und auch vertrauter, obwohl sie seitdem nicht noch einmal darüber gesprochen hatten. Aber Sofie hatte das Gefühl, dass Björgvin begriff, welche Trauer sie in sich trug, und er verstand es, ihr Trost zu spenden. Sie hatte sich vorgenommen, die Zeit einfach zu genießen, jeden Tag so zu nehmen, wie er kam. Und genau das taten sie, obwohl ihr mit jedem Tag, der verstrich, deutlicher bewusst wurde, dass sich ihre Zeit auf Island langsam dem Ende zuneigte.

Für ein paar Stunden arbeitete Sofie täglich ihre Liste ab, derzeit hauptsächlich am Schreibtisch. Sie wollte ihn perfekt restaurieren. Währenddessen ging Björgvin seinen Aufgaben nach, er telefonierte häufiger oder saß mit seinem PC auf der Veranda.

Das Zusammenleben war nahezu ideal, nahezu, weil Sofie natürlich klar war, dass es nicht für immer so weitergehen konnte.

Doch immer häufiger meldete sich ein kleines Stimmchen in ihrem Kopf, das ihr zuflüsterte, sie könnte länger auf Island bleiben – Arbeit gab es hier für Handwerker genug. Sofie war jedoch noch nicht so weit, den nächsten Schritt zu gehen, denn das würde bedeuten, dass sie Björgvin von ihren Gefühlen erzählen musste, und sie hatte Angst davor. Dass sie sein Verhalten vielleicht missinterpretierte, Angst vor Zurückweisung. Angst, wieder alleine zu sein. Sie schluckte und sah über den glatten Fjord. Nicht weit von ihnen entfernt schwamm eine Entenfamilie am Ufer entlang, sie konnte das Schnattern bis auf den Kutter hören. Das leuchtende Gras am Ufer wogte sanft im Wind, unzählige Butterblumen strahlten in einem satten Gelb.

Es war doch alles gut so, wie es war, dachte sie. Sie atmete tief ein und streichelte Björgvins Unterarm.

»Alles in Ordnung?«, fragte er.

Sofie lächelte. »Ich habe nur gerade gedacht, wie glücklich ich hier bin.«

Mit dir.

Er wandte ihr sein Gesicht zu und lächelte. »Das ist schön, und es freut mich sehr. Willst du auch mal?« Björgvin zeigte aufs Steuerrad.

»Ich?«, fragte sie.

»Na klar, oder siehst du hier sonst noch wen?«, neckte er sie.

»Ich weiß nicht, ich habe das noch nie gemacht.«

»Na komm schon.« Er streckte seine Hand aus. »Du kannst gar nichts falsch machen, und ich bin ja auch noch da.«

»Also schön.« Sie ließ sich von ihm zu sich heranziehen. Björgvin schob sie vor sich, und Sofie legte ihre Hände um das große Steuerrad. Sie spürte seinen warmen Körper hinter sich, roch seinen einzigartigen Duft. Mit ihm fühlte sie sich sicher und geborgen. Das hatte sie noch bei keinem Mann gespürt, nicht so.

»Einfach geradeaus?«, fragte sie ein wenig atemlos.

»Wo willst du denn hin?«

Sie lachte. »Keine Ahnung, was hast du vor?«

»Du kannst auch ein paar Kurven oder Runden fahren, wie du magst.«

»Echt?«

»Sicher, mach einfach, was du willst.« So fuhren sie ein paar Schlangenlinien, bis Sofie ein Gefühl für das Ruder bekam.

»Die Leute am Ufer werden halt jetzt denken, dass der Kapitän ziemlich besoffen ist, aber Hauptsache, du hast Spaß.«

Plötzlich legte er ihr eine Hand in den Nacken und küsste sie leidenschaftlich. Irgendwann löste er sich von ihr.

»Wofür war das denn?«, fragte sie atemlos und wandte sich mit klopfendem Herzen wieder dem Steuerrad zu. Ein Glück, dass hier im Fjord kaum was los war und sie keine Gefahr liefen, einen Zusammenstoß zu provozieren.

»Muss es immer einen Grund geben, warum ich dich küsse?«

Sofie schluckte. Irgendwie hatte sie gehofft, dass er sich vielleicht zu einer Äußerung hinreißen lassen würde, ihr ein kleines Signal sendete, dass er auch mehr für sie empfand als bloße körperliche Anziehung.

»Nein«, gab sie zurück und rang sich ein Lächeln ab, obwohl ihr klar war, dass er es nicht sehen konnte, weil er hinter ihr stand. »Natürlich nicht. Hier, übernimm du mal wieder das Steuer. Kapitänin zu sein, ist ganz schön anstrengend.«

Sie wand sich aus seiner Umarmung. »Ich guck mal ein bisschen vorne raus, vielleicht sehe ich ja ein paar Fische.« Sofie lief nach vorne und stützte sich mit den Ellenbogen auf die Reling. Sie atmete tief durch und schloss die Augen. Sonnenstrahlen wärmten ihr Gesicht, sie atmete die salzige, frische Seeluft ein und spürte, wie ihre Lungen sich weiteten. Es war herrlich, so unberührt und klar. Das leise Brummen des Motors und Schwanken des Bootes lullten sie ein. Sie wollte sich nicht eingestehen, dass sie einen Stich der Enttäuschung gespürt hatte, als er so wenig emotional reagiert hatte. Aber dennoch war sie da und legte sich wie ein leichter Schatten über ihre Freude, der sich nicht mal durch die Aussicht auf ein Wochenende mit ihm auf den Westmännerinseln vertreiben ließ.

Kapitel 48

Siglufjörður, Anfang Januar 1941

Der Nordwind blies unerbittlich. Dunkle Wolken trieben über den blassblauen Himmel, sie hingen so tief, dass sie die gegenüberliegende schneebedeckte Bergkette beinahe einhüllten. Passanten und Bekannte liefen an ihnen vorbei, Luise nahm keine Notiz davon. Sie hoffte, dass sie die richtige Entscheidung getroffen hatten. Jónas hatte einen Koffer in der Hand, er war bereit zu gehen.

Alles in ihr zog sich zusammen. »Warte«, sagte sie, und er stellte sein Gepäck noch einmal ab. Ihr Atem zeichnete kleine weiße Wölkchen in die eiskalte Winterluft.

Die Liebe, die aus seinen Augen leuchtete, schnürte ihr die Kehle zu. Er breitete seine Arme aus und zog sie noch einmal in eine letzte Umarmung. Er vergrub seine Nase in ihrem Haar. »Meine Lilla, ich liebe dich so sehr.«

»Versprich mir, dass du bald wiederkommst.« Ihre Stimme klang brüchig in ihren eigenen Ohren, so brüchig, wie ihr Herz in diesem Moment war.

»So bald wie möglich. Versprochen.«

Luise atmete seinen Duft ein und unterdrückte ein Schluchzen. Obwohl sie gemeinsam beschlossen hatten, dass Jónas die Möglichkeit wahrnahm, eine Stelle in Berlin anzunehmen und so die Nähe zu ihren Eltern suchen konnte, vermisste sie ihn jetzt schon. Sie würde solange mit Hannes bei ihren Schwiegereltern in Siglufjörður bleiben.

»Ich rufe an, sobald ich kann«, murmelte er.

Der Dorfarzt hatte einen Apparat und versprochen, dass er jemanden nach ihr schicken würde, wenn Jónas für sie anrief.

Sie wusste, dass Jónas gehen musste.

Er tat es für sie und für ihre Eltern, von denen sie schon so lange nichts mehr gehört hatte. Weil er es ihr versprochen hatte im Gegenzug für ein Versprechen, das sie gehalten hatte. Und sie hoffte und bangte, dass er ihren Eltern helfen könnte – alles andere konnte und wollte sie sich nicht vorstellen. Es musste einfach klappen.

Aber es fühlte sich nicht richtig an. Sie hatte Angst, so große Angst wie vielleicht noch nie zuvor in ihrem Leben. Unfassbar große Angst.

»Ich muss … Ich habe es dir doch versprochen«, sagte er jetzt und löste sich von ihr.

Luises Augen brannten, aber sie blinzelte die Tränen weg. Sie wollte nicht, dass Jónas sie mit einem weinenden Gesicht verabschiedete. Deshalb lächelte sie, auch wenn sie das Gefühl hatte, innerlich zu zerbrechen.

»Das Schiff wartet nicht«, sagte er sanft, und Luise nickte.

Sie wollte wispern, wie sehr sie ihn liebte, aber sie fürchtete, dass nur ein Schluchzen aus ihrer Kehle kommen würde.

Jónas legte ihr seine warme, weiche und vertraute Hand an die Wange. Sie schmiegte ihr Gesicht hinein und blickte ihm tief in seine strahlenden blauen Augen. »Alles wird gut«, versprach er mit fester Stimme.

Sie liebte ihn für seine Zuversicht. Sie liebte ihn für seine Loyalität. Sie liebte ihn mehr als ihr Leben.

»Pass auf dich auf«, brachte sie hervor und nahm seine Hand. »Und nun geh«, wisperte sie. »Sonst verpasst du das Postschiff.«

Er küsste sie ein letztes Mal. Seine warmen Lippen lösten sich viel zu schnell, und das Gefühl des Verlustes wurde beinahe übermächtig. Dann nahm er seinen Koffer und rannte über den Pier zum Schiff.

Luise zog ein Taschentuch aus ihrem Mantel und winkte ihm hinterher. Er sollte glauben, dass es ihr gut ging.

Es dauerte nur noch ein paar Minuten, in denen er oben an der Reling stand, auf sie herablächelte und den Hafen verließ.

Luise musste stark sein. Sie würde stark für ihn und ihren gemeinsamen Sohn sein.

Sie stand auf dem Pier und beobachtete, wie Jónas' Silhouette sowie die des Schiffes am Horizont immer kleiner wurden.

Ihr Schmerz war mit nichts zu vergleichen, das sie zuvor erlebt hatte. Sie liebte ihn so sehr, dass sie keine Kontrolle mehr hatte. Sie bebte innerlich. Schwankte. Wollte schreien, dass er zurückkommen sollte. Aber sie rührte sich nicht. Niemand durfte wissen, wie es in ihr aussah. Doch sie war erstarrt. Zerbrochen. Einsam.

Er war fort.

Ohne ihn fühlte sie sich verloren, wusste nicht, wie sie weiterleben sollte, wie sie die Kraft dazu aufbringen sollte. Er war das Einzige, was ihr neben Hannes geblieben war, das Einzige an ihrem Leben, was sie selbst gewählt hatte.

Etwas von ihr war mit ihm verschwunden.

Sie war all die Jahre stark gewesen, weil er an ihrer Seite gewesen war.

Jetzt war er fort, und die Sorge und der Kummer über die Trennung von ihrer Familie, ihrem alten Leben kamen wie eine Lawine über sie.

Jónas war immer ihr Zufluchtsort gewesen. Ihr Zuhause. Mit ihm konnte sie alles ertragen, weil seine Liebe sie stark gemacht hatte.

Luise atmete flach, das Schiff hatte den Fjord jetzt beinahe verlassen. Außer ihr war niemand mehr am Hafen. Nur ein paar einzelne Vögel kreisten über der See.

Sie hätte ihn niemals gehen lassen dürfen, die Erkenntnis traf sie wie ein Schlag. Sie wusste es jetzt mit einer Klarheit, wie sie sie kaum je empfunden hatte. Die Verzweiflung ließ sie in die Knie gehen, ihre Hände schlugen auf dem harten Boden auf, und ein Laut kam über ihre Lippen wie von einem verwundeten Tier. In ihrem Herzen machte sich die eisige Erkenntnis breit, dass sie vielleicht das Einzige aufgegeben hatte, was ihr und ihrem Sohn das Leben ermöglichte, und vielleicht den Menschen in den Tod schickte, der sie vor dem Zerbrechen bewahrte.

Aber es war zu spät. Er war fort.

Luise wusste nicht, zu welchem Gott sie beten sollte, alles, was sie denken konnte, war: Bitte bring ihn mir zurück.

Kapitel 49

Berlin, März 1941

Jónas

Vor dem Krieg waren hübsch frisierte Damen mit kurzen Röcken und hohen Absätzen über die Prachtstraßen Berlins flaniert – heute war davon nichts mehr zu spüren. Hätte er es nicht selbst gesehen, würde er es nicht glauben. Heute trug man praktisches Schuhwerk, die Kleidung war wie die Stimmung grau oder wie die Gesinnung braun. Niemand schminkte sich, weil es nichts mehr gab. Was war nur in dieser kurzen Zeit aus dem schillernden und bunten Berlin geworden? Von Osten wehte ein eisiger Wind, Schnee bedeckte fast alle Straßen der Stadt, es wurde nicht mehr großflächig geräumt. Jónas war vor ein paar Tagen nach einer Reise über Norwegen und Dänemark endlich in der Hauptstadt des Reichs angekommen und hatte sein altes Zimmer bei der alleinstehenden Witwe bezogen. Viele Zimmer standen leer, die jungen Männer waren an der Front. Es gab nicht mehr genug Kohle, und so waren bereits einige öffentliche Gebäude geschlossen worden. Beheizt wurde in den meisten Wohnungen nur noch die Küche, selbst dort trug die alte Witwe nun Handschuhe und zwei Pullover übereinander, und die Füße hatte sie fast immer in einem selbst gestrickten Fußwärmer vergraben. Er war schockiert über die Veränderungen nach so kurzer Zeit. Obwohl er es gewohnt war, mit wenig auszukommen, kam es selbst ihm dürftig vor, was die Leute noch hatten. Wenigstens in der Redaktion war notdürftig geheizt, taube Finger schrieben nicht gut, aber sonst fehlte es an allen Ecken und Enden. Sogar die Seife wurde mittlerweile rationiert, das und die Tatsache, dass es kaum warmes Wasser gab, hatte zur Folge, dass man seltener Wäsche waschen konnte. Aus dem Grund trug jeder Mitarbeiter, der es sich leisten konnte, Papierkragen, die man beidseitig anzog und nach dem zweiten Tag wegwarf. Fünfzig Pfennige kostete der Spaß, einen Liter Milch gab es für die Hälfte – natürlich nur, wenn man Marken besaß. Juden durften mittlerweile nur noch zwischen vier und fünf Uhr am Nachmittag einkaufen, außerdem bekamen sie viel weniger zugeteilt als Arier. Die noch im Land verbliebenen Juden versuchten zu emigrieren. Das jüdische Reisebüro in Berlin hatte mitgeteilt, dass die Züge in Richtung China über Russland für das kommende halbe Jahr ausgebucht waren. Die Möglichkeit der Ausreise über Lissabon per Schiff bestünde weiterhin – wenn man eine Passage bekam. Und dann gab es noch den Landweg nach Shanghai, wo bereits zwanzigtausend europäische Juden leben sollten. Ob es stimmte, wusste Jónas nicht. Vieles wurde erzählt, oft waren es bloße Gerüchte.

Jónas vermisste Luise und Hannes mit jeder Faser seines Körpers. Nachts konnte er kaum schlafen, weil er sich um sie sorgte, weil er ihre Wärme und Nähe vermisste. Er stellte sich immer wieder Hannes' kleines Gesicht vor, wie er ihn anlächelte und seine Hand in seine legte. Obwohl Luise ihn im Herbst immer wieder dazu gedrängt hatte, nach Deutschland zu reisen, um nach ihren Eltern zu sehen, hatte er es so lange aufgeschoben, bis er sicher gewesen war, dass es ihr und Hannes gut ging. Und doch machte er sich Gedanken, ob Luise gut zurechtkam. Die Winter im Norden Islands waren kalt und unerbittlich, nichts, was eine Frau wie Luise schon erlebt hatte. Aber es ging nicht anders, er hatte es ihr versprochen, und er war es ihren Eltern schuldig. Die Bemühungen der Rosenbergs für eine Ausreise waren alle gescheitert, deshalb hatte Luise mit Jónas entschieden, ihnen zu helfen. Jónas hatte über das ehemalige Hausmädchen Ilse in Lüneburg herausgefunden, dass die Rosenbergs noch immer dort lebten – damit war klar, dass sie aus eigener Kraft nicht mehr ausreisen konnten. Er war es ihnen schuldig, denn er war ihnen dankbar, dass sie ihn wie einen Sohn aufgenommen und ihm ihre Tochter anvertraut hatten. Außerdem wusste er, dass Luise sich nicht erholen würde, wenn ihren Eltern etwas zustieße – was sein größter Antrieb war. Er wollte, dass Luise mit ihm glücklich wurde, sie hatte schon genug Kummer erlebt.

Ein scharfer Schmerz durchzuckte sein Knie. »Verdammt«, fluchte Jónas leise. Man konnte bei dieser verflixten Verdunkelung wirklich kaum die Hand vor den Augen sehen. Immer wieder gab es Verletzungen, weil die Menschen wegen der totalen Verdunkelung gegen Straßenlaternen und Hydranten liefen. Er musste auf seinem Weg von der Redaktion zu seiner Mädchenkammer, dem kleinen Zimmer ohne Ofen, gegen einen Hydranten gelaufen sein. Zu Hause würde er sich in Wolldecken hüllen und hoffen, dass die Nacht schnell vorüberging. Über Luises Eltern hatte er noch nichts herausgefunden, aber er war ja gerade erst angekommen und hatte seine Stelle angetreten, da konnte er nicht gleich ein paar Tage wegfahren.

Jónas setzte seinen Weg vorsichtiger fort. Etwas später saß er in der Küche und verspeiste sein Abendbrot. Die Witwe war bereits zu Bett gegangen, es war erbärmlich kalt, obwohl der Ofen leise vor sich hin bullerte. Er nippte an einer Tasse Tee, der so dünn war, dass er die Bezeichnung Tee kaum verdient hatte. Dazu aß er ein trockenes Brötchen mit Kunsthonig und löffelte Joghurt. Davon gab es genug, den konnte man ohne Marken kaufen. War zwar nicht so gut wie der isländische *Skyr*, aber machte auch satt. Er war nie anspruchsvoll gewesen, was das anging, aber er hatte auch nie zuvor wirklich Hunger leiden müssen. Auf Island hatte es immer genug gegeben – die Insel war vom Meer umgeben, er war mit Fisch, Walfleisch und hin und wieder Lamm und Milchprodukten aufgewachsen.

Während er aß, grübelte er darüber nach, wie er Papiere für sie beschaffen konnte. Er hatte bis zu dem Telefonat mit Ilse immer noch einen Funken Hoffnung gehabt, dass sie das Land längst verlassen hatten und die Nachricht sie in Island einfach nicht erreicht hatte, aber sein Kopf hatte ihm damals schon gesagt, dass diese Hoffnung naiv und dumm gewesen war. Vielleicht hatte er seine Abreise auch einfach nur aufgeschoben, weil er Luise und seinen Sohn nicht verlassen wollte. Aber jetzt war er hier, und er würde alles tun, um Carl und Edith aus Deutschland fortzubringen. Er musste sich etwas einfallen lassen.

Leider hatte Jónas keine isländischen Pässe für die Eltern bekommen, sein Kontaktmann in der Botschaft in Reykjavík war kürzlich verstorben. Jónas vermutete, dass man in Berlin sicher auch irgendwo an illegale Kennkarten kommen konnte, die eine Ausreise ermöglichen würden. Er musste nur seine Augen und Ohren offen halten. Aber es gab auch noch ein zweites Problem – er hatte kein Geld.

Kapitel 50

Siglufjörður, August 2019

Das Wochenende auf den Westmännerinseln war viel zu schnell vorbei gewesen. Es machte ihr nur noch deutlicher, wie schnell ihre Abreise näher rückte.

Sofie erinnerte sich an den letzten Abend, so viele Leute trugen Islandpullover, Björgvin hatte auch einen für sie besorgt. Sie hatte sich so wohlgefühlt mit ihm und unter all den fröhlichen Menschen. Überall konnte man das Meer sehen, das die grüne Insel mit dem riesigen Vulkankrater umgab. Hier und da ragte ein Felsen aus dem Wasser in den Himmel. »Einige dieser Felsen sind erst beim letzten Vulkanausbruch in den Siebzigern aufgetaucht.«

»O mein Gott«, Sofie konnte sich das nicht vorstellen.

»Die Einwohner sind mitten in der Nacht davon überrascht worden. Aber sie hatten Glück, denn alle Schiffe waren im Hafen, und so konnten alle gerettet werden. Die Tage zuvor war ein schlimmer Sturm gewesen, und die Fischer konnten nicht rausfahren.«

Sofie machte große Augen. »Wie viele haben damals hier gelebt?«

»Dreitausend ungefähr.«

»Es ist unvorstellbar.«

»Ja, heute schon, aber damals gab es noch nicht die moderne Technik, mit der man einen Ausbruch ziemlich genau vorhersagen kann. Sie hatten unfassbares Glück. Fast die Hälfte der Stadt wurde unter Asche und Lava begraben, aber es hatte auch was Gutes.«

»Das kann ich mir jetzt beim besten Willen nicht vorstellen.«

»Doch, vorher war der Hafen relativ ungeschützt, aber durch die austretende Lava hat sich so was wie ein Naturhafen gebildet, der seitdem um ein Vielfaches sicherer ist, weil der Sturm keinen direkten Schaden im Becken anrichten kann.«

Er zeigte auf den Hafen. »Siehst du, das ist alles neu entstanden.«

Tatsächlich, jetzt begriff Sofie, was sie vor sich sah. Rechts von ihr war alles schwarz oder von Moos bewachsen. »Das ist Lava?«

Er nickte. »Genau.«

»Und darunter liegt die halbe Stadt?«

»So sieht's aus. Viele sind danach auch wieder auf die Insel zurückgekehrt, sie haben einfach ein neues Haus gebaut.«

Sofie wurde es ganz anders. »Das kann doch jederzeit wieder passieren!«

Er zuckte mit den Schultern und legte ihr einen Arm um die Taille. »Die Leute hier sind eben ganz speziell.« Er grinste und gab ihr einen Kuss.

Die halbe Nation schien auf dem Festival anwesend, alle sangen zusammen isländische Lieder. Es kam ihr so vor, als wären buchstäblich alle Isländer auf dieser kleinen Vulkaninsel, die sie *Heimaey* nannten. Überall standen Zelte und Campingwagen, es gab Buden mit Getränken und Grillstände und Food Trucks und verschiedene Bühnen. Björgvin stand hinter ihr und hielt sie in seinen Armen. Obwohl sie kein Wort verstand, trug die unfassbare Stimmung sie davon. Björgvin sang krumm und schief mit, Sofie musste lächeln. Eine Band spielte einen Liebessong, den anscheinend jeder kannte. Fast alle sangen mit, Wunderkerzen und Feuerzeuge wurden geschwenkt. Björgvin zog sie noch enger an sich und küsste sie auf den Scheitel. Sofie schmiegte sich an ihn und schaute in den Himmel. Kaum zu glauben, was sich in den wenigen Wochen, in denen sie auf Island lebte, verändert hatte. Es waren nicht nur die taghellen Nächte, die jeden Tag ein wenig kürzer wurden. Es war viel mehr als das, es kam ihr so vor, als wäre sie selbst eine andere geworden. Sie war viel freier und glücklicher als all die letzten Jahre. Es wäre unfair gewesen, alles auf ihre verkorkste Beziehung zu schieben, so einfach wollte sie es sich nicht machen. Fakt war aber, dass sie jetzt glücklich war.

In diesem Moment gab es keinen Ort der Welt, an dem sie lieber gewesen wäre. Es gab niemanden, in dessen Armen sie sich so geborgen fühlte wie in Björgvins. Sofie ließ sich tragen von der Welle des Glücks, drehte sich zu ihm um und stellte sich auf die Zehenspitzen. »Du bist das Beste, was mir seit Langem passiert ist«, sagte sie, und dann küsste sie ihn.

Sie hatte keine Ahnung, ob er es gehört hatte oder nicht. Aber er erwiderte ihren Kuss leidenschaftlich, und das genügte ihr als Reaktion.

Sofie tauchte aus ihren Erinnerungen auf. Gestern noch hatte sie sich nichts dabei gedacht, aber heute fragte sie sich, ob er dasselbe für sie empfand. Sie hatten mit keinem einzigen Wort über eine mögliche Zukunft gesprochen, obwohl sie sich wünschte, dass er sich auch in sie verliebt hatte.

Sofie wusste nicht, wie sie mit dieser Erkenntnis umgehen sollte. Während sie und Björgvin den Wagen ausluden, versuchte sie sich einzureden, dass sie sich keine Gedanken machen sollte. Männer sprachen nun mal nicht gern über Gefühle. Er würde schon noch den Mut haben, ehe sie abreiste. Denn eins war klar: Auch wenn sie sich vorstellen konnte, vielleicht länger zu bleiben, so würde sie nicht diejenige sein, die das ansprach.

Da war Sofie altmodisch.

Oder wohl eher ein Angsthase. Sie wollte nicht zurückgewiesen werden.

Sie verdrängte alles, was Gefühle anging, und dachte lieber an eine heiße Dusche. Etwas, das während ihres kleinen Campingausflugs nicht ausgiebig drin gewesen war. Björgvin schlug gerade den Kofferraumdeckel zu, als noch ein zweiter Wagen hinter ihnen anhielt.

»Oh, das sind Tinna und Gylfi, dann lernst du die beiden auch endlich mal persönlich kennen.«

»Wusstest du, dass sie heute herkommen?« Sofie war überrumpelt, niemand hatte sie informiert. Sie hätte sich gern ein wenig darauf vorbereitet, ihre Arbeitgeber kennenzulernen.

Björgvin hob eine Augenbraue. »Wieso sollen sie sich denn melden, sie sind doch jetzt da.«

Sofie lachte, als sie begriff. Sie hatte für einen Moment vergessen, dass sie es mit Isländern zu tun hatte. Die planten Besuche selten bis nie. »Eure Logik ist einzigartig. Was, wenn wir uns verpasst hätten?«

»Haben wir aber nicht.«

»Alles klar.« Sie zwinkerte ihm zu, während sie beobachtete, wie das Ehepaar aus dem Auto stieg. Sofies Hände fühlten sich plötzlich ein wenig feucht an.

Was, wenn ihnen ihre Arbeit nicht gefiel?

Tinna sah ihrer Schwester Freydís ähnlich, sie war sportlich gekleidet und hatte Lachfältchen um die Augen. Gylfi hatte dunkelblondes Haar, das am Hinterkopf ein wenig dünn geworden war, und buschige Brauen über blauen Augen. Auch wenn sie Jahre trennten, erkannte man die Ähnlichkeit zu Hannes. Gylfi trug eine Fleecejacke und Jeans. Die beiden sahen aus, als kämen sie gerade von einer Wanderung.

Tante und Onkel begrüßten Björgvin und wandten sich dann ihr zu.

»Guten Tag«, grüßte Sofie.

»Hallo, wie schön, dich kennenzulernen. Ich bin Tinna.« Sie streckte nicht ihre Hand zum Gruß aus, sondern zog Sofie direkt in ihre Arme. Ein wenig überrascht erwiderte Sofie diese herzliche Begrüßung.

Gylfi war ein wenig zurückhaltender, er schüttelte lediglich ihre Hand. »Tag«, sagte er.

Es entstand eine kleine Pause. »Wollt ihr vielleicht Kaffee?«, bot Sofie schließlich an, obwohl sie sich komisch vorkam, immerhin war es deren Haus. »Kommt doch rein«, bat Sofie sie noch einmal. »Ich meine, es ist ja euer Haus.« Sie kicherte nervös. »Wollt ihr euch nicht ansehen, was sich verändert hat?«

»Wir wollen euch nicht aufhalten«, flötete Tinna und schaute zwischen Sofie und Björgvin hin und her.

Sofie wurde ein wenig rot, es war also doch ganz schön offensichtlich, dass zwischen ihnen was lief. Oder Freydís oder Kristín hatten etwas erzählt.

»Unsinn, kommt rein«, brummte Björgvin, dem das Hin und Her anscheinend zu lange dauerte, und ging voraus. Sofie hob eine Augenbraue und schaute ihm hinterher.

Tinna ließ sich davon nicht beeindrucken, ihr Mann auch nicht.

»Ja, äh«, machte Sofie. »Kommt ihr jetzt rein?«

»Wir bleiben nicht lange«, erklärte Tinna freundlich. »Wir müssen gleich noch zurück nach Reykjavík fahren. Gylfi und ich müssen morgen wieder arbeiten. Wir waren das Wochenende bei Björgvins Eltern zu Besuch und haben uns ein wenig entspannt.«

»Alle anderen waren auf den Westmännerinseln«, beendete ihr Mann den Satz.

»Ja, wir auch, es war ganz wunderbar.«

»Kommt ihr endlich?«, rief Björgvin von drinnen.

Lachend schüttelte Tinna den Kopf und meinte zu Sofie: »Na los, ich bin sehr gespannt.«

Im unteren Stockwerk hatte Sofie noch nicht so viel geschafft, wie sie sich vorgenommen hatte. Die Arbeit am Schreibtisch hatte sie ziemlich aufgehalten, sie hoffte, dass Tinna und Gylfi ihr das nicht übel nehmen würden. »Ja, äh«, stammelte sie. »Ich habe mich erst einmal oben vorgearbeitet.«

Tinna legte ihr eine Hand auf die Schulter. »Alles gut, wir sind ja keine Sklaventreiber, du musst dich nicht rechtfertigen.« Ihr wissendes Lächeln trieb Sofie die Hitze ins Gesicht. O Gott, die Tante wusste echt Bescheid. »Kommt, dafür hat sich oben eine ganze Menge getan. Björgvin, kannst du vielleicht Kaffee aufsetzen?«, rief sie in Richtung Küche. »Die könnte man neu streichen. Aber mir läuft ja fast ein bisschen die Zeit davon«, plapperte Sofie, während sich ihr Herzschlag beschleunigte.

Oben ging sie den Flur entlang und stieß zwei Zimmertüren auf, sodass etwas mehr Licht hereinfiel und sie direkt hineinsehen konnten.

»Wow«, stieß Tinna hervor. »Das ist ja … Wahnsinn. Ein ganz anderes Haus. Sieh mal, Gylfi.«

Ihr Mann hatte die Hände in den Hosentaschen vergraben, ihn schien es nicht so zu interessieren.

»Gefällt es euch?«, fragte Sofie. »Ich habe hier das Parkett Eiche Natur geölt verlegt und die Wände in einem zarten Cremeton gestrichen. Die Türen der Einbauschränke habe ich zuerst abgebeizt und dann neu lackiert, in einem moderneren Farbton.«

Tinna ging in Björgvins Schlafzimmer. Falls ihr die zwei Bettdecken auffielen, die zurückgeschlagen waren – sie hatten vor ihrer Abreise am Donnerstag das Bett nicht gemacht –, so sagte sie dazu jedenfalls nichts. Sofie hingegen schwitzte. Dabei konnte es ihr doch egal sein, ob Björgvins Tante wusste, dass sie mit dem Neffen schlief.

»Sehr schön«, sagte diese nur. »Wirklich toll. So habe ich es mir gar nicht vorgestellt, es ist viel besser! Echt großartig.« Sie strahlte Sofie an, die sich daraufhin ein wenig beruhigte.

Tinna ging weiter zum Badezimmer. Sofie wollte gerade sagen, dass sie im Bad nichts gemacht hatte, als Tinna schon die Tür aufstieß und verzückt aufschrie. Sofie stockte der Atem.

Was zur Hölle …?

Was war denn hier passiert?

Sofie blinzelte ungläubig, als sie sah, dass jemand in den letzten drei Tagen im Bad gezaubert haben musste, während sie sich auf dem Festival vergnügt hatten. Das durfte doch wohl nicht wahr sein! Hatte Björgvin das organisiert, ohne es mit ihr abzusprechen? Oder Tinna? Aber nein, die hatte doch gar nicht gewusst, dass Sofie an diesem Wochenende nicht da sein würde. Von wegen, Handwerker gab es in Island keine. Sofie wusste nicht, wie sie reagieren sollte. Sie war überrumpelt.

»Das ist ja schön geworden«, meinte sie anerkennend.

Helle Natursteinfliesen lagen nun da, wo vorher hässliche grüne gewesen waren. Die alte Duschkabine war durch eine neue, sehr moderne aus Glas ersetzt worden, ebenso gab es eine neue Badewanne, Waschbecken und die Toilette. Es war ein ganz anderer Raum geworden.

Unglaublich. Sofie kam aus dem Staunen gar nicht mehr heraus.

»Kaffee ist fertig«, tönte es von unten.

»Ich würde euch gerne vorher noch etwas zeigen, in der Garage«, meinte Sofie. Sie wollte den Besitzern nicht das Schmuckstück des Hauses vorenthalten. »Kommt bitte kurz mit.«

Lächelnd ging sie voraus. Die Sache mit dem Bad verdrängte sie für den Moment. Es war ja auch nicht so, dass ihr irgendjemand Rechenschaft über dieses Haus schuldig war. Dennoch, sie war irgendwie enttäuscht über die Überraschung. Passend und geschmackvoll war die neue Einrichtung jedenfalls, das musste man wem auch immer lassen.

Sie zog die Tür zur Garage auf und schaltete das Licht ein. »Hier, seht mal. Diesen Schreibtisch habe ich in der Abstellkammer gefunden. Tinna, ich hatte dir schon deswegen geschrieben. In den letzten Tagen habe ich das gute Stück restauriert, es war einiges an Arbeit, aber jetzt ist er eigentlich fertig. Mit Björgvin habe ich abgesprochen, dass er nach den Renovierungen im Wohnzimmer einen besonderen Platz bekommen wird. Er ist sehr wertvoll und auch ganz zauberhaft, findet ihr nicht?«

Sie wandte sich zu Tinna und Gylfi um, die beide sehr blass geworden waren.

»Äh …«, stammelte sie. Sie hatte irgendwie mit einer anderen Reaktion gerechnet.

»Schön«, sagte Tinna schließlich. »Aber das alte Ding …«

»Er ist sehr wertvoll«, meinte Sofie, weil sie nicht wusste, was sie sonst sagen sollte.

»Ich gehe mal Kaffee trinken«, sagte Gylfi und wandte sich ab.

»Habe ich irgendwas falsch gemacht?«, wollte Sofie von Tinna wissen.

Die zuckte mit den Schultern. »Ach nein. Sicher nicht. Es ist nur so, dass seit Jahren keiner mehr daran gedacht hat.«

Aber Sofie hatte ihnen doch geschrieben? Sie verstand die Reaktion nicht, allerdings hatte Tinna nie auf ihre Fragen bezüglich des Schreibtischs geantwortet, und dann hatte sie auf Björgvin gehört, der meinte, sie solle einfach machen. Vielleicht war das ein Fehler gewesen. Nach dem, was sie im Altersheim erlebt hatte, überraschte sie es allerdings nicht wirklich, auch wenn sie es schade fand.

»Es tut mir leid. Ich dachte, ich tue euch einen Gefallen. Ihr könnt ihn für gutes Geld verkaufen, wenn ihn keiner haben will. Das habe ich schon Björgvin gesagt, er ist sicher einige Tausend Euro wert.«

Tinna winkte ab. »Darum geht's nicht.«

Sofie nickte. Sie ahnte, dass sie sich dem Kern der Sache näherten, aber sie wollte nicht wieder ins Fettnäpfchen treten, deswegen schwieg sie.

Tinna schüttelte den Kopf, während sie den Schreibtisch betrachtete. »Nun lass uns Kaffee trinken, wir müssen gleich weiterfahren.«

Sofie schluckte. »Natürlich.«

Sie war enttäuscht, sie hatte so sehr darauf gehofft, dass Tinna und ihr Mann anders reagieren würden.

Kapitel 51

Siglufjörður, März 1941

Der Winter nahm kein Ende, immer wieder schneite es tagelang ohne Unterbrechung. Der Schnee türmte sich noch immer meterhoch. Mehr als einmal hatten sie die Fenster vor dem kleinen Haus freischaufeln müssen, um nicht komplett eingeschneit zu werden. Es gab nichts zu tun. Gar nichts. Man saß den ganzen Tag herum. Die wenigen Bücher, die die Familie besaß, hatte Luise längst gelesen. Mehrfach. Obwohl niemand ein Wort gegen sie sagte, fühlte sich Luise wie das Haar in der Suppe. Jónas' Mutter Dóra war eine rundliche Frau mit wachen, blauen Augen, aber ihre Zunge konnte so spitz sein wie ein scharfes Messer. Zunächst war sie sehr freundlich zu Luise gewesen, aber schon bald nachdem Jónas verkündet hatte, dass er nach Deutschland reisen wollte, um Luises Eltern mit der Ausreise zu helfen, hatte sich das Blatt gewendet. Bei der Verabschiedung hatte sie noch zu ihrem Sohn gesagt, dass Luise bei ihnen sehr willkommen sei, aber die Realität sah anders aus.

Luise konnte sie auf eine Weise sogar verstehen. Wer schickte seinen Mann in Kriegszeiten schon freiwillig weg von zu Hause?

Obwohl es in Deutschland bislang keine Kampfhandlungen gegeben hatte, konnte sich das jederzeit ändern. Man wusste es nicht. Natürlich sorgte auch Luise sich um Jónas. Aber er war erwachsen und weltgewandt, er wusste sich immer und überall zu helfen. Er war ihre einzige Hoffnung. Luise hatte ihn ungern gehen lassen, aber die Sorge um ihre Eltern war größer gewesen als ihre Bedenken. Sie war sicher, er würde klarkommen. Außerdem vertraute sie darauf, dass er auf sich aufpassen würde. Luise hatte versucht, all das ihrer Schwiegermutter zu erklären, aber die war auf dem Ohr taub. Luises Schwägerin Ragnhildur hatte sich schnell auf die Seite ihrer Schwiegermutter geschlagen. Es war eine Frauenwirtschaft, die Männer waren kaum zu Hause, beide waren Kapitäne und fuhren zur See. Die Familie lebte vom Fischfang, sie waren nicht arm, aber auch nicht reich. Hannes war fröhlich und aufgeweckt, er sprach bereits einige Worte – nur Isländisch. Deutsch hatte Luise schon lange nicht mehr gesprochen, nicht mal mit ihrem Sohn. Nach dem Einmarsch der Briten fühlte sie sich sicherer, wenn sie sich nur auf Isländisch unterhielt.

Das Leben auf dem Land wurde bestimmt vom Wetter. Die einzige Unterhaltung boten die Handelsreisenden, denn außer Waren brachten sie auch Geschichten mit. Aber es war schon lange niemand mehr in Siglufjörður an Land gegangen. Wenn man aus dem Fenster blickte, sah man nur Schnee, Schnee und nochmals Schnee. Die hohen Berge im Norden kamen Luise immer mehr wie ein Gefängnis vor. Im Grunde war es das auch, in Siglufjörður saß man mindestens bis März, eher bis Ende April fest. Bis die Straßen wieder passierbar waren. Richtig begriffen, was das bedeutete, hatte sie erst jetzt. Mit dem Schiff zu reisen war natürlich auch eine Möglichkeit, aber das machte man nicht für eine kurze Einladung zum Kaffee. Beinahe hätte sie gelacht: Es gab hier keine Freunde, die sie einluden. Luxusprobleme, dachte sie und konzentrierte sich wieder auf ihre Stickarbeit. Überhaupt war Handarbeit das Einzige, womit sie sich in dieser Einöde befassen konnte. Es gab weder die Möglichkeit, sich neue Bücher zu besorgen noch einen Plattenspieler. Im Gegensatz zum Leben hier kam ihr die Vergangenheit, die ersten Monate auf Island, im kleinen Zimmer in Reykjavík wie ein Hort des Glücks vor. Seitdem hatte sich vieles verändert. Aber sie musste durchhalten, sie würde nicht an den Bissigkeiten ihrer Schwiegermutter zerbrechen.

Sie verdrängte den Gedanken an alles, was nach Jónas' Abreise passiert war. Sie wollte nicht immer nur an sich und ihre Sorgen denken, aber die Dunkelheit und die Kälte – und die Einsamkeit – setzten ihr zu.

Hannes hatte helle Haare und blaue Augen, wie der Papa. Sie vermisste Jónas sehr, gleichzeitig machte sie sich große Sorgen. Telefonieren war möglich, aber nicht einfach zu arrangieren. Jónas konnte aus der Redaktion ein Auslandsgespräch anmelden, aber dafür musste er beim hiesigen Arzt anrufen, da seine eigene Familie keinen Fernsprecher besaß. Sie hatten vereinbart, dass sie nach vier Wochen telefonieren würden, und dann wäre Jónas hoffentlich auch schon bald wieder zurück. Mit ihren Eltern.

Auf dem Herd köchelte *Kjötsupa,* eine Fleischsuppe mit dicken Fettaugen, Kartoffeln und Möhren. Sie mochte den strengen Geschmack von Schaf nicht, ansonsten gab es an sechs Tagen in der Woche gekochten Fisch. Der Speiseplan bot gerade zu dieser Jahreszeit kaum Abwechslung, aber das war ihr egal, ihr Appetit hielt sich ohnehin in Grenzen. Ihre Kleider waren ihr mittlerweile alle zu weit geworden.

Der kleine Hannes spielte mit seinem Cousin Tryggvi, die beiden waren im gleichen Alter. Die Jungs hatten ein rotes Holzauto, das sie immer zwischen sich hin und her schoben.

»Du musst einfach mal eine Nacht durchschlafen«, sagte ihre Schwägerin, die ihr am Tisch gegenübersaß und einen Pullover strickte.

»Das ist nicht nötig, Ragnhildur.«

»Du bist ganz blass und siehst müde aus. Pass auf, ich nehme den kleinen Jónas heute einfach mit zu uns, und du genießt einfach mal eine Nacht, ohne rauszumüssen. Was meinst du?«

Sie war tatsächlich müde, sehr müde sogar. Hannes schlief noch immer unruhig, vermutlich bekam er Zähne. Eigentlich machte es ihr nichts aus, nach ihm zu sehen, wenn er weinte, oder sein kleines Händchen zu halten. Sie war doch froh, dass sie ihn hatte. »Nein, es ist schon in Ordnung.«

»Doch, Luise. Du bist schon ganz mager geworden. Und für mich ist es einerlei, ob ich ein oder zwei Kinder in der Nacht dahabe. Das bekommen wir schon hin.«

Etwas in Luise sträubte sich, sie war noch nie ohne Hannes gewesen. Andererseits war es das erste Entgegenkommen der Schwägerin, vielleicht war es ja so eine Art Friedensangebot, da sie sich bislang immer auf Dóras Seite geschlagen hatte? »Also gut«, hörte sie sich sagen. »Vielleicht hast du ja recht.«

Ragnhildur schien zufrieden, sie nickte und lächelte, dann strich sie Hannes über den kleinen Kopf. Ein Funken Eifersucht glomm in Luise, aber sie verdrängte den Gedanken sofort. Sie hatte keinen Grund, Luise war doch die Mutter, Ragnhildur wollte ihr nur einen Gefallen tun. Sie war vermutlich einfach nur übermüdet.

Kapitel 52

Lüneburg, Mai 1941

Jónas

Der Flieder an den Lüneburger Hauswänden und in den Gärten blühte und verströmte einen intensiven Duft. Die Sonne wärmte sein Gesicht, aber dunkle Wolken schoben sich von Westen her über den blauen Himmel über der Stadt mit den hohen Schmuckfassaden, die vom einstigen Reichtum der Salzstadt zeugten. Er lief vom Bahnhof aus direkt zur Villa in der Gartenstraße. Das Emailschild mit dem Namen Rosenberg war entfernt worden. Mit einem ambivalenten Gefühl im Bauch klingelte er, um nach den Rosenbergs zu fragen. Es dauerte einige Minuten, bis geöffnet wurde.

»Was wollen Se?«, fragte eine Frau mit slawischen Gesichtszügen, die Augen schauten nicht in die gleiche Richtung. Sie trug einen grauen Rock und eine knittrige Bluse.

»Ich wollte zur Familie Rosenberg, können Sie mir sagen …«

»Die wohnen hier nicht mehr«, unterbrach sie ihn barsch. Dann schlug sie ihm die Tür vor der Nase zu, ehe er sagen konnte, dass er sich nach der neuen Adresse erkundigen wollte, die hatte Ilse ihm nämlich nicht mitteilen können. Gut, dann musste er seine Suche eben anderswo fortsetzen, er wusste auch schon, wo. Während er weiterging, dachte er an alles, was noch zu organisieren war. Jónas hatte Augen und Ohren aufgesperrt und sich umgehört. Illegale Ausreisepapiere waren erhältlich, aber sie wurden für horrende Preise auf dem Schwarzmarkt verkauft. Bis zu dreißigtausend Reichsmark kostete ein einziger Satz. Jónas war unter keinen Umständen in der Lage, diese Summe auch nur für einen der Schwiegereltern aufzubringen. Er brauchte Hilfe und hoffte, dass die Rosenbergs vielleicht durch Freunde an eine so hohe Summe Bargeld kommen konnten. Früher wäre es kein Problem gewesen, aber jetzt? Die Hoffnung war verschwindend gering, aber er klammerte sich an den Strohhalm.

Die Zeiten hatten sich geändert, in allen Belangen. Mit einer unguten Vorahnung ging er in Richtung Marktplatz. Er sah, dass der Laden der Löwenthals in der Bardowicker Straße immer noch ein Schuhgeschäft war, allerdings hieß es nun Schneider. Hoffentlich hatten die netten älteren Leute ein Visum nach Palästina bekommen, er erinnerte sich, dass ihre Kinder schon vor einiger Zeit dorthin ausgewandert waren. Er zog die Schultern hoch, die Sonne hatte sich hinter Wolken verzogen. Der Wind frischte auf und kroch durch die dicksten Nähte seiner Jacke. Als er den Marktplatz erreichte, blieb er stehen. Es war ihm natürlich nicht neu, dass das ehemalige Kaufhaus Rose heute Schleier hieß, aber dass in den Schaufenstern nun Wehrmachtsuniformen ausgestellt wurden, schockierte ihn. Es war, als wollte man die Rosenbergs verspotten. Die Hakenkreuzfahnen am Rathaus baumelten bedrohlich im Wind, die Bäume streckten ihre blattlosen Gerippe dem grauen Himmel entgegen. Einige Tauben pickten auf dem Marktplatz nach Brotkrumen, die die Händler vom Wochenmarkt übrig gelassen hatten. Jónas ging weiter und blieb vor dem Eingang des Kaufhauses stehen. Die Inneneinrichtung hatte der neue Besitzer kaum verändert – natürlich nicht, sie war nach der Zerstörung in der sogenannten Reichskristallnacht von den Rosenbergs wieder hergerichtet worden. Und Carl war nie knauserig gewesen, sondern hatte immer auf Qualität und Maßarbeit Wert gelegt. Jónas atmete tief durch. Er entdeckte eine Mitarbeiterin, die er von früher kannte. Sie stand hinter dem Verkaufstresen und überreichte einem Kunden gerade eine Papiertragetasche. Als sich ihre Blicke trafen, wurde sie blass. Jónas schluckte, dann ging er hinein und begrüßte das dunkelhaarige Fräulein. »Hallo, Gretel, wie geht es dir?«, fragte er und hob seinen Hut zum Gruß.

»Hallo, Jónas, das ist ja eine Überraschung.« Sie rang sich ein Lächeln ab, aber es erreichte ihre Augen nicht.

»Wie laufen die Geschäfte?«

»Ach, du weißt ja. Es gibt von allem nichts und davon reichlich.« Ein nervöses Lachen, dann strich sie sich eine Strähne hinters Ohr.

»Kannst du mir vielleicht sagen, wo die Rosenbergs jetzt wohnen?«

Auch das letzte bisschen Farbe wich aus ihrem Gesicht. Sie atmete tief ein und schaute auf ihre Hände. »Ich glaube schon.«

Sie hob ihren Blick, er las ehrliches Bedauern in ihren Augen. »Im Judenhaus in der Bäckerstraße, das ist gleich da hinten.« Sie zeigte nach rechts.

Jónas' Atem stockte. Er hatte natürlich davon gehört, dass Juden ihre alten Wohnungen verlassen mussten und in neue, kleinere umgesiedelt wurden, als wären sie ein Möbelstück, das man in eine andere Ecke schob. »Hast du auch eine Hausnummer für mich?«

Sie nannte sie ihm, dann entschuldigte sie sich, dass sie arbeiten müsse. »Ich wünsche dir alles Gute, Gretel«, sagte er und verließ das frühere Kaufhaus Rose. Innerlich war er wütend und fassungslos zugleich, der Verrat an den Rosenbergs hinterließ einen bitteren Nachgeschmack auf seiner Zunge.

Vom Kaufhaus aus war es nicht weit bis zur neuen Bleibe der Rosenbergs. Es war ein weißes Haus mit der typischen Schmuckfassade der Lüneburger Häuser. Im Erdgeschoss befand sich ein Handschuhgeschäft. Er musste durch einen schmalen Gang, bis er zum Eingang des Hinterhauses gelangte. Die Haustür war nicht abgesperrt, er ging hinein und die drei Treppen bis zum ersten Absatz nach oben. Es war trotz des warmen Frühlingstages kühl und roch ein wenig muffig, als ob der Keller feucht wäre. Über ihm wurde eine Tür geöffnet, eine schmale, weißhaarige Frau trat heraus. Im ersten Moment dachte er, dass sie ihm unbekannt war, aber dann begriff er, dass es sich um Frau Löwenthal handelte. Er schluckte. »Guten Tag«, grüßte er, während er nach oben ging. »Können Sie mir sagen, ob die Rosenbergs im Haus leben?«

Die alte Frau schaute ihn aus wässrigen Augen an. »Ja, Sie kenn' ich doch, oder? Kommen Sie nur mit.«

Er schüttelte ihre Hand. »Schön, Sie wiederzusehen.« Er sparte sich die Frage, ob es ihr gut ging. Man konnte auf den ersten Blick erkennen, dass sie von der dürftigen Ration Lebensmittel, die Juden zugewiesen wurde, nicht satt wurde. Die Frau war ein Schatten ihrer selbst. Er fürchtete sich vor dem Wiedersehen mit seinen Schwiegereltern. Was sollte er nur Luise erzählen? Schuldgefühle überkamen ihn. Er hätte die Juwelen nicht für die zweite, größere Wohnung in Reykjavík ausgegeben dürfen. Wenn er sie noch hätte, dann hätte er schon längst Papiere beschaffen können, und anstatt sie heute um Geld zu bitten, das Paar mit nach Island nehmen können. Raus aus Deutschland, in Sicherheit. Dass die Nazis sie verhungern lassen wollten, konnte er nicht mehr länger von der Hand weisen. Er war zu naiv gewesen – viel zu naiv. Als Carl ihm bei der Abreise nach Island damals ohne Luises Wissen die Schmuckstücke überreicht hatte, hatte er ihn gebeten, sie für Luise und das Kind zu verwenden. Genau das hatte Jónas getan, er hatte eine große, hübsche Wohnung für Luise gekauft, sie standesgemäß eingerichtet, sodass Luise sich wohlfühlte. Heute wusste Jónas, dass es Luise tausendmal wichtiger gewesen wäre, ihre Eltern in Sicherheit zu wissen, anstatt in einer schönen Wohnung zu sitzen. Zuerst hatte er mit Luise in einem kleinen Zimmer gelebt, um zu sparen, die Juwelen waren ihr Notgroschen gewesen. Hätte er damals geahnt, wie sehr er sie heute für die Sicherheit der Rosenbergs benötigen würde, hätte er sie nicht für die Wohnung verschwendet. Nach Hannes Geburt war es ihm wichtig erschienen, seinem Sohn ein neues, größeres Zuhause zu bieten, heute wusste er es besser. Er hatte einen schwerwiegenden Fehler gemacht, aber dass die Eltern ihre Reise nach Übersee wegen des Kriegsanfangs nicht mehr antreten konnten, hatte niemand kommen sehen. Ein großes Unglück, dessen Ausmaß ihm erst in dieser Sekunde vollständig bewusst wurde. »Gehen Sie nur rein«, sagte Frau Löwenthal und riss ihn aus seinen Überlegungen. »Ich muss gehen und mich sputen, wir dürfen ja nur noch an einer Stunde am Nachmittag für Lebensmittel anstehen. Und dann ist längst alles weg. Fast immer jedenfalls, ich hoffe, dass ich heute ein bisschen Glück habe, wir haben keinen Krümel Brot mehr im Haus.«

Ihm fehlten die Worte – obwohl er all das geahnt hatte, nach dem, was er zuvor in Berlin gesehen hatte, war es doch etwas ganz anderes, liebe Menschen zu sehen, die das erleiden mussten. Wenn man selbst auf der anderen Seite des Grabens lebte, war es allzu einfach, die Augen vor den bitteren Tatsachen zu verschließen. Er konnte sich da nicht ausnehmen.

Jónas' Kehle war trocken, deshalb nickte er ihr nur höflich zu und ging dann hinein. In der Wohnung, die sich die Löwenthals anscheinend mit den Rosenbergs teilten, war es kühl. Es gab keinen Teppich, keine Möbel. Die Wände waren kahl, einst einmal weiß, stach ihm nun ein dreckiges Gelb ins Auge. Er schloss die Haustür hinter sich und trat weiter in den sehr dunklen Flur. Er schaute vorsichtig ins erste der zwei Zimmer, dessen Tür nicht angelehnt war. Er entdeckte Edith, sie saß an ihrem Biedermeiersekretär aus Kirschholz, die Schreibplatte war nicht heruntergeklappt, sie starrte einfach nur vor sich ins Leere. Vor ihr standen zwei silberne Bilderrahmen: eine Familienaufnahme und ein Foto der verstorbenen Ruth Goldberg – das war alles, was ihr noch geblieben war. Erinnerungen. Ediths Haar war ergraut, das Kleid schlackerte um ihren schmalen Körper. Obwohl sie nie füllig gewesen war, bestand sie nun fast nur noch aus Haut und Knochen. Carl stand mit dem Rücken zu ihm am Fenster, von hier aus, das wusste Jónas, konnte er das Kaufhaus Rose sehen, es war nur ein paar Häuser weiter rechts, direkt am Markt. Es musste die reinste Folter für den tüchtigen Kaufmann darstellen, tagein, tagaus auf sein Lebenswerk zu blicken, das nun von anderen geführt wurde.

»Guten Tag«, sagte Jónas leise.

Carl drehte sich langsam zu ihm um, zuerst wurde sein Blick weit, dann übernahm Ungläubigkeit. »Jónas!«

Edith stand auf. »Mein Junge!« Sie umarmte ihn fest und trat einen Schritt zurück. Einen Moment glaubte er, sie würde sein Gesicht anfassen, um zu prüfen, ob er nicht nur eine Illusion war.

»Ich bin es wirklich«, sagte er und schüttelte dann Carl die Hand. Er trug einen Anzug, der ihm viel zu groß geworden war. Er war ordentlich gekämmt, obwohl auch sein Haar unter dem Mangel gelitten hatte. Es war längst nicht mehr so voll wie früher.

»Was machst du hier?«, wollte Carl Rosenberg wissen.

Ein Klumpen lag in Jónas' Magen. »Wir haben so lange nichts von euch gehört – unsere Sorge um euch war riesengroß.

Die Meldungen aus dem Ausland sind erschreckend, wir hatten Angst um euch, dass ihr vielleicht …«

Einen Moment schwiegen sie, niemand konnte sich zu einer Antwort durchringen.

»Ich arbeite derzeit in Berlin«, sagte Jónas, als er die Stille im Raum nicht mehr länger ertragen konnte.

»In Berlin?« Edith hatte ihre Augen weit aufgerissen und war blass geworden. »Was ist mit Luise? Sie ist doch hoffentlich nicht zurückgekommen?«

»Nein, sie ist bei meinen Eltern. Hannes ist ein Prachtjunge.«

Edith lächelte, dann rollte eine Träne über ihr Gesicht. »Es geht den beiden gut?«

»Ja, wir haben ein gutes Leben in Island.«

»Junge, warum bist du hier?«

»Ich muss euch gestehen, dass ich mit leeren Händen komme. Außer ein paar Lebensmittelkarten habe ich nichts, was ich euch geben kann. Ich wollte mich versichern, dass es euch gut geht, aber was ich hier sehe, bestürzt mich. Es ist schlimmer, als ich angenommen hatte. Es ist nicht recht, und wir müssen etwas dagegen tun.«

Carls Gesichtsausdruck veränderte sich, mit einem Mal sah er sehr alt aus. Gebrochen. »Mein Buchhalter – er war wohl doch nicht so vertrauenswürdig, wie ich angenommen hatte.«

Jónas ahnte, was jetzt kam. Bis eben hatte er die Hoffnung gehegt, dass sie irgendwie die nötige Summe auftreiben konnten, um illegale Papiere zu beschaffen.

»Wir haben nichts mehr. Das hier in diesem Zimmer ist alles, was uns geblieben ist. In der Aussicht auf unsere Ausreise haben wir unsere Sachen verkauft – einen Teil der Möbel bereits nach Australien verschickt. Natürlich kommen wir jetzt nicht mehr an die Sachen heran. Die Villa und der Horch … alles ist weg. Der Buchhalter sollte das Geld für mich verwalten und ins Ausland transferieren, weil wir das sonst auch noch auf das Sperrkonto hätten geben müssen. Ihm habe ich zwanzig Prozent als Lohn dafür angeboten, immerhin ging er ein Risiko ein. Nun – wie es sich gezeigt hat, sollte man heutzutage wirklich niemandem mehr vertrauen, denn jetzt hat er alles, und ich kann nichts tun.«

Einen Moment glaubte Jónas, dass seine Beine unter ihm nachgeben würden. Die Rosenbergs hatten tatsächlich nichts mehr. Sie konnten ihm finanziell nicht unter die Arme greifen, damit er die teuren, gefälschten Papiere beschaffen konnte. Was sollte er jetzt nur tun? Er konnte sie doch nicht hierlassen. »Ihr müsst mit mir nach Berlin kommen.«

Carl schüttelte den Kopf. »Wir können nicht weg. Wir sind hier registriert und müssen uns regelmäßig melden. So einfach ist das heute alles nicht mehr, Jónas.«

Als ob er das nicht wüsste. Jónas versuchte Haltung zu bewahren, was ihm sehr schwerfiel.

Edith legte ihm eine Hand auf den Oberarm. »Wir kommen zurecht, wir sind alt. Es ist in Ordnung.«

Sie waren Mitte sechzig, das war doch kein Alter. Es klang so … endgültig. »Nein!«, widersprach er bestimmt. »Ich habe gehört, wie und wo man in Berlin Ausreisepapiere beschaffen kann – aber die kosten dreißigtausend Reichsmark – pro Person.«

Edith schüttelte den Kopf, ihre mageren Schultern fielen nach vorn. »Es ist zu spät, wir haben alles verloren, unsere Chance haben wir nicht genutzt, als noch Zeit dafür war.«

Jónas wollte das nicht wahrhaben. »Nein, ich finde einen Weg.« Er hatte es Luise und sich selbst versprochen. Er konnte nicht ohne sie zurückkehren, und er wollte es auch nicht. Ihr Glück war an das Glück von Luises Eltern gekoppelt. Er könnte sich selbst nie vergeben, dass er nicht gleich für die ganze Familie auf Ausreisepapiere bestanden hatte, als er die Möglichkeit gehabt hatte. Es war sein Fehler, und den würde er, verdammt noch mal, wiedergutmachen. Er konnte jetzt nicht aufgeben. Vielleicht sah sie es jetzt noch nicht, aber irgendwann würde ihr klar werden, dass es seine Schuld wäre, wenn er die Familie nicht zusammenführen konnte. Und nach allem, was er über die polnischen Juden wusste, drängte die Zeit.

»Wir kommen zurecht. Dieser Krieg wird nicht ewig dauern«, meinte Carl. »Hitler hat doch erreicht, was er will. Sie haben alle Geschäfte arisiert, das jüdische Vermögen auch.«

Jónas war anderer Meinung. Hitler und seine Jünger waren von einer Besessenheit befallen, die an Wahnsinn grenzte. Ihnen würde es nie genug sein, bis die ganze Welt ihnen gehörte, um jeden Preis. Jónas vermutete, dass die Rosenbergs keine Ahnung hatten, was in Polen mit den Juden geschah. Es war nur eine Frage der Zeit, bis das auch in Deutschland passieren würde. Er hatte eine Aufgabe, und er würde nicht eher nach Island zurückkehren, ehe er Luises Eltern in Sicherheit gebracht hatte. Viele Möglichkeiten gab es derzeit nicht, aber ihm würde etwas einfallen. »Ich komme zurück, ich finde einen Weg. Ihr habt wirklich gar nichts mehr?«

Carl seufzte. »Es tut mir leid, ich …«

»Nein«, unterbrach Edith ihren Mann und trat neben ihn. »Du hast dir genug Vorwürfe gemacht. Wir sind mit uns im Reinen, Jónas. Unseren Kindern geht es gut, das ist die Hauptsache. Versprich mir, dass ihr glücklich werdet. Dass du Luise glücklich machst.«

»Ich verspreche es euch, genauso, dass ich bald zurückkommen werde, um euch mitzunehmen.«

Edith umarmte ihn. »Leb wohl, mein Junge«, sagte Edith. Er spürte jede ihrer Rippen.

Beklommen versuchte er, den Kloß im Hals herunterzuschlucken. Als auch noch Carl ihn in seine Arme zog, kostete es ihn größte Mühe, nicht zu weinen. »Ich sehe, wie du dich grämst, Jónas, aber das ist nicht nötig. Solange Edith und ich uns haben, ist alles in Ordnung. Es gibt ein jüdisches Sprichwort, das ich dir mit auf die Reise geben möchte: Wer nur ein Leben rettet, der rettet die ganze Welt. Unsere Welt sind nun Luise, euer Sohn und du.«

Kapitel 53

Siglufjörður, August 2019

Es war ungewöhnlich windstill an diesem Sommertag. Es musste am Morgen geregnet haben, auf der Straße standen noch dunkle Pfützen. Eine schwarze Katze sprang von einem Zaun und huschte in ein Gebüsch.

Nachdem Tinna und Gylfi in ihrem Geländewagen davongebraust waren, wandte sich Sofie an Björgvin. Sie verschränkte die Arme vor der Brust. »Findest du es eigentlich okay, dass das Badezimmer gemacht wird und mir keiner Bescheid sagt?«

Er war gerade dabei, die Tassen zu spülen, hielt mitten in der Bewegung inne und wandte sich ihr zu. »Hä?«

Sofie verschränkte die Arme vor ihrer Brust. »Heinzelmännchen können es ja wohl nicht gewesen sein da oben. Das Bad. Hast du das organisiert?«

Er nickte. »Ja.«

Gott. Sofie war kurz davor auszuflippen. Dass dieser Mann in solchen Momenten immer zur Auster wurde!

»Was, ja?«, fragte sie. »Wieso hast du es mir denn nicht erzählt? Ich hätte bei der Planung helfen können.«

»Es sollte eine Überraschung werden. Ich bin vor ein paar Wochen mit einem Klempner hier gewesen, und er hat das am Wochenende mit einem Fliesenleger erledigt. Es war perfekt, weil wir nicht da waren. Wir hätten nicht mal die Toilette benutzen können.«

Sofie erinnerte sich an den Besuch eines Mannes, damals hatte sie gedacht, es wäre ein Kumpel. Sie legte ihre Stirn in Falten. »Eine Überraschung. Für mich? Sehr witzig.« Obwohl sie seine Argumente schlüssig fand, verletzte es sie, dass er nicht mit ihr darüber gesprochen hatte.

»Warum bist du denn sauer? Ich dachte einfach nicht, dass es so wichtig ist. Freu dich doch, dass das Bad fertig ist. Mein Gott, Sofie.«

»Ich bin nicht sauer.« Sie atmete tief durch und wusste selbst nicht, warum sie sich so aufregte. Es war ja nicht ihr Haus. Trotzdem hätte sie gerne davon gewusst.

Björgvin stellte das Wasser ab und trocknete sich die Hände, dann ging er zu ihr und nahm sie in den Arm. »Du bist nicht sauer, aha.«

Sofie musste gegen ihren Willen grinsen. Sie hatte wohl ein bisschen überreagiert. »Nein.«

»Es tut mir leid, ich wollte echt, dass es eine Überraschung wird. Und den Klempner und Fliesenleger hat Tinna schon vor Monaten ausfindig gemacht.«

»Und wieso musste er herkommen, wenn wir nicht da sind?«

»Ich hatte wirklich keine Lust, drei Tage nicht aufs Klo gehen zu können.«

Sofie guckte verdutzt. Das war eindeutig männliche Logik. »Und seit wann suchst du Fliesen und so was aus, oder hat das Tinna gemacht?«

»Um ganz ehrlich zu sein, ich habe die gleichen genommen wie bei Kristín im Hotel. Fand ich schön da, du weißt doch, ich habe da diesen Prospekt …«

»Jaja, schon gut«, fiel sie ihm ins Wort.

»Ist es wirklich gut?« Er neigte seinen Kopf. »Ich hätte dich auch fragen können, aber du hattest ja auch zu tun …«

»Kein Ding, ehrlich. Ich war einfach nur überrumpelt. Es ist ja auch nicht mein Haus.«

Björgvin atmete hörbar aus. »Gott sei Dank, dass du das so siehst. Ich habe keine Lust auf Stress.«

Ob seine Ex viel »Stress« gemacht hatte? Vermutlich, warum sonst hätte er so übertrieben auf ihren kleinen Ausbruch reagiert? Er hatte wirklich ausgesehen, als ob er Angst vor einer Szene gehabt hätte.

»Okay, sorry. Ich habe ein bisschen überreagiert. Apropos reagiert«, sagte Sofie und übernahm den restlichen Abwasch. »Tinna und Gylfi schienen nicht so begeistert von meinen Arbeiten am Schreibtisch. Es wirkte beinahe so, als ob sie damit nichts zu tun haben wollten.«

»Keine Ahnung, ich habe das Ding ja vorher auch noch nie gesehen.«

»Aber ist es nicht seltsam? Ich meine, wenn er keine Bedeutung hätte, dann hätten sie ihn doch längst verkaufen können, oder? Es scheint so, als ob er wie ein Schrein gehütet wird, aber niemand will sich damit befassen.«

»Was weiß ich«, brummte er. Es war klar, dass er mit dem Thema auch nichts zu tun haben wollte. Sofie wollte Kristín nach dem Schock mit den Blutungen aber nicht damit nerven.

»Ich war ja bei Hannes, und er hatte überhaupt kein Interesse, mit mir zu sprechen.«

»Hat dich das überrascht?«

»Na ja … nein, eigentlich nicht. Trotzdem hatte ich einfach das Bedürfnis, ihm die Geschichte seiner Eltern näherzubringen. Es geht ja gar nicht nur um Luise.«

Björgvin kratzte sich am Kinn. »Hatte? Oder nicht eher, du hast noch immer das Bedürfnis …?«

Sofie verzog ihren Mund. »Jaja, du hast ja recht. Das habe ich immer noch. Ich weiß, ich bin wahrscheinlich einfach bescheuert.«

Er legte ihr eine Hand an die Wange. »Du bist alles, aber nicht bescheuert.«

Sofies Magen zog sich erwartungsvoll zusammen, dann ließ er seine Hand plötzlich sinken. Sie stand einfach da und überlegte, dann sagte sie: »Ich will auch Kristín nicht damit nerven, nicht, nachdem sie so einen Schreck erleben musste.«

»Sie wird dir schon sagen, wenn es ihr zu viel wird. Sie ist eine durchaus mündige Person.« Er grinste.

»Dann meinst du, ich soll noch mal mit ihr sprechen? Vielleicht, wenn sie ihrem Opa sagt, dass es gar nicht um Luise geht, sondern um seinen Vater? Vielleicht will er dann mehr erfahren? Ich weiß ja auch noch gar nicht, ob er das Notizbuch überhaupt gelesen hat.«

Björgvin nickte. »Ich verstehe, was du meinst. So langsam werde sogar ich neugierig auf diese Frau. Bisher dachte ich immer, es war halt eine blöde Kuh. Wer lässt schon seinen Sohn im Stich?«

Sofie schnaubte.

»Hey«, fuhr er fort. »Ich kenne nur gewisse Fakten.«

»Eben! Familiengeschichten sind fast nie so einfach, wie es auf den ersten Blick erscheint.«

Björgvin sah aus dem Fenster, mit einem Mal wirkte er ganz weit weg mit seinen Gedanken.

»Wie lange seid du und Hallbera eigentlich schon getrennt?«, sprach Sofie endlich das aus, was ihr schon länger auf der Zunge lag.

Sie hörte, wie er scharf einatmete.

»Du hast ja reichlich seltsame Themenwechsel«, brummte er.

»Entschuldige, ist fragen nicht erlaubt?«

»Hast du etwa mit meiner Mutter geredet?«

Sofie nahm ein Geschirrtuch und fing an abzutrocknen, Björgvin ging ein paar Schritte und blieb im Türrahmen stehen. Er sah aus, als ob er jeden Moment bereit für eine Flucht wäre.

»Nein, wieso sollte ich?«

»Keine Ahnung«, er zuckte mit den Achseln. »Brauchst du mich hier noch?«

Sie kniff die Augen zusammen, während sie die aufsteigende Enttäuschung niederrang. »Nein. Ich glaube nicht.«

Also doch Flucht.

»Gut, ich geh noch mal raus.« Das war so typisch für ihn, aber Sofie konnte nicht sauer sein. Das war sie auch nicht. Es war schlimmer als das.

»M-mh«, machte sie. »Ich werde dann duschen. Mal sehen, ob auch alles funktioniert.«

»Bis später.«

Sofie schaute ihm nach und schüttelte den Kopf. Es schien wohl so ein Familiending zu sein, dass man unangenehmen Themen aus dem Weg ging. Aber das hätte sie sich ja denken können, wer sprach schon gerne über seine Ex-Beziehungen. Sie war da keine Ausnahme. Sie hatte gedacht, dass Björgvin und sie sich an diesem Wochenende noch einmal nähergekommen waren. Dass es vielleicht langsam an der Zeit wäre, über eine mögliche Zukunft zu sprechen.

Jedenfalls dachte sie darüber nach. Und vielleicht bildete sie sich das alles nur ein, dass es etwas Besonderes mit ihm war – sie konnte ihn und was er für sie empfand einfach noch immer nicht ganz einschätzen. Mit einem Seufzen räumte sie das trockene Geschirr in den Schrank und ging dann nach oben ins Bad, um zu duschen. Als könnte sie diese düsteren Gedanken von sich abwaschen.

Kapitel 54

Berlin, Juni 1941

Jónas

Ende Juni saß Jónas im Bahnhofsrestaurant in Berlin und löffelte eine Suppe, die man ohne Marken bekam: eine dünne Brühe mit einigen Kartoffelstücken. Er hatte allerdings eine Fleischmarke geopfert, mit der er sich eine Bockwurst dazugekauft hatte. Goebbels hatte kürzlich verkündet, dass der Krieg im Osten wieder für einen vollen Mittagstisch sorgen würde. Jónas zweifelte daran. Das Reich war jedoch nach wie vor im Siegestaumel, alle waren sicher, dass es mit den Russen wie mit den Franzosen laufen würde und die »Sache« im Osten in ein paar Wochen erledigt sei. In der Redaktion arbeiteten zwei Sekretärinnen, deren Männer in Russland stationiert waren, sie hatten ihren Frauen versprochen, Weihnachten zurück zu sein. Gerade heute hatte die Zeitung einen Artikel veröffentlicht: Brest-Litoswk war gefallen, ebenso wie Bialystok und Minsk. Die Deutschen standen tief in Russland, vollgepumpt mit Pervitin, der neuen Wunderpille der Wehrmacht. Sein Kollege Rudi hatte Jónas am Morgen auch welche angeboten. Er hatte ein steifes Bein, Überbleibsel eines Reitunfalls, und war daher als kriegsuntauglich eingestuft worden.

»Die musst du probieren, damit kannst du die ganze Nacht durcharbeiten. Du bist nicht müde, sondern munter, statt hungrig fühlt man sich satt, statt abgespannt euphorisch und selbstsicher. Hier, greif zu.«

Jónas hatte das kleine Röhrchen mit der rot-blauen Aufschrift in die Hand genommen und angeschaut. Er glaubte nicht an Wunderpillen. Wo es Sonne gab, gab es auch Schatten. Gerade in Verbindung mit Medikamenten war ihm das sehr wohl bewusst. »Danke, aber behalt es lieber für dich.«

»Wirklich nicht?«

Jónas verzog die Lippen. »Ich muss sparen, ist sicher irrwitzig teuer.«

Rudi nahm seine Pillen zurück und ließ sie mit einem Grinsen in der Hosentasche verschwinden. »Die kriegst du sogar ohne Marken in der Apotheke.«

»Nicht auf dem Schwarzmarkt?«

Sein Kollege beugte sich etwas nach vorn. »Pass auf, was du sagst. Auch in der Redaktion gibt's Ohren und Augen. Du verstehst?«

Jónas verstand durchaus, allerdings war ihm in diesem Moment auch klar geworden, dass Rudi ihm vielleicht weiterhelfen konnte. Bislang war er immer in einer Sackgasse gelandet. Er sollte ihn mal auf ein Glas Bier einladen. Aber er musste vorsichtig sein, die Gefahr, denunziert zu werden, war allgegenwärtig. Er hatte Passfotos von Carl und Edith aus Lüneburg mitgenommen, sie lagen in seinem Zimmer bei der Witwe in einem Buch. Was Jónas brauchte, war ein Kontakt – und Geld –, woher er das eine oder das andere bekommen sollte, war ihm schleierhaft. Jónas konnte jetzt nicht aufgeben, er spürte, dass er dicht dran war.

Berlin, September 1941

Jónas

Überall hingen Plakate, die permanent darauf hinwiesen, wie wichtig die Verdunkelung am Abend war. Er erschrak sich noch immer jedes Mal, wenn er eines der Hinweisschilder sah, die Hauptstädter warfen keinen zweiten Blick darauf, sie waren seit Jahren daran gewöhnt. Aber die Verdunkelung war nicht sein Problem, überhaupt nicht. Im August einundvierzig hatte es den ersten sowjetischen Luftangriff auf Berlin gegeben, und er hatte Angst. Schreckliche Angst. Um sich und um Luises Eltern. Zudem fraß die Sehnsucht nach Luise und Hannes ihn langsam auf. Er wollte zurück zu ihr, aber sein Gewissen trieb ihn dazu zu bleiben. Sie könnte ihm nie verzeihen, wenn er sein Versprechen brach und Carl und Edith sich selbst überließ. Und er könnte sich auch nie wieder in die Augen sehen, wenn er jetzt aufgab. Er war erst einen kleinen Schritt weitergekommen. Aber weil Jónas wusste, wie dringend die Rosenbergs Hilfe und Lebensmittelmarken benötigten, gab er nicht auf. Er musste sehr vorsichtig vorgehen. Die Situation war gefährlich. Wie konnte man bei einem solchen Thema auch gleich mit der Tür ins Haus fallen? Niemand wusste, wem er vertrauen konnte, und Jónas hatte sich ganz sicher sein müssen, dass Rudi nicht doch jemand war, der direkt zur Gestapo laufen würde. Erst hatte er ihn zu einem Glas Bier eingeladen, sie hatten sich über Island und Literatur unterhalten. Dabei hatte er zumindest herausgehört, dass Rudi es albern fand, dass man verschiedene Autoren seit 33 nicht mehr lesen durfte, dass es sogar gefährlich war, ihre Bücher überhaupt nur zu Hause zu haben. Es hatte einige Wochen und viele Gläser Bier gedauert, bis Jónas langsam zum Kern seines Anliegens hatte vordringen können. Und siehe da, Rudi hatte Jónas tatsächlich weiterhelfen können.

Er war mit einer Frau verheiratet, die aus einer sogenannten Mischehe stammte. Ihre Mutter war Jüdin, und die hatte einen Neffen, mit dem Jónas nun verabredet war. Hoffentlich erwies sich der Ratschlag, Rudis Bekannten zu treffen, nicht doch als Falle. Heutzutage musste man an jeder Ecke mit Denunziation oder Betrug rechnen.

Seine Hände waren feucht, als er am verabredeten Treffpunkt hinter dem Bahnhof Lichterfelde-Ost eintraf. Jónas lehnte an einer Hauswand. Dann steckte er sich eine Zigarette an, die er beim Warten paffte. Er fand die Dinger ekelhaft und teuer, aber zur Tarnung hatte er sich ein Päckchen gekauft. Einfach nur herumstehen war immer verdächtig, mit einer Kippe im Mund würden Passanten einfach nur glauben, er nahm sich eine kurze Auszeit. Sein Herz klopfte wild, den Hut hatte er sich tief ins Gesicht gezogen. Es war ein kühler Tag, der Himmel war wolkenverhangen und grau. Auf den Straßen standen tiefe Pfützen vom letzten Regen.

»Guten Tag«, sprach ihn jemand an. »Rudi hat mich geschickt.«

Jónas zuckte zusammen. Gott, am liebsten hätte er sich geohrfeigt. Unauffällig war anders. »Da bist du richtig«, gab er atemlos zurück. Er warf die Kippe auf den Boden und trat sie aus. Ihm war leicht schwindelig, vielleicht war das mit dem Rauchen doch keine so gute Idee gewesen.

Jónas blickte in ein paar dunkle Augen, der schlanke, große Mann trug einen feinen Nadelstreifenanzug mit weißem, gestärktem Hemd. Er hatte dunkles Haar, das unter einem Hut hervorlugte, und eine markante Nase. Einen Stern trug er nicht auf der Kleidung, was für Juden seit dem ersten November im Reich Pflicht geworden war.

»Ich bin Jónas«, sagte er und hielt ihm seine Hand hin.

»Freut mich.«

Jónas fragte sich, ob sein Gegenüber ihm auch seinen Namen verriet, aber vielleicht wollte er anonym bleiben. Dabei war noch nicht mal genau klar, wie der andere ihm möglicherweise behilflich sein konnte. Sein größtes Problem war immer noch, dass er kaum finanzielle Mittel besaß. Daran hatte sich nichts geändert.

»Lass uns ein Stück gehen«, sagte der Mann.

Jónas nickte. Sie umrundeten das Gebäude, vor dem Bahnhof gab es einen kleinen Platz mit Läden.

»So, du brauchst also Hilfe«, sagte er.

»Willst du mir nicht zuerst einmal deinen Namen verraten?«, fragte Jónas.

»Welchen Namen willst du?«

Jónas hob eine Augenbraue. »Hast du mehrere?«

Er öffnete seine Anzugjacke, holte einen Ausweis hervor und hielt ihn Jónas hin. »Martin Konopke«, las Jónas vor. Obwohl er selbst kein Deutscher war, wusste er natürlich, wie deutsche Papiere aussahen. An dem Dokument war nichts auszusetzen, trotzdem bezweifelte er, dass der Mann Martin Konopke hieß.

»Und wie heißt du wirklich?«, fragte Jónas, während er ihm den Ausweis zurückgab.

Der andere lachte. »Aaron. Aaron Bernstein. Du gefällst mir.«

Jónas schätzte, dass das ein guter Anfang war. Er hoffte es zumindest. Während sie durch die Straßen schlenderten, plauderten sie, bis Aaron plötzlich das Thema wechselte. »In meinen Kreisen gibt es Gerüchte, dass man die Juden konzentrieren will, so wie sie es in Polen mit den Gettos gemacht haben, um einen späteren Zugriff zu erleichtern.«

»Was heißt das?« Jónas hatte Ähnliches gehört, aber vielleicht wusste sein Gegenüber ja mehr aus anderen Quellen.

»Ich bin mir nicht sicher, aber es dürfte jedenfalls nichts Gutes sein. Ich lebe seit Kurzem in einer Judenwohnung in Schöneberg.«

»Meine Schwiegereltern leben auch in einer Judenwohnung. Es ist schrecklich, sie haben alles verloren.«

»Rudi hat mir ein wenig über dich und deine Sippe erzählt.«

»Es war schlimm, sie so zu sehen, nur noch Haut und Knochen. Sie sind schon älter, weißt du.«

»Es gibt nur noch alte, arme und dumme wie mich. Die anderen sind emigriert.«

»Und warum bist du geblieben?«

Er lächelte schief. »Ich hab wohl meine Gelegenheit verpasst – familiäre Verpflichtungen, würde ich sagen. Mein Mädchen ist keine Jüdin, wollte sie nicht sitzen lassen.«

Jónas wandte ihm überrascht das Gesicht zu. »Oh.«

»Na, guck nicht so. Du hast ja anscheinend auch das gleiche Problem gehabt, nicht? Nur dass du deine Frau nach Island gebracht hast, aber Marianne will nicht aus Berlin weg. Sie hat ihre Leute hier und ihre Stelle auch. Sie ist Schneiderin, also bin ich auch dageblieben.«

»Verstehe. Aber leicht hast du es nicht.«

Aaron seufzte leise. »Nein, das kann man nicht sagen. Aber irgendwie bekommen wir das schon hin. Hin und wieder kann sie mir ein paar Lebensmittel besorgen, aber sie muss aufpassen. In ihrer Familie sind alle in der Partei.«

Jónas war klar, was das bedeutete. »Auch das noch.« Er atmete hörbar aus.

»Einfach wäre ja langweilig. Es ist eine Frechheit, was wir noch zugewiesen bekommen. Aber manchmal tun's auch eingelegte Gurken. Sind noch nach einem Rezept aus dem letzten Krieg von meiner Mutter zubereitet, aber die Gläser im Schrank werden nicht ewig reichen.«

Jónas dachte daran, dass er gestern Abend auch nur eine dünne Suppe gelöffelt hatte, die die Witwe aus Bratlingspulver mit Kartoffeleinlage zubereitet hatte. Dazu hatten sie Kartoffelschalen geknabbert, die in der Pfanne geröstet worden waren. Satt wurde ein erwachsener Mann davon nicht, aber Jónas wollte sich nicht beschweren. Er hatte mehr als Aaron oder jeder andere Jude.

»Wir Juden haben eine schöne Lebensweisheit«, fuhr Aaron indes fort. »Ein Dünner überlebt zehn Fette. Na, warten wir's mal ab, wie's ausgeht. So und nun lass uns übers Geschäft sprechen.«

Der Knoten in Jónas' Magen wurde größer. »Ich habe nicht viel Geld.«

»Da sind wir schon zwei.« Aaron lachte.

»Ich brauche Papiere, mit denen ich meine Schwiegereltern mit nach Island nehmen kann – oder einen anderen Weg.«

»Das lässt sich vielleicht einrichten. Das Problem sind die Kennkarten, die ich brauche, um sie anzupassen. Die Dinger kann ich mir nicht aus dem Hut zaubern, du verstehst?«

Jónas nickte. »Natürlich.«

»Bis wann brauchst du sie?«

»Am besten vorgestern.«

Aaron lachte erneut. »Irgendwie kann ich dich gut leiden. Ihr Isländer scheint den gleichen trockenen Humor zu haben wie wir.«

Eine grüne Minna fuhr langsam an ihnen vorbei, Jónas schluckte und wünschte sich, dass Aaron nicht so laut herumposaunte, worüber sie sprachen, und damit auf sich aufmerksam machte. Er war Jude, trug keinen Stern und hatte gefälschte Papiere bei sich, die zwar für Jónas' Empfinden echt aussahen, aber was wusste er schon. Angstschweiß brach ihm aus, etwas, das er sonst nicht von sich kannte. Aber die Verhältnisse hatten sich geändert. Seit er Vater war, musste er nicht mehr nur an sich denken. Er wollte für seine Familie sorgen und nicht irgendwo im Kittchen vor sich hin rotten.

»Was willst du dafür haben?«

»Geld hast du nicht, sagst du?«

»Nicht viel jedenfalls, habe gehört, dass Papiere auf dem Schwarzmarkt für 30.000 Reichsmark vertickt werden. So viel kann ich unmöglich beschaffen, ich kann ja keine Bank ausrauben.«

»Ja, das kann gut sein, dass sie diese Summen nehmen. Aber es sind sicher keine Juden, die das verkaufen. Wir ziehen uns nicht gegenseitig die Hosen aus – das müssen Arier sein, die nun auch auf diesem Weg noch ein Geschäft mit unserem Elend machen wollen. Denen würde ich sowieso nicht vertrauen. Pass auf. Meine Kennkarte habe ich durch Zufall bekommen. Ich muss mich ein bisschen umhören, wenn ich was habe, lasse ich über Rudi Bescheid geben. Und bis dahin kannst du dir ja überlegen, was du mir als Gegenleistung anbieten kannst.«

Jónas schluckte. Alles hatte seinen Preis. Aber immerhin musste er keine Unsummen aufbringen.

»Hast du eine Ahnung, wie lange das dauern wird?«

Aaron hob eine Braue. »Wenn ich's wüsste, wär' ich Hellseher.« Er hielt ihm seine Hand hin, die Jónas ergriff. Er glaubte Aaron – außerdem war er seine einzige Hoffnung.

»Danke.«

Jónas stieg in die Straßenbahn, die Türen schlossen sich automatisch, und fuhr in Gedanken versunken zurück zur Redaktion.

Kapitel 55

Siglufjörður, August 2019

Sofie atmete tief ein und ging im Wohnzimmer auf und ab. Geheimnisse gab es in den meisten Familien, aber diese Geschichte war doch anders. Sie war es wert, gehört zu werden.

Sofie schnappte sich ihre Jacke und machte sich auf den Weg zum Sigló Hotel.

Es war windig, dunkle Wolken wirbelten am grauen Himmel durcheinander. Ein paar Möwen kreisten dicht über dem sich kräuselnden Wasser des Fjords. Die Fischerboote schaukelten im Hafen hin und her. Einige Enten hatten sich dicht aneinandergedrängt und schliefen am steinigen Ufer. Denen schien der eisige Wind nichts auszumachen, Sofie hingegen zog den Reißverschluss ihrer Jacke höher und stülpte sich die Kapuze über den Kopf. Sie konnte sich beim besten Willen nicht vorstellen, wie ungemütlich es hier im Winter werden konnte.

Kurz darauf saß sie in Kristíns Büro mit einer Tasse Milchkaffee. Diese trug ein eng anliegendes Ringelshirt, man sah ein kleines Bäuchlein. Zum Glück ging es ihr und dem Baby gut. Der Anblick tat nicht mehr so weh wie noch vor einigen Wochen, vielleicht weil sie es Kristín von Herzen gönnte, vor allem nach dem riesigen Schrecken. »Es ist ja wirklich ein tolles Hotel«, sagte Sofie. Sie hatten zuvor einen kleinen Rundgang gemacht, und Kristín hatte ihr ein paar Zimmer und die Suite gezeigt. »Falls du mal hier Urlaub machen willst«, hatte sie gescherzt.

»Wie weit seid ihr denn mit dem Prospekt?«, fragte Sofie dann.

Björgvin und sie hatten nicht darüber gesprochen, aber sie vermutete, dass sein Job hier nicht ewig dauern würde – und ihre Zeit war ebenfalls begrenzt. Sofort schob sie den Gedanken an ihre Abreise beiseite, obwohl das Datum unaufhaltsam näher rückte.

»Ich warte jeden Tag darauf, dass ich endlich die ersten Exemplare bekomme. Wenn ich eins habe, zeige ich es dir sofort.«

»Das wäre toll, ich würde mich freuen.«

»Aber das ist doch nicht der Grund deines Besuchs?« Kristín nahm einen Schluck von ihrem Wasser, sie verzichtete derzeit auf Koffein. Ihre Augen funkelten.

»Nein.« Sofie lachte. »Natürlich nicht. Um ganz ehrlich zu sein, ich komme noch mal wegen deines Opas.«

»Das dachte ich mir schon.« Kristín grinste verschmitzt.

»Es ist so schade, dass der erste Besuch so schlecht gelaufen ist. Ich hätte nicht so aufdringlich sein dürfen.«

»Hast du eine andere Idee? Ich war vorgestern bei ihm und habe ein bisschen mit ihm geplaudert, aber das Thema nicht noch mal angeschnitten.«

»War vielleicht auch besser so. Ich bin mir aber einfach so sicher, dass ihn der Inhalt interessieren würde, wenn er wüsste, dass es nicht nur darum geht, Luise wie eine Heilige dastehen zu lassen. Ganz im Gegenteil. Es ist auch die Geschichte seines Vaters, und die müsste ihn doch interessieren.«

Kristíns Blick wurde weich. »Ich finde es großartig, dass du dich so dafür einsetzt. Das ist echt klasse. Durch den Trubel der letzten Tage habe ich völlig vergessen, mich nach einem Übersetzer zu erkundigen.«

»Das wird bestimmt schwer, oder?«

»Ach was.« Sie machte eine abfällige Handbewegung. »Es gibt genügend. Das klappt schon. Ich hatte einfach nur noch nicht den Kopf dafür.«

»Das verstehe ich. Ich hoffe, du hältst mich nicht für eine Nervensäge.« Sofie lächelte verlegen. »Wenn doch, kannst du es mir ruhig sagen. Björgvin meinte, dass du damit kein Problem hättest.«

»Mein lieber Cousin, wie recht er doch hat. Du nervst nicht, im Gegenteil. Ich bin echt dankbar, dass dir diese blöde Schublade auf den Fuß gefallen ist, hoffentlich hat es nicht zu dolle wehgetan. Ich fand das Thema schon immer spannend, aber hab mich nie getraut, es mal anzusprechen. Was willst du meinem Opa denn erzählen?«

»Der Fuß ist noch dran«, scherzte Sofie. »Ich bin noch nicht ganz durch mit dem Notizbuch, aber alles, was ich bisher weiß, ist, dass Luise eine liebende Frau gewesen ist, und ich finde, das sollte Hannes wissen.«

»Ich werde auf jeden Fall noch mal mit Opa reden, und jetzt kümmere ich mich gleich mal um eine Übersetzung. Aber sag mal, wie läuft es mit Björgvin?«

Sofie überlegte, wie sie darauf antworten sollte. Die Stimmung zwischen ihnen war seit ein paar Tagen seltsam. Es schwebte etwas Unausgesprochenes zwischen ihnen, manchmal war die Luft ganz schwer davon. Sofie hatte nicht den Mut, ihre Gefühle zu offenbaren, denn sie hatte Angst vor einer Zurückweisung. Große Angst.

»Ach, es läuft gut.«

Kristín musterte sie eindringlich. »Das ist ja schön. Weißt du, es wäre schön, wenn er eine so liebe Partnerin hätte wie dich.«

Sofie rang sich ein Lächeln ab. »Äh, na ja, also so weit sind wir lange nicht.«

»Kann ja noch kommen.«

Viel Zeit hatte Björgvin nicht mehr, um sich das zu überlegen, grübelte Sofie. »Ich weiß nicht. Manchmal ist er so verschlossen wie eine Auster. Wenn ich mal über Hallbera und Atli reden will, blockt er ab. So schnell kann man gar nicht gucken, dann ist er verschwunden. Deutlicher kann er mir nicht mitteilen, dass ich meine Nase nicht buchstäblich in jedes Familienproblem stecken soll. Es ist anstrengend.«

»Da sind wohl alle Männer gleich, oder?«

Sofie rollte mit den Augen. »Aber wirklich. So tun, als hätten sie nichts mitbekommen, und schnell über was anderes reden oder sich in Luft auflösen.«

Die beiden plauderten noch eine Weile, dann verabschiedete sich Sofie. Es freute sie, dass sie vielleicht ein Stück weitergekommen war. Gleichzeitig fragte sie sich, ob sie diese Sache einfach nur vorschob, um sich nicht mit ihrem eigenen Leben zu befassen. Ihre Abreise rückte immer näher, und sie hatte noch kein Wort mit Björgvin darüber gewechselt, ob sie länger bleiben sollte.

Ein Wagen hielt neben ihr. Sofie lächelte, als sie Stella erkannte, die ihr zuwinkte. »Lust auf einen Kaffee?«, fragte sie bei heruntergelassener Scheibe. »Wir haben uns ja schon ewig nicht gesehen.«

»Gern.« Sofie hatte schnell mitbekommen, dass Isländer gerne, immer und überall Kaffee tranken. Zu jeder Tageszeit.

Nachdem sie ihren Bauch mit Kuchen und Kaffee gefüllt hatte, ließ sie sich von Stella nach Hause bringen. Dort begann sie, das Wohnzimmer auszuräumen, sie hatte noch einiges zu tun, ehe ihre Zeit auf Island abgelaufen war. Für die Bücher hatte sie Umzugskartons besorgt, damit konnte sie einfacher hantieren. Es war staubig, und sie musste niesen.

Sofie war beinahe fertig, als die Haustür krachend gegen die Wand flog und Björgvin hereinpolterte.

»Was ist denn mit dir los?«, fragte sie überrascht.

Er kickte seine Schuhe von den Füßen und kam kopfschüttelnd ins Wohnzimmer. »Ach«, machte er und stieß einen isländischen Fluch aus.

Sofie runzelte die Stirn. »Ach?«

»Weiber! Mütter im Speziellen.«

»Gibt's Stress?« Was für eine blöde Frage, dachte sie dann, schwieg aber.

Er ging zum Fenster und starrte hinaus. »Bin mir nicht sicher.«

»Hä? Das musst du mir erklären.«

»Nee, schon gut. Kann ich dir was helfen?«

Am liebsten hätte Sofie mit dem Fuß aufgestampft und ihn angebrüllt, dass er sich dann verdammt noch mal zusammenreißen sollte, wenn er nur seine schlechte Laune an ihr auslassen wollte. Sie atmete tief durch, weil nicht seine Laune das Problem war.

Sondern ihre Angst vor Zurückweisung.

»Ich bin fast fertig mit dem Ausräumen«, antwortete sie auf sein Angebot. Sie zog gerade die letzten Bücher hervor, als etwas zu Boden flatterte. Es sah nach einem alten Foto aus. Sie hob es auf und betrachtete es. Eine Schwarz-Weiß-Aufnahme, eine junge Frau im Sommerkleid und ein gut aussehender Mann mit hellem Sonntagsanzug und Strohhut. Sie waren beide so jung, so glücklich. So ahnungslos.

Sofies Atem stockte, sie drehte es um und las auf der Rückseite »Berlin 1936«.

»O mein Gott«, stieß sie hervor und taumelte einen Schritt zurück. »Das müssen Luise und Jónas sein.«

Sie betrachtete die feinen Züge des jungen Mädchens. »Sie muss damals siebzehn gewesen sein, das ist das Bild, das sie während der Olympischen Spiele aufgenommen haben. Schau nur, wie glücklich die beiden aussehen.« Sie zeigte Björgvin das Bild, er schien nicht besonders begeistert zu sein, aber immerhin nahm er sich drei Sekunden Zeit, ehe er es ihr zurückgab. »Und jetzt?«

Sofie kratzte sich am Kinn. »Ob Hannes dieses Bild kennt?« Ihr Herz klopfte wild, während sie zum Telefon rannte und Kristíns Nummer wählte.

Kapitel 56

Siglufjörður, September 1941

Luise trug ein Kopftuch und arbeitete still und konzentriert. Ihre Hände waren wund und rissig von der heißen Seifenlauge, mit der sie die Wäsche auf dem Waschbrett schrubbte. Sie hasste diese Tätigkeit. Aber sie durfte sich nicht beklagen. Einmal hatte sie gesagt, dass sie die Wascherei mühsam fand, da hatte ihre Schwiegermutter sie angebrüllt.

»Du undankbares Ding! Dass du was Besseres bist, glaubst du wohl immer noch?« Sie schüttelte den Kopf, die Missbilligung konnte sie kaum noch stärker ausdrücken. Fehlte nur, dass sie vor ihr ausspuckte.

Luise schluckte, aber kein Wort kam über ihre Lippen.

»Du bist so langsam wie eine Schnecke. Gib dir endlich mal ein wenig Mühe. Ich übernehme deine Arbeit nicht, ich mache sowieso schon viel zu viel.«

Bittere Tränen stiegen in Luise auf. Sie wusste, warum Dóra sie hasste, und Luise hasste sich selbst auch dafür, dass sie Jónas hatte gehen lassen.

Nie hätte sie geglaubt, dass er so lange fortbleiben würde.

Die Sehnsucht brannte schlimmer in ihr als die Seifenlauge in ihren Wunden. Aber sie konnte nicht darüber sprechen, niemand würde sie trösten. Das Einzige, was sie zu hören bekommen würde, wären noch mehr Vorwürfe, die sie nicht ertragen könnte.

Also steckte Luise ihre Hände wieder ins Wasser und schrubbte weiter. Immer weiter.

Kapitel 57

Berlin, Ende September 1941

Jónas

Jónas war mit der Stadtbahn nach Treptow gefahren. Der Park mit seinen alten und herrlichen Bäumen war eine Oase inmitten der staubigen und grauen Hauptstadt. Auch hier hingen überall Hinweisschilder auf Luftschutzkeller und die Verdunkelung. In den Läden gab es kaum noch Güter, überall standen die Leute für ein paar Waren oder Lebensmittel Schlange. Die Blätter an den Bäumen hatten die goldene Färbung des Herbstlaubs angenommen, einige hatten schon ihre Blätter abgeworfen. Schmale Wege schlängelten sich hindurch, auf den Parkbänken hingen Schilder mit gelber Aufschrift: *Nicht für Juden.*

Er hatte Luise beim letzten Telefonat verschwiegen, dass Aaron sich über Rudi wegen einer möglichen Lösung gemeldet hatte, um ihr keine falschen Hoffnungen zu machen. Luise wollte, dass er so schnell wie möglich zurückkehrte, sobald er den Eltern Papiere beschafft hatte. Er hatte das Gefühl, dass sie eigentlich wollte, dass er sofort zurückkehrte, es ihm aber nicht sagen konnte oder wollte, immerhin ging es um das Leben ihrer

Eltern. Die Verantwortung lastete schwer auf ihm. Am liebsten hätte er ein Auto genommen, die beiden hineingesetzt und wäre heute noch mit den Rosenbergs davongefahren. Wenn es nur so einfach gewesen wäre. Jónas seufzte, Luise war sicher klar, wie schwierig seine Mission war, und er vermisste sie und Hannes in jeder Minute. Aber er war seinen Schwiegereltern auch verpflichtet. Er wollte nicht der Mann sein, der eine fremde Tochter stahl und seine Schwiegereltern dem Tod überließ. Aber jeder Tag ohne seine Frau und sein Kind zermürbte seinen sonst so positiven Geist ein Stückchen mehr, trieb ihn einer ungeahnten, ungekannten Verzweiflung näher. Was, wenn er die Rosenbergs nicht schützen, nicht retten konnte? Was, wenn es dann auch für ihn zu spät war, Kriegsdeutschland wieder zu verlassen? Aber daran wollte er gar nicht denken. Hoffentlich konnte er bald mit den neuen Papieren für Edith und Carl nach Lüneburg reisen und sie sicher außer Landes bringen. Deswegen war er mit Aaron verabredet. Vermutlich saß er auf einer Bank. Er kümmerte sich nie darum, was erlaubt oder verboten war.

Jónas zog ein Stück Krakauer Wurst aus seiner Jacke und reichte es Aaron, als er sich neben ihm auf einer Bank niederließ. »Danke«, sagte dieser und biss sofort hinein.

Jónas wartete, bis er aufgegessen hatte. Irgendwann hielt er es nicht mehr aus. »Du hast über Rudi was von einer Lösung ausrichten lassen?«

Aaron wischte sich mit dem Handrücken über den Mund. »Ja.«

Unruhig rutschte Jónas hin und her. Warum konnte er nicht einfach sagen, was er anzubieten hatte? »Was willst du dafür von mir?«, fragte er schließlich. »Seit unserem ersten Gespräch hat sich nichts geändert – ich bin immer noch arm wie eine Kirchenmaus.«

»Was bringt mir schon Geld?«

»Ich kann dir Lebensmittelkarten besorgen. Mehr habe ich nicht.« Er bezweifelte, dass das ausreichen würde, aber mehr konnte er ihm nicht anbieten.

Aaron schürzte seine Lippen und blickte Jónas mit geneigtem Kopf an. »Ich habe eine viel bessere Idee.«

»Und die wäre?«

»So wie es aussieht, brauchen mehr Leute meine Hilfe, es gibt viele, die ausreisen wollen, aber kein Geld mehr haben. Ich muss nur noch 'n bisschen an meiner Technik arbeiten.«

Jónas begriff nicht, worauf Aaron hinauswollte. »Und?«

»So einen Apparat kann man nicht alleine betreiben.«

»Aber du hast doch gesagt, dass dir Geld nicht wichtig ist.«

»Das ist auch immer noch korrekt, aber ich möchte meinen Leuten helfen. Es gibt immer noch viele Juden, die emigrieren wollen, aber nicht mehr die Mittel dafür haben.«

»Du willst ihnen allen gefälschte Ausweise beschaffen?«

»Schön wär's. Allen werde ich vermutlich nicht helfen können, aber ich will mein Bestes geben. Ich muss nur zuerst einen Weg finden, an viele Kennkarten zu kommen. Da habe ich gestern zufällig jemanden kennengelernt, mit dem treffe ich mich später noch mal.«

»Ich verstehe noch immer nicht, welche Rolle ich dabei spielen soll?«

Aaron grinste. »Guck mich mal an. Sehe ich vielleicht aus wie ein Arier?«

»Nun, das würde ich so nicht sagen.«

»Eben. Für mich ist jede Fahrt mit der Bahn ein kleines Abenteuer. Meine Papiere sind gut – aber wenn man sie bei der Polizeidienststelle am Alexanderplatz überprüfen würde, würde ich auffliegen. Ich muss unauffällig bleiben.«

Jónas hätte beinahe gelacht. Ein Mensch wie Aaron würde niemals unauffällig sein, aber das Thema war zu ernst für Scherze. »Was meinst du genau?«

»Wenn ich jemanden finde, der mir Kennkarten besorgt, dann brauche ich jemanden, der sie von A nach B bringt.«

»Ich will nicht für immer in Berlin bleiben, Aaron.«

»Nenn mich lieber Martin.«

»Wie auch immer. Eigentlich möchte ich, sobald ich meinen Schwiegereltern die Pässe gebracht habe, mit ihnen ausreisen.«

»Also, was schlägst du vor?«

»Ich weiß nicht.«

»Pass auf. Du kriegst die Papiere – bringst sie zum Schiff, oder was auch immer du vorhast, und kommst dann für ein paar Wochen zurück nach Berlin. Es soll ja nicht für immer sein.«

»Bis wann?«

»Jetzt haben wir September. Sagen wir bis Dezember. Da ist das Wetter in Island doch ohnehin grauenhaft, oder?«

Jónas wollte nicht länger in Deutschland und damit getrennt von Luise und Hannes bleiben, aber er hatte keine Wahl. Luise wartete auf ihn und die Eltern. Sie zählte auf ihn. Sie vertraute ihm. Er konnte sie nicht enttäuschen, obwohl alles in ihm schrie, lass es sein und reise zurück zu Hannes und Luise nach Island. Er hielt Aaron die Hand hin. »Einverstanden.«

Kapitel 58

Siglufjörður, August 2019

Kristín war beinahe ausgeflippt, als Sofie ihr das Bild von Luise und Jónas gezeigt hatte. Sie hatte sogar ein Tränchen verdrückt und dann lachend gesagt, dass das nur an den Schwangerschaftshormonen lag.

Bei der Verabschiedung hatte sie Sofie versprochen, dass sie den Opa so lange bearbeiten würde, bis er zustimmte, dass die Geschichte seiner Eltern übersetzt wurde. Denn es war seine Entscheidung, Kristín konnte nicht einfach über seinen Willen hinweggehen.

Seitdem hatte Sofie nichts von Björgvins Cousine gehört, ihre Hoffnung sank, dass das, was sie sich für die Familie wünschte, wahr werden würde: dass Luises und Jónas' Geschichte erhört wurde.

Sofie war noch immer tief in Gedanken versunken, während sie auf dem Weg zu Freydís war. In den letzten Tagen hatte sie sich das Wohnzimmer vorgenommen und war nun fast fertig damit. Im Grunde war der einzige Raum, der noch keinen neuen Anstrich verpasst bekommen hatte, die Küche. Aber

Sofie fand die Küche eigentlich sehr gemütlich, ein bisschen altmodisch, aber irgendwie heimelig. Sofie würde sie vermissen.

Nicht nur die Küche.

Sie seufzte leise und versuchte den Gedanken an die baldige Abreise zu verdrängen – mit Björgvin hatte sie noch immer kein Wort darüber verloren. Entweder war es ihm nicht bewusst, dass sie nicht für immer bleiben würde, oder egal. Keiner der Gedanken gefiel ihr, und Björgvin war so verschlossen wie eh und je. Leider. Sofie schob die beiden Möglichkeiten beiseite, sie hatte das Haus seiner Eltern beinahe erreicht. Sie hatte Björgvins Mutter versprochen, ihr zu helfen.

Freydís zog sie in ihre Arme und freute sich sehr, Sofie zu sehen. Es war schön, gemocht zu werden, überlegte Sofie, während sie spürte, dass sich ein Lächeln auf ihrem Gesicht ausbreitete.

»Komm erst mal rein, möchtest du einen Kaffee? Ich habe gerade Kuchen gebacken.«

Es duftete im ganzen Haus nach frischem Gebäck. »Sehr gerne, da sage ich nicht nein.«

»Wie schön. Komm.« Sofie folgte ihr in die Küche, dort brühte Freydís Kaffee auf und schnitt zwei Stücke vom Kuchen ab.

»Was ist das?«, fragte Sofie.

»Gulrótakaka. Möhrentorte. Ich hoffe, du magst das?«

»Ah, ja. Unbedingt. Den habe ich schon mal hier im Café probiert.«

»Meiner ist hoffentlich besser«, scherzte Freydís.

»Da bin ich mir sicher, er duftet schon mal ganz großartig.«

»Komm, wir setzen uns ins Wohnzimmer, da ist es gemütlicher.«

Sofie nahm den Kuchen und Freydís den Kaffee, dort setzten sie sich aufs Sofa. Dieser Raum war gemütlich eingerichtet. Es gab zwei cremefarbene Sofas mit einem Tisch in der

Mitte, auf dem ein Strauß gelber Rosen in einer Glasvase stand. Während Sofie den Kuchen probierte, fiel ihr Blick auf ein Sideboard, auf dem viele Fotos in silbernen Rahmen standen. »Sehr gut«, sagte sie mit vollem Mund.

»Danke«, erwiderte Freydís. »Es ist toll, dass du kommen konntest. Die blöde Tür vom Kleiderschrank schleift, und das nervt.«

»Sollte keine große Sache sein.«

»Für dich nicht.« Freydís zwinkerte.

»Mit meinen anderen Aufgaben bin ich auch durch, eine Punktlandung sozusagen.« Sie lächelte.

»Das ist so großartig, was du in der kurzen Zeit geschafft hast.«

Sofie machte eine Handbewegung. »Ach was, ich hatte wirklich genug Zeit. Es hat sogar gereicht, auch privat etwas zu unternehmen. Darf ich mal die Bilder ansehen?«, fragte sie.

»Aber klar, mach nur.«

Sofie stand auf und ging zum Sideboard hinüber. Es gab Bilder aus verschiedenen Jahrzehnten, aber was Sofie am meisten überraschte, war, dass nicht nur ein Junge darauf zu sehen war. »Björgvin hat einen Bruder?« Sie wandte sich zu Freydís um.

Sie wurde blass. »Sag bloß, dass Björgvin es dir nicht erzählt hat?«

Sofie war ahnungslos, sie verstand nicht, was sie meinte. »Was meinst du? Haben sich die beiden gestritten?«

»Er ist gestorben«, erklärte Freydís mit hölzerner Stimme. »Er ist verunglückt.«

»Das wusste ich nicht! Das tut mir leid.«

»Björgvin macht sich große Vorwürfe deswegen, obwohl er nichts, absolut nichts dafürkann. Sein Bruder war aufgewühlt an dem Tag, die beiden hatten sich mal wieder wegen Hallbera gestritten.«

Sofies Knie wurden weich, sie ging zum Sofa und setzte sich wieder. »Hallbera?«

Freydís sah sie traurig an. »Er hat dir wirklich *gar* nichts erzählt?«

Sofies Magen zog sich zusammen. »Nein«, war alles, was sie erwiderte. Dass Björgvin nach allem, was sie gemeinsam erlebt hatten, mit keinem Wort den Tod seines Bruders erwähnt hatte, traf sie.

»Björgvin war zuerst mit Hallbera zusammen. Dann hat sie sich in Gunnar verliebt. Die beiden haben Björgvin hintergangen. Sie hatten eine Affäre.«

»O Gott«, murmelte Sofie.

»Atli ist Gunnars Sohn.«

In Sofies Kopf drehte sich alles, sie konnte nicht glauben, was sie eben gehört hatte.

»Hallbera war in der achten Woche schwanger, als Gunnar verunglückte. Er ist zu schnell gefahren, hat die Kontrolle verloren, das Wetter war schlecht …« Ihre Stimme brach.

»Wie schrecklich. Es tut mir so leid.«

»Björgvin versucht zu helfen, wo er kann. Aber Hallbera ist schwierig, die ganze Situation ist schwierig. Sie tut mir dennoch leid, denn sie hat Gunnar geliebt. Sie hatte es auch nicht leicht.«

Sofie konnte das Ausmaß dieser Tragödie noch gar nicht ganz erfassen. Zum ersten Mal verstand sie, warum Björgvin so verschlossen auf ihre Fragen reagierte. Gleichzeitig spürte sie einen Stich in der Magengegend. Er hatte ihr nichts über seine Vergangenheit erzählen wollen, weil er sie nicht in seiner Zukunft sah.

Bis jetzt hatte sie es immer verdrängt und doch irgendwie gehofft, aber jetzt sah sie es ganz deutlich. Er war nicht in sie verliebt. Vielleicht war er sogar froh, wenn sie abreiste.

»Es ist nicht mehr zu ändern, wir alle müssen damit leben. Leider.« Freydís seufzte. »Björgvin ist ein anderer seitdem.«

»Das verstehe ich.«

»Umso schöner fand ich es, dass er dich offenbar ins Herz geschlossen hat. Er ist viel fröhlicher und ausgeglichener, seit er dich kennt.«

Sofie wünschte, sie könnte sich darüber freuen. Sie unterdrückte einen Kommentar, dass das sicher nur am Sex liegen musste. »Er ist ein großartiger Mensch«, erwiderte sie stattdessen leise, weil sie nicht anders konnte.

* * *

Sofie saß in der Küche, vor ihr stand eine Tasse Tee, während sie hörte, wie Björgvins Auto die Auffahrt hinauffuhr. Ihr Puls beschleunigte sich, als er in den Flur trat.

»Hallo«, rief er.

»Hi«, antwortete sie. »Bin in der Küche.«

»Alles gut bei dir?«, erkundigte er sich und gab ihr einen Kuss auf die Stirn. Sofie rührte sich nicht.

»Ja«, gab sie einsilbig zurück.

Er runzelte die Stirn und setzte sich. »Sieht nicht so aus.«

Ihr Herz hämmerte gegen ihren Brustkorb, sie hatte das vorhin Gehörte noch immer nicht verdaut. »Hattest du jemals vor, mir zu erzählen, dass du einen Bruder hattest?«

Björgvin erstarrte, seine Lippen wurden schmal. Für einige sehr lange wortlose Sekunden herrschte Stille im Raum. Sofie blinzelte nervös.

»Wieso sollte ich das erzählen?«

Sofie atmete tief ein. »Was weiß ich? Vielleicht weil wir seit Wochen miteinander schlafen und du alles von mir weißt?« Ihre Stimme zitterte.

»Es ist meine Vergangenheit«, sagte er ganz langsam. »Meine.«

Was das hieß, war klar. Deutlicher hätte er Sofie nicht machen können, wie er ihre Beziehung definierte.

»Verstehe«, sagte sie. »Zumindest hättest du mir sagen können, dass Atli nicht dein Sohn ist. Ich habe mich an deiner Schulter ausgeweint, du hast mich getröstet und in dem Glauben gelassen, dass du ein Vater bist und meinen Schmerz deshalb so gut verstehen kannst. Du hast mich die ganze Zeit belogen.«

»Das ist doch Bullshit! Ich habe nie gesagt, dass Atli mein Sohn ist. Nie!«

Sofie verzog ihre Lippen. »Was hätte ich denn sonst denken sollen?«

»Verdammt noch mal«, rief Björgvin und sprang auf. Der Stuhl kippte mit einem lauten Krachen um. »Was glaubst du denn? Dass ich sofort jedem erzähle, dass meine Ex-Freundin mich für meinen Bruder verlassen hat und sie dann sofort von ihm schwanger geworden ist, er aber leider die Geburt seines Sohnes nicht mehr erlebt hat, weil er verunglückt ist?«

Sofie schluckte, als sie den Schmerz in seinen Augen erkannte.

»Hätte ich dir auch sagen sollen, dass mein Bruder nur gestorben ist, weil wir uns gestritten haben? Dass ich schuld daran bin, dass der Kleine als Halbwaise aufwachsen muss? Das ist nichts, was ich einfach jemandem erzählen kann …«

Sie wollte etwas erwidern, aber ihr fehlten die Worte. Seine Mutter hatte gesagt, dass es kompliziert gewesen war zwischen den Brüdern – dass Hallbera der Grund für ihren Streit gewesen war.

Sein Blick ging ihr ans Herz. Ihn so zerrissen und am Boden zerstört zu sehen, tat ihr weh, als wäre es ihr Schmerz. Sofort bereute sie ihre harschen Worte.

Verdammt.

Sofie stand auf und wollte ihn in den Arm nehmen und ihm sagen, wie leid es ihr tat, aber er wich zurück.

»Lass es«, murmelte er und starrte sie an. Sie sah, wie sein Brustkorb sich schnell hob und senkte.

»Björgvin …«

»Nein«, er schüttelte den Kopf. Obwohl sie im gleichen Raum standen, schien er sich meilenweit entfernt zu haben.

»Es tut mir leid«, sagte sie.

»Mir auch.« Und dann drehte er sich um und ging schnellen Schrittes aus dem Haus.

Sofie lief hinterher, aber als sie die Klinke in der Hand hatte, hielt sie inne. Er würde jetzt nicht mit ihr reden, nicht in diesem Zustand. Sie hatte alles falsch gemacht. Die Worte waren anders gemeint gewesen, und doch waren sie als Vorwürfe angekommen, weil sie verletzt gewesen war. Sie hatte in ihrer Wut nicht überlegt, wie Björgvin sich damit fühlte. Dass er jeden Tag mit Vorwürfen aufwachte und einschlief. Dass er seinen Bruder nicht wieder lebendig machen konnte, egal, wie sehr er es sich wünschte. Dass er sich schuldig fühlte und dass das ein Teil von ihm war, den er vielleicht niemandem zeigen wollte, nicht mal ihr. Eine Dunkelheit, eine Scham, die er im Verborgenen halten musste, um weiterzuleben.

»Mist«, murmelte sie und schloss die Augen.

Kapitel 59

Berlin, Ende Oktober 1941

Jónas

Jónas stand in der Waldstraße in Treptow, einer breiten Straße, in deren Mitte Ahornbäume wuchsen, vor einem verlassenen Geschäft. Die Fenster waren weiß angemalt, man konnte nicht sehen, was sich dahinter befand. Fünf Mal klopfen hatten sie vereinbart. Es dauerte gefühlt Minuten, bis endlich geöffnet wurde, dann blickte Jónas in Aarons dunkle Augen. Er sah müde und hungrig aus. Hastig trat Jónas ein, die Tür wurde rasch hinter ihm geschlossen und wieder abgesperrt. Sie gingen durch den ehemaligen Verkaufsraum in ein Hinterzimmer. Auf einem Tisch lag ein Stapel Kennkarten, die offiziellen deutschen Personalausweise.

Es roch nach kaltem Zigarettenrauch, Staub und gefährlichen Machenschaften, für die man ihn jederzeit als Volksverräter einsperren konnte. Isländer hin oder her.

Vermutlich hatte Aaron seinen Blick gesehen und richtig interpretiert. »Sie sind nicht gestohlen.«

Jónas hob abwehrend die Hand, »Kein Problem, ich habe nichts gesagt.« Ihm war klar, dass das hier seine einzige Option war. Aaron würde ihn nicht verraten, er wäre ja sonst selbst dran. Jónas entspannte sich ein wenig.

»Der Verlust von Ausweispapieren ist nicht strafbar, es gibt auch nette Menschen.«

Jónas verstand, was er ihm damit sagen wollte, und nickte. »Zum Glück. Wie bist du überhaupt darauf gekommen?« Die Frage lag ihm seit der ersten Begegnung auf der Zunge, er fand, dass jetzt ein guter Zeitpunkt für ein bisschen Wahrheit war.

»Ich habe meinen eigenen Pass verloren, den muss man alle drei Monate auf dem Polizeirevier verlängern lassen. Und dann hatte ich den Brief von der Gestapo im Briefkasten, dass ich mich melden sollte. So was ist nie gut, und da habe ich mir was überlegt.«

»Verstehe.«

»Hast du die Passbilder?«, wollte Aaron wissen, für den Zeit offenbar Geld war. Die beachtliche Anzahl an Kennkarten auf dem Tisch deutete jedenfalls darauf hin. Jónas zog zwei Bilder der Schwiegereltern aus seiner Jackeninnentasche. »Bitte.« Er legte sie vor Aaron auf den Tisch.

»Dann wollen wir mal.«

Jónas Hände wurden feucht, während er Aaron dabei zusah, wie er bei den Kennkarten die Ösen löste und die Passbilder der ursprünglichen Inhaber herauslöste. »Es sollte schon zu den Angaben passen«, meinte Jónas. »Also nicht, dass du meiner Schwiegermutter den Ausweis einer Fünfundzwanzigjährigen verpasst.«

Aaron hob seinen Blick, eine Augenbraue wanderte langsam in die Höhe. »Du hältst mich doch nicht etwa für einen Trottel?«

Er arbeitete konzentriert und setzte dann die neuen Passbilder ein. Dafür benutzte er eine Ösenstanzmaschine.

Die Ösen waren danach zwar ein wenig verzogen, aber man bemerkte es nur, wenn man ganz genau hinschaute. Dann kam der Stempel dran, den er zeichnete. Mit ruhiger Hand und echtem Geschick pinselte er auf den Bildern herum, bis kein Unterschied zu erkennen war.

»Der Stempel sieht täuschend echt aus«, meinte Jónas anerkennend und ließ die Zunge schnalzen.

»Ich wäre ein schlechter Grafiker, wenn ich das nicht hinbekäme. Einziges Problem: Die Pässe dürfen nicht nass werden, sonst löst sich die Tinte auf. Bei den echten ist es anders. Daran muss ich noch arbeiten.«

»Meine Schwiegereltern wollen so schnell wie möglich ausreisen, ich will sie mit nach Island nehmen. Sie werden also nicht so häufig gebraucht. Nur bis sie aus Deutschland raus sind. In Island werden sie keine Probleme bekommen, da finde ich Lösungen. Das hier ist meine einzige Chance. Es ist ihre letzte Chance«, sagte er schließlich. Jónas dachte an Luise und Hannes und hoffte, dass sich die Wochen und Monate, die er getrennt von ihnen verbracht hatte, am Ende auszahlen würden. Er betete dafür.

Es war Anfang November, als Jónas mit den gefälschten Pässen, die er sicher im Mantelfutter eingenäht hatte, nach Lüneburg reiste. Es war ein verregneter, grauer Herbsttag. Sein Chef hatte ihm nicht freigeben wollen, also hatte er eine Blinddarmentzündung vorgeschoben. Damit blieben ihm ein paar Tage, bis er wieder in der Redaktion sein musste. Rudi deckte ihn, auf ihn konnte er sich verlassen. Jónas fuhr vom Lehrter Bahnhof mit dem *Fliegenden Hamburger*, der die Strecke Berlin – Hamburg in zweieinhalb Stunden schaffte. Überall am Bahnhof waren Hinweisschilder mit der Wegbeschreibung zum nächsten Luftschutzkeller angebracht. Das Wetter war trüb und grau, die Dämmerung hatte eingesetzt. Ihm war trotzdem heiß, die Pässe fühlten sich wie glühende Kohlen in seinem Mantel an. Er hoffte, dass er nicht kontrolliert wurde. Er wunderte sich, dass er so nervös war. Als er damals mit Luise aus Lüneburg fortgegangen war, war er vollkommen ruhig gewesen. Aber die Zeiten hatten sich geändert, auch wenn sie es damals nicht für möglich gehalten hatten. Es war viel schlimmer gekommen.

Es war spät, als er Lüneburg erreichte. Eilig, aber langsam genug, um nicht auffällig zu sein, begab er sich zum Judenhaus in der Großen Bäckerstraße. Er war erleichtert, dass er ohne Kontrollen oder Zwischenfälle hergekommen war. Jetzt würde alles gut werden. Sein Herz schlug aufgeregt in seiner Brust. Luise hatte er noch nicht erzählt, dass er die Papiere hatte. Er wollte nicht, dass sie sich zu früh freute. Doch sobald sie Deutschland verlassen hatten, würde er ein Telegramm über das Rote Kreuz senden.

Er ging die Treppen hinauf und klopfte an der Wohnungstür.

Niemand öffnete. Jónas klopfte noch einmal.

Nichts geschah.

Stirnrunzelnd sah er sich um. Es war nach einundzwanzig Uhr, die Sperrstunde für Juden hatte längst eingesetzt, er war sich sicher, dass Carl und Edith da kein Risiko eingehen würden, indem sie diese Gesetze missachteten. »Merkwürdig«, murmelte er, während ihn ein ungutes Gefühl beschlich. Und wo waren die Löwenthals?

Plötzlich wurde eine Tür hinter ihm geöffnet, er fuhr erschrocken herum.

»Guten Abend«, grüßte er und hob seinen Hut zum Gruß.

»Was wollen Sie hier?« Eine klapprige alte Dame mit Kittelschürze lugte aus ihrer Wohnung hervor. Er wusste, dass sie den Juden mit Essen geholfen hatte, obwohl sie selbst kaum etwas hatte.

»Ich wollte zu den Rosenbergs«, sagte er knapp und wartete ab.

»Die sind gestern abgeholt worden. Männer mit Schlapphüten und Ledermänteln.«

Er wusste sofort Bescheid, von Aaron hatte er genug gehört und selbst auch viel zu viel gesehen. Sein Magen sackte in die Kniekehlen, ihm war ganz elend zumute.

»Wissen Sie, wohin sie gegangen sind?«, stieß er hervor.

»Hatten eine Anweisung, sich zu melden, Transport nach Theresienstadt, die haben gesagt, es soll dort eine Art Altersheim für Juden eingerichtet worden sein.«

Jónas schluckte. »Theresienstadt?«

»Liegt im Protektorat.«

Jónas war bekannt, dass Theresienstadt, oder Terezin, in der Tschechoslowakei lag, aber er hatte noch nie davon gehört, dass dort ein Judenlager errichtet worden war. Über Polen hatte er etwas in der Art gehört, dort waren Verwandte von Aaron letzte Woche umgesiedelt worden. Zwangsarbeit, wie überall, hatten die Nazis für sie vorgesehen. Auch Aaron hatte vor Monaten so eine Vorladung bekommen, aber er war nicht hingegangen und hielt sich seitdem mit seinen gefälschten Papieren versteckt. Welche Folgen das für ihn haben würde, war Jónas nicht klar, sicher war nur, dass die Gestapo nach ihm suchte. Die Nazis duldeten es nicht, wenn jemand ihre Listen durcheinanderbrachte.

»Wie kann ich sie erreichen?«, fragte er, obwohl er die Antwort schon kannte.

Die alte Frau sah ihn traurig an. »'ne Anschrift haben sie nicht dagelassen.«

Jónas war sprachlos, sein Herz setzte einen Schlag aus. »Oh ...«, war alles, was er hervorbrachte.

Jónas bedankte sich konsterniert und verließ das Haus. Auf der Straße versuchte er sich zu sammeln, aber in seinem Kopf herrschte ein heilloses Durcheinander.

Er war zu spät gekommen.

Es war alles umsonst gewesen. Seine Welt brach zusammen, er schwankte und bekam keine Luft mehr. Er musste mit leeren Händen zu Luise zurückkehren, sie würde ihm nie verzeihen.

Mittlerweile regnete es in Strömen. Als er eine halbe Stunde später über die Bardowicker Straße lief, war er noch immer benommen. Es war stockfinster geworden, als er um die Ecke bog und die Straße überquerte. Er hörte ein Geräusch, war aber zu sehr in Gedanken versunken, um es bewusst wahrzunehmen. Er sah den Wagen erst, als es zu spät war.

Kapitel 60

Siglufjörður, August 2019

Sofie war noch immer völlig durch den Wind. Seit gestern hatte sie Björgvin nicht gesehen, er hatte woanders übernachtet. Sie hatte die ganze Nacht kein Auge zugetan, weil sie grübelte, warum das Gespräch so aus dem Ruder gelaufen war. Sie wusste nichts mit sich anzufangen, wollte ihm aber nicht hinterhertelefonieren und noch mehr Fehler begehen.

Sie sehnte sich nach ihm. Sie vermisste ihn. Sie wollte, dass sie diejenige war, an deren Schulter er sich ausweinte, so wie sie sich bei ihm ausgeweint hatte.

Aber vielleicht wollte er das nicht.

Und dann war da noch dieses andere Gefühl, das sich nicht verdrängen ließ, egal, wie sehr sie es versuchte. Sie war enttäuscht von ihm, dass er ihr nicht genug vertraute, um ihr von seinem Verlust zu erzählen.

Das Klingeln an der Tür riss sie aus ihren Gedanken. Sofie rieb sich über das Gesicht, dann stand sie auf und begrüßte Kristín.

»Hey, meine Liebe.« Kristín umarmte sie. »Bist du startklar?«

Sie nickte. »Ja klar, warte, ich muss nur noch das Buch und das Bild holen. Wo habe ich es nur hingelegt?« Sie ging ins Wohnzimmer.

»Alles okay?«, hörte sie Kristíns Stimme hinter sich.

Nein, wollte sie schreien, aber sie war noch nicht bereit, um über ihre Gefühlslage und die Verwirrung zu sprechen, die sie die ganze Nacht wach gehalten hatte. »Jaja, ich habe es gleich.«

Sofie stieß einen Seufzer aus, als sie das Notizbuch unter einem Magazin entdeckte. Dann eilte sie in den Flur und zog ihre Schuhe an.

Kurz darauf standen sie im Foyer des Pflegeheims. Sie war schrecklich nervös. »Willst du vielleicht das Notizbuch nehmen?«, fragte sie Kristín. »Ich will nicht, dass es so aussieht, als würde ich es an mich reißen.«

»Keine Sorge, niemand denkt das.«

»Und er hat wirklich zugestimmt?«

»Er will dich kennenlernen, nachdem er das letzte Mal überhaupt nicht mit dir gesprochen hat. Und überlegt noch. Komm, du kannst ihn das alles selbst fragen.«

»Okay, okay.« Sofie schob sich nervös eine Strähne hinters Ohr, dann gingen sie den Flur entlang, bis sie sein Zimmer erreichten. Kristín klopfte, dann öffnete sie die Tür.

Bei Hannes saß heute eine kleine, weißhaarige Frau, die beiden spielten Schach. Als er seine Enkelin sah, lächelte er und stand langsam auf. Die alte Dame winkte sie herein und sagte etwas, das Sofie nicht verstand.

Den Gesten und der Mimik nach schien die Dame zu sagen, dass sie gehen würde, damit sie Ruhe für das Gespräch hatten. Kristín schüttelte den Kopf und zeigte, dass sie doch bleiben sollte. Sofie fühlte sich verloren, ihre Nervosität brachte sie beinahe um.

Hinter ihnen kam eine Pflegerin herein und stellte noch zwei Stühle an den Tisch, und damit war das Zimmer heillos überfüllt.

Hannes kam auf sie zu, und Sofie schluckte. Sie rang sich ein Lächeln ab. »Guten Tag, Sofie«, sagte er auf Englisch. »Es freut mich, dich wiederzusehen. Setz dich doch.«

»Danke, freut mich auch.«

»Das ist Svana.« Sofie schüttelte auch ihr die Hand. Es dauerte ein paar Minuten, bis sie alle saßen.

»Es tut mir leid, dass ich so unhöflich war bei unserer ersten Begegnung«, fuhr Hannes fort und lächelte sanft. »Ich hatte einfach nicht damit gerechnet, dass plötzlich jemand mit diesem Notizbuch ankommt. Ich hatte seit Langem verdrängt, dass es in diesem Schreibtisch liegt.«

»Das ist verständlich, ich wollte mich auch entschuldigen, dass ich so mit der Tür ins Haus gefallen bin.«

Er nickte, und es kam ihr so vor, als würde er Sofie damit Absolution erteilen.

»Meine Enkelin hat nicht lockergelassen und so lange gebohrt, dass ich jetzt doch mehr hören will.«

»Hast du ein wenig gelesen?«, fragte Sofie vorsichtig.

Hannes seufzte und legte beide Handflächen auf seine Oberschenkel. Ein Muskel zuckte an seiner faltigen Wange. »Ich habe darin geblättert, aber nicht wirklich mit der Absicht, es zu lesen. Mein Deutsch ist auch nicht so gut.«

»Opa«, sagte Kristín. »Kannst du dich denn noch an deine Mutter erinnern?«

Er hob eine Augenbraue. »Meine Mutter heißt Ragnhildur, Kristín. Sie hat mich mein Leben lang begleitet und erzogen.«

»Jaja, natürlich«, beeilte Kristín sich zu sagen. »Das weiß ich doch. Ich meine, hast du Erinnerungen an Luise?«

Sofie hatte Angst, dass er sie gleich wieder rauswerfen würde. Die Stille lag schwer im Raum. Schließlich räusperte er sich. »Alles, woran ich mich erinnere, ist eine blasse Frau, die selten lächelte. Sie hat immer ein deutsches Schlaflied für mich gesungen, warte«, er rieb sich das Kinn. »Es ging irgendwie so.« Er summte eine Melodie, die Sofie sofort erkannte. *Schlaf, Kindchen, schlaf.*

»Luise lebte in den Jahren 42 bis 45 ohne Jónas bei der Familie in Sauðárkrókur. Hast du Erinnerungen an ihn oder an sie?«, fragte Kristín.

Er schüttelte den Kopf. »Nein. Leider nicht, ich war einfach noch zu klein.«

»Opa, dieses Buch erzählt auch die Geschichte deines Vaters, es geht nicht nur um Luise. Es ist die Geschichte einer großen Liebe, das sagt jedenfalls Sofie. Deshalb möchte ich es auf Isländisch übersetzen lassen. Ich will so gerne mehr über meine Urgroßeltern erfahren.«

Hannes blinzelte ein paar Mal. »Ach, ich weiß nicht. Warum das alles? Sie sind beide lange tot. Was nützt es jetzt noch, alte Wunden aufzureißen?«

Seine Freundin Svana schenkte ihm einen liebevollen Blick, der Sofie rührte.

»Vielleicht reißt es keine Wunden auf, sondern heilt sie?«, antwortete Kristín sanft.

Hannes schluckte. »Es war lange Zeit schwer für mich, nachdem sie mich verlassen hat. Ich habe das nie verstanden. Sie ist buchstäblich aus meinem Leben gelöscht worden. Weder meine Oma noch Ragnhildur haben mir geantwortet, wenn ich nach ihr gefragt habe. Irgendwann habe ich mitgehört, wie über sie gesprochen wurde. Sie haben gesagt, dass sie schuld am Tod meines Vaters ist. Dass sie kein guter Mensch ist. Ich glaube, dass das für mich die Antwort war, die ich gebraucht habe. Danach habe ich auch nicht mehr gefragt. Ich habe Ragnhildur, die mich wie einen Sohn liebte, als Mutter akzeptiert.«

Sofie wollte sagen, dass Luise ihre Gründe gehabt hatte. Dass sie ihren Sohn niemals einfach verlassen hätte, dass sie gekämpft, aber verloren hat. Sie hatte als unverheiratete Frau keine rechtlichen Mittel und schon gar keine finanziellen, um das durchzusetzen. Dennoch schwieg Sofie, denn sie war kein Teil der Familie, und es stand ihr nicht zu, sich einzumischen. Kristín nahm die Hand ihres Großvaters.

»Wollen wir uns nicht lieber eine eigene Meinung bilden? Vielleicht klärt das doch einige Fragen. Warum sie plötzlich verschwand und ob sie wirklich schuld ist am Tod deines Vaters.«

Hannes atmete zitternd aus. »Ich bin zu alt dafür.«

»Nein, Opa. Das bist du nicht.«

Sofie war zu Tränen gerührt. Es war ihr fast peinlich, diese hoch emotionale Situation mitzuerleben. Und doch war sie glücklich und zutiefst ergriffen.

Kristín zog das Foto aus dem Buch und schob es über den Tisch zu ihm hin. »Das sind sie. Sieh nur, wie glücklich sie waren. Du warst vielleicht kein geplantes Kind, aber sie haben dich geliebt. Sie haben dich beide sehr geliebt.«

Hannes schüttelte den Kopf, als könnte er das alles nicht fassen. Er wischte sich über die wässrigen Augen. Sein faltiges Gesicht wirkte blass und angespannt. »Ach, Kristín.«

»Luise muss Gründe gehabt haben, warum sie dich so plötzlich verlassen hat. Lass uns gemeinsam herausfinden, warum. Denn eines weiß ich sicher, Sofie hat das Notizbuch schon gelesen und mir erzählt, dass deine Mutter Luise dich, ihren einzigen Sohn, über alles geliebt hat. Sie hat den Verlust nie überwunden.«

»Nach dem Krieg hat sie mit ihrem Bruder in Hamburg einen Buchladen eröffnet«, erzählte er. »Das habe ich vom Nachlassverwalter erfahren. Sie hat mir eine Immobilie hinterlassen. Das Notizbuch hat sie mir kurz vor ihrem Tod geschickt, den Schreibtisch auch. Ich weiß nicht, warum ich das Ding behalten habe.«

»Weil ein Kind sich doch immer wünscht, von seiner Mutter geliebt zu werden.«

Er zögerte, und Sofie erkannte, dass er mit seinen Gefühlen kämpfte. »Vielleicht. Aber ich konnte ihr nach all den Jahren einfach nicht glauben. Es war zu spät. Alles, was ich von den Menschen, die sich um mich gekümmert haben, gehört habe, war das Gegenteil. Meine Loyalität gehörte ihnen.«

»Du musst dich nicht entscheiden. Du darfst alle lieben«, erklärte Kristín ihrem Großvater.

Sofie schniefte nun doch und wischte sich über die Augen. »Entschuldigung«, murmelte sie leise.

»In Ordnung«, sagte Hannes mit rauer Stimme. »Dann lasst uns herausfinden, was in der Vergangenheit wirklich passiert ist.«

Kapitel 61

Lüneburger Heide, Anfang Juni 1945

Ein einziger unachtsamer Schritt hatte Jónas die Freiheit gekostet. Wäre er nicht auf die Straße getreten, wo ihn ein Auto erfasst hatte, hätte man ihn nicht im Krankenhaus behandeln müssen. Die Verletzungen waren glücklicherweise nur gering gewesen, leider hatte eine Krankenschwester die falschen Papiere bei ihm entdeckt und an die Gestapo gemeldet. Jónas war daraufhin in einem Blitzverfahren zu fünfzehn Jahren Zuchthaus verurteilt worden, wo er bis Kriegsende auch geblieben war. Luise hatte bange Jahre verbracht, während sie in Island bei Jónas Familie auf das Kriegsende gewartet hatte. Als im Mai endlich die Kapitulation ausgerufen worden war, hatte sie sich sofort auf den Weg gemacht, um Jónas nach Hause zu holen. Sie war in einer Notunterkunft untergebracht, die aus alten Brettern notdürftig zusammengezimmert war. Fließendes Wasser und Strom gab es nicht, Lebensmittel waren knapp. Sie teilte sich das Zimmer mit acht anderen Menschen. Von dort schrieb sie einen Brief an ihren Bruder, mit dem sie seit dem Winter 1942 in regelmäßigem Kontakt stand. Heinrich war noch in

Argentinien. Sie berichtete, was sie in den letzten Tagen auf ihrer Reise von Island nach Deutschland zu Jónas gesehen und erlebt hatte. Er hatte den Krieg überlebt, nachdem er die letzten Jahre in einem schäbigen Gefängnis in Berlin verbracht hatte. Nach der Befreiung der Alliierten war er in ein Sanatorium gebracht worden. Luise wusste aus der Nachricht des Roten Kreuzes, dass er schwer an Tuberkulose erkrankt war und sich jetzt in einem Sanatorium in der Lüneburger Heide aufhielt. Luise setzte ihren Füller auf das Papier und begann an ihren Bruder zu schreiben.

Lieber Heinrich,
in den Straßen türmt sich der Schutt meterhoch. Obwohl schon seit Wochen keine Bomben mehr fallen, riecht es noch immer überall nach Feuer und viel schlimmer: Der süßliche Geruch des Todes hängt in jeder Straße. Es ist grauenhaft.

Ich möchte alle Deutschen hassen. Sie haben so viel Leid über mich und meine Lieben gebracht. Aber ich habe auch in die Gesichter der Witwen und Kinder geblickt, die alles verloren haben. Die Trauer, die Sorge und der Terror haben sich tief in ihre Seelen gebrannt. Ich kann diese Frauen und Kinder nicht hassen, Heinrich. Ich hasse die Nazis. Ich hasse all die Menschen, die sich am Leid anderer ergötzt haben. Aber ich weiß, dass das auch niemanden mehr zurückbringt. Ich will versuchen, positiv in die Zukunft zu blicken, das Vergangene hinter mir lassen. Jónas ist nach der langen Zeit in Gefangenschaft schwer krank, aber ich hoffe, dass er es überstehen wird, ich bin auf dem Weg zu ihm. Aber ich bin ehrlich, ich habe große Angst, dass er zu schwach ist. Obwohl ich die letzten Jahre selten alleine war, so war ich doch so schrecklich einsam, dass ich mich sehr nach dir sehne. Ich würde dich so gerne wiedersehen.

In Liebe, deine Schwester
Luise

Die letzten vier Jahre waren die Hölle auf Erden gewesen. Es war kein Tag vergangen, an dem Luise nicht die Abneigung zu spüren bekommen hatte. Ihre Schwiegermutter hatte ihr noch am Tag von Jónas' Abreise gesagt, dass sie schuld daran war, wenn ihm etwas zustieße. Als ob sie sich diese Vorwürfe nicht selbst schon gemacht hätte. Und dann war es tatsächlich passiert. Jónas war beim Versuch, ihre Eltern zu retten, in die Fänge der Nazis geraten und musste dafür büßen.

Luise schluckte und versuchte nicht an das Leid der letzten Jahre zu denken. Obwohl sie in Siglufjörður nichts vom Schrecken des Krieges am eigenen Leibe zu spüren bekommen hatte, so sah es in ihrem Gefühlsleben nicht anders aus als auf den meisten Straßen der großen Stadt. Ein Trümmermeer.

All die Vorwürfe von außen – und die, die sie sich selbst machte – hatten sie zermürbt. Das Einzige, was sie die ganze Zeit aufrechterhalten hatte, waren Hannes und die Hoffnung auf ein Wiedersehen mit Jónas. Als Luise schließlich die Nachricht erhalten hatte, dass Jónas das Kriegsende überlebt hatte und in einem Krankenhaus in der Heide untergebracht worden war, hatte sie alles stehen und liegen gelassen und war trotz aller Hürden und Schwierigkeiten sofort nach Deutschland gereist. Es war keine einfache Reise gewesen, so kurz nach Kriegsende herrschte noch immer Chaos. Elend und Leid an jeder Straßenecke. Verzweiflung und Menschen, die dem Wahnsinn verfallen waren. Millionen strömten quer durch Europa. Sie war nicht die Einzige, die einen Angehörigen suchte.

Sonnenstrahlen kitzelten Luises Gesicht, als sie einen Tag später aus dem Lkw des Roten Kreuzes vor der Klinik in Wintermoor in der Lüneburger Heide ausstieg. Deutschland lag in Schutt und Asche. Der Krieg war verloren. Sogar an diesem stillen Ort waren die Gräueltaten der letzten sechs Jahre überdeutlich zu sehen. Die Gesundungsstätte war ein Hamburger Ausweichkrankenhaus, das aus unzähligen Holzbaracken bestand und von hohen Bäumen umgeben war. Luises Herz klopfte wild in ihrer Brust, als sie ihren Rock glatt strich und tief einatmete. Ihr Blick fiel auf einen provisorisch angelegten Friedhof, und sie erschauderte. Sie wusste, dass die Anlage wie viele andere durch Zwangsarbeiter erweitert und betrieben worden war, dass zum Ende des Krieges jeglicher Autoverkehr hierher verboten gewesen war, weshalb man die Toten direkt am Klinikgelände hatte beisetzen müssen. Schnell schob sie die Gedanken an all das Leid und die bangen Jahre beiseite, denn Jónas lebte. Sie hatte vor ihrer Abreise aus Island kurz per Fernsprecher mit ihm reden können. Er hatte ihr auch aus dem Zuchthaus einige wenige Nachrichten zukommen lassen.

Aber er lebte. Das war die Hauptsache, und sie war gekommen, um ihn endlich wieder in ihre Arme zu schließen.

Über das Rote Kreuz hatte sie einen Antrag gestellt, um mehr über den Verbleib ihrer Eltern zu erfahren. Alles, was sie wusste, war, dass sie nach Theresienstadt gekommen waren, danach verloren sich jegliche Informationen. Sie fürchtete, dass ihre Eltern das gleiche Schicksal wie Millionen anderer Juden ereilt hatte. Sie hatte die schrecklichen Bilder der Todesmärsche und der Lager gesehen, noch immer war sie vom Grauen der Nazitaten gelähmt. Das Todeslager Auschwitz war im Januar von den Russen befreit worden. Aber Auschwitz war nur eines von vielen Lagern gewesen. Luise blinzelte und versuchte sich zusammenzureißen, es gelang ihr nicht. Sie war versteinert.

Erstarrt. Wut wechselte sich mit Fassungslosigkeit und Trauer ab. Im Geiste sah sie die Gesichter ihrer Eltern. Leblos und kalt.

Luise schloss die Augen. Dies war ein Moment der Freude, auf den sie so lange gewartet hatte. Es war an der Zeit, alles andere auszublenden.

Sie versuchte nicht an die bange Zeit des Wartens zurückzudenken, während sie langsam auf die Gebäude zuging. Aber es war unmöglich. Zu viel war geschehen, zu viel hatte sie gehört und gesehen.

Für die Opfer war jegliche Kapitulation zu spät gekommen, dachte sie bitter, während sie forschen Schrittes hineinging. Nachdem sie mit einem Arzt gesprochen hatte, lief sie hinaus in den Garten der Anlage. Sie war froh, dass ihr Wiedersehen mit Jónas an diesem schönen Tag nicht in einem der vielen offenen Säle der Holzbaracken stattfand, wenngleich die Neuigkeiten, dass Jónas' Zustand sich verschlechtert hatte, sie wie ein Schlag getroffen hatte. Luise ging über den platt getretenen, kurzen Rasen. Sie entdeckte ihn und wollte auf ihn zustürmen, ihn in ihre Arme reißen, aber plötzlich war sie verlegen. Sie hatte Angst. So viel war passiert, seit sie sich von ihm verabschiedet hatte, seit er auf das Schiff gestiegen und in sein Unglück gesegelt war. So oft hatte sie darüber nachgedacht, dass sie ihn niemals hätte fortgehen lassen dürfen, dass die bloße Erinnerung an ihren letzten Kuss ihr die Tränen der Verzweiflung in die Augen trieb. Schuldgefühle drückten ihre Schultern schon seit Jahren nach unten, das Gewicht lastete auf ihr wie ein Betonpfeiler, der sie auf den Boden drückte.

Jónas' Augen waren geschlossen, er lag in einem Liegestuhl, eine Wolldecke war über ihm ausgebreitet, eine Wärmflasche lugte zu seinen Füßen hervor. Daneben stand ein klappriger Rollstuhl. Sonnenstrahlen fielen auf sein schönes Gesicht, das ausgemergelt und blass war. Wie sie ihn vermisst hatte! Jónas' vertraute Züge nach all der Zeit wieder vor sich zu sehen, löste alle möglichen Emotionen in ihr aus. Freude, Wut auf alle, die ihnen dieses Leid angetan hatten, aber auch Erleichterung und große Zuversicht. Er hatte es geschafft, er hatte den Krieg überstanden und konnte jetzt gesund werden.

Langsam trat sie näher. Sie erkannte sofort, dass er bis auf die Knochen abgemagert war und kaum aus mehr als Haut und Knochen bestand. Er wirkte schwach und krank. Sehr krank. Tiefe Sorge legte sich wie eine Schlinge um ihren Hals, die ihr die Luft abschnürte. Und dann öffnete er die Augen und sah sie. Luises Herz setzte einen Schlag aus, um dann im doppelten Tempo weiterzurasen. Seine Lippen formten nur ein Wort. »Lilla.« Er war bleich, die Wangen eingefallen, aber er hatte sich dieses Funkeln in den Augen bewahrt, das sie immer so an ihm geliebt hatte. Sie ging neben ihm auf die Knie, nahm sein Gesicht in ihre Hände und vergaß alle Anweisungen, sich selbst vor der Tuberkuloseinfektion zu schützen und ihm nicht zu nahe zu kommen. Sie bemerkte, dass seine Lippen bläulich schimmerten, während er schwach lächelte. »Meine Lilla«, flüsterte er. »Du bist gekommen.«

»Oh Jónas.« Sie legte ihr Gesicht an seinen Hals und umarmte ihn vorsichtig. Sie zitterte am ganzen Körper, all die Sorgen und das Leid der letzten Jahre drängten an die Oberfläche. Sie gab einen erstickten Laut von sich, und im gleichen Moment versuchte sie sich zusammenzureißen. Sie musste stark sein. Gerade jetzt, wo er sie brauchte. Sie konnte jetzt nicht zusammenbrechen, obwohl sie nichts lieber getan hätte, als sich an seiner Schulter auszuweinen. Aber er war zu schwach, jetzt war es an ihr, ihn zu stärken, für ihn da zu sein, wie er es so oft für sie getan hatte.

Es gab so viel zu erzählen und doch fiel ihr kein einziges Wort mehr ein. Zeit. Sie hatten alle Zeit der Welt, jetzt, wo sie wieder vereint waren.

Das hoffte sie zumindest.

Luise spürte, wie Jónas über ihr Haar strich. »Du riechst so gut«, flüsterte er. »Du bist alles, was ich mir immer gewünscht habe.«

»Jetzt bin ich bei dir.«

»Es tut mir leid«, murmelte er. »Es tut mir so leid, Lilla mín.«

Sie rückte ein Stück ab. »Was meinst du?«

»Es sollte anders enden.« Das Sprechen fiel ihm sichtlich schwer.

Sie atmete scharf ein. Ihn so krank zu sehen, war kaum zu ertragen. Er schloss die Augen, dann öffnete er sie wieder.

»Jónas?«

»Deine Eltern … Ich war zu spät. Es tut mir so leid.«

»Sch. Sag das jetzt nicht, Jónas. Jetzt geht es um dich, du musst gesund werden.«

»Ja, mein Herz.«

Er atmete rasselnd ein und aus. Das wenige Sprechen hatte ihn angestrengt, er fuhr dennoch fort: »Ich liebe dich. Ich liebe dich mehr als mein Leben, ich hoffe, du weißt das.«

Luises Augen brannten, sie nahm seine Hände in ihre. »Ich liebe dich, Jónas. Ich hätte dich niemals gehen lassen dürfen.«

»Ich habe alles versucht.«

»Ich weiß. Genau so, wie du es mir versprochen hattest. Gott, dieses elende Versprechen! Ich wünschte, du hättest es mir nie gesagt. Du bist das Beste, das mir je passiert ist, und nun sieh dich an. Sie haben dich kaputtgemacht. Bitte versprich mir, dass du gesund wirst.«

»Wie geht es Hannes?«

Luise schluckte. Sie wollte Jónas jetzt nicht die ganze Wahrheit sagen. »Er ist gesund und munter, er ist so groß geworden. Er ist ein glücklicher Bursche, kräftig, und der Kopf ist voller Flausen und Streiche. Er kommt nach dir.« Sie lächelte tapfer, während sie Jónas' abgemagertes Gesicht kaum ansehen konnte, so sehr unterschied es sich von dem Jónas, den sie kannte.

Jónas lächelte müde, aber seine Augen strahlten. »Das freut mich. Versprich mir, dass du dafür sorgst, dass er glücklich ist.«

»Ja, Jónas. Das wird er, weil er bald seinen Vater wiedersehen wird. Du musst gesund werden, ich will dich doch mit nach Island nehmen, dann kannst du dich selbst um Hannes kümmern.« Sie verstand nicht, warum Jónas' Worte so endgültig geklungen hatten, sie blinzelte die Tränen fort, die in ihr hochstiegen. Sie hatte ihn doch gefunden. Jetzt würde alles gut werden.

»Es ist so gut, dich zu sehen«, flüsterte sie.

Er nickte mit einem Lächeln auf den Lippen. »Versprich mir, dass du unsere Geschichte aufschreibst.«

Ungläubig schüttelte sie den Kopf. Was redete er denn da? Jetzt waren sie doch wieder vereint, jetzt konnte doch nichts mehr schiefgehen. Warum sprach er nur so, als würden sie sich bald wieder trennen müssen? Unruhe stieg in ihr hoch. »Was, warum? Was redest du denn da?«

»Du musst es für mich tun, Lilla.«

Ihr wurde schwer ums Herz. Mit einem Mal sah sie die ganze Erschöpfung in seinen Zügen. Es war, als hätte er in den letzten Minuten noch einmal an Lebenskraft eingebüßt.

So sollte es nicht sein. Panik umklammerte ihr eben erst leichter gewordenes Herz.

»Aber …« Ihre Stimme brach. Sie schluckte schwer und fasste sich. Sie musste stark für ihn sein, das war sie ihm schuldig. »Ich schreibe unsere Geschichte auf«, versprach sie.

»Ich will dir erzählen, was ich erlebt habe.« Er atmete noch einmal schwer und rasselnd und hustete trocken. »Und du musst mir einen Gefallen tun.«

»Alles, mein Geliebter. Alles.«

»Bitte finde Aaron Bernstein. Ich muss wissen, wie es ihm ergangen ist. Er hat viel für mich riskiert und … ich muss einfach wissen, ob er es geschafft hat.«

Luise gab Jónas einen Kuss auf die Stirn. »Natürlich. Das werde ich. Es geht ihm sicher gut«, versuchte sie, Jónas zu beruhigen. »Ruh dich ein bisschen aus, Geliebter.«

Seine Lider waren bereits zugefallen. Er war eingeschlafen.

Luise verbrachte den ganzen Tag mit ihm, sie hielt seine Hand, strich über seine Wange und seine Lippen. Er erzählte ihr, was er erlebt hatte, langsam und von Hustenkrämpfen unterbrochen. Sie sagte ihm, er solle sich schonen, sie hatten den Rest ihres Lebens für diese Geschichte, aber es war ihm ein so drängendes Bedürfnis gewesen, dass sie schließlich nachgegeben hatte. Dann fragte er sie nach ihrem Leben in den letzten Jahren, und sie schüttelte nur den Kopf und drängte die vielen ungeweinten Tränen zurück. Sie konnte nicht über die schrecklichen zurückliegenden Jahre reden. Auch wenn sie nicht erlebt hatte, was er durchgemacht hatte, war sie in der Einsamkeit und Dunkelheit ohne Jónas auf dem isländischen Eiland doch fast so verrückt geworden wie eine Gefangene in Einzelhaft. Aber das konnte und wollte sie ihm nicht erzählen, angesichts der Qualen, die er durchgestanden hatte, und weil ihr die Worte dafür fehlten. Sanft berührte er mit seiner papiernen Hand ihre Wange, er schien sie auch ohne Worte zu verstehen.

»Ich muss jetzt gehen«, sagte er in der Nacht, während sie neben seinem Bett auf einem Stuhl saß, die Hände mit seinen verschränkt. Seine Stimme war kaum mehr als ein Kratzen. »Ich liebe dich, meine wunderbare, starke Lilla.«

»Ich liebe dich.«

Sie lächelte und schluckte die Tränen hinunter, ein weiteres Mal.

Jónas sagte nichts, er drückte ihre Hand und nickte. Dann schloss er die Augen für immer.

Kapitel 62

Siglufjörður, August 2019

Weiße Schäfchenwolken hingen am blauen Himmel wie kleine Wattebäusche. Sonnenstrahlen glitzerten im dunklen Wasser des Fjords. Sofie saß im Wohnzimmer, das nun fertig eingerichtet war, und starrte gedankenverloren aus dem Fenster, das Notizbuch lag auf ihrem Schoß. Sie hatte eben die letzten Seiten noch einmal gelesen, und der Kloß in ihrem Hals war riesengroß. Sie hatte den beiden so sehr gewünscht, dass sie glücklich zusammen hätten leben können. Es war tragisch, und sie hatte Mühe, ihre Tränen zurückzuhalten. Gleichzeitig beschloss sie, dass sie für ihr eigenes Glück kämpfen musste und nicht so schnell aufgeben durfte.

Sofie war noch immer gerührt, als sie an den Nachmittag im Seniorenheim zurückdachte. Sie hatte mit Kristín im Auto ein paar Tränen der Rührung verdrückt, ehe sie sie zurückgefahren hatte. Wehmütig stellte Sofie fest, dass sie vermutlich nicht mehr in Island war, wenn Hannes die Geschichte seiner Eltern endlich lesen konnte.

Sie seufzte und fuhr erschrocken auf, als es klingelte. Sie dachte kurz an Björgvin, von dem sie noch immer nichts gehört hatte, verwarf die Idee dann, denn er hatte ja einen Schlüssel.

Sie war überrascht, als Stella mit einer Flasche Rotwein vor der Tür stand.

»Dich schickt der Himmel«, rief Sofie und umarmte sie.

Bei einem Glas Rotwein erzählte Sofie ihr, was sie erlebt hatte. Schließlich kamen sie auf Björgvin zu sprechen.

»Er hätte es dir echt sagen sollen«, meinte Stella kopfschüttelnd.

Sofie schaute in ihr Glas. »Tja, hat er aber nicht.«

»Männer«, seufzte ihre Freundin.

»Was soll ich sagen?« Sofie lachte humorlos. »Es ist leider wirklich so. Vermutlich hat er einfach nicht so ein Interesse an mir wie ich an ihm.«

»Was willst du jetzt machen?«

»Na, was soll ich schon machen? Keine Ahnung. Im Grunde ist damit ja alles gesagt, oder?« Sofie trank einen Schluck.

»Verstehe ich nicht.«

Sofie zuckte die Schultern. »Wenn ihm was an mir liegen würde, hätte er es zumindest angedeutet. So weiß ich wenigstens, woran ich bin. Nächste Woche fliege ich dann zurück und fertig.«

Bei diesem Gedanken zog sich ihr Herz zusammen. Sie hatte neben Björgvin das Land und die Leute so lieb gewonnen, sie wollte nicht gehen.

Ihre Freundin runzelte die Stirn. »Ehrlich? Du willst einfach aufgeben?«

»Ich laufe keinem mehr hinterher.« Sofie hatte genug von komplizierten Beziehungen, da war sie sich zumindest mit Björgvin einig. Sie warf sich auch niemandem mehr an den Hals, der nicht genug für sie empfand. Einmal hatte gereicht.

»Björgvin ist keiner von denen, der einfach nur so mit einer Frau rummacht, Sofie.«

»Komisch«, sie lächelte ironisch. »Genau das haben wir aber.«

»Du weißt, was ich meine. Er würde sich *nie* auf dich einlassen, wenn ihm nicht was an dir liegen würde.«

»Keine Ahnung. Vielleicht hat er auch einfach gedacht, dass es sehr angenehm ist, mit einer Frau Sex zu haben, die nach drei Monaten wieder verschwindet. Erspart eine Menge Komplikationen.«

»Glaubst du das wirklich?« Stella runzelte die Stirn.

»Ja, was soll ich denn sonst denken?«

»Nee, echt nicht. So einer ist er nicht. Er hat vielleicht Probleme, die er mal mit jemandem besprechen müsste. Daran habe ich im Übrigen keinen Zweifel, der Arme. Gibt sich immer noch die Schuld am Tod seines Bruders. Trotzdem, ihm liegt was an dir, Sofie. Da bin ich mir sicher. Es ist auch für ihn mehr als nur Sex.«

»Meinst du?«

Stella nickte. »Das Leben ist zu kurz, um Zeit zu verschwenden. Gerade nach dieser Geschichte, von der du mir erzählt hast. Es kann jederzeit vorbei sein.«

»Ich weiß.« Sofie atmete tief durch.

»Ich glaube, er hat nichts gesagt, weil er sich selbst noch nicht im Klaren darüber ist, was das mit euch für ihn bedeutet. Dabei bin ich mir ziemlich sicher, dass er Gefühle für dich hat. Starke Gefühle. Aber nach der Sache mit Hallbera ist er sicher vorsichtig geworden, ich meine, wer wäre das nicht?«

Die beiden hörten, wie jemand einen Schlüssel ins Schloss steckte. Sofies Herz schlug unwillkürlich schneller.

Plötzlich stand Björgvin im Flur. Ihre Blicke trafen sich. Er sah erst sie, dann Stella an. »Hallo«, sagte er.

»Hi«, flötete Stella, stellte ihr leeres Glas ab und stand auf. Sie ging zu ihm und gab ihm ein Küsschen. »Wollte sowieso gerade gehen.«

Sofie hätte sie am liebsten gebeten zu bleiben.

»Ich wollte euch nicht stören«, sagte Björgvin.

Stella sagte etwas auf Isländisch zu ihm, dann lächelte sie Sofie zu und zeigte mit dem Daumen nach oben.

Beinahe hätte sie die Augen verdreht, Stella hatte bestimmt irgendeinen dämlichen Spruch gemacht von wegen »Schnapp sie dir« oder so ähnlich.

Und dann waren sie plötzlich allein. Sofie stand auf, ging aber nicht auf ihn zu. Sie war sich nicht sicher, wie sie sich verhalten sollte. Ihm schien es ähnlich zu gehen, denn er bewegte sich ebenfalls keinen Millimeter von der Stelle.

»Sollen wir was trinken oder spazieren gehen?«, fragte er.

»Wieso nicht?«

»Gehen wir doch ein bisschen raus, das Wetter ist so schön.«

Sofie nickte. »Gern.«

Er ging voraus, sie folgte ihm und schnappte sich im Gehen ihren neuen Lopapeysa, den Wollpullover aus Schafswolle mit dem typischen isländischen Muster, den Björgvin ihr auf den Westmännerinseln geschenkt hatte. Sie schlüpfte in ihre Turnschuhe und folgte ihm hinaus in den Sonnenschein. Als sie aus dem Haus traten, nahm er ihre Hand in seine, und so schlenderten sie zum Ufer hinunter.

»Es tut mir leid, dass unser Gespräch letztens so … doof gelaufen ist«, fing er an.

Sofie war erleichtert. »Mir tut es auch leid«, erwiderte sie. »Ich hätte nicht so aufdringlich sein sollen.«

Er runzelte die Stirn, und sie fuhr fort, ihm ihre Sichtweise zu erklären.

»Ich verstehe, dass das alles schwer für dich ist. Ich habe nur gedacht, dass du mir, nachdem ich dir meine Geschichte erzählt habe, vertrauen könntest. Aber …« Sofie lächelte. »Man kann so etwas ja nicht gegeneinander aufrechnen.«

Er rieb sich verlegen das Kinn. »Ich war einfach nicht auf dieses Gespräch vorbereitet.«

»Das verstehe ich auch. Ich war einfach nur so … überrascht.«

Er nickte, dann blieb er stehen und drehte sie zu sich um. Ihr Magen zog sich nervös zusammen, als er seine Arme um sie schlang. Für einige Sekunden schauten sie sich in die Augen. »Du bist mir wichtig«, knurrte er und senkte dann seinen Mund auf ihren.

Ihr Handy vibrierte in ihrer Hosentasche, Björgvin löste sich von ihr.

Sofie zog es hervor. »Sorry«, murmelte sie. Dann fiel es ihr aus den Händen, und er hob es auf. Er lächelte.

»Bist du nervös?«, scherzte er, dann sah sie, wie er erstarrte. »Tut mir leid, ich wollte das nicht lesen«, stieß er hervor.

Sofie wollte sagen, dass es doch nicht schlimm war, die Nachrichten ploppten nun mal einfach auf dem Display auf, und sie hatte auch nichts zu verbergen. Doch in der nächsten Sekunde begriff sie, dass es nicht darum ging, sondern um den Absender.

»Wer ist Thomas?«, fragte er tonlos und reichte ihr das Smartphone.

Sofie wurde übel. *Wir müssen reden*, stand auf dem Display. *Ich liebe dich und freue mich, dich in Hamburg zu sehen. Thomas.*

Sofie wusste, dass Björgvin Deutsch im Gymnasium gehabt hatte. Dafür würde es allemal reichen. »Thomas ist mein Ex-Freund«, erklärte sie.

»Ex-Freund«, murmelte er.

Sofie war klar, dass es bescheuert aussah. Sie wollte Thomas den Hals umdrehen! »Ja, Ex-Freund.«

Björgvin wirkte betroffen. Überrumpelt. Sie wollte ihm gerade erklären, dass es ganz anders war, als es aussah, dann dachte sie, dass so ein abgedroschener Satz auch nicht hilfreich war.

Björgvin hob eine Augenbraue. »Warum habe ich das Gefühl, dass das noch nicht alles ist? *Ich liebe dich*? In seinen Augen ist er offenbar nicht dein Ex-Freund.«

Sofie rieb sich die Stirn. »Es ist kompliziert.« Sie wusste auch nicht, was sie genau erklären sollte – und wie und in welcher Reihenfolge.

Björgvin verschränkte die Arme vor seiner Brust. »So?«

Sie nickte.

»Inwiefern? Seid ihr noch zusammen, oder wie?«

»Nein, nein, das sind wir nicht.«

»Was will er dann von dir? *Wir müssen reden* impliziert, dass da zumindest noch einer Bedarf hat …« Er schüttelte den Kopf und fuhr sich durch die Haare. »Ich kann nicht fassen, dass du mir nicht erzählt hast, dass zu Hause noch ein Freund sitzt. Ich bin derjenige, der dich solange getröstet hat?«

O Gott, ihr war ganz schwindelig. Sie hatte seit Wochen nichts von Thomas gehört, aber natürlich wusste er, dass ihr Rückflug am Freitag ging.

Sie atmete tief durch. »Lass es mich erklären.«

Sein Gesichtsausdruck sprach Bände. Er wirkte abwesend und verletzt. »Ich weiß gar nicht, ob ich das hören will. Weißt du, eigentlich hatte ich mich für die Sache mit Atli entschuldigen wollen, dass ich dich ausgeschlossen habe – aber jetzt … jetzt bin ich doch froh, dass du nicht dabei warst. Der Kleine hat genug erlebt.«

Sofie schluckte.

»Hör mir doch mal zu! Ich bin hierhergekommen, weil unsere Beziehung nach der Fehlgeburt einfach am Ende war.

Wir waren offiziell noch zusammen, aber ich habe schon bald nach meiner Ankunft Schluss gemacht.«

»War das bevor oder nachdem wir miteinander geschlafen haben?«

Sofie verschränkte die Arme vor der Brust. Seine Wut verletzte sie. »Was tut das denn zur Sache? Es ändert doch nichts zwischen uns.«

Björgvin schüttelte den Kopf. »O doch. Es ändert eine ganze Menge.«

Sofie wollte ihn anfassen, aber er wich zurück. »Hör zu, Björgvin. Ich habe mit Thomas Schluss gemacht, *bevor* ich dich auch nur geküsst habe. Ich bin keine von den Frauen …« Wie Hallbera, hätte sie beinahe gesagt, sich aber gerade noch im letzten Moment auf die Zunge gebissen.

»Ich glaube dir nicht«, stieß er hervor.

»Hör auf, deine eigene Vergangenheit auf mich zu projizieren!«, rief sie.

Seine Augen waren zu zwei schmalen Schlitzen zusammengekniffen. »Was soll das heißen?«

»Das heißt, dass du mir bisher nicht das Gefühl gegeben hast, dass du ernsthaft eine Beziehung mit mir willst. Du hast mir nichts von dir oder deinen Ex-Beziehungen erzählt, dann kannst du doch jetzt nicht verlangen, dass ich dir alles von meinem Ex-Freund erzählt haben sollte! Jetzt tust du plötzlich so, als sei alles von Anfang an klar gewesen, aber das war es nicht, du hast mir auch einiges verschwiegen. Ich bin dir keine Rechenschaft schuldig!« Die Ungerechtigkeit machte Sofie ganz schwindelig.

Aufgewühlt fuhr er sich mit einer Hand durchs Haar. »Sofie, ich verstehe nicht … habe ich dir nicht klar genug gezeigt, was ich von dir will?«

»Nein, das hast du nicht«, sagte sie leise, »woher hätte ich es denn wissen sollen, wenn du nie etwas von dir preisgibst?«

Er nickte nur, plötzlich erschöpft. »Vielleicht hast du recht, aber es fällt mir schwer, dir zu vertrauen. Es tut mir leid, aber es ist nun mal so. Und wahrscheinlich hast du recht: Natürlich liegt das an den Erfahrungen, die ich gemacht habe.«

Sofie schluckte. Sie verstand, dass er Probleme hatte, nach Hallbera wieder einer Frau zu vertrauen. Und das hier sah für ihn wirklich übel aus, auch wenn es nur eine Kleinigkeit war. Aber tief in seinem Herzen musste er doch wissen, dass sie ihn nicht hintergangen hatte.

Dennoch hätte sie Thomas erwähnen müssen, so wie er sie über Atli und Hallbera hätte aufklären müssen – zumindest, wenn er mehr wollte. Sie wusste das, und das machte sie nur noch wütender.

»Was soll ich denn machen, damit du mich verstehst? Du hast mir doch auch nicht von Atli und Hallbera erzählt! Wir haben also beide den gleichen Fehler gemacht. Aber es ist, wie ich sage: Ich habe mit Thomas Schluss gemacht, ehe du und ich …« Ehe wir uns ineinander verliebt haben, beendete sie den Satz in ihrem Kopf.

Bislang hatte auch das niemand ausgesprochen. Sie hielt es auch nicht für den rechten Zeitpunkt, es jetzt nachzuholen. Nicht, wenn er sie so ansah wie jetzt. Sein Blick war kalt, seine Körperhaltung abwehrend.

»Es tut mir leid, Sofie, aber meine Beziehung zu Hallbera ist schon eine Weile länger vorbei als deine zu deinem Ex-Freund. Ich glaube … ich glaube, das hier ist sowieso ein riesengroßer Fehler.« Er machte ausladende Handbewegungen.

Sie stockte. Ihre Knie wurden weich. »W-was meinst du?«

»Na, du und ich. Wir sind einfach zu verschieden. Ich bin einfach noch nicht so weit, mich auf eine Frau einzulassen. In der letzten Nacht hatte ich viel Zeit zu überlegen, eigentlich wollte ich dir sagen, dass ich mich in dich verliebt habe, ich wollte dich bitten, bei mir auf Island zu bleiben. Aber jetzt …

du hast mir die Augen geöffnet. Ich kann das nicht, Sofie. Ich will keine Beziehung. All die Probleme, die Lügen und der Stress.«

»Ich habe nicht gelogen!« Sie blinzelte fassungslos.

»Aber du hast mir auch nicht die Wahrheit erzählt.«

»Und du? Du bist so viel besser?«

»Ja, da hast du natürlich recht, aber das macht es jetzt auch nicht besser. Es tut mir einfach weh, dass du es mir verschwiegen hast. Genau das wollte ich nie wieder.«

Er wischte sich mit der Hand über das Gesicht, dann schaute er sie direkt an. »Nie wieder, Sofie.«

Ein Schlag ins Gesicht hätte sie nicht härter treffen können.

»Du willst *es* nicht? Sag doch, du willst mich nicht.«

Er schüttelte den Kopf. »Tut mir leid.«

»Wow«, mehr brachte sie nicht heraus.

»Es ist mir jetzt erst klar geworden.«

Sie verlor den Halt unter ihren Füßen, schwankte leicht. Hinter ihren Augen brannte es, ihr Herz krampfte sich zusammen. Seine harten Worte verletzten sie, raubten ihr die Luft zum Atmen.

Björgvin wirkte auf einmal vollkommen ruhig. »Ich werde jetzt meine Sachen packen und nach Reykjavík fahren.«

»Das ist wirklich genau das, was ich von dir erwartet hätte: dass du wieder wegläufst«, sagte sie bitter. Tränen schwammen in ihren Augen, sie wollte nicht weinen und blinzelte sie weg.

»Es hat keinen Sinn, Sofie. Es tut mir leid«, wiederholte er.

Er sah sie noch einmal an. Ein letztes Mal.

Sie wusste es, sie erkannte es in seinem Blick. Sie las auch, dass es ihm wehtat, aber er hatte seine Entscheidung getroffen. Nichts würde ihn davon abhalten.

Sie sagte gar nichts mehr, drehte ihm den Rücken zu und schloss die Augen. Sie hörte, wie er ein- und wieder ausatmete. Für eine Weile sagte niemand mehr etwas. Im Fjord kreischten die Möwen hungrig und flatterten dicht über die Oberfläche, ansonsten war es still. Sie schaute ihn nicht an, sie wollte nicht, dass er sah, wie sie weinte. Lautlose Tränen liefen über ihr Gesicht.

»Leb wohl, Sofie«, hörte sie seine raue Stimme hinter sich.

Sie sagte nichts. Lange, schwere Schritte entfernten sich, und in ihr zerbrach etwas. Und dann war er fort.

Kapitel 63

Siglufjörður, August 1945

Es war Luises schwerste Reise gewesen, aber nun war sie zu Hause und bald konnte sie den kleinen Hannes in ihre Arme schließen. Sie hatte ihn so vermisst, und nur der Gedanke an ihren Sohn hatte ihren Lebensmut in den letzten Wochen aufrechterhalten. Für ihn musste sie stark sein. Jónas war in der Heide beigesetzt worden, es war nicht möglich gewesen, seine sterblichen Überreste nach Island zu überführen. Die Krankenschwester hatte bei ihrer Bitte beinahe gelacht. Luise atmete seufzend aus und lehnte sich gegen die Reling des Postschiffes, das gerade in Siglufjörðurs Hafen einlief.

Sie waren nun so nah, dass Luise das Haus ihrer Schwiegereltern erkennen konnte. Und nicht nur das, sie konnte einen blonden Haarschopf ausmachen, der vor dem Haus auf der Treppe saß und mit etwas spielte.

Hannes.

Ihr Herz schlug höher, Wärme breitete sich in ihrem Bauch aus. Bald konnte sie ihn umarmen, seine kleinen Händchen in ihre nehmen und an seinem Haar riechen, das so einzigartig nach Glück und Lebensfreude duftete, wie es nur bei Kindern der Fall war. Gleichzeitig fürchtete sie sich vor dem Wiedersehen mit Jónas' Familie. Luise hatte ein Telegramm geschickt und sie über Jónas' Tod informiert.

Sie atmete tief ein und schluckte. Luise hatte keine Ahnung, wie sie ohne Jónas leben sollte, aber sie hatte ihm versprochen, dass Hannes glücklich wurde. Sie hatte eine Aufgabe, und sie hatte ihm geschworen, sie zu erfüllen.

Etwas später rannte sie über die geschotterte Hauptstraße zum Haus der Schwiegereltern, ein Reiter kam im Tölt auf seinem Pferd an ihr vorbei und grüßte mit einem Kopfnicken. Wäsche flatterte in den Gärten im Wind. Sie wollte gerade die Stufen nach oben eilen, als die Tür geöffnet wurde und Dóra heraustrat. Sie trocknete sich die Hände an ihrer Schürze ab, über dem Haar trug sie ein Tuch. Aber das war nicht das, was Luise erstarren ließ, es war der Ausdruck in ihren Augen.

»Hallo, Dóra«, grüßte Luise.

»Du bist hier nicht mehr willkommen«, erwiderte ihre Schwiegermutter kalt.

»Aber …«

Dóra hob eine Hand und wedelte damit, als wollte sie eine lästige Fliege verscheuchen. »Verschwinde aus unserem Leben.«

»Wo ist Hannes?«, wollte Luise wissen und trat eine Stufe nach oben.

»Er ist im Haus.«

»Ich möchte ihn sehen. Hol ihn.«

»Du hast nur Unglück über uns gebracht, willst du jetzt auch sein Leben ruinieren?«

Luise war fassungslos. »Er ist mein Sohn, ich habe ein Recht darauf, ihn zu sehen.«

»Du hast gar nichts! Jónas war sein Vater, er ist mein Enkel. Alles, was wir noch haben. Du hast meinen Sohn in den Tod getrieben, ich lasse nicht zu, dass du noch mehr Unglück über unsere Familie bringst! Und jetzt verschwinde. Hannes bleibt hier.«

»Aber Hannes …« Mit einem Mal brachen Erschöpfung, Verzweiflung und Sehnsucht sich Bahn. Luise konnte kaum auf ihren zwei Beinen stehen, so kraftlos fühlte sie sich in dieser Sekunde.

»Er hat nicht einmal nach dir gefragt, er hat es besser bei uns als bei dir. Begreif das doch endlich, Hannes ist einer von uns, du wirst nie dazugehören. Nie.«

Die harten Worte trafen sie wie ein Hieb mit dem Rohrstock. Sie zuckte zusammen.

Luise hatte gewusst, dass ihre Schwiegermutter sie nicht leiden konnte, dass es schwer werden würde – aber sie hatte nicht damit gerechnet, dass sie ihr ihren Sohn wegnehmen wollte. »Das kannst du nicht tun«, murmelte sie tonlos, während sie überlegte, ob sie es doch tun konnte. Welche Möglichkeiten hatte Luise? Sie war in einem fremden Land – es war Dóras Heimat. Sie wusste, dass sie gegen sie keine Chance haben würde, wenn Dóra nicht zur Vernunft kam. Sie hatte nicht einmal vor dem Gesetz das Recht, ihren Jungen mitzunehmen, geschweige denn die Möglichkeiten, es durchzusetzen. Ihr letztes Geld war für die Passagen draufgegangen, die sie gekauft hatte, um mit Hannes zurück nach Deutschland zu reisen. Luise schwankte, der Boden unter ihr schien sich zu bewegen.

Dóra straffte sich. »Geh endlich. Lass dich hier nicht mehr blicken.«

Sie trat ins Haus und schlug die Tür zu.

Luise war schwindelig, ihre Knie drohten nachzugeben. Sie ging hinauf und drehte den Knauf, aber Dóra hatte bereits von innen verriegelt.

Diese Tür war sonst niemals abgeschlossen. Fassungslos stand sie einen Augenblick da und blinzelte, während sie das

Holz vor sich anstarrte, wo zuvor noch ihre Schwiegermutter gestanden hatte.

Luise hämmerte dagegen. »Das kannst du nicht machen!«

Sie tobte, sie schrie, sie wollte diese Tür einschlagen. Sie wusste nicht, was sie tun konnte. Wo sie hinsollte.

Hannes! Sie wollte doch nur ihren Sohn in die Arme schließen.

Auf der Nachbarsseite wurde ein Fenster geöffnet. »Lilla, du bist zurück!«

Luise sah aus tränenverschleierten Augen zu Sigrún, mit der sie immer gut klargekommen war. »Ja, ich bin zurück …« Ihr fehlten die Worte, sie wusste nicht, was sie zu Sigrún sagen sollte.

»Komm erst mal zu uns. Komm rüber.«

Mechanisch setzte Luise einen Fuß vor den anderen. Bei Sigrún bekam sie die nötige Umarmung, einen heißen, starken Bohnenkaffee und Haferkekse mit Butter.

Luise erzählte, was sie erlebt hatte und vor welchen Hürden sie nun stand. Sigrún bot ihr zwar ein Dach über dem Kopf, aber auch sie war der Meinung, dass der Junge zu seiner Familie gehörte, nicht zu ihr. Luise schluckte diese bittere Pille und blieb, weil sie keine andere Wahl hatte, aber von Sigrúns Seite brauchte sie keine Hilfe zu erwarten. Niemand gab ihr das Gefühl, dass sie ein Recht hatte zu bleiben, geschweige denn, ihren Sohn mitzunehmen.

In den folgenden Tagen und Wochen versuchte sie jeden Tag mit Dóra zu sprechen, aber keins ihrer Argumente fiel auf fruchtbaren Boden. Jónas' Vater war auf See, und Hannes lebte nun bei Ragnhildur, Jónas' Schwägerin. Ein paar Mal sah sie den Jungen von Weitem, aber es gelang ihr nie, seine Aufmerksamkeit zu erregen. Hannes wirkte wie ein glücklicher Junge, er hatte stets gelacht und mit seinen Cousins gespielt. Einmal hatte sie sogar gehört, wie er »Mamma« zu Ragnhildur gesagt hatte. Das war der Moment gewesen, in dem Luise sich zum ersten Mal gefragt hatte, ob es wirklich darum ging, dass Hannes es besser hatte oder sie. Bei Ragnhildur hatte er einen warmen Schlafplatz, er war umgeben von einer liebenden, intakten Familie, und er hatte genug zu essen. Luise konnte ihm in Deutschland nichts außer ihrer Liebe anbieten, sie war mittellos. Die Überlebenden hungerten, das Leid war noch immer groß, die Folgen des Krieges waren überall zu sehen. Selbst wenn alle Probleme gelöst wären, blieb immer noch der wichtigste Punkt, Dóra würde ihren Enkel niemals gehen lassen. Niemals. Daran zweifelte Luise keine Sekunde und niemand stand ihr bei. Nicht einmal das Recht war auf ihrer Seite.

* * *

An einem Abend im Oktober saß sie in der kleinen Kammer, die sie bei Sigrún bewohnte, dem alten Kinderzimmer, und schrieb einen Brief an ihren Bruder.

> *Lieber Heinrich,*
> *wie geht es dir? Ich hoffe, deine Schüler sind so wissbegierig und lerneifrig wie eh und je. Ich hatte gehofft, dir endlich einmal frohe Botschaften nach Argentinien senden zu können, aber auch nach Wochen hegen meine Schwiegermutter und Schwägerin noch immer so tiefen Groll gegen mich, dass sie mich aus der Familie ausschließen und mir meinen Sohn vorenthalten. Ich habe so oft die immer gleichen Gespräche mit ihnen geführt, dass ich selbst nicht mehr weiß, was richtig und falsch ist.*
>
> *Für mich gibt es keinen Platz mehr in dieser Familie, und wenn ich ehrlich bin, dann kann*

ich mir ein Leben ohne Jónas hier auch nicht vorstellen, obwohl ich jahrelang ohne ihn in diesem Dorf verbracht habe. Aber damals hatte ich noch Hoffnung.

Ich möchte meinen Jungen mit mir nehmen und noch einmal neu anfangen, aber ist das auch das Beste für Hannes? Für mich fühlt sich mein ganzes Dasein falsch an. Wenn das Bedürfnis, meinen Sohn an der Hand zu nehmen und das nächste Schiff nach Deutschland zu besteigen, in mir so groß ist, dass ich glaube zu zerspringen, dann weiß ich nicht, ob ich das nur für mich tun möchte – oder ob es auch für Hannes gut wäre.

Er lebt hier beinahe sein ganzes Leben.

Er spricht kein Deutsch.

Seine Familie ist gut zu ihm.

Aber es ist nicht mehr meine.

Ich bin noch immer das Haar in der Suppe, nun aber eines, das man entfernt und entsorgt hat.

Der Winter steht bevor, ich könnte Hannes womöglich nicht einmal eine heiße Suppe am Tag bieten. Welche Zukunft hätte er mit mir? Es tut weh, aber die Vernunft sagt mir, dass mein Sohn hier besser aufgehoben ist, auch wenn ich dann nicht an seiner Seite sein kann.

Das Schlimme ist, ich kann Jónas' Familie sogar verstehen. Ich hasse mich selbst dafür, dass ich Jónas in den Tod habe gehen lassen. Das ist die Schuld, mit der ich leben muss.

Es tut mir leid, mein lieber Bruder, nun habe ich dich schon wieder mit meinem alles erdrückenden Leid überschüttet. Ich werde gleich noch einmal zu Dóra gehen, zum letzten Mal, denn ich weiß, dass ich verloren habe. Sie werden mir Hannes niemals zurückgeben. Sogar das Recht steht auf ihrer Seite.

In Liebe, deine Schwester

Luise

Luise faltete den Brief und steckte ihn in einen Umschlag, Tränen tropften auf das Papier. Sie hatte verloren, und die Erkenntnis, dass sie ihrem Sohn keine Mutter sein konnte, nicht länger sein durfte, obwohl sie sich nichts sehnlicher wünschte, ließ ihr Herz ein zweites Mal brechen. Sie wollte Hannes noch einmal sehen, ein letztes Mal, um Abschied zu nehmen. Sie würde es aus der Ferne tun, so war es am besten für ihn.

Kapitel 64

Siglufjörður, August 2019

Der Himmel war rot und orange gefärbt und tauchte die Umgebung in ein sanftes Licht. Sofie trat von der Terrasse zurück ins Haus, es war frisch geworden.

Sofie hatte nicht versucht, Björgvin anzurufen. Sie wusste, dass es sinnlos war.

Sie war traurig, unendlich traurig. Dennoch hatte sie nicht vor zu versuchen, ihn vom Gegenteil zu überzeugen. Sie waren zu verschieden, hatte er gesagt, und dass er noch nicht so weit war, sich auf eine neue Beziehung einzulassen. Eindeutiger ging es nicht, das musste sie akzeptieren, auch wenn es wehtat.

Es waren nur noch zwei Tage bis zu ihrer Abreise, die würde sie auch noch überstehen.

Zurück in Hamburg hätte sie genug zu tun, Jobsuche, Wohnungssuche – all das würde sie auf Trab halten. Sofie fühlte sich schrecklich einsam. Nicht mal Stella war da. Sie war für eine Woche nach Kalifornien in den Urlaub geflogen. Zu schade, dachte Sofie und warf sich aufs Sofa.

Als es klingelte, dachte sie natürlich als Erstes an Björgvin. Aber der hatte ja einen Schlüssel.

Sofie war überrascht, als Kristín vor der Tür stand.

»Hi, ich wollte dir mal den Prospekt zeigen«, sagte diese und wedelte damit vor Sofies Gesicht herum. Der war allerdings klar, dass das vermutlich nur ein Vorwand war, sie ein wenig auszufragen. Björgvins Mutter war auch schon da gewesen und hatte sich nach Björgvin erkundigt, dabei war Sofie sich sicher, dass die Mama ihren Sohn sicher auf dem Handy anrufen konnte, wenn sie was von ihm wollte. Vermutlich hatte der aber nur geschwiegen und die Mama gehofft, mehr von Sofie zu erfahren. Aber sie wusste auch nicht *mehr*.

Es war schon komisch, dachte Sofie. Diese Familie war so nett, so liebenswert. Sie hatte sich viel wohler gefühlt als bei ihrer eigenen. Sie hätte gut dazu gepasst. Ein Jammer, dass der Sohn das nicht so sah.

Sofie lächelte Kristín an. Hoffentlich wirkte es echt, denn im Grunde fühlte sie sich erbärmlich. »Was für eine schöne Überraschung. Komm doch gerne rein.«

Sie umarmten sich kurz, dann bot Sofie ihr etwas zu trinken an. Kurz darauf saßen sie bei einer Tasse Tee zusammen, und Sofie begutachtete den Prospekt. »Sehr schön geworden«, meinte sie und schob ihn schließlich über den Tisch zurück.

»Ich muss mich dann auch bald verabschieden, vielleicht essen wir zusammen? Ich wollte nach all der Zeit auch nicht einfach gehen, ohne Tschüss zu sagen.«

Kristín legte eine Hand auf ihre. Sie wirkte überrascht. »Du willst zurück?«

Sofie lächelte gezwungen. »Meine Arbeit ist erledigt. Was soll ich also noch hier?«

»Mein Cousin ist ein schwieriger Fall, ich verstehe, dass es nicht leicht für dich ist.« Also wusste sie was.

Sofie verzog ihre Lippen. »An mir liegt es nicht. Ich habe angedeutet, dass ich mir vorstellen könnte, länger zu bleiben.«

Kristín machte große Augen. »Du hast es angedeutet?«

Sofie nickte. »Ja.«

»Andeuten klingt nicht besonders überzeugt.« Sie schüttelte den Kopf und schmunzelte.

Sofie wusste nicht, was daran so lustig sein sollte. »Was soll ich denn machen?« Ihrer Stimme hörte man die Irritation deutlich an. »Er hat mir klipp und klar gesagt, dass er nicht so weit ist, sich auf eine neue Frau einzulassen.«

»Er ist gelähmt vor Angst, Hallbera hat ihn so hintergangen. Und dann die Schuldgefühle wegen seines Bruders.«

»Dafür kann ich doch nichts.«

»Nein, Liebes. Du kannst nichts dafür. Aber er kann auch nicht aus seiner Haut, fürchte ich. Wenn ich nur wüsste, was ich dir raten soll. Ich sehe beide Seiten – ihr habt beide recht. Aber irgendjemand muss den ersten Schritt machen, egal, wer jetzt im Recht ist oder nicht.«

Kristín stand auf. »Wenn du meine Hilfe brauchst, ich bin für dich da.«

Sofie rieb sich die Nasenwurzel. »Ich denke mal drüber nach – aber es ist irgendwie kompliziert. Immerhin hat er mir gesagt, dass er keine Beziehung will.«

Kristín legte ihr eine Hand auf die Schulter. »Ist Liebe nicht immer kompliziert?«

Liebe?

Sofie schluckte.

Ja. Kristín hatte recht. Liebe machte verletzlich, Liebe vernebelte einem das Gehirn. Aber Liebe war auch das stärkste Gefühl. Und dennoch, selbst wenn sie so für Björgvin empfand, es lag nicht nur an ihr. Er hatte ihr die längste Zeit ihres Zusammenseins mit keinem Wort signalisiert, dass er ähnlich fühlte. Und jetzt, nach nur einem Streit, der im Grunde auf einem Missverständnis beruhte, hatte er ihr gesagt, er wolle keine Beziehung. Aber vielleicht war das auch nur ein Schutzmechanismus.

Sofie hatte auch Angst, vor dem Alleinsein, vor dem Nicht-Alleinsein, davor, sich noch mal ganz und gar auf jemanden einzulassen. Davor, sich verletzlich zu machen.

Sie wollte sich nicht schon wieder von jemandem abhängig machen, der vielleicht nicht genauso stark für sie empfand wie sie für ihn. Den Fehler hatte sie schon bei Thomas begangen, und das würde ihr kein zweites Mal passieren.

Nachdem Kristín sich verabschiedet hatte, tigerte Sofie auf und ab.

Irgendwann nahm sie all ihren Mut zusammen und wählte Björgvins Nummer. Es klingelte dreimal, dann drückte er sie weg.

Sofie ließ das Telefon sinken. Da hatte Kristín wohl danebengelegen. Aber immerhin hatte sie es versucht, sagte sie sich, sie hatte nicht einfach aufgegeben. Alles andere lag nicht mehr in ihrer Hand.

Kapitel 65

Lüneburg, März 1946

Sonnenstrahlen wärmten Luises Gesicht, als sie aus dem Zug stieg. Der Himmel war von Schleierwolken durchzogen, an den Bäumen sprossen die ersten Blätter, die Krokusse hatten ihre Köpfe aus dem Boden gestreckt. Sie war zum ersten Mal, seit sie zurück in Deutschland war, mit dem Bummelzug aus Hamburg nach Lüneburg gefahren. Um den Bahnhof herum lagen Trümmer. Die Spuren des Krieges waren hier überall sichtbar, aber je weiter sie ihren Weg in die Innenstadt fortsetzte, stellte sie fest, dass nahezu alle Häuser intakt waren, bis auf ein paar Scheiben, die noch nicht ersetzt worden waren. Auf ihrem Weg vermied sie es, in der Gartenstraße bei der Villa vorbeizugehen, zu schmerzhaft waren die Erinnerungen. Gestern hatte sie einen Brief von Aaron Bernstein erhalten, er lebte in der Schweiz. Er hatte sich 1943 mit dem Fahrrad über die Grenze gerettet. Luise war erleichtert, dass wenigstens er es geschafft hatte. Sie atmete durch und blinzelte. Es waren erstaunlich viele Menschen in der Stadt. Es war wuselig und laut um sie herum.

»Vermutlich kein Wunder«, dachte sie und sah an den hübschen Giebeln nach oben, die sie früher als uralt und langweilig betrachtet hatte. Heute sah sie vieles anders, die letzten zehn Jahre hatten eine andere aus ihr gemacht. Sie seufzte.

Dies war also das Lüneburg der Stunde null. Überall in Deutschland hatten die Aufräumarbeiten begonnen, doch lagen viele Städte noch immer in Trümmern – diese hier nicht, dafür platzte sie vor lauter Flüchtlingen aus allen Nähten. Wie fast überall waren jedoch auch in Lüneburg alle jüdischen Einwohner der Stadt verschwunden. Ermordet oder geflüchtet. Luise spürte wieder die bittere Wut in sich aufsteigen, kämpfte sie aber nieder. Sie konnte sich keinen Zusammenbruch auf der Straße erlauben. Langsam ging sie weiter, und mit jedem Schritt über das Kopfsteinpflaster tauchten andere Erinnerungen – schöne und traurige – aus ihrer Vergangenheit in ihrem Kopf auf. Sie vermisste ihre Eltern, ihren Bruder und vor allem Jónas und Hannes. Die Einsamkeit war nun zu einem Teil von ihr geworden, der alles andere in sich verschlang. Sie suchte noch nach einem Weg, wie sie damit leben konnte. Und doch kam Luise sich in dieser Sekunde völlig fehl am Platz vor. Während sie durch die Lüneburger Gassen streifte, fühlte sie sich beinahe, als wäre sie in einer anderen Zeit. Sie hatte viel gesehen in den letzten Monaten, umso überraschter war sie, dass der Krieg – zumindest äußerlich – anscheinend an Lüneburg mit nur wenig Schaden vorübergezogen war.

Welche Schutzengel mussten die Lüneburger gehabt haben? Man munkelte, dass die Verbindungen zum britischen Königshaus, das mit dem von Hannover eng verbandelt war, Lüneburg vor heftigen Fliegerangriffen geschützt hatten. Bombenabwürfe hatte es auch hier gegeben – aber nicht in der Innenstadt. Luise war egal, aus welchem Grund der Kern der Stadt verschont geblieben war, sie konnte sich nicht darüber freuen, denn für sie gab es hier nichts mehr.

Jemand rempelte sie an. »Entschuldigen Sie, hab nich uffjepasst«, hörte Luise die magere Frau sagen. Diesen Dialekt kannte sie nicht, aber sie hatte ihn in der letzten Stunde schon häufiger gehört.

»Kein Problem, wieso sind hier überall so viele Leute?«, fragte Luise.

Die Frau sah sie irritiert an. »Sind wohl nich von hier? Frieher wars hier wohl anders.«

Luise wusste nicht, wie sie darauf antworten sollte, denn als Lüneburgerin betrachtete sie sich seit Jahren nicht mehr. Sie war heimatlos – wie viele Millionen andere Menschen in diesen Stunden des Neuanfangs.

Die Frau mit den dunklen Locken fuhr fort: »De meesten kommen aus Ostpreußen, so wie ich. Oder Schlesien. Als die Russen kamen, mussten wir fliehen. Viele kommen och aus Hamburg. Dort ist ja alles zerbombt. Kindchen, wo sind Se denn jewesen in den letzten Jahren?«

»Weit weg«, antwortete sie wahrheitsgemäß.

»Det heest jetzt nich mehr Lüneburch – wir sagen jetzt die Stadt der tausend Kübel. Zu viele Leute, zu wenich Platz. Keen fließend Wasser. Dreißichtausend Flüchter hamse letztens jezählt.« Sie hustete rau.

Dreißigtausend Geflüchtete? Luise hatte von den Strömen aus den Ostgebieten gehört, aber dass es hier so viele waren, hatte sie nicht gewusst.

»Drei Monate waren wir mit dem Treck unterwegs, bis ich im März 45 anjekommen bin. Viele sind ja nich anjekommen.«

Die Frau senkte den Blick, und Luise spürte deren Schmerz wie ihren eigenen.

Luise schluckte. »Entschuldigung, ich muss weiter.« Sie konnte nicht mehr zuhören, zudem war es äußerst ungewöhnlich, dass die Frau so offen mit ihr sprach. Meistens senkten die Leute eher den Kopf und blieben mit ihren Erinnerungen alleine. Weggesperrt und verdrängt, als ob das die einzige Möglichkeit war, mit dem Erlebten umzugehen.

Luise setzte ihren Weg fort und kam am Betrieb von Fritz' Eltern vorbei, sie blickte in das Schaufenster der Metzgerei. Sie sah das blasse Gesicht von Fritz' Mutter. Sie bediente eine der unzähligen Kundinnen, die sich, wie überall, in einer langen Schlange nach stundenlangem Warten und mit ein paar Märkchen ihren Teil der Rationen abholen wollten. Und dann entdeckte Luise Fritz' Foto mit einem schwarzen Trauerflor. Er war gefallen. Sie schluckte und ging weiter. Sie konnte jetzt nicht an die Vergangenheit denken. Es musste weitergehen. Irgendwie. Sie dachte an ihre Freundin Anni, die einen jungen Engländer geheiratet hatte und jetzt ein Kind erwartete. Sie hoffte auf ein baldiges Wiedersehen. Der Gedanke gab ihr Kraft. Die Straßenschilder waren nun zweisprachig, Deutsch und Englisch, an jeder Ecke sah man britische Soldaten. Vor den Läden standen die Frauen und Kinder an, um die ihnen zugewiesenen Lebensmittel abzuholen. Luises Schritte wurden langsamer, als sie durch die Große Bäckerstraße auf den Marktplatz zuging. Sie sah die Hausnummer dreizehn, ein unscheinbares weißes Haus ohne die typischen Schmuckgiebel der Stadt, hier hatten ihre Eltern zuletzt gelebt, von hier waren sie abgeholt und in den Tod geschickt worden. Sie blinzelte und ging weiter, sie hatte ihren Hut tief ins Gesicht gezogen, sie wollte nicht, dass man sie erkannte. Als sie das Kaufhaus am Markt 6 erreichte, hörte sie einen leisen Schrei, erst kurz darauf merkte sie, dass er sich aus ihrer Kehle gelöst hatte. Schleier prangte jetzt in großen Lettern über der Tür.

»Luise?«, sprach sie jemand an. »Bist du das?«

Luise wandte sich in Richtung der heiseren Stimme. Sie blickte in das Gesicht ihres ehemaligen Musiklehrers. »Herr Rehr …«, murmelte sie. Seine Wangen waren hohl, er stützte sich auf Krücken, er hatte sein linkes Bein verloren.

Luise schluckte.

Niemand fragte, wie es dem anderen ging. Jeder hatte mit seinem eigenen Leid, seinen eigenen Gespenstern zu tun. Die Leute hatten ihre eigenen Probleme, niemand wollte mehr über die der anderen etwas hören. Verlust, Hunger, Trauer, Rationierung, Enge – es war überall gleich.

Im Krieg hatte es keinen Gewinner gegeben. Alle hatten verloren. Angehörige. Die Gesundheit. Ihre Häuser. Die Hoffnung. Und viele auch ihre Zukunft.

»Wohnst du jetzt wieder hier?«, erkundigte er sich.

Sie schüttelte den Kopf. »Nein, ich bin nur … zu Besuch hier.«

Er fragte nicht, wen sie besuchen wollte. Er musste ahnen, dass ihre Eltern nicht überlebt hatten.

»Ich muss dann auch weiter«, sagte sie, ehe er vielleicht doch eine Frage stellen konnte, die sie hier, mitten auf der Straße, in die Knie zwang.

Sie hätte nicht herkommen sollen.

»Leb wohl, ich wünsche dir alles Gute«, rief er ihr hinterher.

Dafür war es zu spät, dachte sie und setzte ihren Weg zu dem einen Ort fort, wegen dem sie hergekommen war. Es dauerte nur ein paar Minuten, bis sie zum jüdischen Friedhof Am Neuen Felde kam.

Luise blickte sich um, und ihr Atem entwich mit einem lauten Zischen. »Das ist nicht möglich!«

An der Stelle, an der sie einen Stein auf Großmutters Grab hatte legen wollen, stand nun ein Gebäude. Sie las die Aufschrift auf dem Messingschild. Es handelte sich wohl um ein Behelfsheim des Reichsarbeitsdienstes – die Tür öffnete sich, und ein britischer Soldat trat in die Märzsonne.

»Can I help you?«, fragte der junge Mann sie.

Luises Mund war trocken, er stand immer noch offen. »Ich … I … I was looking for the jewish cemetery.«

»Sorry, I don't know anything about that.« Seine Augen weiteten sich, dann begriff er, dass sie eine Überlebende war.

»Früher war er hier … genau hier«, sagte sie und deutete mit der Hand auf das Haus.

»Die Nazis haben schlimme Dinge getan«, wechselte er mit einem starken Akzent ins Deutsche. »I'm sorry for your loss.«

Es lag so viel Mitgefühl in seinem Blick, dass ihr ganz blümerant wurde.

»Thank you.« Sie schlug die Augen nieder, er sollte nicht sehen, dass bittere Tränen darin schwammen.

Sie konnte sich nicht vergeben. Eine Hand legte sich auf ihre Schulter, einen Moment glaubte sie, dass es der Soldat war, sie wollte gerade etwas sagen, hob ihr Kinn an und dann schrie sie auf.

»Heinrich!« Sie fiel ihm um den Hals. »Du … du bist hier! O Heini!«

Er umarmte sie so fest, dass sie kaum Luft bekam. Es war so vertraut. So schön. Luise schluchzte, dicke Tränen benetzten seinen Trenchcoat. Er weinte auch, sie spürte das Beben seiner Schultern, die in den letzten Jahren breiter geworden waren.

»Ich war in Hamburg bei der Adresse, die du angegeben hast. Eine Nachbarin sagte mir, dass du nach Lüneburg gefahren bist.«

Er löste sich ein wenig von ihr und sah sie an. Ein mildes, trauriges Lächeln spielte um seine Lippen. Sein Haar war voll wie immer, aber auch an ihm schienen die Spuren der letzten Jahre tiefe Wunden hinterlassen zu haben. Seine Wangenknochen stachen hervor, leichte Fältchen lagen um seine dunklen Augen. Er wirkte abgekämpft und erschöpft, nicht nur körperlich.

»Und du bist gekommen!«, stieß sie hervor. Obwohl sie unfassbar glücklich war, ihn endlich bei sich zu haben, so erinnerte sie alles daran, was sie sonst verloren hatte.

»Ich konnte keine Stunde länger warten, dich endlich in die Arme zu schließen. Es ist so lange her. Viel zu lange.«

Luise weinte noch immer, jetzt waren es Tränen der Freude. Trotz all des Kummers genoss sie das Gefühl, das das Wiedersehen mit ihrem geliebten Bruder in ihr auslöste. »Wie lange wirst du bleiben?« Sie rückte ein Stück von ihm ab, seine dunklen Augen blickten voller Wärme und Traurigkeit auf sie nieder.

»Ich bleibe, solange du mich brauchst. Vielleicht sogar für immer. Du bist alles, was ich habe, meine kleine Schwester. Gemeinsam schaffen wir es.«

»Aber du hast ein Leben in Argentinien, eine Arbeit, ein Zuhause.«

»Du bist jetzt mein Zuhause, Luise. Außerdem will ich für unser Recht kämpfen. Ich will zurück, was sie uns genommen haben. Ich will unser Kaufhaus Rose zurück.«

Luise schluckte, sie sagte nichts. Materielles interessierte sie schon lange nicht mehr, aber es war dumm, nicht darauf zu bestehen, jetzt, wo man noch immer kaum eine Scheibe Brot, ein Stück Butter bekam. Niemand würde die Toten wieder lebendig machen.

Heini hob ihr Kinn mit dem Finger an. »Ich weiß, was du denkst, Luise. Es ist auch für ihr Andenken. Tot sind nur jene, an die sich niemand mehr erinnert, und wir werden dafür sorgen, dass unserer Familie gedacht wird.«

Sie konnte nicht darüber sprechen, sie legte ihre Wange auf seine Brust, wie sie es oft bei Jónas getan hatte, und schloss die Augen. »Aber du liebst doch Bücher«, sagte sie irgendwann.

»Dann machen wir eben eine Buchhandlung auf. Wo das sein wird, spielt doch im Grunde keine Rolle, solange wir uns haben.« Sie hörte ein leises Lächeln aus seiner Stimme.

Hoffnung. Wärme. Und ein klein wenig Zuversicht.

»Wir werden leben«, murmelte er. Mehr musste er nicht sagen, sie beide spürten mit jeder Faser ihres Körpers, was sie verloren hatten. Sie dachten an ihre Eltern und die Zukunft, der sie beraubt worden waren. Der Blick aus Heinis warmen, dunklen Augen sagte ihr, dass es sich lohnte weiterzuleben. Dass sie einander hatten, wo viele alles verloren hatten. Luise atmete tief ein, ein Funke glomm in ihr, wo zuvor nur Dunkelheit gewesen war. Sie nahm seine Hand und ging mit ihm davon. Erst jetzt war sie wirklich angekommen.

Kapitel 66

Hamburg, Mitte September 2019

Nicht jeder bekommt sein Happy End, dachte Sofie melancholisch. Die ersten Blätter färbten sich golden. Früher war ihr nie aufgefallen, wie grün Hamburg eigentlich war. Im Vergleich zu Island wimmelte es hier geradezu von Büschen und Bäumen. Bis zur letzten Minute hatte sie gehofft, dass Björgvin vielleicht doch noch am Flughafen auftauchen würde, dass er ihr seine Liebe gestehen würde und sie bitten würde zu bleiben.

Aber egal, wie lange und hoffnungsvoll sie auf die Lavafelder um Keflavík gestarrt hatte, er war nicht gekommen.

Sofie hatte nicht noch einmal versucht ihn anzurufen, ihm aber geschrieben, dass sie Gefühle für ihn hatte und dass sie es bereute, nicht von Anfang an ehrlich zu ihm gewesen zu sein.

Er hatte nicht geantwortet.

Sie seufzte tief und setzte ihren Weg fort. In den letzten Tagen hatte sie ihre wenigen Habseligkeiten in Thomas' Wohnung zusammengepackt, heute kam der Umzugstransporter. Vorläufig stellte sie ihre Sachen bei ihren Eltern ab und zog in ihr altes

Zimmer. Auf die Schnelle war es nicht möglich gewesen, etwas Neues zu organisieren. Schon gar nicht ohne Job.

Sie hatte zwar einige Bewerbungen abgeschickt, aber noch keine Rückmeldung erhalten. Morgen würde sie sich arbeitslos melden, ein Gang, der ihr schon seit Tagen wie ein Haufen Steine im Magen lag. Nicht nur das, sie hatte regelrecht mit Übelkeit zu kämpfen gehabt. Aber das war ja auch kein Wunder, die Situation kostete sie Nerven. Nicht nur Nerven.

Sie hatte ihr Herz auf Island verloren. Es tat schrecklich weh.

Traurig schluckte sie die aufsteigenden Gefühle herunter. Sie vermisste nicht nur Björgvin, sondern auch alle anderen Menschen, die sie in den letzten drei Monaten lieb gewonnen hatte. Sie konnte sie besuchen, ja, aber es würde nie das Gleiche sein.

Sofie musste Björgvins Entscheidung akzeptieren, er hatte sich für ein Leben ohne sie entschieden, und das musste sie in ihren Kopf bekommen. Sicher würde es bald besser werden, wenn sie erst einmal einen neuen Job und eine neue Wohnung gefunden hatte. Sie kam an einer Bäckerei vorbei, und der Geruch von frischem Brot stieg ihr in die Nase.

Angewidert wandte sie sich ab. Aber sie konnte es nicht mehr verhindern, Speichel sammelte sich in ihrem Mund, die Übelkeit war stärker geworden. O Gott. Sie musste sich gleich übergeben. Hektisch sah sie sich um und hastete zu einer Mülltonne, die an einer Hausecke stand.

Als der Brechreiz nachgelassen hatte, stützte sie sich mit der Hand gegen die Hauswand und wischte sich mit einem Taschentuch den Mund ab. Verdammt, eine Magenverstimmung kam ihr jetzt gerade noch recht. Dabei hatte sie bisher kaum was zu sich genommen. Vielleicht lag es ja auch einfach daran. Sofie ruckelte ihren Rucksack zurecht und ging die letzten Meter zu ihrer Wohnung – ihrer ehemaligen Wohnung.

Sofie sah einen Mann vor dem Eingang stehen, der sie an Björgvin erinnerte. Er hatte breite Schultern und die gleiche Haarfarbe.

Verdammt, jetzt sah sie schon an jeder Ecke Männer, die sie für ihn hielt. Wann würde diese schreckliche Sehnsucht denn endlich abklingen? Sie blinzelte irritiert und setzte ihren Weg fort. Dann bemerkte sie, dass ein Auto mit Anhänger den Platz besetzt hatte, den sie mit Hütchen für den Umzugswagen reserviert hatte.

Das war doch wohl nicht zu glauben!

Wut schäumte in ihr hoch, sie hasste solche Leute, die so dreist waren und auf nichts Rücksicht nahmen.

Sie wollte gerade anfangen zu schimpfen, als der Mann sich umdrehte und sie erkannte, dass er nicht nur wie Björgvin aussah.

Das war Björgvin.

Der Mann ihrer schlaflosen Nächte.

Der Mann ihrer Träume.

Der Mann, der sie hatte gehen lassen.

»Was zur …«, stieß sie atemlos hervor und spürte, wie ihr Magen in die Kniekehlen sackte.

Als er sie entdeckte, kam er auf sie zu. Sein Gesichtsausdruck war angespannt, aber das Leuchten in seinen Augen versetzte ihren Körper direkte in einen Zustand höchster Anspannung. Es kribbelte in ihrem Bauch.

»Björgvin«, war alles, was sie noch hauchen konnte. Ihre Stimme klang atemlos, ihr Blutdruck lag garantiert weit über der gesunden Grenze. Aber das war ihr egal. Alles war ihr egal.

Warum war er hier?

Träumte sie?

Sie kniff sich, was total albern war, aber sie war einfach fassungslos.

»Was machst du da?« Er runzelte die Stirn.

»Ich muss träumen, aber irgendwie wache ich nicht auf.«

Ein breites, liebevolles Lächeln erschien auf seinen vertrauten Zügen. »Ich bin hier, Sofie. Ich bin wirklich hier.«

Sie machte große Augen. »Unglaublich.«

»Verzeih mir. Es hat ein wenig gedauert, bis ich begriffen habe, dass es *meine* Angst ist, die mich so lange zurückgehalten hat. Aber ich liebe dich, Sofie. Das wollte ich dir sagen.«

Seine Worte trafen sie mitten ins Herz. Sofie konnte nicht glauben, dass er wirklich vor ihr stand.

»W-warum bist du hier?«, stammelte sie und schaute auf sein Auto.

Er lächelte unsicher. »Ich wollte dich mit handfesten Argumenten überzeugen. Es tut mir unfassbar leid, wie das alles für dich sein musste, aber ich konnte einfach nicht über meinen Schatten springen. Meine Furcht vor einer neuen Bindung hat mich blockiert, ich hatte all das noch nicht verarbeitet. Der Schock, die Trauer um meinen Bruder, es zerreißt mich auch jetzt noch. Es hat mich so sehr belastet, und ich habe mich einfach nicht getraut, mit dir offen darüber zu sprechen. Ich habe mich geschämt, und ich wollte auch nicht schwach wirken. Ich dachte … ich dachte, dass ich nicht gut genug für dich sein könnte, ich habe einfach so viele verdammte Fehler, Sofie.«

Sofies Herz zog sich zusammen. Sie verstand, dass es ihn innerlich zerrissen haben musste, und hatte ihm doch längst verziehen.

»Du bist mir genug«, flüsterte sie. »Ich gebe dir weder die Schuld noch mache ich dir Vorwürfe. Ich hoffe, das spürst du.«

Björgvin ging auf sie zu. »In meinem Kopf weiß ich es, mein Herz sagt es mir auch. Aber ich habe so lange mit der Schuld gelebt, dass ich einfach ein bisschen gebraucht habe. Es tut mir leid, dass du darunter leiden musstest. Sofie, ich habe mich in dich verliebt. Ich habe überreagiert, als ich die Nachricht auf dem Handy gesehen habe. Ich war einfach blind, und meine ganze alte Geschichte ist in mir hochgekocht. Ich glaube, ich habe mich in dem Moment in dich verliebt, als ich dich in der Badewanne für eine Einbrecherin gehalten habe. Die Tage ohne dich waren die beschissensten seit Langem. Ich hätte dich nicht gehen lassen dürfen, aber ich war einfach so unsicher. Ich hatte so große Angst, dass … ach, ich weiß auch nicht. Gefühle sind manchmal … Herrgott noch mal, warum bekomme ich keinen klaren Satz mehr heraus?«

Er nahm ihre Hand, der Ausdruck in seinen Augen ließ Schmetterlinge in ihrem Bauch aufflattern. »Du bist den ganzen weiten Weg gekommen«, murmelte sie. »Wegen mir.«

»Ja, ich bin hier, weil ich dich fragen wollte, ob du den Rest deines Lebens mit mir verbringen willst.«

Sie schluckte. Ihr wurde schwindelig. Sie musste getaumelt sein, denn plötzlich umfingen sie zwei starke Arme, und der Hauch seines Rasierwassers stieg ihr in die Nase.

»Damit habe ich nicht gerechnet.«

»Es tut mir leid«, wiederholte er noch einmal zerknirscht. »Ich war so dumm. Ich habe meine ganzen Ängste bei dir abgeladen. Ich hätte dir nicht solche Vorwürfe machen sollen. Kannst du mir jemals verzeihen?«

»Sag das nicht, natürlich verzeihe ich dir«, sie legte ihm einen Finger an die Lippen.

Für einen Moment verlor sie sich im Grün seiner Augen. Ihr Puls raste noch immer. »Ich liebe dich«, wisperte sie.

»Ich liebe dich auch.« Und dann senkte er seinen Mund auf ihren.

Sie schmolz in Björgvins Armen dahin. Sie hatte ihn so vermisst. Es war so vertraut, seinen Kuss zu erwidern, dass sie vor Glück weinte.

»Was ist?«, fragte er atemlos.

»Ich, ich bin einfach so überrascht.«

»Positiv, hoffe ich?« Seine Unsicherheit ließ ihr Herz weit werden.

»Unbedingt.«

»Das ist gut. Sehr gut, denn ich habe noch eine Frage, die ich dir stellen möchte.«

»Ja?«

»Könntest du dir vorstellen, deine Kisten in meinen Anhänger laden zu lassen?«

»Und dann? Willst du meinen Spediteur mimen?«

Er nickte. »Allerdings würde ich deine Sachen – und dich – gerne nach Island bringen. Nach Siglufjörður. Unser Haus … Du hast es so schön hergerichtet. Kannst du dir eine Zukunft mit mir vorstellen? Auf Island?«

Sofie lächelte. »Ich könnte mir nichts Schöneres vorstellen.«

»Wieso hast du nie was gesagt?«

»Wieso hast *du* nie was gesagt?«, konterte sie lachend.

»Wir haben wohl beide noch viel zu lernen.«

»Und weißt du was? Ich freue mich auf jeden Tag.«

Epilog

Siglufjörður, Januar 2020

Sofie saß am Schreibtisch im Wohnzimmer und strich über die Oberfläche. Sie lächelte leise, während sie daran dachte, was dieses alte Möbelstück und vor allem der Inhalt der Schublade alles in Gang gebracht hatten. Sofie hatte mit Kristín die Übersetzung des Tagebuchs organisiert. Und nachdem Hannes es noch mal in seiner Muttersprache gelesen hatte, beschloss er trotz seines Alters und seines Gesundheitszustands, einmal nach Deutschland zu reisen, um Lüneburg zu sehen und die Gräber seiner Eltern zu besuchen. Kristín würde ihn im Frühling begleiten.

Sie hörte Schritte hinter sich. Björgvin trat hinter sie und drückte ihr einen Kuss in den Nacken. »Alles in Ordnung?«, fragte er sanft.

Sie wandte sich zu ihm um und stand auf. »Ja.« Sie lächelte glücklich.

Björgvin legte seine Hände auf ihren schwach gewölbten Bauch. »Und dem Mini geht's auch gut?«

Sie stellte sich auf die Zehenspitzen und küsste Björgvin. »Sehr gut. Ich kann immer noch nicht fassen, dass wir bald ein Kinderzimmer einrichten.«

Björgvin grinste. »Im Renovieren sind wir ja jetzt erfahren.«

»O ja. Als ich hier angekommen bin, hätte ich mir nie träumen lassen, dass dieses Haus mal mein Zuhause werden würde.«

»Tinna hat uns einen guten Preis gemacht«, scherzte Björgvin. Mit einem Mal war der Schalk aus seinem Blick verflogen. »Ich bin glücklich mit dir, Sofie«, flüsterte er mit rauer Stimme. Sie spürte die Wärme, die von ihm ausging, deutlich. Es tat gut, es war einfach unbeschreiblich, wie wohl sie sich mit ihm, bei ihm fühlte.

»Ich liebe dich«, hauchte sie, und sie musste schlucken. Sie war so glücklich, dass sie es an manchen Tagen noch immer nicht fassen konnte.

»Und ich liebe dich. Euch«, korrigierte er sich. Für einen Atemzug lang verharrten sie regungslos und standen in Gedanken versunken miteinander da, jeder für sich und doch zusammen. Ihre Zukunft wuchs in Sofie heran, ihr gemeinsames Glück, für das sie jeden Tag kämpfen würden. Ihr war klar, dass es im Leben nicht nur Sonnenschein gab, aber sie war felsenfest davon überzeugt, dass sie mit Björgvin endlich den Partner an ihrer Seite hatte, mit dem sie auch die Regentage meistern konnte.

»Komm, ich möchte dir noch etwas zeigen«, durchbrach sie die Stille und zog ihn mit in die Küche, wo sie ein Papier hervorholte.

»Was ist das?«

»Ich habe mit Kristín herausgefunden, was mit dem Kaufhaus Rose passiert ist. Nach dem Krieg.«

»Ihr zwei seid nicht mehr zu bremsen, hm?« Er gab ihr einen Kuss auf die Stirn.

»Heini und Luise haben geklagt und eine Entschädigung gefordert.«

»Und was ist dabei herausgekommen?«

»Der Prozess zog sich bis in die Sechzigerjahre, kannst du dir das vorstellen?«

Björgvin machte große Augen und schüttelte den Kopf. »Nicht dein Ernst.«

»Leider doch. Und jetzt kommt der Hammer. Sie haben zwar das Gebäude zurückbekommen, aber keine weitere Entschädigung. Keine müde Mark. Die Schikanen gegen die Eltern, die Erniedrigungen und die Qualen, wie auch ihr frühes Lebensende lassen sich natürlich durch nichts wiedergutmachen, aber eine Anerkennung des Staates wäre so wichtig gewesen. Es ist schon tragisch genug, dass Luise und Heini selbst für die Wiedergutmachung, was das Kaufhaus betraf, so lange kämpfen mussten.«

»Unfassbar.«

Sofie atmete tief ein und aus. »Leider muss man sagen, dass gerade in höheren Positionen häufig noch alte Nazis saßen, so auch in den Gerichten. Die haben ihre Parteibücher kurz vor Kriegsende schnell verbrannt und sich einen Persilschein geholt, so schnell konnte man gar nicht bis drei zählen.«

»Bedauerlich. Aber was ist aus Luise und Heini geworden? Warum hat Luise nie versucht, mit Hannes in Kontakt zu treten, auch später nicht?«

»Die beiden haben in Hamburg einen Buchladen aufgebaut und dort bis zu ihrem Tod gelebt. Luise hat nie wieder geheiratet, Heinrich hat bis zu seinem letzten Atemzug für die Gleichberechtigung von homosexuellen Paaren gekämpft. Und was Hannes betrifft, ich kann mir aus dem Tagebuch nur erklären, dass sie es jeden Tag bereut hat, kein Verhältnis zu ihrem Sohn zu haben, aber je mehr Zeit verstrichen war, sich nicht mehr getraut hat, Hannes zu kontaktieren. Ihr hat einfach der

Mut gefehlt, und die Angst, zurückgewiesen zu werden, war stärker. Aber am Ende ihres Lebens wollte sie doch ihre Version der Geschichte für ihn aufschreiben, vielleicht auch sich selbst alles von der Seele schreiben. Ich hätte sie gern kennengelernt.« Sofie war sehr ergriffen. Björgvin umarmte sie.

»Eine beeindruckende Familie, ich bin stolz auf dich, dass du nicht lockergelassen hast. Auch bei mir nicht.« Er lächelte, und für einige Minuten umarmten sie sich still.

Irgendwann löste er sich von ihr. »Wie wäre es, wenn wir eine kleine Spritzfahrt machen und uns ein Eis holen?«

»Bei dem Wetter? Hast du mal rausgeschaut? Es schneit.«

»Gerade dann schmeckt Eis doch am besten.«

Sofie lachte. »Also los. Bei dir kann ich mir jedenfalls sicher sein, dass kein Tag langweilig werden wird.«

»Das ist ein Versprechen, mein Herz. Bis wir alt und grau sind, werden wir jeden Tag etwas Neues an uns entdecken.«

Nachwort/Erwähnung/Hinweise

Ohne die Unterstützung meiner Familie wäre dieses Buch niemals entstanden. Dieser Roman hat mich an meine Grenzen und weit darüber hinausgebracht, hat mich Schweiß, Herzblut und Tränen gekostet. An vielen Tagen dachte ich, dass ich niemals einen Schlusspunkt daruntersetzen würde.

In unendlichen Gesprächen, Mails und Telefonaten haben meine zwei Heldinnen Inga Lichtenberg und Elisabeth Botros diese Idee mit mir zum Leben erweckt und am Ende diesen Roman entstehen lassen. Dafür bin ich unendlich dankbar, die Zusammenarbeit war mir eine große Freude!

Alle Charaktere sind fiktiv.

Die Figur Aaron Bernstein ist durch die reale Person Cioma Schönhaus, der seine Lebensgeschichte im Buch *Der Passfälscher* publiziert hat, inspiriert. Jegliche Erzählung darum herum ist erfunden. Das Schicksal der Familie Rosenberg ist angelehnt an das der jüdischen Kaufmannsfamilie Jacobson aus Lüneburg, mit dem Unterschied, dass die Familie Jacobson die Zeichen rechtzeitig erkannte und in die USA ausgewandert ist. Nachzulesen in *Jüdische Familien in Lüneburg* von Sibylle

Bollgöhn. Dank auch an die Geschichtswerkstatt Lüneburg e. V. für die Hilfsbereitschaft und Offenheit.

Danke, Poldi, dass du mich mit ausgewählter Lektüre unterstützt hast!

Danke, Gisela, mit dir kann ich stundenlang über mögliche Wendungen und Ideen sprechen. Du hörst mir zu, wenn ich nicht mehr kann, du erträgst mein Jammern, wenn ich mal wieder an einer Stelle hänge, die mich fertigmacht. Du bist uns eine große Stütze, und wir sind dankbar, dass du Teil unserer Familie bist.

Und dann möchte ich mich noch bei meinem Mann bedanken. Ohne ihn hätte ich nie den Mut gehabt, ein Buch zu schreiben oder gar zu veröffentlichen. Er stärkt mir den Rücken, wenn ich zweifle, gibt mir Mut und die Kraft, die ich brauche, um mich an neue Geschichten und Welten zu wagen.

Folge der Autorin auf Amazon

Wenn dir dieses Buch gefallen hat, folge Karin Lindberg auf Amazon. Dann erhältst du eine Benachrichtigung, wenn die Autorin ihr nächstes Buch veröffentlicht. Um der Autorin zu folgen, gehe bitte folgendermaßen vor:

Desktop:

1) Suche auf Amazon.de oder in der Amazon App nach dem Namen der Autorin.
2) Klicke auf den Namen der Autorin, um auf die Autorenseite zu gelangen.
3) Klicke auf den »Folgen«-Button.

Smartphone und Tablet:

1) Suche auf Amazon.de oder in der Amazon App nach dem Namen der Autorin.
2) Klicke auf einen Titel der Autorin.
3) Klicke auf den Namen der Autorin, um auf die Autorenseite zu gelangen.
4) Klicke auf den »Folgen«-Button.

Kindle eReader und Kindle App:

Wenn du dieses Buch auf einem Kindle eReader oder in der Kindle App liest, wird dir automatisch angeboten, der Autorin zu folgen, nachdem du die letzte Seite des Buches gelesen hast.

FSC
www.fsc.org
MIX
Papier | Fördert
gute Waldnutzung
FSC® C083411

Druck:
CPI Druckdienstleistungen GmbH
im Auftrag der
Zeitfracht GmbH
Ein Unternehmen der Zeitfracht - Gruppe
Ferdinand-Jühlke-Str. 7
99095 Erfurt